W0204922

HENRI TROYAT

de l'Académie française

Henri Troyat naquit à Moscou, le 1er novembre 1911.

Au moment de la révolution, son père, qui occupait une situation en vue, fut obligé de s'enfuir, et toute la famille entreprit un long exode à travers la Russie déchirée de luttes intestines. Henri Troyat a gardé le souvenir de cette randonnée tragique, qui le mena, tout enfant, de Moscou au Caucase (où ses parents possédaient une vaste propriété), du Caucase en Crimée, puis à Constantinople, à Venise et enfin à Paris, où il arriva en 1920.

Élevé par une gouvernante suisse, Henri Troyat, dès son plus jeune âge, parlait indifféremment le français ou le russe. Il fit toutes ses études en France, au lycée Pasteur, à Neuilly.

Malgré l'attirance de plus en plus grande que le métier d'écrivain exerçait sur lui, il poursuivit ses études, passa sa licence en droit, puis un concours de rédacteur à la préfecture de la Seine.

Entre-temps, ayant été naturalisé français, il partit pour accomplir son service militaire à Metz. Il se trouvait encore sous l'uniforme, quand fut publié son premier roman, *Faux Jour*. Ce livre obtint, en 1935, le Prix du roman populiste.

Rendu à la vie civile, il entra à la préfecture de la Seine, au service des budgets. Le temps que lui laissaient ses occupations administratives, il le consacrait passionnément à la littérature. Coup sur coup, parurent en librairie : *Le Vivier, Grandeur nature, La Clef de voûte*. En 1938, son nouveau roman, *l'Araigne,* reçut le Prix Goncourt.

Mais déjà, Henri Troyat songeait à une œuvre

LES SEMAILLES ET LES MOISSONS

LA RENCONTRE

DU MÊME AUTEUR

CHEZ POCKET

LES SEMAILLES ET LES MOISSONS

I. LES SEMAILLES ET LES MOISSONS

II. AMÉLIE

III. LA GRIVE

IV. TENDRE ET VIOLENTE ÉLISABETH

V. LA RENCONTRE

LA BALLERINE DE SAINT-PETERSBOURG

NICOLAS 1er

HENRI TROYAT

de l'Académie française

LES SEMAILLES ET LES MOISSONS

LA RENCONTRE

roman

PLON

ISBN 2-266-16468-6

PREMIÈRE PARTIE

1

ÉLISABETH ralentit le pas, serra tendrement le bras de sa mère et dit, en la regardant de biais, avec insistance :

« Tu sais, maman, j'ai encore réfléchi à la proposition de Mme Duversoy!

— Moi aussi, dit Amélie.

— Tu ne trouves pas que ce serait merveilleux?

— Il faut envisager le pour et le contre.

— Il n'y a pas de « contre »!

— Si, Élisabeth. Tu t'imagines loin de nous, seule, à Paris? »

Un feu de révolte brilla dans les yeux d'Élisabeth. Elle s'attendait à cette réplique. Quand donc admettrait-on qu'elle n'était plus une jeune fille, mais une femme de vingt-trois ans, capable de choisir son destin? A la voir vivre auprès d'eux, à Megève, après son divorce, ses parents s'étaient figurés évidemment qu'elle ne pourrait plus les quitter que pour un nouveau mariage. Il était temps de les détromper.

« Je t'en prie, maman! dit-elle, cesse de me traiter comme si j'étais une gamine! Que veux-tu qu'il m'arrive à Paris! »

Attaquée brutalement, Amélie n'osa définir les raisons de son inquiétude. Devait-elle avouer qu'elle n'avait plus en sa fille la même confiance que jadis?

« Mais... rien », dit-elle avec un soupir.

Élisabeth devina la pensée de sa mère, et, au souvenir du chagrin qu'elle lui avait infligé autrefois, un peu de compassion tempéra son désir impétueux de la convaincre.

« Alors, maman, tu vois bien! dit-elle. Sois plus simple, comprends-moi au lieu de me critiquer... »

Elles continuèrent à marcher sur la route de terre détrempée, qui descendait de l'hôtel des Deux-Chamois vers la ferme des Courtaz et la Renardière. Le dégel précoce avait déshabillé la vallée de Megève. Dans les prés, l'herbe rongeait les dernières plaques de neige, mouchetées de noir, des ruisselets délivrés coulaient au ras du sol entre des îlots de cailloux et des fouillis de broussailles froides, le toit d'un chalet rendait l'âme, goutte à goutte, sous un ciel d'un bleu corrosif. Même sur les hautes pentes, la blancheur du sol avait un aspect vieux et lourd, le plumage funèbre des sapins était plus sombre que d'habitude, des crêtes de glace fondaient en scintillant au soleil. L'opposition des couleurs était si criante, que le paysage entier paraissait sur le point de craquer, de se résoudre en eau, en buée, en verdures cuites et en semis de fleurs. Amélie respira le parfum doux-amer du printemps dans la montagne. Ses « après-skis » s'enfonçaient avec un bruit gluant dans la boue du chemin. De nouveau, Élisabeth se lança dans la discussion :

« Veux-tu m'expliquer ce que je fais ici depuis trois ans?

— Tu nous aides!

— Mais non! Tu le sais très bien! Vous n'avez pas besoin de moi pour tenir l'hôtel. Entre toi et papa, je ne suis ni tout à fait au travail, ni tout à fait en vacances... »

Amélie détourna les yeux. Inutile de lutter contre elle-même. Tout ce qu'elle aurait voulu ignorer lui remontait à la tête, dans une bouffée de chaleur. Elle se rappelait le lamentable départ d'Élisabeth dans la vie : son mariage avec Patrice Monastier, qui semblait une réussite et s'était dénoué piteusement, salement, au bout de quelques mois, la lettre désespérée qu'elle avait écrite à ses parents, sa confession horrible, bégayante, fiévreuse, dans la petite chambre blanche d'une clinique de Genève... En ramenant sa fille à la maison, Amélie avait cru d'abord qu'elle ne pourrait jamais lui pardonner sa fuite. Elle ne reconnaissait pas son enfant dans cette femelle égarée par la passion, qui avait trompé son mari et s'était fait avorter parce qu'elle était enceinte d'un autre. Une folle n'aurait pas agi différemment ! Quel avenir souhaiter après une pareille déchéance ? Raidie dans le dégoût et la consternation, Amélie, à cette époque-là, gardait cependant un dernier espoir : Patrice était si bon, si tendre, si généreux !... Peut-être eût-il suffi qu'Élisabeth revînt à lui et l'implorât de tout oublier pour qu'il consentît à la reprendre pour femme ? Hélas ! très vite il avait fallu se rendre à l'évidence : ni elle, ni lui, ne désiraient ce rapprochement. Exigé par Patrice, le divorce avait suivi son cours. Échange de lettres, visite à un avoué de Bonneville, sommations d'huissier sur papier bleu : l'organisation officielle de la honte. Élisabeth ne s'était pas présentée à l'entrevue de conciliation et, quatre mois plus tard, le jugement avait été prononcé contre elle, par défaut. Elle n'était plus Mme Monastier, mais, étrangement, Mme Mazalaigue. Son passé était trop lourd pour son âge. Un visage d'enfant, et une expérience de trahison et de plaisir ! Amélie n'avait même pas cherché à savoir le nom de l'homme qui avait précipité Élisabeth dans le déshonneur. Trois ans déjà depuis le scandale !

« Tu as peur que je ne me sente seule, à Paris, reprit Élisabeth. Mais tu as tort ! Je verrai souvent tonton Denis. Et puis, vous viendrez, toi et papa, entre saisons.

— Évidemment ! » balbutia Amélie.

La lente coulée des jours avait endormi son indignation. Pierre, bien que très éprouvé par cette aventure, offrait à sa femme l'exemple quotidien de la résignation et de l'indulgence. Il essayait de comprendre, d'excuser leur enfant. Et sans doute avait-il raison. Pouvait-on indéfiniment condamner un être qui avait besoin d'affection pour retrouver son équilibre dans le monde? D'ailleurs, Élisabeth avait beaucoup changé. Mûrie par ses propres erreurs, elle était devenue plus pondérée, plus renfermée, plus songeuse. Son goût immodéré du plaisir s'était transformé en une grave mélancolie. Elle ne mentait pas en disant que l'existence futile de Megève ne l'amusait plus :

« Toujours les mêmes promenades, les mêmes distractions! On fait du ski, on prend le thé, on danse! J'ai l'impression de perdre mon temps parmi tous ces gens qui ne pensent qu'à rire! »

En entendant ces mots, Amélie se sentit l'âme tout éclairée. Sa fille lui donnait enfin l'occasion de s'accuser elle-même : « C'est notre faute! Elle a été élevée trop librement dans un climat de fêtes, de vacances continuelles. Elle n'a jamais eu à se restreindre, à compter son argent, à mesurer ses loisirs. Toutes les tentations étaient à sa porte. Avec son caractère impulsif, il était fatal qu'elle se laissât entraîner vers le pire... » Les doigts d'Élisabeth serraient convulsivement la main de sa mère. Elles enjambèrent une flaque d'eau. Il leur arrivait souvent de se promener ainsi, côte à côte, dans la campagne. Comme deux convalescentes, unies par le même souci, elles cheminaient sans but, heureuses de s'épauler, de se réchauffer l'une l'autre, de rapprocher secrètement leurs blessures.

« A quoi penses-tu, maman?

— A ce que tu viens de me dire. Qu'est-ce qui te fait croire que tu te plairas mieux à Paris qu'à Megève?

— Mais, voyons, c'est indiscutable! A Paris, je serai occupée toute la journée.

— Ici aussi, tu pourrais...

— Ce n'est pas pareil! J'ai envie de travailler pour moi, de gagner ma vie! »

Elle prononça cette phrase avec un tel élan, qu'Amélie en fut émue comme par un écho de son propre passé. Jeune mariée, elle avait connu avec Pierre cette même ardeur combative, ce même enthousiasme au début d'une nouvelle entreprise. Le petit café de la rue de Montreuil, puis le grand café du boulevard Rochechouart, enfin cet hôtel à Megève... Sa fille allait-elle lui ressembler après l'avoir déçue? Elle sourit :

« Gagner ta vie! C'est vite dit! Nous n'en sommes pas encore là!

— Mais si, maman! Mme Duversoy t'a bien expliqué...

— En paroles, tout est beau, Élisabeth. Cette gérance qu'on te propose, il faut voir si c'est une opération rentable?

— Pourquoi ne serait-ce pas une opération rentable? Un magasin de disques et de papeterie, rue Marbeuf, n'importe qui sauterait sur l'occasion!

— Mme Duversoy, qui est pourtant propriétaire du fonds, t'a dit elle-même que, pour l'instant, le chiffre d'affaires de la boutique était très modeste...

— Parce que la gérante actuelle est une vieille femme malade, acariâtre, maniaque! Elle n'a pas su se former une clientèle...

— Et toi, tu sauras?

— Certainement!

— Tu n'as jamais tenu de commerce!

— J'apprendrai. Tu as bien appris, toi, maman!

— Les circonstances étaient différentes! » dit Amélie.

Et, en elle-même, elle reconnut : « Pas si différentes que ça! » Élisabeth donna un coup de pied à un caillou, qui retomba devant elle :

« Laissez-moi prendre mes responsabilités et vous verrez! Ce n'est tout de même pas sorcier de vendre des disques! Un autre commerce, je ne dis pas! Mais là, vraiment !... J'arrangerai le magasin à ma façon, j'en ferai un petit salon moderne, où les clients pourront s'installer pour écouter les derniers airs à la mode, je couvrirai les murs avec des photos de chefs d'orchestre, de chanteurs, d'acteurs... »

Excitée elle-même par cette perspective, Amélie murmura pensivement :

« Attends un peu ! Mme Duversoy n'est peut-être pas aussi décidée que tu l'imagines. Et puis, il y a ces travaux d'agrandissement de l'hôtel, qui doivent commencer au mois de mai. Depuis le temps que nous voulons élargir le hall ! Il est indispensable que nous soyons sur place pour surveiller l'entrepreneur...

— Je n'aurai pas besoin de vous pour emménager !

— En tout cas, il faut que je consulte ton père !

— Si tu es d'accord, il dira oui. »

Amélie fronça les sourcils et protesta par déférence conjugale plus que par conviction :

« Ne crois pas ça. Il a ses idées... Du reste, j'ignore les conditions que nous fera Mme Duversoy pour cette gérance. Quel loyer exigera-t-elle ? Il y a sûrement une forte garantie à verser !

— Je vous rembourserai. »

Ce langage direct séduisait Amélie et elle avait de la peine à dissimuler son contentement.

« Rentrons, reprit Élisabeth. Mme Duversoy doit être encore à son bridge...

— Nous n'allons pas lui parler tout de suite ?

— Le plus tôt sera le mieux. D'abord papa, puis elle !... »

Amélie s'écarta d'Élisabeth et la regarda en riant :

« Tu es encore plus insupportable que moi à ton âge ! »

Elles rebroussèrent chemin. Élisabeth n'avait pas à presser sa mère pour l'obliger à marcher vite. Impatiente de connaître les conditions du contrat, Amélie avait rajeuni de vingt ans.

Mme Duversoy était assise dans le hall, les cartes à la

main. Rose de joues et blanche de cheveux, le nez en mie de pain, le menton replet, la bouche pincée, elle s'absorbait dans la contemplation de son jeu, tandis que trois clients, d'âge aussi vénérable, attendaient qu'elle se décidât. N'osant la déranger dans ses méditations stratégiques, Élisabeth et Amélie lui adressèrent un sourire et se glissèrent dans le couloir qui conduisait à l'office. Il ne restait plus, aux Deux-Chamois, qu'une quinzaine de pensionnaires. La saison d'hiver 1937-1938 était pratiquement terminée. Une drôle de saison, au cours de laquelle les manifestations sportives et mondaines les plus brillantes avaient alterné avec les mauvaises nouvelles apportées par les journaux : discours fanatiques d'Hitler, annexion brutale de l'Autriche par l'Allemagne, renforcement des préparatifs militaires en Italie, guerre en Espagne, guerre en Chine, crise ministérielle en France... Les clients avaient du mal à surmonter leur inquiétude pour se livrer aux plaisirs de la neige, du soleil et de la bonne chère. Maintenant, le calme semblait revenu dans le monde en général et à Megève en particulier. Le chef russe et sa femme étaient partis depuis une semaine et Pierre les remplaçait devant les fourneaux. Chaque année, avant la fermeture de l'hôtel, il prenait possession des casseroles avec enthousiasme. Sa vocation s'affirmait dans l'odeur exaltante des sauces.

Élisabeth et sa mère le découvrirent dans la cuisine, le ventre ceint d'un tablier blanc et les manches retroussées. Il battait de la crème dans un chaudron de cuivre. Le mouvement de son poignet était si vif, que les branches du fouet se divisaient en vibrations étincelantes au-dessus de la mousse. A deux pas de lui, la plongeuse, fascinée par la dextérité du patron, le couvait d'un œil stupide en épluchant des pommes de terre.

« Bonjour, chef! » cria Élisabeth.

Et elle sauta au cou de son père. Il reçut le baiser sans interrompre son travail.

« Qu'est-ce que tu nous fais là ? demanda Amélie.

— Une charlotte chantilly, annonça Pierre avec fierté. Les clients m'en diront des nouvelles ! »

Élisabeth cueillit un peu de crème au bout de son doigt et le suça avec une moue gourmande :

« C'est délicieux !

— Oui ! mais n'y reviens plus, grommela Pierre. Quelle manie tu as de chipoter dans les plats pendant qu'on les prépare ! Alors ?... Bonne promenade ?

— Excellente ! dit Amélie. Chemin faisant, nous avons parlé d'un projet... Mme Duversoy m'a fait une proposition, tout à l'heure...

— Je sais, dit Pierre. Elle m'en a touché deux mots après votre départ.

— Ah ! oui ? s'écria Élisabeth. Que lui as-tu répondu ? »

Le fouet tapotait toujours les flancs du chaudron avec une régularité mécanique. Pierre inclina le récipient sur le côté et marmonna :

« Je lui ai répondu que j'allais discuter la chose avec vous, mais qu'au premier abord je ne voyais pas en quoi cela pouvait nous intéresser ! »

La figure d'Élisabeth s'empourpra de dépit :

« Tu lui as dit ça, papa ? »

— Oui. J'ai eu tort ? »

Amélie calma sa fille du regard, posa une main sur l'épaule de son mari et prononça d'un ton conciliant :

« Je pense, Pierre, que tu n'as pas très bien compris de quoi il s'agissait ! »

2

LES rares meubles envoyés de Megève étaient dépaysés dans ce « studio » parisien, au papier rose buvard et aux plinthes gris tourterelle. Malgré l'insistance de sa mère, Élisabeth n'avait consenti à donner asile dans son intérieur qu'à un lit-divan, à une commode savoyarde, à une belle table de chêne aux pieds torsadés et à deux fauteuils « club », le tout en provenance de l'hôtel des Deux-Chamois. Plus tard, elle compléterait cette installation sommaire selon ses moyens et sa fantaisie. On devait pouvoir dénicher, en fouillant les boutiques, des objets pas chers, amusants et de qualité. Elle voyait très bien ce que serait cette pièce, lorsqu'elle l'aurait aménagée à sa manière. Une décoration sobre, précieuse, des teintes sourdes, de vieux bois luisants, une potiche montée en lampe... Enchantée par ce rêve d'harmonie, Élisabeth passa dans la cuisine minuscule et ensoleillée, pour laver la vaisselle du petit déjeuner. Le réveille-matin marquait neuf heures, et, cependant, elle ne se résignait pas à partir. Tout lui plaisait dans ce logement confortable, situé au troisième étage d'une maison de la rue François-Ier. C'était une chance que ses parents eussent accepté de bonne grâce qu'elle les quittât. Les décisions les plus graves s'étaient enchaînées avec une rapidité déconcertante. La saison d'hiver terminée,

Pierre et Amélie avaient accompagné leur fille à Paris. On s'était arrêté, comme d'habitude, dans un hôtel modeste de la rue Lepic, en face du café de tonton Denis. Le notaire de Mme Duversoy avait préparé le contrat de gérance. Élisabeth entendait encore la voix de l'officier résonnant dans un bureau voué aux cartons verts, aux fauteuils de cuir noir et aux bronzes contournés :

« Ont comparu : premièrement, Mme Hortense, Louise, Marguerite Couturier, veuve en uniques noces de M. André Joseph Duversoy, deuxièmement, Mme Maria, Élisabeth Mazalaigue, épouse divorcée de M. Édouard, Camille, Patrice Monastier... » Amélie baissait la tête en écoutant proclamer ainsi la disgrâce de son enfant. Toutefois, les signatures échangées, elle avait retrouvé son entrain. Circonstance rassurante pour elle : la vendeuse du magasin, Mlle Pologne, était une personne âgée, serviable, en qui on pouvait avoir confiance.

Le lendemain même, on se mettait en quête d'un appartement. Amélie souhaitait en découvrir un à proximité de la rue Lepic, pour qu'Élisabeth ne fût pas trop loin de son oncle. Mais Élisabeth n'était pas attirée par ce quartier où, pourtant, s'était déroulée son enfance, et orientait ses recherches vers les environs de la rue Marbeuf. N'était-il pas normal qu'elle désirât se fixer le plus près possible du lieu de son travail? Évidemment, les loyers, dans le huitième arrondissement, étaient plus élevés que dans le dix-huitième! Pierre en était soucieux, mais réservait son opinion tant qu'Amélie n'aurait pas exprimé la sienne. Quand, d'annonce en annonce, de concierge en concierge, on était tombés sur le studio de la rue François-Ier, Élisabeth avait ressenti dans son cœur le choc éblouissant de la révélation. Amélie elle-même était subjuguée : une vaste pièce, très claire, une petite cuisine, un cabinet de toilette avec douche. Le local était retapissé, repeint, dans toutes ses parties. Et, par miracle, les conditions n'étaient pas exorbitantes : 1500 francs par trimestre, plus les charges. Un regard entre mère et fille, un sourire. On était d'accord. La concierge s'épanouissait dans l'attente du « denier à Dieu ». L'affaire conclue, Pierre et Amélie étaient repartis pour Megève, où les travaux d'agrandissement du hall ne pouvaient commencer sans eux. De là, ils avaient expédié à Élisabeth les meubles, les ustensiles de cuisine et le linge dont elle avait besoin.

Depuis une semaine qu'elle était seule, elle ne se lassait pas de dénombrer les avantages de son indépendance. Sur quelque objet que se portât son regard, elle recevait un cadeau. Elle rangea la tasse, l'assiette, les couverts mouillés sur l'égouttoir, s'essuya les doigts à un torchon au tissu raide, retourna dans la pièce principale et surprit son reflet dans la glace, au milieu d'un décor inhabituel. Neuve dans un appartement neuf. Tous liens rompus avec son passé, elle appareillait vers un avenir de liberté, de travail et de joie. « Comme je suis heureuse ! » pensa-t-elle. Et elle eut un élan de gratitude envers ses parents. « Ce soir je leur écrirai ! » Le bruit de Paris entrait par la fenêtre ouverte. Longtemps, Élisabeth, attentive, immobile, examina la profondeur sombre et veloutée de ses yeux, la ligne souple de ses lèvres, son nez court, impertinent, ses cheveux bruns, creusés de reflets bleus, l'éclat de ses dents régulières. Puis, soudain, elle planta un chapeau sur sa tête, saisit son sac à main et se précipita dehors.

Dans la rue, tout le monde paraissait en bonne santé et content de vivre. Les vitrines des magasins étaient autant de miroirs. Cinq minutes de marche, et Élisabeth fut devant sa boutique. Les lettres de l'enseigne brillaient prétentieusement : *Au disque d'or*. Mais, à l'intérieur, il y avait aussi des articles de papeterie.

Mlle Pologne, la vendeuse, était déjà à son poste. Petite, sèche, agile, avec un visage taillé dans la craie et des prunelles d'un bleu angélique, elle n'avait pas d'âge, peu de sexe, et trouvait son bonheur dans le maniement des bristols, des gommes et des stylos. En fait, elle avait également une grande connaissance des disques, acquise sous le règne de l'autre gérante, et initiait Élisabeth, avec dévouement, aux finesses d'un métier si nouveau pour elle. Sans Mlle Pologne, qui savait tous les catalogues par cœur, tenait les livres, assurait la correspondance avec les fournisseurs et ne cédait qu'à bon escient aux offres des représentants de commerce, Élisabeth eût été incapable, au début, de mener l'affaire. Elle s'en rendait si bien compte, que, naturellement, elle traitait Mlle Pologne plus en amie qu'en employée.

« J'arrive bien tard! dit-elle en franchissant le seuil. Vous avez déjà eu du monde?

— Oh! rien d'important, mademoiselle... Pardon, madame! » s'écria Mlle Pologne.

Et elle ajouta avec un petit rire :

« Vous êtes si jeune, que, chaque fois, je me trompe! Vous ne m'en voulez pas?

— Mais non », dit Élisabeth.

Elle était habituée à ce genre de bévues. Pourtant il lui semblait que son amère science de la vie aurait dû se lire sur son visage. Mme Duversoy avait certainement prévenu Mlle Pologne qu'Élisabeth était une divorcée. La vendeuse eût aimé en savoir davantage. Elle enveloppait Élisabeth d'un regard à la fois curieux et admiratif :

« Cette écharpe orange vous va à ravir! »

Élisabeth s'assit derrière le comptoir des disques. Maurice Chevalier, Charles Trénet, Lucienne Boyer, la Môme Piaf, Marie Dubas, Mistinguett, Joséphine Baker souriaient en photographie au-dessus de sa tête. L'unique cabine d'audition était, elle aussi, tapissée de visages illustres. Dans les casiers fixés aux murs, les plus belles musiques, les plus belles voix du monde, dormaient, comprimées dans des galettes noires.

Quelques sièges en tubes d'acier et moleskine verte attendaient la visite des mélomanes.

Le comptoir d'en face était réservé aux articles de bureau. Mlle Pologne rangeait des paquets d'enveloppes en papier bulle dans un tiroir. Élisabeth prit une pile de disques et se mit à les trier, machinalement, par titres et par genres. Musique légère à gauche, musique classique à droite : *Tout va très bien, madame la marquise... Mon petit cœur fait boum!...* Les *Scènes d'enfants* de Schumann... Patrice les jouait souvent autrefois. Elle hésita un instant et posa le disque sur le plateau d'un pick-up, qui se trouvait à côté d'elle. Aux premières notes, Mlle Pologne leva la tête. La mélodie était alerte et simple, d'une franchise ingénue, à mi-chemin entre la tristesse et le sourire. Qu'était devenu Patrice? Élisabeth ne savait rien de lui depuis leur divorce. S'était-il consolé avec une autre? Composait-il encore? Avait-il du succès? Probablement pas. Son nom ne passait jamais dans les journaux. Sans doute était-il retombé dans ses rêveries, dans sa paresse, entre une grand-mère trop autoritaire et une mère trop faible, au fond de la vaste demeure silencieuse et sombre de Saint-Germain. Et Friquette? Élisabeth avait écrit à Patrice pour le prier de lui rendre la chienne qu'elle avait laissée à la maison, au moment de sa fuite — il ne lui avait pas répondu. Friquette était sûrement bien soignée. Peut-être même avait-elle déjà oublié sa maîtresse. Le grand jardin, les canaris dans leur cage, la vieille Eulalie dormant sous la tonnelle, Mazi penchant sa face lourde, poudrée, sur un jeu de dames... Comme chaque fois qu'elle évoquait les visages de son passé, Élisabeth éprouva un gâchis de honte et de pitié au creux de la poitrine. Pourquoi ne pouvait-on détruire un souvenir comme on efface une image d'un coup de gomme? Elle fut tentée d'arrêter le disque, puis s'imposa de l'écouter jusqu'au bout sans songer à rien. L'expérience réussit. Pauvre Patrice!

Un monsieur âgé et décoré entra dans le magasin : il

voulait un stylo. Instantanément, Mlle Pologne se transforma en bijoutière : l'œil précieux, la patte douce, elle ouvrait des écrins. Le monsieur hésitait entre deux marques. Mlle Pologne, souriante, une épaule plus haute que l'autre, lui offrit d'essayer les plumes sur un calepin :

« Laissez courir votre main sans appuyer... Là !... Celle-ci est plus fine, mais celle-là est plus souple... Tout est affaire de goût... »

Le monsieur gribouillait avec application et Mlle Pologne se penchait sur ses hiéroglyphes. Après avoir noirci quatre pages, il renonça au stylo et acheta un crayon.

« Il reviendra pour le stylo ! dit Mlle Pologne. Il reviendra avec sa femme !

— Pourquoi avec sa femme ? demanda Élisabeth.

— Je ne sais pas. C'est une intuition ! Il a une tête d'homme qui achète des stylos avec sa femme... Qu'est-ce qu'il a donc écrit là-dessus ? « Marbeuf... Stylo... Breloque... » Souvent, je devine le caractère des clients d'après ce qu'ils ont griffonné !... Mais, là... « Breloque »... « Breloque », ça ne mène à rien !... »

Elle chiffonna les papiers et se précipita vers deux jeunes filles, qui se dandinaient, bras dessus, bras dessous, au seuil de la boutique. Agitées, printanières et légèrement boutonneuses, elles venaient chercher un disque qu'elles avaient entendu la veille, à une *surprise-party*. Mlle Pologne les conduisit au « rayon musique », où Élisabeth trônait, ignorante et sûre d'elle :

« Vous désirez, mesdemoiselles ? »

Le timbre de sa voix la surprit. Elle se rappela sa mère, accueillant de nouveaux clients aux Deux-Chamois. Les jeunes filles échangèrent un regard et pouffèrent de rire :

« On ne sait pas le titre !

— Allons bon ! dit Élisabeth en riant elle-même.

— Avez-vous une idée de l'air, au moins? » demanda Mlle Pologne.

Cette question plongea les jeunes filles dans l'embarras. L'une d'elles, cependant, releva le défi et fredonna en dodelinant de la tête :

« Ti-ti-ti! Ta-ta-ta, ti-ti-tii!... »

Elle chantait faux. Sa compagne la reprit sans plus de succès. Mlle Pologne répétait pensivement :

« Ti-ti-ti! Ta-ta-ta... Vraiment, je ne vois pas ce que vous voulez dire!

— Mais si... Oh! il s'agit de notes!... »

Illuminée, Mlle Pologne dressa le menton et lança d'un soprano chevrotant :

« Sur deux notes, je te dis que je t'aime... »

— C'est ça!

— Je vais vous chercher le disque, dit Élisabeth. Si vous voulez passer dans la cabine pour l'entendre... »

Assises dans la boîte de verre, les deux jeunes filles se pâmaient, comme si elles eussent écouté une déclaration d'amour par téléphone. Après *Sur deux Notes,* elles exigèrent : *Bohémienne aux Yeux noirs!* D'autres disques suivirent, d'une inspiration aussi passionnée. En quittant leur réduit, les clientes étaient très émues. Elles se cotisèrent pour acheter : *Sur deux Notes* et *Tes Bras...* Un homme triste, qui attendait son tour, fronça le nez en pénétrant dans la cabine où flottait encore un parfum de fillettes troublées. Sur sa demande, Élisabeth lui fit jouer *Funérailles,* de Liszt. Les sons assourdis du piano se répandirent par vagues lugubres dans le magasin. Mlle Pologne prit un visage de circonstance. Heureusement, un peu plus tard, une rhapsodie hongroise remit tous les cœurs d'aplomb.

A midi et demi, Mlle Pologne se retira dans l'arrière-boutique pour croquer son éternel sandwich au jambon et sa feuille de salade quotidienne. Élisabeth retourna chez elle et se fit cuire des œufs sur le plat. Un petit suisse compléta le menu. A deux heures, elle était de nouveau parmi les disques. La journée avançait lentement, de chansonnette en symphonie, de taille-crayon en bouteille d'encre à stylo. Vers quatre heures, le flux de la clientèle se ralentit. Désœuvrée Élisabeth se limait les ongles. L'idée lui vint de téléphoner à son oncle Denis. Elle n'avait rien d'important à lui dire, mais fut heureuse d'entendre sa voix, dominant le lointain brouhaha des conversations et des tintements de verres. Les affaires marchaient bien, rue Lepic. Le bistrot regorgeait de monde. Denis céda l'appareil à sa femme. Clémentine voulait qu'Élisabeth les rejoignît au café, après la fermeture du magasin :

« On dînerait ensemble. Puis, Denis resterait à la caisse et on irait toutes les deux au cinéma... »

Élisabeth remercia, s'excusa : elle avait trop à faire, ce soir, à la maison. En raccrochant l'appareil, elle pensa avec une joyeuse impatience au travail minutieux qui l'attendait chez elle : des gravures savoyardes à mettre sous verre. Quand elle les aurait pendues au mur, ces six estampes seraient autant de fenêtres ouvertes dans le studio sur des paysages qu'elle aimait. La comtesse de Grimault-Léger vint chercher les cartes d'invitation pour le bal des dix-huit ans de sa fille. Encore un Tino Rossi à vingt francs et une boîte de deux cents aiguilles spéciales-pick-up à six francs, et Mlle Pologne put dresser le compte de la journée : six cent vingt francs. C'était un total honorable. Élisabeth glissa la recette dans une enveloppe et l'enveloppe dans son sac à main. Demain matin, elle porterait l'argent à la banque.

« Je vous laisse fermer, mademoiselle. Je suis pressée... »

Elle s'échappa.

Les trottoirs étaient animés de toilettes claires. Des couples s'arrêtaient pour lorgner les vitrines. A la terrasse d'un café, les consommateurs rêvaient béatement devant la mousse de leurs bocks. Des vendeurs de journaux criaient : Paris-Soir! l'Intran! C'était l'heure de la détente, de l'amitié et des rendez-vous après le travail.

Élisabeth retrouva son appartement avec une satisfaction casanière. Sur une table basse, le petit poste de radio, qu'elle avait acheté récemment, faisait le mort. Elle l'alluma, écouta distraitement les mêmes airs qu'elle avait entendus au magasin, feuilleta des journaux de mode, dîna en deux bouchées, dans la cuisine, et s'assit sous une lampe pour commencer son ouvrage. Les cartons, les verres étaient coupés à la bonne dimension. Il ne restait plus qu'à coller le papier doré des bordures. Pour son premier essai, elle choisit une estampe du XIXe siècle, représentant la traversée de la Mer de Glace par des montagnards intrépides, armés d'échelles et d'alpenstocks. Cette image ferait un effet charmant au-dessus du lit. Lorsque toutes les gravures seraient en place, elle inviterait quelques amies pour les admirer : Colette Normand, Gisèle Schwarz, Arlette Crespin... C'étaient d'anciennes clientes des Deux-Chamois ! Personne, hormis ses parents, ne connaissait encore son adresse à Paris. Même pas Christian ! Élisabeth buta sur ce prénom, voulut s'en détourner, mais trop de souvenirs l'assaillaient déjà. Elle analysait les signes de son malaise, comme un marin devine, à la forme des nuées, au changement de la lumière, l'orage qui se prépare dans le ciel. Luttant contre l'oppression, elle fit face, violemment, à son passé. « Christian ? Oui, eh bien ? Je ne sais rien de lui. Et j'en suis heureuse ! » Pendant plus d'un an, après son divorce, elle avait refusé de le revoir. Elle croyait, à cette époque-là, qu'il demeurerait à jamais pour elle un objet de haine. Ne l'avait-il pas incitée à supprimer l'enfant qu'elle attendait de lui ? N'était-ce pas à cause de lui qu'elle avait abandonné Patrice ? Tout ce qu'il y avait de laid, de sale, de triste dans sa vie, portait la marque de Christian. Il l'avait si profondément humiliée et désespérée, qu'elle étendait à la plupart des hommes le dégoût dont un seul était responsable. Des jeunes gens lui faisaient la cour, et elle s'irritait de leurs compliments, comme des préliminaires d'un jeu qui ne l'intéressait plus. Elle eût voulu que Christian disparût de Megève. Mais il restait là, tenu par ses fonctions de professeur d'allemand au Collège du Hameau. Elle le rencontrait parfois sur les pistes, dans le village; il lui adressait la parole; elle répondait sèchement; il s'en allait, rieur, superbe, glissant sur la neige. Rentrée dans sa chambre, elle niait avec rage le trouble qui la possédait. Était-il possible que le désir eût survécu en elle à la faillite des sentiments? Pouvait-elle avoir envie de se jeter dans les bras d'un homme qui lui avait fait tant de mal? Si on lui avait dit cela d'une autre femme, elle l'aurait accusée de manquer d'honneur et de discernement. Pourtant, avec les semaines qui passaient, elle avait dû se plier à l'évidence : Christian l'attirait encore. L'existence sans lui était physiquement insupportable. Élisabeth était retournée dans la ferme du chemin de Lady. Et tout avait recommencé, le plaisir et la honte. En se donnant à Christian, elle poussait son aventure jusqu'aux dernières conséquences, elle parachevait sa destinée lamentable. A le bien considérer, il était le meilleur remède aux entraînements du cœur, dont elle était décidée à se méfier toute sa vie. Ses parents ignoraient ses escapades. Mais elle n'avait pas l'impression de trahir leur confiance, tant il était vrai qu'elle attachait peu de valeur à cette sorte d'amour. Dans les premiers jours de mars, Christian avait brusquement déserté le collège pour suivre en Suisse ses amis Georges et Françoise Renard. Reviendrait-il à Megève? Depuis deux mois, elle était sans nouvelles. Ce silence ne la surprenait pas. Pourquoi lui eût-il écrit? Débarrassés des mensonges de la tendresse, ils n'en étaient plus à la période où deux êtres se croient obligés de couvrir d'une littérature élégiaque l'appétit qu'ils ont l'un de l'autre. « Et si je ne le revoyais plus jamais? » se dit-elle. Cette question la laissa indifférente. A Paris, elle était sûre de guérir, dans la paix et la solitude.

L'estampe était encadrée. Élisabeth la tint à bout de bras, devant elle, et se réjouit. A une autre, maintenant! Des cimes de glace, à contre-jour sur un ciel romantique. Elle déroula la bande de papier doré et l'appliqua sur le bord du verre. Sa main ne tremblait pas. Elle était sur sa chaise, comme sur un rocher au milieu de la mer. Pas une fumée à l'horizon. Dans ses oreilles, bourdonnaient les mouches du silence. Demain, elle téléphonerait à Arlette Crespin pour prendre le thé avec elle. Arlette Crespin n'était pas encore véritablement son amie, mais Élisabeth comptait bien qu'elle le deviendrait. Elles avaient sympathisé l'hiver précédent, à Megève, où cette robuste fille de vingt-sept ans soignait une déception amoureuse en skiant avec colère en dehors des pistes. Quinze jours de neige lui avaient rendu son optimisme. En quittant l'hôtel des Deux-Chamois, elle avait donné son numéro de téléphone à Élisabeth : « Si vous venez à Paris sans passer me voir, je ne vous le pardonnerai jamais! » Élisabeth évoqua ce visage garçonnier, à la peau fraîche et luisante, puis, soudain, changea d'avis : « Je l'appellerai plus tard... Dans une dizaine de jours... Quand je serai mieux installée... » Elle était si bien toute seule! Ce soir, par exemple, elle avait le choix entre plusieurs travaux : continuer à encadrer les estampes, écrire à ses parents, se laver la tête... Ce dernier projet l'emporta sur les autres. Abandonnant les papiers, les ciseaux et la colle, elle se précipita dans le cabinet de toilette. A minuit, elle y était encore, roulant des boucles sur son doigt, pour la mise en plis. Des épingles à cheveux hérissaient sa coiffure aux mèches mouillées. Elle frissonnait, nue sous son peignoir de bain. Quand tout fut fini, elle noua une serviette en turban sur son crâne et, le teint doré, les yeux noirs, les dents blanches, ressembla subitement à un jeune magicien hindou. Après s'être admirée dans ce personnage, elle enfila un pyjama, courut se mettre au lit et prit, sur sa table de chevet, un roman de Vicki Baum, que Mlle Pologne lui avait prêté. Elle essayait de lire et ne le pouvait pas. Son regard se brouillait sur les lignes grises, ses paupières se fermaient à demi. Une averse la tira de sa torpeur. « Et la fenêtre qui est ouverte ! Tout mon parquet sera inondé ! » Elle voulut se lever, puis y renonça. La pluie se calmait. Un vent frais entrait dans la pièce, apportant l'odeur de l'asphalte humide. Des pas couraient dans la rue. Élisabeth eut à peine la force d'allonger la main pour éteindre la lampe.

3

LE représentant de la maison Pathé relut la commande :

« Deux *Chante encore dans la nuit,* de Rina Ketty, deux *Escales,* de Suzy Solidor, trois *Lambeth Walk,* de Ray Ventura et ses collégiens...

— Vous devriez bien ajouter un ou deux *Oye, la Conga!* dit Mlle Pologne avec vivacité. C'est un air très allant.

— Oui, dit Élisabeth, mettez-moi deux *Oye, la Conga!* »

Le représentant compléta sa fiche, promit une livraison rapide et se retira. Élisabeth s'assit derrière le comptoir, pour achever la lettre qu'elle écrivait à ses parents :

« J'imagine que vous êtes en plein chantier, avec des briques et du plâtre partout. Que papa ne se mêle pas d'aider les ouvriers pour que ça aille plus vite! Il ne peut pas passer devant une truelle sans avoir envie de s'en servir! Je vois déjà le hall agrandi! Le Mont-d'Arbois et la Résidence n'auront qu'à bien se tenir! Sans doute vous sera-t-il impossible de partir cette année pour La Chapelle-au-Bois. Grand-père va être déçu. Moi, ici, je mène une existence merveilleuse. Le commerce marche très bien. Mon studio me plaît chaque jour davantage. Je sors peu. Je n'ai pas encore téléphoné à Arlette Crespin, mais je le ferai bientôt. J'ai gardé un si bon souvenir des quelques jours qu'elle a passés à Megève... »

Une voix retentit au-dessus d'Élisabeth, si proche, si familière, qu'elle tressaillit, les deux bras coupés :

« Bonjour, Élisabeth ! »

Subitement, il fit très chaud dans le magasin. Élisabeth se dressa d'un bond sur ses jambes.

« Christian ! s'écria-t-elle. Qu'est-ce que tu fais là ? »

Il riait, le teint bronzé, l'œil vert, les épaules larges.

« Je suis grand amateur de disques, tu ne le savais pas ? »

Elle était suffoquée de dépit, comme s'il lui eût manqué de parole en venant la voir.

« D'où as-tu eu mon adresse ? demanda-t-elle.

— La semaine dernière, en repassant par Megève, je suis entré dans la boutique de Lydie et j'ai fait ma petite enquête. Oh ! très discrètement, rassure-toi ! Elle m'a dit que la fille de M. et Mme Mazalaigue était partie pour Paris où elle tenait un magasin de disques, rue Marbeuf. Comme il n'y en a pas trente-six dans le coin, je n'ai pas eu de mal à te trouver !

— Tu es ici pour longtemps ?

— Pour quelques jours, sans doute. Laisse-moi admirer ton installation. C'est très moderne ! Et bien situé ! Mes compliments. Le métier te plaît ?

— Beaucoup.

— Je comprends, je comprends ! dit-il. Tu dois mettre à profit la culture musicale que tu as acquise à Saint-Germain ! »

Elle rougit. Mlle Pologne les regardait avec une avidité rayonnante.

« Tu es libre, ce soir ? » demanda-t-il.

Elle se donna le temps de la réflexion. Après tout, elle n'avait rien de plus à lui reprocher ici qu'à Megève !

« Veux-tu que nous nous retrouvions à sept heures, au sous-sol du Rond-Point ? reprit-il.

— A sept heures, dit-elle, c'est entendu. »

Lorsqu'il fut parti, elle essaya de se remettre à écrire, mais elle ne savait plus que dire à ses parents. Était-il venu seul? Où logeait-il? Quel était le but de son voyage? Jusqu'à l'heure du rendez-vous, elle excita son impatience en s'efforçant de la vaincre.

A sept heures, elle entra, parfaitement sereine, dans le café, et aborda l'escalier qui conduisait au sous-sol. Les gens parqués dans la salle, en contrebas, dressaient la tête vers elle, comme si elle eût été une actrice de revue descendant de son piédestal. Pleine d'assurance, elle s'avança dans la lumière, le nez levé, humant le parfum des cigarettes, l'œil à la fois vague et chercheur. En apercevant Christian, assis à une table, près du bar, elle haussa délicatement sa main gantée et recourba les doigts.

Il l'accueillit avec empressement, voulut savoir comment elle vivait, si elle sortait beaucoup, et éluda toutes les questions qu'elle lui posait elle-même :

« Oh! tu sais, je n'ai rien de passionnant à te raconter sur moi. J'ai accompagné les Renard à Genève. Georges avait eu des difficultés financières, mais il est de nouveau renfloué. Il m'a intéressé à ses affaires...

— Quelles affaires?

— Il a placé des capitaux en Suisse... Oui, à cause des risques de guerre... Tôt ou tard, il y aura un coup de tampon entre l'Allemagne et la France... Mais parle-moi de toi plutôt. Où habites-tu?

— J'ai loué un petit studio, rue François-Ier. »

Il éclata de rire.

« C'est magnifique! Tu vas immédiatement me montrer ça! »

Élisabeth eut une seconde d'hésitation. Elle savait très bien comment se terminerait cette visite à l'appartement, si elle avait la faiblesse d'y consentir.

« Non, dit-elle. Je ne veux pas que tu viennes chez moi.

— Pourquoi? »

Elle chercha un motif plausible à sa décision, mais, sans lui laisser le temps de répondre, Christian reprit d'un ton désinvolte :

« Tu ne vis pas seule?

— Justement! dit-elle. Je partage mon appartement avec une amie.

— Quelle amie?

— Tu ne la connais pas.

— Et c'est à cause d'elle que tu ne peux pas me recevoir?

— Oui, Christian.

— Drôle d'idée! Eh bien, allons à mon hôtel! Nous y serons tout de même plus tranquilles qu'ici pour parler! »

Elle le considéra d'un regard attentif. Il portait un costume de drap bleu uni et une cravate gris perle. Profondément retirées sous l'arcade sourcilière, ses prunelles brillaient d'un feu émeraude, arrogant et doux. Immobile, il évoquait un animal véloce aux aguets. A la table voisine, une femme seule, un peu fanée, le buvait des yeux.

« Tu ne vas pas me refuser ça? dit-il encore.

— Si. »

Christian se rembrunit :

« Je te trouve bien bizarre! Qu'y a-t-il, Élisabeth?

— Mais, rien...

— Alors, demain, après-demain? Je ne suis à Paris que pour trois ou quatre jours!... »

Élisabeth secoua la tête négativement. Il sourit sans desserrer les lèvres. Elle comprit qu'il n'avait pas perdu l'espoir de la convaincre. Déjà, très habilement, il détournait la conversation :

« Crois-tu que tu sauras t'adapter à Paris, toi qui aimes tant la montagne?

— Il le faudra bien! dit-elle.

— Qu'es-tu venue faire ici?

— Travailler, gagner ma vie. Je ne pouvais pas

demeurer toujours en famille, à Megève, sans occupation, sans responsabilités...

— C'est également l'avis de tes parents?

— Oui.

— Ils ont changé!

— C'est moi qui ai changé, Christian.

— Non. Tu es aussi jolie, aussi résolue, aussi charmante, aussi déroutante qu'autrefois. Resterais-je dix ans sans te voir que je ne pourrais pas t'oublier! Avec toi, il n'y a pas d'absence... Ta mère va bien? »

Elle l'observa avec étonnement :

« Très bien.

— Et ton père?

— Aussi.

— Il me semble les avoir aperçus, en passant, à Megève. On fait des travaux dans votre hôtel. »

Elle écoutait un camarade peu dangereux, franc de pensée et de langage, et qui avait la dignité corporelle des gens habitués à être rarement seuls.

« Et toi, demanda-t-elle, pourquoi es-tu à Paris?

— Georges m'a prié de régler une affaire importante à sa place.

— Tu es venu en voiture?

— Non, par le train.

— Et tes amis?

— Ils sont restés à Genève », dit-il.

Et sa main effleura le poignet d'Élisabeth. Elle s'efforçait de discipliner sa respiration et sentait croître en elle une exigence agréable. Pendant quelques minutes encore, ils parlèrent de Megève, de leurs connaissances, des derniers championnats de ski, puis, tout à coup, Élisabeth se décida :

« Il faut que je parte.

— Déjà? »

Elle mentit avec aisance :

« Je dîne chez des amis, ce soir, et je dois passer d'abord à la maison.

— Je te raccompagne. »

Il claqua des doigts pour appeler le garçon. Élisabeth se leva, et il y eut autour d'elle un remous de visages curieux. Dans la rue, Christian lui prit le bras. Marchant à son côté, elle avait conscience qu'il la mettait en valeur par sa haute taille, son élégance et la souplesse naturelle de ses mouvements. Devait-elle chercher ailleurs la raison de leur injustifiable amitié? Arrivée devant l'immeuble, elle craignit qu'il n'insistât encore pour monter chez elle. Mais il se contenta de dire :

« Quand est-ce que je te revois, Élisabeth?

— Je suis très prise par mon travail...

— Je m'en doute! grommela-t-il avec un sourire sarcastique. Mais, après la fermeture du magasin, tu es libre, non? Veux-tu que nous nous retrouvions demain, comme ce soir, au sous-sol du Rond-Point? A huit heures? Avant, je serai coincé par un type important qui s'intéresse à mon affaire. Je n'en aurai pas pour longtemps avec lui. Ensuite, nous pourrions dîner, toi et moi, dans un endroit sympathique... »

Élisabeth céda joyeusement à la tentation : ce serait sa première grande sortie parisienne. Déjà, elle s'habillait en pensée : « Je mettrai mon tailleur bleu à broderies mates. » Sans rien laisser paraître de son engouement, elle murmura :

« Demain, ce serait possible...

— En tout cas, si tu as un empêchement, tu peux toujours m'appeler à l'hôtel du Louvre. Et toi, quel est ton numéro de téléphone? »

Elle le lui donna et il l'inscrivit dans son calepin. Puis, prenant la main d'Élisabeth, il la porta lentement à ses lèvres. Étourdie par mille souvenirs, elle frissonna, rompit le contact, esquissa un sourire de défi et, tournant les talons, s'engouffra sous le porche de l'immeuble.

*
* *

Le lendemain soir, en arrivant au bar du Rond-Point, elle trouva Christian attablé avec un homme d'une quarantaine d'années. Tous deux se levèrent à l'approche de la jeune femme. Par crainte que Christian ne la tutoyât devant cet inconnu, elle dit précipitamment :

« Excusez-moi, Christian, je suis en retard ! »

Il réprima un sourire et, acceptant le jeu, répliqua sur un ton de courtoisie mondaine :

« Mais non, chère amie. Vous êtes l'exactitude même. Je vous présente : monsieur Bertrand Lesaulnier, madame Élisabeth Mazalaigue. »

Élisabeth vit s'incliner devant elle un visage glabre et pâle, aux sourcils noirs et au grand nez droit, chaussé de lunettes d'écaille. Elle était contrariée que Christian fût encore en conversation d'affaires.

« Que prendrez-vous, Élisabeth ? » demanda-t-il.

Elle s'assit avec grâce sur la banquette et dit : « Un gin-fizz. » En vérité, elle goûtait assez peu ce breuvage, mais la consonance alerte, pétillante, et anglo-saxonne du mot lui plaisait.

« Je suis à la fois désolé et ravi d'être encore là, madame, dit Bertrand Lesaulnier. Christian Walter m'a entraîné dans une discussion si intéressante, que j'en ai perdu la notion de l'heure !

— Je vous en prie, dit-elle, si vous avez à parler encore, ne vous gênez pas pour moi !

— Non, non, rassurez-vous, nous avons fini ! » dit Bertrand Lesaulnier en refermant un carnet et en le glissant dans sa poche.

Et, penché vers Christian, il conclut :

« Accordez-moi quelques jours de réflexion et je vous communiquerai ma réponse. Seulement, je vous le répète, vous tombez à un bien mauvais moment !

— Au moment le plus favorable, mon cher! rétorqua Christian. Vous voulez investir des capitaux dans un matériel qui, bientôt, sera inutilisable. Le seul placement sûr, étant donné les événements politiques, est celui que je vous propose!

— Vous me faites froid dans le dos! » dit Bertrand Lesaulnier en riant.

Subitement, son visage rajeunit, ses prunelles étincelèrent, bleues, enfantines, derrière les verres de ses lunettes. Élisabeth remarqua qu'il portait une alliance, et, détournant le regard, se pencha sur le gin-fizz que le garçon venait de lui servir. Le liquide aigrelet et gazeux piqua sa langue. Elle eut des gouttes de lumière devant les yeux. Bertrand Lesaulnier consulta sa montre-bracelet :

« Huit heures et quart! Je vous laisse!

— Pourquoi ne resteriez-vous pas avec nous? dit Christian. On grignoterait quelque chose en vitesse et on finirait la soirée ailleurs... »

Sans doute ne voulait-il pas se séparer de son homme avant de l'avoir définitivement charmé. Bertrand Lesaulnier observa Christian, puis Élisabeth, et marmonna :

« Je ne voudrais pas vous déranger... »

Surprise, au premier abord, par l'offre de Christian, Élisabeth n'en éprouva pourtant qu'une déception passagère. L'idée d'avoir deux cavaliers pour cette sortie l'amusait.

« Vous ne nous dérangez pas du tout, monsieur », dit-elle.

Il la remercia :

« Dans ce cas, je ne résiste plus! Un coup de téléphone, et je suis à vous! »

Comme il se dirigeait vers le réduit de la téléphoniste, Élisabeth s'étonna de le voir si grand et si maigre. Il dépassait de la tête le garçon qui lui indiquait le chemin.

« Tu ne m'en veux pas de l'avoir invité à dîner avec

nous? dit Christian. J'ai senti qu'il ne fallait pas le lâcher, ce soir.

— Qui est-ce?

— Le fondé de pouvoir d'une grosse entreprise de cartonnage pour produits pharmaceutiques. L'affaire appartient à son beau-père, mais, en réalité, c'est lui qui mène tout. Je sais qu'il a des capitaux en réserve. Son idée d'acheter de nouvelles machines-outils est idiote. Il ferait mieux d'entrer dans la société immobilière que nous avons créée avec Georges. Nous raflons tout ce qu'il y a comme terrains bâtis ou non bâtis à vendre, à Genève et aux environs. Pour l'instant, ils ne valent pas cher. Mais, si une guerre éclate...

— Tu crois qu'il y aura la guerre? demanda-t-elle vivement.

— Il est difficile de ne pas y penser! »

Elle le considéra avec une telle inquiétude, qu'il se mit à rire :

« Calme-toi! Même si cela devait arriver, ce ne serait pas pour demain! »

Bertrand Lesaulnier revint avec un visage d'homme libre. On discuta longtemps avant de se décider pour un restaurant italien de la rue de Ponthieu. Arrosé de chianti, enrubanné de spaghetti et poudré de parmesan, le repas se déroula dans une atmosphère de cordialité méditerranéenne. Christian parla de son séjour en Suisse, et Bertrand Lesaulnier des manifestations artistiques de Paris. Il avait vu toutes les pièces de théâtre, tous les films, toutes les expositions de peinture dont il était question dans les journaux. Quand il évoquait un spectacle, un tableau, qui lui avaient plu, son visage exprimait la double passion d'aimer et de convaincre. Cela paraissait surprenant pour un homme qui tirait ses revenus de l'emballage pharmaceutique :

« Avez-vous visité l'exposition de la peinture anglaise, au musée du Louvre?

— Non, dit Élisabeth.

— Moi non plus, dit Christian.

— Vous devriez y aller. Il y a là quelques Gainsborough et quelques Hogarth de premier ordre. Même les Turner, que je n'avais pas tellement appréciés à Londres, m'ont enchanté à Paris!

— J'avoue que je ne suis pas un fanatique de Turner », dit Christian.

Ne sachant pas au juste qui était Turner, Élisabeth s'étonnait d'avoir pu vivre jusqu'à ce jour avec une pareille lacune dans son instruction. Mais, déjà, Turner était dépassé. On en était à Braque et à Picasso. Chaque fois qu'il émettait une opinion, Bertrand Lesaulnier se tournait vers Élisabeth, comme pour chercher une approbation ou une critique dans ses yeux. Elle en était flattée et ne souffrait pas trop de son ignorance. A plusieurs reprises, elle admira les remarques de Christian, dont elle n'aurait pas cru que la culture fût si étendue. Sans effort apparent, il maintenait la conversation sur un ton animé. Il avait invité un homme d'affaires réticent et, maintenant, il avait un ami à sa table. Après le café, il proposa d'aller dans une boîte de Montparnasse. Bertrand Lesaulnier, consulté sur ses préférences, s'en remit à Élisabeth du choix de l'établissement.

« Ne comptez pas sur moi pour vous donner des idées, dit-elle. Il n'y a pas un mois que je suis à Paris! »

Cette phrase produisit sur Bertrand Lesaulnier l'effet d'un aveu d'innocence. Il contempla Élisabeth avec gratitude et dit :

« Eh bien, moi, madame, je suis Parisien depuis vingt ans, et je ne suis pas plus renseigné que vous! Nous allons, si vous le voulez bien, faire confiance à M. Walter pour nous diriger. »

Il prétendit régler l'addition, mais Christian s'y opposa, d'un air indigné. La voiture de Bertrand Lesaulnier l'attendait devant la porte du restaurant : une Citroën. Il s'assit au volant, Christian précisa l'itinéraire à suivre, et la voiture s'élança dans la nuit. On s'arrêta dans une petite rue cuirassée d'affiches aux palpitations électriques. Un chasseur galonné ouvrit la portière, souleva un rideau devant les visiteurs et une salle bleue et or sortit de sa casquette tenue à bout de bras.

Un maître d'hôtel, à face blême de castrat, conduisit les clients vers une table minuscule, au bord de la piste. Christian refusa la bouteille de champagne qui rafraîchissait dans un seau à glace, et en commanda une autre, de meilleure qualité. Un nègre désespéré chantait du ventre, des dents et des yeux, dans la clarté ronde d'un projecteur. Ses mains noires, aux paumes rose crevette, se tendaient spasmodiquement vers les consommateurs, pour les prendre à témoin des malheurs de sa race. Mais, autour de lui, les gens buvaient, riaient, bavardaient à mi-voix, plus occupés de leurs aventures personnelles que de celles dont il voulait les instruire. Le natif du Mississippi s'éclipsa enfin, salué par de chiches applaudissements. Une femme lui succéda, nue sous des écharpes de voile, avec un cache-sexe en strass et un croissant de lune dans les cheveux. Très blanche de corps, les pointes des seins fardées, le ventre rond, une paillette d'argent dans le nombril, elle dansait avec une souplesse provocante, qui contraignait le public au silence et à l'introspection. Bien que peu habituée à ce genre d'exhibitions, Élisabeth n'en éprouvait aucune gêne, sans doute parce que la fille était belle. Christian et Bertrand Lesaulnier l'examinaient avec un intérêt tranquille de connaisseurs. Elle passa devant eux, à plusieurs reprises, les bras tordus, la poitrine offerte. L'orchestre sanglotait de désir. Quelques épouses guettaient leur mari à la dérobée. Élisabeth but une gorgée de champagne et son humeur s'éclaira encore. Elle entrait dans la vie mystérieuse et brillante des noctambules. A cette heure tardive, tous les plaisirs étaient placés sous le signe rayonnant de la femme.

Tournant sur ses hanches, la danseuse s'affaissa mollement, une jambe allongée, l'autre repliée sous elle, la gorge pantelante, la prunelle hagarde, comme dans l'attente d'un coup de fouet. Des mains battirent frénétiquement. Les lampes s'éteignirent, se rallumèrent. La fille jeta des baisers, du bout des doigts, aux quatre coins de la salle, et se retira, ivre de s'être donnée à la musique, à la fumée des cigarettes et au rayon du projecteur. L'orchestre attaqua un slow-fox reposant. Des vestons sombres et des robes aux décolletés prudents envahirent la piste. Mais une vision de chair fraîche était encore dans toutes les rétines. Christian invita Élisabeth à danser. Dès les premières mesures, il l'enlaça si étroitement, qu'elle eut un regard gêné vers la table où Bertrand Lesaulnier fumait, buvait, dans une solitude méditative.

« Ne me serre pas si fort, Christian, chuchota-t-elle. Tu m'étouffes ! »

Il devina le motif de son embarras, éclata de rire et dit en s'écartant d'elle :

« Tu as raison ! Gardons nos distances ! Vous dansez à ravir, chère madame ! Oserai-je vous demander si vous êtes déjà venue dans cet établissement ? »

Ne recevant pas de réponse, il cessa de plaisanter et son visage revêtit une expression de noblesse indifférente, qui était son charme le plus sûr. Guidée par lui, Élisabeth se réjouissait de l'aisance irréelle de leurs mouvements. Une complicité physique indéfinissable les associait l'un à l'autre dans la musique comme dans l'amour. Elle lui décocha un regard aigu, et entrevit, prisonnier à l'étroit dans ce citadin élégant, l'homme qui glissait vertigineusement sur ses skis dans un poudroiement de neige arrachée, qui allumait le feu dans la cheminée de la ferme, qui se lavait, le torse nu, dans l'eau glacée d'une fontaine. Il se rapprochait d'elle imperceptiblement. Il la reprenait dans la chaleur et le relief de son corps. Elle détourna la tête.

Son trouble augmentait, soutenu par la plainte vibrante du saxophone.

« Christian! assez! dit-elle dans un souffle.

— Quoi?

— Si tu continues, je ne danse plus! »

Il sourit et la pressa contre lui plus amoureusement encore. Enfin, ils retournèrent à leur table. Élisabeth trempa avidement ses lèvres dans le champagne. Elle avait chaud, elle avait soif, les éclats du jazz l'empêchaient de joindre deux idées, mais cet étourdissement la rendait heureuse.

Bertrand Lesaulnier laissa passer deux danses et, à la troisième, s'inclina devant Élisabeth. Elle se leva. D'un homme à l'autre, elle changeait de personnalité. Celui-ci ne savait rien d'elle. Consciente du mystère qu'elle représentait à ses yeux, elle s'inséra parmi les couples et attendit, avec curiosité, qu'il la prît dans ses bras. Bertrand était un danseur correct, mais sans fantaisie. Grand et sec comme un mannequin d'osier, il penchait au-dessus d'Élisabeth un visage marqué par le souci du rythme. Au bout d'un long moment, il murmura :

« Je ne suis pas très habile! Mais vous dansez si bien et cet air est si entraînant, que j'ai l'impression de faire des prouesses!

— Moi aussi, j'aime beaucoup cet air, dit Élisabeth. C'est *Stars in my eyes...* »

Elle prononçait l'anglais à sa manière, mais il parut la comprendre, malgré son mauvais accent, et s'écria :

« Quelle érudition! Vous sortez souvent? »

Elle se mit à rire :

« Non. Simplement, comme j'ai un magasin de disques, je me tiens au courant des nouveautés! »

Bertrand voulut savoir où se trouvait la boutique. Puis, il demanda à Élisabeth si elle se plaisait à Paris :

« Vous m'avez dit tout à l'heure que vous étiez une Parisienne de fraîche date. Où habitiez-vous avant?

— A Megève.

— Toute l'année?

— Oui, mes parents y sont hôteliers », dit-elle.

Elle s'aperçut que sa réponse était celle d'une jeune fille. Or, Christian l'avait présentée comme Mme Mazalaigue. Bertrand devait supposer, maintenant, qu'elle était une femme divorcée ou, en tout cas, très libre. Cela n'avait d'ailleurs aucune importance.

« Megève est un endroit charmant, reprit-il. J'y ai passé trois semaines, en janvier 1936, avec ma femme et mes enfants. C'est là que j'ai connu Christian Walter. »

De nouveau, elle regarda subrepticement l'alliance qui brillait au doigt de Bertrand Lesaulnier. Pourquoi sortait-il sans sa femme?

« Vous faites du ski? demanda-t-elle.

— Très peu. Mais j'ai deux fils qui sont des passionnés de la neige!

— Ah! oui? Quel âge ont-ils?

— Dix ans et douze ans. »

Elle se promit d'interroger Christian sur la vie de cet homme. Il avait un visage à la fois jeune et tourmenté, modelé à coups de pouce dans une chair mate, sur des os durs. Tempes creuses et menton de fer. Sa bouche souriait, et, dans ses yeux, derrière les verres des lunettes, veillait une flamme douce. Des couples les bousculèrent. Bertrand Lesaulnier se trouva plaqué contre Élisabeth. Elle reçut son haleine chaude. Il s'excusa de sa maladresse :

« Je crois bien que c'est ma première danse depuis un an et même plus! D'habitude, je fuis ces endroits. Mais, aujourd'hui, je suis enchanté d'y être. Si je n'étais pas venu avec vous, j'aurais passé une soirée bien morne, à compulser des dossiers, à préparer mon courrier pour demain... »

Tout s'expliquait : sa femme devait être en voyage.

« Vous êtes très pris par vos affaires? demanda Élisabeth.

— Beaucoup trop pour mon goût!

— Qu'est-ce que vous faites?

— Oh! ce n'est guère intéressant. J'aime les beaux tableaux, les beaux livres, et je m'occupe à fabriquer de petites boîtes pour les bouteilles de sirop et le chlorocalcium.

— Vous avez une grande usine?

— J'en ai deux : l'une à Meaux, l'autre à Marseille. Mais nos bureaux sont à Paris. »

La danse était finie. Cependant, les couples applaudissaient sans quitter la piste. L'orchestre se remit à jouer en sourdine.

« Et ça, qu'est-ce que c'est? demanda Bertrand.

— Un arrangement sur un air connu. Vous tenez absolument à savoir le titre?

— Mais oui. Pourquoi?

— Parce qu'il va falloir encore que je vous parle en anglais. Tant pis pour vous! »

Elle prit une figure très britannique, les joues allongées, la bouche en avant, et prononça avec difficulté :

« *Why do I love you?* Vous avez compris?

— Parfaitement! Vous êtes imbattable!

— Oh! non. Au magasin, il m'arrive souvent de me tromper!

— Les clients vous posent des colles? Racontez-moi ça! »

Elle sentit qu'elle l'amusait et se lança dans le récit de ses premières ventes. Où trouvait-elle ces expressions drôles, ces mots inattendus, qui, tout à coup, le secouaient de rire? Décidément, elle était très en forme, ce soir. Elle imita Mlle Pologne présentant des stylos à un monsieur raidi dans la méfiance :

« Celui-ci est plus souple, mais celui-là est plus fin... »

Bertrand écoutait, regardait avec joie cette jeune femme au visage moqueur, que ses bras protégeaient de la cohue. Sans se concerter, ils étaient rentrés dans le mouvement des couples. Soudain, Élisabeth aperçut

Christian, qui dansait avec une blonde langoureuse, à la prunelle vide et à la bouche de poupée.

« Vous avez vu ? dit-elle.

— Quoi ?

— Christian qui fait du charme ! C'est trop comique ! »

Christian repassa devant eux, avec sa proie aux cheveux de paille, qui se livrait à lui, en mesure. Il y eut encore une danse d'un rythme plus rapide, puis l'orchestre s'arrêta. Un roulement de tambour et un flot de lumière rouge chassèrent les couples vers leurs tables. En retrouvant Christian, Élisabeth s'écria :

« Mes compliments ! Elle est ravissante !

— Oui, dit-il. Mais terriblement accompagnée.

— Un mari ? Des parents ?

— Non. Une autre femme. Sèche. Noiraude. Avec une tignasse raide et un menton de dictateur. Elles sont en train de se disputer ! »

Élisabeth se tourna dans la direction que lui indiquait Christian et découvrit deux têtes rapprochées au-dessus d'un seau à champagne. La brune parlait vite. La blonde se contemplait dans le petit miroir de son poudrier et se tamponnait les ailes du nez avec son mouchoir. Nouveau roulement de tambour. Un « Ah ! » de satisfaction dans le public. Sur la piste, apparut une créature à la face de plâtre, aux cheveux roux et au corps d'anguille dans un fourreau de satin noir. De son gosier râpeux sortit une voix d'outre-tombe. Elle parlait de son « mec », qui la calottait « sec », mais qu'elle aimait « avec une folle rage », parce qu'il avait des yeux « couleur d'orage ». Élisabeth glissa un regard à Christian, puis à Bertrand, et tous trois pouffèrent de rire. Des « chut » irrités retentirent derrière leur dos.

Il était deux heures et demie du matin, quand ils se décidèrent à partir. Bertrand et Christian reconduisirent Élisabeth jusqu'à sa maison et restèrent sur le trottoir, pendant qu'elle attendait l'ouverture de la porte. Elle dut sonner plusieurs fois. La concierge dormait profondément. Enfin, le lourd vantail de bois vert foncé s'entrebâilla dans un déclic.

« Au revoir, Élisabeth. Je vous téléphonerai demain », dit Christian.

Le battant refermé, elle entendit la voiture qui démarrait nerveusement : Bertrand ramenait Christian à son hôtel. Malgré le plaisir qu'elle avait pris à cette soirée, Élisabeth était soulagée de se retrouver seule. La fatigue embrumait son esprit et ses yeux. Elle eut cependant la force de se démaquiller et de se rafraîchir sous la douche avant de se mettre au lit. Une odeur de fumée refroidie persistait dans ses cheveux et imprégnait l'oreiller où elle enfonçait son visage. La saveur métallique du champagne se mélangeait au parfum du dentifrice sur sa langue. Comme elle éteignait la lampe de chevet, le téléphone sonna. Elle ralluma la lampe et décrocha l'appareil, sachant d'avance d'où lui venait cet appel nocturne.

« Bonsoir ! dit Christian. Qu'est-ce que tu fais ?

— J'allais dormir.

— Déjà ?

— Je suis éreintée !

— On ne l'aurait pas cru à te voir, tout à l'heure. Tu étais resplendissante. D'ailleurs, tu as fait des ravages !

— Idiot !

— Si ! Si ! Lesaulnier m'a posé des tas de questions sur ton compte en me raccompagnant. J'ai dû lui raconter toute ta vie !

— Ce n'est pas vrai ! s'écria-t-elle.

— Rassure-toi : je t'ai présentée comme une créature attirante et mystérieuse à souhait ! »

Agacée par ce ton de plaisanterie, elle répliqua :

« Je me moque pas mal de savoir ce que tu lui as dit ! Il est tard, Christian. J'ai sommeil. Bonne nuit.

— Comment, bonne nuit ? Tu ne m'attends pas ? Je suis à l'hôtel. Je saute dans un taxi et j'arrive !

— Ah ! non ! dit-elle.

— Il faut pourtant que je te voie tout de suite ! Ton attitude est incompréhensible ! J'ai besoin d'une explication !... Si tu ne peux pas me recevoir à cause de ton amie, rhabille-toi, je viens te prendre, nous irons ailleurs, n'importe où... »

Une colère froide dressa Élisabeth sur son séant.

« Mon cher Christian, articula-t-elle d'une voix nette, tu passes la mesure. Je t'ai déjà dit que j'étais couchée. Si tu sonnes à ma porte, je ne te répondrai pas. Appelle-moi demain matin, au magasin...

— C'est ça ! dit-il. Et nous nous rencontrerons de nouveau dans un lieu public, afin que ta vertu soit sûrement préservée !

— Oui, Christian. »

Il éclata d'un rire si violent, qu'elle éloigna l'écouteur de son oreille. Puis, sans ajouter un mot, il coupa la communication.

4

LES jours passaient, Christian ne donnait plus signe de vie à Élisabeth, et elle pensait avec soulagement qu'il devait être retourné à Genève. Pour la première fois depuis des années, elle pouvait se croire définitivement libérée de lui. La conscience d'être arrivée à ce résultat par sa volonté décuplait encore le plaisir qu'elle trouvait à son indépendance. Après avoir longtemps remis de téléphoner à Arlette Crespin, elle l'appela, un soir, et se réjouit d'entendre ses exclamations. Quoi? Élisabeth s'était fixée à Paris? Elle tenait une boutique de disques? Mais, alors, on n'allait plus se quitter! Le lendemain, à six heures et demie, Arlette Crespin fit irruption dans le magasin de la rue Marbeuf. Élisabeth fut heureuse de constater qu'elle avait la mine gaillarde et la sérénité d'esprit d'une fille que les hommes n'intéressent plus. Ses seules passions durables étaient le camping, le ski et le bridge. Elle habitait avec sa mère et gagnait confortablement sa vie comme secrétaire de direction dans une entreprise d'import-export, dont les bureaux se situaient sur les Champs-Élysés. Élisabeth l'invita à déjeuner, chez elle, pour le dimanche suivant.

A une heure moins dix, ce jour-là, un coup de sonnette retentit dans le studio, et Élisabeth ouvrit la porte à un bouquet de tulipes jaunes. Derrière, s'avançait Arlette, avec sa face loyale de boy-scout attardé. « Oh ! quelle folie ! Il ne fallait pas !... » dit Élisabeth, tandis que l'autre, sans l'écouter, lui fourrait les fleurs dans les bras, et s'écriait : « Dieu ! que c'est joli chez vous ! » Elle inspecta les moindres recoins, toucha les meubles, admira les estampes, avec un plissement de paupières qui indiquait sa compétence. Le déjeuner se composait d'un canard aux olives, de salade fraîche, craquante, de fromage et d'une mousse au chocolat. Quand elles en furent au café, Élisabeth s'inquiéta de savoir ce qu'elles feraient ensuite : promenade, cinéma ?... Arlette proposa d'aller au Marché aux Puces. « Pour vous qui êtes en train de vous meubler ce sera très intéressant. » Élisabeth ne connaissait encore cet endroit que de réputation.

Elles prirent le métro jusqu'à la porte de Clignancourt. En abordant le dédale des baraques, Élisabeth eut conscience d'entrer dans le monde des souvenirs perdus. Ici, chaque objet était l'épave d'une vie. Cette boîte à ouvrage, aux bobines d'ivoire, aux soies fanées, quelle femme l'avait reçue en cadeau, vers les années 1830 ? Quel oncle à héritage avait siégé dans ce somptueux fauteuil de paralytique, un plaid sur les genoux et un laquais à favoris dressé derrière ses épaules de squelette ? Et ce coffret sinistre, où reposaient deux pistolets de duel, quelle querelle d'honneur avait-il servi à régler, sur le terrain, à l'aube brumeuse, entre deux hommes aux hautes cravates blanches et aux redingotes noires tombant sur des pantalons à sous-pieds ?

Dans la foule dense et lente, des gens bien habillés coudoyaient des femmes aux cheveux gras et des ouvriers en casquettes. Chacun étudiait d'un regard soupçonneux l'inextricable fouillis des étalages. On marchandait avec la même âpreté la chaise de cuisine et le bouddha en turquoise. Arlette Crespin résista courageusement devant une lampe en céladon vert pâle, dont elle avait très envie. Élisabeth repassa trois fois devant un fauteuil Louis XV rustique, au siège et au dossier cannés. Trois cents francs! Une ondée précipita les deux amies dans un bistrot voisin. La salle était pleine de monde. Dans la fumée épaisse du tabac, glissaient des visages de serveuses hagardes. Un accordéoniste jouait dans un coin. Élisabeth était enchantée. Arlette disait : « Ça, au moins, c'est authentique! » L'averse s'arrêta. Elle sortirent pour voir les marchands rouvrir leurs boutiques et replier leurs bâches. Le fauteuil Louis XV était toujours là, plus beau encore dans un pâle rayon de soleil. Des amateurs s'approchèrent de lui d'un air indifférent, qui ne pouvait tromper personne. Arlette chuchota :

« S'ils ne se décident pas, vous devriez l'acheter. Il n'est pas cher. Les deux pieds de derrière ont été rafistolés, mais le reste est d'époque. »

Les amateurs s'éloignèrent.

« Laissez-moi faire! » dit Arlette.

Et elle se lança dans un marchandage si serré, qu'Élisabeth en éprouva de la gêne. Après un faux départ spectaculaire de ses deux clientes, le vendeur, écœuré, les rappela et consentit un rabais de quinze francs. Il fallut prendre un taxi pour transporter le fauteuil jusqu'à la rue François-Ier.

Dès son entrée dans le studio, il éclipsa les autres meubles. Élisabeth et Arlette l'encaustiquèrent, l'essayèrent à tour de rôle et le promenèrent par la pièce avant de lui assigner une place d'honneur, de biais, près de la cheminée. Le reste de l'après-midi passa en confidences. Arlette raconta sa victoire sur le chagrin : elle avait aimé, elle avait cru en des promesses, et, aujourd'hui, guérie de son obsession, elle méprisait celui qui l'avait déçue. Élisabeth, plus réticente, parla surtout du plaisir qu'il y avait pour une femme à organiser sa vie en dehors de toute influence masculine. Elles tombèrent d'accord pour se féliciter de leur destin transparent.

Le lendemain soir, Élisabeth quitta son magasin

plus tôt que de coutume, pour rendre visite à son oncle Denis, dans le bistrot de la rue Lepic. Elle le trouva fatigué et soucieux : Clémentine l'inquiétait. Elle était plus souvent dehors qu'à la caisse. Les armoires étaient trop petites pour contenir toutes les robes qu'elle achetait en solde. « Plus je gagne, plus elle dépense ! » chuchota-t-il à Élisabeth en lorgnant sa femme qui, maquillée en épaisseur, le cheveu oxygéné et la paupière bleue, bavardait langoureusement avec un client accoudé au comptoir. Quand elle revint à eux, le regard de Denis s'éclaira. Il lui pinça la taille au passage. Elle rit en haussant une épaule.

« Tu sais qu'elle prend des cours de coupe, maintenant, un jour sur deux, de six heures à huit heures? dit-il. Lorsqu'elle sera assez calée, elle pourra s'habiller elle-même !

— J'aimerais bien apprendre, moi aussi ! » dit Élisabeth.

Immédiatement, Clémentine changea de conversation. Denis insista pour garder Élisabeth à dîner. Elle accepta et s'assit entre son oncle et sa tante, dans un angle de la salle. Le civet de lièvre fut excellent. De temps à autre, Clémentine se levait pour encaisser le prix d'une consommation. On parla de Megève, de Pierre, d'Amélie, de grand-père, qui ne s'occupait presque plus de sa forge, tant il était pris par sa nouvelle passion de sculpter le bois... A neuf heures et demie, le café, tout à coup, se remplit de monde. Le garçon était débordé. Denis retourna au comptoir et Clémentine à la caisse. Élisabeth jugea le moment venu de partir.

« Tu t'en vas déjà ? » dit Denis en maniant le robinet de la pompe à bière.

Clémentine, en robe imprimée, offrait son sourire et son décolleté laiteux à un jeune mulâtre, qui buvait un Cinzano sans la quitter du regard. Elle embrassa néanmoins sa nièce, avec effusion. Élisabeth respira un coin de peau sucrée parfumée, et s'en alla, persuadée que son oncle n'était pas heureux.

Comme elle ouvrait la porte de son appartement, elle entendit la sonnerie du téléphone et se précipita. Une voix d'homme l'accueillit :

« Madame Mazalaigue?

— C'est moi-même, dit-elle en retirant son chapeau et en le jetant sur le lit.

— Enfin, je vous trouve! J'ai téléphoné tout à l'heure à votre magasin. Vous n'y étiez plus. Mais votre vendeuse a eu la bonté de me donner votre numéro personnel.

— Qui est à l'appareil?

— Bertrand Lesaulnier. Vous vous souvenez de moi? »

Elle eut un moment de surprise et murmura :

« Bien sûr!

— J'ai gardé un souvenir si agréable de notre rencontre! Auriez-vous une soirée libre, cette semaine? »

Déconcertée, elle répéta d'un ton neutre :

« Cette semaine?

— J'ai pensé que nous pourrions aller au théâtre ensemble, reprit-il. Que diriez-vous du *Chapeau de Paille d'Italie?* dans la mise en scène de Baty, à la Comédie-Française. Mais peut-être avez-vous déjà vu la pièce?

— Non, dit-elle.

— Alors, mon idée vous convient?

— Mais, oui... »

Ils prirent rendez-vous pour le surlendemain, à neuf heures moins dix, devant le contrôle. Puis, Bertrand Lesaulnier lui demanda si elle avait des nouvelles de Christian.

« Absolument pas! dit-elle d'une voix fortement timbrée.

— Je suis désolé! soupira Bertrand. Malgré l'insistance dont il a fait preuve, je n'ai pas cru devoir traiter avec lui. Il est reparti pour Genève en gardant de moi une opinion que j'imagine fâcheuse. Si jamais vous le revoyez, dites-lui bien... »

Élisabeth lui coupa la parole :

« Je ne pense pas que je le reverrai avant longtemps! »

En raccrochant l'appareil, elle se demanda si elle n'avait pas eu tort d'accepter cette invitation. Le temps lui avait manqué d'interroger Christian sur la vie privée de Bertrand Lesaulnier. Comment un homme marié pouvait-il sortir, quand bon lui semblait, sans sa femme? Était-il un époux volage en quête d'aventures? Il n'en avait pas l'air, avec son front grave, ses lunettes et son sourire désabusé. Du reste, pour les relations qu'elle aurait avec lui, elle n'avait pas à se préoccuper qu'il fût inconstant ou fidèle. S'il se montrait trop empressé, elle saurait, en quelques mots, rétablir les distances. Le seul point délicat, dans cette affaire, c'était la toilette. Bertrand l'avait déjà vue dans son tailleur bleu marine. Elle songea à sa robe de satin champagne, avec de petits plis serrés sur le corsage.

***

Élisabeth allait d'éclat de rire en éclat de rire. Toute la salle s'égayait autour d'elle, par larges vagues concentriques. Dans un décor de rue nocturne, la noce de Fadinard accourait, parapluie au poing, à la recherche du chapeau en paille d'Italie.

« Ah! tout est rompu, mon gendre! » rugissait le beau-père.

Élisabeth glissa un coup d'œil latéral à Bertrand. Il la regardait, le visage impassible, au lieu de regarder les acteurs. Elle lui sourit et tendit le cou vers la scène. Quelques minutes plus tard, profitant d'une intervention tonnante du chœur (« Au violon! Au violon! Marchez! Pas de rébellion! ») elle l'épia de nouveau, et, de nouveau, se heurta à deux prunelles bleues, qui la considéraient fixement, tendrement. Au dernier entracte, il lui avait dit qu'il n'approuvait ni la mise en scène, ni la distribution. Élisabeth l'avait jugé trop sévère. Elle se pencha vers lui et chuchota, derrière son programme :

« Vraiment, vous n'aimez pas ça?

— Je vais finir par l'aimer puisque cela vous amuse, répondit-il. Vous riez si bien!... »

Elle l'éblouit d'un regard aimable et reporta son attention sur les gardes nationaux qui houspillaient la noce. L'action se précipitait, les acteurs gesticulaient, criaient de plus en plus fort, et Élisabeth sentait toujours, sur sa joue, dans ses cheveux, sur ses épaules, sur ses mains, la caresse d'une contemplation déférente. Pour éviter que Bertrand ne se méprît sur son compte, elle s'interdit de tourner la tête vers lui jusqu'à la fin de la représentation. En la voyant uniquement occupée du spectacle, il comprendrait qu'elle n'était pas disposée à la coquetterie. Les coups de théâtre se succédaient. Une face grimaçante hurla : « Elle a le chapeau! » Et le chœur se mit à chanter :

« Heureuse journée!

« Charmant hyménée! »

Le rideau rouge descendit, séparant les comédiens du public qui les applaudissait, et se releva pour lui permettre de les applaudir encore. La lumière jaillit du plafond. Le velours cramoisi des fauteuils, l'or des moulures, les pendeloques des lustres, tout s'anima, tout resplendit. Les spectateurs devinrent acteurs à leur tour. Portés par le flot de la foule, Élisabeth et Bertrand se retrouvèrent dans la rue, devant la statue de Musset.

« Et maintenant, où allons-nous souper? demanda Bertrand Lesaulnier. Avez-vous une préférence?

— Vraiment pas! » dit-elle.

Il réfléchit un moment, les sourcils froncés, puis, avec détermination, conduisit Élisabeth vers sa voiture.

Le restaurant où il l'amena, au cœur de Montparnasse, était bas de plafond et discrètement éclairé. Les tables, rangées le long du mur, étaient séparées l'une de l'autre par des cloisons de bois d'apparence rustique. Ainsi, chaque groupe de convives se trouvait isolé de ses voisins et avait vue sur le reste de la salle. Au-dessus des nappes à carreaux, brûlaient de petites lampes, coiffées d'abat-jour en cretonne rouge. Le service était lent et silencieux. Agréablement surprise par le décor, Élisabeth reporta sur son compagnon le mérite de l'avoir choisi. Ce fut lui également qui suggéra le menu. Elle avait très faim, mais, après la soupe à l'oignon, épaisse, brûlante, odorante, il lui sembla qu'elle ne pourrait plus rien avaler. Un verre de Pouilly, sec et joyeux, lui rendit le goût de la nourriture.

« Ce que je reproche à la mise en scène de Baty, disait Bertrand, c'est d'avoir transformé cette comédie française en farce à l'italienne. Il a plus pensé à lui qu'à Labiche. Il s'est laissé entraîner par son goût de la pantomime. Il a voulu faire à tout prix un spectacle « signé ». Quelle erreur!... »

Elle reconnut qu'il n'avait pas tort, mais loua le jeu de Debucourt en poète mondain.

« D'accord, dit-il, Debucourt est remarquable, mais on a fait trop danser et chanter Bertin au détriment de l'action. Quant aux costumes de Touchagues...

— Ne critiquez pas les costumes, ils sont excellents! » s'écria-t-elle.

Il la regarda, frappé par l'intransigeance de son opinion, sourit et murmura :

« C'est exactement ce que j'allais vous dire! »

Délestée de son indignation, elle ne sut que balbutier :

« Ah! bon... Tout de même!

— J'ai cru que vous alliez me sauter à la gorge! reprit-il. Quelle fougue! Êtes-vous toujours aussi impétueuse quand vous défendez quelque chose ou quelqu'un?

— Toujours! dit-elle.

— J'en étais sûr! Vous aimez, vous détestez, vous ignorez les nuances!

— A quoi voyez-vous cela?

— A vos yeux! Votre regard passe si rapidement de la décision à la douceur, de la gaieté à la mélancolie! Je vous observais, tout à l'heure, au théâtre, et je me disais : « Est-elle plus belle dans la joie ou dans la gravité? » C'était une sottise, car même quand vous riez vous êtes grave, et même quand vous êtes grave il y a de la joie sur votre visage. Une joie que vous ne contrôlez pas, que vous ne soupçonnez pas, la joie de vivre... Vous aimez la vie, Élisabeth? »

C'était la première fois qu'elle l'entendait prononcer son prénom. Comme elle ne répondait pas, il dit en s'inclinant vers elle :

« Cela vous ennuie que je vous appelle Élisabeth?

— Pas du tout.

— Et vous, vous voulez bien m'appeler Bertrand?

— Mais oui. »

Elle déchiquetait une tranche de saumon fumé dans son assiette. La petite lampe, juponnée de tissu rouge, éclairait par en bas le visage tendu de Bertrand. Elle se dit qu'il n'était pas beau, mais intelligent, prévenant, et que, sans doute, il se contenterait toujours avec elle du plaisir épars dans un échange de mots, de regards, de sourires. Il avala une gorgée de vin et répéta sa question d'une voix profonde :

« Vous aimez la vie, Élisabeth? »

Elle tressaillit, dérangée dans ses méditations, et murmura :

« Tout le monde aime la vie!

— Ne croyez pas ça. Il y a des gens qui réfléchissent tellement au passé, ou à l'avenir, qu'ils ne savent pas jouir du présent! Vous n'êtes pas de cette espèce-là, je suppose?

— Non. Et vous?

— Un peu, hélas! Il est très rare que j'oublie tout,

comme maintenant, pour être heureux sans arrière-pensée.

— Vous avez beaucoup de choses à oublier? demanda-t-elle en lui décochant un regard vif comme le coup de patte d'un chat.

— Oui, Élisabeth. »

Ils gardèrent longtemps le silence. En quelques phrases, elle avait changé le ton de la conversation. D'abord inoffensif, le climat devenait dangereux. Tant pis! Il fallait qu'elle en apprît davantage sur cet homme.

« Qu'avez-vous à oublier, par exemple? dit-elle.

— Mes soucis d'affaires, les mauvaises nouvelles qui nous viennent d'Allemagne...

— Et puis?

— Comment, et puis?

— Vous n'avez pas d'autres préoccupations?

— Mille autres, dit-il, mais moins importantes! »

Une veine s'était gonflée sur son front. Élisabeth s'entendit prononcer d'une voix détachée :

« Votre femme n'est pas à Paris? »

Il la regarda dans les yeux et dit simplement :

« Si, Élisabeth. »

Elle ne broncha pas. Mais un battement rapide dans la poitrine l'obligea à marquer une pause avant de poursuivre :

« Vous sortez souvent sans elle?

— Très souvent.

— Pourquoi? »

Elle avançait dans un fourré d'épines, et, cependant, rien ne pouvait la contraindre à reculer. Il soupira :

« Que vous répondre? Ces situations ne sont concevables que pour ceux qui les subissent. Au lieu de nous séparer définitivement, ma femme et moi avons choisi, à cause des enfants, de continuer à vivre ensemble, mais en nous laissant la plus grande liberté. Elle porte mon nom, elle élève mes fils. C'est tout! »

Était-il sincère? Qui de sa femme ou de lui était

responsable de cette rupture? Ne cherchait-il pas auprès d'Élisabeth une consolation facile? Elle s'était trouvée sur son chemin, au moment propice. Il lui faisait la cour, pour se distraire de son chagrin et reprendre confiance en lui-même. Le garçon changea les assiettes. Élisabeth marmonna :

« Et... il y a longtemps?...

— Quatre ans, dit-il. C'est lamentable. En général, je répugne à parler de tout cela. Mais, devant vous, je me sens bien! Je sais que, mieux que quiconque, vous pouvez me comprendre! »

Il la dévisageait d'une manière si directe, si profonde, qu'elle songea : « Christian lui a dit que j'étais divorcée. Peut-être même est-il au courant des circonstances dans lesquelles j'ai quitté Patrice? Peut-être se doute-t-il que Christian et moi?... »

« Élisabeth, dit Bertrand, je suis heureux que vous me donniez l'occasion de m'expliquer franchement. Je ne veux pas que vous ayez de moi l'idée d'un homme malheureux avide d'une revanche, ni d'un mari infidèle collectionneur d'aventures sans lendemain. Ce serait offensant pour vous et pour moi-même. La vérité est beaucoup plus banale. J'ai pris l'habitude de vivre en célibataire. Je me croyais, jusqu'à ces derniers jours, à l'abri de toutes les surprises. Mes enfants, mes affaires, mes amis, suffisaient à meubler mon existence. Et puis, je vous ai vue. Et tout, autour de moi, est devenu plus léger, plus attrayant. Vous dégagez un rayonnement par votre seule présence. Je ne vous ai rencontrée que deux fois et, déjà, je voudrais être sûr de conserver toujours votre amitié... »

Il se tut et interrogea Élisabeth des yeux, comme pour quêter son assentiment. Mais elle ne voyait plus rien en elle-même, partagée entre une indulgence sans chaleur et une injuste hostilité. Elle se reprochait d'avoir poussé Bertrand à des aveux dont elle était la première embarrassée. Elle aurait voulu n'avoir rien dit, n'avoir rien entendu, revenir à l'instant où elle sortait avec lui du théâtre... Sans doute la croyait-il émue. Le garçon arriva, opportunément, avec le soufflé à l'orange. Répartie entre les deux assiettes, la mousse blonde, parfumée, s'affaissa mollement.

« J'ai l'impression que je vous ai blessée par mégarde », dit Bertrand.

Il parlait d'une voix respectueuse et montrait, au-dessus de la petite lampe, un visage noble et dévoilé, qui ne manquait pas de séduction. Élisabeth se domina :

« Blessée? Mais non! Pourquoi? Simplement, je pense à ce que vous m'avez dit sur vous-même...

— N'y pensez pas trop. Souriez-moi... »

Elle retira sa main au moment où il allait la prendre sur la nappe. Le sommelier versa du vin dans leurs verres. Bertrand chercha le regard d'Élisabeth, ne le trouva pas et but seul. Elle plongea sa cuillère dans le soufflé. Ils mangèrent en silence.

« Un café? demanda-t-il.

— Non, merci. »

Des gens se levaient de table, réclamaient leur vestiaire. La soirée s'achevait tristement, parmi le rayonnement des petites lampes rouges, les serviettes froissées, les saluts obséquieux des garçons.

« Il est tard, dit-elle. Il faut partir. »

Bertrand la raccompagna en auto. Encombrée par une histoire qui ne la concernait pas, Élisabeth s'irritait de ne pouvoir réfléchir à autre chose. Enfin, la voiture s'arrêta devant la maison. Bertrand descendit de son siège en même temps qu'Élisabeth.

« Quand vous reverrai-je? » demanda-t-il.

Il était nu-tête, sous le ciel étoilé.

« Je vous téléphonerai », dit-elle avec la conviction intime qu'elle n'en ferait rien.

Il éventa le piège :

« Vous n'avez pas mon numéro!

— Eh bien, donnez-le-moi. »

Il hocha la tête et dit :

« Non. Je préfère vous téléphoner moi-même. »

Elle songea : « Il a peur que je ne trouve sa femme au bout du fil ! »

« Je ne vous demande pas votre numéro particulier, murmura-t-elle avec ironie. Celui de votre bureau me suffira. »

Comme s'il ne l'eût pas entendue, il dit :

« Je vous appellerai demain soir, vers neuf heures. »

Elle rentra chez elle, mécontente d'elle-même, du temps perdu, de la fatigue qui brouillait son maquillage, et ferma sa porte, avec décision, à tout ce qui menaçait sa rigoureuse et saine solitude.

Le jour suivant, à midi, comme elle revenait du magasin, la concierge l'arrêta au passage : on avait apporté des fleurs pour elle, en son absence. Le papier transparent recouvrait une jonchée de roses rouges. Une enveloppe était épinglée au paquet. Élisabeth la décacheta dans l'ascenseur : « Bertrand Lesaulnier, 14, rue Spontini. » Entre les lignes gravées, ces quelques mots : « Je ne cesse de penser à vous. » Les roses illustrèrent cette affirmation en s'épanouissant, veloutées, luxueuses, rarissimes, dans un vase trop petit pour elles. Élisabeth déjeuna en les contemplant, avec un plaisir qui n'était pas purement esthétique. L'esprit en alerte, elle luttait mal contre l'acquiescement féminin, l'attendrissement traditionnel et facile, que lui inspiraient ces fleurs, dédiées à sa grâce par un homme qui avait du goût et de l'obstination. L'après-midi, entre deux ventes de disques, elle rêva encore furtivement au bouquet comme à une personne vivante. Au bout de la journée, les roses l'accueillirent intactes, dans le studio imprégné de leur parfum. Sans courage pour cuisiner, elle se contenta d'un dîner de bohème, fait de fromage et de fruits.

A neuf heures, elle fut tirée de son cabinet de toilette par le téléphone qui sonnait. Pas de doute possible : c'était Bertrand. Il lui avait bien dit qu'il l'appellerait, sans faute, dans la soirée ! D'abord tentée de lui répondre, elle se crispa dans une attitude défiante. « Évidemment, je devrais le remercier pour ses fleurs. Mais il voudra me revoir, et je n'en ai aucune envie. Il faudrait qu'il comprenne... » Le timbre grelottait à intervalles égaux, et elle restait immobile, au centre de la pièce, foudroyant du regard l'intrus qui se cachait dans la masse noire de l'appareil. Enfin, la sonnerie s'arrêta. L'assaillant battait en retraite. Dix secondes plus tard, il revint à la charge. Contenant son émotion, Élisabeth résistait au carillon impératif qui ébranlait tout le décor autour d'elle. « Un coup, deux coups, trois coups... six coups... huit coups... » Le silence rétabli fut un repos pour ses nerfs. Elle se coucha et prit un livre : le roman de Vicki Baum. Elle ne l'achèverait jamais ! De temps à autre, elle reportait ses yeux sur le téléphone, comme pour lui demander des comptes. Il se manifesta encore à neuf heures et demie, puis à dix heures moins le quart. Ce fut le dernier essai. Délivrée, Élisabeth se remit à lire. Mais elle avait l'impression désagréable que quelqu'un était entré chez elle.

5

ELLE aurait dû s'y attendre : le lendemain matin, Bertrand se présenta à la boutique. Il paraissait las et nerveux. Salué par Mlle Pologne d'un retentissant : « Vous désirez, monsieur? » il marcha sur elle, menaçant de l'écraser sans la voir. Elle s'écarta précipitamment pour lui permettre de s'incliner devant Élisabeth.

« Je vous ai téléphoné hier soir, à neuf heures », murmura-t-il.

Mlle Pologne s'assit derrière son comptoir comme dans une loge de théâtre.

« J'ai dîné en ville, je suis rentrée très tard », dit Élisabeth.

Flairant déjà une affaire sentimentale compliquée, Mlle Pologne eut un mouvement d'impatience : deux clients pénétraient dans le magasin. Elle se porta de mauvaise grâce à leur rencontre. Pendant qu'elle les servait, elle n'entendait pas ce qui se disait au fond de la salle. Élisabeth remercia et gronda Bertrand pour ses roses.

« J'ai eu tant de plaisir à vous les envoyer! dit-il. Mais je n'ai pas la naïveté de croire qu'elles ont suffi à réparer mes torts envers vous.

— Quels torts?

— Je ne sais pas au juste. Notre soirée, qui avait si bien débuté, s'est terminée si étrangement, si froidement! Par ma faute, sans doute...

— Mais non, dit-elle. Simplement, j'étais un peu fatiguée! »

Il se redressa et ses yeux brillèrent d'une joie confiante :

« J'avais besoin de vous l'entendre dire, Élisabeth. Je pars, aujourd'hui même, pour Londres. Jusqu'à mon retour, pensez à moi sans amertume. C'est tout ce que je vous demande! »

Cette nouvelle, qui aurait dû la tranquilliser, la laissa étonnée, comme si tous ses projets eussent été compromis en une seconde.

« Vous resterez longtemps absent? dit-elle.

— Une quinzaine de jours. Il faut absolument que je sois rentré à Paris avant le 20 juillet. »

Elle sourit : peut-être, entre-temps, aurait-il compris que si elle était prête à lui accorder son amitié, elle ne céderait jamais à un sentiment équivoque?

« Ce voyage d'affaires m'assomme, reprit-il. Mais je n'ai pas pu le remettre. En tout cas, dès mon arrivée à Paris, je vous téléphonerai. Nous sortirons ensemble?

— Oui, dit-elle.

— A bientôt, Élisabeth! »

Elle lui tendit la main.

Il avait déjà disparu, et elle demeurait muette, songeuse, enveloppée d'un souvenir plus doux que la présence réelle. Mlle Pologne raccompagna à la porte ses deux clients, qui n'avaient rien acheté, et revint vers Élisabeth avec un air de connivence. Sans doute supposait-elle que sa jeune patronne allait de conquête en conquête, brisant les cœurs, foulant des roses et dînant au champagne, chaque soir, avec un autre soupirant. Cette fausse image d'elle-même amusait Élisabeth à la façon d'un travesti.

« N'est-ce pas ce monsieur qui m'a téléphoné hier au magasin? dit Mlle Pologne. Comme vous n'étiez pas là, j'ai pris sur moi de lui donner votre numéro personnel. J'ai eu tort?

— Mais non », dit Élisabeth sur un ton abrupt.

Mlle Pologne comprit qu'elle n'en saurait pas davantage et qu'elle devait se fier à sa seule perspicacité pour entrevoir la suite du roman.

Quelques jours s'écoulèrent dans une monotonie aimable, marqués par de petites ventes, une sortie avec Arlette Crespin et un coup de téléphone de Megève. Amélie se plaignait d'être restée sans lettre depuis une semaine. Élisabeth la rassura sur son commerce et sur elle-même. Son père vint à l'appareil : l'aménagement du hall était terminé, il y avait déjà des clients aux Deux-Chamois, tout serait complet, à partir du 15.

« Tu ne pourrais pas faire un saut jusqu'ici pour voir la nouvelle installation? demanda-t-il. Tu passerais un moment avec nous... »

Élisabeth refusa : il lui était impossible de laisser le magasin, du moins pendant les premiers mois de la gérance. Elle entendit sa mère, qui, au loin, protestait : « Mais oui, Pierre! Ce ne serait pas du tout raisonnable. A quoi penses-tu? » L'écho étouffé de leur dispute lui rappela l'existence familiale qu'elle avait quittée et la fit sourire de tendresse. Elle raccrocha l'appareil à regret.

La fin de la semaine s'annonçait informe et grise. Arlette Crespin invita Élisabeth à prendre le thé chez elle, le dimanche suivant. Elle habitait avec sa mère un petit appartement douillet, rue de La Tour, avec de grands voiles blancs aux fenêtres, quelques meubles anciens, de fines aquarelles aux murs, et, sur le piano du salon, des photographies de son père, officier de carrière, tué pendant la guerre du Rif. Contrairement à sa fille, qui débordait de santé et de bonne humeur, Mme Crespin était une créature menue, fragile et douce, apeurée pour un rien. Elle souffrait de troubles cardiaques et, visiblement, puisait dans l'énergie d'Arlette le peu de force nécessaire à sa subsistance. C'était Arlette qui dirigeait la maison, savait la place de chaque chose dans le ménage et veillait avec une rude compétence d'infirmière à la tranquillité morale et physique de sa malade. « Tes gouttes? Tu les as laissées dans la salle de bains, maman... Je te les apporte... Mais non, tu n'as pas besoin de ton châle! Il fait très chaud... Assieds-toi là. Tiens compagnie à Élisabeth. Je prépare le thé... » A voir les deux femmes ensemble, Élisabeth comprenait mieux pourquoi Arlette ne s'était pas encore mariée. Le thé et les petits fours arrivèrent sur une table roulante et Mme Crespin s'anima. Elle raffolait de sucreries. Tout en mangeant avec des gestes précieux, elle interrogea Élisabeth sur son existence à Paris, sur ses parents. « Je suis si heureuse que vous sympathisiez avec ma fille! Il faudra venir souvent! » Après le thé, elle se retira pour s'allonger dans sa chambre. Elle en ressortit, une heure plus tard, cherchant son sac à main, sa tapisserie, ses lunettes. Arlette l'installa dans un fauteuil, avec son ouvrage, retourna auprès d'Élisabeth qui feuilletait un album de photographies et lui demanda, à brûle-pourpoint, s'il lui plairait d'assister avec elle à la revue du 14 juillet :

« Les fenêtres de nos bureaux donnent sur les Champs-Élysées. Mon patron m'a permis d'amener des amis. J'ai pensé à vous et à ma cousine Madeleine. Elle est charmante. Malheureusement, son mari ne pourra pas l'accompagner. On l'a opéré de l'appendicite. Il est encore à la clinique. Nous serions donc toutes les trois. Il paraît que la cérémonie sera la plus importante qu'on ait vue depuis la Victoire! Cinquante mille hommes de troupe, vous vous rendez compte? »

Élisabeth sourit de cet engouement, où se déclarait l'atavisme d'une fille d'officier. Pour sa part, elle goûtait peu les fastes militaires et ce fut par désœuvrement qu'elle accepta l'invitation.

Le lendemain, le courrier lui apporta une lettre de Londres. En la décachetant, elle éprouva une joie naïve, comparable à celle qu'elle avait connue en recevant les roses. Deux pages d'une écriture sèche et régulière. Elle se jeta dessus. Bertrand lui apprenait qu'il était très occupé, qu'il ne voyait que des hommes d'affaires et qu'il attendait, comme une récompense, le moment de reprendre l'avion. Les compliments qu'il lui avait adressés naguère la touchaient moins que les simples nouvelles qu'il lui donnait aujourd'hui. C'était en lui relatant ses démarches, ses tracas, qu'il lui témoignait le plus de confiance. C'était en omettant de lui rappeler qu'elle était femme et jolie, qu'il la flattait le plus sûrement, tant elle avait besoin d'amitié et tant elle se méfiait de l'amour. Elle se retint pour ne pas lui répondre.

Le 14 juillet, Élisabeth se leva très tôt, poussa les volets et reçut le soleil en pleine figure. Arlette lui avait recommandé d'être au bureau avant neuf heures. Il était huit heures et demie quand elle sortit de la maison. Un bourdonnement sourd émanait de la ville. En débouchant sur les Champs-Élysées, Élisabeth se trouva prise dans une foule endimanchée, que contenaient péniblement, derrière les barrières blanches, des agents de police, et des gardes mobiles rasés de près. Circulant dans la cohue, quelques camelots vendaient des périscopes en carton, des cocardes tricolores et les photographies des souverains anglais, dont la visite était attendue pour la semaine suivante. Toutes les façades étaient pavoisées aux couleurs britanniques et françaises. Les fontaines du Rond-Point éparpillaient leur poudre scintillante devant des massifs de drapeaux et des pyramides de verre. Au sommet de la côte, l'Arc de Triomphe était, lui aussi, entouré d'un flottement bleu, blanc, rouge. Des voitures arroseuses remontaient l'avenue en crachotant de l'eau sur le pavé. Quand elles se furent éloignées, la chaussée parut plus large entre les têtes des badauds. Élisabeth avançait difficilement, jouant des coudes, effaçant les épaules. Une cocarde lui avait poussé au corsage. Le bureau où travaillait son amie était situé au quatrième étage d'un immeuble sévère, où trente-six firmes superposaient leurs plaques de cuivre gravé et leurs paillassons à initiales. L'ascenseur s'arrêta devant une porte de bois plein, qu'égayait l'inscription suivante en lettres d'or sur fond noir : « Établissements Buffelin — import-export. Entrez sans sonner. » Élisabeth entra. Arlette l'accueillit dans l'antichambre et la présenta à sa cousine Madeleine, qui se recoiffait devant une glace. Madeleine était blonde, rose et considérablement enceinte. N'ayant pas été prévenue de son état, Élisabeth ressentit une gêne subite à la vue de ce gros ventre, que dérobait mal une petite veste aux plis vagues. D'autres personnes se pressaient dans les bureaux, parmi les machines à écrire coiffées de leurs housses noires. Arlette entraîna Élisabeth et Madeleine dans la pièce minuscule où elle travaillait habituellement :

« Ici, nous ne serons pas dérangées! Veux-tu t'asseoir, Madeleine? Tu n'es pas trop fatiguée? Tu n'as pas trop chaud? »

Madeleine protesta : elle se portait « comme un charme ». Élisabeth apprit que cette jeune femme était déjà mère d'un petit garçon de quatre ans — actuellement à la campagne, chez ses grands-parents —, que son mari, André, se remettait très bien du « choc opératoire » et qu'elle espérait pouvoir le ramener à la maison avant la fin de la semaine. Les accents de *La Marseillaise* interrompirent ces confidences d'épouse heureuse et bien organisée.

« Ça y est! s'écria Arlette. Le président de la République arrive! La tribune officielle est tout près, entre la rue de Presbourg et la rue Galilée. Venez vite sur le balcon! »

Elles se dirigèrent ensemble vers la porte-fenêtre. La ville se creusa sous leurs pieds. Accoudée à la balustrade, Élisabeth découvrait, en bas, un grouillement de têtes sur le trottoir, et la chaussée, nue et luisante, qui attendait. Soudain, la foule déferla en vagues lourdes vers les barrières. Les premiers rangs s'épaissirent. Des enfants apparurent, en excroissances vacillantes, sur le dos de leurs pères. Dans l'avenue, au son aigre des trompettes, les gardes républicains à cheval s'avançaient déjà, botte à botte, le casque étincelant. Derrière, venaient les Polytechniciens, cachant une somme de science sous leurs graves bicornes, les Saint-Cyriens, en flots compacts, poussant devant eux l'écume légère de leurs casoars, d'autres élèves des grandes écoles militaires... Arlette connaissait tous les uniformes. Dans le fracas de la musique et des acclamations, elle jetait des renseignements péremptoires :

« Ça, c'est Saint-Maixent ! Ça, c'est Poitiers ! Non, c'est Vincennes... Ah ! les équipages de la flotte... »

Une ovation monta de la multitude vers les pompons rouges. Puis, surgirent, d'un pas fringant, les chasseurs alpins, le béret sur l'œil, les bataillons de haute montagne, le piolet à la main et les skis sur l'épaule, les zouaves, les troupes de forteresse, des régiments d'infanterie en tenue kaki... Source intarissable, l'Arc de Triomphe laissait couler devant lui un large fleuve d'hommes, d'armes et de drapeaux. Les musiques militaires se relayaient, les visages, tous identiques, se déboîtaient l'un de l'autre, les bras oscillaient en cadence, la raide moisson des fusils ondulait imperceptiblement.

« C'est splendide, splendide ! » répétait Arlette, rose d'enthousiasme et les mains crispées sur la barre d'appui.

Élisabeth elle-même était impressionnée par ce spectacle de force et de discipline.

« Oui, balbutia-t-elle, je ne m'attendais pas à cela ! »

Son cœur bondissait aux accents saccadés des cuivres et des tambours. Un sentiment de fierté lui tournait la tête, comme si, jamais encore, elle n'eût soupçonné la grandeur de son pays. La France était belle, puissante, invincible !

« Il y a sûrement des observateurs allemands un peu

partout, dit Arlette. En voyant notre 14 juillet, ils ne doivent pas être très à l'aise!...

— Les spahis! » s'écria Élisabeth, du même ton qu'elle eût salué le lever du soleil.

C'étaient eux, en effet : spahis algériens, au burnous blanc et rouge, spahis marocains, au burnous blanc et noir. Une horde de guerriers sauvages caracolait sur de petits chevaux, agacés par le son aigre des flûtes du désert.

Ils cédèrent la place aux formations de cavalerie régulière. La foule hurlait, puis redevenait silencieuse, s'immobilisait au garde-à-vous devant les drapeaux.

Lorsque les hommes et les chevaux eurent fini de défiler, arrivèrent, dans un terrible bourdonnement, les machines. Des ponts entiers montés sur roues, de lourdes voitures blindées, couleur d'herbe et de terre grasse, pleines de soldats, le fusil au poing, des camions aux bâches barbouillées de toutes les teintes de l'automne, des automitrailleuses, des canons tractés aux longs tubes luisants, des pièces de D.C.A. aux gueules pointées vers le ciel... Après un court entracte, l'avenue vibra, prête à se disloquer, et des tanks se hasardèrent sur la chaussée. Les petits d'abord, bossus, aveugles, hermétiques, puis les gros, portant sur leurs flancs des noms de villes ou de provinces. Citadelles en marche, ils roulaient lentement, bruyamment, écorchant le sol et lâchant une vapeur d'essence, bleuâtre, qui tremblait dans l'air et brouillait les lignes. Un collègue d'Arlette entra inopinément dans le bureau :

« Vous avez vu ça? Quelle mécanique! Avec la ligne Maginot par-devant et ces chiens de garde par-derrière, nous ne craignons rien! Hitler n'est pas fou, tout de même! »

Un vrombissement de colère couvrit sa voix. Des escadrilles d'avions survolaient les Champs-Élysées à basse altitude. Les gens levaient la tête. Tout le trottoir se parsema de taches pâles, tel un arbre montrant l'envers de ses feuilles dans un coup de vent. Le crâne d'Élisabeth éclatait de joie. Madeleine se boucha les oreilles.

« Formidable ! » dit Arlette en se tordant le cou pour regarder plus haut.

Quand les derniers avions se furent perdus à l'horizon et que les derniers chars d'assaut eurent fini de ramper vers la place de la Concorde, le bruit de la ville parut doux à entendre comme le silence d'une mer au repos. Ultime attraction de la fête, la Renault noire du président Lebrun descendit les Champs-Élysées, escortée de gardes républicains en grande tenue. Des acclamations montèrent vers le personnage solennel et moustachu qui saluait les maisons d'un geste mou de la main. La foule commença à se disperser, aspirée par les bars et les bouches de métro.

« Attendons un peu, dit Arlette. Quand il y aura moins de monde, nous irons boire un verre en face. »

Elles eurent beau prendre patience, lorsqu'elles descendirent dans la rue, tous les cafés étaient encore bondés de consommateurs. A grand-peine, elles trouvèrent une table libre au fond de la salle du Triomphe. Autour d'elles, dans un décor de stuc convulsif, d'étoffes rouges et de glaces mordorées, siégeaient, coude à coude, soucoupe à soucoupe, des familles complètes, que le fracas des marches militaires avait réduites à l'hébétude. Les hommes mordaient dans la mousse de leur bière avec une avidité soldatesque. Les femmes, lasses, moites, le nez luisant, éventaient leur corsage avec un journal au titre gras : « La France, puissante dans ses armes et tranquille dans son âme. » Madeleine, pesante pour deux, s'était affalée sur la banquette et récupérait ses forces en suçant une menthe à l'eau. Élisabeth la jugea outrageusement animale dans sa maternité.

« Si nous déjeunions ici, toutes les trois ? » proposa Arlette.

Madeleine accepta d'emblée : son mari ayant besoin

de repos, elle était libre jusqu'à trois heures. Malgré le peu de sympathie que lui inspirait cette plantureuse créature, Élisabeth, à son tour, se décida. Le maître d'hôtel les convoya jusqu'à une autre table, blottie dans un renfoncement de plâtre et de fer forgé. A côté d'elles, de gros mangeurs parlaient l'allemand en dévorant un homard à l'américaine.

« C'est fou ce qu'il y en a, à Paris, ces derniers temps! chuchota Élisabeth. Qu'est-ce qu'ils viennent faire en France? Nous espionner?

— Ou se nourrir à leur faim, dit Madeleine. Ils sont terriblement rationnés, chez eux!

— En tout cas, s'ils ont vu le défilé, ils ont compris que nous n'avions pas besoin de nous priver de beurre pour avoir des canons! » dit Arlette.

Pendant tout le déjeuner, Élisabeth fut obsédée par les voix rauques de ses voisins et par les manières affectées de Madeleine, qui, décidément, l'agaçait. Depuis son avortement, elle supportait mal l'ostentation de certaines mères de famille, fières de leurs rejetons présents et à venir. Comment cette femme osait-elle se montrer en public, alors que sa grossesse ballonnante sautait aux yeux? « Si j'étais dans son état, j'éviterais de sortir, se dit-elle. Je resterais cloîtrée à la maison. Je serais même gênée d'imposer à mon mari la vue de mon ventre plein. » Dès qu'elle se fut ainsi substituée par la pensée à Madeleine, un regret lancinant lui traversa l'esprit. Elle n'avait plus faim. Le repas traînait en longueur. Avec effort, elle revint à la conversation.

« André souhaiterait encore un garçon, disait Madeleine. Mais moi, je voudrais une fille. C'est tellement plus doux et plus complexe, une fille, tellement plus attaché à sa mère!...

— Fille ou garçon, vous l'accueillerez avec joie, dit Arlette en découpant son poulet d'un geste féroce. Si tu savais combien je t'envie d'avoir des enfants!

— Un jour, tu en auras, toi aussi! dit Madeleine avec la condescendance d'une spécialiste.

— Si on pouvait en avoir sans se marier, je te jure que je ne me gênerais pas! grommela Arlette. Que veux-tu? j'adore pouponner! C'est fâcheux pour une célibataire! Et vous, Élisabeth? »

Élisabeth tressaillit, comme mise en accusation, et balbutia :

« Quoi?

— Vous aimez les enfants?

— Pas du tout! » dit-elle d'un ton agressif.

Et, aussitôt, elle se reprocha son insolence.

L'œil de Madeleine se figea, ses lèvres se pincèrent en cicatrice. Elle se jugeait personnellement offensée. Un froid s'établit au-dessus de la table. Le garçon apporta des ananas au kirsch. Arlette s'efforça de sauver la situation en murmurant avec un sourire d'indulgence :

« Vous dites ça maintenant, Élisabeth, mais vous verrez, plus tard, vous changerez d'avis... »

Cependant, Madeleine ne pouvait se contenter de cette maigre concession à la cause des mères. Ayant avalé son ananas au kirsch en quatre bouchées, elle prétendit qu'il était tard, que son mari l'attendait à la clinique, remercia Arlette pour « ce charmant déjeuner » et partit, vexée, la joue pourpre, le dos plat et le ventre en avant. Restées entre femmes libres, Élisabeth et Arlette commandèrent du café.

« Au fond, ça ne vous a pas plu que j'aie invité ma cousine! dit Arlette.

— Mais non! marmonna Élisabeth. Elle a l'air très gentille!... »

Arlette alluma une cigarette, souffla un jet de fumée et soupira :

« Ne vous forcez pas pour être aimable. Avec moi, ça n'a pas d'importance. Vous avez le cafard, aujourd'hui?

— Absolument pas!

— Si! Je commence à vous connaître. Je crois que vous n'êtes pas très heureuse.

— Quelle idée! s'écria Élisabeth. Pourquoi?

— Parce que vous n'êtes pas faite pour vivre seule.

— Et vous?

— Moi, c'est différent. Je suis la vieille fille dans toute sa splendeur. J'ai organisé mon existence de façon à n'être jamais désœuvrée. D'abord, j'ai ma mère qui a besoin de mon attention, de ma tendresse. Et puis, le travail, le sport, les amis, le bridge, la lecture... Pas une minute de libre!

— Je suis à peu près dans le même cas que vous, dit Élisabeth.

— Allons donc! Regardez-vous et regardez-moi. Ai-je une tête à soulever les passions? Mais vous, Élisabeth, avec vos yeux vifs, votre sourire, vous êtes d'une autre espèce. Celle des femmes qui sont créées pour l'amour, pour la vie à deux. Il se dégage de vous un charme si persuasif que votre solitude actuelle ne peut être qu'un accident! Je n'ignore pas que vous avez eu un triste départ, que votre divorce vous a marquée. Sans doute aviez-vous épousé un homme qui était incapable de vous comprendre... »

Cette fausse vision d'elle-même embarrassa Élisabeth et elle protesta en rougissant :

« Mais non, Arlette... Mon mari était un homme très bien...

— Il ne pouvait pas être un homme très bien, puisqu'il n'a pas su vous garder. Enfin, admettons que les torts aient été partagés! Quoi qu'il en soit, ce n'est pas une raison parce que vous vous êtes trompée une fois pour ne plus croire en rien, ni en personne. Je suis persuadée qu'un de ces jours vous m'arriverez toute rayonnante, pour m'annoncer que vous êtes amoureuse et que vous allez vous marier. »

Élisabeth éclata de rire :

« Ma chère Arlette, si j'avais voulu me marier,

j'aurais eu l'occasion de le faire depuis plus de deux ans!

— Je n'en suis pas sûre! Il vous faudrait un homme exceptionnel!

— Aimant les pantoufles et les enfants...

— Les pantoufles, non, les enfants, oui... Un homme qui vous domine, qui vous protège...

— Si vous le dénichez, je vous le laisse, répliqua Élisabeth.

— Vos yeux me disent le contraire », murmura Arlette en posant sa main sur celle de son amie.

Sous ce regard interrogateur, Élisabeth se referma doucement, par crainte d'être entraînée dans de plus amples confidences. Elle ne voulait plus parler d'elle-même et, cependant, l'affection d'Arlette la charmait. Auprès de cette fille droite et saine, la tristesse était un réconfort. Elles restèrent longtemps ainsi, occupées l'une de l'autre, dans une solidarité féminine silencieuse et pudique. Les Allemands se levèrent de table, déplaçant une âcre odeur de cigare.

« Ouf! dit Arlette. Nous sommes de nouveau chez nous! Et le café qui refroidit! »

Elle avala sa tasse d'un trait et alluma une autre cigarette.

« Vous fumez trop! dit Élisabeth.

— Laissez donc! C'est le seul vice que je me permette! J'ai une proposition à vous faire. Comme vous n'êtes Parisienne que depuis deux mois, je voudrais vous montrer le Paris du 14 juillet.

— Mais je l'ai déjà vu!

— Je ne vous parle pas du défilé militaire! Nous allons nous promener dans les rues, suivre la foule, regarder les bals de quartier...

— Pour me trouver un mari? » demanda Élisabeth.

Elle avait eu un air si comique en formulant cette question, qu'Arlette pouffa de rire, la traita de pitre et s'écria :

« Tiens ! Pourquoi pas ? Qu'est-ce qui vous tente davantage : Montparnasse, Montmartre ?

— Montmartre », dit Élisabeth.

Elles partagèrent les frais du repas — deux tiers pour Arlette, un tiers pour Élisabeth —, et prirent le métro jusqu'à la station Pigalle.

En émergeant à l'air libre, elles furent brusquement étourdies par le vacarme de la fête foraine. Sur le terre-plein du boulevard, entre les falaises des maisons grises et pavoisées, s'allongeait la file interminable des loteries, des billards japonais, des tirs à la carabine, des manèges, des baraques de monstres et des balançoires mécaniques. Les musiques se cassaient au-dessus d'une foule surexcitée par le bruit, la chaleur et le coudoiement. Des femmes hurlaient dans les autos tamponneuses. Les cochons roses promenaient des couples hilares et des filles seules, la cuisse disponible et le regard perdu à l'horizon. Un père de famille, en manches de chemise, boxait un nègre en plâtre, au ventre de cuir élastique — et l'épouse, les enfants émerveillés, suivaient sur un cadran l'aiguille qui mesurait la force herculéenne du chef de la tribu !

« C'est admirable ! Je suis enchantée ! J'ai douze ans ! balbutia Arlette.

— Moi aussi », dit Élisabeth avec un sourire.

Elle se revoyait, enfant, devant ces mêmes toiles peintes et ces mêmes bonimenteurs enroués. Tout lui paraissait plus petit, plus pauvre, plus terne qu'autrefois. Le rose des cochons était sale, les tasses chinoises de la loterie avaient des dorures trop neuves, le clown de la grosse caisse semblait vieux et sans drôlerie. Au contraire d'Arlette, qui éclatait d'enthousiasme, elle retenait son émotion et avançait d'une démarche prudente, comme dans un rêve, n'osant vivre le présent par crainte de détruire le passé. Attirés par ces deux jeunes femmes qui flânaient, le nez au vent, des hommes les accostaient avec un sourire engageant de mauvais berger :

« Vous ne vous ennuyez pas toutes les deux, mesdemoiselles? On n'a pas idée de rester seules quand on est jolies comme ça!... Venez donc faire un tour au bal avec mon copain et moi... »

Ils parlaient à des sourdes, s'en rendaient compte bientôt, et les laissaient partir en haussant les épaules. Alors, Élisabeth et Arlette confrontaient leurs appréciations sur un ton positif :

« Le grand n'était pas mal, avec son air de gitan!

— Quelle horreur, il avait les oreilles en feuilles de chou et des dents jaunes!

— Ah! je n'avais pas remarqué! »

Elles s'essayèrent au jeu de massacre, lancèrent des anneaux sur des bouteilles de champagne, sans en atteindre une seule, et échouèrent devant un appareil qui, pour cinquante centimes prédisait l'avenir. En échange de son obole, Arlette reçut, dans une sébile, un petit billet bleu qui lui conseillait de ménager son foie et de fuir certaine femme blonde aux desseins maléfiques, et Élisabeth, un petit billet rose, qui l'avertissait de son prochain bonheur avec un monsieur brun et d'un héritage inattendu. Elles recommencèrent et, cette fois-ci, l'héritage et le monsieur brun furent pour Arlette, tandis qu'Élisabeth se voyait menacée de la femme blonde et de la maladie de foie. Elles riaient si fort, que des gens se retournaient sur elles, dans la foule. Sans y prendre garde, elles avaient descendu le boulevard jusqu'à la station de métro Anvers. Élisabeth leva les yeux et lut l'enseigne d'un bistrot, sur le trottoir d'en face : le Cristal. Une nuée de souvenirs lui montait à la tête. Le café de ses parents! Et, au-dessus, une fenêtre ouverte : celle de sa chambre. Qui l'habitait maintenant? D'un pas rapide, elle traversa la rue. Arlette courut derrière elle :

« Où allez-vous?

— Vous n'avez pas soif? Nous allons boire quelque chose!

— Dans ce bistrot? On pourrait trouver mieux!

— Non, Arlette, on ne pourrait pas trouver mieux », murmura Élisabeth.

Comme elle pénétrait dans la salle, une émotion très douce l'étreignit. Rien n'avait bougé dans le décor de ses premières années. Elle reconnaissait les banquettes de moleskine marron, le zinc en demi-fer à cheval, le percolateur, les globes laiteux des lampes, les glaces entourées de moulures, les réclames, les boîtes de cigarettes sur les rayons, l'odeur des apéritifs et de la sciure de bois. De maigres guirlandes en papier de couleur pendaient sous le plafond. Elle n'aurait pas été surprise de voir son père au comptoir et sa mère à la caisse. Mais c'étaient des inconnus qui les remplaçaient : un gros homme au triple menton, une femme blafarde, lunettée et d'aspect revêche. Élisabeth avisa une table libre, fit un signe à Arlette et elles s'assirent, tandis que le garçon accourait en boitillant pour prendre la commande :

« Deux demis. »

A présent, Élisabeth regardait l'escalier tournant qui conduisait au billard et aux chambres. Là-haut — elle en était sûre ! — il y avait une fillette noiraude et pâle, qui, penchée à la fenêtre, admirait la fête foraine et regrettait de n'avoir que dix ans. D'une minute à l'autre, elle allait descendre, à pas de loup. Sur la rampe, apparaîtrait une petite main blanche. Deux prunelles émerveillées s'ouvriraient sur le monde bruyant des grandes personnes.

Le garçon déposa les demis sur la table. Élisabeth ne quittait pas l'escalier des yeux. Chaque marche lui en était connue comme une partie d'elle-même. Tournant son verre entre ses mains, elle s'abandonnait à un sentiment nostalgique de privation, de dépossession arbitraire. Une grosse femme entra, suivie d'un gamin qui suçait un cornet de glace. Il avait dû l'acheter au Glacier Suisse à côté. Pistache et vanille. « C'étaient mes parfums préférés ! »

« Qu'avez-vous? demanda Arlette. Vous êtes toute songeuse!

— Si vous saviez où nous sommes!

— Dans un café comme les autres!

— Non. Celui-ci appartenait à mes parents. Ils l'ont vendu, il y a huit ans, pour prendre l'hôtel des Deux-Chamois, à Megève.

— Ce n'est pas possible! s'écria Arlette. Je vous croyais Savoyarde!

— Je suis peut-être plus Parisienne que vous!

— Alors, les bals, les fêtes foraines, vous n'ignorez rien de tout ça, bien sûr! Moi qui voulais vous épater!... Ah! j'ai l'air maligne!... »

Elle réfléchit un moment et ajouta :

« C'est drôle, je ne vous vois pas, petite fille, dans ce milieu-là! »

Élisabeth avala une gorgée de bière froide et amère.

« Tout était si simple! dit-elle. Je n'imaginais pas qu'il y eût au monde un endroit plus beau, plus amusant, plus élégant que celui-ci. Mes parents tenaient le café. Mon oncle Denis, le jeune frère de ma mère, travaillait avec eux. J'avais une adoration pour lui... »

***

« Ça, alors! c'est une surprise! » s'écria Denis.

Il poussa un bock sur le comptoir, vers un client solitaire, et s'essuya les mains à un torchon. Les manches de sa chemise étaient roulées. Sa figure rayonnait de joie au-dessus d'une cravate papillon. Élisabeth et Arlette s'avancèrent vers lui sous une voûte de papier gaufré, de lampions tricolores et de petits drapeaux. Clémentine surgit à son tour, en robe vert d'eau, vaporeuse, qui semblait empruntée à la décoration des murs :

« Élisabeth! Comme c'est gentil d'être venue! Hier encore, je disais à Denis : elle nous oublie! Et voilà! »

Élisabeth fit les présentations, raconta sa journée et promit de rester avec son amie pour le bal, qui devait reprendre à neuf heures. Denis l'en remercia d'un baiser sur la joue. On avait déjà dansé tout l'après-midi, avec entrain. Pour l'instant, les musiciens se restauraient dans la pièce du fond.

« Nous nous préparions justement à manger un morceau, dit Denis. Vous allez vous mettre à table avec nous ! Si ! Si ! Venez vite ! Ce sera calme encore pendant une demi-heure... »

Arlette fit honneur largement au pâté de campagne et au petit bordeaux « spécial », dont Denis lui vantait les vertus. Elle était partout à sa place, trouvant d'emblée les manières, le ton, qui convenaient à son entourage. C'était elle qui avait insisté pour qu'Élisabeth l'amenât au café de la rue Lepic. Maintenant, elle bavardait avec Clémentine et avec Denis, comme avec de vieilles connaissances.

On en était au fromage, quand la salle et la terrasse commencèrent à se remplir. L'orchestre s'installa sur une estrade, près de la porte : il se composait d'un gros accordéoniste, en veston d'alpaga, et d'un personnage malingre, coiffé d'un chapeau de cotillon, qui tenait la batterie. Le garçon et un extra reprirent leur service en traînant la semelle. Ils digéraient encore et la fatigue marquait leurs visages blêmes. Appelée par le devoir, Clémentine se repoudra, défripa sa robe et s'épanouit, telle une magnifique fleur de papier, à la caisse. Denis, lui, se posta derrière le comptoir, laissant Élisabeth et Arlette à leur table. Les sons d'un fox-trot éclatèrent avec violence. C'était l'ouverture du bal. On dansait dans la salle et sur le trottoir. Les figures des hommes étaient graves. Les plus habiles serraient leur partenaire à pleins bras et agitaient les pieds rapidement, le regard concentré, les épaules raides, un sourire supérieur aux lèvres. D'autres se tortillaient de tout le corps, avec maladresse, vis-à-vis de quelque femme maquillée, qui souffrait de ses souliers trop étroits. Un gringalet poussait devant lui une matrone en forme d'édredon. Un couple de vieillards se dandinait, les yeux dans les yeux, pris par le souvenir des 14 juillet d'autrefois. Des gamins se poursuivaient en zigzaguant entre les grandes personnes. Deux fillettes, d'une dizaine d'années, l'une en robe rose, l'autre en robe blanche, viraient, enlacées, dans la forêt des pantalons et des bas de soie. Les concierges sortaient sur le pas de leur porte. Des ménagères en cheveux descendaient de leur cuisine dans la rue. Un village naissait au centre de Paris. Les garçons transportaient des couronnes de rubis et de topazes sur leurs plateaux. Denis tourna un commutateur et une guirlande d'ampoules multicolores s'alluma au fronton du café. Les consommateurs exhalèrent un « Ah! » d'admiration. Le ciel était bleu et chaud. Parfois, une voiture cornait pour traverser le rassemblement qui débordait sur la chaussée.

« Ils me donnent envie de danser! soupira Arlette.

— Ça ne va pas tarder! » dit Élisabeth en se levant.

Elle s'avança vers son oncle et demanda :

« Tu nous invites? »

Il cligna de l'œil :

« Et comment! Toi d'abord, ton amie après! »

Et, se penchant vers un client accoudé au comptoir, il annonça fièrement :

« Vous voyez, monsieur Richelet, c'est ma nièce! »

M. Richelet s'inclina un peu trop bas, en homme pris de boisson qui tient à conserver les apparences de l'équilibre et de la courtoisie. Denis rajusta son nœud papillon et entraîna sa nièce dans la cohue. L'orchestre jouait une valse rapide, ponctuée d'éclats de cuivre et de roulements de tambour. Fouettée par la musique, Élisabeth se transforma en toupie. Denis dansait d'une façon légère, allègre et tournoyante, selon la tradition des bals musette. La grosse caisse éternuait en mesure. L'accordéoniste étirait et repliait son instrument, la bretelle au cou, et chantait d'une voix éraillée :

On est heureux comme des poissons dans l'eau,
Sur le plancher des vaches!...

Les pieds touchant à peine le sol, la cervelle éparpillée, Élisabeth pouffa de rire :

« Arrête-toi, ou je tombe!

— Penses-tu! s'écria-t-il. Avec moi, tu ne risques rien! »

Il l'avait attirée dans la rue.

On va guincher dans tous les caboulots,
Sur le plancher des vaches!...

Renversant la tête, elle vit des fenêtres allumées, et, au-dessus des toits noirs, une étoile.

6

LES drapeaux restèrent en place pour la réception des souverains britanniques. Le 19 juillet, Paris s'éveilla royaliste. Façades décorées aux couleurs de l'Union Jack, motifs héraldiques lumineux, portraits de Leurs Majestés dans les vitrines... Les journaux célébraient avec emphase l'alliance de deux grands peuples, réaffirmée en temps opportun par la visite du roi George VI et de la reine Élisabeth en France. Après leur départ, les drapeaux disparurent et Bertrand Lesaulnier arriva. En le retrouvant, Élisabeth comprit à quel point il lui avait manqué. De nouveau, ils sortirent ensemble : restaurant, théâtre, concert... Il prêta à Élisabeth des livres qu'il aimait. Elle les lisait avec passion, en discutait avec lui, et il était toujours d'accord avec ses remarques. Il disait qu'elle avait un esprit critique très développé. Comment n'eût-elle pas été flattée qu'un homme de cet âge et de cette importance recherchât sa compagnie et tînt compte de ses opinions? Bien qu'il s'ingéniât à varier le décor et le prétexte de leurs rendez-vous, elle n'avait pas conscience d'être son obligée, tant il paraissait heureux de lui consacrer ses loisirs. Maintenant, elle avait deux amis : Arlette, Bertrand. L'un et l'autre méritaient son affection. Elle forma le projet de ménager une rencontre entre eux. Un dimanche après-midi, comme

Arlette venait la prendre pour aller au cinéma, elle lui parla incidemment de Bertrand Lesaulnier.

« Il faut absolument que je vous le présente, un jour. Je suis sûre qu'il vous plaira. C'est un homme remarquable! Un grand ami! Un conseiller précieux!

— Un frère, quoi? » dit Arlette.

Elle avait un sourire si ambigu, qu'Élisabeth se fâcha.

« Évidemment, vous ne me croyez pas! s'écria-t-elle.

— Si! Si! Je vois même très bien le couple de bons copains que vous formez tous les deux.

— Mais, Arlette, puisque je vous jure qu'il n'y a rien entre cet homme et moi, ce qui s'appelle rien!...

— Je n'ai jamais prétendu le contraire! » dit Arlette.

Elle souriait toujours. Déçue par l'incompréhension de sa meilleure amie, Élisabeth renonça à la convaincre et parla d'autre chose.

Le lendemain soir, Arlette lui téléphona, alors qu'elle attendait Bertrand. Il devait l'emmener dîner dans un restaurant du Bois de Boulogne. D'habitude, ils se donnaient rendez-vous dans un bar. Ce serait la première fois qu'il pénétrerait chez elle. En prévision de cette visite, elle avait astiqué ses meubles et garni ses vases de fleurs. Tandis qu'Arlette lui parlait de ses prochaines vacances, Élisabeth inspectait le studio d'un regard satisfait.

« Des amis me proposent d'aller camper dans l'Aveyron, disait Arlette, mais j'ai plutôt envie de partir seule pour le Tyrol... »

Le timbre de l'entrée retentit et Élisabeth balbutia :

« Vous m'excusez une seconde : on sonne à la porte, je vais ouvrir... »

C'était Bertrand. Elle l'introduisit et le pria de s'asseoir, pendant qu'elle reprenait le téléphone. Mais Bertrand préféra rester debout.

« Allô, Arlette?... Vous disiez?... Oui, le Tyrol, ce serait très bien... »

Il contemplait les meubles, les estampes, et feignait de ne pas écouter la conversation.

« Bien sûr, cela me reviendra plus cher, continua Arlette. Mais, tant pis! Une fois là-bas, je me débrouillerai. Je ne connais pas le Tyrol. Et vous?

— Moi non plus », dit Élisabeth.

Bertrand se tourna vers elle et hocha la tête d'un air admiratif, pour lui faire comprendre qu'il appréciait son installation. Élisabeth lui répondit par un sourire. La voix d'Arlette bourdonnait dans l'écouteur :

« J'ai eu tous les renseignements par une agence de voyages. Je vous montrerai ça.

— Oui, oui, dit Élisabeth. Maintenant, excusez-moi, il faut que je vous laisse...

— Mon Dieu! Je vous ai dérangée! s'écria Arlette. Ce coup de sonnette, ce n'était pas une visite, au moins?

— Si.

— Oh! Vous auriez dû me le dire plus tôt. J'aurais raccroché... Je parie que c'est votre ami Bertrand qui est là!...

— Oui, dit Élisabeth, avec un coup d'œil vers Bertrand, qui s'était approché de la fenêtre et scrutait la rue.

— Alors, je n'ai pas besoin de vous souhaiter une bonne soirée! Je suis sûre que vous ne vous ennuierez pas. Je vous rappellerai demain...

— C'est ça, téléphonez-moi à la même heure.

— Vous serez seule?

— Mais oui! dit Élisabeth avec un rire assourdi. Qu'allez-vous imaginer? »

En reposant l'appareil, elle se sentit gênée, comme si Bertrand avait pu surprendre les propos ironiques d'Arlette. Mais il avait un visage parfaitement détendu.

« Tout ce que je vois ici me plaît, dit-il. Je vous reconnais dans les moindres détails. Maintenant, même quand vous serez loin de moi, je n'aurai pas de mal à évoquer votre vie... »

Elle jugea cette réflexion très étrange. Et si Arlette avait raison?

« Où allons-nous? demanda-t-elle.

— Mais... où vous voulez!... Je vous avais proposé de dîner au Bois de Boulogne...

— C'est vrai! Je n'y pensais plus! »

Elle avait hâte de se retrouver dehors, avec lui, dans un lieu impersonnel, parmi une foule d'inconnus. La concierge souleva son rideau de tulle pour assister au départ.

« Serez-vous mon chauffeur aujourd'hui? demanda Bertrand en ouvrant la portière de l'auto.

— Je veux bien, si cela ne vous ennuie pas!

— M'ennuyer? Pourquoi? Vous vous débrouillez à merveille! »

Ayant appris qu'elle savait conduire, il lui cédait parfois le volant pendant leurs promenades. Ils remontèrent l'avenue des Champs-Élysées vers l'Étoile et s'engagèrent dans le Bois de Boulogne. Sous le ciel gris et chaud, les arbres laissaient pendre leurs feuilles assoiffées. L'orage menaçait. Élisabeth songea tristement qu'Arlette partirait bientôt pour le Tyrol. Elle-même eût aimé passer quelques jours en montagne, auprès de ses parents, mais elle ne pouvait s'accorder ce congé, alors que Mlle Pologne avait, très obligeamment, renoncé au sien pour la mettre au courant des affaires. Déjà, beaucoup de Parisiens avaient quitté la capitale. Des touristes, drôlement vêtus, les remplaçaient dans les rues, à la terrasse des cafés. Le 15 août, il n'y aurait plus qu'eux sur les Champs-Élysées. Sans doute, Bertrand allait-il, lui aussi, prendre des vacances? Élisabeth le lui demanda d'un ton désinvolte.

« Non, dit-il, cette année je ne bougerai pas. »

Elle eut de la peine à cacher la satisfaction que lui procurait cette nouvelle. Une question lui vint aux lèvres. Après une brève hésitation, elle la posa :

« Et vos enfants?

— Ils sont à Saint-Jean-de-Luz, avec ma femme. »

La franchise de la réponse plut à Élisabeth. Décidément, Arlette avait tort de s'inquiéter! « Au fond, elle est un peu jalouse de l'amitié que j'ai pour Bertrand », se dit-elle. Cette idée l'amusa. Il la guidait :

« Toujours tout droit, maintenant à gauche, là, vous y êtes... »

Elle amorça un virage souple et arrêta la voiture devant le restaurant. Au même instant, des gouttes de pluie crépitèrent sur le capot. Un chasseur, brandissant un grand parapluie rouge, s'élança pour protéger les clients. Ils choisirent une table à l'intérieur, près d'une baie vitrée. Élisabeth était d'excellente humeur, mais Bertrand paraissait soucieux. A plusieurs reprises, contrairement à son habitude, il laissa mourir la conversation. Vers la fin du repas, Élisabeth lui parla de sa meilleure amie.

« Oui, dit-il, il faudra absolument que nous nous rencontrions. Quand vous voudrez... »

Mais son accent manquait de chaleur.

« Je vous trouve bizarre, Bertrand, dit Élisabeth. Vous n'êtes pas fatigué? Vous n'avez pas d'ennuis? »

Le garçon apporta des meringues glacées.

« Des ennuis? soupira Bertrand. Non! Mais j'en ai assez de Paris, de mes affaires, des sonneries du téléphone, des têtes que je vois chaque jour au bureau...

— Vous ne voulez pas prendre de vacances, et, pourtant, vous en auriez grand besoin! » dit-elle.

Il leva sa cuillère, la reposa, et un éclair brilla dans ses lunettes.

« Les seules vacances que j'aimerais prendre, ce serait avec vous, Élisabeth », dit-il.

Elle le regarda, interloquée :

« Avec moi? Vous n'y pensez pas!

— Bien sûr, dit-il, vous avez le magasin! Mais vous

pourriez vous arranger avec votre vendeuse. Nous partirions en week-end, vous et moi, pour le bord de la mer. A Deauville, par exemple. Ce n'est pas loin! »

Elle le laissait parler, pleine d'une angoisse confuse, d'une faible colère qui ne savait où porter ses coups. Cette explication, que sa raison refusait, toute une part obscure d'elle-même y était, depuis longtemps, préparée. Était-il impossible de marquer de l'affection à un homme sans qu'il exigeât bientôt de dépasser ce sentiment? Ils étaient assis face à face. Bertrand fixait sur elle des yeux amoureux, suppliants. La pluie ruisselait sur la vitre noire.

« Vous voulez bien, Élisabeth?

— Non, Bertrand! dit-elle.

— Pourquoi? »

Elle pesait les mots de sa réponse. Enfin, elle chuchota :

« Je tiens trop à notre amitié.

— Quelle amitié? prononça-t-il avec violence. Je ne suis pas votre ami, moi, Élisabeth! Je vous aime! »

Elle accusa le choc par une imperceptible contraction du visage.

« C'est absurde! balbutia-t-elle. Je ne veux pas vous entendre dire cela... Plus jamais! Plus jamais! »

Il respira profondément, comme un nageur après une plongée.

« Pardonnez-moi, dit-il enfin. J'ai été stupide. Voulez-vous rentrer?

— Oui. »

Il ne lui proposa pas de reprendre le volant. Installée à côté de lui, dans l'auto, elle voyait de tout près son dur profil, tendu vers la nuit, où brillaient des phares, où s'agitaient des fantômes d'arbres échevelés par l'averse. L'essuie-glace cliquetait en balayant la vitre. Bertrand était un bloc de silence, une statue. Il ne desserra pas les dents jusqu'au moment où la voiture se rangea devant la maison. La pluie s'était arrêtée, quand ils descendirent sur le trottoir. Dans la lumière que versait le bar d'en face, Élisabeth discerna un visage malheureux, qui se penchait sur sa main :

« Au revoir, Élisabeth.

— Au revoir », dit-elle.

En rabattant le lourd portail de l'entrée, elle supprima la silhouette d'un grand homme maigre, aux bras pendants, aux lunettes attentives.

Une fois dans sa chambre, elle se crut sauvée du malaise qui la poursuivait depuis la fin du dîner. Mais la solitude, loin de calmer ses pensées, en précipita le bouillonnement. Toujours son esprit revenait au même point, tel un cheval ramené sur l'obstacle par un cavalier têtu. Comment avait-elle pu supposer que ses rapports avec Bertrand Lesaulnier évolueraient longtemps dans la confiance et la sympathie? Le sentiment sans mélange qu'elle attendait de lui, était-elle sûre de l'avoir obtenu d'elle-même? N'avait-elle pas, sans le vouloir, incité cet homme à prendre dans sa vie une importance telle, qu'il était en droit de tout espérer? Elle ne le condamnait pas. Elle acceptait de s'avouer, en partie, coupable. Et, cependant, elle refusait d'admettre qu'elle aurait dû agir différemment. Elle ne l'aimait pas assez pour se donner à lui. Jamais, au cours de leurs entrevues, elle n'avait éprouvé le désir, même furtif, d'être serrée dans ses bras. Jamais elle n'avait imaginé entre eux la moindre complicité sensuelle. D'ailleurs, si elle avait cédé à un pareil entraînement, sa déception eût été affreuse. Il était marié, il avait des enfants. Elle n'aurait pas supporté de le recevoir chez elle, en cachette, alors que sa femme légitime eût joui de la considération de tous. Il valait mieux que leur aventure se terminât ainsi, brutalement, sur une blessure nette et saine. Elle ne le reverrait plus. Elle l'oublierait. Elle avait bien vécu heureuse avant de le connaître. Froidement, elle résuma la situation : « J'ai perdu un ami, c'est tout. » Ces mots résonnèrent en elle comme dans une église vide. Quoi? moins de trois heures auparavant il était ici, parlant, souriant, regardant les meubles, les estampes, et, à ce moment déjà, tout était si près de la fin? Sur la table de chevet, traînait un livre qu'il lui avait donné la veille. Elle prit le volume, le feuilleta, le reposa. Un flot de tristesse montait dans sa poitrine. « Que pense-t-il de moi, maintenant? se dit-elle. J'ai été trop dure avec lui. Mais c'était nécessaire... » Elle se rendit dans la cuisine, revint dans le studio, déplaça une chaise. Ses yeux couraient de droite à gauche, ses mains ne savaient à quoi s'employer. Pour la première fois depuis son arrivée à Paris, elle était vraiment seule. Brusquement, son attention se hérissa. L'ascenseur s'arrêtait au palier, dans un claquement de mâchoires métalliques. Un coup de sonnette. Élisabeth marcha vers la porte, l'ouvrit et recula d'un pas dans l'antichambre.

« Je vous supplie de me recevoir », murmura Bertrand.

Elle se voulait très calme, mais une joie désordonnée accélérait les battements de son cœur. Incapable de parler, elle précéda Bertrand dans le studio et se figea, irrésolue, au milieu de la pièce. Il avait un visage d'insomnie, aux traits tirés, aux yeux fous.

« Élisabeth, dit-il, notre séparation a été si brutale, si bête! Je ne pouvais pas m'en aller ainsi, dans le vide. Il fallait que je vous revoie, que je vous explique...

— Il n'y a rien à expliquer!

— Mais si! Et vous le savez bien! Vous prétendez n'avoir que de l'amitié pour moi. C'est faux, Élisabeth! Vous vous abusez sur vos propres sentiments. Je n'aurais jamais osé vous parler comme je l'ai fait, si je n'avais deviné que vous étiez capable de me comprendre! Quand vous êtes avec moi, votre visage rayonne! Pourquoi? Parce que nos sorties vous amusent, simplement? Non! Vous n'êtes pas une coquette! Donnez le nom que vous voulez au plaisir que nous éprouvons à être ensemble, mais convenez que ce plaisir existe, et qu'il est plus fort, plus profond, plus impétueux, qu'une banale sympathie!

— Je ne le nie pas, dit-elle, mais qu'est-ce que cela change?...

— Ah! Élisabeth, comment pouvez-vous douter à ce point de vous-même et de moi? Ce que cela change? Mais tout, tout! Si vous m'aimez tant soit peu, il n'y a plus de problèmes, plus d'obstacles...

— Si, Bertrand.

— Lesquels?

— Vous les connaissez aussi bien que moi. »

Les yeux de Bertrand prirent un éclat minéral derrière ses lunettes.

« Vous pensez à ma femme, à mes enfants? dit-il.

— Oui.

— Ma femme n'existe plus pour moi depuis longtemps!... »

Élisabeth s'agita, changea de ton, comme heureuse d'aborder la phase la plus pénible de leur entretien :

« Ce serait trop facile! Elle vous gêne et vous l'oubliez. Mais moi, je sais qu'elle est là, dans votre ombre, qu'elle habite avec vous, qu'elle s'occupe de vos fils...

— Cela n'a rien à voir avec notre amour », dit-il en haussant les épaules.

Cette contre-offensive masculine, empreinte de logique et de commodité, la révolta :

« C'est ce qui vous trompe, Bertrand. Tenez! déjà vous divisez votre vie en compartiments! La famille, le bureau, Élisabeth!... Je ne peux pas me contenter de ce partage. Vous n'êtes pas libre!

— Je le deviendrai! s'écria-t-il. Pour vous! Pour vous, Élisabeth! Je divorcerai! Je vous le jure! »

Elle eut un sourire crispé. La noblesse s'offrait à elle comme une suprême tentation.

« Et vous vous figurez que j'accepterai cette solution lamentable? dit-elle. Vous seriez resté des années auprès de votre femme à cause de vos enfants, et, maintenant, vous vous sépareriez d'eux pour me plaire? Il serait indigne de moi d'exiger un pareil sacrifice, indigne de vous d'y consentir! Sur le moment, bien sûr, tout vous paraîtrait simple, mais, plus tard, vous me détesteriez pour la responsabilité que j'aurais prise... »

Bertrand fléchit les épaules, baissa le front. Elle s'aperçut que, depuis une minute, elle ne niait plus l'amour qu'elle avait pour lui, mais la possibilité pour cet amour de survivre. Comment se faisait-il que leur conversation eût abouti à ce point qu'elle n'avait jamais précisé en elle-même?

« Alors, Élisabeth, qu'allons-nous devenir? reprit-il. Je ne peux pas me passer de vous. Il est tout de même inadmissible que ma vie, que notre vie, soit gâchée à cause d'un mariage qui ne compte plus pour moi et auquel, cependant, vous ne voulez pas que je mette fin! »

Elle s'assit. Il restait devant elle, la face ravagée par une expression de souffrance et d'interrogation.

« Il n'y a pas d'issue, dit-elle.

— Si, Élisabeth! Je vous aime trop pour me résigner. Je défendrai cet amour comme on défend sa peau! J'écarterai ceux qui nous gênent! Vivons notre bonheur au lieu de nous perdre en discussions! Partons ensemble! Que ce voyage soit à la fois une joie pour nous et un défi au monde!... »

Un sourire incrédule monta aux lèvres d'Élisabeth. La fougue de Bertrand répondait en elle à un mystérieux besoin d'imprudence. Toujours, elle avait été disposée à jouer son avenir sur un coup de tête, sans réfléchir aux conséquences de ses actes. Après tant de décisions sages, elle retrouvait soudain le goût de la folie. Dans un sursaut héroïque, elle essaya encore de prolonger la trêve. Une Élisabeth scrupuleuse, économe de ses désirs, murmura dans un souffle :

« Il ne faut pas, Bertrand... Ce serait si dommage!

— Préférez-vous ne plus jamais me revoir? » demanda-t-il.

Elle comprit qu'elle ne supporterait pas la privation dont il la menaçait. A la seule idée de le perdre, toute sa vie se décolorait, s'effilochait en journées monotones, se perdait dans un brouillard de mots creux et de gestes quotidiens. Cependant, elle n'avait pour lui que de la tendresse, de l'estime. Elle était sûre du mélange. Il n'y avait pas une once d'amour là-dedans.

« Élisabeth, ma chérie... »

Elle frissonna, émue de cette appellation si douce. Que se passait-il? C'était trop bête! Une résille de nerfs tremblait sous sa peau. Il se pencha sur Élisabeth et chercha sa bouche. Elle reçut ce baiser avec raideur, puis son corps s'amollit, son visage se prêta au jeu des lèvres entrouvertes. Il la berçait, lui parlait à l'oreille, et elle savourait l'amère jouissance d'avoir commis une erreur dont elle se repentirait longtemps. Enfin, elle le repoussa, sans brusquerie, se leva, et dit :

« Allez-vous-en, maintenant!

— Je ferai ce que vous voudrez, Élisabeth, marmonna-t-il. Je vous aime! Je suis heureux! Demain, nous nous reverrons, n'est-ce pas?

— Oui, dit-elle.

— Et après-demain, vendredi, nous partirons ensemble?

— Oui.

— Vous m'aimez? »

Elle lui sourit comme à un enfant :

« Mais oui, Bertrand.

— Je vais penser à vous toute la nuit! dit-il. Pas une minute, vous ne serez seule! »

Il plia sa haute taille pour l'embrasser encore. « Il est trop grand pour moi », songea-t-elle. Bertrand relâcha son étreinte. Élisabeth vit retomber une main, sèche et longue, où brillait le trait doré d'une alliance.

« A demain, Élisabeth! dit-il.

— A demain. »

Elle lui ouvrit la porte, le regarda descendre l'escalier, et retourna à la fenêtre pour entendre démarrer la voiture.

7

LE soir tombait. Une odeur de verdure chaude s'engouffrait en trombe dans la voiture aux vitres baissées. Bien que Bertrand conduisît très vite, Élisabeth n'éprouvait aucune crainte à son côté. Sur le cadran du tableau de bord, une petite aiguille oscillait entre les repères des cent et des cent dix kilomètres. Il n'avait pas voulu prendre sa Citroën pour le voyage et était venu chercher Élisabeth dans une Delahaye. C'était l'auto qu'il réservait à la route, l'autre ne lui servant que pour ses déplacements en ville. Élisabeth admirait la puissance silencieuse du moteur. Ils roulaient depuis une heure à peine et déjà, Paris était au bout du monde, derrière d'immenses étendues de prairies, de vallons, de forêts... Elle laissait là-bas une vendeuse éperdue de dévouement et une confidente au sourire approbateur. Arlette s'était présentée à la boutique, en sortant du bureau, à six heures, et Élisabeth, n'ayant pas encore préparé ses bagages, l'avait entraînée chez elle. Là, elle lui avait spontanément expliqué les raisons de sa hâte :

« J'avais tellement envie de voir la mer! Bertrand m'a proposé de m'emmener à Deauville, en week-end!

— Vous avez bien fait d'accepter! s'était écriée Arlette. Je suis sûre que ce pays vous enchantera. Peut-être pas Deauville, précisément, mais la Normandie! »

La conversation s'était enchaînée ainsi, avec beaucoup de simplicité. Élisabeth était surprise de ne plus déceler la moindre allusion ironique dans les propos de son amie. En renonçant à la taquinerie, Arlette laissait entendre qu'elle prenait au sérieux une affaire sentimentale dont elle s'était d'abord amusée. Peut-être même, ignorant que Bertrand était marié, imaginait-elle une conclusion officielle à cette escapade? De toute façon, elle était convaincue, maintenant, d'avoir vu juste, et cette pensée agaçait Élisabeth. A la fois confuse et surexcitée, elle s'efforçait vainement de paraître naturelle, en rangeant ses objets de toilette dans la valise. Tandis qu'elle s'affairait ainsi, Arlette, assise au bord du divan, les jambes haut croisées, une cigarette aux lèvres, l'observait avec bienveillance. L'une comme l'autre, sans en parler ouvertement, songeaient à la signification secrète de ces préparatifs. Bertrand avait annoncé son arrivée pour sept heures. A sept heures moins le quart, Arlette s'était levée par discrétion, pour partir. Mais Élisabeth l'avait retenue : « Je veux absolument que vous le connaissiez! » Touchée par cette marque de confiance, Arlette s'était recoiffée devant la glace. En passant le peigne dans ses cheveux, elle se regardait moins qu'elle ne regardait Élisabeth :

« Comme vous êtes jolie! Si j'étais homme, je ne vous emmènerais pas à Deauville, mais sur une île déserte! »

Au coup de sonnette de Bertrand, elles avaient eu ensemble un sourire de connivence. Il était entré, grand et sûr de lui, avantagé par un costume gris, en tweed, une cravate claire et un air heureux. Élisabeth avait fait les présentations. Le temps d'échanger quelques mots, et on dévalait l'escalier en groupe. La Delahaye attendait dans la rue, sous l'œil sévère de la concierge. Au moment où la voiture démarrait, Élisabeth s'était retournée pour voir, une dernière fois, Arlette qui levait la main. Cette image bénisseuse lui revenait maintenant, comme un très lointain souvenir. Elle se pencha vers Bertrand et dit :

« Comment avez-vous trouvé mon amie?

— Il est difficile de juger quelqu'un en cinq minutes. Mais elle m'a paru charmante. En tout cas, j'ai l'impression qu'elle vous aime beaucoup!

— Moi aussi, je l'aime beaucoup. C'est une chic fille! Très franche et, en même temps, très sensible! Nous nous entendons si bien!...

— Qui ne s'entendrait bien avec vous, Élisabeth? » dit-il en lui adressant un regard de joie.

Puis, de nouveau, il tendit les yeux vers la route, qui arrivait sur eux en cataracte. Le courant d'air avait dérangé sa cravate, qui flottait, palpitait, sur son épaule. Il n'y avait plus rien de factice dans cet homme, entièrement possédé par l'idée fixe de l'amour. Lancé à cent à l'heure dans l'espace, il était un conquérant, qui emporte, au déclin du jour, une proie longtemps convoitée. Une de ses mains se détacha du volant et se posa sur le genou d'Élisabeth. Il chuchota :

« Ma chérie, je vous touche pour être sûr que je ne rêve pas! »

Un camion déboucha d'un chemin transversal. La voiture fit une embardée. Bertrand la redressa, sans presque ralentir son allure.

« Vous avez eu peur? demanda-t-il.

— Non.

— Moi, si. L'autre jour, après notre dîner au Bois, il m'aurait été égal de mourir dans un accident! Maintenant, je veux vivre, de toutes mes forces, avec vous, pour vous! »

Élisabeth reçut cette confession avec un sentiment d'orgueil. Elle s'émerveillait de penser qu'aux yeux de Bertrand elle incarnait tous les plaisirs du monde. Pourtant, il n'y avait eu entre eux, jusqu'ici, qu'un échange de baisers, d'aveux tendres... Rien de définitif ne les liait encore l'un à l'autre. La nuit venait. De loin en loin, une fenêtre s'allumait derrière de hauts buissons. Les phares de l'auto pétrifiaient une pancarte, un piéton, un chien étonné sur un talus.

« Voulez-vous prendre le volant, Élisabeth?

— Non, dit-elle. Je ne connais pas cette voiture. Et vous la conduisez si bien!... Quelle heure est-il?

— Un peu plus de huit heures. On m'a signalé une excellente auberge, à deux pas. Si nous nous y arrêtions pour dîner? Après, nous reprendrions la route...

— Deauville est encore loin? demanda-t-elle.

— Non! Soixante-quinze kilomètres, à peine. »

Il s'engagea dans une allée grise, sinueuse, traversa un pont bossu, et, tout à coup, dans un déchirement de feuillages obscurs, surgit une maison très grande et très basse. L'énorme toit d'ardoise, à tourelle carrée, écrasait des murs blancs, où s'inscrivait le dessin géométrique des poutrelles. Deux lampadaires de fer forgé encadraient la porte. Des capots de voitures brillaient, en gueules de sauriens, autour du perron illuminé. Dans la salle à manger, aux solives apparentes, des garçons en veste immaculée se faufilaient parmi les convives. Toutes les places étaient déjà occupées, mais le maître d'hôtel fit dresser une table supplémentaire pour les nouveaux arrivants, près d'une monumentale cheminée de pierre, à la hotte ornée de cuivres, d'étains bosselés et d'assiettes anciennes. De tous les restaurants où Bertrand avait emmené Élisabeth, ce fut celui-ci qui la surprit le plus par son aspect confortable et vieillot. Il lui semblait que son compagnon de voyage avait le génie de susciter autour d'une femme les décors les mieux conçus pour lui plaire et pour aviver son éclat. Elle lui glissa un regard de gratitude, tandis que le sommelier versait du champagne dans leurs verres. Ils le burent, les yeux dans les yeux, si proches par le cœur, qu'Élisabeth sentit croître son émotion avec une rapidité dangereuse. Une sole normande leur tomba du ciel, puis un canard rouennais, aux filets arrosés du suc de sa carcasse broyée. Bertrand parlait, mais Élisabeth l'écoutait à peine, attentive au mouvement de ses lèvres. Était-ce le vin glacé et pétillant, qui la rendait vulnérable au charme de cet homme? Planant sur sa chaise, au-dessus du sol, elle était sûre qu'il ne pourrait plus rien arriver de triste dans sa vie. Après le dessert, Bertrand l'entraîna dans un jardin, situé derrière l'auberge. Des projecteurs, dissimulés dans les arbres, servaient de clair de lune à un puits moussu et à quelques tables de fer. Des couples bavardaient à voix basse, dans des niches de feuillages luisants. Çà et là, bougeaient un bras nu, un sourire fardé. Élisabeth s'étendit sur une chaise longue. La tête renversée, elle voyait l'espace immense, sans une étoile. Son âme montait là-haut, floue et légère, comme une fumée. Le garçon apporta deux cafés. Bertrand vida sa tasse, consulta sa montre et dit :

« Je crois qu'il est temps de reprendre la route.

— Déjà? soupira-t-elle en s'étirant avec une paresse heureuse. On est si bien ici! »

Il tourna vers elle un visage d'ombre bleue :

« Voulez-vous que nous passions la nuit dans cet endroit? Nous repartirions demain matin pour Deauville...

— Ce serait possible?

— Pourquoi pas? A condition qu'il leur reste des chambres! Je vais voir... »

Tandis qu'il s'éloignait sur le gravier crissant du chemin, Élisabeth s'abandonnait à l'angoisse voluptueuse de l'attente.

Bertrand revint bientôt, tête basse :

« Ça ne s'arrange pas. Ils n'ont plus qu'une chambre libre. »

Déconcertée, elle l'enveloppa d'un regard rapide, hésita, puis dit calmement :

« Eh bien... Allez vite la retenir... »

Alors, il eut un sourire fautif, se pencha sur elle pour lui baiser la main et murmura :

« C'est déjà fait, Élisabeth. »

*
* *

« Que c'est beau, cette mer immense qui bouillonne en déferlant sur la plage ! » dit Élisabeth, penchée à la fenêtre et le bras tendu vers l'horizon.

Devant elle, s'étirait une pente d'herbe verte, plantée de pommiers rabougris. Il y avait deux jours qu'elle vivait avec Bertrand à l'auberge, ne quittant la chambre que pour de longs repas au restaurant et de courtes promenades dans la campagne. Un éclat de rire retentit dans son dos.

« Oui, dit Bertrand, notre vue sur le grand large est superbe ! N'avez-vous pas entendu les mouettes, à l'aube, dans la basse-cour ? Si nous restions ici un jour de plus ? Nous ne sommes que lundi. Nous rentrerions à Paris mardi matin.

— Il faudrait que je prévienne Mlle Pologne, dit-elle.

— Et moi, ma secrétaire. »

Il était en manches de chemise et nouait sa cravate devant la glace. Le bonheur donnait à son visage une expression d'écolier en vacances.

« Alors, on y va ? » reprit-il.

Comme elle inclinait la tête en signe d'assentiment, il décrocha le téléphone et demanda Paris. Dix minutes d'attente. A l'appel de la sonnerie, Élisabeth saisit l'appareil sur la table de chevet et les distances s'évanouirent. Le fantôme de Mlle Pologne s'insinua dans la chambre, découvrit sa patronne en chemise de nuit rose, transparente, le lit bouleversé, le plateau du petit déjeuner par terre, un homme enfilant son veston, et balbutia :

« Surtout, ne vous tracassez pas, madame ! Ici, tout

va très bien. Rentrez quand vous voudrez. Du moment que je suis avertie... »

La conversation de Bertrand avec sa secrétaire fut plus longue. Il parlait sèchement, le regard trouant le mur, un pli net entre les sourcils :

« Précisez bien à Maxwell que le prix a été calculé pour une boîte rigide, mais sans filets d'or. S'il veut ses filets d'or, qu'il se reporte au premier devis... Dites à Augustin qu'il n'oublie pas la livraison du 25... Ou plutôt, non, passez-le-moi... Allô! Augustin!... Oui, j'ai été retenu... Pour le 25, vous y pensez?... Si Laborderie retéléphone, vous lui confirmerez la commande d'ondulé... Repassez-moi Mlle Colette... »

Tout en s'habillant, Élisabeth contemplait avec satisfaction cet homme important, résolu et calme, dont la voix jetait des ordres dans l'espace, et qui, une heure auparavant, gémissait de plaisir dans ses bras. Le seul détail de cette physionomie qui lui demeurât indéchiffrable, c'était la bouche sinueuse, charnue, que deux plis volontaires bridaient aux commissures. « A-t-il vraiment autant de caractère qu'il y paraît? » pensa-t-elle avec tendresse. En tout cas, l'amour, avec lui, était agréable. Il la caressait, il la tutoyait dans l'ombre. Elle pencha la tête sur le côté et ses prunelles se logèrent malicieusement dans l'angle de ses paupières. Bertrand, toujours tenu en laisse par le téléphone, surprit le regard d'Élisabeth et y répondit par le sourire d'un homme comblé. Elle passa dans la salle de bains pour enfiler sa robe. Quand elle en ressortit, Bertrand avait raccroché l'appareil.

« Libre! » s'écria-t-il en la saisissant par la taille.

Il embrassait, sur ce visage renversé, la jeunesse, la fraîcheur, la folie et son propre désir.

8

DÈS son retour à Paris, Élisabeth téléphona à Arlette, qui devait partir, trois jours plus tard, pour le Tyrol. Elles se retrouvèrent, le soir même, et, assises sur le divan du studio, commencèrent, tout naturellement, à parler de Bertrand. Arlette décréta qu'il avait beaucoup de charme, qu'il paraissait très amoureux, et que son âge, loin de la préoccuper, la rassurait sur l'honnêteté de ses intentions. Les éloges qu'elle lui adressait traduisaient un espoir si naïf, qu'Élisabeth se sentit moralement obligée de la détromper. En apprenant que Bertrand était marié, Arlette changea de visage et s'écria :

« Mais vous êtes folle, Élisabeth ! C'est affreux !

— Oui, assez...

— Il a décidé de divorcer ?

— Je n'en sais rien... En tout cas, moi je ne le veux pas.

— Pourquoi ? Du moment qu'il n'aime plus sa femme !...

— Il a deux enfants.

— Ah !... Il ne manquait plus que ça ! » grommela Arlette. Elle éteignit sa cigarette, en alluma une autre et demanda :

« Qu'allez-vous faire ?

— Rien.

— Comment, rien? Vous rendez-vous compte de l'avenir lamentable que vous vous préparez? Je vous connais! Vous ne supporterez pas le partage!

— Il n'y a pas de partage! » dit Élisabeth dans un sursaut de fierté.

Et, aussitôt, elle comprit qu'elle niait l'évidence avec une mauvaise foi dont elle était la première gênée.

« Même si cet homme vous est sincèrement attaché, vous souffrirez de votre situation fausse! dit Arlette. Vous lui en voudrez de n'être pas entièrement à vous!

— Si cela devient trop intolérable, je le quitterai.

— C'est maintenant, Élisabeth, que vous devriez le quitter. Vous êtes trop jeune pour gâcher votre vie! »

Élisabeth eut un sourire triste :

« Ce n'est pas possible.

— Pourquoi?

— Parce que je crois que je l'aime, Arlette. »

D'un bond, Arlette fut sur ses jambes. La cigarette au bec, l'œil furibond, elle grognait :

« Si je m'attendais à ça! Vous voilà bien partie! Quelle salade!...

— Ne vous fâchez pas, Arlette. Pour l'instant, je suis heureuse. C'est le principal. Si on s'arrêtait à chaque obstacle, on n'aurait jamais rien. Je ne veux même pas réfléchir à demain. Peut-être, tout cela finira-t-il très vite? Peut-être, quand vous reviendrez de vacances, ne vous parlerai-je plus de Bertrand?

— Je le souhaite beaucoup, mais j'en doute, soupira Arlette.

— Je vous donne du souci! dit Élisabeth en riant. N'y pensez plus. Racontez-moi vos projets. Vous savez que ce n'est pas très raisonnable d'aller au Tyrol, en ce moment! Il paraît qu'en Autriche ils sont devenus plus nazis qu'en Allemagne... »

Malgré l'affection qu'elle éprouvait pour Arlette, Élisabeth supporta son départ avec une sérénité dont elle eût été incapable une semaine auparavant. Un intérêt supérieur commandait son existence. Bertrand lui téléphonait très souvent, passait toutes ses soirées libres chez elle et n'en repartait que vers deux ou trois heures du matin. C'était ici, disait-il, qu'il goûtait les meilleurs instants de sa vie. Heureuse de constater qu'il se plaisait dans son intérieur, Élisabeth s'ingéniait à en perfectionner l'aménagement. Elle changea ses rideaux de mauvais tissu gris contre de magnifiques rideaux en taffetas rouge cerise, qui élargissaient et éclairaient la pièce. Bertrand approuva cette transformation. Un jour, comme il la regardait, préparant le dîner, dans la cuisine, un coup de sonnette retentit à la porte et un homme apparut, courbant l'épaule sous le poids d'un tapis roulé. Croyant qu'il s'agissait d'un vendeur ambulant, Élisabeth voulut le renvoyer, mais Bertrand s'interposa :

« Laissez-le faire ! Vous protesterez après ! »

L'homme dénoua les ficelles et étala sur le parquet un tapis d'Orient aux dessins si précieux, qu'Élisabeth poussa une exclamation de surprise.

« En le voyant dans une vitrine, ce matin, j'ai pensé qu'il ferait bien dans votre studio, dit Bertrand.

— Vous l'avez acheté ? demanda-t-elle d'une voix atone.

— Bien sûr ! »

Quand l'homme fut parti, elle demeura immobile, sans force pour prononcer un mot. Elle observait ces riches arabesques multicolores sur un fond vert émeraude, et se sentait plus pauvre qu'elle ne l'avait jamais été. Ses joues s'empourpraient de honte.

« Qu'avez-vous, Élisabeth ? dit-il. Ce tapis ne vous plaît pas ?

— Si, Bertrand. Il est magnifique !

— Je vous ai contrariée en vous l'offrant ? »

Elle baissa la tête. Les larmes montaient à ses yeux. Il lui saisit les mains, et balbutia :

« C'est ça, Élisabeth ? C'est ça ? Ah ! mon Dieu ! J'ai été maladroit !... Je n'aurais pas dû !... Mais je vous aime tant!... Je veux que toutes les choses qui vous entourent soient belles! »

Lentement, elle releva le front et sourit :

« Oui, Bertrand, mais ce cadeau me gêne... Je vous demande de ne plus jamais recommencer... Voilà, c'est tout. »

Il l'embrassait, il la suppliait de lui pardonner, et elle murmurait, pleine de lassitude :

« N'en parlons plus!... Voulez-vous être raisonnable!... Il faut que je m'occupe de notre dîner, maintenant!... »

Pendant le repas, elle retrouva, peu à peu, sa gaieté. Bertrand avait apporté une bouteille de champagne. Élisabeth buvait, contemplait le tapis, disait :

« C'est extraordinaire, toutes les couleurs y sont mêlées, et l'ensemble est si doux à l'œil!

— N'est-ce pas? » s'écriait-il, le visage éclairé de joie.

Et il remplissait les coupes. Visiblement, il ne savait comment la remercier d'être redevenue conciliante après la peine qu'il lui avait infligée. Il quêtait ses moindres mots, ses moindres regards, avec la mine d'un coupable pressé de racheter sa faute. Élisabeth devinait son adoration et en était émue. Le champagne glacé lui piquait la langue. Sa tête tournait dans les nuées. Quand elle se leva pour aller chercher la salade de fruits à la cuisine, Bertrand courut derrière elle et la saisit dans ses bras. Elle lui donna sa bouche avec une frénésie mêlée de tristesse.

***

Il se dressa sur un coude et la regarda dormir dans la lumière voilée de la lampe de chevet qu'ils avaient oublié d'éteindre. Les paupières closes, les joues lisses et la lèvre boudeuse, elle avait le sommeil paisible de l'enfance. « Vingt-trois ans, et moi bientôt quarante! Et elle m'aime! C'est incroyable! » Ses yeux glissèrent sur la forme d'une hanche qui soulevait le drap, et, soudain, il se reconnut heureux à en crier d'étonnement. Depuis quelques jours, la conviction de sa chance l'accompagnait dans toutes ses pensées. Il se rappela l'incident du tapis et en conçut un regain d'estime pour Élisabeth. Blessée dans son orgueil, elle avait réagi avec tant de spontanéité, avec tant de noblesse! Il n'y avait pas trace en elle de cette affectation mondaine, de cette brillante et vaine coquetterie qui le rebutaient chez la plupart des femmes. Intelligente, elle l'était sûrement. Mais son intelligence était conduite par l'instinct et non par la culture. Tout ce qu'elle disait, tout ce qu'elle faisait, venait de l'âme. Il appréciait la façon dont elle s'habillait, dont elle parlait, dont elle riait. Avec elle, il quittait la ville pour se retrouver en pleine nature. Imperceptiblement, elle avait opéré sur lui une transformation dont il n'avait pas fini de mesurer les conséquences. A vivre dans la chaleur de cet être jeune, il s'était révélé plus jeune lui-même, et cependant plus mûr que jadis. Il avait envie à la fois d'oublier tout ce qu'il savait pour découvrir le monde avec elle, et d'user de son expérience, de sa force d'homme, pour la protéger contre le moindre souci. Quelle plénitude! Quand il fermait les yeux, il se sentait comme parcouru par un fleuve dont les eaux coulaient à ras bord. « Ah! rester avec elle toute ma vie! » Son cœur se serra de dépit. Des images navrantes l'assaillirent. Brigitte, les enfants, la belle-famille dont dépendait sa situation. Pouvait-il prévoir, lorsqu'il avait demandé la main de Brigitte, que cette jeune personne pâle et blonde, aux grands traits masculins et au regard mélancolique, deviendrait peu à peu la femme nerveuse, distante, secrète, qu'il tentait de fuir aujourd'hui? Certes, la promesse d'être associé aux bénéfices d'une affaire importante n'avait pas été étrangère à sa décision d'épouser la fille unique de Marcel Thivet. Bertrand venait d'obtenir son doctorat en droit et ne savait à quoi employer ses diplômes. Ses parents avaient beaucoup de relations et de faibles ressources. Il avait suivi leurs conseils. D'ailleurs, Brigitte ne lui déplaisait pas. Il était même sincèrement épris d'elle à l'époque de leurs fiançailles. C'était après son second enfant qu'elle avait changé. Très éprouvée par son accouchement, elle s'était réfugiée dans un mysticisme maladif et hargneux. Elle n'avait plus voulu que son mari l'approchât. Tout son amour, toute sa tendresse, elle les réservait à ses fils, qui souffraient d'être constamment entourés de prières, de recommandations et de soins excessifs. Il avait eu des liaisons sans intérêt. Elle l'avait su et s'était encore plus éloignée de lui. Maintenant, ils habitaient comme deux étrangers sous le même toit. La quitter? Il y songeait parfois, avec un mélange d'audace et d'appréhension. Mais elle n'accepterait jamais l'idée d'un divorce et utiliserait tous les moyens pour entraver la procédure. D'ailleurs, Élisabeth non plus n'était pas favorable à cette solution extrême. Il se surprit à lui en savoir gré. En recouvrant sa liberté, il eût renoncé à la direction d'une grosse entreprise et aux avantages d'une fortune qui ne lui appartenait pas. Immédiatement, il secoua la tête, furieux d'avoir eu, le temps d'un éclair, une pensée aussi basse. « Non, non, ce n'est pas cette crainte qui m'empêche de rompre avec Brigitte. Une situation, de l'argent, cela se retrouve! Mais on ne dispose pas des êtres à sa guise. Ils sont là, chacun avec son caractère. C'est un réseau de volontés qui encadrent la mienne et l'annihilent. Et puis, il y a les enfants. Pourrais-je vivre loin de mes fils, avec l'idée que leur mère les dresse contre moi? Eux aussi me retiennent, m'emprisonnent... »

Cette impression d'enchaînement, de séquestration, lui arracha un soupir, comme si quelqu'un eût appuyé de toutes ses forces sur sa plaie la plus douloureuse. La fraîcheur, la gaieté d'Élisabeth, au lieu d'atténuer sa souffrance, ne servaient qu'à en préciser le contour.

Un profil chiffonné de sommeil, une petite main molle au bord du drap, un parfum chaud et légèrement ambré. Il la contemplait avec ravissement et s'accusait de ne pouvoir la rendre parfaitement heureuse. « Je suis un salaud! Mais non, puisque je l'aime! Ah! comme je l'aime! Jamais je n'ai aimé ainsi! » La fatigue alourdissait sa tête. Avec précaution, il se pencha sur Élisabeth et baisa son épaule nue. Elle frissonna et tourna son visage sans ouvrir les paupières.

« Éteins la lumière », chuchota-t-elle.

Il allongea la main, effleura le commutateur et la nuit fut sur eux.

***

Bertrand ne quitta Élisabeth qu'à dix heures du matin. En pénétrant dans son cabinet de travail, il eut un mouvement de surprise. Son beau-père l'attendait, affalé dans un fauteuil de cuir. Un journal était ouvert sur ses genoux, à la page des cours de la Bourse. Depuis qu'il avait laissé la direction de l'affaire à son gendre, Marcel Thivet ne venait plus qu'une fois par semaine au bureau, pour « prendre le vent », comme il disait. Mais, en vérité, aucun marché important ne se traitait contre son avis. Il avait du poids, de l'entêtement, de la ruse. Ses visites avaient toujours lieu le vendredi. On était jeudi. Bertrand serra la main molle qui se tendait vers lui et s'assit derrière sa table.

« J'ai téléphoné chez vous, tout à l'heure, dit Marcel Thivet. Vous n'y étiez pas.

— En effet », dit Bertrand.

Pour cacher son embarras, il saisit un dossier et tourna machinalement quelques pages. Marcel Thivet alluma une cigarette, en tira deux bouffées et l'écrasa dans un cendrier, tandis qu'une toux nerveuse d'asthmatique lui secouait les épaules. Un flux rose colora instantanément ses vieilles joues flasques et la peau de son crâne chauve. Ses prunelles se mouillèrent de larmes. Il se tapota du poing le creux de la poitrine, reprit sa respiration et chuchota :

« Les affaires, je vous en parlerai demain, comme d'habitude. Aujourd'hui, je suis venu pour autre chose. J'ai reçu une lettre de Brigitte. Elle est navrée que vous ne puissiez pas la rejoindre à Saint-Jean-de-Luz !

— J'en suis aussi navré qu'elle », dit Bertrand d'un ton sec.

Il pensait à Élisabeth, au bonheur de la nuit, et se sentait très fort en face de cet homme qui incarnait à ses yeux toutes les fausses obligations de son existence.

« C'était pourtant convenu entre vous, dit Marcel Thivet.

— Oui, mais à ce moment-là, je ne pouvais pas prévoir...

— Quoi ? demanda Marcel Thivet avec brusquerie. Qu'est-ce qui vous empêche d'aller là-bas ? »

Bertrand haussa les épaules :

« Vous le savez bien ! Les affaires...

— Au mois de septembre, c'est toujours moi qui vous remplace !

— Nous sommes en difficulté avec Maxwell. J'ai commencé les pourparlers, je dois les conclure moi-même.

— Vous estimez que vos pourparlers dureront jusqu'à la fin des vacances ?

— Je n'en serais pas étonné. »

Marcel Thivet lui lança un regard de méfiance entre ses paupières lourdes et grommela :

« Et s'ils se terminaient très vite ? »

Bertrand n'entendit pas la question. « Pourquoi est-il venu me parler de sa fille ? songea-t-il. Quelqu'un a dû me rencontrer avec Élisabeth et le lui dire ! Il s'en moque. Il a eu des aventures lui-même. Il sait depuis longtemps qu'il n'y a plus rien entre Brigitte et moi. Mais il veut que notre ménage demeure au-dessus des soupçons. Comme le sien. Pour la galerie! C'est grotesque! »

Marcel Thivet se leva, s'appuya des deux poings à la table et répéta en avançant sa vieille face de lutteur :

« Si les pourparlers se terminaient très vite, vous partiriez?

— Évidemment!

— Bien », soupira Marcel Thivet.

Son visage s'était radouci. Cette conversation lui était certainement pénible. Peut-être même ne s'y était-il décidé qu'à contrecœur, poussé par sa femme, par sa fille.

« Je compte sur vous pour hâter les choses, reprit-il. Il ne faut pas laisser Brigitte trop longtemps seule. Elle s'ennuie là-bas. Elle devient neurasthénique.

— Elle a beaucoup d'amis à Saint-Jean-de-Luz », répliqua Bertrand.

Marcel Thivet hocha la tête :

« Justement! J'aimerais que ces amis vous voient un peu auprès d'elle! Ce serait plus... plus normal, vous ne trouvez pas? »

Bertrand serra les mâchoires. Il s'attendait à ces reproches et ne savait comment y répondre sans provoquer une rupture définitive.

« L'opinion des autres m'est indifférente, dit-il.

— Oui, oui, marmonna Marcel Thivet. Je vous comprends. Vos affaires personnelles ne regardent personne. Pas même moi, sans doute. Vous êtes libre de vivre avec votre femme comme vous l'entendez. Mais, Bertrand, il y a vos enfants. Ils grandissent. Ils se posent des questions. Ils s'étonnent... »

Cette voix monotone endormait la colère de Bertrand. Les habitudes se refermaient sur lui comme des tentacules. « Bien sûr, les enfants! Quels atouts dans le jeu de Brigitte! » Il murmura :

« Mes enfants ne sont pas malheureux, que je sache!...

— Ils seraient plus heureux s'ils vous trouvaient, de

temps à autre, empressé auprès de leur mère et d'eux-mêmes. Ce n'est pas une femme qui peut créer une atmosphère chaleureuse dans une maison. Il y faut la présence du mari, du père... Je raisonne sans doute comme un vieux sentimental, mais je crois qu'à défaut d'amour il est nécessaire de mettre de la délicatesse, de l'indulgence, de la charité dans un ménage. Le sacrifice est bien mince quand il s'agit de sauver la cohésion d'une famille... »

Il cligna ses petits yeux malins et ajouta gaiement :

« Je me demande pourquoi je vous dis cela ! Au fond, je prêche un converti ! Vous vous donnez trop à vos affaires, Bertrand. Prenez donc des vacances ! A la première occasion ! C'est un conseil d'ami. Voilà, mon cher, je vous quitte. A demain !

— A demain », dit Bertrand.

Il se leva pour raccompagner son beau-père jusqu'à la porte. Marcel Thivet marchait en fléchissant les genoux. Ses épaules étaient rondes. Bertrand avait l'impression de pousser un meuble encombrant hors de son bureau. Sur le seuil, Marcel Thivet se retourna et articula d'une voix traînante :

« A propos, j'ai téléphoné à Maxwell avant de passer vous voir, ce matin. Il m'a dit qu'il était d'accord sur vos dernières conditions. Je pense donc que vous pourrez signer la semaine prochaine et partir aussitôt après... »

9

LE 5 septembre, vers six heures du soir, Élisabeth vit arriver au magasin une Arlette à la mine resplendissante et au regard tragique. Elle revenait d'Autriche et son séjour dans ce pays lui avait laissé une mauvaise impression. Coupant court aux baisers et aux exclamations de bienvenue, elle entraîna Élisabeth au fond de la boutique pour lui parler. Mlle Pologne, bien qu'un peu vexée d'être tenue à l'écart de la conversation, relaya sa patronne auprès d'une cliente indécise, qui s'attardait devant le comptoir des disques.

« Dans le petit patelin où je me trouvais, dit Arlette, la vie était encore très agréable. Rien n'avait changé en apparence. Mais, un jour, je suis descendue à Innsbruck, et, là, j'ai été suffoquée. Des chemises brunes et des croix gammées partout, dans les rues, au café, dans les théâtres. Des portraits d'Hitler, de Goering, de Goebbels, dans les vitrines des magasins. Les journaux pleins d'une propagande effrénée contre le gouvernement tchécoslovaque, qui persécute les pauvres Allemands des Sudètes!

— A Paris aussi, on parle beaucoup des Allemands des Sudètes. Je me demande s'ils sont si nombreux que ça! dit Élisabeth.

— Un peu plus de trois millions d'hommes. Mais

personne, là-bas, ne songe à les opprimer. Ce sont des agitateurs hitlériens qui les poussent!

— Je suis sûre que cela va s'arrranger d'une manière ou d'une autre. J'ai lu dans le journal que l'Angleterre conseillait à la Tchécoslovaquie d'accorder de grandes concessions aux Allemands qui habitent sur son territoire.

— Quelles que soient ces concessions, répliqua Arlette, j'ai bien peur qu'Hitler ne les juge insuffisantes. Tous les gens que j'ai vus en Autriche estiment que le congrès de Nuremberg marquera une date dans l'histoire du monde. Le Führer va prononcer, paraît-il, devant son peuple, des paroles définitives. Dans quelques jours, nous serons fixés. J'espère simplement que tout cela est un énorme bluff... »

Une musique douce emplit le magasin. La cliente, attendrie, écoutait : *Petit homme, c'est l'heure de faire dodo!*

« Oui, murmura Élisabeth, on vit, on s'occupe de ses petites affaires personnelles, et on ne se rend pas compte que, du jour au lendemain, tout ce qu'on a construit peut être réduit en poussière par la volonté d'un fou! Je suppose que vous êtes soulagée de vous retrouver à Paris!

— Oui et non. J'ai l'impression que les gens, ici, sont inconscients du danger qui les guette! Il me faudra quelque temps pour me réhabituer... Et vous, Élisabeth, toujours heureuse?

— Toujours », dit Élisabeth en rougissant.

Elle croyait que son amie allait lui poser d'autres questions, mais Arlette se contenta de sourire, d'un air mélancolique et renseigné.

« Tant mieux! Tant mieux! dit-elle. En tout cas, vous êtes plus jolie que jamais! Quand sortons-nous ensemble?

— Ce soir, je suis prise », dit Élisabeth.

Elle attendait la visite de Bertrand. Cela devait se

lire sur son visage. Après une seconde de réflexion, elle ajouta :

« Voulez-vous que nous nous voyions demain soir?

— D'accord, dit Arlette. Je passerai vous prendre au magasin. »

Mlle Pologne, ayant fini de servir sa cliente, se rapprocha des deux jeunes femmes avec tant de curiosité, que le bout de son nez en paraissait anormalement pointu. Elle arriva trop tard : Arlette s'en allait.

Après la fermeture de la boutique, Élisabeth se dépêcha de rentrer chez elle. Dix minutes plus tard, elle ouvrait la porte à Bertrand. Il l'embrassa longuement, tendrement, ne cherchant pas ses lèvres, mais ses joues, ses tempes, ses paupières :

« Comme je suis bien chez vous, ma chérie! C'est ici ma maison, mon refuge... »

Elle s'écarta de lui, frappée par l'accent morne de sa voix. Une expression de lassitude vieillissait son visage.

« Vous avez des ennuis? demanda-t-elle.

— Je dois partir pour quelques jours. »

Elle ne put réprimer un tressaillement de surprise :

« Où allez-vous? »

Il ne répondit pas tout de suite. Des rides s'étaient creusées sur son front. Ses mains étaient crispées l'une sur l'autre en boule compacte et osseuse. Élisabeth s'appuya du bout des doigts au dossier d'un fauteuil, et, subitement, une crainte lui vint, si précise, si outrageante, qu'elle murmura encore :

« A Saint-Jean-de-Luz? »

Les épaules de Bertrand se redressèrent. Ses yeux brillèrent tristement derrière ses lunettes.

« Oui, dit-il. J'y suis obligé. Nous avons une propriété, là-bas... Il y a des tas de questions qu'on ne peut régler que sur place... C'est pour ça...

— Taisez-vous! » dit-elle d'une voix altérée.

Et, aussitôt, elle fut étonnée du calme mort qui succédait en elle au premier accès de colère. Toutes les fibres de son corps s'engourdissaient en même temps. Ses pensées tournaient dans un espace clair et froid.

« Si vous saviez comme ce voyage m'est pénible! reprit-il. Je m'y résigne parce que je ne peux vraiment pas faire autrement. Mais vous êtes ma seule raison de vivre, Élisabeth. Ayez confiance en moi, je vous en supplie!... »

De nouveau, il s'avançait vers elle, avec une figure de prière. Elle l'arrêta net, d'un regard glacé. Un silence les sépara. Enfin, Élisabeth domina sa déception et annonça d'un ton imperturbable :

« Ce soir, Bertrand, je voudrais dîner dehors! »

Il inclina la tête. Son espoir tombait, il ne savait plus que dire pour sa défense.

« Où aimeriez-vous aller? demanda-t-il.

— Dans le petit bar en face... Nous y serons très bien!

— Oui, Élisabeth. »

Elle se recoiffa, mit son chapeau devant la glace et dit encore, sans se retourner :

« Quand partirez-vous pour Saint-Jean-de-Luz?

— Demain.

— Et vous y resterez combien de temps?

— Deux semaines, je pense... »

Elle pivota lentement sur ses talons :

« Venez, je suis prête. »

Dans le petit bar, les tables vides dormaient sous une lumière orangée, une radio jouait en sourdine, le patron lisait son journal. Élisabeth et Bertrand s'assirent au fond de la salle. Un garçon à face de conspirateur leur chuchota que les rognons sautés étaient la spécialité de la maison. Ils approuvèrent le menu qu'il leur proposait comme ils eussent approuvé n'importe quel autre, tant leur pensée était loin de la nourriture. Le repas fut sinistre. Pour empêcher Bertrand de renouveler ses excuses et ses protestations passionnées, Élisabeth lui parla du voyage d'Arlette en Autriche. Il s'y intéressa un moment, avoua qu'il était inquiet lui-même des exigences hitlériennes, cita l'opinion de quelques diplomates sur l'équilibre des forces en présence, mais, quoi qu'il dît, l'anxiété qu'exprimait son visage était plus amoureuse que politique. Ce n'était pas l'Allemagne qu'il souhaitait désarmer à l'instant, mais Élisabeth.

En sortant du restaurant, il la prit par le bras pour traverser la rue. Depuis le début du dîner, il attendait de se retrouver avec elle dans le studio. Une fois là-haut, il aurait plus de chance, lui semblait-il, de la convaincre. Arrivée devant le porche de l'immeuble, Élisabeth dit :

« Non, Bertrand. Je voudrais rester seule. Faites un bon voyage. Écrivez-moi... »

***

Il lui écrivit chaque jour. Ses lettres étaient longues et tendres. Mais elle les lisait sans émotion. Elle ne pouvait croire à la sincérité de cet homme, qui se plaignait de leur séparation en goûtant, à Saint-Jean-de-Luz, les joies de la famille. On ne tranchait pas dans une vie comme dans une étoffe : d'un côté la part de l'amour, et, de l'autre, celle des obligations conjugales et paternelles. Des liens subtils rattachaient ces deux aspects d'une même destinée. Bertrand ne serait jamais un être simple, facile à isoler, dont les plaisirs et les peines passeraient invariablement par Élisabeth. Elle devait le disputer à des puissances qu'elle ne connaissait que de nom. Pour elle, qui aimait les combats à visage découvert, ce mélange de ruses, de concessions, de compromissions, était une épreuve écœurante. Elle eût préféré qu'il ne donnât plus de ses nouvelles, qu'il fût comme mort, pendant le temps qu'il consacrait à sa femme et à ses enfants. Les lettres s'accumulaient dans un tiroir. Bertrand la suppliait de lui répondre. Elle ne le pouvait pas. Elle l'imaginait dans une autre existence. Il se montrait sur la plage, dans les bars, au golf, avec son épouse rayonnante; il retrouvait auprès d'elle les habitudes de la table et du lit; peut-être même faisait-il l'amour avec elle? Élisabeth était fondée à le supposer. « Et moi, je l'attends, j'accepte!... » Un soir, il lui téléphona, fou d'inquiétude, mais elle le reçut si froidement, qu'il se garda de la rappeler par la suite. De plus en plus, elle songeait à la nécessité d'une rupture. Pourtant, comme elle ne voulait pas avoir de conversation embarrassante avec Arlette, elle lui dit que Bertrand s'était absenté pour un voyage d'affaires.

Arlette vint dîner chez elle, le 12 septembre. C'était ce soir-là qu'Hitler devait prononcer le grand discours de clôture du congrès de Nuremberg. Les jours précédents, il avait déjà proclamé que le nazisme était invulnérable, que l'unité germanique s'accomplirait coûte que coûte et qu'il était scandaleux pour un Allemand d'être séparé plus longtemps de ses frères de race par une frontière sans signification réelle. A sept heures et demie, Élisabeth alluma le poste de T.S.F. Ses mains tournaient un bouton, et elle traversait les différents pays du monde, portée par des vagues de musique, des crépitements de paroles étrangères et de longs silences sifflants. Soudain, tous ces bruits se fondirent en un rugissement terrible. Une foule noire hurlait dans la boîte.

« C'est sûrement ça! » dit Arlette.

Les vociférations s'apaisèrent et une voix d'homme se fit entendre. Forçant sur ses cordes vocales, il aboyait des mots incompréhensibles. Chaque syllabe, expulsée de ses joues, giclait comme un crachat sur un mur. Cette série de glapissements eût été comique, si l'orateur n'avait personnifié à lui seul la puissance destructrice de l'Allemagne. Élisabeth avait vu dans les journaux quelques photographies des premières parades de Nuremberg. D'immenses espaces, pavés de têtes régulières, des milliers de bras levés pour saluer le dieu de la renaissance teutonne, des forêts de drapeaux à la croix gammée, pris dans les faisceaux des projecteurs. Elle imaginait maintenant ce peuple innombrable pressé aux pieds de son chef, à la petite moustache noire carrée, à la mèche vernie et à la bouche d'ogre. De temps à autre, l'auditoire poussait un *Heil!* rauque et discipliné, puis se taisait pour écouter la suite du discours.

« Que dit-il? » chuchota Élisabeth.

Arlette, qui avait appris l'allemand au lycée, fronçait les sourcils et entrouvrait les lèvres dans une grimace de sourde :

« Je n'arrive pas à comprendre! grommela-t-elle. Si, là il parle des Sudètes... Il les plaint de tout cœur... Quel comédien! A mon avis, il en fait trop pour être sincère! »

Elle allongea les doigts vers le bouton du poste. Un demi-tour à gauche, et Hitler, interloqué, ravala sa fureur. Longtemps, les deux amies restèrent immobiles, goûtant les délices du silence après la tempête. Devant elles, s'étalait un tapis aux riches couleurs orientales. Arlette avait feint de ne pas le remarquer, lors de ses précédentes visites. Sans doute avait-elle deviné, au premier coup d'œil, d'où il venait. Cette fois-ci, pourtant, elle sortit de sa réserve et murmura :

« Il est vraiment très beau!

— Oui », soupira Élisabeth.

Et, sentant croître son malaise, elle remit la conversation sur Hitler :

« Je voudrais tout de même bien savoir ce qu'il a dit! »

Elle l'apprit le lendemain matin, par les journaux. Des gens pressés assiégeaient les kiosques, dépliaient les feuilles fraîchement imprimées et les lisaient, marchant à petits pas, comme portés par une voilure. Élisabeth obtint de la vendeuse le dernier *Figaro* de la pile et parcourut des yeux la page coupée de titres en caractères gras. Les propos qu'Hitler avait tenus la veille étaient effectivement redoutables : « J'ai déjà déclaré que je ne supporterai plus que trois millions et demi d'Allemands continuent à être opprimés et je prie les hommes d'État étrangers de prendre connaissance que ceci n'est pas une phrase vide... » Un autre passage du discours semblait, en revanche, destiné à rassurer l'opinion française : « L'État national-socialiste n'a pas cultivé l'idée de revanche, au contraire... Nous avons abandonné nos droits sur l'Alsace-Lorraine pour mettre fin, une fois pour toutes, à l'éternelle querelle avec la France... » A la page suivante, Élisabeth découvrit des informations qui la confirmèrent dans son espoir : « Nous n'aurons pas la guerre demain », telle est la réaction du peuple anglais... » Elle en conclut que l'opinion d'Arlette était justifiée : il s'agissait d'un gros effort de propagande hitlérienne. Les diplomates français et anglais n'en étaient pas dupes. Finalement, tout s'arrangerait autour d'un tapis vert. Elle appela son oncle au téléphone. Denis jugeait l'affaire de très haut :

« Ne crois donc pas tout ce que tu lis dans les canards! Ils affolent le public pour faire monter la vente! Personne ne veut la guerre : pas plus les Boches que les Français... »

Malgré ces prévisions optimistes, les jours suivants furent marqués par une recrudescence de l'angoisse dans le monde : indignation des Tchèques après le discours de Nuremberg, troubles graves dans les territoires sudètes, brusque décision de Chamberlain prenant l'avion pour rencontrer Hitler à Berchtesgaden, visite de Daladier et de Georges Bonnet à Londres, harangue belliqueuse de Mussolini, communication du plan franco-britannique à Prague... Tout allait mal : les ministres ne dormaient plus, des pères de famille consultaient leur fascicule de mobilisation; en première page des gazettes, il n'y avait que des visages d'hommes d'État préoccupés, des cartes de la Tchécoslovaquie avec des hachures sur les morceaux promis à la voracité allemande, et des tableaux de foules, dont les unes acclamaient Hitler et les autres Benès. On ne vendait presque plus de disques. Même la papeterie n'attirait que de rares clients. Mlle Pologne était très nerveuse :

« Comment voulez-vous que les Tchèques se laissent faire? Ça leur est égal, à eux, de nous entraîner dans la bagarre. Ils diront non, et nous serons obligés de prendre les armes! Verser son sang pour l'Alsace-Lorraine, d'accord! Mais pour les Sudètes, non merci! Il y a quinze jours, personne en France n'avait entendu parler des Sudètes! Et, maintenant, on va tous s'étriper à cause d'eux! Est-ce que c'est logique? »

Le soir, Élisabeth reçut un coup de téléphone de ses parents. Eux aussi étaient très inquiets. Quelques clients, effrayés par les événements, quittaient déjà l'hôtel pour rentrer chez eux.

« Si la guerre éclate, il faut absolument que tu viennes nous rejoindre, disait Amélie. Il paraît que les Allemands commenceront par bombarder Paris. A Megève, on risquera moins. Évidemment, la frontière italienne est à côté! Mais, comme dit papa, Mussolini n'est pas Hitler! Avec des Italiens, on peut toujours s'entendre... »

Élisabeth calma les appréhensions de sa mère en lui affirmant que personne, autour d'elle, ne croyait à l'imminence de la catastrophe.

« Je t'assure, maman, ce sont des gens très bien informés qui le disent!... »

En prononçant ces mots, elle pensait à Bertrand. Dans sa dernière lettre, il l'exhortait au sang-froid : « Je présume, ma chérie, que vous êtes, comme la plupart des gens, obsédée par la crainte du pire. Moi-même, en ce moment, je ne suis pas tout à fait tranquille. Mais, quand je reprends, point par point, les données du problème, la puissance de destruction des armées modernes, loin de m'effrayer, me rassure. Sachant qu'il sera répondu coup pour coup à ses attaques et que l'extermination totale dont il menace ses adversaires son propre peuple en sera menacé dans le même temps, aucun homme d'État, fût-il nazi, n'osera se lancer dans une aventure aussi meurtrière. Je vous expliquerai tout cela de vive voix bientôt... »

Les événements semblèrent lui donner raison : après quarante-huit heures de réflexion, le gouvernement de Prague accepta, dans le désespoir et la dignité, le morcellement de son territoire. « La Tchécoslovaquie s'est sacrifiée pour le salut de l'humanité », lisait-on dans les journaux. Déjà, la Pologne et la Hongrie réclamaient, pour les minorités polonaises et hongroises de Tchécoslovaquie, un traitement analogue à celui des Allemands des Sudètes, à Prague un nouveau ministère était constitué sous la présidence du chef de l'armée, le général Sirovy, et Chamberlain, infatigable, l'œil en bille, le cou tendineux et la moustache pendante, grimpait, le parapluie au bras, dans un avion qui devait le conduire à Godesberg, où l'attendait le chancelier Hitler.

Arlette passa la soirée du 23 septembre chez Élisabeth. Sans se concerter, elles évitèrent, pendant le dîner, les sujets de conversation les plus pénibles : la guerre et Bertrand. Mais, après le dessert, Arlette voulut prendre les informations à la radio. Ce fut un déferlement de mauvaises nouvelles : des exigences allemandes supplémentaires retardaient la conclusion de l'accord, Chamberlain discutait en ce moment même, « dans une atmosphère très tendue », avec Hitler, et, à Prague, Benès, entraîné par les manifestations patriotiques de son peuple, avait signé l'ordre de mobilisation pour tous les hommes âgés de moins de quarante ans et pour les spécialistes. La voix du speaker tremblait d'émotion en citant la proclamation tchécoslovaque : « Soyez braves et fidèles, notre lutte est une lutte pour la justice et pour la liberté ! » Élisabeth eut l'impression qu'un château de cartes, patiemment édifié, venait de s'écrouler sur la table. La mobilisation tchèque c'était, à coup sûr, la guerre.

Dix jours de marchandages pour aboutir à cela! Le speaker parlait toujours, mais Élisabeth ne l'écoutait plus. Elle jeta un regard de détresse à son amie. Arlette essaya de sourire.

« Cela ne signifie rien encore, dit-elle. Le jeu continue. Chamberlain est un fameux renard. S'il obtient gain de cause, il aura droit à la reconnaissance du monde entier. Vous ne trouvez pas qu'il est admirable, ce vieux monsieur anglais, ennemi des voyages, qui, tout à coup, bondit dans l'avion, va rencontrer Hitler, lui parle d'homme à homme?...

— Oui, dit Élisabeth, en se levant pour porter la vaisselle dans la cuisine. Mais, s'il se donne tant de mal, c'est que la situation est encore plus grave que nous ne le pensons! »

A ce moment, le téléphone sonna. Ce fut comme un signal d'alarme. Surprise, Élisabeth reposa sa pile d'assiettes sur la table et décrocha le récepteur :

« Élisabeth, ma chérie! J'avais peur de ne pas vous trouver chez vous! »

Elle était si peu préparée à entendre Bertrand, qu'elle éprouva d'abord un élan de joie irraisonnée.

« D'où me téléphonez-vous? demanda-t-elle.

— De Paris! Je viens d'arriver. J'ai fait le voyage en voiture... »

Déjà, elle s'était ressaisie et endossait avec ennui son vêtement de rancune et de méfiance : « Il a dû rentrer avec toute sa famille! »

« Ces quinze jours m'ont paru interminables! » reprit-il.

Elle pensa : « Pourquoi parle-t-il de quinze jours? Cela en fait dix-huit, exactement. » Les avait-elle comptés? Elle se troubla. Les battements de son cœur lui emplirent la tête. Arlette la regardait, la jugeait. La voix de Bertrand était noire et douce :

« J'ai tellement envie de vous revoir, Élisabeth! Mes lettres sont restées sans réponse. Je ne sais plus rien de vous. Pouvez-vous me recevoir tout de suite?

— Tout de suite? balbutia-t-elle. C'est impossible!

— Pourquoi? Vous n'êtes pas seule?

— Non.

— Qui est avec vous? Arlette?

— Oui.

— Elle ne va pas partir bientôt?

— Non. »

Elle répondait par monosyllabes, mais son amie n'en devinait pas moins le sens de la conversation. Au bout d'un moment, Arlette se leva et agita la main en direction de la porte.

« Je m'en vais! »

Élisabeth lui intima, d'un coup d'œil, l'ordre de se rasseoir. Bertrand insistait :

« Cela vous ennuierait si je passais vous voir pendant qu'elle est là? Juste cinq minutes! J'ai tant de choses à vous dire!

— Vous me les direz un autre jour. Demain, voulez-vous, à six heures, dans le petit bar de la rue François-Ier? »

Il marqua sa déception par un silence et reprit d'un ton embarrassé :

« Vous ne préférez pas que nous nous rencontrions chez vous?

— Non.

— Alors, c'est entendu : je vous attendrai là-bas, à six heures. Je vous aime, Élisabeth! Je vous aime comme un fou! »

Elle le renvoya par quelques phrases brèves et tourna vers Arlette un visage apaisé.

« Vous n'auriez pas dû refuser à cause de moi, dit Arlette. De toute façon, j'étais sur le point de partir. Il est tard!

— Oh! non, restez, Arlette. Je vous jure que vous n'êtes pour rien dans ma décision! »

Arlette la contempla jusqu'au fond des yeux, alluma une cigarette, rangea son briquet, détacha du bout de l'ongle une brindille de tabac qui s'était collée à sa lèvre et dit :

« J'ai peut-être eu tort de vous mettre en garde, l'autre jour. En tout cas, j'ai sûrement été maladroite !

— Mais, non.

— Si, Élisabeth. Maladroite par excès d'amitié ! J'ai voulu vous montrer les dangers qu'une pareille aventure représentait pour une fille comme vous. Ce que je vous disais était raisonnable. Mais il faut savoir, parfois, oublier la logique et se laisser porter par la vie. Alors, il arrive que, d'un enchaînement de circonstances malheureuses, naisse, brusquement, le bonheur.

— J'en doute, dit Élisabeth.

— Voilà ! s'écria Arlette en riant. Les rôles sont renversés ! C'est vous, à présent, qui êtes méfiante, et moi qui veux être crédule à tout prix ! Que se passe-t-il ?

— Rien, Arlette. J'ai le cafard.

— Sans motif ? »

Élisabeth se cabra au bord de la confidence.

« Sans motif », répondit-elle.

***

Le lendemain matin, en sortant de la maison, Élisabeth fut interpellée par la concierge :

« Vous savez la nouvelle, madame Mazalaigue ?

— Quelle nouvelle ? »

La concierge arrondit un œil de veau et chuchota :

« On mobilise !

— En Tchécoslovaquie, dit Élisabeth.

— Non, madame ! En France ! Ils ont posé les affiches cette nuit !

— Qu'est-ce que vous racontez ? marmonna Élisabeth. Ce n'est pas possible ! Où sont-elles, ces affiches ?

— Oh ! vous n'aurez pas à aller loin pour en voir ! Rue Clément-Marot. Pour le moment, il n'y a que les fascicules 2 qui partent. Ça fait déjà bien du monde !

Mon mari n'a plus l'âge, heureusement! Mais le concierge du 14, il s'en va cet après-midi. Des gendarmes sont venus prévenir le fils Champieux, du deuxième. Je l'ai vu passer tout à l'heure, en uniforme d'officier. Vous croyez pas que c'est triste, ma pauvre madame? Le monde est fou, je vous dis! Ah! on s'en souviendra des Sudètes!... »

Élisabeth courut jusqu'à la rue Clément-Marot. La concierge n'avait pas menti. Un groupe d'hommes se pressait devant une affiche blanche : « Rappel immédiat de certaines catégories de réservistes. Par ordre du ministre de la Défense nationale et de la Guerre et du ministre de l'Air, les officiers, sous-officiers et hommes de troupe des réserves... » Elle lisait et ne comprenait pas : que signifiaient ces fascicules 2, dont les détenteurs devaient se mettre en route « immédiatement et sans délai »? Avisant un garçon en casquette, qui s'écartait du rassemblement et remontait sur son triporteur, elle osa lui demander des explications.

« Ben, voilà, dit-il, on a chacun notre fascicule. Les 2 et 3, j'ai idée que ce sont plutôt des spécialistes.

— Des spécialistes de quoi?

— Ah! ça, ils le savent peut-être pas eux-mêmes! De toute façon, s'ils partent les premiers, nous autres, on ne perdra rien pour attendre.

— Et jusqu'à quel âge peut-on être mobilisé?

— Jusqu'à quarante-neuf ans, je crois. Mais, les plus vieux, on les appellera en dernier et pour pas grand-chose! »

Elle eut une pensée pour son père : il était réformé, il ne risquait rien. Mais Denis, mais Bertrand?

« C'est la guerre! reprit le garçon. On l'aura pas cherchée et on l'aura eue! »

Il donna un coup de pédale, poussa durement sa caisse devant lui, et s'éloigna en se dandinant d'une fesse sur l'autre. Un homme bien mis, d'une trentaine d'années, arriva tout essoufflé. Il tenait à la main son fascicule de mobilisation pour en comparer le numéro avec celui de l'affiche. Un regard au mur. Son front se plissa sous les gouttes de sueur. Une femme en robe imprimée le rejoignit :

« C'est ça, Albert ? »

Il inclina la tête et parut s'endormir sur place. Élisabeth se hâta de remonter la rue Clément-Marot vers la rue Marbeuf. Les passants avaient des mines graves. Le ciel était bleu. Quelques boutiques restaient fermées. Chaque porte close, chaque rideau baissé, cachait un drame de famille. Élisabeth entra dans son magasin et, indifférente aux lamentations de Mlle Pologne, se rua sur le téléphone. Denis, d'abord ! De ce côté-là, tout allait bien : il parlait d'une voix gouailleuse, exagérant son insouciance parce que, sans doute, Clémentine se trouvait près de lui :

« Mais non, je ne suis pas mobilisé ! D'ailleurs, ceux qui le sont reviendront bientôt. Je l'ai dit aux copains. On avancera deux cent mille troufions du côté français, autant du côté boche, et, pendant qu'ils se regarderont dans le blanc des yeux, les ministres signeront des paperasses. »

En raccrochant l'appareil, elle songea à Bertrand. Elle ne pouvait attendre jusqu'à six heures pour savoir s'il était, ou non, touché par l'ordre de mobilisation. Dans des circonstances aussi dramatiques, l'amour-propre était une notion dénuée de sens. Oubliant ses griefs de la veille, elle téléphona au bureau. Ce fut la secrétaire de Bertrand qui lui répondit d'un ton éploré :

« M. Lesaulnier est déjà parti ! »

Elle ressentit un coup violent et ses jambes faiblirent.

« Parti ? balbutia-t-elle. Comment parti ? Il est mobilisé ?

— Non, madame, M. Lesaulnier est parti pour l'usine. Vous vouliez lui parler personnellement ?

— Oui.

— Il sera sûrement là cet après-midi, vers trois heures. C'est de la part de qui... ?

— Merci, ce n'est pas la peine!... » bredouilla Élisabeth.

Elle s'assit, épuisée par ce brusque passage de la crainte au soulagement. Puis, reprise par ses soucis, elle téléphona à Megève. L'attente de la communication fut très longue. Enfin, la voix d'Amélie :

« Élisabeth, ma chérie ! J'allais justement t'appeler ! C'est affreux ! As-tu des nouvelles de Denis ? »

Élisabeth la tranquillisa sur ce point et lui demanda ce qui se passait à Megève.

« Ne m'en parle pas ! s'écria Amélie. C'est la débandade !... »

Là-bas aussi, les affiches blanches s'étaient abattues dans la nuit, semant la panique parmi la clientèle. Les trains étaient pris d'assaut. Des autos partaient, lourdement chargées.

« Ton père est dans un état ! gémissait Amélie. J'ai beau lui répéter que tout peut encore être sauvé, il ne veut pas m'entendre. Tu le connais ! Ses souvenirs de 14 lui remontent à la tête. Il a l'impression que ça recommence. Hier soir, il a pleuré en écoutant la radio !

— Passe-le-moi, maman.

— Il n'est pas là : il est allé à la mairie pour avoir des nouvelles. Ah ! tu devrais venir...

— Je viendrai, comme je te l'ai dit, si la guerre est déclarée.

— N'attends pas le dernier moment, tu ne pourrais plus partir !

— Ne t'inquiète pas pour moi, maman. Je me débrouillerai toujours...

— Tu ne sais pas ce que c'est, Élisabeth ! Mais moi qui ai vécu cela autrefois... »

La voix d'Amélie s'étranglait. Une téléphoniste intervint :

« Terminé ? »

Des correspondants réclamaient la ligne.

« Ne coupez pas! » cria Élisabeth.

Un tampon amer obstruait sa gorge. Des voix étrangères bourdonnaient au loin. D'un bout à l'autre de la France, mille appels angoissés croisaient leurs trajectoires.

« Raccroche! dit Amélie. Je te téléphonerai demain.

— Terminé? répéta la téléphoniste.

— Attends un peu, maman... Je voulais te dire... Maman, maman!... »

Un déclic stupide. Le silence. Plus d'Amélie.

« Vous avez eu vos parents? demanda Mlle Pologne.

— Oui.

— Alors? Ils ne sont pas trop secoués? Ah! misère! J'ai oublié de vous dire : Mlle Crespin vous a appelée ce matin. Je lui ai promis que vous lui donneriez un coup de fil en arrivant. »

Machinalement, Élisabeth forma un numéro sur le cadran. Les premiers mots d'Arlette furent pour savoir si Bertrand était mobilisé.

« Non, dit Élisabeth avec un contentement bizarre, presque conjugal.

— Et votre oncle?

— Non plus.

— Tant mieux. Ici, au bureau, tout est désorganisé. Quatre de mes collègues sont sur le point de partir. J'aurais bien aimé vous voir à six heures. Mais je crois que vous êtes prise, ce soir...

— Oui », dit Élisabeth.

Dès qu'elle eut fini de parler, Mlle Pologne l'accapara pour lui montrer les journaux du matin :

« J'ai raflé tout ce que j'ai pu : *Le Figaro, Le Petit Parisien, Le Populaire*... »

Élisabeth se pencha sur ces feuilles aux titres de deuil. La mobilisation n'y était pas encore annoncée. L'ordre avait dû parvenir trop tard dans les imprimeries. Mais toute la presse publiait la déclaration de

Daladier au groupe radical-socialiste : « Dans le cas où la Tchécoslovaquie serait victime d'une agression non provoquée, la France prendrait immédiatement les mesures d'assistance nécessaires. » D'autres nouvelles, non moins alarmantes, s'étageaient dans les colonnes : « L'Angleterre ne reniera pas ses promesses, si la France est entraînée dans un conflit armé... » « Prague, fière et forte, attend, d'un moment à l'autre, le choc de l'invasion allemande... » « Le cardinal Verdier, archevêque de Paris, lancera ce soir, par T.S.F., un message de confiance en l'avenir de la patrie... »

Mlle Pologne gémissait :

« Vingt ans de paix, c'est tout ce qu'on aura eu! Comptez vous-même : 1918-1938! Et encore, je n'appelle pas ça vraiment de la paix! Toujours des tiraillements, des coups d'épingle dans les frontières! Si on s'occupait moins de ce qui se passe chez les voisins, on n'en serait pas là! Qu'est-ce que ça peut nous faire qu'en Allemagne ils n'aiment pas les Juifs? Qu'est-ce que ça peut nous faire qu'Hitler veuille rassembler tous les pays où il y a des Allemands? Il n'a jamais parlé de toucher à la France! Ah! je vous jure, on se demande ce qu'ils ont dans leur cervelle, nos députés! »

La porte était ouverte. Mais personne n'entrait dans le magasin. Élisabeth regardait la rue par la glace de la devanture. Trois jeunes gens passèrent. Ils portaient de petites valises en carton, à la main. Allaient-ils rejoindre leur « lieu de convocation » comme il était dit sur les affiches? Ils n'étaient pas en uniforme. On leur en donnerait un, là-bas. Un vieux monsieur s'arrêta devant la vitrine. Il avait une rosette à la boutonnière. Certainement, il ne serait pas appelé. Et cet autre, qui marchait sur le trottoir d'en face? A première vue, il avait cinquante ans. « L'âge de papa! » L'univers se divisait en individus mobilisables et non mobilisables. Pendant des années, les femmes ne s'étaient guère souciées du régiment où l'homme qu'elles aimaient avait accompli son service militaire. On en plaisantait parfois en famille. Corvées de patates, brimades d'adjudants, manœuvres sous la pluie, revues de détail, cela laissait des souvenirs rigolos. C'était le bon temps, puisqu'il ne reviendrait jamais. Et, subitement, les épouses, les fiancées, les mères, découvraient qu'elles avaient vécu, sans le savoir, auprès d'un artilleur, d'un fantassin, d'un sapeur ou d'un pontonnier, les joyeuses histoires de caserne aboutissaient à une marche lugubre vers les gares de l'Est et du Nord. A quelle arme appartenait Bertrand? Quel était son grade? Où l'enverrait-on si la mobilisation générale était décrétée? Le rôle des femmes était si bête, dans la guerre! Par tradition, elles devaient rester passives, garder la maison, plaindre les combattants et espérer sagement leur retour.

Mlle Pologne ressortit, à midi, pour acheter d'autres journaux. Ils confirmaient la nouvelle de la mobilisation partielle et annonçaient que Chamberlain s'apprêtait à regagner Londres, porteur d'un mémorandum allemand destiné au gouvernement de Prague. Élisabeth déjeuna chez elle en écoutant la radio et retourna au magasin, où Mlle Pologne l'accueillit par une crise de soupirs. Elle venait de vendre un stylo à une cliente, dont le fils rejoignait son régiment, ce soir même, à Nancy. Élisabeth considéra sa vendeuse avec une pitié méprisante. Seule au monde, n'ayant rien à perdre et personne à chérir, la vieille fille se démenait dans le vide et gémissait sur l'infortune des autres. « Ne suis-je pas un peu dans le même cas? se demanda Élisabeth. Ni mari, ni enfants, une liberté totale. L'homme que j'aime n'est même pas à moi!... » Elle s'assit au fond de la boutique. Encore quatre heures avant de revoir Bertrand! Elle ne voulait pas aventurer son esprit au-delà de cette rencontre. L'avenir se rétrécissait, se cassait en menus morceaux. Sans connaître la guerre, elle apprenait déjà à mesurer chichement les étapes de son espoir.

***

Bertrand arriva en avance. Six heures moins dix. Elle n'était pas là. Le garçon lui servit un whisky. Il le but d'un trait et s'épongea la figure avec son mouchoir. Toute la journée, il s'était épuisé à résoudre les multiples problèmes que la mobilisation posait dans son entreprise. Remplacement des ouvriers rappelés, prévision de repli pour les stocks de matières premières, demande de délais aux banques, discussions avec son beau-père, conversations téléphoniques interminables avec l'usine de Marseille. A la maison, Brigitte avait un visage héroïque : la guerre était une épreuve envoyée par Dieu. Bertrand commanda encore un whisky et un quart Perrier. Il enviait sa femme de trouver une consolation dans la prière. La radio du bar mâchonnait un air mexicain. Le patron lisait *Paris-Soir*. Dans la pénombre, des couples rapprochaient leurs visages. Les hommes parlaient de politique et de stratégie à des femmes amoureuses qui ne les comprenaient pas. « Pourvu qu'Élisabeth ne tarde pas trop ! » songea-t-il. Depuis six ou sept ans, il sentait venir la catastrophe. Chaque fois qu'il évoquait un souvenir apparemment heureux, la menace de la guerre y était inscrite en filigrane. « Et maintenant, voilà, ça y est ! » se dit-il en serrant le verre dans son poing. Une rage froide l'envahit à l'idée que, ses deux dernières semaines de paix, il les avait consacrées à sa femme. Que d'heures dissipées en politesses, en réunions mondaines, en jeux stupides sur le sable ! Ses enfants n'avaient pas besoin de lui pour s'amuser. Quant à Brigitte, elle lui avait montré, pendant tout son séjour là-bas, une mine revêche. Elle devinait que leur convention touchait à son terme, que son mari restait auprès d'elle par devoir, qu'il souffrait de gâcher avec elle un temps qu'il eût aimé réserver à une autre. Cependant, sûre d'être trompée, elle se cramponnait encore à son rôle d'épouse. Ah! ces mornes soirées dans le jardin noir, étouffant, ces allusions, ces pointes, ces soupirs... Pas un mot plus haut que l'autre, pas un éclat. Brigitte s'en serait bien gardée! Tout savoir et feindre de tout ignorer! C'était sa tactique. Et, à Paris, Élisabeth attendait, Élisabeth qu'il n'aurait jamais dû abandonner, Élisabeth qu'il avait perdue, peut-être, en lui avouant le motif de son voyage. Tel un homme cerné par les flammes et qui saisit d'instinct l'objet le plus précieux pour le sauver de l'incendie, ainsi découvrait-il, aux premiers signes de la tourmente, qu'il était prêt à tout sacrifier pour vivre pleinement son amour. S'il avait pu prévoir que la guerre était proche, aucune supplication, aucune menace, ne l'aurait décidé à quitter Paris. Il serait demeuré auprès d'Élisabeth, il aurait joui avec elle de chaque instant que le destin leur concédait avant de les arracher l'un à l'autre! Et si, tout à coup, les mesures de mobilisation étaient rapportées, si le monde s'éveillait de son cauchemar? « Oh! alors, je saurais ce que j'aurais à faire! Je briserais toutes mes attaches! J'épouserais Élisabeth! Et je serais heureux, heureux!... » La radio jouait, le patron lisait, les couples parlaient. Et Bertrand regardait la porte avec force, comme s'il eût dépendu de sa volonté qu'Élisabeth naquît sur le seuil. Soudain, il tressaillit. Elle venait d'entrer, elle s'avançait vers lui, souriante.

« Ah! dit-il en se levant, j'ai cru que ce moment n'arriverait jamais! »

Élisabeth s'assit près de Bertrand et lui abandonna ses mains. Il les porta timidement à ses lèvres. Elle ne cachait pas son trouble et il était ému de penser qu'elle était inquiète à cause de lui. Dès l'abord, elle l'interrogea à voix basse. En apprenant qu'il était lieutenant dans l'infanterie et qu'il ne devait se mettre en route que le deuxième jour de la mobilisation générale, elle parut un peu rassurée: les officiers étaient moins exposés que les hommes de troupe. D'ailleurs, la guerre n'était pas encore déclarée. Élisabeth avait lu dans un journal que le temps travaillait pour la paix. Bertrand lui, était d'un avis différent.

« Je vous ai écrit pour vous dire que j'avais bon espoir, grommela-t-il, et je me suis trompé. Les hommes sont plus fous que je ne le supposais alors. Même si Hitler obtient tout ce qu'il réclame, il ne se calmera pas. Ce n'est ni Prague, ni Dantzig, ni Varsovie, ni Budapest qu'il convoite, c'est l'Europe entière. Il faut en finir avec cet enragé. Puisqu'il ne comprend pas d'autre langage que celui de la violence, eh bien! allons-y... De toute façon, l'affaire sera vite réglée!

— Vous croyez?

— J'en suis sûr! Les moyens modernes imposent une guerre dure et rapide. Nous sommes terriblement armés! Et, comme les dictateurs ne tiennent leur pouvoir que de la popularité, au premier échec militaire Hitler sera balayé de la scène. Où irez-vous, Élisabeth, si la guerre éclate?

— Je ne sais pas... Je resterai à Paris...

— Paris sera probablement bombardé!

— Dans ce cas, je prendrai le train pour Megève.

— Les trains seront combles!... Non, Élisabeth, vous partirez en voiture. Je vous laisserai ma Citroën... Si! si!... Je n'en aurai pas besoin, puisque je serai mobilisé!

— Et votre famille? demanda-t-elle brusquement.

— Ma femme et mes enfants retourneront à Saint-Jean-de-Luz. Ils auront la Delahaye. »

Élisabeth sourit amèrement. Bertrand avait tout organisé : une auto pour sa femme, une autre pour sa maîtresse. Le partage était équitable. Si, dans la vie courante, elle pouvait s'abuser sur l'importance de son rôle, les événements de la nuit dernière la rejetaient brutalement à sa place. En ces heures de grande crainte, où se resserraient les liens de famille, elle comprenait mieux la fausseté misérable de son état.

Elle était en surnombre dans l'existence d'un homme marié. Elle n'incarnerait jamais pour lui son foyer, son nom, sa descendance, son avenir. Depuis son accession à l'âge de raison, elle avait tout manqué : elle s'était mariée par dépit, elle avait divorcé sur un coup de tête, elle n'avait pas su mettre un enfant au monde, comme les autres, elle ne vivrait pas la guerre en épouse...

« Cette situation est lamentable, murmura-t-elle, comme se parlant à elle-même.

— Oui, Élisabeth, dit-il, et j'en souffre autant que vous. Mais, plus tard, quand la paix sera revenue, j'arrangerai autrement notre vie. Vous verrez! Ce voyage à Saint-Jean-de-Luz a été pour moi un supplice! J'y suis resté deux semaines, à cause de mes enfants, mais j'en arrivais à détester ma femme pour l'obstacle qu'elle dressait entre vous et moi! Je subissais sa présence comme une punition!...

— Assez, Bertrand! » dit-elle d'une voix amortie.

Une pudeur, qu'elle n'avait jamais encore éprouvée, la raidissait devant cet homme qui brûlait de la reconquérir. Plus elle le devinait amoureux, et plus elle regrettait de n'être que sa maîtresse. Pendant un instant, elle baissa les paupières, et il lui sembla qu'elle tournait dans le noir, aveuglée par un bandeau. Elle se demanda, de bonne foi, sur quels principes se réglait son destin. Au nom de quoi acceptait-elle certaines choses et en refusait-elle d'autres? La réponse ne venant pas, elle ouvrit les yeux et lut sur les traits de Bertrand qu'il était à bout de forces.

« Je devenais méchant, hargneux! reprit-il. J'en voulais à tout le monde! Mon seul réconfort était de me dire que je vous retrouverais bientôt! Je vous revois enfin, et c'est la guerre!...

— Ce n'est pas encore la guerre!

— Elle est inévitable. Mes dernières heures de liberté en sont gâchées. Je suis accablé de travail, au bureau. Je ne sais même pas quand ni comment je pourrai vous rencontrer demain. Ce soir, après vous avoir quittée, il faudra que je file à l'usine où une machine est tombée en panne. Nous avons si peu de temps à être ensemble ! Élisabeth, qu'est-ce que nous faisons dans ce bar sinistre ? Allons chez vous ! »

Sans courage pour lutter encore, elle inclina la tête en signe de consentement.

10

« ICI, Radio-Paris. Ne quittez pas l'écoute. Dans un instant, nous vous transmettrons la traduction française des principaux passages du discours que le chancelier Hitler a prononcé, ce soir, 26 septembre, à vingt heures, à la salle du palais des Sports de Berlin... »

Élisabeth rapprocha son fauteuil du poste de T.S.F. Au lieu des paroles prophétiques du Führer, ce fut un air de danse qui s'échappa de la boîte. Pour tromper l'impatience des auditeurs, on leur offrait des miaulements de guitares hawaiiennes. La veille encore, Bertrand était revenu chez Élisabeth. Il disposait d'une heure à peine entre deux rendez-vous d'affaires. Le désir lui donnait une figure émouvante. Une étreinte brutale, des mots d'amour chuchotés en hâte, un regard à la montre, le rhabillage, le dernier baiser sur le pas de la porte. Il partait, plein d'une naïve gratitude. En elle, cependant, tout n'était que désenchantement. Aujourd'hui, elle était allée le rejoindre, à six heures et demie, dans le bar de la rue François-Ier. Il était désolé de ne pouvoir passer la soirée avec elle : « Je reçois mes beaux-parents à dîner. C'est absurde, Élisabeth, mais dans des circonstances aussi dramatiques, il y a certaines questions qu'il me faut débattre en famille. » Elle l'avait rassuré. Elle comprenait très bien. Elle était même secrètement soulagée à la pensée de la distance qui se creusait entre eux. Assis côte à côte, sur la banquette, ils avaient parlé des événements politiques. Les ministres français étaient de nouveau à Londres, le président Roosevelt adressait un message personnel à Hitler, la flotte britannique appareillait pour une destination inconnue, les réservistes porteurs des fascicules 2 et 3 se pressaient dans les gares parisiennes, la Préfecture de Police précisait qu'il était interdit aux automobilistes munis d'un ordre de réquisition de quitter le département de la Seine, dans certaines rues de Paris l'éclairage était mis en veilleuse à l'aide d'ampoules bleutées, l'exode des familles s'intensifiait vers les provinces calmes.

« Ne quittez pas l'écoute. Dans un instant, nous vous transmettrons... »

Élisabeth regretta que son amie ne fût pas auprès d'elle en cette minute grave. Mais Arlette était restée à la maison pour soigner sa mère souffrante. Quant à Bertrand, il devait être assis dans son salon, entre sa femme, ses deux fils, son beau-père, sa belle-mère. Peut-être s'étaient-ils tous groupés devant un appareil de radio?

« Ne quittez pas l'écoute. Dans un instant... »

Encore un disque de musique légère. Bertrand l'entendait aussi. A quoi songeait-il? Quelle figure avait-il au milieu des siens? La musique s'arrêta. Un homme se mit à parler. Hitler s'exprimait en un français correct, teinté d'un léger accent bourguignon :

« J'ai donné à M. Chamberlain l'assurance qu'une fois le problème sudète résolu, il n'y aura plus d'autres problèmes territoriaux. M. Benès a maintenant dans sa main la paix ou la guerre. Il donnera la liberté aux Allemands des Sudètes, ou bien nous irons chercher cette liberté. »

Entre les murs roses du studio, Elisabeth se figeait dans une attention extrême.

« Nous voulons bien garantir la Tchéquie, mais, en

ce qui concerne le problème Sudète, ma patience est à bout! »

Une sonnerie tinta dans le poste. Non, c'était dans l'antichambre. Immédiatement, Élisabeth pensa : « Bertrand! » Elle courut vers la porte, l'ouvrit et s'immobilisa, stupéfaite. Le destin lui jouait une farce.

« Bonsoir, Élisabeth. »

C'était Christian. Elle recula lentement, éblouie par deux yeux verts et une denture blanche. La radio parlait d'une voix caverneuse :

« Aujourd'hui, je marche devant mon peuple comme son premier soldat. Et, derrière moi, sachez-le bien, marche un peuple qui n'est plus celui de 1918... »

« Tu es à Paris? balbutia-t-elle.

— Eh! oui, tu vois bien!

— Pourquoi ne m'as-tu pas téléphoné avant de venir?

— Avec le téléphone, j'ai compris! s'écria-t-il. Tu aurais encore refusé de me recevoir! Ton amie n'est pas là? »

Elle avait oublié le prétexte qu'elle lui avait donné autrefois pour éviter de l'accueillir chez elle. Après une seconde d'hésitation, elle se domina.

« Non, dit-elle.

— Mais elle habite toujours avec toi?

— Oui. »

Il eut un coup d'œil vers le divan et demanda d'un ton goguenard :

« Vous dormez dans le même lit?

— Cela ne te regarde pas!

— Tu as raison. En tout cas, tu es installée d'une façon charmante. Ces estampes savoyardes sont de premier ordre. Où les as-tu achetées? »

Elle ne répondit pas.

« Eh bien, voilà, dit-il encore, je suis venu en coup de vent pour régulariser ma situation militaire. Ça sert à quelque chose de savoir parler l'allemand! Trois jours de déjeuners plus ou moins officiels, de visites dans des bureaux, et ils m'ont affecté au ministère de l'Information. Tu écoutes Hitler? Je l'ai entendu en allemand, tout à l'heure, à l'hôtel. Il se répète. Il récite *Mein Kampf*. Mais, rassure-toi, nous n'aurons pas la guerre! Du moins, pas maintenant! Nous n'avons ni avions, ni tanks, ni artillerie, et les Anglais sont encore plus démunis que nous! On va donc gentiment accorder aux Allemands tout ce qu'ils demandent. Et, pendant qu'ils digéreront leurs conquêtes on essaiera de pousser notre armement. Avec les grèves et les changements de ministères, cela peut durer des années!... Il nous embête!... Tu permets? »

Il tourna le bouton du poste et la voix se tut. Puis, sans qu'Élisabeth l'eût invité à s'asseoir, il se laissa descendre dans un fauteuil :

« Je suis éreinté! Paris est infernal!...

— Christian, dit-elle avec fermeté, tu ne peux pas rester ici.

— Pourquoi? Tu attends quelqu'un?

— Non.

— Alors? Je repars après-demain, tu sais. Pour une fois que j'ai une soirée libre... »

Il étendit la main et prit un livre sur la table : *La Chartreuse de Parme,* dans une belle reliure en maroquin bleu.

« Tu lis ça? »

Elle rougit. Le livre appartenait à Bertrand.

« Je ne l'ai pas encore commencé », dit-elle.

Christian feuilleta le volume, le retourna, et sourit. Au dos de la reliure, dans la partie inférieure, deux petites initiales étaient gravées en or : B. L.

« Vois-tu, ma petite fille, dit-il, beaucoup d'hommes pourront passer dans ta vie, beaucoup de femmes dans la mienne, mais ce ne seront jamais que des ombres, des figurants, des utilités. Entre deux aventures, nous nous retrouverons toujours, toi et moi, avec le même plaisir. »

Soudain, il se dressa sur ses jambes. Elle vit tout son

passé debout devant elle. Mais ces souvenirs, dont elle s'émerveillait jadis, lui donnaient maintenant la nausée. Avec indignation elle refusait de se reconnaître en eux. A regarder cet homme, à l'entendre, elle comprenait mieux la place qu'un autre avait prise dans son existence. « Pourquoi ai-je été si distante avec Bertrand? Est-ce sa faute s'il s'est marié avant de me connaître, s'il est obligé, aujourd'hui, de mener une double vie? Tel qu'il est, il vaut cent fois mieux que Christian. Il est le seul être en qui j'aie confiance. »

« A quoi penses-tu? dit Christian. A la guerre? A l'amour? Ou aux deux à la fois? »

Des doigts vifs se posèrent sur les épaules d'Élisabeth. Christian l'effleurait à peine, et, cependant, elle se sentait attirée par lui avec force. Farouchement, elle saisit aux poignets les deux mains qui essayaient de l'emprisonner et les jeta loin d'elle. Les bras de Christian retombèrent. L'étonnement dilata ses prunelles. Elle le tenait en respect, d'un regard noir, chargé de répulsion.

« Va-t'en! » dit-elle d'une voix entrecoupée.

Il éclata de rire :

« Qu'est-ce qui te prend?

— Rien, Christian. Je ne veux plus te voir, c'est tout... Va-t'en! »

La face de Christian se durcit sous l'injure. Un rictus déforma sa bouche. Ses yeux rayonnèrent de méchanceté.

« Ma petite, dit-il, tu te crois très forte, mais je suis bien renseigné! Je n'ai pas besoin de t'interroger pour savoir ce qui mijote dans ta tête! Tu t'es laissé prendre. Tu te donnes l'illusion de vivre un grand amour. Mais tu ne pourras pas toujours te mentir à toi-même. Amuse-toi avec Lesaulnier, si cela t'aide à passer le temps... »

Elle le dévisageait, muette de haine. Il claqua des doigts, avec désinvolture, et poursuivit :

« Il n'a pas l'air d'un mauvais bougre, mais, sans

vouloir te vexer, il est autant fait pour être ton amant que moi pour être le mari de sa femme! Tu la connais, sa femme? Une belle fille, grande, blonde, très cultivée, très élégante, très mondaine. Il lui doit sa situation, ses relations. Il lui doit aussi ses enfants, qui sont adorables! »

La colère d'Élisabeth l'oppressait jusqu'au malaise. Sa tête était pleine de cris, dont aucun n'arrivait à sa bouche.

« Un père de famille! reprit Christian d'une voix moqueuse. Qu'es-tu allée chercher là? De mon temps, tu avais plus de principes! Je te plains... »

Il se dirigea vers le vestibule, se retourna et dit encore, avec violence, comme s'il eût craché dans le vide :

« Je te plains beaucoup!... »

Elle eut l'énergie de répéter :

« Va-t'en!

— C'est ça, dit-il, je m'en vais. Pauvre sotte! Adieu! »

Quand il fut sorti, Élisabeth s'appuya des épaules au battant de la porte. Son cœur cognait contre ses côtes, à grands coups rapides et sourds. Elle attendit qu'il se calmât, puis rentra dans le studio et ralluma le poste de T.S.F. Le discours était fini. Un air de jazz flottait dans la pièce vide. Élisabeth eut une envie incoercible de parler à Bertrand, de l'entendre. Elle ne pouvait le déranger chez lui. Demain matin, elle l'appellerait au bureau. D'ici là, les heures seraient longues. Elle se déshabilla, se coucha, prit *La Chartreuse de Parme* et ouvrit le livre sur ses genoux. A minuit, le téléphone sonna. Elle crut d'abord que Christian revenait à la charge. Mais, dès qu'elle eut appliqué l'écouteur contre son oreille, une voix douce, bienfaisante, la pénétra jusqu'au ventre :

« Je ne vous réveille pas, Élisabeth? Je viens de raccompagner mes beaux-parents en voiture. Au retour, je suis passé devant votre maison, j'ai vu de la lumière derrière vos volets, et je n'ai pu résister au désir de vous appeler avant de rentrer chez moi. Comment allez-vous? Que faites-vous? »

Alanguie de tendresse, elle murmura :

« Je suis couchée, je lis, j'ai entendu le discours d'Hitler tout à l'heure...

— Moi aussi. Mais il n'a rien apporté de nouveau. Chacun reste sur ses positions. Chamberlain va sûrement tenter une dernière démarche. Quelle époque étrange! Nous nous aimons et notre conversation est encombrée de noms d'hommes politiques! Je voudrais tellement oublier tout cela en regardant votre visage!

— D'où me parlez-vous? demanda-t-elle.

— Du petit bar qui est en face de votre maison. »

Il y eut un long silence. Élisabeth s'efforçait de rassembler ses idées. Un reste de fierté s'opposait en elle à la soif d'être heureuse. Enfin, épuisée par l'émotion, elle soupira :

« Je suis si seule, Bertrand! Je n'en peux plus! Venez vite! »

***

Un titre énorme occupait la première page du journal : « La paix est sauvée! Un accord a été signé ce matin, 30 septembre, à une heure trente-cinq, entre le chancelier Hitler, M. Chamberlain, M. Daladier et M. Mussolini. » Élisabeth leva les yeux et rencontra l'expression du soulagement universel sur le visage de Mlle Pologne. La vieille fille tournait en rond dans le magasin et pleurait d'enthousiasme.

« J'avais tellement peur de me tromper que j'ai acheté quatre journaux, ce matin, pour voir s'ils disaient la même chose! » bégayait-elle.

La nouvelle, en effet, était inespérée, après trois jours de négociations à la limite de la rupture. Depuis le 27 septembre, la mobilisation allemande n'était plus qu'une question d'heures. A Paris, les ouvriers municipaux creusaient des tranchées de défense passive dans les pelouses, les grands boulevards, privés de leurs affiches lumineuses, devenaient, la nuit, de profondes vallées d'ombre bleue, des sacs de sable s'amoncelaient devant les soupiraux des immeubles, les journaux réclamaient la distribution immédiate de masques à gaz. Daladier, Chamberlain, Mussolini se rendaient en hâte à Munich pour essayer encore de convaincre Hitler. Et voilà, ils avaient réussi ! A la dernière minute, ils avaient découpé la Tchécoslovaquie de façon à satisfaire l'appétit des Allemands. Maintenant, les risques de guerre étaient définitivement écartés.

Élisabeth se renversa sur le dossier de sa chaise et respira une longue bouffée d'air. L'allégresse lui donnait une sensation de légèreté irréelle. Sa pensée sautait comme un ruisseau sur des cailloux.

« Vous avez vu la carte ? reprit Mlle Pologne. Après tout, on ne lui enlève pas grand-chose, à la Tchécoslovaquie ! Un petit bout de terrain par-ci, un autre par-là ! Et encore, les Allemands n'occuperont ces parties que peu à peu, par étapes ! J'imagine que Daladier et Chamberlain doivent être contents d'eux ! Et dire qu'ils ont fait ça pendant que nous dormions ! »

Ce détail parut la frapper au passage, et elle répéta, en joignant les mains :

« Pendant que nous dormions ! »

Élisabeth empoigna le téléphone et appela Bertrand à son bureau. Il venait d'arriver ; il savait déjà ; il exultait :

« Rendez-vous à six heures, au Fouquet's. Je suis si heureux, Élisabeth ! Je vous aime ! Je ne peux pas vous parler plus longuement tout de suite... Mon antichambre est pleine de monde... »

Elle appela encore Denis et Arlette, pour le plaisir de partager avec eux son excès de joie. Puis, elle demanda, par l'interurbain, l'hôtel des Deux-Chamois, à Megève. Sa mère lui répondit avec une voix de fête :

« Ah ! ma chérie, en deux minutes, ce matin, ton

père et moi avons rajeuni de dix ans! Maintenant, nous allons fermer l'hôtel et partir pour La Chapelle-au-Bois, où nous passerons quinze jours chez grand-père. Puis, nous viendrons à Paris.

— A quelle date, maman?

— Vers le 15 ou le 20 octobre, je pense. Et nous resterons un bon mois, peut-être même plus!

— Chic, alors! » s'écria Élisabeth.

Quand elle eut raccroché l'appareil, le silence même lui parut agréable. Toutes les tentations refleurissaient d'un seul coup : elle avait envie de se promener dans les bois, d'aller au théâtre, de regarder le ciel, de souper au champagne, de rire avec Arlette et d'être amoureuse de Bertrand. Pourtant elle savait bien que l'accord de Munich n'apporterait aucune solution à son problème personnel. Derrière sa gaieté du moment, un souci familier demeurait tapi dans l'ombre attendant de reprendre son lent travail de sape. Demain, après-demain, tout recommencerait : la honte, la jalousie, le plaisir, la résignation... Elle tourna le dos à ce ballet de fantômes. Elle voulait être heureuse, aujourd'hui du moins, à en perdre la tête.

Depuis le début de la crise internationale, la vente des disques s'était arrêtée. Première hirondelle annonçant le renouveau, une jeune fille arriva au magasin, vers trois heures, pour acheter *J'attendrai* et *Vous qui passez sans me voir*. D'autres clients se présentèrent ensuite. Élisabeth les servit avec une prévenance spéciale, comme s'ils eussent été des convalescents qui souriaient à la vie après avoir frôlé la mort.

A six heures enfin, elle s'échappa pour courir au Fouquet's. L'avenue des Champs-Élysées était noire de monde. Sous la voûte de l'Arc de Triomphe, flottait un immense voile tricolore. Les fenêtres de certaines maisons étaient pavoisées. Accueilli à sa descente d'avion par une population en délire, Daladier, le sauveur de la paix, devait, ce soir, à six heures et demie, ranimer la flamme sur le tombeau du soldat inconnu. Au coin de l'avenue George-V, un groupe d'anciens combattants attendait le président du Conseil. Figures graves, poitrines constellées de médailles et poings solides fermés sur la hampe des drapeaux. Élisabeth chercha Bertrand et le découvrit à l'intérieur du café. Il avait pu trouver une table près de la baie vitrée. Toutes les places étaient prises par des gens réjouis, qui avaient la paix dans leur poche. Les garçons évoluaient avec des airs d'archanges victorieux. Bertrand saisit la main d'Élisabeth et la porta à ses lèvres :

« Asseyez-vous ! Parlez-moi ! Dites-moi que vous êtes heureuse ! »

Une immense clameur monta de la rue :

« Vive Daladier ! Vive Daladier ! »

Puis, *La Marseillaise* éclata, d'une violence à rompre le tympan. Tous les consommateurs se dressèrent. Debout près de Bertrand, Élisabeth le regardait avec émotion. Il avait un visage énergique et calme. Quand les cuivres se furent apaisés, des voix humaines, discordantes, reprirent l'hymne national. Les uns chantaient. D'autres hurlaient de joie. Le cortège s'ébranla.

« Vive Daladier ! Vive la paix ! Vive la France ! Vive l'Angleterre ! Vive l'Italie ! »

« Pourquoi crient-ils : vive l'Italie ! demanda Élisabeth.

— Parce qu'il y a des Garibaldiens de l'Argonne dans le défilé. Ce sont ceux qui portent des chemises rouges. Regardez... »

Élisabeth, tournée vers la fenêtre, n'apercevait que la masse indistincte de la foule et, au-dessus des têtes nues, une forêt de drapeaux en marche. Elle se rassit.

« Et voilà ! dit-il en prenant place à côté d'elle. En 1934, après le 6 février, on traitait Daladier d'assassin, en 1938, on voit en lui l'apôtre de la paix universelle. Quelle sinistre duperie !

— C'est tout de même grâce à lui que nous n'avons pas la guerre !

— Oui, oui, peut-être...

— Vous avez l'air contrarié! »

Il haussa les épaules, sourit et murmura :

« Je ne suis pas contrarié, Élisabeth... mais, comment vous dire? j'ai un peu honte!...

— De quoi?

— De cet enthousiasme! Il n'y a qu'un seul peuple qui ait le droit de pavoiser aujourd'hui : c'est le peuple allemand. Sans coup férir, il va s'accroître de trois millions et demi d'habitants, qui jamais, à aucune époque, n'ont appartenu au Reich. Nous avons cédé, comme toujours, devant l'intimidation et la ruse. La Tchécoslovaquie, disciplinée, fortement armée, était pour nous une alliée précieuse. Nous l'avons laissé démanteler. Demain, les troupes allemandes pénétreront au pas de l'oie chez nos amis, à qui nous avons manqué de parole. Parmi eux, c'est le deuil, l'humiliation, la rage, et, ici, nous célébrons une fausse victoire!

— Alors, vous auriez préféré la guerre?

— Non, évidemment... Pourtant, j'ai l'impression que notre contentement devrait être plus réservé, plus pudique. Munich n'est qu'un pis-aller. On ne fête pas un avortement comme une naissance!... Et, d'ailleurs, qui nous prouve qu'Hitler s'en tiendra là? Il lui serait si facile d'organiser une nouvelle crise pour tenter de s'approprier le reste de la Tchécoslovaquie, la Roumanie, la Pologne!... Je me trompe, peut-être...

— Sûrement, Bertrand!

— Savez-vous qu'un conseiller municipal a déjà suggéré que, pour le 11 novembre, des porteurs de flambeaux partent de Berlin, de Londres et de Rome, et soient accueillis par les représentants des anciens combattants français de 1914-1918 devant l'Arc de Triomphe? Ça, c'est de l'optimisme! »

Un garçon s'approcha pour prendre la commande. Il transpirait de bonheur :

« Alors, ça y est! On l'a échappé belle! Qu'est-ce que je vous sers, messieurs-dames? »

Lorsqu'il se fut éloigné, Élisabeth soupira :

« Tant pis pour vous, Bertrand! Moi, je suis vraiment soulagée!

— Mais moi aussi, Élisabeth! s'écria-t-il. Moi aussi! Égoïstement, je suis soulagé! C'est quand je pense à l'ensemble du problème...

— N'y pensez plus. Il y a des spécialistes pour cela. Votre rôle, à vous, est fini. Vous reprenez votre vie telle que vous l'avez laissée au moment où on a collé ces affiches...

— Pas tout à fait, Élisabeth. Depuis cette alerte, je me sens encore plus proche de vous. Ce n'est pas quand je lis les journaux, c'est quand je vous regarde que je crois à la paix. Vous êtes si belle! Comme c'est bon de pouvoir de nouveau faire des projets! Où allons-nous, ce soir?

— Vous êtes libre? demanda-t-elle.

— Bien sûr! »

Élisabeth songea tristement : « Il a dû prévenir sa femme qu'il ne rentrerait pas pour le dîner. Elle a l'habitude. C'est affreux! »

« J'aimerais vous emmener dans un restaurant aux environs de Paris! reprit-il.

— Mais oui, Bertrand.

— Puis, nous irons chez vous.

— Il ne sera pas trop tard?

— Pour vous? demanda-t-il.

— Non, pour vous, Bertrand. »

Il sourit derrière ses lunettes :

« Je n'ai pas d'heure. Toute ma nuit est à vous, si vous le voulez bien. »

Elle inclina la tête. C'était stupide. Elle avait envie de pleurer.

Des acclamations retentirent. La cérémonie était terminée. Daladier redescendait les Champs-Élysées en voiture.

La nuit tombait, quand Élisabeth et Bertrand sortirent du Fouquet's. Des projecteurs illuminaient l'Arc de Triomphe et son long drapeau tricolore. Sur un ciel gris ardoise, le monument semblait une construction immatérielle et rayonnante, un madrépore phosphorescent, enraciné au fond de la mer. Bertrand avait garé sa Citroën dans la rue Vernet.

Il prit le volant. Élisabeth se blottit contre son épaule. Aux abords de l'Étoile, ils furent arrêtés par un embouteillage. Mais les voitures immobilisées ne cornaient pas. Comme l'attente se prolongeait, Bertrand ouvrit la portière et descendit sur la chaussée, pour mieux voir. Élisabeth l'imita, de son côté. Le bâton blanc d'un agent de police tenait en respect la meute des autos. L'arche flamboyante était toute proche, avec ses bas-reliefs tourmentés, ses trois couleurs et son nimbe de brume blonde. Dans un silence religieux, une foule noire et lente traversait la place pour défiler devant le tombeau du soldat inconnu.

DEUXIÈME PARTIE

1

LE 17 juin 1940, les troupes allemandes avaient dépassé la Loire, et, pourtant, dans la paisible station balnéaire du Cap-Ferret, en bordure du bassin d'Arcachon, la guerre semblait encore lointaine, irréelle. Élisabeth sortit sur le perron de la villa et aspira l'odeur chaude et résineuse de la pinède. Une ombre ténue tombait sur le sol de sable mêlé d'aiguilles rousses. Le silence n'était troublé que par le bourdonnement d'un canot à moteur, du côté de l'embarcadère.

« Je vais faire les courses, dit Élisabeth. Vous venez avec moi ? »

Arlette, qui essuyait les meubles de la salle à manger, se redressa, un chiffon à la main, une cigarette fumante collée au coin de la lèvre :

« Je préfère finir le ménage.

— Votre mère s'est recouchée ?

— Oui, je voudrais qu'elle garde encore le lit, ce matin. Elle a passé une si mauvaise nuit, malgré ses gouttes ! Elle se lèvera pour le déjeuner. Ah ! si vous trouviez du lait condensé !...

— Comptez sur moi, je ferai du charme à M. Duclay », dit Élisabeth.

Le Cap-Ferret était si mal ravitaillé, que des réfugiés de Belfort, M. et Mme Duclay, avaient ouvert un dépôt d'épicerie dans leur villa. Ils partaient chaque matin, à l'aube, pour chercher des provisions à Bordeaux. Grâce à leur énergie et à leur sens des affaires, ils étaient devenus les maîtres nourriciers de la petite colonie.

Élisabeth empoigna son cabas, descendit deux marches et s'engagea sur le sentier taché de soleil. Ses espadrilles s'enfonçaient dans une terre poudreuse. Le sac vide dansait au bout de son bras. Elle ne s'était pas éloignée de dix pas qu'Arlette cria, derrière elle :

« Pensez à mes cigarettes! Je n'en ai plus que deux! Si vous pouviez m'en apporter quelques paquets!...

— Je ne devrais pas! dit Élisabeth en se retournant. Vous fumez de plus en plus!... »

Debout sur le seuil, Arlette joignit les mains. La villa appartenait à sa tante, Mme Traviez, qui occupait tout le premier étage avec ses pékinois. Cette construction fragile et coquette s'accommodait mal d'être, à présent, un lieu de refuge contre l'angoisse. Des géraniums s'épanouissaient aux fenêtres. Élisabeth reprit son chemin. Elle se sentait fatiguée par une guerre dont, pourtant, elle n'avait pas souffert. Impossible de réfléchir à autre chose : les communiqués, le ravitaillement, le ravitaillement, les communiqués. Comment tant de violence avait-il pu succéder dans le monde à une si longue période d'expectative et d'indécision? Les hommes d'État ignoraient-ils en décrétant la mobilisation générale que la Wehrmacht avait sur les troupes alliées une terrible supériorité d'effectifs et de matériel? Au début du mois de septembre 1939, quand Hitler, après s'être entendu avec Staline, avait revendiqué le corridor de Dantzig et ordonné à ses soldats de pénétrer en Pologne, les journaux avaient proclamé qu'il se repentirait bientôt de son audace. Mais la Pologne avait été anéantie et la « drôle de guerre » s'était installée sur le front. Durant plus de sept mois, les armées française et allemande ne s'étaient mesurées qu'en de rares accrochages, dans le *no man's land* qui séparait la ligne Maginot de la ligne Siegfried. Paris, cependant, avait pris une physionomie étrange, avec son éclairage d'alerte, ses affiches indiquant l'abri le plus proche, ses agents de police casqués, le masque à gaz sur la hanche, ses inutiles mugissements de sirènes, ses élégantes en « bleu Royal Air Force », et ses monuments entourés d'une ceinture de sacs de sable. Les « affectés spéciaux » refluaient vers les bureaux, vers les usines. Les restaurants, les théâtres, les cinémas, les cabarets regorgeaient d'une clientèle insouciante; Henri Bernstein inaugurait avec faste le théâtre des Ambassadeurs; les disques de Maurice Chevalier se vendaient par dizaines. Il chantait *Paris sera toujours Paris...*, et une nouvelle rengaine : *Et tout ça, ça fait d'excellents Français...* Son patriotisme joyeux donnait le ton à ceux qui espéraient une prompte victoire. Dorin, lui, lançait à la T.S.F. son refrain gouailleur : *C'est-y pour ce soir? C'est-y pour demain?*

Ce qu'il fredonnait ironiquement, d'autres le disaient d'une voix grave : « Hitler n'osera pas nous attaquer. Il a bluffé et, maintenant, il est victime de sa forfanterie. Il cherche un moyen de s'en tirer à peu de frais... » Tant de gens répétaient ces propos autour d'Élisabeth, qu'elle finissait par les croire : la France gagnait la guerre, peu à peu, sans combattre. Bertrand venait souvent à Paris en permission de quarante-huit heures. Sa famille s'étant repliée à Saint-Jean-de-Luz, par crainte des bombardements, il pouvait consacrer tous ses loisirs à Élisabeth. Parfois aussi, elle prenait la voiture et allait le retrouver dans un village proche de Vittel, où une nombreuse concentration d'officiers veillait à l'entraînement de quelques régiments débarqués d'Afrique. Là, il partageait son temps entre les travaux de bureau, les promenades à cheval, les tournois de bridge et les discussions politiques avec ses camarades. Après avoir passé d'agréables moments auprès de lui, dans une petite auberge isolée, Élisabeth rentrait avec l'impression qu'il était en vacances, sous l'uniforme. On parlait bien de l'offensive meurtrière des Soviets en Finlande et de l'échec d'une expédition alliée en Norvège, mais il s'agissait d'aventures lointaines où l'honneur français n'était pas directement compromis. Sur tous les murs de France, des affiches proclamaient : « Nous vaincrons parce que nous sommes les plus forts. »

Et, subitement, le 10 mai, ç'avait été l'avalanche. Des masses d'hommes et de tanks s'étaient mises en marche du côté allemand. Immédiatement, Arlette avait voulu transporter sa mère au Cap-Ferret. De son côté, Bertrand envoyait lettre sur lettre à Élisabeth pour la supplier de quitter Paris. Elle avait la Citroën à sa disposition. Qu'attendait-elle pour rejoindre ses parents, qui s'étaient réfugiés à La Chapelle-au-Bois? Affolés par l'imprudence de leur fille, ils lui téléphonaient, la pressant de fuir avant qu'il ne fût trop tard. Finalement, elle avait décidé de conduire Arlette et sa mère, en voiture, au Cap-Ferret, d'y rester quelques jours et de se rendre ensuite à La Chapelle-au-Bois. Mlle Pologne, elle, ne sachant où aller, avait sollicité sa jeune patronne de lui laisser la garde du magasin. Élisabeth avait trop confiance en sa vendeuse pour lui refuser cette faveur. Le temps de signer un pouvoir, d'écrire à Bertrand pour lui indiquer sa nouvelle adresse, de boucler ses valises, de fermer son studio, et elle se lançait sur les routes.

Elle ne supposait pas, à cet instant-là, que sa randonnée de Paris à Bordeaux serait aussi pénible. Parties avant le grand flot de la débâcle, les trois femmes avaient pourtant été prises dans une lente caravane d'autos, chargées de valises, de matelas, de lits-cages, de caisses et de balluchons. Chaleur, poussière, embouteillage autour d'un véhicule en panne, queue à la porte des boulangeries et devant les postes d'essence, échappées par de petites routes cahoteuses, qui, plus loin, rattrapaient la nationale grouillante de carrosseries sales et de vitres étincelantes, coups de klaxon, cris d'enfants, disputes pour le droit de priorité entre des chauffeurs en manches de chemise, zigzags des cyclistes parmi les capots trépidants, brève halte dans quelque bistrot de campagne, où un appareil de T.S.F. déversait son flot de mauvaises nouvelles au-dessus des consommateurs ahuris...

Il suffisait qu'Élisabeth évoquât les péripéties de ce voyage pour que sa peau se contractât dans un souvenir de fatigue et de crasse. Arrivée au Cap-Ferret, elle avait découvert les délices des draps propres, de l'eau fraîche, des visages tranquilles. Mais son repos avait été de courte durée. La guerre accourait derrière elle. Surprise par la rapidité de l'avance allemande, elle se retrouvait en territoire menacé. Maintenant, il n'était plus question pour elle d'aller à La Chapelle-au-Bois. Ses parents, eux-mêmes, insistaient dans leurs lettres pour qu'elle différât son projet.

Que de désastres en cinq semaines! Invasion de la Hollande et de la Belgique, capitulation de Léopold III, embarquement précipité des Anglais et des Français acculés à Dunkerque, déclaration de guerre de l'Italie, occupation de Paris, les routes pleines de réfugiés mitraillés par des avions volant en rase-mottes, des régiments entiers encerclés, prisonniers, le deuil, le désarroi, la peur, l'obsession de la nourriture! Tout le nord du pays s'écoulait vers le Sud, qui se gonflait, telle une outre prête à craquer. Les uns attendaient encore un miracle, le miracle français, Jeanne d'Arc! elle ne venait pas. D'autres racontaient que des espions — la cinquième colonne — avaient préparé la catastrophe en transmettant des ordres contradictoires aux commandants d'unités et que les Britanniques n'avaient engagé qu'une faible partie de leurs troupes dans le combat. La soudaineté de la défaite n'en paraissait pas moins inexplicable. Où était-elle, cette magnifique armée qu'Élisabeth avait vue, descendant les Champs-Élysées, au soleil du 14 juillet, avec ses uniformes neufs, ses guêtres blanches, ses casques, ses fusils, ses chéchias rouges, ses chevaux vifs, ses chars d'assaut énormes, ses musiques martiales, ses drapeaux glorieux, son air de fierté et de force? Dispersée, décimée, refluant à travers les prés et les bois, s'accrochant pour quelques heures aux boucles des rivières... Qu'était devenu Bertrand? Elle avait reçu deux lettre de lui, au Cap-Ferret. Dans la dernière, datée du 5 juin, il écrivait, sans crainte de la censure, qu'il se trouvait aux abords de Noyon : un secteur très mouvementé! Depuis, plus de nouvelles. Noyon avait capitulé le 7 juin. Et Denis? Lui aussi, après un billet griffonné au crayon, ne donnait plus signe de vie. Tous les hommes valides s'étaient évanouis dans l'espace. Il fallait essayer d'imaginer leur destin en lisant sur la carte des noms de villes abandonnées, des numéros de routes écrasées sous les bombes. « Bertrand était à Noyon le 5 juin, il doit être maintenant quelque part du côté de Châteauroux, ou de Montluçon... » Elle refusait de le croire mort, blessé, ou prisonnier. Songeant constamment à lui, souffrant de son absence, de son silence, elle avait, peu à peu, acquis la certitude qu'elle le protégeait par son amour.

Cependant, les blindés ennemis poussaient des pointes dans toutes les directions. Un jour ou l'autre, ils atteindraient l'estuaire de la Gironde. Le gouvernement s'était replié à Bordeaux. Le président Paul Reynaud avait démissionné la veille et le maréchal Pétain venait de former un nouveau ministère. Un homme pouvait-il, par son seul prestige, arrêter la déroute de tout un peuple? Élisabeth ne le pensait pas. Elle marchait vite dans la pinède ensoleillée, un poids d'images tristes dans la tête, un essaim de moucherons dorés devant les yeux. Disséminées dans le parc, d'autres petites maisons, roses et jaunes, clignaient des vitres entre les branches. Près d'une villa importante, cossue, s'étalait un terrain de tennis. Des jeunes gens en tenues blanches se démenaient sur le court. Le choc des balles contre les raquettes, la voix de coq d'un garçon, le rire aigrelet d'une fille :

« Avantage!... Avantage détruit!... Si je t'assure!... Elle était *out* de vingt centimètres!... »

« Jouer en un moment pareil, quelle inconscience! » pensa Élisabeth. Puis, elle se dit qu'à leur âge elle en eût fait autant. Perdue dans ses réflexions, elle se trouva subitement mêlée à une dizaine de femmes qui attendaient leur tour d'être servies par le ménage Duclay. Des cageots s'entassaient devant la porte de la villa. Le garage était transformé en magasin de vivres. Mme Duclay rendait la monnaie, derrière une table de bois blanc. Son mari vantait la qualité des courgettes, des salades et des pommes de terre qu'il avait rapportées de Bordeaux :

« N'hésitez pas à constituer des réserves! Si les Allemands avancent encore, on n'aura bientôt plus rien à se mettre sous la dent! A Bordeaux, c'est la panique! On ne sait pas du tout ce que fera le maréchal Pétain. Les uns croient qu'il demandera l'armistice, les autres qu'il voudra lutter jusqu'au bout. Et c'est sûrement ce qui va se passer! »

Les clientes écoutaient avec une déférence inquiète cet homme qui se rendait chaque jour à Bordeaux, siège du gouvernement, et en revenait avec des victuailles et des nouvelles également fraîches. Il prétendait savoir, grâce à ses relations, beaucoup de choses que les journaux ne disaient pas. Son front bas, son œil myope et sa moustache jaune tombante lui donnaient, en effet, un air mystérieux.

« Alors, vous pensez vraiment que le maréchal n'arrêtera pas la guerre? demanda une très vieille dame, coiffée d'un chapeau de toile blanche aux côtés percés de petits trous pour l'aération.

— Pourquoi voulez-vous qu'il l'arrête, madame Chavigny? dit M. Duclay en lui remettant un kilo de pommes de terre enveloppées dans du papier journal.

Rendez-vous compte, le vainqueur de Verdun! Vous le voyez s'incliner devant les Boches qu'il a battus en 14-18? Il a sa renommée à défendre! Une seconde, je vous fais votre petite addition... Et Weygand, s'il n'avait pas son plan, il n'aurait jamais accepté d'être nommé généralissime en pleine bagarre! D'ailleurs, Churchill est tenu au courant, heure par heure, de la situation! L'aviation anglaise se réserve!... Bordeaux sera peut-être le bastion avancé de la renaissance française!... Ça ne veut pas dire, bien sûr, que le ravitaillement ira tout seul. Il faudra se serrer la ceinture! Ah! misère! J'aimerais être plus vieux de quinze jours!... Qu'est-ce que je vous sers, madame Mazalaigue? J'ai du cassoulet toulousain en boîte. Il est excellent!... »

Élisabeth prit du cassoulet toulousain, des courgettes, et obtint, par faveur, deux boîtes de lait condensé, avec cette recommandation chuchotée à l'oreille :

« Ménagez-les. Ce sont mes dernières!... »

Elle acheta également deux paquets de « gauloises » pour Arlette et le journal : une feuille de papier mince, mal imprimée avec de gros titres qui répétaient ce qu'elle avait déjà entendu dire, le matin même, à la radio : « L'appel de M. Paul Reynaud à M. Roosevelt... Le courage de nos troupes... Poches colmatées, repli stratégique, tactique d'absorption, lutte à outrance... L'appui américain interviendra-t-il à temps?... » A côté de ces informations désespérées, la grande nouvelle, l'heureuse nouvelle, était la formation d'un gouvernement fort, présidé par le maréchal Pétain : le général Weygand à la Défense nationale, l'amiral Darlan à la Marine, M. Baudoin aux Affaires étrangères, M. Bouthillier aux Finances, M. Chichery au Ravitaillement... Quelques-uns de ces noms étaient inconnus d'Élisabeth, mais elle voulait croire qu'ils désignaient les hommes les plus intelligents et les plus courageux de la nation. « Le président de la République a remercié le maréchal Pétain, qui, en assumant la responsabilité la plus lourde qui ait jamais pesé sur un homme d'État français, manifeste, une fois de plus, son dévouement à la patrie. » Au-dessous un placard publicitaire : « Que leur faut-il? Des chars, des chars, des chars! Souscrivez aux Bons d'Armement! » Élisabeth replia le journal et le glissa dans son sac à provisions.

Quand elle revint à la maison, Arlette avait terminé le ménage. Elles allèrent, comme chaque matin, se baigner. Le sentier traversait la pinède et débouchait, brusquement, sur un paysage nu; le ciel, fou de soleil, le désert onctueux des dunes, et, plus loin, l'océan, vert et violet, poussant vers la côte ses moustaches d'écume blanche. Au bout de la flèche de sable, la violence des vagues était telle qu'il ne fallait pas se hasarder à nager vers le large. Élisabeth et Arlette retirèrent les robes de cotonnade qu'elles avaient enfilées sur leurs costumes de bain et entrèrent jusqu'aux mollets dans le flot bouillonnant. Trois fois, dix fois, se tenant par la main, elles se laissèrent engloutir par les montagnes d'eau qui déferlaient à leur rencontre. Puis, trempées, les membres moulus, les oreilles sourdes, elles s'étendirent sur le sable.

« Je me demande ce qu'ils vont nous apprendre encore par radio, à midi et demi! murmura Arlette.

— Rien d'important, sans doute. Les ministres viennent à peine d'être nommés. Il leur faut le temps de s'installer, de se mettre au courant des affaires...

— Non, Élisabeth. Tout va trop mal. Ils ne peuvent plus attendre. Cela ne m'étonnerait pas que le maréchal Pétain lance un message par T.S.F.

— Le père Duclay est sûr qu'on va poursuivre la guerre à outrance.

— Qu'est-ce qu'il en sait? Pour cela, il faudrait rassembler les armées en déroute, les immobiliser sur une ligne de résistance, trouver des tanks, des avions, des munitions...

— Alors, d'après vous, le gouvernement demandera l'armistice?

— Peut-être », dit Arlette.

Ses doigts se crispèrent dans le sable. Elle ajouta dans un souffle :

« Ce serait affreux! »

Élisabeth songea que la France entière vivait sur un malentendu. Parmi ceux qui souhaitaient ouvertement l'armistice, combien seraient déçus en apprenant qu'il était signé, et combien, parmi ceux qui réclamaient la prolongation de la guerre, se désoleraient en secret si le gouvernement exauçait leur désir? De toute façon, il était difficile, pour les femmes, de prendre parti dans une querelle aussi importante. Pouvaient-elles être juges d'un honneur qu'elles n'avaient pas été appelées à défendre? Devaient-elles exiger que les hommes continuassent à se faire tuer, alors qu'elles-mêmes demeuraient à l'abri? Non, non, l'armistice était certainement la solution la plus sage. Arrêter le massacre, ramener les soldats chez eux, rendre au pays son visage laborieux, opulent et tranquille. « Arlette ne peut pas être de mon avis, parce qu'elle n'a personne à aimer. Elle voit les choses de haut. Elle raisonne. »

« Si Pétain signait l'armistice, toute la France serait occupée par les Allemands », dit Arlette.

Élisabeth pensa : « Je reverrai Bertrand. » Privée de lui, elle comprenait mieux à quel point elle lui était attachée. Pourtant, rien ne s'était modifié dans leurs rapports. Un amour comme le leur n'était concevable que dans le refus de réfléchir, de voir juste, d'organiser le bonheur futur avec quelque chance de succès. Auprès de Bertrand, elle avait perdu le sens de l'avenir. Elle se leva. Son maillot était presque sec, mais des grains de sable collaient à sa peau chaude et hâlée.

« Dix jours sans nouvelles, c'est vraiment trop long! murmura-t-elle en clignant des yeux dans la lumière.

— Avec ce reflux de troupes, comment voulez-vous que le courrier arrive régulièrement? » dit Arlette.

Elle s'était dressée à son tour et se rhabillait avec des gestes masculins.

« Si nous allions manger des huîtres chez la mère Bignac? » reprit-elle.

Élisabeth accepta. Elle était sans entrain, sans envie, avec, à ses côtés, une infirmière trop saine pour la comprendre. La cabane en planches de la mère Bignac était plantée dans le sable, à cent cinquante mètres de là. On y consommait des huîtres fraîches, en toute saison, et un petit vin blanc d'une gaieté farouche. Un groupe de pêcheurs taciturne était attablé sous l'auvent de tôle. Ils serraient de gros verres dans leurs poings rongés par la saumure. De temps à autre, des yeux méfiants se tournaient vers les deux intruses que la tempête avait apportées sur la côte. Elles appelèrent Mme Bignac, qui avait un corps plat, du biceps et une face de vieux chef indien. Deux douzaines d'huîtres, une carafe de vin... Les huîtres étaient grasses, laiteuses. C'était la chair même de l'océan qui fondait sur la langue d'Élisabeth. Les pêcheurs se levaient un à un, s'en allaient, en touchant du doigt leur casquette bleue.

« Il faut nous dépêcher, dit Arlette, sinon nous raterons les informations! »

Elles payèrent Mme Bignac et remontèrent, d'un pas allongé, vers la pinède. Le court de tennis était désert Toutes les familles étaient déjà à l'écoute. De villa en villa, par les fenêtres ouvertes, un air de musique accompagna les deux jeunes femmes dans leur trajet. Elles franchirent en courant les derniers mètres qui les séparaient de la porte. Plus de musique. Une voix grave, épuisée, chevrotante, accueillit Élisabeth au seuil de la salle à manger. Le même vieillard s'était installé dans toutes les maisons :

« ... Je fais à la France le don de ma personne pour atténuer son malheur. En ces heures douloureuses, je pense aux malheureux réfugiés qui, dans un dénuement extrême, sillonnent nos routes. Je leur exprime ma compassion et ma sollicitude. C'est le cœur serré que je vous dis aujourd'hui qu'il faut cesser le combat... »

Arlette baissa le front et s'appuya au dossier du fauteuil où sa mère était assise, en robe de chambre prune, un éventail à la main. Dans le fauteuil voisin, se tenait la sœur de Mme Crespin, qui lui ressemblait beaucoup, avec un air plus revêche et plus énergique. Mme Traviez avait trouvé sa raison d'être dans un veuvage précoce et un riche héritage. Elle était vêtue de noir. Deux pékinois somnolaient sur ses genoux. Le maréchal Pétain reprit sa respiration :

« Je me suis adressé cette nuit à l'adversaire, pour lui demander s'il est prêt à rechercher avec nous, entre soldats, après la lutte et dans l'honneur, les moyens de mettre un terme aux hostilités... »

Élisabeth tressaillit. Une corde trop tendue venait de se rompre dans sa poitrine : « Ça y est! C'est fini! La France est envahie, abaissée. Mais il n'y a plus de guerre! » Son regard croisa celui de son amie. Arlette était très pâle, comme épuisée par une maladie subite. Sa lèvre inférieure tremblait. Le vieillard continuait à parler, avec du gravier dans la gorge. Aurait-il assez de souffle pour aller jusqu'au bout de son discours?

« Que tous les Français se groupent autour du gouvernement que je préside pendant ces dures épreuves et fassent taire leur angoisse pour n'écouter que leur foi dans le destin de la patrie... »

Sur ces derniers mots, *La Marseillaise* éclata, lointaine, grésillante, hachée. Élisabeth en reçut un choc dans le ventre. Le sang montait à ses joues. Ses mâchoires se serraient douloureusement. Un flot de larmes noyait ses yeux. Elle avait honte.

« Ah! non! Pas ça! » s'écria Arlette.

Et, d'un geste vif, elle tourna le bouton du poste. *La Marseillaise* mourut.

« Mon Dieu! Mon Dieu! » gémit Mme Crespin.

Elle se moucha. Elle pleurait. Toute sa figure molle s'abîmait en eau, en rides, en soupirs. Sa sœur, au contraire, avait un visage de marbre.

« Le maréchal est un saint! dit-elle. Il a pris sur lui la faute de tous les autres! Il s'est sacrifié sur l'autel de la France!

— Il aurait pu attendre! grommela Arlette.

— Quoi? répliqua Mme Traviez. Que tout le pays soit à feu et à sang? Tu oublies qu'il n'a plus sous ses ordres les héros de 14-18! Si ton père était en vie, il te dirait ce qu'il faut penser des soldats d'aujourd'hui!

— Si mon père était en vie, il serait malade de honte à l'idée qu'un maréchal de France sollicite un armistice le lendemain du jour où il a été nommé chef du gouvernement!

— Lui seul avait assez d'autorité pour être écouté de tous!

— Justement, ma tante, il aurait dû employer son autorité à poursuivre la lutte!

— Mais où, Arlette? demanda Élisabeth. Où? Comment? Avec quelles armées?

— Les Français se sont bien embarqués sous le feu de l'ennemi, à Dunkerque, dit Arlette. Il n'y aurait eu qu'à recommencer l'opération un peu partout, sur les côtes encore libres, passer en Afrique du Nord, en Angleterre, sauver l'aviation, la flotte...

— Résultat, dit Mme Traviez, la France n'aurait plus de gouvernement sur son sol et serait entièrement livrée aux Allemands!

— Comme c'est, de toute façon, ce qui va se passer! » soupira Arlette.

Mme Traviez s'agita sur son siège. Les deux pékinois sautèrent de ses genoux.

« Mais non! Mais non! dit-elle. En voilà des idées!

— Enfin, le cauchemar est fini! bredouilla Mme Crespin.

— Pas encore, maman, dit Arlette.

— Comment, pas encore?

— Eh! non. Le maréchal Pétain te l'a bien expliqué. Il va demander à l'Allemagne quelles seraient ses conditions pour un éventuel armistice. C'est seulement si ces conditions sont acceptables que les pourparlers commenceront.

— Les pourparlers... Oui, bien sûr... Mais, alors, dans combien de temps crois-tu que...? »

Arlette haussa les épaules :

« Tout dépend de la bienveillance d'Hitler.

— Et, pendant que ces messieurs discuteront, la guerre continuera, des hommes se feront tuer?...

— Oui, maman. »

Mme Crespin cacha son visage dans ses vieilles mains à la peau lâche et tavelée.

« Rassurez-vous, madame, dit Élisabeth. Ce sera bientôt terminé. Autrement, le maréchal Pétain n'aurait pas annoncé ses intentions à la radio. »

Il y eut un silence. Quatre femmes dans une salle à manger très claire, décorée de meubles en rotin. Le couvert sur la table. Du vin dans une carafe. Le pain coupé. La France vaincue. Un spasme léger serra la gorge d'Élisabeth. Qui donc était responsable de cela? Les hommes, prétendait Mme Traviez, les hommes de ce temps! « Ce n'est pas juste, se dit Élisabeth. Ils ont fait ce qu'ils ont pu... » Elle vit son père, assis devant un poste de T.S.F. Il avait écouté le discours. Sans doute était-il maintenant abattu, déconcerté, plein de colère, d'impuissance et de larmes. Elle aurait voulu savoir ce qu'il pensait exactement. Un besoin physique la tenaillait d'entendre une voix virile, une opinion virile, après cette conversation de femmes énervées. Mme Traviez se leva, tragique, dans sa robe de deuil, marcha vers la desserte et prit une carte de France et un crayon rouge dans le tiroir. Chaque jour, avant de déjeuner, elle notait les progrès de l'avance allemande. La géographie de la défaite était sa spécialité. Ayant étalé la feuille sur un guéridon, elle pencha dessus un masque réprobateur.

« Lisieux, Chartres, Orléans, Bar-sur-Aube, Dijon... »

Elle annonçait les villes perdues et son crayon traçait des marques d'infamie sur la peau de la France. Son dépit était si vif, qu'elle trichait un peu en faveur des Allemands, leur livrant sans combat des bandes de terrain que le traître Ferdonnet lui-même n'avait pas encore revendiquées à la radio.

« Ah! c'est du joli! marmonnait-elle. Ce ne sont plus des envahisseurs, mais des touristes! Ils se promènent chez nous!

— Ne parle pas ainsi, tu me fais mal! geignait Mme Crespin.

— Je vais m'occuper de la cuisine », dit Arlette avec brusquerie.

Élisabeth la suivit. Arlette ouvrit la boîte de cassoulet toulousain et la vida dans une casserole. Un parfum de lard s'éleva du fourneau. Des mouches bourdonnaient devant la fenêtre ouverte. Dans la villa voisine, un enfant pleurait.

2

AU discours du maréchal Pétain succédèrent des journées d'ignorance et d'angoisse. Hitler et Mussolini se consultaient. Le général de Gaulle, réfugié à Londres, condamnait la demande d'armistice et proclamait la nécessité de continuer le combat jusqu'à la victoire. Les blindés allemands déferlaient vers le sud à une vitesse terrifiante. Par ordre du commandement suprême, les villes de plus de vingt mille habitants étaient déclarées « villes ouvertes ». Le crayon rouge de Mme Traviez les cédait, l'une après l'autre, aux forces du vainqueur : Caen, Nevers, Besançon, Brest, Nantes, Nancy, Rennes, Tours, Moulins, Vichy... La France, rongée de partout, se rétrécissait aux dimensions d'une province. Le 19 juin, l'aviation ennemie bombardait Bordeaux. On parlait de soixante-dix morts, d'une centaine de blessés. Les cadets de Saumur se défendaient héroïquement, avec des armes d'instruction, pour sauver l'honneur de leur école. Les Allemands pénétraient à Lorient, à Châtellerault, à Cholet, à Lyon, à Vienne... Et toujours aucune nouvelle des pourparlers ! Enfin, le 21 juin, à six heures et demie du soir, la radio annonça que les plénipotentiaires français, sous la conduite du général Huntziger, venaient d'être reçus par Hitler, à Compiègne, dans le wagon historique où avait été signé l'armistice de 1918. La cruauté hautaine de ce rendez-vous révolta Élisabeth et Arlette. Mme Traviez, elle, estimait qu'on « l'avait bien mérité ». Mme Crespin, épuisée par l'attente des informations, ne savait plus à quelles gouttes et à quelles pilules se fier pour calmer ses battements de cœur. Le lendemain, la T.S.F. diffusa une traduction du discours que le général Keitel avait lu aux délégués de la France :

« Le 11 novembre 1918 inaugura, dans ce wagon, les souffrances du peuple allemand. Tout ce qui pouvait être infligé à un peuple, en fait de déshonneur, d'humiliations, de douleurs morales et matérielles, eut ici son point de départ... Le 3 septembre 1939, vingt-cinq ans après l'ouverture des hostilités de la guerre mondiale, la France et l'Angleterre ont, de nouveau, et sans le moindre motif, déclaré la guerre à l'Allemagne. Or, les armes viennent de prononcer leur verdict... Après une résistance héroïque, vaincue dans une suite ininterrompue de combats sanglants, la France s'est effondrée. L'Allemagne n'a pas l'intention de donner aux conditions d'armistice un caractère humiliant pour un adversaire valeureux... »

Ces conditions, le speaker de la radio ne les précisait pas. Il ajoutait même que la cessation des hostilités n'interviendrait qu'après la signature d'un armistice séparé entre l'Italie et la France. Ainsi, au cas où les prétentions de l'Italie se révéleraient excessives, la France devrait, soit les accepter telles quelles, soit rompre son accord avec l'Allemagne et reprendre une guerre désespérée sur les deux fronts.

Ce soir-là, peu après le dîner, Mme Crespin et sa sœur se retirèrent chacune dans leur chambre. Élisabeth s'installa devant la table de la salle à manger pour écrire à ses parents. Elle avait reçu d'eux, au courrier du matin, une lettre très tendre et très triste. Mais, de Bertrand, toujours rien. Que leur dire? « Moi aussi, mes parents chéris, je suis accablée par les événements. Comme vous, nous vivons ici de communiqué en communiqué. Le ravitaillement est de plus en plus difficile, mais on se débrouille... » Arlette, assise à côté d'elle, fumait en regardant le plafond. Des rideaux bleus de défense passive masquaient la fenêtre et la porte vitrée. Il faisait chaud. Les Allemands étaient à cent cinquante kilomètres de l'estuaire de la Gironde. Et là-bas, dans la forêt de Compiègne, que se passait-il? Où en étaient les négociations entre les plénipotentiaires français, fatigués, mortifiés, et leurs adversaires bouffis de morgue? Avait-on envoyé des émissaires auprès de Mussolini, qui voulait sa ration de triomphe sans avoir participé au combat? « Je pense, mes parents chéris que, maintenant, la fin est très proche. Bientôt, nous nous reverrons. Quelles ont été les réactions de papa au discours du maréchal Pétain? Et grand-père? Vous ne me dites rien de lui. Avez-vous enfin des nouvelles de Denis? Que devient Clémentine?... » Arlette éteignit son mégot dans une soucoupe, prit un paquet de « gauloises », qui traînait sur le coin de la table, l'ouvrit, constata qu'il était vide et grogna :

« Zut! Je n'ai plus de cigarettes! Je vais en acheter chez le père Duclay. Il ne doit pas encore être au lit. Vous venez avec moi?

— Oui, dit Élisabeth. Le temps de finir ma lettre... »

Elle ajouta trois lignes au bas de la page et se leva :

« Je demanderai au père Duclay de me la poster à Bordeaux! »

Elles sortirent. Le sentier était à peine visible dans l'ombre du sous-bois. Les fenêtres des villas laissaient filtrer de vagues lueurs bleuâtres entre les branches noires. Depuis le bombardement de Bordeaux, toutes les maisons, la nuit, se retenaient de briller, de respirer, de vivre. Le ciel était à la pluie. La pinède exhalait un parfum poisseux de résine. Arlette buta contre une branche morte :

« On n'y voit rien! »

Elle actionna sa lampe de poche. Le tennis étira son filet dans le vide. « Que vais-je faire si je ne reçois plus une seule lettre de Bertrand? se demanda Élisabeth. Comment saurai-je ce qui lui est arrivé, où il se trouve? » Des gouttes d'eau crépitèrent sur les aiguilles de pin. Une brise légère balança des ramures engourdies.

« Je le pensais bien : ils ne sont pas encore couchés! » dit Arlette.

La villa des Duclay était camouflée comme les autres, mais un liséré lumineux encadrait la porte. Arlette frappa, s'annonça, le vantail s'ouvrit et M. Duclay apparut, tout doré, tout joyeux, dans le rayonnement des ampoules électriques. Une dizaine de personnes étaient réunies dans la salle à manger. Des visages de femmes souriaient parmi les cretonnes claires.

« Vous venez aux informations? demanda M. Duclay.

— Non, dit Arlette. Je voulais vous prendre encore deux paquets de « gauloises ».

— Vous arrivez bien! Je vais vous les donner, vos « gauloises », avec une bonne nouvelle en supplément!

— Une bonne nouvelle?

— Oui, c'est fait!

— Quoi?

— L'armistice! s'écria M. Duclay. Ils l'ont enfin signé cet après-midi, à dix-huit heures cinquante.

— Vous êtes sûr? balbutia Élisabeth. On n'en a rien dit à la radio, tout à l'heure...

— Vous l'apprendrez officiellement demain. C'est un de mes fournisseurs de Bordeaux qui m'a averti par téléphone. Son fils travaille au ministère de la Défense nationale. Il paraît que les plénipotentiaires sont déjà repartis pour Rome. Avec l'Italie, ça ne traînera pas. D'ici quarante-huit heures, on sonnera le « cessez-le-feu » sur tous les fronts. Dès maintenant, Bordeaux est placé en dehors de la zone de guerre! Vous vous rendez compte?... »

Alors seulement, Élisabeth remarqua deux bouteilles de champagne ouvertes, sur la table. Chaque invité tenait une coupe à la main. Ils fêtaient la fin de la peur. Mme Duclay, un peu gênée, murmura :

« C'est un tel soulagement pour les familles!

— Et les conditions? demanda Arlette d'une voix altérée. Sait-on déjà les conditions?

— Pas précisément, dit M. Duclay. Mais on pense que les Allemands occuperont tout le terrain qu'ils ont conquis. La France sera coupée en deux...

— Tant que l'Italie n'aura pas signé, ils avanceront encore...

— Eh! oui, soupira M. Duclay. C'est ça qui est ennuyeux!

— Voulez-vous trinquer avec nous? demanda Mme Duclay.

— Non, merci », dit Arlette d'un ton sec.

Un silence pesant coiffa toutes les têtes. Les dames contemplaient le champagne qui pétillait au fond de leurs verres. M. Duclay ouvrit un placard et en tira deux paquets de « gauloises ». Arlette paya sans mot dire.

« Pourriez-vous me poster cette lettre, demain matin, à Bordeaux? demanda Élisabeth.

— Mais certainement, madame. »

Elles se dirigèrent vers la porte. Des regards outragés les poussaient dans le dos. La nuit était consolante. Le halo de la lampe de poche jouait à l'écureuil entre les troncs des pins.

« Nous devrions peut-être réveiller votre maman et votre tante pour leur dire, suggéra Élisabeth.

— A quoi bon? Elles le sauront assez tôt!...

— Elles seront si heureuses! Votre maman, surtout!...

— Oui, dit Arlette. Elles seront heureuses. Bien des gens seront heureux. Moi-même, j'ai l'impression qu'un malade vient de terminer son agonie. On souffrait avec lui. Il est mort. On respire. Les nerfs se détendent. Après, on le regrettera, on aura honte... »

Elle prit le bras d'Élisabeth. Marchant côte à côte, elles arrivèrent devant la maison éteinte, silencieuse. Comme elles ouvraient la porte, la pluie se mit à tomber.

*
* *

M. Duclay ne s'était pas trompé. L'armistice avec l'Italie fut signé le 24 juin. Entre-temps, Winston Churchill et le général de Gaulle avaient lancé de Londres, par radio, leur anathème contre le gouvernement du maréchal Pétain, qui livrait la France à l'ennemi, alors que les alliés disposaient encore de grandes ressources en hommes et en matériel. A cela, le maréchal Pétain répondait d'une voix brisée par l'émotion : « Je ne serais pas digne de rester à votre tête, si j'avais accepté de répandre le sang français pour prolonger le rêve de quelques Français mal instruits des conditions de la lutte. Je n'ai voulu placer hors du sol de France, ni ma personne, ni mon espoir... » Et il annonçait les conditions de l'armistice : « Dans tout le nord et dans l'ouest de notre pays, depuis le lac de Genève jusqu'à Tours, puis le long de la côte, de Tours jusqu'aux Pyrénées, l'Allemagne tiendra garnison. Nos armées devront être démobilisées, notre matériel remis à l'adversaire, nos fortifications rasées, notre flotte désarmée dans nos ports... »

Le 26 juin fut une journée de deuil national dans toutes les villes et dans tous les villages de France. Il pleuvait sur l'océan. Mme Traviez voulut se rendre à Arcachon, où une cérémonie d'hommage devait se dérouler à onze heures, devant le monument aux morts. Élisabeth et Arlette montèrent avec elle dans un canot à moteur, qui assurait assez régulièrement la traversée du bassin. Elles arrivèrent trop tard. La minute de silence était terminée. Des vestons noirs et des parapluies s'éparpillaient dans les rues. Le drapeau de la mairie était en berne. La plupart des magasins avaient fermé leurs portes. Elles retournèrent au Cap-Ferret sous les traits d'argent de l'averse. Le marin avait tiré une mauvaise toile bise sur la tête des voyageurs. A l'arrière du canot, le moteur peinait, toussait. Le ciel entrait dans l'eau à chaque coup de tangage. La peau grise des vagues se hérissait de bulles. Mme Traviez était verdâtre et digne. Elle ne desserra pas les dents jusqu'au débarcadère. En approchant de la villa, Élisabeth vit Mme Crespin, debout sur le perron. Elle attendait son monde avec un air de vieille poule affolée. Son petit corps se dandinait d'un pied sur l'autre.

« Enfin, vous voici! cria-t-elle de loin. Le facteur est passé en votre absence. Il y a une lettre pour vous, Élisabeth! »

Glacée de surprise, Élisabeth se jeta en avant. Elle courait, sans en avoir conscience, sous la pluie. Tout à coup, elle se trouva dans la salle à manger, essoufflée, les cheveux humides. Mme Crespin lui tendit une enveloppe jaune. Elle la décacheta. L'écriture de Bertrand dansa devant ses yeux. La lettre datait de six jours :

« Élisabeth, ma chérie,

« Ce mot rapide et maladroit pour vous rassurer dans la mesure du possible. J'ai été légèrement blessé au bras gauche par des éclats d'obus, pendant un combat de retardement sur le Cher. Rien de grave, mais je suis encore très faible. Actuellement, je me trouve en traitement à l'hôpital de Périgueux. Je pense constamment à vous, j'ignore ce que vous êtes devenue, je vous envoie cette lettre sans savoir même si elle vous atteindra. Tout cela est affreux, lamentable! Vite, quelques lignes de vous, ma chérie! On me dit que le courrier passe encore. Si j'apprenais que vous n'avez pas souffert, que vous êtes en sécurité, que vous ne manquez de rien, je serais payé de ma longue angoisse. Excusez cette écriture tremblante. Je fais ce que je peux. Je vous aime. Si tendrement ! Si gravement ! BERTRAND. »

Elle leva les yeux et vit son amie qui la regardait avec une fixité étrange. Mme Crespin et sa sœur avaient disparu. Des casseroles tintaient dans la cuisine.

« Que dit-il ? demanda Arlette.

— Il est blessé.

— Grièvement ?

— Non... Je ne crois pas... Il m'écrit de Périgueux... »

Elle disciplina sous souffle et ajouta :

« Arlette, il faut que je parte.

— Oui, dit Arlette, je vous comprends. J'espère que, dans quelques jours, on pourra de nouveau circuler librement...

— Ce n'est pas dans quelques jours, c'est maintenant que je dois prendre la route !

— Quoi ? s'écria Arlette. Ah ! non, Élisabeth ! Ce serait de la folie ! On ne se bat plus, mais les convois allemands sillonnent tout le pays. Ils sont aux portes de Bordeaux. Ils viendront ici demain, après-demain...

— Qu'est-ce que cela change ?

— Ils ne vous laisseront pas passer.

— On verra bien !

— Et puis, vous n'avez pas d'essence !

— Si. Une dizaine de litres dans mon réservoir. J'en demanderai encore à Duclay, à n'importe qui, je m'arrangerai... »

L'idée se refermait sur son cerveau comme une tenaille. Il n'était plus en son pouvoir d'y échapper. Elle prit la carte dans le tiroir de la desserte, la déplia et chercha du regard l'emplacement exact de Périgueux. Mme Traviez avait tracé au crayon bleu la limite de la zone soumise à l'occupation allemande. Bordeaux était dedans. Mais, au-delà, s'étendait une topographie vierge et rose, avec des noms de villes que la guerre n'avait pas touchées.

« Périgueux, Périgueux!... dit Élisabeth. Ah! voilà! Ça fait deux cents kilomètres environ!... »

Mme Crespin et sa sœur rentrèrent dans la salle à manger.

« Vous n'avez pas encore mis la table? » demanda Mme Crespin.

Arlette la regarda tristement et dit :

« Élisabeth est obligée de partir, maman! »

3

LES Allemands ! Élisabeth leva son pied de l'accélérateur, et ce fut son cœur qui ralentit. Ils arrivaient par la route de Bordeaux. Une auto découverte, grise de poussière, avec des pneus énormes, et, à l'intérieur, trois athlètes, torse nu, bronzés par le soleil. L'un d'eux avait des cheveux si blonds, qu'il semblait coiffé d'une perruque de lin. Il s'appuyait négligemment à la crosse d'un fusil mitrailleur. Ses yeux balayèrent Élisabeth au passage. Il souriait. Elle détourna le regard. Deux camions brimbalaient derrière, pleins de soldats en uniformes vert-de-gris. Elle fut assourdie par un fracas de tôles secouées. Ces Allemands, vagues et redoutables, dont on parlait dans les communiqués, devenaient, tout à coup, des êtres réels. Ils ne se contentaient plus d'avancer sous forme de pointillés sur une carte de France, ils entraient violemment dans les campagnes, avec leurs armes, leurs bottes, leurs voix rauques, leurs moteurs pétaradants. Elle aurait voulu les trouver hideux. Ils ne l'étaient pas. Au bord du talus, deux jeunes filles, descendues de leurs bicyclettes, observaient le défilé des vainqueurs. La plus grande riait, avec un mélange d'admiration et de crainte. L'armistice signé, elle reprenait son métier de femme. Une auréole de transpiration marquait l'aisselle de sa robe. Des fleurs étaient attachées à son guidon. Elle disparut dans la glace du rétroviseur. Élisabeth domina son malaise. Elle roulait en territoire ennemi. Aux pins succédaient les vignobles. Une mer de feuillages bas et verts. Quelques chapeaux de paille entre les ceps. Une fumée, au loin. Il ne pleuvait plus. Elle regretta d'être partie si tard. Mais elle avait perdu beaucoup de temps à chercher de l'essence. Le père Duclay n'avait pu lui en céder qu'un bidon. Elle en avait encore déniché un chez le petit quincaillier d'Arès, à vingt francs l'unité! D'après ses calculs, il lui manquerait dix litres de carburant pour arriver à Périgueux. Elle ne se dissimulait pas les risques de sa randonnée. Ne serait-elle pas obligée d'abandonner sa voiture en cours de route? Des maisons trapues et sales, avec du papier goudronné à l'envers des volets, un grouillement de bicyclettes, des tramways électriques croisant leurs lignes : les faubourgs de Bordeaux! Élisabeth n'était pas retournée en ville depuis son voyage de Paris au Cap-Ferret. Il y avait foule sur les trottoirs. Hommes en manches de chemise, femmes en toilettes claires, tous ces gens paraissaient désœuvrés, fatigués et soucieux.

« Pardon, monsieur, la route de Périgueux, s'il vous plaît? demanda Élisabeth en arrêtant son auto devant un flâneur solitaire.

— Je regrette. Je ne suis pas d'ici. »

Elle s'adressa à un autre :

« La route de Périgueux, monsieur? »

Un regard ahuri :

« Ah! je ne sais pas, madame. »

Un peu plus loin, même question, même réponse. N'y avait-il que des réfugiés, à Bordeaux? Enfin, un petit vieux à faux col dur et à canotier défraîchi, entreprit de la renseigner. Mais il donna tant d'explications, qu'elle se sentit incapable de les retenir toutes. Conduisant avec prudence, elle s'aventura sur une petite place, pleine de voitures au repos, s'inséra dans une rue étroite, déboucha sur une avenue plantée d'arbres et stoppa devant un poste d'essence. Pendant sa traversée de la ville, elle n'avait pas remarqué un seul Allemand. Ils contournaient Bordeaux. Sans doute n'y entreraient-ils qu'après le départ du gouvernement. Un pompiste sortit du garage et s'approcha d'Élisabeth en essuyant à un torchon ses mains noires de cambouis. Il avait une face rosâtre et poupine, sous des cheveux gris, coupés en brosse. Élisabeth mit toute la séduction possible dans sa voix pour demander dix litres d'essence. L'homme leva les bras au ciel. Sa cuve était vide. Les réfugiés avaient tout raflé!

« Si vous saviez le nombre de gens qui défilent par ici pour aller à Hendaye! De grosses bagnoles. Des remorques bourrées de bagages... »

Tandis qu'il parlait, elle le dévisageait d'un air si confiant, qu'il finit par se troubler et grommela en haussant les épaules :

« J'ai bien un bidon de cinq litres que j'avais réservé à un client. Il n'est pas venu le chercher, ce matin. »

Elle le remercia avec effusion. Il apporta le bidon, l'installa lui-même dans le coffre arrière, empocha l'argent, rendit la monnaie. Comme il avait compté l'essence au prix normal, Élisabeth voulut lui donner un pourboire. Il refusa :

« Je suis le patron! Et puis, ça me fait plaisir de vous rendre service. Vous n'avez pas besoin que je vérifie l'eau, l'huile?

— Non, merci, dit-elle. Mais je voudrais que vous m'indiquiez la route pour Périgueux.

— C'est pas difficile! Vous n'avez qu'à suivre tout droit le cours Victor-Hugo jusqu'au quai. Seulement, pour passer le pont, c'est une autre affaire! J'y suis allé voir, ce matin. Tous leurs convois arrivent et s'en vont par là. Ça fait un de ces trafics! Ils vous refouleront.

— Vous croyez? dit-elle. Ils ne peuvent tout de même pas empêcher les gens de quitter Bordeaux!

— Tiens! Ils se gêneraient! Chez eux, ça marche à

la baguette! Quand leurs troupes seront en place, ils laisseront peut-être les civils circuler dans la zone occupée. Mais, en attendant, ils veulent que les Français restent chez eux. Le gouvernement est dans la ville, et c'est la Wehrmacht qui commande! On n'a jamais vu ça!...

— Y a-t-il un autre pont sur la Garonne? demanda Élisabeth.

— A Bordeaux, non. Il faudrait déjà que vous descendiez vers Portets.

— C'est loin.

— Vingt-cinq kilomètres, environ. »

Élisabeth décida qu'elle ne pouvait se permettre un pareil détour : son essence et son temps étaient également précieux.

« Je vais essayer de passer par le pont de Bordeaux », dit-elle.

Le garagiste rit finement :

« On voit bien que vous êtes une femme! La discipline, même à l'allemande, ça ne vous impressionne pas!

— Non, dit Élisabeth.

— Eh bien, bonne chance! »

Comme elle démarrait, un rayon de soleil éclaira le ciel. Les nuages blanchirent et se déchirèrent. Elle roula doucement, le long du cours Victor-Hugo, attentive au grondement sourd, menaçant, qui venait du fleuve. Soudain, avant même d'avoir compris ce qui lui arrivait, elle se trouva sur une grande place, bourrée de tanks, de camions et d'automitrailleuses. Étonnée, elle arrêta sa voiture et se pencha par la portière pour regarder vivre l'armée allemande. Quelques badauds étaient alignés sur le trottoir. Les fenêtres des maisons étaient garnies de têtes. Des soldats, sanglés, bottés, casqués, réglaient à coups de sifflet le départ d'un convoi vers le large pont de pierre qui enjambait le fleuve. Les moteurs ronflaient. Des carapaces d'acier se mettaient en marche. Une pancarte clouée à un piquet : « *Zur Angoulême.* » A côté, deux cyclistes, le fusil en bandoulière, un disque rouge à la main. Perdue dans un troupeau d'éléphants, Élisabeth se demanda ce qu'elle allait faire. N'était-il pas plus sage de suivre les conseils du garagiste et de remonter la Garonne jusqu'à Portets? Mais le pont était là, devant elle, si proche! Cinq cents mètres à franchir pour éviter un crochet de vingt-cinq kilomètres! Elle avait laissé tourner son moteur. Des glapissements inintelligibles éclatèrent dans son dos. Elle vit accourir un officier à la casquette plate, à la bouche tordue et aux prunelles de verre. Enfin, elle comprit ce qu'il disait :

« Pas rester!... Défendu!... »

En même temps, il lui faisait signe de rebrousser chemin. Elle lui sourit en inclinant la tête, comme pour s'excuser de sa bévue, et, au lieu de reculer, s'avança lentement vers le pont. Les hurlements redoublèrent de violence :

« Défendu! Défendu! »

Un petit homme vert trottait, gesticulait, dans le rétroviseur. Élisabeth serra les mâchoires. Des gouttes de sueur perlaient à la racine de ses cheveux. Elle visait un espace libre, entre deux gros camions.

« *Zurück!* »

Un coup de volant sur la droite, et elle s'inséra dans la rangée de véhicules lourds qui abordaient le pont. Le chauffeur qui la suivait freina brutalement et explosa en injures. Il n'y eut pas de choc. Les cris et les sifflements s'étouffèrent. Elle sentit qu'elle roulait au-dessus de l'eau. Un convoi venait en sens inverse. Cette constatation rassura Élisabeth. On ne pouvait plus l'obliger à faire demi-tour sans arrêter toute la circulation. La chaussée vibrait sur ses arches de pierre. Au-delà du parapet, s'étalait un véritable bras de mer ensoleillé et brumeux. Devant elle, à deux mètres, se balançait un camion allemand. Trois soldats étaient accoudés au panneau de planches qui formait l'arrière de la caisse. La bâche était relevée sur leur front, en rideau de guignol. Les joues cuites, le crâne coiffé d'un bonnet de police verdâtre, ils reluquaient Élisabeth, parlaient entre eux et riaient. Elle essaya d'abord de ne prêter aucune attention à leurs signaux et à leurs grimaces, mais elle était forcée de regarder toujours dans leur direction pour se maintenir à l'allure de la colonne. « Pourvu qu'on ne m'arrête pas à la sortie du pont ! Pourvu que je puisse continuer jusqu'à un chemin de traverse ! » Une carte de la région reposait à côté d'elle, sur le siège. Elle lorgnait, parfois, avec anxiété, ce gribouillis de routes jaunes et rouges. Une file de tanks croisa la file de camions. Des troupes partaient de Bordeaux, d'autres y arrivaient. Ce mouvement était aussi incompréhensible et discipliné que celui d'une fourmilière. Les soldats se mirent à chanter. Ils avaient des voix rudes et bien accordées. Le pont s'étirait, interminable, sous les roues qui tournaient lentement. Halte ! Élisabeth freina juste à temps pour ne pas heurter le camion. Les soldats se poussaient du coude. L'un d'eux cria :

« Joli, beau, mademoiselle !... »

Le convoi repartit. Au débouché du pont, un pantin militaire agitait son bras avec la régularité monotone d'un moulinet, pour inviter les chauffeurs à prendre de la vitesse. En apercevant Élisabeth, il eut une seconde de stupéfaction, ouvrit la bouche, mais hésita sans doute à immobiliser toute la caravane, et, l'œil furibond, se contenta d'aboyer :

« *Schnell ! Schnell ! Los !...* »

Elle le dépassa, sans plus s'occuper de lui que s'il eût été un arbre planté au bord de la route. Elle n'aurait jamais cru que les faubourgs de Bordeaux fussent si étendus au-delà du fleuve. Quand donc n'y aurait-il plus de maisons ? Le grondement des camions résonnait entre les murs lépreux comme dans un défilé de montagne. Des cheminées d'usines, des bistrots, de petites échoppes de province...

En quittant la ville, les camions s'élancèrent avec fracas sur la route nationale. Un nuage de poussière dansait devant les yeux d'Élisabeth. Les trois soldats étaient des fantômes rigolards, parqués dans une boîte. A chaque cahot, ils hochaient la tête. Un panneau indicateur arriva si rapidement, qu'Élisabeth craignit de le dépasser sans l'avoir lu. Elle ralentit. Un mot la frappa au vol : Libourne. C'était son chemin. Des freins gémirent derrière elle. Tant pis. Elle ralentit encore. Il fallait tourner à droite, au prochain croisement. Dans son rétroviseur, elle vit un chauffeur qui la menaçait du poing. Des cris. Le ronflement d'une motocyclette. On l'avait signalée, on allait la rattraper, l'appréhender, la ramener à Bordeaux! Elle sortit le bras par la portière, prit un virage, accéléra, s'échappa...

Sauvée! Le convoi poursuivait son voyage vers Angoulême. Déjà, le bruit des camions s'atténuait. Elle était seule dans la campagne. Des nuages inoffensifs traversaient le ciel. Deux vaches rousses paissaient dans une prairie en pente. Élisabeth s'appuya, molle et heureuse, au dossier de son siège. Une nouvelle route se dévidait maintenant devant elle. Soulagée de son angoisse, elle pouvait enfin ne plus réfléchir qu'à Bertrand. Elle l'imaginait dans une salle blanche, souffrant de sa blessure, espérant une lettre. La douleur physique qu'il endurait loin d'elle, en cette minute, le lui rendait plus cher encore. Elle n'eût reculé devant aucun sacrifice pour le rejoindre. « Après tout, cela n'a pas été très difficile, songea-t-elle. Il suffit d'oser! » Elle se rappela les confidences de sa mère. Amélie lui avait souvent raconté comment elle était allée retrouver son mari, dans la zone des combats, en 1915. Et aussi, l'année suivante, son brusque départ pour Orléans, où Pierre, qu'elle avait cru mort, était soigné, à l'hôpital, d'un grave traumatisme à la tête. Des phrases entières de ce récit revenaient à la mémoire d'Élisabeth : « Quand je suis entrée dans la grande chambre et que j'ai vu ton père sur son lit, si pâle et si maigre, le crâne rasé, les paupières fermées, j'ai pensé qu'il était en train de mourir. La sœur — elle s'appelait sœur Clotilde ou sœur Hortense, je ne sais plus —, la sœur m'a serré le bras et j'ai repris courage. Denis était resté dans le couloir... » Élisabeth se détourna violemment de ce passé incontrôlable. Il n'était pas vrai que tout recommençât d'une génération à l'autre. Personne avant elle n'avait connu l'angoisse, la tendresse, qui la précipitaient vers un homme blessé à la guerre. « Bertrand a mal! Bertrand a besoin de moi! » Sa hâte se communiquait au moteur. Un vent brûlant s'engouffrait dans la voiture. Des moucherons s'écrasaient en gouttes de sang sur le pare-brise. L'odeur de l'essence montait du bidon, qui tintait dans le coffre arrière. Un village se transforma en une envolée de fenêtres, de palissades et de poules caquetantes. Elle dépassa une charrette, lourdement chargée de foin. Et, soudain, ses nerfs la trahirent. « Ah! non, pas ça! Pas maintenant! » Des uniformes verts à l'entrée d'un hameau. Elle vit grandir deux hommes armés de mitraillettes. Leurs casques ronds emboîtaient des figures rouges et hostiles. Une jugulaire serrée relevait leur menton en boule. Elle s'arrêta, la tête vide. L'un des soldats la salua militairement et dit avec un fort mouvement des lèvres :

« Papiers, madame! »

L'accent était rude, le ton désobligeant. Rassemblant son courage, elle murmura :

« Quels papiers?

— Papiers officiels. Où allez-vous? Pourquoi?

— Oh! si ce n'est que ça, j'ai des papiers, des tas de papiers! » dit-elle rapidement.

Elle fouilla dans son sac, en sortit sa carte grise, son permis de conduire, et les tendit par la portière :

« Je rentre chez moi, reprit-elle. A Périgueux. Pas

loin. Guerre finie. Alors, je rentre chez moi... Compris?... »

Tandis que l'un des hommes examinait les pièces d'identité en fronçant les sourcils, elle souriait à l'autre avec une coquetterie hésitante.

« Pas justes papiers! dit le premier en lui rendant son bien. Pas officiels! »

Il avait des prunelles claires, comme des billes d'acier. Son camarade lui parla en allemand. Tous deux éclatèrent de rire. Elle prit une mine consternée.

« Comment, pas officiels? Vous avez mal lu! Tout est en règle! »

Maintenant, ils tournaient autour de la voiture, examinaient les pneus, jetaient un coup d'œil à l'intérieur. Soudain, celui qu'elle avait gratifié d'un sourire demanda :

« Mariée?

— Oui, dit-elle.

— Mari, soldat français?

— Oui.

— Voir lui, maintenant?

— Oui.

— Enfants?

— Oui. »

Les soldats se consultèrent du regard. Elle les observait, une moue engageante aux lèvres, honteuse de leur plaire et de mettre tout son espoir dans la séduction. Ses joues se crispaient, ses mains reposaient, faibles, sur ses genoux. Enfin, l'un des hommes se redressa et claqua des talons :

« Allez! Fini! Plus contrôle! »

Elle s'entendit, avec dégoût, balbutier :

« Merci! »

En partant, il lui sembla qu'elle s'arrachait à un bourbier. Sa robe collait à sa peau. Elle avait soif. Elle rencontra encore des Allemands, nus jusqu'à la ceinture, qui se lavaient à la fontaine d'un village, mais aucun ne l'interpella. Seuls quelques paysans, debout sur le pas de leur porte, suivirent d'un regard étonné cette auto noire, poudreuse, que conduisait une jeune femme à l'œil fixe et au profil tendu.

***

Il était neuf heures du soir quand elle pénétra dans les faubourgs de Périgueux. La ville dormait. Pas un piéton dans les rues. Chaque place était un cimetière de voitures. Elle entra dans un bistrot pour demander son chemin. « Remontez la rue de Bordeaux, tournez dans la rue du Président-Wilson. C'est là ! » En reprenant le volant, elle était si émue que ses doigts se mirent à trembler. Arrivée au bout du voyage, elle s'étonnait encore de sa réussite. Une crevaison de pneu, à deux kilomètres de Montpon, l'avait retardée. Mais un garagiste de l'endroit l'avait aidée à changer sa roue et lui avait même vendu cinq litres d'essence. Maintenant, elle était tranquille. Plus rien ne l'empêcherait de revoir Bertrand. Couché dans son lit, il ne se doutait pas qu'elle avait franchi tous les obstacles pour le rejoindre et qu'à l'instant où il la croyait au Cap-Ferret, elle était sur le point de sonner à la porte de l'hôpital.

Elle arrêta sa voiture devant une énorme bâtisse de pierres sombres, aux fenêtres de lumière bleue. Son cœur crevait d'impatience et de joie. Elle vivait d'avance la stupéfaction, le bonheur de Bertrand! Mais la laisserait-on entrer à cette heure tardive? Les malades devaient dormir. Elle insisterait, elle supplierait, elle obtiendrait l'autorisation de le voir, ne fût-ce que pendant dix minutes! Il était sûrement plus facile de convaincre des infirmiers français que des soldats allemands!

Tout à coup, elle se trouva devant un concierge au visage de pâte blême. Elle avait sonné, gravi une marche, sans prendre conscience de ses mouvements. Le concierge, ne pouvant la renseigner, la dirigea sur le bureau, de l'autre côté d'une grande cour rectangulaire. Là, un scribe vieux et malveillant lui demanda, d'un ton sec, ce qu'elle désirait :

« Je voudrais voir le lieutenant Bertrand Lesaulnier, dit-elle. Il est en traitement chez vous.

— Peut-être bien, dit l'homme. Mais ce n'est pas l'heure des visites. Revenez demain, entre treize heures et dix-sept heures. »

Élisabeth était préparée à cette réponse et, pourtant, elle en fut choquée, comme par une décision imprévue et injuste.

« J'arrive de si loin, monsieur! balbutia-t-elle. J'ai failli ne pas pouvoir passer, à cause des Allemands. Vous n'allez pas, maintenant, me refuser...

— Je regrette, madame. J'ai des ordres. Je les exécute. D'ailleurs, je ne sais même pas si le lieutenant dont vous me parlez est en état de vous recevoir.

— Certainement, monsieur... Il a été blessé au bras... Il m'a écrit... C'est pour ça que je suis ici... Vérifiez dans votre registre : lieutenant Bertrand Lesaulnier... »

Une voix de femme, grave et douce, retentit derrière Élisabeth :

« Le lieutenant Lesaulnier va très bien, madame. Il est dans mon service. »

Élisabeth se retourna. Une religieuse venait d'entrer dans le bureau. Elle portait une longue robe noire et un voile, également noir, sur une guimpe blanche. Dans son visage émacié, deux yeux bleus brillaient d'une lumière juvénile. Élisabeth se rappela confusément une image représentant sainte Bernadette de Lourdes, dans le même costume.

« Oh! ma sœur, s'écria-t-elle, puisqu'il est dans votre service, peut-être pourriez-vous me conduire jusqu'à lui?

— Pas ce soir, en tout cas, dit la religieuse. Le règlement est formel. Demain, si vous voulez... Vous êtes de sa famille? »

Élisabeth se troubla, rougit et bredouilla :

« Oui, ma sœur. »

Puis, elle demanda avec élan :

« Dites-moi au moins ce qu'il a comme blessure !

— Deux éclats d'obus dans l'avant-bras gauche. Bientôt, il n'y paraîtra plus.

— Vous en êtes sûre, ma sœur ?

— Mais oui.

— Il a souffert ?

— Si tous nos malades souffraient aussi peu que lui, notre travail serait simple.

— Et quand pourra-t-il sortir ?

— Dans une semaine, je pense.

— Complètement guéri ? »

La religieuse inclina la tête sur le côté. Un sourire de compassion anima sa bouche dans un visage de cire :

« Oui, madame. Faites-nous confiance. Je vous ai entendue dire que vous veniez de loin et que votre voyage avait été très pénible. Vous devriez aller prendre un peu de repos, puisque vous voici tranquillisée. Connaissez-vous quelqu'un qui pourrait vous loger à Périgueux ?

— Personne, ma sœur.

— Quel malheur ! Il n'y a plus de place nulle part. Essayez toujours à l'hôtel du Commerce et des Postes, place du 4-Septembre. Je sais que Mme Lesaulnier a pu y louer une chambre. »

Élisabeth eut la sensation que son cerveau éclatait sous le choc. Elle perdait la respiration, elle coulait à pic dans de l'eau sale. Enfin, elle recouvra son souffle et dit d'une voix atone :

« Mme Lesaulnier est là ?

— Depuis deux jours. Vous seriez arrivée quelques heures plus tôt, vous l'auriez trouvée au chevet de son mari. Mais vous la verrez sûrement à l'hôtel, tout à l'heure ! Elle vous confirmera les bonnes nouvelles que je vous ai annoncées !

— Oui, ma sœur...

— Voulez-vous me donner votre nom? J'avertirai le lieutenant Lesaulnier pour demain.

— Non, non, marmonna Élisabeth. Ne lui dites rien.

— Vous préférez lui faire la surprise?

— C'est ça. »

Les murs du bureau vacillaient, s'éloignaient. Derrière sa table, le scribe compulsait un registre noir. Élisabeth ne tenait plus sur ses jambes. Un énorme sanglot encombrait sa poitrine.

« Bonsoir, ma sœur », chuchota-t-elle.

La religieuse referma la porte sur les talons de la visiteuse. Élisabeth marcha vers sa voiture, s'assit au volant et baissa les paupières. Elle avait pensé à toutes les éventualités, sauf à la plus simple, à la plus banale! Le vrai barrage, ce n'étaient pas les Allemands qui le dressaient devant elle, mais la femme de Bertrand. Comment avait-elle fait pour accourir si vite? L'avait-il prévenue en premier? C'était probable! Souvent, Élisabeth avait souffert de sa situation fausse, mais jamais comme ce soir, au terme de cette longue randonnée inutile. La douleur et la honte mêlaient leurs flots bouillonnants dans son crâne. Qu'elle était donc ridicule, perdue, seule, dans la nuit, à Périgueux, avec sa fatigue et son amour, devant cet hôpital où reposait un homme inaccessible! Des larmes coulaient sur ses joues. Elle se mordait les lèvres. Pas une voix pour la secourir. Elle appuya son front sur le volant. Une ligne dure s'imprima dans sa chair, près des sourcils. Au bout d'un moment, elle releva la tête et passa ses deux mains à plat sur sa figure, comme pour en détacher un masque de poussière. Depuis longtemps, elle savait que sa liaison avec Bertrand n'était pas viable. Mais, à chaque effort qu'elle avait tenté pour le fuir, elle s'était enlisée plus profondément. Aujourd'hui, les circonstances lui imposaient, par surprise, une rupture qu'elle avait vingt fois différée. Tout était mieux ainsi. Bertrand retournerait à sa femme, à ses enfants. Elle ne chercherait plus à le revoir. Elle l'oublierait. Mais que devenir, où aller? Elle ne voulait pas demeurer une minute de plus dans cette ville. Ravalant ses larmes, elle prit une lampe de poche et l'alluma au-dessus de la carte. Le rond de clarté rampa lentement sur un réseau de filaments embrouillés : La Chapelle-au-Bois! L'itinéraire le plus direct passait par Savignac, Excideuil, Pompadour, Uzerche... Elle calcula mentalement la distance : environ cent vingt kilomètres. Aurait-elle assez d'essence pour arriver? Il lui en restait trois ou quatre litres à peine dans le réservoir. Mais elle n'avait pas entamé le bidon qu'elle s'était procuré à Montpon. Elle irait le plus loin possible, coucherait dans une auberge et, le matin, tâcherait de trouver encore un peu de carburant pour finir son voyage. Machinalement, elle tourna la clef de contact. Le bruit du moteur l'éveilla de son hébétude. Conduisant au hasard, elle traversa un square, suivit une large allée et déboucha sur le quai d'une rivière. Deux jeunes gens étaient assis sur le parapet.

« La route d'Excideuil? » demanda-t-elle.

***

Les phares de l'auto creusaient un tunnel lumineux dans la nuit. Secouée par de durs cahots, Élisabeth regrettait d'avoir emprunté ce chemin vicinal pour gagner quelques kilomètres sur le parcours. Des broussailles bordaient la voie sinueuse et profondément encaissée. Tout était noir, désert et silencieux, autour d'elle. Bientôt, elle serait à court d'essence. Il était même surprenant qu'elle roulât encore. Pas question d'atteindre Treignac. Elle s'arrêterait au prochain village : Le Glanou. Elle remua ses épaules qui s'engourdissaient, bougea ses doigts moites sur le volant, ouvrit la bouche pour boire une goulée d'air tiède. Le rayon des projecteurs éclaira un panneau.

Élisabeth lut : « Le Glanou », prit un virage et arriva devant un ramassis de maisons basses, aussi hermétiques sous leurs toits que des pots sous leurs couvercles. Les fenêtres et les portes semblaient dessinées en trompe-l'œil sur les murs. Pourtant, le hameau n'était pas abandonné. Des tas de fumier débordaient largement sur la route. Un chat noir, ébloui, se figea devant Élisabeth. Des têtes d'épingle phosphorescentes le clouaient à une palissade. Une vache meugla dans une étable. C'était la vie. Élisabeth conduisit sa voiture un peu plus loin et se rangea devant une bâtisse carrée et blême, d'où coulait une faible lueur. L'école du Glanou. Une croisée était ouverte, au rez-de-chaussée, sur le halo jaune d'une lampe à pétrole. Les jambes d'Élisabeth étaient ankylosées. Elle mit pied à terre et s'avança. Par l'embrasure, elle vit une salle de classe, aux pupitres entassés dans un coin. Sur le plancher, des hommes dormaient, pêle-mêle, dans un assemblage d'uniformes crasseux, de faces renversées, de bidons, de musettes et de godillots. Un concert de ronflements montait de tous ces corps, que le sommeil avait pris à la gorge. Au-dessus d'eux, sur le mur, veillait une carte de la France. Un soldat était assis à la chaire du maître et écrivait. Élisabeth l'appela doucement, puis plus fort :

« Monsieur, monsieur !... »

Le soldat leva le front, repoussa sa chaise et descendit de l'estrade. Il enjambait les corps, un à un, pour arriver jusqu'à la fenêtre. Élisabeth comprit qu'il était inutile de demander s'il y avait une chambre libre dans le pays. Maintenant, elle distinguait la figure de l'homme. Il ressemblait à un renard, avec son long nez, ses yeux obliques et son toupet de cheveux roux. Sa chemise bâillait sur son torse maigre.

« Je m'excuse de vous déranger, dit-elle. Mais je suis en voiture et n'ai presque plus d'essence. Vous ne savez pas où je pourrais en trouver par ici ? »

La gueule du renard se fendit dans un rire silencieux :

« Ah! ça, vous tombez mal, madame! Nous n'avons même plus nos rations de cigarettes! Alors, vous pensez, l'essence!... D'ailleurs, nous sommes dans l'infanterie. L'essence n'est pas notre affaire! »

Il s'exprimait avec un accent affecté. Ce n'était certainement pas un homme de la campagne. Elle l'aurait très bien vu en instituteur, en employé de banque.

« Peut-être qu'en demandant à un cultivateur?... reprit-elle.

— Même s'ils en avaient, ils ne vous en donneraient pas! Ces gens-là sont d'une avarice sordide!

— Je les payerais.

— Depuis l'armistice, ils se méfient de l'argent. Combien vous faut-il d'essence?

— Une dizaine de litres.

— Ce n'est pas trop gourmand!

— Non. »

La lune émergea des nuages. Aux pieds d'Élisabeth, le sol se transforma en une plage d'argent fin. Le renard fit un œil malicieux.

« Écoutez donc! dit-il. J'ai une idée. De l'essence, les gars de l'ambulance chirurgicale en ont à revendre! Vous devriez aller les voir.

— C'est loin?

— A deux kilomètres. Vous quittez Le Glanou et vous prenez la première route à droite. »

Elle l'avait mal jugé. Il était bon, serviable, ingénieux. Toute la classe ronflait derrière son dos. Au tableau noir, il y avait des dessins obscènes, à la craie.

« Je vous remercie, monsieur. »

Elle hésita et ajouta brusquement :

« Puis-je vous offrir des cigarettes?

— Volontiers, madame. »

Élisabeth avait emporté deux paquets de « gauloises ». Elle lui en donna un. L'homme sortit sur le pas de la porte pour la regarder partir.

A peine eut-elle dépassé les dernières maisons du village que l'obsession de la panne la reprit. Néanmoins, elle put rouler sans à-coups jusqu'au chemin de traverse. Le renard l'avait bien renseignée. Sur le bas-côté de la route, une longue file de camions s'étirait au clair de lune. Élisabeth descendit de voiture et marcha rapidement vers le train des ambulances. Tous les véhicules, échoués au bord du talus, semblaient vides. Comme elle s'en approchait, un grondement caverneux l'accueillit : les mêmes ronflements qu'à l'école. Mille respirations entrecoupées, rugissantes, sifflantes, clapotantes, fusaient, à travers les bâches, vers le firmament. Mais on ne voyait pas les dormeurs. Plus loin, dans une prairie au poil dru, s'élevait une immense tente, marquée d'une croix rouge. Élisabeth arriva devant le premier camion. L'arrière en était masqué, jusqu'à mi-hauteur, par un panneau. Elle appuya son pied sur une saillie de métal, se hissa d'un coup de reins et regarda à l'intérieur. Dans la pénombre, gisaient des membres épars, sur un lit de paille. Une odeur de transpiration aigre et de vinasse la suffoqua. Elle demeura une seconde interdite, n'osant éveiller tous ces soldats au sommeil bruyant. Ils étaient une dizaine. Des brancardiers, sans doute. D'où venaient-ils? Quelle avait été leur guerre? Elle se pencha et dit :

« Hep! Hep! Quelqu'un! Quelqu'un, s'il vous plaît!... »

Six fois, elle répéta son appel, sans succès. Enfin, une tête hirsute se dressa au-dessus des autres :

« Merde! Une poupée! Eh! les gars!... Alerte! »

Déjà, il rampait vers Élisabeth. Affolée, elle sauta à terre. L'homme enjamba lestement le panneau et se retrouva debout à côté d'elle.

« C'est gentil de venir nous voir, mademoiselle! Justement, je rêvais de vous! Qu'est-ce qu'il y a pour votre service? »

Il était rond de partout, du nez, du menton, de la bouche et des joues. Élisabeth surmonta son appréhension et murmura, en regardant son interlocuteur droit dans les yeux :

« Je viens du Glanou. Ma voiture est en panne. On m'a dit que vous pourriez, peut-être, me procurer un peu d'essence.

— Alors, pas plus tôt qu'on se serait vus, vous voudriez repartir? C'est pas régulier, ça! Où allez-vous?

— A La Chapelle-au-Bois.

— C'est loin?

— Une cinquantaine de kilomètres. »

Il passa les doigts en grattoir dans ses cheveux :

« C'est que l'essence, on n'en fabrique pas, nous autres! Faudrait déjà que j'en parle à l'adjudant. Et lui, c'est sûr, il m'enverra au bain... »

Des faces étonnées se montraient à l'arrière du camion, entre les pans de la bâche. Une voix traînante cria :

« Eh! Loriot, qu'est-ce qu'elle veut, la mignonne?

— De l'essence, dit Loriot.

— Ça tombe bien, j'en ai dans mon briquet! »

D'autres hommes enfourchèrent le panneau du fourgon et se laissèrent glisser lourdement sur le sol. Un cercle de figures joyeuses et mal rasées entoura Élisabeth. Tous les yeux brillaient en la dévisageant. Leur convoitise collait à sa peau. Mais, en fait, ces gaillards terribles étaient aussi intimidés qu'elle. Les plaisanteries sonnaient mou :

« Vous devriez rester avec nous, mademoiselle!

— On vous ferait une petite place!

— Le temps qu'on soit démobilisés! Ce ne sera pas long!... »

Élisabeth leur sourit et tous les visages s'épanouirent.

« Je parie que vous allez retrouver votre fiancé! dit un petit maigre aux yeux de carpe.

— Non, dit-elle. Mes parents.

— C'était bien, ça! Nous, on voudrait en faire autant. Mais paraît qu'on est encore nécessaires à la patrie! Pourtant, qu'est-ce qu'on a dégusté sur la Loire! Les Fritz nous arrosaient comme de la salade! Ambulance ou pas, ils tapaient dessus!...

— Ta gueule, Olivet! dit Loriot. Mademoiselle n'est pas venue ici pour écouter tes histoires. Ce qu'elle cherche, c'est de l'essence. Si tu veux lui faire plaisir, démerde-toi pour lui en trouver! »

Il y eut un silence, lourd de méditations militaires. Puis, un blondinet fit un pas en avant et annonça d'une voix de fille :

« Cappiani en a planqué quelques litres.

— T'es sûr? s'écria Loriot.

— Oui, c'est moi qui lui ai filé les bidons.

— Alors, va le réveiller!

— Il voudra jamais, si j'y vais seul!

— J'irai avec toi », dit Loriot.

Finalement, ils y allèrent tous en bande. Élisabeth les vit s'approcher du camion suivant.

« Cappiani! Cappiani! »

Elle se rassit dans sa voiture en attendant le résultat des négociations. Toute perception de l'espace et du temps s'évanouissait en elle. Depuis quand était-elle partie du Cap-Ferret? Avait-elle vraiment vécu cette scène affreuse, à l'hôpital de Périgueux? Le visage serein de la religieuse : « Vous seriez arrivée quelques heures plus tôt, vous auriez trouvé Mme Lesaulnier au chevet de son mari... » Élisabeth roula sa tête, de droite à gauche, comme pour changer, par ce mouvement, l'ordre de ses idées. « Bientôt, si ces soldats me donnent de l'essence, je serai à La Chapelle-au-Bois, je reverrai mes parents... » Cette pensée l'emplit d'une tendresse si brusque et si vive, que le cœur lui manqua. Sa mère, son père! elle avait besoin de se jeter sur eux, de se fondre dans leur chaleur. Elle ferma les paupières, puis les rouvrit avec un nouvel espoir. Les camions dormaient toujours au clair de lune. Devant l'un d'eux, s'agitait confusément le groupe noir des parlementaires.

***

« Pierre! Pierre! » chuchota Amélie.

Elle le secouait par l'épaule. Il s'éveilla en sursaut et grogna :

« Qu'est-ce que c'est?

— On a frappé à la porte!

— C'est le vent.

— Je t'assure qu'on a frappé, Pierre! Tiens! On frappe encore! »

Elle se dressa dans le lit et chercha l'interrupteur. Ébloui par la lumière électrique, Pierre se frotta les paupières, bâilla et s'assit sur son oreiller. Au même instant, des coups sourds retentirent de nouveau contre le vantail. La chambre se trouvait au premier étage. Tout le reste de la maison était assoupi, plongé dans le noir. Il était deux heures du matin.

« Tu entends, maintenant? reprit Amélie. Va voir!... Mais sois prudent!... »

Ses dix doigts, pressés contre son cœur, froissaient le tissu rose de sa chemise de nuit. La peur arrondissait ses yeux dans son visage pâle. En cette époque trouble, où les Allemands couraient sur les routes de France, une visite nocturne ne pouvait, pensait-elle, rien présager de bon. Pierre sauta du lit, rajusta le pantalon de son pyjama et s'avança vers la croisée ouverte. Son buste s'inclina dans l'embrasure. Pendant une fraction de seconde, il demeura immobile. Puis, il tourna vers Amélie une figure démolie par l'émotion. Un sourire insensé tremblait sur ses lèvres. Il balbutia :

« C'est Élisabeth!

— Quoi? s'écria Amélie. Ce n'est pas possible! »

Une joie frénétique la précipita vers la fenêtre. Sur la petite place, elle vit, en contrebas, une auto noire arrêtée et une silhouette féminine, menue et droite, qui levait la main. Pierre s'était déjà rué hors de la chambre. Amélie enfila un peignoir et suivit son mari dans l'escalier. Ils arrivèrent ensemble dans la cuisine. Pierre tira le verrou de la porte.

« Maman ! »

Amélie fit un pas en avant et reçut son enfant dans ses bras. Pierre les entraîna toutes les deux à l'intérieur. Couverte de baisers, étourdie de questions, Élisabeth se laissa tomber sur une chaise.

« Ma chérie, c'est incroyable ! marmonnait Amélie. Comment es-tu venue ?

— En voiture, maman... Des amis m'ont prêté une voiture.

— Mais tu es seule ?

— Oui.

— Tu as conduit seule du Cap-Ferret jusqu'ici ?

— Oui.

— C'est de la folie !

— Les Allemands ne t'ont pas arrêtée ? demanda Pierre.

— Si. Mais je me suis arrangée pour passer tout de même !

— Et l'essence ?

— J'en ai trouvé par-ci par-là, en cours de route. Au Glanou, des soldats m'en ont même donné vingt litres !

— Vingt litres ?

— Oui... il m'en reste encore... Des garçons très gentils... »

Élisabeth répondait du bout des lèvres. La fatigue paralysait son cerveau. Elle s'excusa :

« C'est bête ! Ne faites pas attention ! Je suis éreintée !

— Tu n'es pas malade, au moins ?

— Non. Mais je boirais bien un verre d'eau...

— Tu entends, Pierre ? dit Amélie. Un verre d'eau ! Vite ! Laisse-la couler d'abord !

— Un bon verre de vin la remonterait mieux! dit Pierre.

— On te demande un verre d'eau! dit Amélie d'un ton agacé. Donne donc un verre d'eau! »

Pierre obéit avec empressement. Élisabeth reprit sa respiration et avala une gorgée d'eau fraîche. Le verre tremblait dans ses doigts. Penchés sur elle, ses parents la regardaient avec une adoration inquiète.

« Là! là! Ça va mieux! » dit Amélie en lui posant sa main sur le front.

Élisabeth eut l'impression de redevenir une enfant que sa mère consolait, en pleine nuit, d'un cauchemar absurde.

« Ma pauvre petite! poursuivit Amélie. Quand je songe à tout ce que tu as risqué pour venir nous voir!... Hier encore, je disais à papa : pourvu qu'elle ne commette pas d'imprudence! Et voilà!... »

Il y avait tant de sollicitude dans ses yeux, elle se trompait si généreusement sur les véritables intentions de sa fille, qu'Élisabeth en éprouva une sorte de remords. Ne pouvant contredire sa mère, elle devait subir, comme une punition, les marques d'une gratitude qu'elle savait imméritée. Par charité, elle se contraignit à sourire.

« Tu ne peux pas te rendre compte du plaisir que tu nous fais! marmonna Pierre d'une voix enrouée. Jamais je n'aurais supposé!... Le premier beau jour depuis le début de cette malheureuse guerre!... »

Amélie lui coupa la parole :

« Je suis sûre que tu as très faim, ma chérie!

— Je ne sais pas, maman... Oui, je crois...

— Et nous qui bavardons!... Mets vite le couvert, Pierre! Je m'occupe du reste! »

Élisabeth les regarda s'agiter à travers la brume de ses pensées. Amélie dressait un visage énergique et blanc au-dessus de son peignoir cannelle. Ses beaux yeux noirs, aux paupières fripées, pétillaient de joie. Elle ouvrait un placard, en tirait un pain rond, apportait du beurre sur la table. Pierre, dans son pyjama rayé, la bousculait au passage.

« Mais non, les verres ne sont pas là, Pierre ! Tiens, coupe plutôt le jambon ! »

Élisabeth trouva que son père avait beaucoup vieilli en quelques mois. Des cheveux gris se hérissaient sur ses tempes. Sa moustache, mal taillée, cachait les commissures de ses lèvres.

« Là ! là ! Ce sera prêt dans une minute ! » bredouillait-il.

Et, tout en parlant, il passait et repassait, les mains vides. Élisabeth le saisit par la manche et planta un baiser sur sa joue râpeuse. Que c'était bon d'être aimée !

« Voilà le jambon, dit Pierre.

— Je te fais cuire des œufs », dit Amélie.

Élisabeth murmurait :

« Merci, papa, merci, maman. »

Pendant qu'Amélie lui beurrait une tartine, un pas pesant retentit dans l'escalier. Élisabeth bondit de sa chaise :

« Grand-père ! »

Jérôme apparut sur le seuil. Il avait boutonné un pantalon sur sa chemise de nuit. Ce socle blanc servait de support à un rude masque de bronze. Un moment, ses yeux clignèrent dans la clarté de l'ampoule électrique :

« J'ai entendu du remue-ménage ! » dit-il.

Puis, son regard se fixa sur Élisabeth. La face en avant, il hésitait à la reconnaître. Enfin, il s'écria :

« Mais... mais c'est elle !... »

Élisabeth sentit deux bras robustes qui la pressaient, la soulevaient de terre. Jérôme riait, les pommettes saillantes, les yeux en boutonnière, sa moustache poivre et sel surplombant une denture de carnassier :

« Élisabeth !... Que tu as changé !... Que tu es belle !... Mais d'où nous tombes-tu comme ça ?...

— Elle te le racontera tout à l'heure, papa, dit

Amélie. Maintenant, il faut qu'elle mange. Elle ne tient plus debout ! »

Élisabeth se rassit. Une bouteille s'inclina au-dessus de son verre. Quelque part, une horloge sage tictaquait. L'eau bouillait sur le feu. Elle rêvait, elle n'était pas arrivée, elle roulait encore, dans la nuit, à la rencontre de Bertrand. C'était pour lui qu'elle avait entrepris ce voyage, et il ne le saurait jamais.

« Eh bien, Élisabeth, tu ne manges pas?

— Si, maman. »

Comme elle mordait dans sa première tartine, ses nerfs tendus cédèrent d'un seul coup. Un flot de larmes l'aveugla.

4

ELISABETH sursauta et ouvrit les yeux dans l'obscurité de la chambre. Dehors, tout était calme. Le bruit, le mouvement, venaient de sa tête. Depuis une semaine qu'elle était arrivée à La Chapelle-au-Bois, elle s'éveillait chaque nuit, à la même heure, et les mêmes pensées la reprenaient. Avec une netteté hallucinante, elle se rappelait les péripéties de son voyage, les circonstances de sa décision, si impulsive, si brutale! Certes, elle aurait pu rester à Périgueux et essayer de revoir Bertrand, coûte que coûte! Se cacher, attendre le moment propice, entre deux visites de l'épouse légitime à l'hôpital, et, la voie enfin libre, se précipiter au chevet de cet homme blessé, anxieux, pour lui annoncer qu'elle avait résolu de rompre! Mais, devant lui, aurait-elle eu la force de prononcer les mots nécessaires? Ne se serait-elle pas laissé attendrir comme autrefois? Elle avait profité d'une occasion douloureuse mais favorable. Le cataclysme qui bouleversait le monde l'avait aidée à trancher des liens dont elle eût continué, peut-être, à supporter le poids en temps de paix. Bertrand ne se douterait même pas du tourment qu'elle avait subi. Sans nouvelles de sa part, il comprendrait, peu à peu, qu'il l'avait perdue. Il se désolerait, il se résignerait, il reviendrait à sa femme. « Oui, c'est mieux, c'est plus propre! » songea Élisabeth. Elle éprouvait le besoin de pouvoir de nouveau s'estimer. Quelque chose, en elle, avait durci, mûri, au contact du chagrin. Elle s'isolait, attentive à n'offrir au monde qu'une surface lisse, insensible aux coups. « L'ai-je sincèrement aimé? N'était-ce pas simplement une douce, une merveilleuse habitude? » Un coq chanta. Les prunelles d'Élisabeth s'écarquillaient sur les ténèbres. Là où, dix minutes auparavant, il n'y avait rien, des meubles précisaient leurs contours. En elle aussi, tout s'éclairait progressivement. Elle écouta, avec émotion, la renaissance des bruits dans le bourg et dans la campagne. Des souvenirs d'enfance traversaient son cerveau : un pas dans la rue, le grincement d'une charrette, un son de cloche matinal, le claquement des volets contre un mur... Elle remontait à la source de sa vie. Une naïveté puérile se mêlait à sa tristesse de femme. La fraîcheur de l'aube entrait par la fenêtre ouverte à deux battants.

Quand Élisabeth descendit dans la cuisine, sa mère, son père et son grand-père y étaient déjà attablés. On prit le petit déjeuner tous ensemble. Pierre avait décidé d'aller, tôt le matin, à la pêche, avec Amélie. Élisabeth préféra rester à la maison. Après le départ de ses parents, elle se glissa dans la forge. Jérôme, assis sur un escabeau, avait posé un bloc de bois, mal dégrossi, en travers de ses genoux. Plantée derrière lui, Élisabeth observa son travail avec intérêt. A chaque coup de maillet, la lame, guidée par une main ferme, mordait dans la bûche de chêne et en détachait un copeau. Le morceau d'arbre devenait un visage. Autrefois, Jérôme s'occupait encore de ferrer les chevaux, de réparer les machines agricoles, mais, depuis qu'une forge moderne s'était établie près de la gare, il avait perdu sa clientèle. Il ne s'en plaignait pas d'ailleurs, trop heureux de pouvoir, sur ses soixante-dix ans, se consacrer à la sculpture. Les revenus du magasin, que gérait Mme Pinteau, suffisaient à le faire vivre.

« Sais-tu que tu as beaucoup de talent, grand-père? dit Élisabeth.

— Oui, répondit-il avec une majestueuse simplicité, je crois que j'ai une bonne main pour le bois. Mais c'est l'instruction qui me manque. Si j'avais lu plus de livres, je ferais mieux encore!

— Ou moins bien! Tu ne travaillerais plus à ton idée, tu imiterais les autres...

— Il faut parfois imiter les autres. Les Grecs, par exemple! J'ai vu des photos de statues grecques. Eh bien, je ne saurai jamais tailler des bonshommes comme eux. Pour certains sujets, je ne dis pas, on peut se fier à son œil... »

Il désigna, d'un mouvement du menton, le fond de l'atelier. Une multitude de statuettes avait envahi la forge. Sur l'enclume, des paysans en miniature aiguisaient leur faux, buvaient au goulot d'une bouteille, semaient le grain, poussaient une charrue. Un cercle de petites vieilles médisantes tricotaient à l'aise sur la pierre froide du foyer. Des rayons, cloués au mur, supportaient un peuple de gamins, jouant à saute-mouton. Toutes ces figurines, aux reliefs rugueux, aux membres disproportionnés, devaient leur charme à la précision naïve des attitudes.

« Des comme ça, j'en ferais par centaines! reprit Jérôme. Mais, pour des choses plus compliquées, j'aimerais avoir étudié. Tiens, cette tête que je travaille, si j'avais eu des professeurs, je la réussirais sûrement! Voilà dix fois que je la recommence...

— Qui est-ce? demanda Élisabeth.

— Un homme, dit Jérôme en appliquant un coup sec sur le manche de la lame.

— Je vois bien! Mais est-ce un homme imaginaire ou un homme qui existe réellement? »

Cette question parut troubler Jérôme. Il considéra sa petite-fille par-dessus les verres embués de ses lunettes, sourit et murmura :

« Comment dire? Pour les uns il existe, et pour les autres non! C'est un Christ! »

Cette réponse étonna Élisabeth : elle savait son grand-père furieusement athée et anticlérical.

« Qui est-ce qui t'a donné l'idée de sculpter un Christ? demanda-t-elle.

— Qui veux-tu que ce soit? dit-il en riant. Le curé, parbleu! Il m'en a parlé, voilà six mois déjà! J'ai pas pu refuser. On n'est pas du même bord, mais on se fréquente, on s'estime. C'est un brave homme. Il a beaucoup lu. Souvent, nous discutons ensemble...

— Je crois que cette tête sera très belle, dit Élisabeth en examinant la bille de bois, où effleurait le relief d'un visage douloureux.

— C'est l'avis de l'abbé Pelassiez, dit Jérôme. Mais lui, il voit ça à sa façon, du haut de sa soutane. Il met de la religion là-dedans. Moi, je fais un homme qui souffre. Un homme pas comme les autres, meilleur que les autres, mais un homme tout de même!... J'y arriverai bien, peut-être, avec de la patience!... C'est drôle, quand j'ai mes outils en main, j'oublie tous mes tracas, je ne suis plus dans la vie!...

— Tu as bien de la chance! dit Élisabeth. Si papa pouvait se distraire comme toi, au lieu de penser toujours à la guerre, à la politique!...

— Eh! oui, soupira Jérôme. Ta mère a eu raison de l'emmener à la pêche, ce matin, mais il s'occupera moins d'attraper des truites que de retourner toutes les mauvaises nouvelles dans sa tête. La victoire des Allemands lui a porté un rude coup. Il ne l'accepte pas. Il se ronge. Encore, il faut dire que le discours du maréchal l'a un peu ragaillardi, ces derniers jours. Il pense qu'avec un chef comme ça la France finira par se relever... »

Élisabeth observa son grand-père du coin de l'œil. Il paraissait si tranquille, si détaché de tout, il appartenait si manifestement à une époque révolue, qu'elle se demanda s'il avait une opinion sur les événements actuels.

« Et toi, grand-père, dit-elle, quelle est ton idée? »

Il haussa les épaules :

« Oh! moi, je suis une vieille bourrique! Je raisonne à l'envers de tout le monde. Évidemment, je suis malheureux, j'ai honte que les Boches soient chez nous! Mais, quoi? c'est une maladie de l'Histoire. Il n'y a pas eu des montagnes de morts, toute une génération fauchée, comme en 14. La France en a vu d'autres. Et elle s'est toujours ressaisie. Je crois, moi, que les champs, les arbres, les pierres, les bêtes, feront le bonheur des hommes malgré eux. Tout s'arrangera, à cause de la terre, qui ne demande qu'à verdir et à donner des moissons. J'ai voulu l'expliquer à ton père. Mais il ne peut pas comprendre : il est trop jeune! Tiens, passe-moi le ciseau. Non, l'autre, le plus petit... »

Il se remit à sculpter, en soufflant dans sa moustache.

« Je suis sûre que papa aura encore acheté des journaux en passant, dit Élisabeth.

— Ah! ça, certainement! Et, au retour, tu verras, il prendra les informations à la T.S.F.! Il a fallu qu'il loue un poste de radio chez l'électricien! Une vraie maladie! Remarque bien que, pour l'instant, il n'a pas trop à se tourmenter... »

En effet, depuis quelques jours, un calme relatif régnait dans le monde. L'Allemagne, ayant avalé les trois quarts de la France, reprenait sa respiration avant de se jeter sur l'Angleterre. Conformément aux clauses de l'armistice, la Wehrmacht avait occupé Bordeaux et la côte atlantique, mais s'était retirée de tous les territoires situés au sud de la ligne de démarcation. Le gouvernement du maréchal s'était replié sur Vichy. De son côté, le général de Gaulle avait lancé un nouveau message à la radio de Londres.

Jérôme laissa son maillet pour creuser au couteau, légèrement, le contour d'un œil.

« C'est le plus délicat, dit-il. Les peintres ont de la chance! Ils se rattrapent sur la couleur! Ils trichent! »

Elle admira sa quiétude et souhaita la partager. Mais le souvenir de Bertrand avait poussé en elle des racines profondes. Qu'elle songeât à sa propre aventure ou à celle de son pays, tout n'était que ruines, dégoût et incertitude du lendemain. Elle s'avança vers la porte. Le facteur passait dans la rue ensoleillée. Par suite de la désorganisation des transports, le courrier était maigre et intermittent. Des femmes sortaient de leurs maisons et demandaient avec un espoir timide :

« Y a rien?

— Rien », disait le facteur.

Et il poursuivait sa route. Était-il parti du bureau de poste pour annoncer simplement à tout le bourg que sa sacoche était vide, que les absents n'écrivaient plus? L'individu survivant à la fonction, il marchait, superbe d'indolence et d'inutilité, à travers un pays assoiffé de nouvelles. Sous la casquette bleue, son vieux visage était celui du mauvais sort. Soudain, Élisabeth crut qu'elle commençait un rêve. Le facteur ouvrait sa gibecière d'escamoteur et en tirait une lettre.

« Ce serait pas de Denis, par hasard? dit Jérôme en levant la tête.

— Non, grand-père », dit Élisabeth.

Elle décacheta l'enveloppe avec des doigts morts :

« Ma chérie,

« Les dernières lettres que je vous ai adressées au Cap-Ferret étant demeurées sans réponse, je vous envoie celle-ci à La Chapelle-au-Bois, pensant que vous y êtes, peut-être, maintenant, avec vos parents. Ce message vous atteindra-t-il? Je l'espère, je me fie au hasard... J'ai été légèrement blessé au bras et soigné à l'hôpital de Périgueux. Dans une semaine, au plus tard, je pourrai, me dit-on, en sortir. Vous voyez, ce n'est qu'une égratignure! Ma femme est venue me rejoindre ici. Elle avait été officiellement avertie de mon état, au moment où la poste fonctionnait encore normalement. Je vais passer ma convalescence à Marseille. Toute ma famille s'y est réfugiée, le mois précédent, par crainte de voir les Allemands arriver à Saint-Jean-de-Luz! Nous avons, à Marseille, une succursale de notre affaire, et même une usine, assez bien outillée, que je développerai pour remplacer celle de Paris, où tout est désorganisé. Sans doute resterai-je assez longtemps dans le Midi. Et vous, Élisabeth, ma chérie, quels sont vos projets dans ce grand désordre? Je souffre de ne pouvoir même imaginer l'endroit où vous vous trouvez, les idées qui vous agitent! Si vous saviez comme j'ai songé à vous pendant mes nuits d'insomnie! L'épreuve que j'ai traversée n'a servi qu'à renforcer mon amour et mon impatience. Privé de vous, je ne suis plus moi-même... »

Elle parcourut le reste de la lettre, glissant avec une rapidité voulue sur les phrases les plus émouvantes, revint à la première page et vérifia la date : 25 juin 1940. La veille de son passage à Périgueux! Un malaise s'empara d'elle à cette précision. Pendant une fraction de seconde, elle fut rejetée dans un malentendu amoureux qu'elle croyait avoir définitivement éclairci. Contrainte à un violent retour sur elle-même, elle se méfiait de la tendresse, de l'indulgence que, déjà, ce message suscitait en elle. Non, elle ne tomberait pas dans le piège des mots. Elle déchira la lettre et en serra les morceaux dans le creux de sa main. Jérôme l'observait d'un œil interrogateur.

« Rien de grave? demanda-t-il.

— Non, dit-elle d'une voix calme.

— Eh bien, tant mieux! Ça m'inquiète qu'on n'ait encore aucune nouvelle de Denis! Peut-être bien qu'ils l'ont emmené en Allemagne! Ils ont fait tant de prisonniers! »

Elle remarqua qu'il n'envisageait même pas, pour son fils, l'éventualité d'une blessure. Se figurait-il que cette guerre, si rapidement perdue, n'avait fait aucune victime? De nouveau, elle revint, en pensée, à l'hôpital de Périgueux, noir récif ponctué de fenêtres bleues. Elle voulait fuir cette image, elle ne le pouvait pas.

« Si nous allions à la rencontre de mes parents? dit-elle.

— Je veux bien, dit Jérôme. Après tout, j'ai assez travaillé, ce matin! »

Il posa le bloc de bois par terre et dénoua son tablier de cuir. Un Christ était enterré jusqu'au cou dans le sol de la forge. Ses yeux aveugles, à peine dessinés, regardaient le monde par en bas.

« Va prévenir Mme Pinteau que nous sortons, reprit Jérôme. Pendant ce temps, je me lave les mains. »

Élisabeth passa dans le magasin. Mme Pinteau, vieillie, bouffie, le corsage important, était en grande conversation avec deux clientes. Sous la menace des restrictions alimentaires, l'épicerie était devenue un lieu de rencontres et de doléances pour les ménagères de La Chapelle-au-Bois. Ici comme au Cap-Ferret, on manquait d'huile, de café, de sucre. Hier encore, le journal recommandait aux commerçants de limiter leurs ventes pour empêcher les particuliers de constituer des stocks. Depuis deux jours, la minoterie Castang n'était plus approvisionnée, et les boulangers distribuaient du pain militaire rassis, moisi, expédié par camions de l'Intendance de Tulle. Élisabeth salua aimablement tout le monde, avertit Mme Pinteau qu'elle allait se promener avec son grand-père et s'attarda dans la boutique, pour le plaisir d'y retrouver ses impressions de petite fille. Elle aimait cette pièce longue et basse, avec ses plumeaux et ses brosses pendus au plafond, ses rayons chargés de bouteilles, de boîtes multicolores, de casseroles, ses sacs de légumes secs et son odeur pénétrante de chicorée, de poivre et d'encaustique. Les ménagères avaient repris leur discussion de conspiratrices. Le ton était le même que dans la villa des Duclay :

« Je suis sûre que si notre maire allait voir l'intendant, à Tulle, il obtiendrait ce qu'il voudrait !

— Évidemment ! Là-bas, ils ont des réserves et pas tellement de soldats à nourrir ! Le tout est de se mettre bien avec ces messieurs du Ravitaillement ! Vous auriez pas encore un kilo de sucre, madame Pinteau ? »

Mme Pinteau jeta un regard aigu vers la porte, prit un paquet de sucre sous le comptoir, l'enveloppa dans du papier journal et le tendit à sa cliente, avec autant de précaution que s'il se fût agi d'une bombe :

« Qu'on ne vous voie pas avec ça, surtout !

— Tu viens, Élisabeth ? » cria la voix de Jérôme.

Elle le rejoignit et ils sortirent ensemble dans la rue. Jérôme marchait à pas lents, la tête haute, les épaules droites, et tenait fermement le bras d'Élisabeth sous le sien. Fier de se montrer à côté de sa petite-fille de vingt-cinq ans, il saluait tous les gens sur sa route et s'arrêtait pour échanger quelques mots avec ceux qu'il connaissait le mieux. Heureusement, il y avait peu de réfugiés à La Chapelle-au-Bois. Les nouveaux venus avaient tous de la famille sur place. Ils ne faisaient pas figure d'étrangers. D'une rencontre à l'autre, les mêmes phrases dominaient la conversation. Chacun attendait des nouvelles d'un absent, espérait une démobilisation prochaine, se plaignait du ravitaillement et comptait sur le maréchal pour remettre de l'ordre dans les affaires de l'État. Comme Élisabeth avait vu des Allemands en chair et en os, on lui demandait s'ils étaient aussi disciplinés et bien armés que le prétendaient les journaux. Elle décevait tout le monde en disant qu'elle ne les avait pas assez fréquentés pour pouvoir se former une opinion personnelle. Des gamins s'évadaient, en hurlant, de l'école. A coups de règles dans le vide, ils gagnaient une guerre que leurs pères avaient perdue. Jérôme les écartait du bout de sa canne. Encore dix pas, et c'étaient

M. Calamisse et M. Barbezac qui se dressaient devant Élisabeth. Ils étaient indignés par l'installation de contrôleurs japonais en Indochine.

« C'est notre empire qui s'effrite! s'écriait M. Calamisse.

— Combien tu paries que le coup vient des Anglais? disait M. Barbezac. Ils ne savent plus quoi faire pour nous embêter, maintenant!

— Mais les Anglais ne sont pas pour les Japonais!

— Essaie donc d'y voir clair avec eux! Et les Russes qui prennent la Roumanie, tu ne crois pas que c'est une honte? Ils vont se partager le monde avec les Boches. C'est la foire d'empoigne! »

Puis, on parla du général de Gaulle, qui venait d'être reconnu par Churchill comme « chef de tous les Français qui continuent la lutte ». M. Calamisse était persuadé que de Gaulle se trouvait à Londres par ordre du maréchal.

« Nous jouons sur les deux tableaux, vous comprenez? C'est de la haute politique. »

Jérôme écoutait, hochait la tête et ne disait rien. Longtemps, il suivit des yeux, avec ravissement, un chien qui passait, la queue en trompette. Le sien, Drac, était mort de vieillesse. Il songeait à en reprendre un.

« Tu nous excuses, on est pressés! » dit-il soudain à Calamisse.

Et, plantant là ses deux amis, il entraîna Élisabeth en chuchotant :

« Ils ne sont au courant de rien et ils parlent de tout. C'est fatigant, à la longue!... Viens, je vais te montrer quelque chose... »

Il la guida dans une rue montante, qui débouchait sur le champ de foire. Des maisonnettes grises entouraient un rectangle de terrain galeux. Jérôme pointa sa canne vers la rangée des fenêtres, et dit avec orgueil :

« Il y a eu du changement, hein?

— Ah! oui? murmura Élisabeth.

— Tu ne remarques pas tout ce qui s'est construit

en deux ans? La maison aux volets verts, ce sont les Pastagnet qui l'ont fait bâtir! Celle aux volets marron est aux Roussol, celle qui a un perron, aux Vierjoux!... J'ai vu les travaux!...

— C'est très joli, dit Élisabeth sans conviction.

— N'est-ce pas? Le prix des terrains grimpe. Les gens qui ont quitté La Chapelle-au-Bois pour faire de l'argent y reviennent et s'y installent. Il y a des projets d'embellissement pour la place de l'église, pour la poste, pour l'avenue de la gare... »

Élisabeth n'osa lui avouer sa crainte de voir le charmant bourg de La Chapelle-au-Bois transformé, peu à peu, en une petite ville de province, neuve et banale.

« Si Calamisse était encore à la mairie, tout irait plus vite, reprit-il. Mais, avec ce pauvre Journeix, on piétine! Il n'a pas d'audace, pas d'initiative! Quand tout sera bâti par ici, et la salle des fêtes repeinte, on aura un beau coup d'œil!... »

Il cligna des paupières, en artiste, sourit à l'avenir de son petit pays et grommela, satisfait et modeste :

« Je voulais que tu te rendes compte! Moi, mon idée, c'est que bientôt les touristes viendront ici en villégiature, pour se reposer, pour pêcher... »

Ils retournèrent vers le centre du bourg. Au passage, Jérôme montra un chantier à Élisabeth et dit négligemment :

« Lanzac agrandit son garage! »

Les murs de la gendarmerie portaient encore des affiches patriotiques, périmées et décolorées : « Engagez-vous. Rengagez-vous... » Une vieille femme frottait son linge sous l'auvent du lavoir.

« Toujours rien d'Émile? demanda Jérôme.

— Eh! non, monsieur Aubernat, dit la femme. Et votre Denis?

— Rien non plus. On attend! »

La face de la vieille se déplissa, un œil de pie brilla dans ses rides.

« Eh! mais c'est notre petite Lisou! dit-elle. Bonjour, Lisou! Tu vas bien?

— Très bien, madame, je vous remercie », dit Élisabeth avec un sourire incertain.

Quand ils eurent fait quelques pas, elle interrogea son grand-père à voix basse :

« Qui est-ce?

— Comment? Tu ne l'as pas reconnue? s'écria Jérôme. C'est Mme Croux, la sage-femme qui t'a mise au monde! Tu aurais pu l'embrasser!

— Quel dommage! dit-elle. Si j'avais su... »

Elle rêva un moment à cette époque lointaine, à peine imaginable, où elle n'existait pas, où le monde vivait sans elle. Des mains la tiraient du ventre de sa mère. Un déchirement. Un cri. Le petit paquet de chair rouge, gluante, contenait déjà, en substance, cette jeune femme qui, aujourd'hui, marchait sur une route ensoleillée, avec un chagrin d'amour dans la tête. Élisabeth fut prise de vertige devant toutes les Élisabeth qui l'avaient précédée. Allait-elle changer encore?

« Il est aussi question d'élargir le pont », dit Jérôme.

Ils descendirent la berge et découvrirent Pierre et Amélie, qui suivaient le sentier de la rivière. Pierre portait les cannes à pêche. Un chapeau de paille blonde ombrageait le visage d'Amélie.

« Ça a mordu? demanda Jérôme.

— Il a pris quatre belles truites! dit Amélie avec une fierté de grande sœur. Montre-les, Pierre. »

Il ouvrit sa musette. Les truites reposaient dedans, sur un lit d'herbe humide. Leur corps d'argent, gracieux, effilé, était marqué de minuscules taches noires et rouges. Élisabeth en choisit une et l'étala sur sa paume :

« Comme elle est fraîche! Comme elle brille!

— Ce sera pour le déjeuner, dit Amélie. Chacun aura la sienne! »

On décida de contourner le bourg pour rentrer « par

le plus long ». Les deux hommes marchaient devant. Les femmes les suivaient à cinq pas. Vus de dos, ils paraissaient avoir le même âge. Jérôme se tenait plus droit que son gendre.

« Tu ne trouves pas que ton père a un meilleur visage qu'hier? chuchota Amélie. Cette partie de pêche lui a fait du bien. Nous recommencerons.

— Oui, dit Élisabeth, il faut le distraire.

— Ce n'est pas facile! Maintenant que tu es là, il s'inquiète pour Denis! Moi aussi, d'ailleurs! Ce silence prolongé ne me dit rien qui vaille! Si seulement il pouvait être prisonnier!... Je n'en dors pas la nuit!... Et grand-père est d'un calme!...

— C'est lui qui a raison, maman », dit Élisabeth.

Et, pour changer de conversation, elle reprit d'un ton enjoué :

« Je suis passée au magasin, tout à l'heure. Mme Pinteau a doublé d'importance depuis les restrictions! On la consulte comme un oracle!

— Oui, dit Amélie, mais, malheureusement, elle tient cette boutique en dépit du bon sens. Les marchandises sont entassées n'importe comment sur les rayons! Elle n'affiche pas les prix! Elle ne relance pas les fournisseurs! Quand je pense à ce qu'était ce commerce du temps de ma mère!... »

Un souvenir d'ordre et d'abondance glissa dans ses yeux.

« Si tu devais rester ici avec papa, dit Élisabeth, je comprendrais que tu donnes des conseils à Mme Pinteau. Mais à quoi bon changer ses habitudes, puisque nous allons partir!... »

Tout en parlant, elle essaya d'entrevoir ce que serait sa vie, à Paris, sans Bertrand, et son regard se perdit dans le vide.

« Partir? murmura Amélie. Je me demande quand nous pourrons partir! D'ailleurs, Megève est en zone non occupée. Toi, tu seras à Paris, en zone occupée! Est-ce bien raisonnable?

— Voyons, maman! Il faut que je retourne à mon magasin! Depuis que les Allemands sont à Paris, je n'ai aucune nouvelle de Mlle Pologne. Je ne sais même pas si elle a rouvert, si elle travaille...

— Eh! oui! Quel contretemps! On n'ose rien prévoir, rien espérer! Comment retrouverons-nous notre hôtel? Y aura-t-il encore des gens pour venir aux sports d'hiver, à Megève? Je gronde ton père parce qu'il est pessimiste, mais, entre nous, c'est peut-être bien lui qui est dans le vrai. Observe-le! Je suis sûre qu'il est encore en train de discuter les nouvelles des journaux!... »

Elle eut un regard indulgent vers les deux hommes de sa vie, qui avançaient, coude à coude, sur le sentier.

On passa par le cimetière pour changer l'eau des fleurs, dans le petit vase en fonte, sur la tombe de Maria. Ce fut une visite calme et douce, dans une région où les bruits du monde ne parvenaient plus. La grand-mère d'Élisabeth était morte depuis si longtemps, que même ceux qui l'avaient connue pensaient à elle comme à un être transparent, amical et léger. Jérôme arracha les mauvaises herbes autour de la dalle, caressa du plat de la main la grille de clôture et dit d'une voix bourrue :

« En route, mes enfants! Il se fait tard. »

A peine rentré à la maison, Pierre s'installa dans la cuisine et alluma son poste de T.S.F. Jérôme s'assit à côté de lui, sur un escabeau. Élisabeth aida sa mère à vider les truites. L'odeur du poisson frais se mêla au parfum du beurre qui grésillait dans la poêle. Une voix forte parlait dans la caisse de l'appareil :

« A l'issue du conseil restreint qui s'est tenu hier, à Vichy, M. Pierre Laval a remis à la presse le communiqué suivant : « Le Sénat et la Chambre tiendront sous peu de courtes séances, au cours desquelles sera votée une résolution de convocation de l'Assemblée nationale. Celle-ci serait saisie des modifications aux institutions que la situation impose, afin que le gouvernement jouisse de l'autorité indispensable à la reconstruction du pays dans l'ordre et dans le travail... »

Pierre approuvait ce discours par de lents hochements de tête. Jérôme regardait le plafond.

***

Le lendemain, une nouvelle terrible plongea la Chapelle-au-Bois dans la consternation : une escadre anglaise s'était présentée devant des bateaux de guerre français au mouillage, tous feux éteints, dans la baie de Mers el-Kébir, à côté d'Oran, et, après un ultimatum inacceptable, avait attaqué et coulé les plus belles unités de notre flotte : le *Bretagne* incendié, le *Dunkerque* avarié, échoué, le *Provence* touché dans ses œuvres vives. Seul le *Strasbourg* s'échappait par miracle de la rade et prenait le large, accompagné de contre-torpilleurs. Les journaux publiaient des titres vengeurs sur l'agression britannique, qui avait coûté la vie à plus d'un millier de marins sans défense. Enfiévré par la lecture de ces articles, Pierre disait que le guet-apens de Mers el-Kébir avait infligé un démenti à la politique du général de Gaulle.

« C'est fini ! grondait-il. Déjà, après Dunkerque, j'avais de la méfiance ! Mais maintenant, la mesure est comble ! Les Anglais nous détestent ! Ils profitent de notre malheur pour nous tomber dessus ! Notre seule chance de salut, c'est Pétain !... »

Tous les familiers de la maison partageaient son point de vue. Pourtant, avec les jours qui passaient, leur indignation se nuança de réserves. Pour la tranquillité morale de chacun, il était préférable de croire que de graves considérations militaires, inconnues du grand public, avaient poussé Churchill à ordonner cette canonnade fratricide. D'ailleurs, malgré la rupture des relations diplomatiques avec l'Angleterre, le maréchal Pétain n'envisageait pas de déclarer la guerre à ce pays. Dans les journaux, les nouvelles du désarmement de la flotte française à Alexandrie et dans les ports anglais touchaient moins les lecteurs que l'annonce des prochaines réformes étudiées par le gouvernement. Élisabeth, pour sa part, s'intéressait vivement aux rares informations qui venaient de la zone occupée. Paris était, paraît-il, intact, mais aux trois quarts vide. Le métro n'avait pas interrompu son trafic, les services du téléphone, de l'électricité, du gaz, fonctionnaient normalement. Des témoins oculaires rapportaient que « la correction » des occupants était parfaite. Le commandement allemand souhaitait, disait-on, voir tous les Parisiens réintégrer au plus vite la capitale. Mais les trains manquaient, de nombreux ponts avaient sauté sur la Loire et l'essence était une denrée introuvable. Dans une déclaration à la presse, le ministre de l'Intérieur adjurait les évacués de rester sur place jusqu'à l'organisation officielle de leur rapatriement. Cependant, la Commission régulatrice de Toulouse publiait les itinéraires à suivre pour les automobilistes et leur conseillait d'emporter deux jours de vivres. M. Calamisse prétendait que l'Intendance de Tulle délivrait déjà des bons d'essence aux réfugiés. A moins que ce ne fût le bureau de la Place, ou la Préfecture! En tout cas, une chose était certaine : un service de ce genre existait au chef-lieu du département. Élisabeth résolut d'y aller en voiture.

Quand elle fit part de son intention à ses parents, ils se désolèrent. Ne valait-il pas mieux attendre que le flot des réfugiés eût regagné Paris pour prendre tranquillement la route? Élisabeth les calma en leur affirmant qu'elle voulait simplement se procurer le sauf-conduit et le carburant nécessaires à son voyage, mais qu'elle ne l'entreprendrait pas avant d'être sûre qu'il se déroulerait dans de bonnes conditions. En fait, elle avait hâte de recouvrer son indépendance. Tout l'amour qu'elle vouait à ses parents ne l'empêchait pas d'éprouver auprès d'eux un sentiment de contrainte.

Habituée à vivre seule, à ne tenir compte que de ses propres désirs, elle n'était plus à son aise dans les conversations affectueuses où sa mère cherchait à l'entraîner. Elle en venait à fuir les occasions de ces tête-à-tête, par crainte d'avoir à éluder certaines questions, à tricher sur certaines réponses.

Le jour de son départ pour Tulle, toute la famille se réunit dans la cuisine, devant les bols du petit déjeuner.

« Ne conduis pas trop vite. Ne te fatigue pas inutilement !

— Oui, maman.

— Es-tu sûre d'avoir assez d'essence pour l'aller et le retour ?

— Oui, papa.

— Tu ne rentreras pas trop tard ?

— Non, maman. »

Le nez dans son café au lait, une tartine à la main, elle était une enfant inexpérimentée et docile. Elle retrouva son âge en s'asseyant au volant de l'auto.

5

SUR la place du Champ de Mars, à Tulle, des véhicules de toutes tailles, de toutes provenances, alignaient leurs capots renfrognés et poudreux. Élisabeth gara sa voiture contre le flanc d'un autobus vert et blanc de Paris, qui portait encore, à l'arrière, la plaque indicatrice des stations : « Porte Champerret - Gare Montparnasse. » Détourné de son itinéraire habituel, combien de réfugiés avait-il amenés jusqu'ici? Et ce fourgon mortuaire, avait-il servi au transport d'un défunt ou de quelques employés des pompes funèbres avec leur famille? Des camions, aux caisses bariolées de réclames dormaient, dépaysés, sous le ciel corrézien : « Librairie Juche, à Auxerre. » « Blanchisserie Pernette, à Nancy. » « Plomberie Cusselin, à Angoulême. » « Jupiter, l'apéritif des costauds, à Dijon. » C'était l'histoire de la défaite.

Élisabeth se dirigea vers le bâtiment long et sale de la caserne, qui bordait l'esplanade sur un côté. Sous la voûte, un petit soldat kaki, somnolent et bourru, la renseigna : pour l'essence, il fallait s'adresser au bureau de la Place. Du bureau de la Place, un officier à lunettes la renvoya au service de l'Intendance. Elle suivit une flèche indicatrice, monta un escalier et s'engagea dans un couloir jonché de brins de paille. Des musettes étaient adossées contre le mur. Sans doute, la nuit, ce lieu devenait-il un dortoir. Un crépitement de machines à écrire, derrière une cloison, l'avertit qu'elle était sur la bonne voie. « Direction de l'Intendance de la 13e Région — Service du Ravitaillement général. » Elle lut cette pancarte, poussa une porte et entra dans une pièce très claire et très spacieuse, où travaillaient trois officiers et deux dactylos. Chacun de ces personnages disposait d'une table en bois blanc et régnait sur une pile de paperasse.

Toutes les têtes se levèrent à l'approche d'Élisabeth. Elle marcha au hasard vers un uniforme, et, brusquement, s'arrêta, interdite : Patrice la regardait avec stupéfaction. Elle était à trois pas de lui et n'osait plus avancer. Il se dressa sur ses jambes. Deux petites feuilles d'argent étaient brodées au col de sa veste, un galon d'argent marquait sa manche. Des secondes passèrent, interminables. Ni elle, ni lui, ne parlaient. Il n'avait pas changé : cette figure pâle et triste, ces grands yeux sombres... Au temps de leur mariage, il lui avait dit qu'en cas de guerre il serait mobilisé dans les services de l'Intendance. Elle se le rappelait, maintenant. Mais quel concours de circonstances n'avait-il pas fallu pour qu'il fût affecté à ce bureau où elle venait précisément chercher des bons d'essence? Une force supérieure l'avait dirigée, par de savants détours, jusqu'à un étrange et inévitable rendez-vous. Il était le dernier être qu'elle eût voulu rencontrer. Paralysée par mille souvenirs honteux, elle maudissait l'idée absurde qu'elle avait eue d'aller à Tulle, souhaitait disparaître et se sentait pâlir d'émotion. Lui, cependant, continuait à l'observer en silence. Elle crut lire dans ses yeux non plus de l'étonnement, mais une sorte de frayeur. Enfin, les traits de Patrice, longtemps crispés, se détendirent. Un sourire joua sur ses lèvres. Il murmura :

« Élisabeth! Qu'est-ce que tu fais ici? »

Elle sourit à son tour, mais sans parvenir à vaincre sa confusion.

« Je suis réfugiée, avec mes parents, à la Chapelle-au-Bois, dit-elle. Et toi?

— Moi, je suis à Tulle depuis le début de la guerre. Mobilisé au Service du Ravitaillement général. Tu as besoin d'un renseignement?

— Je venais chercher des bons d'essence.

— A quel titre?

— Pour pouvoir retourner à Paris, en voiture. On m'a dit de demander à l'Intendance... »

Cette conversation entre eux était si bizarre qu'elle eut l'impression d'être sortie d'elle-même, de vivre, par erreur, la vie d'une autre. Ses jambes étaient molles. Un creux dans l'estomac gênait sa respiration.

« On t'a mal informée, dit-il. Nous ne délivrons de bons d'essence qu'aux industriels qui travaillent pour le Ravitaillement.

— Alors, à qui dois-je m'adresser?

— A personne. Il n'y a rien de prévu encore pour le rapatriement des réfugiés. On attend des instructions ministérielles. Mais, de toute façon, je doute qu'elles soient suivies d'une large distribution de carburant! »

Elle oubliait le but de sa visite. Ses pensées l'entraînaient loin en arrière. Soudain, elle se ressaisit, feignit l'indignation :

« Eh bien, dans ce cas, j'aurais mieux fait de rester à La Chapelle-au-Bois! Le peu d'essence que j'avais, je l'ai brûlé pour venir à Tulle!

— S'il s'agit de quelques litres, on s'arrangera pour te dépanner, dit-il à voix basse. Tu es seule?

— Oui. »

Il jeta un coup d'œil aux deux autres officiers, qui s'étaient remis à écrire. Les dactylos tapaient sur leurs touches, avec un acharnement maniaque.

« On ne peut pas parler tranquillement ici, dit-il. Veux-tu que nous allions prendre un verre? »

Cette question la surprit tellement, qu'elle demeura un moment indécise. Puis, regardant Patrice avec assurance, elle répondit :

« Oui.

— Viens... Je t'emmène... »

Comme elle se dirigeait vers la porte, il s'approcha d'un de ses collègues :

« Tu notes les communications pour moi ! »

Il la rejoignit dans le couloir. En sortant de la caserne, elle fut amusée par le geste du planton, qui se redressait et portait la main, mollement, à son calot. Elle ne s'habituait pas à l'idée que Patrice fût sous-lieutenant. L'uniforme ne l'avantageait guère. Le drap kaki se plissait sur sa poitrine creuse. Ses oreilles s'écartaient, de part et d'autre d'un képi trop étroit pour son crâne.

Ils remontèrent le quai de la Corrèze, mêlés à une foule de promeneurs : des femmes en robes d'été imprimées, des hommes, le col de la chemise ouvert et les pieds chaussés de sandales. Une atmosphère de vacances. On eût dit que Tulle était au bord de la mer. Tous les réfugiés avaient un air de famille. La démarche indolente, le nez au vent, ils cherchaient une piste : où trouver de l'essence, des cigarettes, du sucre, une chambre avec eau courante?

La terrasse d'un café débordait de consommateurs. Patrice fit la grimace. Des gens l'apercevaient, le saluaient. Il entraîna Élisabeth dans la salle, qui était presque vide :

« Nous serons mieux ici. »

Elle s'assit à côté de lui devant un guéridon de marbre. « Il a été mon mari. » Elle n'arrivait pas à le croire. Les souvenirs de Saint-Germain, d'abord flous et lointains, se précisaient en elle, comme sous l'effet d'une loupe. Elle se regardait vivre dans ce monde ancien et se reconnaissait à peine : tant de folie, tant de duplicité et tant d'innocence à la fois! Le garçon se faufila jusqu'à eux. Son plateau étincelait, tel un bouclier au soleil. Des gouttes de sueur glissaient dans les plis de son front. Patrice interrogea Élisabeth sur ses préférences et commanda :

« Une menthe à l'eau et un demi! »

Elle se revit avec lui, un soir, à la terrasse du café de la Paix. C'était leur première sortie à Paris. Ils étaient si amoureux, si jeunes, si sûrs que leur bonheur n'aurait pas de fin! Leur seul souci était de ne pas mécontenter la mère et la grand-mère de Patrice, qui les attendaient à la maison. Élisabeth avait fait tant de mal à ces deux femmes, qu'elle hésitait à prendre de leurs nouvelles. Enfin, n'y tenant plus, elle murmura :

« Comment va ta mère?

— Très bien, répondit Patrice. Elle est chez des cousins, en Dordogne.

— Et Mazi?

— Elle est morte. »

Une tristesse poignante, et qu'elle n'eut pas le loisir d'analyser, s'empara d'Élisabeth : la vieille dame de Saint-Germain, avec sa figure blanche et autoritaire, sa perruque bouclée, sa canne, ses sautoirs, son corsage à paillettes de jais, n'existait plus. Tout un morceau du passé tombait comme un pan de mur.

« Il y a longtemps? balbutia-t-elle.

— Trois ans bientôt. »

Élisabeth détourna les yeux. Avait-elle seulement le droit de paraître émue? Patrice n'allait-il pas s'imaginer qu'elle jouait la comédie, en voyant son visage défait?

« C'est affreux! dit-elle. Pauvre Mazi! Je l'aimais tellement!

— Elle aussi t'aimait beaucoup », dit Patrice d'une voix grave.

Il y eut un silence.

« Tu habites à Megève avec tes parents? reprit-il.

— Non, dit-elle, je vis à Paris.

— Seule?

— Oui, j'ai un magasin de disques, rue Marbeuf. »

Le garçon apporta les consommations. Patrice avait allumé une cigarette. Les yeux perdus dans la fumée, il réfléchissait. Sans doute, à travers les rares paroles d'Élisabeth, essayait-il d'entrevoir ce qu'elle était devenue loin de lui. Elle but une gorgée de menthe à l'eau, et, avec le sentiment ridicule de commettre une indiscrétion, demanda où était sa chienne.

« Ma mère l'a emmenée avec elle, chez nos cousins, à Bergerac, dit-il. Sois tranquille, Friquette est bien soignée. Elle s'est beaucoup attachée à nous.

— Tant mieux, dit-elle, tant mieux!... »

Encore un silence, Élisabeth aurait voulu tout savoir de Patrice, mais, chaque fois qu'elle se préparait à poser une question, la crainte de raviver en lui une blessure d'amour-propre la contraignait à se taire. Dans leur situation, les moindres mots se chargeaient d'un sens intime, douloureux. Elle dut se forcer pour l'interroger, d'un air naturel, sur son travail : avait-il du succès, était-il content?

« J'écris encore, dit-il. Mais pour moi. Je ne cherche plus à me faire jouer.

— Tu n'as pas composé d'autres musiques de film?

— Non. *Hérodias* a été un four complet. Depuis, les producteurs se sont désintéressés de moi, et moi — tu penses bien! — je n'ai même pas essayé de les relancer dans leurs bureaux et dans leurs bars!

— Tu as eu tort! s'écria-t-elle. Ce n'est pas en restant cloîtré à Saint-Germain que tu réussiras! Il faut absolument que tu te montres, que tu t'imposes!... »

Elle avait retrouvé, à son insu, le ton de ses reproches, de ses encouragements d'autrefois. Il la considéra avec une gratitude mélancolique, sourit et murmura :

« Tu es toujours la même! Tu veux la lutte, le triomphe à tout prix!...

— Oui, dit-elle.

— Tu sais que ce n'est pas dans mon caractère!

— Eh bien, domine-toi, raisonne-toi!... »

En même temps, elle se demanda : « N'y a-t-il pas une autre femme dans son existence? Peut-être s'est-il remarié? » Cette supposition ne l'avait pas effleurée jusqu'à cette minute. Patrice souleva son demi de bière et y trempa les lèvres. Sa main gauche demeurait sur la table : il ne portait pas d'alliance.

Élisabeth s'enhardit :

« Quelle était ta vie, avant la guerre?

— Tu la connais : Saint-Germain, le vieux jardin, les jours qui passent lentement. Maman courait d'un thé à l'autre. Moi, je lisais, je rêvassais, je pianotais... Mais tout cela changera quand nous reviendrons!

— Pourquoi?

— Nous avons résolu de vendre la maison. »

Élisabeth reçut cet aveu avec chagrin, comme si, sans l'avoir consultée, on l'eût dépouillée d'un bien qui lui était cher.

« Quel dommage! soupira-t-elle.

— Eh! oui, dit Patrice. Mais la maison est si grande! Nous sommes perdus, ma mère et moi, dans cette bâtisse qui croule de partout. Il faudrait faire des réparations très coûteuses. Enfin, quoi, nous ne pouvons plus!...

— Je comprends, je comprends, dit-elle. La vieille Eulalie doit être désespérée de cette décision.

— Elle est morte, elle aussi, la même année que Mazi. »

Élisabeth baissa la tête. Ses meilleurs souvenirs de Saint-Germain s'abîmaient, se fanaient.

« Si nous vendons la maison dans de bonnes conditions, dit Patrice, nous prendrons un appartement à Paris. Mais ce ne sont là que des projets. Dans le chaos où nous sommes, il faut vivre au jour le jour. Sans bouger de Tulle, j'ai assisté au défilé de toute la France, vaincue, affamée. Tu étais à La Chapelle-au-Bois au moment de l'exode? »

Elle lui raconta son séjour au Cap-Ferret, son arrivée nocturne chez ses parents, et l'image de Bertrand survola, un instant, ses pensées. C'était lui qu'elle aurait voulu voir et c'était à Patrice qu'elle parlait. Le passé était plus proche d'elle que le présent.

Comme prise au vertige d'un jeu de bascule, elle perdait le sens de la hauteur et de la direction. En comparaison de Bertrand, Patrice semblait si jeune, si fluet, si inconsistant ! Comment avait-elle pu être amoureuse d'un pareil gamin ? Elle s'étonnait moins de l'avoir quitté que d'être restée sa femme pendant près d'un an.

« Par où es-tu passée ?

— Par Libourne, Périgueux, Savignac, Excideuil... »

Elle citait ces noms de villes, et une nostalgie malsaine la gagnait. La plaie, en elle, était encore trop fraîche. A la moindre évocation physique de Bertrand, elle ne pouvait retenir son cœur de battre plus vite. « Je ne lui ai pas écrit. Il ne sait rien de moi. Il est sorti de l'hôpital. Il est avec sa femme, sur la route... Ou à Marseille, déjà, parmi les siens ! » Elle eut un tressaillement des lèvres, un bref mouvement des épaules. Patrice la dévisageait avec une lumière douce dans les yeux. Quel être déroutant ! N'avait-il plus de rancune envers elle ? Avait-il oublié les circonstances misérables de leur séparation ?

« Dire que tu aurais pu passer par Tulle ! grommela-t-il.

— Nous nous serions vus quelques jours plus tôt, voilà tout !

— A notre époque, quelques jours c'est beaucoup ! »

Il vida son demi de bière, jeta un regard sur sa montre et reprit :

« On déjeune ensemble ?

— Volontiers, dit-elle.

— Alors, partons tout de suite. Si nous arrivons trop tard au restaurant, ils n'auront plus rien à nous servir ! »

Dehors, ils retrouvèrent le soleil, le bruit de la ville et le lent cortège des flâneurs. Le restaurant où Patrice conduisit Élisabeth était une grande salle, d'aspect provincial, éclairée par le blanc des nappes en papier.

Une porte battante poussait le lourd fumet des cuisines sous le nez des convives. Peu de femmes. Des voix mâles dominaient le bruit des fourchettes et des couteaux. Les civils se groupaient par trois ou quatre, les militaires formaient de nombreuses assemblées, où brillaient les galons d'or et d'argent. Patrice salua quelques officiers, avant de s'asseoir avec Élisabeth à un guéridon bancal. Au-dessus de leur front, se dressait un portemanteau, dont les branches ployaient sous une floraison de képis multicolores. Sur le menu, polycopié à l'encre violette et marqué de taches de graisse, la plupart des plats étaient supprimés d'un coup de crayon. Il ne restait plus que du civet de lapin et des frites. Une bouteille de bon vin releva cette nourriture robuste. Élisabeth s'habituait à la présence de Patrice auprès d'elle. Ce repas succédait à tant d'autres repas en tête à tête, qu'elle retrouvait naturellement son maintien d'autrefois, devant le faux sous-lieutenant qui l'observait avec une tendresse conjugale. Par un accord tacite, ils évitèrent toute allusion au passé. Pour entretenir la conversation, Patrice raconta son travail à l'Intendance :

« Pendant toute la durée des opérations, j'ai eu l'impression de ne servir à rien. Mais, quand nous avons été submergés par les troupes et les civils en déroute, j'ai compris que ma guerre à moi commençait. Une guerre à coups de boules de pain, de pinard et de bidoche. La population de la Corrèze avait doublé, triplé en quelques jours. L'avance allemande nous coupait de nos centres de ravitaillement. Où dénicher de quoi nourrir ces hordes de soldats exténués, qui déferlaient dans les villages? Mes camarades et moi prospections le pays et réquisitionnions tout ce qui nous tombait sous la main. Jour et nuit, à la caserne, on distribuait des tripes à la mode de Caen, des pâtés, des boîtes de confiture, aussi peu réglementaires que possible! Notre brave capitaine d'administration se demandait comment il justifierait par la suite, dans ses états, l'achat massif de ces denrées de luxe ! Sa cervelle de comptable bouillait d'indignation. En attendant, les hommes mangeaient à leur faim. Et ça continue ! Je te jure que nous ne chômons pas !... »

Elle s'amusait de l'entendre parler avec passion d'une activité qui lui convenait si mal. Pourquoi un musicien s'appliquait-il, en temps de guerre, à des travaux d'épicier ? Le secret des affectations militaires était décidément impénétrable à un esprit féminin. Pendant que Patrice signait des bons de pain, de vin, de légumes secs, Bertrand, lui, risquait sa vie ! Élisabeth eut la conscience affligeante d'une injustice.

« Je t'embête avec mes histoires, dit Patrice. Occupons-nous de toi. Es-tu très pressée de rentrer à Paris ? Ne peux-tu attendre encore deux ou trois semaines ?

— Si. Pourquoi ?

— Je m'arrangerais pour stocker de l'essence, peu à peu. Par petites doses, ce sera plus facile...

— Je ne veux pas que tu risques d'avoir des ennuis à cause de moi ! balbutia-t-elle.

— Je n'aurai pas d'ennuis. Combien de litres te faut-il ?

— Une soixantaine !

— C'est énorme !

— Je m'en rends compte ! Mais je croyais qu'il suffisait de se présenter avec sa carte grise pour recevoir la quantité nécessaire. Si j'avais su... »

Il la regarda avec un mélange d'audace et de timidité, repoussa son assiette et dit soudain :

« Tu voyagerais seule ou avec tes parents ?

— Seule.

— Dans ce cas, je vais te demander un service.

— Je t'en prie. »

Les lèvres de Patrice ébauchèrent une moue qui ressemblait à un sourire :

« Je serai probablement démobilisé dans les premiers jours du mois d'août. Cela ne t'ennuierait pas de me ramener à Paris ? »

La surprise d'Élisabeth l'empêcha de répondre tout de suite. Cependant, la figure de Patrice était si ouverte, si loyale, qu'elle ne pouvait le soupçonner d'une arrière-pensée. Elle avait quitté un mari, elle retrouvait un camarade.

« Bien sûr! dit-elle. Partons ensemble. Ce sera tellement plus agréable! »

Il la remercia d'un coup d'œil ému et demanda :

« Pourrai-je t'écrire à La Chapelle-au-Bois, dès que je serai démobilisé?

— Mais, oui.

— Entre-temps, je m'occuperai de tout : essence, sauf-conduit... D'ailleurs, pour ce qui est de l'essence, je vais t'en faire avoir un acompte, dès maintenant. Je connais quelqu'un qui est à la source. Un type charmant! En un mois, il est devenu mon ami, mon meilleur ami!...

— C'est un militaire?

— D'occasion, comme moi. Il est sous-lieutenant dans le train des équipages. Pendant la retraite, son unité a été disloquée, désorganisée. Un beau jour, il est arrivé à Tulle avec ses camions, ses hommes et ses fûts d'essence. Immédiatement, il s'est mis à notre disposition pour effectuer tous les transports dont nous aurions besoin, à l'Intendance. Ce matin, il était parti pour Uzerche, livrer du pain. Je pense qu'il doit être rentré, maintenant. Je vais lui téléphoner à la caserne et le prier de venir prendre le café avec nous...

— Tu crois qu'il acceptera de m'aider?

— Évidemment, si je le lui demande! »

La servante apporta le dessert : une compote rose et très sucrée. Patrice avala sa portion en trois coups de cuillère, fit la grimace et dit :

« Je l'appelle tout de suite. Si tu veux lire, en attendant... »

Il tira un journal de sa poche, le posa devant Élisabeth et se leva. Elle le regarda s'éloigner, maigre et embarrassé, dans son uniforme sans gloire.

« Comme il est gentil! » pensa-t-elle. Dans son esprit, ce jugement équivalait à une critique. A la table voisine, deux jeunes officiers, aux tenues neuves, la dévisageaient effrontément. Pour se donner une contenance, elle déplia le journal. La première page était entièrement consacrée à la future constitution de la France : « M. Albert Lebrun se retire devant le maréchal Pétain, qui devient à la fois chef de l'État français et président du Conseil... Discours historique du maréchal... Les commandements de notre politique seront les suivants : la discipline des subordonnés répondra désormais à l'autorité des chefs; l'argent, serviteur du mensonge, instrument de domination, ne sera que le salaire de l'effort; l'enfant sera un sujet d'espoir qui vivifie, et non plus de crainte qui dessèche; la famille, dépositaire d'un long passé d'honneur, maintiendra les antiques vertus des peuples forts... » Élisabeth tourna la feuille et tomba sur la rubrique des demandes de nouvelles : « R. Georges, de Paris, recherche Maurice Georges, 32e R.D.A., bataillon H.R... Enfants Paul Blum, réfugiés à Toulouse, recherchent leur mère... Étienne Demaison prie quiconque aura rencontré Mme Demaison et ses quatre enfants d'avertir la société Milax, à Limoges... » Divers : « Dame seule, avec nécessaire de toilette, demande place payante voiture allant Nice ou Marseille... Demoiselle sans bagages demande place dans auto pour Nogent-le-Rotrou. Participerait aux frais... Ai voiture, cherche chauffeur pour Auxerre... Ménage sérieux demande place camion Paris... » A côté, s'étageaient, sur une colonne, les annonces des objets perdus : chiens, chats, valises, papiers d'identité, bijoux, vêtements. La France était pleine de gens qui avaient semé leurs biens sur les routes. Combien de temps faudrait-il pour ramasser tout cela, pour rendre les objets et les bêtes à leurs propriétaires, les fils à leurs mères, les maris à leurs femmes? Cependant, la chronique régionale publiait que les cinémas de Tulle n'avaient pas cessé leur activité et qu'on pouvait applaudir, tous les jours, à l'*Eden : le Fauteuil 47* et, au *Select : Son Hussard*. Élisabeth eut la brusque révélation que l'univers était devenu fou. Que signifiaient ces uniformes, quand la guerre était perdue, ces spectacles, quand le deuil accablait les familles, ces proclamations solennelles du gouvernement, quand il n'y avait pas de pain dans les boulangeries et pas d'argent dans les caisses?

« Ça y est! Je l'ai eu! Il arrive! »

Patrice était devant elle, rayonnant de joie.

« Tu lui as dit de quoi il s'agissait? demanda-t-elle.

— Non. Il faut être discret par téléphone! »

Leur conversation languit jusqu'au moment où, tout à coup, Patrice dressa la tête :

« Le voilà! »

Un garçon grand, brun et mince, s'était arrêté sur le seuil et parcourait la salle du regard. Puis, apercevant Patrice et Élisabeth, il sourit et marcha vers leur table. Patrice fit les présentations :

« Mon ami, Boris Danoff, madame Élisabeth Mazalaigue. »

Le nouveau venu s'assit en face d'Élisabeth. Il avait un visage jeune, mais son front buté, sa mâchoire forte, sa bouche large et nettement dessinée ne manquaient pas de caractère. Pendant que Patrice lui expliquait à mi-voix le service qu'on attendait de lui, il contemplait Élisabeth avec une curiosité tranquille. La servante apporta trois cafés.

« Tu penses que tu sauras te débrouiller? dit Patrice.

— Sans doute, répondit-il. Une quinzaine de litres vous suffiront, madame?

— Largement, murmura-t-elle. C'est pour rentrer à La Chapelle-au-Bois...

— Après, mon vieux, je t'en demanderai davantage, déclara Patrice. Tu nous aideras à constituer une réserve pour que nous puissions retourner à Paris. »

Les sourcils de Boris Danoff se haussèrent imperceptiblement :

« Vous partiriez ensemble?

— Oui, dit Patrice. Il nous faudrait soixante litres environ. »

Ce chiffre ne sembla pas effaroucher le sous-lieutenant du train des équipages.

« Bon, dit-il. En trichant dans ma comptabilité, j'arriverai bien à vous les mettre de côté en deux semaines. »

« Il me prend certainement pour la maîtresse de Patrice », pensa Élisabeth. Cette idée ne la gênait pas. Le vent de la défaite avait balayé les préjugés de jadis. De quoi pouvait-on avoir honte pour soi-même, alors qu'un peuple entier, vaincu, trompé, désorienté, étalait son linge sale au soleil? Boris Danoff avala sa tasse de café et se leva :

« Je vous prie de m'excuser. Il faut que je file. Je vais tout de suite donner des instructions pour que vous puissiez recevoir vos quinze litres de carburant, madame. Conduisez votre voiture derrière le cimetière. Patrice vous indiquera le coin. J'enverrai un camion à votre rencontre et mes hommes siphonneront l'essence... »

Quand il fut loin, Patrice s'écria :

« N'est-ce pas que c'est un chic type?

— Oui, dit Élisabeth. Tu le remercieras encore pour moi. Je suis sûre que nous l'avons dérangé...

— Oh! non. Il a l'habitude. Si tu savais le nombre de gens que Danoff a dépannés, depuis qu'il est ici!... Son nom a dû te surprendre. Il est d'origine russe, mais naturalisé français. Ses parents avaient fui la Russie quand il était tout petit, au moment de la révolution bolchevique... »

L'enthousiasme de Patrice, évoquant la personnalité de son nouvel ami, parut à Élisabeth un aveu de profonde misère morale. « Comme il a besoin de s'accrocher à quelqu'un! songea-t-elle. Comme il est désemparé! Comme il est seul dans la vie! » Elle le compara à un enfant, rentrant tout surexcité de l'école et annonçant à sa mère qu'il a enfin découvert le compagnon de jeu idéal.

« Il a fait toutes ses études en France. Il est ingénieur dans le civil. Un garçon remarquable!... Et, tu vois, c'est étrange : normalement, je n'aurais pas dû le rencontrer! Il avait été mobilisé comme simple brigadier, je crois, dans l'artillerie. Mais il a suivi des cours d'officiers pendant la drôle de guerre et a été affecté comme sous-lieutenant au train des équipages, juste avant la débâcle... »

Elle l'écoutait avec ennui, avec tristesse. Elle avait pitié de lui. Tandis qu'il parlait, deux capitaines vinrent prendre leurs képis au portemanteau qui surplombait sa tête. La salle se vidait. Il était temps de partir.

Patrice et Élisabeth retournèrent au Champ de Mars, s'assirent dans l'auto, cuite de soleil, et roulèrent en direction du cimetière. Un camion militaire les attendait là, au bord d'un chemin écarté. Élisabeth exécuta les manœuvres que lui ordonnait un soldat en manches de chemise. Quand elle eut correctement garé sa voiture, le soldat amorça le siphonnage en aspirant, à pleine bouche, dans le tuyau qui sortait d'un fût. Une grimace, un crachat par-dessus l'épaule, et il plongeait le conduit de caoutchouc dans le réservoir de la Citroën. La transfusion terminée, Élisabeth voulut payer le prix de l'essence, mais Patrice l'en empêcha :

« C'est du carburant de l'armée! On n'a pas le droit de le vendre! »

Il donna un pourboire au pompiste clandestin. L'homme cracha encore et remonta à côté du chauffeur. Le camion s'éloigna.

« Et voilà, dit Patrice. Ce n'est pas plus difficile que ça! »

Élisabeth se sentit désœuvrée, comme à la fin d'un spectacle. Ils firent quelques pas dans un sentier. Des croix couronnaient un mur. Le cimetière, perché au sommet d'une colline, dominait la ville, de très haut. Dans un creux de verdure, se pressaient les écailles grises des toits, les veines blanches des rues, sinueuses, escarpées, une coulée d'argent immobile : la rivière.

« Il faut que j'aille à l'Intendance, dit Patrice. Mais je m'arrangerai pour me libérer très vite. Peux-tu patienter un moment, dans un café? »

Sans doute espérait-il passer l'après-midi, la soirée avec elle? Émue par son insistance, elle songea pourtant qu'elle ne devait pas lui céder. Tout ce qu'ils pouvaient dire sans se blesser l'un l'autre, ils l'avaient déjà dit au cours de cette première rencontre. Le reste appartenait au domaine malsain des réminiscences. Il ne fallait pas effleurer d'un mot, d'un souffle, cette eau dormante, sous peine de voir s'élever du fond la boue lourde des souvenirs.

« Non, Patrice, dit-elle. Je vais partir, maintenant : mes parents m'attendent. »

Il eut la délicatesse de ne pas s'imposer davantage. N'avait-elle pas promis de revenir à Tulle, dès qu'il serait démobilisé? Sûr de la retrouver, il souriait à l'idée de ce prochain rendez-vous. Elle le ramena en voiture à la caserne.

***

« Quand je l'ai vue, j'ai tout de suite compris que c'était ton ancienne femme! dit Boris.

— Ah! oui? murmura Patrice. Comment ça?

— Grâce à la description que tu m'en avais faite. Elle est bien telle que je me la représentais. Jolie, très jolie, mais avec quelque chose d'inquiétant dans les yeux... »

Patrice rougit et alluma une cigarette. Il était demeuré seul avec Boris dans le bureau de l'Intendance, après le départ de ses deux collègues et des dactylos. C'était son tour d'assurer la permanence du service jusqu'à minuit. Chaque table était un îlot de paperasses administratives. Il y eut un lourd silence. Puis, Boris, qui marchait de long en large dans la pièce, s'arrêta soudain et reprit sur un ton de rudesse affectueuse :

« Tu as l'intention de renouer avec elle?

— Penses-tu! balbutia Patrice. Simplement, nous sommes restés en bons termes... »

Dès le début de son amitié avec Boris, il lui avait tout raconté : son mariage, son bonheur, la trahison, la fuite d'Élisabeth, le divorce... Cette confession, il regrettait, aujourd'hui, de l'avoir faite.

« Tu as été content de la revoir? demanda Boris.

— Oui.

— Malgré tous les mauvais souvenirs qu'elle t'a laissés? »

Patrice haussa les épaules :

« C'est si loin, tout cela! Je me dis qu'elle était très jeune, très impulsive, que je n'ai pas su la comprendre, la dominer, qu'elle s'est ennuyée, sans doute, dans notre maison...

— Bref, tu lui cherches des excuses!

— Tout le monde en a...

— Non, mon vieux! s'écria Boris. Si tout le monde avait des excuses, personne ne mériterait d'être aimé! Tu as du caractère, de la fierté! Il faut réagir!...

— Contre quoi? répliqua Patrice en riant. Ne dirait-on pas que je suis sur le point de commettre une folie? Puisque je te répète que tout est fini... »

Boris lui décocha un regard en fer de lance :

« Comme ça, je veux bien! »

Il s'assit à une table, dévissa le capuchon d'un stylo et annonça négligemment :

« Tu permets? Une lettre à terminer... »

Patrice devinait sans peine à qui était destinée cette lettre. La femme de Boris et son fils, âgé de dix mois, s'étaient réfugiés dans la propriété de sa belle-mère, en Touraine. Il n'avait plus de leurs nouvelles depuis le déclenchement de l'offensive allemande sur la Loire, mais ne s'inquiétait pas trop, sachant qu'ils habitaient à l'écart des grandes routes et qu'aucun combat ne s'était livré dans leur voisinage. Sans doute, les missives qu'il envoyait de Tulle ne passaient-elles pas la ligne de démarcation. Il n'en continuait pas moins d'écrire régulièrement à sa famille, espérant qu'un jour ou l'autre le contact se rétablirait entre lui et les siens. Patrice admirait son assurance tranquille. A sa place, il eût été, se disait-il, maladivement anxieux.

De la cour, montait un bruit de ferraille défoncée : deux soldats aplatissaient à coups de marteau des boîtes de conserve vides, pour la récupération du métal. Une circulaire ministérielle avait ordonné cette mesure, qui, depuis la défaite, avait perdu sa principale raison d'être, mais n'avait pas été décommandée. Malgré le vacarme, Patrice tenta de s'absorber dans le travail : rendre compte au ministère de l'Agriculture et du Ravitaillement (Vichy) des stocks destinés à la population civile, et, à la Direction générale de l'Intendance (Clermont-Ferrand) des stocks existants pour l'approvisionnement de la troupe, dresser la liste des produits alimentaires fabriqués dans le département, calculer les prévisions de consommation pour la quinzaine suivante, accuser réception de l'arrivée en gare de Tulle de trois cents quintaux de pommes de terre, en provenance du Vaucluse, et de cent quintaux de légumes secs, en provenance de Marseille... En gare de Brive, c'étaient deux cents tonnes de blé qui attendaient leur répartition. Patrice divisa équitablement cette quantité entre les différentes minoteries de la région et remplit les feuilles d'expédition nécessaires à l'acheminement de la marchandise. Il marquait des chiffres sur des états, appliquait des cachets au bas des pages, signait : « pour l'Intendant » et pensait à Élisabeth. Quelques heures s'étaient écoulées depuis leur séparation, et, cependant, il baignait encore dans le son de sa voix, dans la chaleur de sa présence. Après leur divorce, il lui avait voué une telle rancune, que la seule perspective de la retrouver un jour, par hasard, sur sa route, l'inquiétait. Inconsciemment, pendant des années, il l'avait condamnée, défigurée dans sa mémoire, pour mieux se détacher d'elle. Quand elle était apparue dans ce bureau, il avait ressenti une épouvante presque superstitieuse. Il avait voulu fuir. Et, dès les premiers mots, elle l'avait charmé. Était-ce elle ou lui qui avait changé à ce point? Il la jugeait plus belle que jadis, plus mystérieuse, plus grave, plus féminine. Peut-être, s'il l'avait connue maintenant, leur union eût-elle été parfaitement heureuse? Il eut l'intuition d'avoir gâché la meilleure chance de sa vie. Son esprit s'affola, battit dans mille souvenirs voluptueux. Il revit des choses que, depuis longtemps, il refusait d'évoquer pour préserver sa quiétude : Élisabeth dans ses bras, renversant la tête, tendant les lèvres... Il s'arrêta d'écrire et remarqua qu'il avait confondu les quintaux et les tonnes dans ses additions. C'était absurde! Cinq ans avaient passé! A quoi bon s'aventurer aujourd'hui dans un rêve irréalisable? Il devait se contenter de l'amitié sage et tendre qu'elle était prête à lui offrir. Le soulagement qu'il éprouvait ce soir n'avait d'autre motif que cette promesse révélée dans un regard, dans un sourire, purs de toute équivoque. Une sonnerie retentit. Le téléphone, d'un modèle ancien, était une boîte, fixée au mur, avec une manivelle sur le côté. Patrice traversa la pièce et décrocha l'écouteur : le minotier de Curemonte, canton de Meyssac, n'avait plus de blé :

« Vous en recevrez demain, sans faute, en fin de journée. »

Encore un appel téléphonique : le pain de troupe, fourni la semaine précédente à Brive, n'avait pas été consommé (trop dur pour les civils!) et le maire, furieux, refusait de prendre la dépense à sa charge.

« Je vais en référer à M. l'intendant, dit Patrice.

Il vous téléphonera demain, à la première heure.

— Nous manquons également de vin!

— Il y en a trois wagons en gare.

— Les marchands n'en veulent pas : ils disent qu'il est de mauvaise qualité!

— Répondez-leur qu'ils n'en auront pas d'autre avant le mois prochain.

— Tu as été parfait! s'écria Boris quand il eut reposé l'appareil. Ferme dans ta décision et clair dans tes paroles. Tu mériterais une ficelle de plus! »

Les soldats avaient fini de marteler leur tas de fer-blanc. Un silence apaisant monta de la cour. Boris cacheta sa lettre et colla un timbre sur l'enveloppe.

« Tu ne l'envoies pas en franchise militaire? demanda Patrice.

— Non. C'est peut-être parce que j'ai envoyé les autres en franchise militaire qu'elles ne sont pas arrivées. Je me méfie, avec les Allemands! Quand je pense que ma femme ne sait toujours pas où je suis!... Elle doit être dans un bel état!... Heureusement encore qu'elle a notre bébé pour la distraire!... Je ne vais pas le reconnaître lorsque je le reverrai, celui-là, tellement il aura grandi!...

Autrefois, il avait montré une photographie de sa femme à Patrice : un beau visage calme, régulier, au sourire aimable, aux prunelles claires et inexpressives. Elle s'appelait Odile. Boris prit une deuxième feuille de papier et se remit à sa correspondance. En passant derrière lui, Patrice aperçut les premières lignes de la lettre. Une succession de signes incompréhensibles : Boris écrivait en russe à ses parents. Ils étaient restés à Paris. D'eux non plus, il ne recevait aucune nouvelle. Sa main traçait les mots avec hésitation. Visiblement, il était plus à l'aise pour s'exprimer en français que dans sa langue natale. Le fait qu'il fût né à Moscou lui conférait, aux yeux de Patrice, une singularité attrayante. Comment ce déraciné, ce Français de fraîche date, pouvait-il ressentir l'effondrement de la France? Ils en avaient souvent discuté ensemble. Boris prétendait qu'ayant choisi la France pour patrie il était aussi jaloux de sa grandeur, aussi malheureux de sa défaite, que si ce pays eût été celui de ses ancêtres. Émanant de tout autre que lui, cette opinion eût semblé à Patrice un simple paradoxe, mais il connaissait trop la solidité, la franchise de son compagnon, pour mettre ses paroles en doute. Ils travaillèrent encore, assis face à face, pendant une heure. Puis, Patrice tira d'une armoire du saucisson sec, une boîte de pâté, une bouteille de vin rouge et une miche de pain. Bien qu'il ne fût pas officiellement attaché à l'Intendance, Boris demeurait toujours auprès de son ami quand celui-ci était de permanence au bureau. Ils mangèrent, le canif au poing, sur un coin de table. A dix heures du soir, il y eut encore un coup de téléphone d'un boulanger d'Ussel. L'ouvrier que l'Intendance lui avait envoyé la veille venait de se brûler gravement. Il fallait absolument le remplacer pour le lendemain.

« C'est entendu, dit Patrice, je vais vous adresser un C.O.A. qui est en surnombre à Tulle. »

Il enleva la housse d'une machine à écrire et tapa d'un seul doigt une note de service. Des ampoules nues, pendant du plafond, éclairaient le bureau d'une lumière triste. Boris avait ouvert le *Courrier du Centre* et en lisait à haute voix les informations :

« Les démobilisés vont recevoir une prime de mille francs, dont deux cents payables immédiatement!... Les communications téléphoniques sont rétablies dans la zone libre... Dix milliards de dollars pour la défense des États-Unis... »

Il redressa la tête :

« Tu entends? Dix milliards de dollars! Quand je lis ça, j'ai l'impression que de Gaulle a raison : cette guerre n'est pas tranchée par la bataille de France...

— Elle sera tranchée par la bataille d'Angleterre, dit Patrice. Si les Allemands réussissent à débarquer sur les côtes anglaises, Churchill fera comme Pétain, il demandera l'armistice à n'importe quelles conditions! »

Boris jeta son journal dans la corbeille à papiers :

« Nous n'en sommes pas encore là! Il me semble même qu'Hitler hésite beaucoup avant de se lancer! Ce qu'il faudrait, ce serait que les Soviets lâchent l'Allemagne!... Tout est de leur faute!... J'ai honte d'avoir du sang russe dans les veines, quand je songe à leur duplicité!... Au moment de la signature du pacte germano-soviétique, mon père m'a dit : « Maintenant, les Français comprendront qu'Hitler et Staline sont les deux visages d'un même esprit de violence et de fourberie... »

Des pas résonnèrent derrière la cloison, des toux, des rires, de lentes voix empâtées. Comme d'habitude, quelques soldats venaient dormir dans le couloir.

« Tu penses vraiment qu'on sera démobilisés au début du mois d'août? demanda Patrice.

— Certainement! Le gouvernement n'a aucune envie de nous garder plus longtemps à sa solde! Chacun chez soi, et au travail! Je reprendrai ma place aux établissements Hopkins, et toi...

— Moi, je me chercherai une situation », dit Patrice.

Il se tut et fronça les sourcils. Pour lui, le retour à la vie civile était un plongeon en pleine brume. Dans ce bureau, il se sentait, à tort ou à raison, nécessaire. Il avait un travail, des amis... Mais ailleurs, que ferait-il, qui trouverait-il? Sa mère! Oui, bien sûr! Cette tendresse était une première lueur dans la grisaille. Boris, peut-être? Élisabeth? La reverrait-il à Paris? Il croyait s'être éloigné de cette idée, mais chaque détour l'y ramenait, comme une chèvre enroulant sa corde à un pieu fiché en terre.

« Il est onze heures vingt, dit Boris. Nous pourrions lever l'ancre! Personne ne téléphonera plus, maintenant. »

Patrice préféra attendre dix minutes encore. Puis, le calme se prolongeant, il éteignit la lumière, sortit du bureau avec Boris et ferma la porte à clef. Une ampoule électrique brillait au fond du couloir. Des soldats étaient vautrés sur le plancher, pieds nus, le ceinturon ouvert, une musette en guise de traversin. Les uns ronflaient déjà, d'autres remuaient faiblement, à la frontière du sommeil. Aux chambranles des portes, de petits billets étaient fixés avec des punaises : « Brouton est cantonné à Ladignac... » « Je suis à Marcillac-la-Croisille Sergent Lefèvre... » « Prière avertir Charlot que j'ai été replié à Brive... » Plus loin, une grande pancarte, avec une flèche : « Centre de démobilisation du Canton de Tulle-Nord... Centre de démobilisation du Canton de Tulle-Sud... »

« Ils ont accroché les écriteaux ce soir, dit Boris en enjambant un dormeur. Ça se précise! »

Au bas de l'escalier, Patrice confia la clef du bureau à un planton. Dehors, la nuit était d'une fraîcheur sombre et reposante. Des promeneurs s'attardaient sur le quai de la Corrèze. Trois filles, assises sur le parapet, pouffèrent de rire au passage des jeunes gens! Boris se retourna et constata tristement :

« Elles ne sont même pas jolies!

— Tu sais, murmura Patrice, maintenant que la guerre est perdue, j'ai un peu honte de me pavaner dans cet uniforme! Pas toi?

— Je n'y ai même pas songé, dit Boris.

— Avant la débâcle, reprit Patrice, pour tous les gens qui me rencontraient à Tulle, en tenue de sous-lieutenant, j'étais un planqué. A présent, je suis un vaincu. Toi qui as combattu et moi qui ai gratté du papier, les civils nous mettent dans le même sac. Ils nous reprochent de n'avoir pas su les défendre. Les vieux nous jettent leurs souvenirs de 14 à la tête. Les jeunes se disent qu'ils auraient fait mieux que nous. Et les plus sévères, dans le tas, je suppose que ce sont les femmes!

— Où vas-tu chercher ça? Quand je retrouverai ma femme, je te jure qu'elle ne m'accueillera pas comme un fuyard!...

— Oui, évidemment... Parce qu'elle te connaît bien, parce qu'il y a tout un passé entre vous...

— Et ton ex-femme, à toi? dit Boris. Je n'ai pas eu l'impression qu'elle te regardait avec mépris, tout à l'heure! »

Patrice tressaillit de joie. Il n'aurait pas osé reparler d'Élisabeth à son ami sans y avoir été invité.

« Pour elle aussi, c'est différent! dit-il. Elle est au-dessus de ces petites réactions féminines. Son charme, sa sensibilité, cachent une grande force de caractère... »

Il quêtait un signe d'intérêt sur le visage de Boris et se heurtait à un masque impénétrable. Enfin, découragé, il se tut.

« Je commencerai demain à stocker de l'essence pour vous », dit Boris en s'arrêtant devant la boutique d'un marchand de vin.

Ils habitaient la même chambre, au premier étage de la maison.

« On va se coucher? demanda Patrice.

— Qu'est-ce que tu veux faire d'autre? »

Deux lits de cuivre, dressés côte à côte, une table de toilette avec son broc ébréché, une chaise, un fauteuil, et, sur le mur, dans des cadres ronds, les photographies d'un homme livide, le nez posé sur la barre de sa moustache, et d'une femme bien nourrie, dont des chiures de mouches voilaient mystérieusement le regard. Une odeur de vin se dégageait de la cour, où étaient alignés des tonneaux. Boris se déshabilla le premier, vida la moitié du broc pour se laver et grimpa dans son lit. Patrice s'était accoudé à la fenêtre. Les toits luisants montaient l'un sur l'autre pour accéder au cimetière. En haut, comme en bas, tout était calme. « Elle doit dormir », pensa Patrice. Et il se sentit envahi par un bonheur intense, qu'il hésitait à définir et qu'il n'avait pas la force de refuser.

6

DES voix impatientes montaient dans la cage de l'escalier :

« Élisabeth ! Élisabeth ! Où es-tu ? Viens vite ! »

Elle sortit de sa chambre en courant, dévala les marches et trouva sa mère, son père, son grand-père et Mme Pinteau assemblés dans la cuisine. Ils avaient des visages bouleversés par la joie. Sans mot dire, Amélie tendit à sa fille une carte postale de mauvais papier gris, où des phrases brèves étaient imprimées en allemand et en français. L'une de ces phrases : « Je suis blessé », était biffée d'un trait de plume. Au-dessus, Élisabeth lut : « Stalag XIII B » ; au-dessous, une signature : « DENIS AUBERNAT. »

« Qu'est-ce que c'est ? demanda-t-elle.

— Une bonne nouvelle ! balbutia Amélie. Denis est prisonnier ! »

Son émotion était d'autant plus vive, qu'à force d'attendre une lettre de son frère elle avait perdu tout espoir d'être rassurée. Élisabeth se jeta dans les bras de sa mère.

« Je vous l'avais bien dit ! grommela Jérôme avec un large sourire moustachu.

— Oui reconnut Pierre, il a eu de la chance, une sacrée chance ! J'espère simplement qu'ils ne le garderont pas trop longtemps là-bas ! »

Jérôme haussa les épaules :

« Mais non! Mais non! Tu ramènes tout à 14-18. Nous sommes en 40 : la guerre est finie...

— Pas encore!

— C'est une question de mois! »

Amélie et Élisabeth partageaient l'opinion de Jérôme. Hitler venait de prononcer, à Berlin, un discours très modéré pour offrir la paix à la Grande-Bretagne. Certes, actuellement, les Anglais faisaient la sourde oreille et se rengorgeaient dans leur dignité insulaire. Mais, dès le déclenchement de l'offensive allemande contre leur pays, ils adopteraient une attitude plus conciliante.

« Est-ce qu'il sera bien traité, au moins, dans son camp? soupira Amélie. Il faudrait se renseigner pour savoir si on peut lui écrire... »

L'œil d'épicière de Mme Pinteau s'alluma :

« On lui enverra des colis! De gros colis! »

M. Calamisse arriva sur ces entrefaites. Il avait été averti par la rumeur publique. Énorme, rose et jovial, il versa tout le poids de son contentement personnel sur celui de la famille. Denis était le quatrième prisonnier dont La Chapelle-au-Bois recevait des nouvelles.

« Et il est de la classe 18! disait M. Calamisse. Il sera donc libéré avant les autres! »

Mme Pinteau s'esquiva : on l'appelait au magasin. Grâce à elle, chaque client serait bientôt informé. M. Calamisse demanda à lire la carte de Denis. Puis, les hommes parlèrent politique.

Perdue dans le brouhaha de la conversation, Élisabeth pensait à son prochain départ. Elle s'était gardée de raconter à ses parents son entrevue avec Patrice. Un officier très obligeant, qu'elle avait rencontré dans les bureaux de l'Intendance, lui avait promis, disait-elle, de lui procurer l'essence et les papiers nécessaires à son voyage. Elle attendait un avis de sa part pour prendre la route. De nombreux réfugiés avaient déjà quitté la région. Les journaux précisaient les itinéraires à suivre, les formalités à remplir... Rassurés par l'ampleur de ce mouvement, Pierre et Amélie comprenaient mieux qu'Élisabeth fût pressée de regagner Paris. De leur côté, ils avaient décidé de rester à La Chapelle-au-Bois jusqu'au 1er décembre. Ensuite, ils retourneraient à Megève, remettraient l'hôtel en état et se tiendraient prêts à l'ouvrir pour Noël. Qui sait? peut-être le début de la saison d'hiver coïnciderait-il vraiment avec la cessation des hostilités? Pour le déjeuner, Jérôme déboucha une bouteille de vin blanc. On trinqua à la santé du captif. Amélie avait les larmes aux yeux. « Pourvu que maman ne se réjouisse pas à tort! » songeait Élisabeth.

Le lendemain, elle reçut une lettre de Patrice. Il lui fixait rendez-vous pour le 13 août, à neuf heures du matin, dans la salle du Grand Hôtel Moderne. A cette date-là, il serait démobilisé et aurait fini de constituer sa réserve de carburant. Il avait déjà obtenu pour la voiture un laissez-passer, établi par la Chambre de Commerce de Tulle et visé par l'autorité militaire.

Élisabeth, qui était pourtant préparée à l'idée du départ, se sentit brusquement confondue, comme si tout se fût accompli en dehors de sa volonté. Plus que trois jours! Elle l'annonça à ses parents et ils s'attristèrent : ce monsieur de l'Intendance avait été bien bon de s'occuper d'elle, mais ne pouvait-elle attendre encore une semaine ou deux pour s'en aller? Un instinct avertit Élisabeth qu'elle ne devait pas céder à la compassion. Sa dernière soirée à La Chapelle-au-Bois passa si rapidement qu'elle vit tomber la nuit avec un serrement au cœur. Amélie suivait sa fille, pas à pas, dans la maison, pour profiter d'une présence dont chaque minute était comptée. Après le dîner, elles firent ensemble les bagages. Refoulant son chagrin, son appréhension, Amélie déambulait entre l'armoire et la valise avec une mine affairée; Pierre, assis sur une chaise, dans un coin, fumait, les épaules abattues, l'œil vague. Quand tout fut prêt, ils se retirèrent, laissant Élisabeth seule dans sa chambre. Elle eut un élan vers ces deux êtres qui s'éloignaient avec résignation. Une fois de plus, elle les trompait pour ne pas troubler leur quiétude : s'ils avaient su qu'elle allait voyager avec Patrice!... Pourquoi fallait-il toujours qu'elle leur cachât une partie de son existence? Elle se coucha, éteignit la lumière et se débattit avec le souvenir de Bertrand, avant de s'endormir, malheureuse et rompue.

Cependant, de l'autre côté de la cloison, Pierre et Amélie, allongés dans l'ombre, parlaient de leur fille à voix basse.

« Je la connais! murmurait Amélie. Pour qu'elle soit si pressée de rentrer à Paris, il faut qu'elle y soit attendue!

— Par qui?

— Par un homme, Pierre! Tu ne m'ôteras pas de l'idée qu'Élisabeth est amoureuse. Mais, elle hésite à se remarier. C'est normal!

— Elle pourrait nous en parler, tout de même!

— Ai-je parlé de toi à mon père avant de me décider?

— Ce n'était pas pareil...

— Qu'en sais-tu? »

Pierre ne répondit pas. Il respirait calmement. Elle se rapprocha de lui et il la prit dans ses bras, avec tendresse.

*
* *

Il était neuf heures du matin quand la voiture d'Élisabeth pénétra dans Tulle par l'ancienne route d'Uzerche. En arrivant dans la rue de Trech, elle fut arrêtée par un encombrement. Des badauds entouraient une camionnette noire, munie d'un haut-parleur, d'où coulait une voix nasillarde : « Avis : il est déconseillé aux Israélites, gens de couleur et sang-mêlé de rentrer en zone occupée... » Les passants se regardaient avec surprise. Que signifiait cette annonce? Les lois raciales avaient-elles été introduites en France? Paris allait-il devenir une succursale de Berlin? La camionnette s'éloigna pour répéter son information au carrefour suivant. Élisabeth remit son auto en marche. L'attroupement se dispersa devant elle. La plupart de ceux qui avaient entendu le discours n'en étaient pas directement affectés, mais, pour d'autres, il représentait une condamnation tragique. Jugés non sur leurs actes, mais sur leurs origines, coupables dans leur race et leur religion, ils se séparaient déjà, par leur mine soucieuse, d'une population qui, la veille encore, n'avait pas une notion claire de leur singularité. Une vieille femme pleurait, traînant un petit garçon par la main. Était-elle juive? Elle n'en avait pas l'air. Élisabeth la dépassa avec un sentiment de gêne.

Comme elle rangeait son auto le long du trottoir, devant le Grand Hôtel Moderne, la porte vitrée battit et Patrice apparut sur le seuil. Il avait revêtu un costume civil, en drap gris foncé, trop chaud pour la saison. Élisabeth s'apprêtait à lui déclarer qu'elle l'aimait mieux ainsi qu'en militaire, mais se tut, frappée par l'expression inhabituelle de son visage. Il s'approcha d'elle, rapidement, lui dit bonjour par la portière de la voiture et ajouta d'une voix étouffée :

« Élisabeth, j'ai une grande faveur à te demander. Je voudrais emmener Boris Danoff avec nous. Est-ce possible?

— Mais oui, dit-elle.

— Je te remercie. J'étais sûre que tu accepterais. Il est si malheureux! Avant-hier, il a appris une chose horrible!

— Quoi?

— Sa femme et son fils ont été tués, juste avant l'armistice, dans un bombardement aérien. »

Élisabeth demeura une seconde interloquée, puis se reprit et murmura :

« C'est épouvantable! Mais comment se fait-il qu'il ne l'ait pas su plus tôt?

— Sans nouvelles d'eux, il les croyait encore en Touraine, dans la propriété de sa belle-mère. Mais sa belle-mère avait quitté la maison, depuis quelque temps déjà, pour se réfugier à Angoulême. Quant à sa femme et à son fils, ils sont partis pour la rejoindre au moment de la bataille de la Loire. Ils ont été mitraillés sur la route. La voiture a pris feu. Impossible d'identifier les corps...

— Alors, on n'est pas sûr que ce soient eux?

— Si. La gendarmerie a pu relever le numéro de l'auto, qui appartenait à la belle-mère de Boris. La pauvre femme a été recherchée, retrouvée, convoquée. On a exhumé les restes. Elle les a reconnus formellement : des bijoux, des lambeaux de vêtements qui ne trompent pas... Toutes ces démarches, ces formalités, ont duré très longtemps, à cause de la désorganisation des services. Les semaines passaient. Boris ne se doutait de rien. Et, tout à coup, avant-hier cette lettre, pleine de détails affreux. J'ai cru qu'il deviendrait fou. Il parle à peine. Il a un regard fixe, méchant. Je n'ai pas voulu le laisser seul ici. Tu me comprends, n'est-ce pas?

— Où est-il en ce moment?

— A l'intérieur. Il est prêt à partir avec nous. Mais, je te préviens, ce ne sera pas un compagnon de route bien agréable!

— Allons vite le chercher », dit Élisabeth.

Ils entrèrent dans l'hôtel et découvrirent Boris, debout au milieu du hall, à côté de sa valise. Lui aussi était habillé en civil. Son visage était très pâle, avec des cernes bruns autour des paupières et une lumière trouble dans les yeux.

« Je viens d'apprendre votre malheur, monsieur, dit Élisabeth. Je suis bouleversée!...

— Je vous remercie, dit-il d'une voix sourde. Vous êtes très aimable de me faire profiter de votre voiture.

Pour l'essence, tout est arrangé. Nous irons la chercher au même endroit, en partant... »

Ils ressortirent, en groupe. Élisabeth ouvrit le coffre à bagages. Patrice y inséra sa valise personnelle et celle de son ami. Ces préparatifs soulageaient Élisabeth de son embarras devant un homme qu'elle connaissait à peine et dont, pourtant, elle devait comprendre et supporter le deuil. Pour le mettre à l'aise, elle demanda :

« Voulez-vous prendre le volant? »

Il accepta. Elle s'assit à côté de lui. Patrice s'installa derrière eux et déplia une carte sur ses genoux.

***

A mesure qu'on approchait de Vierzon, le nombre des véhicules augmentait sur la route et l'allure générale se ralentissait. Bientôt, la Citroën, conduite par Boris, se trouva prise dans une coulée compacte d'autos, de camionnettes et de camions, qui avançaient par saccades, sous un soleil dur. Quand un arrêt se prolongeait, Élisabeth mettait pied à terre pour essayer d'apercevoir, au loin, le lieu de l'embouteillage. A perte de vue, s'étirait un miroitement de vitres et de carrosseries au repos. Sur les toits des voitures, s'entassaient des matelas, des valises, des bicyclettes, des machines à coudre, comme à l'époque la plus folle de l'exode. Mais tous ces gens, écrasés de bagages, ne fuyaient plus leurs foyers menacés par la guerre. Ils rentraient chez eux, où les attendait l'ordre allemand. Des klaxons couinaient. La colonne s'ébranlait. Élisabeth reprenait sa place. Devant elle, se balançait la camionnette d'un marbrier, bourrée de marmaille. Trente à l'heure. Pas moyen de doubler, Boris, au volant, semblait dormir, les yeux ouverts. Il ne parlait pas. Il respirait à peine. Des gouttes de sueur perlaient à son front.

« Voulez-vous que je conduise à votre place? dit Élisabeth. Vous devez être fatigué!

— Non, merci, dit-il. Ça va très bien. »

Un peu avant la ligne de démarcation, Patrice laissa poindre son inquiétude.

« J'espère que tous nos papiers sont en règle. Donne-moi la carte grise, Élisabeth, je vais l'épingler au laissez-passer. Tu n'as rien de spécial dans tes bagages, dans ton sac à main? Pas d'armes, pas d'or, pas de devises étrangères? »

Elle haussa les épaules :

« Penses-tu!

— Ils sont, paraît-il, très sévères!... »

Les haltes se multipliaient. A l'entrée d'un village, deux hommes, le pinceau à la main, s'offrirent à peindre en bleu les vitres des phares, pour quinze francs la paire :

« Autrement, vous auriez des ennuis au passage de la ligne! »

Patrice insista pour qu'Élisabeth soumît la Citroën à ce maquillage. Dix kilomètres plus loin, les uniformes verts apparurent. La France finissait là. Chalon, Moulins, Bourges, Vierzon, Châtellerault étaient devenus des villes frontières, en remplacement de Metz, de Strasbourg, de Colmar, de Mulhouse. D'un caillou à l'autre, la route changeait de camp.

« Maintenant, on y est! » soupira Patrice.

Le visage d'airain surgit, sous une casquette d'officier, dans l'encadrement de la portière. Une voix allemande demanda :

« Paris?

— Oui, nous allons à Paris », dit Patrice.

Et il présenta ses papiers. L'officier ne les regarda même pas et fit signe à un soldat qui circulait, avec un seau plein de peinture, entre les véhicules à l'arrêt. D'un pinceau maladroit, l'homme traça la lettre « P », en blanc, sur les ailes de la Citroën.

« Fini, allez! dit l'officier.

— Il n'a pas visité nos bagages! » chuchota Patrice.

Cette absence de formalités éveilla les soupçons d'Élisabeth. Elle eut la sensation désagréable d'entrer facilement dans un piège, dont il lui serait impossible, ensuite, de sortir. Reverrait-elle avant longtemps ses parents, qui avaient décidé de rester en zone libre? Sa tendresse pour eux augmentait avec la distance. Elle évoquait la scène de ce matin, dans la cuisine. Pierre, Jérôme, Amélie, trois visages de douceur. Sa mère l'avait prise à part pour lui donner un peu d'argent : « Tu en auras sûrement besoin au début! Pour le commerce, pour toi-même... » Émue aux larmes, Élisabeth n'avait pas eu la force de refuser. La voiture roulait plus vite, toujours précédée de la camionnette du marbrier, dont les gosses, couverts de poussière, avaient des faces de Pierrots. Des deux côtés de la route, s'alignaient des murs blessés, des toits crevés, brûlés, des monceaux de ferraille. Çà et là, gisait une carcasse d'auto, renversée sur un talus. Dévalisée, dépecée, elle n'avait plus de roues, plus de phares, plus de banquettes. Élisabeth pensa à la voiture où la femme et le bébé de Boris avaient trouvé la mort. Y songeait-il aussi? Sa figure se contractait en une grimace de douleur coléreuse.

Dans les faubourgs d'Orléans, des pancartes allemandes, aux hideuses lettres noires sur fond blanc, avaient poussé parmi les décombres. Tout le quartier du pont était détruit. Au centre de la ville, s'étalait un paysage lunaire. Plus une maison. Mais des monticules pierreux aux formes étranges. La place du Martroi était un vaste champ de moellons, de plâtras et de poutres. Épargnée par miracle, la statue de Jeanne d'Arc veillait seule sur les ruines de la cité. Patrice balbutiait :

« C'est abominable! »

Une soldatesque verte grouillait, comme de la vermine, dans les passages déblayés. Deux tanks visaient de leurs canons la devanture béante d'un magasin. Toutes les autos civiles suivant le même parcours, les voyageurs pouvaient voir, avant de rentrer chez eux, le visage refroidi de la guerre. Le mouvement du convoi s'accéléra un peu, après Orléans. Mais, à Étampes, il y eut encore un embouteillage. Il était sept heures et demie du soir. Élisabeth avait faim et soif. Les bouteilles de vin et de café qu'elle avait emportées de La Chapelle-au-Bois avaient été rapidement vidées en cours de route. Il ne restait plus qu'une tranche de jambon, plus un œuf dur, plus un quignon de pain dans le sac à provisions. Patrice proposa de dîner dans une auberge. Ils en trouvèrent une, en sortant de la ville, à l'écart de la route nationale. Coiffée d'ardoise, habillée de lierre, la maison, au fond de son jardin, ressemblait à un grand bistrot de campagne.

En franchissant le seuil, Élisabeth eut un choc au cœur. L'auberge était pleine d'uniformes feldgrau. Quelques civils français se tassaient honteusement sur leurs chaises, parmi des militaires allemands à l'allure arrogante et au verbe gras. Tandis qu'Élisabeth, Patrice et Boris demeuraient pétrifiés, deux officiers S.S. entrèrent, claquèrent des talons et levèrent le bras, dans un raide salut hitlérien :

« *Heil Hitler !* »

Des automates leur répondirent du fond de la salle. Ces hommes ressemblaient trop à ceux qu'Élisabeth avait vus jadis aux actualités pour qu'elle n'eût pas l'impression d'être au spectacle. Tout cela n'était pas vrai ! Le film allait se terminer bientôt ! Cependant, les voix rauques des vainqueurs continuaient à bourdonner dans cette maison française, le vin français coulait dans leurs verres, ils clignaient de l'œil, et une servante française accourait pour prendre leur commande. Élisabeth observa Boris, à la dérobée. Il était blême. Des larmes de rage brouillaient son regard. Il avait devant lui les assassins de sa femme, de son enfant. Soudain, il se pencha vers Élisabeth et murmura :

« Je m'excuse, madame... C'est plus fort que moi... Je ne peux pas rester ici!...

— Moi non plus, monsieur », dit Élisabeth.

La patronne, grassouillette et frisée, s'avança vers ces trois clients indécis :

« C'est pour dîner?

— Oui, dit Patrice. Mais n'avez-vous pas une autre salle, plus tranquille?

— Ah! dit la femme, je parie que vous arrivez de zone libre! Nous autres, on a l'habitude! Mais, la première fois, ça surprend! Je vais vous installer près du comptoir, derrière le panneau. Comme ça, personne ne vous verra et vous ne verrez personne! »

Ils se laissèrent convaincre et s'assirent dans l'encoignure délimitée par un paravent de bois. Les Allemands régnaient bruyamment au-delà de ce léger rempart. Le menu était maigre : un potage, une tranche de viande et un fruit.

« Nous ne pouvons pas donner davantage! soupirait la patronne. C'est le règlement! Et je n'ai même plus de bonnes bouteilles! Ils ont bu les meilleures! J'en ai vu qui mélangeaient leur champagne avec de la bière! C'est pour vous dire!... »

Boris, crispé au bord de la table, mangeait à peine, buvait beaucoup et tressaillait à chaque éclat de rire qui partait de la salle. Patrice le dévisageait avec une sollicitude inquiète. Une vieille horloge à balancier tictaquait derrière le comptoir. Elle marquait le temps allemand.

« Je vais prendre le volant pour repartir, dit Élisabeth. Où dois-je te déposer, Patrice? Tu rentres à Saint-Germain?

— Non, dit-il. Que veux-tu que j'aille faire là-bas? La maison est fermée. Boris m'a proposé de m'installer chez lui, en attendant que ma mère revienne... »

Elle devina qu'il avait suggéré cette solution à Boris, pour ne pas le laisser seul, pendant les premières semaines de son deuil. « Comme Patrice est bon, serviable, délicat! pensa-t-elle. Tant de femmes seraient heureuses de l'avoir pour mari! Et moi, je ne peux pas l'aimer! » La servante apporta les fruits : une pêche véreuse par personne. Boris eut un mauvais sourire :

« Oui, nous allons vivre en garçons! Je m'occuperai de la cuisine et Patrice du ménage! »

Ses prunelles se noyaient dans la brume. Sans doute voyait-il son appartement désert, les robes de sa femme pendues sur des cintres, le fauteuil où elle avait coutume de s'asseoir, un flacon de parfum entamé sur une étagère...

« De quel côté habitez-vous? demanda Élisabeth.

— Rue Oudinot, près de la place de Breteuil. »

Des ampoules électriques s'allumèrent au plafond. La patronne tira les rideaux de défense passive devant les fenêtres.

« *Heil Hitler!* »

Encore! Des bruits de chaises repoussées, de talons claqués militairement : quelque personnage important venait d'entrer dans la salle. Boris froissa nerveusement sa serviette en papier sur la table :

« Ça suffit comme ça! Allons-nous-en! »

Il paya l'addition, malgré les protestations de Patrice, lança un coup d'œil par-dessus le châssis de bois et grommela :

« Dire que, désormais, ce sera notre vie!

— Pas pour longtemps! chuchota Élisabeth. La guerre terminée, ils déguerpiront. Maintenant, il faut apprendre à ne pas les voir! »

Et, contournant le paravent, elle se faufila parmi les tables. Son regard, fixé au loin, ignorait les visages congestionnés qui bordaient sa route, les cigares qui fumaient, les bottes qui se repliaient sous les chaises. Boris et Patrice la suivaient. Dehors, un soir bleu alourdissait le feuillage des arbres. Entre deux voitures allemandes, la Citroën dormait paisiblement : sur ses ailes noires, une lettre « P », au jambage d'un blanc baveux, se détachait comme une marque d'infamie.

***

Elle revenait de vacances. Une odeur de renfermé flottait dans le studio. Les meubles étaient à leurs places, indifférents, sous une mince pellicule de poussière. Des journaux recouvraient le tapis. Élisabeth se baissa pour les retirer. Son regard survola quelques titres étranges : « Des prisonniers allemands confirment l'esprit d'inquiétude qui règne parmi leurs camarades... » « Nos corps francs pénètrent profondément dans la forêt de la Warndt... » « Joyeux réveillon dans les casemates de la ligne Maginot... » « Hitler chercherait un prétexte pour signer une paix honorable... » Elle enlevait une à une toutes ces feuilles mortes, et le tapis apparaissait avec ses couleurs soyeuses, qui n'avaient pas vieilli. Le souvenir de Bertrand la frappa douloureusement. Elle se rappela le jour où il lui avait fait ce cadeau. C'était alors qu'elle aurait dû rompre! Elle se releva et se vit dans la glace, décoiffée, fatiguée. En arrivant à Paris, elle avait cru s'enfoncer dans une ville morte. Rues désertes, jalonnées de lueurs bleuâtres, volets fermés, écriteaux allemands aux carrefours. Patrice et Boris avaient voulu accompagner Élisabeth jusqu'à sa porte et rentrer chez eux, ensuite, par le métro, mais elle s'y était catégoriquement opposée et les avait laissés rue Oudinot, avec leurs bagages. De là, elle avait suivi le boulevard des Invalides, traversé la Seine et remonté les Champs-Élysées, vastes et silencieux. La chaussée coulait à ras bords entre les trottoirs tel un fleuve en temps de crue. Couronnant cette large voie d'ombre, l'Arc de Triomphe était une forteresse noire, au portail ouvert sur le vide. A la façade d'un hôtel, pendait une grande tache rouge, avec une araignée au milieu : le drapeau à la croix gammée. Élisabeth en éprouvait encore une répulsion, à fleur de peau. Elle était passée par la rue Marbeuf pour voir le magasin. Derrière la grille de fer, la vitrine offrait son étalage habituel de phonographes, de disques et de stylos. Ici, tout était en ordre, grâce à Mlle Pologne. Mais l'appartement, dans quel état se trouvait-il? La concierge avait accueilli Élisabeth avec joie et terreur, comme une ressuscitée : « Ah! madame Mazalaigue! On se demandait ce que vous étiez devenue! Rassurez-vous, là-haut, c'est comme vous l'avez laissé! Je vais vous aider à monter vos bagages! Les locataires du premier sont rentrés hier. Il n'y a plus que le second qui est vide... » Et, baissant la voix, elle avait ajouté : « Ce sont des Juifs... »

Élisabeth considéra avec ennui ses deux valises ouvertes. Elle était sans courage pour ranger ses affaires. Boris et Patrice devaient être comme elle, en cette minute, dépaysés dans un logis qui ne les attendait pas. « Enfin, je suis chez moi! » songea-t-elle. Cette constatation ne lui procura aucun plaisir. La conscience de sa solitude la paralysait. Elle ne savait pas renouer avec la vie. Un coup de sifflet, dans la rue. Elle tressaillit. Un deuxième coup de sifflet. Une voix furieuse :

« Lumière! »

Elle comprit et se précipita pour tirer les rideaux. Puis, son regard se posa sur le téléphone. Dix heures vingt. Elle pouvait encore appeler Clémentine. Miracle! l'appareil fonctionnait normalement. A l'autre bout de Paris, une voix haut perchée cria :

« Élisabeth! Comme je suis contente!... Tu sais, pour Denis?... Le pauvre, c'est affreux!... Mais, dans un sens, ça m'a soulagée!... On dit que ce ne sera pas long!... Tes parents vont bien?... Moi, je n'ai pas quitté, je n'ai fermé que trois jours!... Viens me voir, le plus vite possible! On se racontera tout!... »

Élisabeth promit, embrassa, raccrocha et, tremblant d'espoir, forma le numéro d'Arlette. La sonnerie se perdit dans le vide. Arlette et sa mère n'étaient pas revenues de zone libre. Autrefois, le téléphone reliait Élisabeth à ses parents, à une amie, à un homme tendrement aimé. Maintenant, les fils aboutissaient à des chambres désertes. « Demain matin, se dit-elle, je retournerai au magasin, je reverrai Mlle Pologne, je reprendrai le travail... » C'était le seul but qu'elle pouvait assigner à son existence. « Je suis rentrée trop tôt », pensa-t-elle encore. Machinalement, elle déballa ses valises, pendit ses robes, prépara son lit. Quand elle se fut couchée, il lui sembla qu'un grondement sourd emplissait la maison. Les rues étaient à ce point silencieuses que, pour la première fois, elle entendait passer les rames du métro dans le sous-sol de Paris.

TROISIÈME PARTIE

1

MADEMOISELLE Pologne était sortie depuis le début de l'après-midi pour tâcher d'obtenir un bon de chaussures à la mairie. Aucun client ne s'était présenté à la boutique depuis son départ. Derrière la vitre embuée de la devanture, des fantômes se hâtaient, à petits pas glissants, sur le trottoir de boue neigeuse. Élisabeth s'assit à la caisse et allongea ses jambes vers un radiateur électrique aux filaments rouge vif. Ses chevilles cuisaient, mais le reste de son corps baignait dans un froid glacial. En ce mois de janvier 1941, le charbon, le bois, avaient brusquement disparu du marché. Les journaux expliquaient cette pénurie par le fait que les canaux avaient gelé, mais il était plus vraisemblable que les Allemands réquisitionnaient tout le combustible pour leurs besoins personnels. Comme cadeau de Noël, Hitler, dans un geste de propagande, avait restitué les cendres de l'Aiglon à la France. Un mot courait à travers Paris : « On aurait mieux aimé du charbon que des cendres ! » C'était Patrice qui avait répété cette plaisanterie à Élisabeth. Elle l'avait rencontré à plusieurs reprises, tantôt seul, tantôt avec Boris Danoff. Ils étaient même venus « prendre un verre » dans son studio. Ce soir, elle était invitée à dîner chez eux. Elle les verrait, pour la première fois, dans leur intérieur de garçons. Sa curiosité en était aiguisée. Les distractions étaient si rares dans le Paris lugubre de l'occupation! Trois heures vingt. La journée se traînait. Élisabeth se rappela qu'elle avait une tâche importante à remplir. À quoi bon en reculer davantage l'exécution? Elle tira de son sac à main une carte interzone de Bertrand. Il lui en avait déjà envoyé quatre, à peu près semblables. Sur un rectangle de papier épais et jaunâtre, quelques mots étaient tracés à la plume, dans les intervalles des phrases imprimées. D'un bout à l'autre de la France, l'amour, l'angoisse, l'espérance, n'avaient pour s'exprimer que ces blancs laissés entre deux formules passe-partout :

« *Je suis* en bonne santé, *pas du tout* fatigué. *Mais si inquiet d'être* sans nouvelles de *vous. Est-ce que pour vous tout* va bien? *Je* travaille à *remettre notre usine de Marseille en état. Je ne peux pas encore* aller à *Paris.* Les *affaires me retiennent ici. Mais je ne cesse de penser à vous. Je vous supplie de m'écrire pour me rassurer.* »

Au bas de la carte, une dernière indication imprimée, à l'usage de tous les correspondants : « Affectueuses pensées. Baiser », et la signature.

Élisabeth répugnait à user du même moyen pour annoncer à Bertrand qu'elle ne voulait plus le revoir. Heureusement, Arlette, rentrée à Paris au début du mois de septembre, lui avait proposé de faire passer une lettre par un de ses amis, qui partait le lendemain pour la zone libre. Le texte de la missive était depuis longtemps préparé dans l'esprit d'Élisabeth. Elle écrivit sans hésitation :

« Mon cher Bertrand,

« J'ai reçu vos lettres, vos cartes, et je suis heureuse que vous soyez rétabli de votre blessure. Certainement, l'atmosphère de la zone libre est plus agréable que celle de Paris. Vous avez à Marseille votre travail, votre famille. Et c'est très bien ainsi! Oui, Bertrand, aujourd'hui j'en suis absolument persuadée : notre amour était condamné d'avance. Pendant deux ans, nous avons joué à croire qu'il subsisterait contre vents et marées. Mais c'était impossible. Je souffrais trop de ma situation et, cependant, je n'aurais pas supporté que vous quittiez définitivement votre foyer pour vous rapprocher de moi. Si vous revenez à Paris, nous nous reverrons en amis. Ne vous figurez surtout pas que je vous aie oublié. C'est l'estime que j'ai pour vous qui me dicte ma décision.

« Paris est noir, glacé, affamé. Mais j'y ai retrouvé mon magasin, Mlle Pologne, Arlette... Les Parisiens s'habituent à leur nouvelle existence. Votre voiture est au garage, en parfait état. Je conserve la carte grise, en attendant l'occasion de vous la remettre en main propre... »

Elle s'arrêta d'écrire et tenta d'imaginer ce qu'eût été sa vie avec Bertrand, dans Paris occupé. L'inconfort, le froid, le couvre-feu, les restrictions alimentaires, les métros bondés, les patrouilles allemandes dans les rues... Leur amour était né dans le luxe du temps de paix, parmi les lumières des restaurants et des salles de spectacles. Il s'était nourri de mille distractions charmantes. De complexion raffinée, capricieuse, aurait-il résisté aux exigences de ce rude climat ? Elle relut sa lettre et ajouta d'une plume rapide :

« J'aurais voulu vous dire tout cela de vive voix. Les circonstances m'en ont empêchée. Je le regrette. Soyez heureux, Bertrand. Je vous quitte, sûre que plus tard vous me donnerez raison. Très affectueusement. ÉLISABETH. »

Elle cachetait l'enveloppe, quand Mlle Pologne rentra dans le magasin, les joues marbrées de froid et une flamme de victoire administrative dans le regard :

« C'est fait ! J'aurai mon bon ! Mais il y avait une de ces queues à la mairie ! » dit-elle en dénouant un foulard de gros tricot violet, qui la bâillonnait du menton aux narines.

Elle rapportait d'autres informations passionnantes : les consommateurs étaient invités à s'inscrire chez le détaillant de leur choix pour une nouvelle attribution de matières grasses. Des légumes secs seraient distribués avant la fin du mois contre remise du coupon nº 6. En revanche, les suppléments de sucre pour les vieillards et les enfants étaient supprimés. Mlle Pologne était imbattable en matière de ravitaillement. Les tickets d'alimentation chargeaient sa mémoire de confettis multicolores. Elle pensait naturellement en grammes et en calories. Élisabeth lui céda sa place derrière la caisse, pour qu'elle pût se réchauffer les pieds au radiateur.

« Vous avez eu des clients? demanda-t-elle en présentant les semelles des chaussures aux spirales de fils incandescents.

— Non, dit Élisabeth.

— Je m'en doutais! Avec ce froid, personne ne songe à écouter de la musique! Encore moins à écrire des lettres! Ah! si nous débitions de la charcuterie... »

Son regard balaya rêveusement les rayons et y remplaça les disques de jazz, de bel canto, d'orchestre symphonique par des rangées de jambonneaux, de pâtés en croûte et de rillettes. La vente de la musique enregistrée avait subi, en effet, une forte baisse depuis quelques mois. Le manque de matières premières obligeait les fabricants à limiter, sinon à suspendre, leurs livraisons. De leur côté, les Allemands de la Propaganda-Staffel avaient réquisitionné dans les magasins tous les disques d'inspiration typiquement anglo-saxonne ou israélite : le *Tipperary,* air subversif entre tous, était introuvable. Mendelssohn, aussi bien que Paul Dukas, se voyaient interdits. Mlle Pologne estimait qu'on ne pouvait tenir rigueur à l'occupant de ces mesures d'assainissement culturel. Séduite par la correction, l'organisation et la puissance germaniques, elle était résolument favorable à la collaboration avec les vainqueurs. Le maréchal Pétain ne s'était-il pas rendu à Montoire pour serrer la main d'Hitler? Venant du grand Français de Verdun, ce geste était un exemple à suivre par le pays tout entier.

Lorsque ses pieds se furent dégelés, Mlle Pologne sortit de son sac un petit livre à couverture grise, chaussa son nez de lunettes et se mit à balbutier en sourdine. Elle employait ses heures de loisir à apprendre l'allemand dans un manuel de conversation :

« *Was wollen Sie kaufen?... Das Wetter ist schön...* »

Élisabeth l'observait avec une curiosité ironique.

« Vous devriez faire comme moi! dit Mlle Pologne. Cela vous sera sûrement très utile!...

— J'espère bien que non! » dit Élisabeth.

Les lèvres de Mlle Pologne se pincèrent, comme si elle eût avalé une gorgée de vinaigre. Elle souffrait du différend politique qui l'opposait à sa patronne et ne comprenait pas que celle-ci fût rétive aux arguments des journaux.

« J'ai rapporté les *Nouveaux Temps,* dit-elle encore. Il y a, en première page, un très bel article qui conseille au maréchal Pétain de reprendre M. Pierre Laval dans son gouvernement. Lisez-le... »

Élisabeth déplia le journal qui traînait sur le comptoir, parcourut quelques lignes, apprit que les combats continuaient en Indochine entre nos troupes et les Thaïlandais, que le maréchal allait rendre sa confiance à son principal collaborateur, que l'aviation allemande détruisait systématiquement les objectifs anglais et que Mr. Wilkie avait déclaré, aux États-Unis : « Nous devons tout faire pour maintenir l'Amérique en dehors de la guerre. »

Un monsieur entra dans le magasin pour demander du papier à lettres. Mlle Pologne n'en avait plus que du bleu ciel, à bords légèrement festonnés. Le monsieur, qui avait l'air sérieux, s'en contenta de mauvaise grâce. Dix minutes plus tard, ce fut un feldwebel qui se présenta, rose, blond et balourd. Mlle Pologne se précipita au-devant de lui avec une amabilité sémillante :

« Bonjour, monsieur! Vous désirez, monsieur? »

Elle n'osait encore essayer ses connaissances d'allemand sur un authentique représentant de la Wehrmacht.

« Musique, dit l'homme. *Haben sie : Paris sera toujours Paris?*

— *Natürlich!* » dit Mlle Pologne en rougissant de son audace.

Pendant qu'elle cherchait le disque sur les rayons, l'Allemand se planta devant Élisabeth, sourit et grommela :

« Beaucoup froid, aujourd'hui, mademoiselle.

— Oui, il fait très froid », dit-elle d'un ton sec.

Et elle détourna la tête. Mlle Pologne revint, désolée :

« *Nicht : Paris sera toujours Paris!* Fini! Épuisé! *Wollen Sie : A Paris, dans chaque faubourg?...* Très jolie aussi! Opérette!... »

Elle posa le disque sur le pick-up.

Le feldwebel écouta les premières mesures et fit la grimace. Élisabeth envia ses parents, qui, du moins, à Megève, n'avaient pas d'Allemands à servir. Ils avaient rouvert l'hôtel des Deux-Chamois et, d'après leur dernière carte interzone, toutes les chambres étaient déjà retenues jusqu'à la fin de la saison d'hiver. La neige, qui était si laide à Paris, devait être si belle en montagne! Ici, elle ajoutait à la gêne, à la misère des gens, là-bas, elle leur apportait la pureté, le silence et la joie de vivre! Les disques se succédaient sur le pick-up, le feldwebel ne se décidait pas, et Mlle Pologne multipliait les moues engageantes. En désespoir de cause, elle lui proposa du Wagner. Mais, sans doute en était-il saturé depuis son enfance : il refusa. Elle finit par le séduire avec le *Clair de lune* de Debussy. Quand il fut parti, son disque sous le bras, elle déclara hautement :

« Et on dit que ces gens-là sont des Barbares ! Moi, je les trouve plus polis que beaucoup de nos clients habituels ! D'ailleurs, dans l'ensemble, la race est magnifique ! De grands hommes bien bâtis, aux joues saines, à la prunelle claire !... »

Elle s'animait. Il y avait de l'appétit dans ses yeux. Élisabeth prit le parti d'en rire.

« Riez toujours ! dit Mlle Pologne. En attendant, ils paient bien ce qu'ils achètent... Sans eux, il ne nous resterait plus qu'à fermer boutique !... »

Depuis que les clients se raréfiaient, elle vivait dans la crainte de perdre sa place. Il n'y avait évidemment plus de travail pour deux dans le magasin. Mais Élisabeth n'envisageait pas la possibilité de se séparer d'une personne qui avait si bien géré son affaire, pendant qu'elle-même résidait en zone libre. La solution était ailleurs : il fallait adjoindre un autre commerce à celui des disques et de la papeterie. Un commerce qui n'eût pas à souffrir du manque de matières premières. Elle pensait à la vente des articles de Paris. Son bail l'y autorisait expressément : clips, boucles d'oreilles, bracelets, foulards imprimés, toutes sortes de fantaisies féminines, amusantes et peu coûteuses... Mais les fabricants accepteraient-ils de lui fournir leur marchandise à crédit ?

Peu avant la fermeture du magasin, Arlette vint chercher la lettre destinée à Bertrand. Élisabeth entraîna son amie au fond de la pièce pour lui demander si elle était sûre que le pli arriverait à destination.

« Absolument sûre ! dit Arlette. Le garçon qui s'en charge a un passeport diplomatique. On ne fouillera même pas ses bagages. »

Mise au courant des intentions d'Élisabeth, elle était heureuse de l'aider à rompre une liaison que, pour sa part, elle avait souvent critiquée. Elle enfouit l'enveloppe dans son sac à main et ajouta :

« Maintenant, il faut que je me sauve. Ma mère m'attend à la maison. N'oubliez pas de prendre la radio de Londres, ce soir. Il paraît que les Italiens ramassent pile sur pile, en Afrique! On se téléphone après l'émission?

— Non, répondit Élisabeth, aujourd'hui je ne dîne pas chez moi. »

Arlette se frappa le front du plat de la main :

« Mais oui! Où avais-je la tête? Vous me l'aviez dit et je l'ai oublié! Vous avez rendez-vous avec votre ex-mari!

— C'est ça », dit Élisabeth, et elle sentit que ses joues se coloraient, que son regard perdait de l'assurance.

Arlette la menaça du doigt :

« Élisabeth! Élisabeth!

— Quoi? demanda-t-elle avec brusquerie.

— Ne faites pas l'innocente! Vous êtes un drôle de type. Vous m'amusez et vous m'inquiétez à la fois. Bonne soirée! »

« Elle n'a rien compris! » pensa Élisabeth après le départ de son amie.

***

Ce fut Patrice qui ouvrit la porte. En pénétrant dans le salon, petit, mais agréablement éclairé, Élisabeth eut la sensation indéfinissable qu'une présence féminine la guettait dans l'appartement. Son goût personnel se heurta, dès le premier coup d'œil, à celui d'une autre. Elle critiqua mentalement le jaune vif des rideaux, les dorures trop lourdes d'une pendulette Empire, la sévérité d'un guéridon du même style. Tout était beau et froid, prétentieux et encombrant.

Le couvert était dressé pour trois personnes, sur une table de bridge drapée d'une nappe blanche.

« Boris est à la cuisine, dit Patrice. Il vient tout de suite. Assieds-toi. Tu dois être gelée! »

Il poussa vers elle un radiateur électrique rougeoyant. Élisabeth dénoua son écharpe et s'assit au bord d'une chaise, dans l'attitude réservée d'une visiteuse. En face d'elle, sur un bureau, trônait la photographie d'une femme dans un cadre de cuir vert. Elle était jolie, molle et triste, avec quelque chose de démodé dans la coiffure et dans le sourire. Entre ses bras, un bébé riait, les joues creusées de fossettes. D'autres photographies s'éparpillaient sur une commode. La morte et son enfant étaient les témoins muets d'une vie qui continuait loin d'eux. Pas un geste, pas une parole ne leur échappait.

« Tu regardes les photographies? chuchota Patrice. Il en a mis partout!

— Pauvre garçon! soupira Élisabeth. Perdre ainsi sa femme, son fils!...

— Oh! son fils, il ne l'a guère connu, dit Patrice. Le bébé avait quatre mois à peine quand Boris l'a vu à sa dernière permission. Mais sa femme, oui, c'est terrible!...

— Heureusement que tu habites avec lui! Ce n'est pas trop pénible pour toi, à la longue?

— Pas du tout! Boris ne me parle jamais de son malheur. A force de courage, il arrive même à paraître égal, insouciant. D'ailleurs, il travaille comme une brute!

— Et toi? »

Patrice haussa une épaule. Il avait obtenu, dernièrement, une situation de tout repos dans un comité d'organisation professionnelle.

« Je gratte du papier, dit-il. Cela ne me change pas beaucoup de l'Intendance. Mais j'ai des collègues agréables. Je suis correctement payé. Je déjeune à la cantine. Que demander de plus?

— J'ai l'impression, dit-elle, que tu n'as plus aucune envie de retourner vivre à Saint-Germain!

— Évidemment! Saint-Germain est impossible, à l'heure actuelle! Comment voudrais-tu chauffer une maison si grande? Et puis, tu me vois prenant le train, chaque matin, pour aller au bureau? D'ailleurs, maman se trouve si bien à Bergerac qu'elle ne songe pas encore à rentrer. Je l'encourage vivement à rester là-bas jusqu'à la fin de la guerre! »

Un bruit de casseroles retentit derrière une porte, des pas se rapprochèrent et Boris apparut, grand, souriant et calme :

« Bonsoir, Élisabeth.

— Bonsoir, Boris.

— Je n'ai pas pu quitter mon fourneau pour vous accueillir. Le sort de notre dîner dépendait de ma vigilance!

— Puis-je vous aider à quelque chose? dit-elle. C'est absurde!... Je suis là à ne rien faire!...

— Surtout ne bougez pas! Tout est prêt. Tu as servi le porto, Patrice?

— J'ai oublié!

— Tu es impossible, mon vieux!

— Vous avez du porto? demanda Élisabeth.

— Un genre de porto, dit Patrice. Du vin d'on ne sait où, cuit on ne sait comment! »

Il alla chercher la bouteille. Élisabeth goûta un breuvage âcre et sucré à la fois, qui liait la langue. Boris l'observait avec inquiétude :

« C'est très mauvais, n'est-ce pas?

— Mais non », dit-elle par politesse.

Puis, elle les questionna l'un et l'autre sur leur organisation domestique et apprit qu'ils partageaient les dépenses de la maison, que Patrice tenait les comptes, que Boris veillait au ravitaillement et qu'une femme de ménage s'occupait, trois fois par semaine, de leur intérieur. On se mit à table.

Boris s'éclipsa et revint bientôt, avec un plat de petits pâtés en croûte.

« Des *pirojkis!* s'écria Élisabeth.

— Comment? dit Boris. Vous connaissez ça?

— J'en raffole! Mes parents avaient un chef russe, à l'hôtel!

— Eh bien... Moi qui voulais vous étonner!... Dans ces conditions, je n'hésite plus à vous proposer de la vodka! »

Il déboucha un flacon et emplit les verres. Les *pirojkis* étaient légers, moelleux, fourrés aux choux.

« Quelle merveille! dit Elisabeth. C'est vous qui les avez faits?

— Non, dit Boris, mon talent ne va pas jusque-là! Ceux-ci ont été préparés par ma mère. Je n'ai eu qu'à les réchauffer! La vodka, en revanche, a été fabriquée par mon père. Il a sa recette... Quand Patrice et moi sommes à court de tickets, nous allons chez mes parents. Avec trois fois rien, ils se débrouillent pour nous ravitailler. »

Les *pirojkis* furent dévorés en un clin d'œil. Patrice se leva pour débarrasser la table. Élisabeth voulut le seconder, mais il protesta avec véhémence :

« Non! Non! Reste assise! La cuisine est dans un tel désordre! »

Les deux hommes sortirent, l'un après l'autre, Patrice portant les assiettes sales, Boris le plat vide où tintaient les couverts. Élisabeth s'amusait de les voir si gravement occupés à des besognes féminines. Derrière la porte de la cuisine, résonnèrent des voix étouffées :

« Ça y est, il est trop cuit!

— Mais non, mon vieux!

— Si. Regarde! Je pique et rien ne sort! J'aurais dû le retirer il y a un quart d'heure!

— Ne t'en fais pas! Avec la sauce, ce sera tout de même très bon! Tu veux le grand plat ou le petit? »

Ce fut sur le grand plat que le rôti de veau fit son apparition. Un maigre rouleau de viande, au milieu d'un désert de porcelaine blanche. Boris était consterné :

« Vous allez manger du carton, Élisabeth!

— Mais je n'ai plus faim! dit-elle. C'est de la folie! »

Elle songea au sacrifice que ce rôti représentait pour eux, ouvrit son sac à main et en tira ses feuilles de tickets. Les deux amis s'indignèrent en chœur :

« Ah! non! Vous êtes notre invitée!... »

Elle dut s'incliner. Le veau était, en effet, sec, insipide et filandreux. Un plat de rutabagas l'accompagnait honteusement. Tout en mâchant cette pauvre pitance, les trois convives échangeaient des souvenirs culinaires prestigieux.

« C'est curieux! dit Patrice. Avant la guerre, je ne me souciais pas de ce que j'avalais. Maintenant, je pense tout le temps à la nourriture! Tu te rappelles, Boris, ce potage extraordinaire que nous avons mangé, samedi dernier, chez tes parents?

— Un *borsch* à la crème, dit Boris. Oui, il était très bon. Et pourtant, Dieu sait avec quoi maman l'avait composé! »

Le mot « maman » dans cette bouche d'homme émut Élisabeth comme l'aveu d'une faiblesse. Sans qu'il eût rien dit de précis sur lui-même, elle avançait d'un pas dans son intimité. Le dîner s'acheva par un carré de fromage plâtreux et trois pommes molles. On se leva de table avec aisance. Patrice voulut servir le café. Mais Élisabeth s'interposa :

« Ah! non. Cette fois, tu me laisseras faire! »

Elle versa un jus brun et trouble dans de minces tasses bleues. Au fond d'une coupe, gisaient quatre morceaux de sucre et des pastilles de saccharine. Élisabeth avait apporté son sucre personnel dans une petite boîte émaillée, que les magasins du faubourg Saint-Honoré avaient mise à la mode pour cet usage.

« Je vous conseille de boire votre café brûlant, dit Boris. C'est le meilleur moyen de ne pas en sentir le goût. »

Patrice tira de sa poche un appareil à rouler les cigarettes. Une pincée de tabac entre deux cylindres gainés de caoutchouc, une feuille de papier de riz glissée dans l'interstice, un mouvement synchronisé des pouces en avant, un coup de langue, et la cigarette sortait du moule, bosselée, humide, avec de la moustache au bout. Boris, lui, se bourrait une pipe. Béatement renversés dans leurs fauteuils, les deux hommes se mirent à fumer. Une forte odeur d'herbe brûlée se répandit dans la pièce.

« Quelle horreur! s'écria Élisabeth. Ce n'est pas du vrai tabac!

— Si! dit Patrice. Du tabac de contrebande belge, agrémenté de mégots et de barbe de maïs. Tu veux voir notre trésor? »

Il ouvrit une grande boîte en fer-blanc, pleine de mégots jaunis, écrasés, mâchouillés.

« Vous allez vous rendre malades avec ça! dit-elle en riant.

— Oh! non, dit Boris, nous avons l'habitude. On enlève le papier, les brindilles brûlées, on trie, on aère, on mélange, on fait du neuf avec du vieux. Tous les hommes en sont là! »

Les dents serrées sur sa pipe, il avait une figure de rêveur sympathique. Son regard se perdait dans la vapeur bleuâtre qui montait du fourneau. Tout à coup, il abaissa les yeux sur sa montre et s'écria :

« Neuf heures et quart! Un peu plus et nous manquions Londres! Vous permettez, Élisabeth? Je viens de construire un dispositif pour supprimer le brouillage. Je voudrais l'essayer. »

Déjà, il manœuvrait les boutons de son poste, orientait un cadre couvert de fils, tendait l'oreille, auscultait l'espace grésillant. De longs soupirs s'échappaient de l'appareil. L'Angleterre flottait, très loin, à la dérive. Enfin, une clameur se fit entendre, par-dessus la crête des vagues déchaînées :

« Ici, Radio-Londres... Les Français parlent aux Français... »

« Tu ne trouves pas que c'est beaucoup plus net? chuchota Boris.

— Ah! ces ingénieurs! dit Patrice. Ils n'hésiteraient pas à nous faire repérer, pour le plaisir de réussir une expérience! Baisse au moins le son, à cause des voisins! »

Ils rapprochèrent leurs fauteuils pour écouter la voix de l'espérance. Le speaker affirmait que le dernier raid aérien sur Londres s'était terminé par un échec total de l'aviation allemande.

« La Royal Air Force est toujours maîtresse du ciel... Les pertes ennemies se sont élevées à... »

Subitement, la lumière s'éteignit, la voix se tut, coupée à la source.

« Allons, bon! grogna Boris. Les plombs ont sauté! C'est ce sacré radiateur électrique! On ne peut pas le faire marcher au maximum quand toutes les lampes sont allumées! »

La flamme d'un briquet perça les ténèbres, effleura une bougie que Boris tenait à la main, puis une autre, fichée dans un chandelier, sur la commode.

« Je vais réparer ça », reprit Boris.

Il se cogna à une chaise et sortit. Patrice et Élisabeth se retrouvèrent seuls dans la pénombre, où palpitait un faible rayon doré. Cet éclairage de veillée funèbre les incitait à ne pas bouger, à baisser la voix. Élisabeth frissonna. Une gêne se précisait en elle, à chaque battement de cœur. Elle était en visite chez la femme de Boris. Un désir sauvage, inexplicable, la saisit de déplacer tous les meubles.

« Tu ne peux pas savoir le plaisir que tu m'as fait en venant dîner! murmura Patrice avec émotion.

— Moi aussi, cela m'a fait plaisir, Patrice! » dit-elle.

Et elle se tut, éblouie. Toutes les lampes s'étaient rallumées en même temps. Boris cria dans le couloir :

« Éteins les appliques! Sinon, les plombs vont sauter de nouveau. »

Il rentra dans le salon, aux sons d'une marche militaire diffusée par Radio-Londres. L'émission terminée, Patrice et Boris la commentèrent avec fièvre. De la haute politique, ils glissèrent aux petites anecdotes. Élisabeth demanda à Boris s'il était en contact avec des Allemands, dans son travail.

« Pas encore! dit-il. Et vous? J'imagine que ces messieurs visitent souvent votre magasin. Est-ce qu'ils vous achètent beaucoup de choses, au moins? »

Elle avoua que son chiffre d'affaires demeurait très faible et qu'elle espérait le relever en vendant des articles de Paris.

« Ce n'est pas bête! dit Patrice. Tu as déjà des fournisseurs?

— J'en cherche, dit-elle. Il ne s'agit encore que d'un projet. »

Boris dressa la tête, comme frappé par une révélation, et claqua des doigts :

« Attendez donc! Il me vient une idée. Ma tante fabrique des poupées, des foulards, des colifichets de toutes sortes. Elle a du goût. Si vous voulez, je vous mettrai en rapport avec elle...

— Certainement, dit Élisabeth. Je vous remercie.

— Eh bien, comptez sur moi. Je vous passerai un coup de fil dès que je l'aurai vue. »

Puis, se tournant vers Patrice, Boris ajouta brusquement :

« Tu sais, mon vieux, mon cadre antiparasites ne vaut rien. Le bobinage est défectueux!

— Qu'est-ce que tu racontes? On entendait très bien! dit Patrice.

— On entendra mieux quand je l'aurai changé! »

« Il oubliera sûrement de parler de mon affaire à sa tante », pensa Élisabeth. Le froid de la rue pénétrait dans le salon. Une odeur de peinture cuite montait du radiateur électrique. Sur la commode, la pendule dorée marquait onze heures moins vingt.

« Il est temps que je parte, dit Élisabeth. Sinon, je manquerai le dernier métro. »

Patrice essaya de la retenir, puis insista pour l'accompagner jusqu'à la station Sèvres-Babylone.

La nuit était sombre, glaciale. Des stalactites pendaient aux gouttières. De place en place, un réverbère laissait sourdre sur le trottoir son cône de clarté bleuâtre. Serrée contre le bras de Patrice, Élisabeth grelottait de froid et de mauvaise fatigue. Un homme et une femme les dépassèrent en courant.

« Ça y est! Je vais rater ma correspondance! » balbutia Élisabeth.

Ils se mirent à courir, eux aussi. La lampe de poche, que Patrice tenait à la main, projetait sur le sol un rond de lumière dansante. Devant la bouche de métro, ils s'arrêtèrent enfin, hors d'haleine.

« Quand est-ce que je te revois? demanda Patrice.

— Téléphone-moi vers la fin de la semaine... »

Il lui emprisonnait les deux mains. Elle devinait son regard brillant dans l'obscurité, ses lèvres d'où sortait une buée blanche. Un grondement roula sous la chaussée. Mue par un élan de tendresse, Élisabeth se dressa sur la pointe des pieds et effleura d'un baiser la joue de Patrice :

« A bientôt! »

Il la considéra d'un air heureux et timide, lui rendit son baiser, murmura :

« Élisabeth! Élisabeth! Écoute-moi... »

Déjà, elle s'était écartée de lui. Un sourire. Un signe de la main. Et elle dévalait l'escalier, à petits pas claquants.

2

ELISABETH pénétra sous le porche d'un grand immeuble du boulevard Richard-Lenoir, tira un carnet de son sac à main pour vérifier le nom que Boris lui avait dicté par téléphone, frappa à la porte vitrée de la concierge et demanda :

« Mme Mayoroff, s'il vous plaît !

— Mme Nina ? C'est au septième. Chambres 11 et 12. Passez par l'escalier de service. La porte au fond. »

L'escalier de service était raide, sombre et mal tenu. Sur chaque palier, les mêmes bruits de voix et de vaisselle. Mais les odeurs de cuisine changeaient d'une famille à l'autre. Pendant toute une semaine, Élisabeth avait pu croire que Boris ne pensait plus à sa promesse. Puis, l'avant-veille, il lui avait téléphoné au magasin pour dire que sa tante serait heureuse de la recevoir dimanche, vers trois heures. Plus que deux étages. Élisabeth s'essoufflait. Elle reprit sa respiration avant de s'engager dans le long couloir, que bordaient les chambres de domestiques. Une machine à coudre ronronnait derrière la porte nº 11. A côté du bouton de sonnette était fixé un carton blanc : « Nina Constantinovna Mayoroff. » Au bruit du timbre électrique, la machine à coudre s'arrêta, le vantail s'ouvrit. Élisabeth fit un pas en avant et tomba dans un rêve de petite fille. Sur la table, sur les chaises, sur les étagères, siégeaient des poupées aux yeux ronds. Costumées en Espagnoles, en marquises, en paysannes russes, elles laissaient pendre leurs bras roses et mous sur leurs robes chatoyantes. Au centre de cette mascarade lilliputienne, se tenait une femme brune, pâle, fatiguée, au regard doux. Les riches étoffes, le strass, les broderies d'or et d'argent dont elle était entourée, accusaient encore son aspect modeste. Une pauvresse gardienne d'un trésor. Des fils multicolores restaient accrochés à sa jupe grise.

« Madame Mazalaigue, sans doute? dit-elle. Mon neveu m'a prévenue de votre visite. Entrez donc! »

Elle avait une prononciation rocailleuse, qui surprit Élisabeth, car Boris, lui, parlait le français sans accent.

« Vous faites de bien jolies choses, madame! dit Élisabeth.

— Vraiment, vous trouvez? Ce sont les grands magasins qui me commandent. Mais vous ne cherchez pas des poupées, je crois. Plutôt des souvenirs de Paris. J'ai justement préparé pour vous... »

Sur une planche, que soutenaient deux tréteaux, s'étalaient des écharpes aux motifs de feuilles mortes, de fleurs et de plumes de coq, quelques napperons décorés de branches de lierre, des bonshommes en peluche, ventrus, barbus, comiques, servant de couvercle à des boîtes de bonbons, des danseuses en tutu, faisant des pointes sur un bouchon de liège... Même les articles d'un goût douteux portaient la marque de l'habileté et de l'ironie. Mme Nina Mayoroff avait sans doute beaucoup de talent, mais se pliait aux exigences de sa clientèle. Élisabeth décida de prendre les foulards et les napperons à l'essai.

« Ce qui m'intéresse surtout, madame, dit-elle, ce sont les bijoux de fantaisie.

— Vous en verrez tout à l'heure. Je n'en fais pas personnellement, mais ma sœur, la mère de Boris, a eu la gentillesse d'aller en chercher une collection chez un de nos amis, M. Kholodétsky. Il est grand spécialiste.

Elle les apportera ici. Vous choisirez. Ils sont très jolis et pas chers. Vous pouvez attendre un peu?...

— Bien sûr, madame! dit Élisabeth. Vous n'avez rien d'autre à me montrer?

— Si. Des cartes postales dessinées à la main... Venez par ici... »

Elle poussa une porte de communication et Élisabeth entra dans une deuxième chambre de bonne, aussi mansardée, mais plus spacieuse que la première. Dès le seuil, elle fut surprise par une odeur de naphtaline et de vieux papiers. Près de la fenêtre, se dressait un mannequin, de la grandeur d'un homme, sans tête, en uniforme noir à brandebourgs argent. Une étrange coiffure, ornée d'un crâne et de deux tibias, était plantée sur le pommeau de bois qui surmontait le torse. Dans un coin de la pièce, un fanion noir, à broderies grisâtres, pendait le long de sa hampe. Des épées, des fusils, des étriers, des revolvers, des décorations aux rubans fanés, étaient disposés sur deux tables, et chaque objet avait son étiquette, calligraphiée à l'encre rouge. Les murs étaient tapissés de photographies représentant des officiers en tenue de parade.

« Mais... c'est un musée! balbutia Élisabeth.

— Non, non! dit la tante de Boris. Une chambre de souvenirs. Mon frère avait rassemblé cela pendant des années. Il est mort. Je continue. Ici, on peut trouver tout ce qui se rapporte au régiment des hussards d'Alexandria. Mais qui est-ce que ça intéresse, maintenant? Personne ne sait plus ce que c'est, les hussards d'Alexandria!... »

Tout en parlant, elle ouvrait des tiroirs, remuait des liasses de papiers :

« Notre Russie à nous est devenue poussière, cendre et bibelots de vitrines. Ceux qui l'ont connue sont vieux, et ceux qui sont jeunes ne veulent pas la connaître. Elle s'en va, elle s'en va avec notre vie... Où ai-je mis ces cartes postales, mon Dieu?... Ah! voilà... Vous m'excusez, ce sont encore des sujets russes : des troïkas, des bons vœux de Pâques, des images de nos plus jolies églises... »

Élisabeth hochait le menton et ne savait comment dire qu'elle était déçue.

« C'est vous qui avez dessiné cela, madame?

— Oui, il y a longtemps, pour m'amuser. Les boutiques russes m'en achetaient un peu, autrefois. A présent, c'est fini. Je ne pense pas que cela vous plaise. Je n'aurais même pas dû vous montrer. Il vous faut quelque chose de français, de parisien! Boris m'a très bien dit... »

Élisabeth ne regardait plus les cartes postales. Elle se sentait prise de malaise dans cette chapelle secrète du regret. Une guerre affreuse bouleversait le monde et, ici, les reliques d'une autre guerre, vieille d'un quart de siècle, parlaient encore de morts inutiles, de victoires oubliées, de patrie perdue... Une veilleuse au verre rouge brûlait sous une icône. La chambre n'était pas chauffée. Était-on en Russie, en France? En 1941, en 1914? Accrochée au mur, la photographie d'un homme sec, aux yeux de charbon et au crâne coiffé d'une casquette plate, contemplait Élisabeth avec une fixité désobligeante.

« Mon frère Akim, dit Mme Mayoroff. Ne restons pas ici, il fait si froid! »

Elles retournèrent dans la première chambre, où un poêle à bois dégageait une faible chaleur. A peine se furent-elles assises, que la sonnette retentit.

« Ah! voilà ma sœur! » dit Mme Mayoroff en allant ouvrir la porte.

Élisabeth se leva à son tour et vit entrer une femme grande, forte, au beau visage régulier et tranquille. Des boucles de cheveux, d'un blond grisonnant, dépassaient le bord de sa toque en velours noir. De ses yeux, entourés de petites rides, coulait un regard bleu, caressant.

« Tania, ma chérie, s'écria Mme Mayoroff, tu as traîné ce paquet si encombrant dans le métro! Comme c'est gentil! Donne vite! »

Elle se saisit du carton que sa sœur tenait sous le bras et fit les présentations :

« Madame Mazalaigue, madame Danoff, la maman de Boris! Voyons ce que tu nous as rapporté!

— Tu sais, Nina, dit Mme Danoff, j'ai choisi à mon idée, mais ce n'est peut-être pas du tout ce qu'il fallait... »

Son accent russe était plus prononcé encore que celui de Mme Mayoroff.

Le carton révéla une fortune de pacotille dans des flots de papier de soie. Une égale curiosité poussa les trois femmes à déballer et à trier le butin. Elles appliquaient des clips sur leur corsage, essayaient des boucles d'oreilles, des bracelets, des bagues, les rejetaient, les repêchaient, en discutaient âprement l'originalité et la distinction. L'éclat du métal se reflétait au fond de leurs yeux. Dans ce débat passionné, elles avaient toutes le même âge. Élisabeth eût voulu emporter la collection entière, mais un scrupule lui interdisait de prendre tant de marchandise à crédit.

« Pourquoi hésitez-vous? dit Mme Danoff. Vous nous êtes recommandée par mon fils. Nous avons confiance. Et M. Kholodétsky aussi a confiance. C'est si simple! Les références et les prix sont sur les étiquettes. Quand vous vendez, vous payez! »

Élisabeth se confondit en remerciements.

« Il faut tout de même noter ce que je retiens, dit-elle.

— Si vous voulez, dit Mme Mayoroff. Donne-moi la boîte, Tania. Je vais inscrire... »

Pendant qu'elle dressait la liste des articles, Élisabeth imaginait Boris entre sa mère et sa tante. Tout à coup, il parlait russe, il devenait un étranger, il s'enfonçait dans une patrie de vieux uniformes et de photographies jaunâtres.

« Vous avez vu mon fils dernièrement ? demanda Mme Danoff.

— Pas depuis une semaine, madame », murmura Élisabeth.

Et elle pensa : « Qu'a-t-il dit de moi à sa mère ? M'a-t-il présentée comme l'ex-femme de son meilleur ami ? » Les yeux bleus de Mme Danoff rayonnaient d'une bienveillance mélancolique. Son sourire était un hommage à la jeunesse. Émue par ce compliment silencieux, Élisabeth se dit que cette femme avait sûrement été très jolie. La plume grinçait sur le papier. Mme Mayoroff, le dos courbé, rédigeait un devoir. Toutes ses poupées la regardaient faire.

« Je suis navrée de vous imposer ce travail ! reprit Élisabeth.

— Ce n'est rien », dit Mme Mayoroff.

Et, s'adressant à sa sœur, elle demanda :

« Michel viendra ?

— Oui, mais vers six heures seulement. Il a voulu rester à la maison pour mettre sa comptabilité à jour. »

Un silence suivit. La mère de Boris prit une broche dans le carton, l'examina de près et dit encore :

« C'est très bien fait pour de l'imitation ! On croirait vraiment un travail ancien !

— Voici la liste, dit Mme Mayoroff en posant sa plume. J'ajoute les foulards. Je mets le papier dans la boîte. Et je garde le double pour M. Kholodétsky. »

Des voix aimables accompagnèrent Élisabeth jusqu'au seuil de la chambre. Soudain, elle se retrouva seule, dans le couloir, avec son paquet sous le bras. Elle tournait le dos à la Russie.

***

Les disques, les stylos et les taille-crayons se serrèrent dans la vitrine, pour laisser de la place aux écharpes et aux bijoux de fantaisie. Ces derniers articles trouvèrent vite leur clientèle : femmes élégantes en quête d'un détail amusant pour renouveler à peu de frais leur toilette, soldats allemands cherchant un souvenir de Paris pour l'envoyer à leur épouse ou à leur fiancée. Mlle Pologne s'était réservé les relations avec l'occupant. Tout ce qui portait un uniforme était pour elle. Ses progrès dans la langue de Goethe paraissaient foudroyants. Élisabeth était heureuse de ce partage rationnel des compétences et des sympathies. Très rapidement, elle dut se réapprovisionner auprès de Mme Mayoroff et de M. Kholodétsky. Elle leur commanda même des modèles exclusifs. Il n'était plus question qu'elle se dérangeât pour prendre livraison de la marchandise. M. Kholodétsky, un petit vieux bègue et barbichu, apportait tout au magasin dans une valise et empochait l'argent séance tenante. Le chiffre d'affaires montait. Mlle Pologne sentait le sol se raffermir sous ses pieds. Élisabeth pensait que sa mère eût été fière de la façon dont elle avait rétabli la situation en quelques semaines. Elle s'ingéniait à expliquer son succès commercial dans les cartes interzones qu'elle adressait à Megève. Ses parents lui écrivaient, en retour, qu'ils n'étaient ni « tués », ni « prisonniers », qu'ils n'avaient pas « besoin d'argent », qu'ils n'allaient pas « rentrer à l'école », qu'ils n'avaient pas « été reçus » à un examen, mais qu'ils travaillaient d'arrache-pied à l'hôtel, où les clients étaient toujours aussi nombreux.

A Paris, cependant, l'hiver refusait de mourir. Le froid blanchissait les rues, pétrifiait les files de ménagères devant les magasins d'alimentation, pénétrait les appartements, où des gens au ventre creux, emmitouflés, enrhumés, se terraient entre un poste de T.S.F. et un méchant radiateur électrique. On savait que Londres était écrasé par les bombes de la Luftwaffe, que les sous-marins allemands coulaient des navires un peu partout, que le général Rommel avait débarqué en Afrique avec des troupes fraîches pour aider les

Italiens à repousser les Anglais, mais la fin de la guerre semblait de jour en jour plus lointaine. Chaque famille française avait son prisonnier, que la distance, le gel, la faim transformaient en martyr. Élisabeth recevait des nouvelles de Denis par Clémentine. Il était en bonne santé et remerciait sa femme des colis qu'elle lui expédiait régulièrement. Pour le remplacer au comptoir, Clémentine avait embauché un jeune garçon au cou de taureau et à l'œil tendre. Il avait suffi à Élisabeth de les voir, côte à côte, dans le bistrot, pour être prise de soupçons. Elle s'attristait pour son oncle et regrettait d'être impuissante à le secourir dans une affaire aussi délicate. Amélie, à sa place, aurait sans doute exigé des éclaircissements, provoqué un scandale. « Je ne ressemble vraiment pas à maman », se disait Élisabeth. Parfois, en revanche, elle avait l'impression que la sagesse, la volonté, la fierté de sa mère se retrouvaient en elle à une grande profondeur. Sa vie personnelle était devenue d'une simplicité reposante. Bertrand n'avait pas répondu à la lettre de rupture qu'elle lui avait envoyée. Ce silence la confirmait dans l'idée qu'elle avait eu raison de se montrer intransigeante. Pour égayer sa solitude, elle avait son travail, ses amis. Un dimanche, elle avait tenté de les réunir chez elle. Mais Boris, à la dernière minute, s'était décommandé, et la rencontre entre Arlette et Patrice avait été embarrassée et ennuyeuse. A dater de ce jour, Élisabeth avait résolu de les voir séparément.

Un soir du mois de mars, Patrice l'invita au restaurant avec Boris. Celui-ci, une fois de plus, s'excusa. Patrice et Élisabeth se retrouvèrent, en tête à tête, dans une salle, toute en boiseries, dont les rideaux rouges étaient tirés pour obéir aux consignes de la défense passive. La plupart des tables étaient occupées par des convives aux faces réjouies. Ceux qui n'étaient pas encore servis lorgnaient d'un œil gourmand les plats qu'on présentait aux autres. Les portions étaient maigres. Sur la carte, en face de chaque spécialité, figurait son équivalent précis en grammes de viande et de matières grasses. Avant de se décider, Élisabeth et Patrice récapitulèrent leurs tickets d'alimentation. Le garçon les rassura :

« On vous prendra le minimum. »

Ils commandèrent du consommé, des biftecks pommes frites et du fromage. A peine le garçon eut-il noté leurs préférences, qu'une servante s'approcha d'eux avec un air habile et empressé de manucure : elle tenait un petit panier d'une main et de petits ciseaux de l'autre. Patrice et Élisabeth lui tendirent leurs feuilles de tickets, et elle commença de savants découpages en zigzags.

« Vous voyez, dit-elle enfin, j'ai été très raisonnable !

— Quel dommage que Boris n'ait pas pu venir ! dit Élisabeth en rangeant sa feuille de tickets dans son sac à main.

— Oui, dit Patrice. Mais je n'ai pas voulu insister auprès de lui. Depuis quelque temps, il sort de son côté...

— Avec d'autres amis ? »

Un sourire mystérieux alluma les yeux de Patrice.

« Avec une femme ! » dit-il.

Élisabeth fit une mine si étonnée, que le garçon, qui apportait deux tasses de consommé chaud, demanda :

« Ce n'est pas ça que vous aviez commandé, madame ?

— Si, si », balbutia Élisabeth.

Boris tombait verticalement dans son estime. A quel échelon s'arrêterait-il ? Incapable de maîtriser son indignation, elle reprit d'une voix agressive :

« Il a déjà oublié ?

— Jamais il n'a cessé de penser à sa femme ! dit Patrice.

— Cela ne l'empêche pas de courir après une autre !

— Pour s'amuser, pour passer le temps !

— Tu la connais ? demanda Élisabeth.

— Non. »

Le consommé fut copieux et clair, le bifteck, noir et exigu. Six pommes frites essayaient en vain de lui donner un air de fête. Élisabeth avait faim. L'odeur de la viande la grisait. Elle mangea silencieusement, farouchement, les mâchoires crispées de plaisir. Patrice, en face d'elle, piquait de tout petits morceaux sur sa fourchette pour faire durer le régal. Jusqu'à la dernière bouchée, ils observèrent la trêve de la nourriture. Puis, Élisabeth murmura rêveusement :

« Tout de même, c'est dommage pour Boris! Je n'aurais pas cru ça de lui!

— Un homme ne peut pas toujours se passer de femme! » dit Patrice.

Elle lui lança un regard violent :

« Et toi, Patrice, tu ne t'en passes pas? »

Ces paroles stupides avaient jailli d'elle, spontanément, et déjà elle les regrettait.

« Moi, c'est différent, dit Patrice avec douceur. Je suis amoureux. »

Élisabeth réprima un malaise. Depuis longtemps, elle prévoyait qu'il lui faudrait, un jour ou l'autre, affronter l'épreuve d'une explication sentimentale. A partir de cette seconde, chaque mot, chaque soupir, aurait son importance. Patrice toucha la main d'Élisabeth sur la table.

« Je suis amoureux, reprit-il, et tu ne l'ignores pas. Maintenant que je t'ai retrouvée, je n'ai qu'une idée en tête : reconstruire notre bonheur.

— Notre bonheur? dit-elle en se dégageant. Nous n'avons pas été heureux, Patrice!

— Si, au début! Puis, peu à peu, tu t'es détachée de moi, tu es retournée à cet homme... Je sais que tu ne le revois plus, je sais que tu n'as pas eu cet enfant, dont tu m'avais parlé dans ta lettre de rupture... »

La face d'Élisabeth s'enflamma jusqu'à la racine des cheveux.

« Je sais, poursuivit Patrice, que tu es seule, que tu

n'as aucun but dans l'existence, je sais surtout que j'ai besoin de toi!...

— Moi aussi, j'ai besoin de toi, Patrice, chuchota-t-elle prudemment. Ton affection m'est très précieuse...

— Qui te parle d'affection? Je t'aime, Élisabeth! Je t'aime comme avant, mieux qu'avant! Effaçons tout! Recommençons! »

Elle balança tristement la tête :

« Ce serait une erreur, Patrice!

— Pourquoi?

— Tu es trop bon! dit-elle. Trop bon pour moi!

— Je ne te comprends pas! On n'est jamais trop bon!

— Si. Tu es tel que les autres te font. Tu ne résistes pas aux chocs. Nos deux caractères ne s'accorderont jamais. Je t'aime de tout mon cœur, et, cependant, je ne reviendrai pas auprès de toi... »

Tout en parlant, elle suivait, la gorge serrée, les progrès de la destruction sur le visage de son interlocuteur. Il avait le regard d'un naufragé, tendu vers la barque qui s'éloigne au lieu de le recueillir.

« Tu ne le penses pas vraiment? » s'écria-t-il.

Elle eut envie de l'embrasser, de le presser, lourd de chagrin, contre sa poitrine, et murmura :

« Ne te cramponne plus aux souvenirs. Je ne suis pas la seule femme au monde!... »

Il ricana :

« En somme, ce que tu reprochais à Boris, tout à l'heure, tu me conseilles de le faire maintenant! Après l'avoir critiqué, tu veux que je suive son exemple! »

Elle sourit gravement :

« Le cas de Boris est différent. Sa femme est morte, il y a quelques mois à peine!

— La mienne aussi est morte, il y a six ans, répliqua-t-il d'une voix âpre.

— Ils étaient très unis lorsqu'il l'a perdue! »

— Nous l'étions également, la veille du jour où tu m'as quitté... »

Élisabeth commençait à ne plus pouvoir se défendre contre la contagion de cette générosité sans mesure. Ce qui la poignait le plus, c'était de constater l'impuissance, l'inconscience de son adversaire. Elle portait ses coups sur un homme désarmé. Elle achevait un vaincu.

« Ne joue pas sur les mots, dit-elle. Aie le courage de considérer la vérité en face. Tout était faux, entre nous, dans l'amour, tout s'éclairera, entre nous, dans l'amitié! »

Elle se tut, contente d'avoir exprimé l'essentiel de son idée. Devant elle, Patrice était comme étourdi par une gifle. Les joues blêmes, l'œil vide, il se remettait lentement du choc. Enfin, l'intelligence parut lui revenir et il balbutia :

« Oui, oui, Élisabeth!... Bien sûr!... Malheureusement, vois-tu, je ne peux pas me contenter de cette amitié! J'en ai assez de feindre, de rêver, d'espérer dans ton ombre! Sans doute vaudrait-il mieux ne plus nous revoir... »

Son regard implorant démentait ses paroles. Plus il s'accrochait à Élisabeth, plus elle se sentait distincte de lui.

« Tu feras comme tu voudras, dit-elle tendrement. Mais tu aurais tort de refuser ce que je t'offre. Il ne s'agit pas d'un pis-aller. L'amitié est une grande chose, plus rare, plus durable que l'amour, peut-être! »

Il haussa les épaules :

« ... A condition que l'un des deux partenaires ne soit pas amoureux!... Je sais ce que je voulais savoir... Je te remercie de ta franchise... »

Leur repas s'acheva dans le silence. Après un café détestable, Patrice sortit de sa poche le petit appareil à rouler des cigarettes.

« Tu fumes encore cette saleté? » dit Élisabeth.

Il soupira :

« Qu'est-ce que cela peut te faire?

— En voilà une réponse! dit-elle en essayant de rire. Tu es fâché?

— Non, Élisabeth. Je voudrais l'être et je ne le peux pas. Suis-je trop bon, comme tu le prétends, ou trop bête? Je me demande parfois ce que je fais dans ma peau! J'ai oublié de te dire que tu étais très jolie, ce soir. Vraiment, très jolie!... »

Sa voix s'étouffait. Une buée voilait son regard. Il alluma une cigarette, en tira trois bouffées, toussota d'écœurement et réclama l'addition.

*
* *

Affalé tout habillé sur le lit, Patrice dressa la tête en entendant un pas dans le couloir. Comme il rallumait la lampe de chevet, Boris pénétra dans la chambre.

« Tiens! Tu es déjà là? dit-il. Je pensais que tu devais passer la soirée avec Élisabeth.

— Je l'ai vue, grommela Patrice, mais je suis rentré tôt. »

Boris fronça les sourcils :

« Pourquoi?

— Oh! rien... Une idée...

— Tu as l'air bizarre! Ça ne va pas?

— J'ai le cafard! Je me dégoûte!

— Je devine ce que c'est! dit Boris entre ses dents. Elle t'a fait marcher, cette petite garce! Elle s'amuse à t'allumer, et puis, quand elle te sent bien à point, elle se dérobe. Quand donc comprendras-tu que tu perds ton temps avec elle?

— C'est ce qu'elle vient de m'expliquer!

— Et tu ne l'as pas cru?

— Si, mon vieux. Cette fois-ci, je l'ai cru, mais ça ne change rien! »

Boris ouvrit les bras :

« Je me demande ce que tu lui trouves de si extraordinaire! Sa seule qualité est d'être jolie!

— Tu ne la connais pas, Boris...

— Je la connais mieux que toi, parce que, moi, au

moins, je ne suis pas aveugle. Elle est coquette, volontaire, égoïste... »

Patrice sauta à bas du lit et serra les poings. Une colère d'enfant crispait son visage.

« Je te défends! bégaya-t-il. Fous-lui la paix! Fous-moi la paix! Tu es incapable de comprendre... Tu... tu n'as rien dans le cœur... Le premier jupon qui passe, tu cours après... Il n'y a pas un an que ta femme est morte, et déjà... »

Il se tut, effrayé par ce qu'il avait dit.

« Pauvre idiot! » proféra Boris du bout des lèvres.

Son regard avait la force glacée d'un jet d'eau. Patrice le reçut en pleine figure et s'assit, dégrisé, accablé.

« Je te demande pardon, chuchota-t-il. Je suis si malheureux!

— Tu le seras tant que tu n'auras pas su te débarrasser d'elle. Essaie de ne plus la voir.

— Je ne pourrais pas...

— Je t'aiderai. Nous sortirons tous les deux, en copains, comme avant...

— Non.

— Alors, qu'est-ce que tu espères?

— Je n'en sais rien moi-même. Laisse-moi dans ma mélasse. Après tout, je m'y englue, mais j'y trouve ma nourriture... »

Il sourit piteusement et dit encore :

« Tu as passé une bonne soirée avec cette fille?

— Je n'étais pas avec elle, répondit Boris.

— Tu m'avais pourtant dit...

— Oui, je pensais que cela valait mieux... Et puis, non!... Ces cachotteries, entre nous, sont absurdes!... Je préfère que tu saches la vérité... Je suis allé voir un contremaître de l'usine...

— Où ça?

— Chez lui.

— En voilà une idée! s'écria Patrice. Pour quoi faire?

— Il construit un poste émetteur pour envoyer des messages chiffrés à Londres. Des amis lui ont demandé ce service. Il a chipé toutes les pièces réformées qu'il a pu dénicher dans notre magasin d'accessoires et s'est immédiatement mis à l'ouvrage. Mais il est parti d'un schéma trop compliqué. Il n'y arrivera jamais tout seul. Alors, je vais le retrouver, le soir, de temps à autre. Nous bricolons ensemble...

— C'est très dangereux! balbutia Patrice. Vous pouvez vous faire pincer!

— Non, dit Boris. Il habite dans une petite rue tranquille de Saint-Ouen, avec sa mère. Un pavillon isolé. Pas de voisins gênants. Ceux qui utiliseront le poste, plus tard, risqueront évidemment d'être repérés. Mais, là encore, en prenant des précautions, en changeant souvent de secteur, en ne passant que des messages très brefs...

— Et s'ils étaient arrêtés, tout de même! S'ils donnaient vos noms!

— Ils ne les connaissent même pas! dit Boris en souriant. Tu vois, il n'y a rien à craindre... »

Patrice était stupéfait. Comment Boris avait-il pu prendre une pareille décision sans le consulter d'abord?

« Ce contremaître, dit-il, tu m'en avais déjà parlé... Ce n'est pas Paul Desmourets?

— Si, dit Boris.

— Tu as vraiment confiance en lui?

— Comme en moi-même. Il y a vingt ans qu'il est à l'usine. »

Il alluma sa pipe. A le voir si calme, Patrice éprouva une recrudescence d'angoisse.

« Fais attention, mon vieux! dit-il. Pour l'instant, je veux bien croire que tu ne t'exposes pas beaucoup, mais c'est le doigt dans l'engrenage. Tu seras entraîné plus loin...

— Et après? dit Boris. Je suis seul. Personne n'a besoin de moi. Les Allemands ont tué ma femme et mon fils. N'est-il pas normal que je m'associe, dans la mesure de mes moyens, à ceux qui n'acceptent pas la défaite? Rassure-toi, je ne me sens pas du tout l'âme d'un héros. Je fais mon petit boulot dans l'ombre, voilà tout! »

Patrice baissa le front. Pouvait-il encore parler d'Élisabeth à un homme engagé dans une affaire aussi grave? A la place de Boris, il découvrait un inconnu, dont les propos le dépaysaient et le rendaient honteux de sa complaisance au chagrin.

« Si tu as besoin de moi... dit-il faiblement. Après tout, moi aussi, je suis seul, je n'ai personne...

— Je te remercie, mais je ne vois vraiment pas comment tu pourrais nous aider. Tout ce que je te demande, c'est d'être très discret...

— Évidemment!

— Sur ce, bonne nuit, mon vieux! dit Boris. Je vais me coucher. Je tombe de sommeil! »

Il passa dans sa chambre, qu'une salle de bains séparait de celle où logeait Patrice, et commença tranquillement à se déshabiller. Si Paul Desmourets pouvait se procurer les quelques pièces qui manquaient encore, le poste serait terminé en deux semaines. Pas plus encombrant qu'une grosse valise. Du joli travail d'artisan. Boris y réfléchit avec une allégresse scientifique détachée des problèmes de la guerre, puis, comme il se glissait dans son lit, le souvenir de Patrice lui revint et il se demanda s'il ne s'était pas montré trop brutal en conseillant à son ami de ne plus voir Élisabeth. Était-elle aussi coquette, aussi futile, aussi perfide, que lui, Boris, l'imaginait? Il était mal placé pour la juger équitablement. Depuis la mort d'Odile, aucune femme ne lui paraissait aimable. Il leur en voulait à toutes d'être vivantes. Leur grâce, leur élégance, leur maquillage, leur coiffure, leur parfum, l'irritaient comme autant d'offenses à son désespoir. Il avait bien tenté de réagir contre cette obsession en sortant avec une fille très libre, qu'il avait rencontrée chez des amis. Elle s'appelait Muriel. Sans doute était-elle confortablement entretenue, car elle habitait seule, dans un petit appartement de la rue Washington. Après une soirée au théâtre, elle avait accepté que Boris la raccompagnât chez elle, et, dès le premier baiser, s'était laissée tomber sur le lit. En évoquant ce qui avait suivi, Boris éprouvait une contrariété analogue à celle que lui eût causé une action basse, voire un peu répugnante. L'accouplement sans amour était, pensait-il, un peu bestial, morne et dégradant. Il en venait à détester cette femme pour le bref plaisir qu'elle lui avait donné. Mais avec elle, du moins, il ne trahissait pas ses souvenirs. Il obéissait à un besoin physique, aussi élémentaire que la faim et la soif. Dans l'état où il se trouvait, il n'eût pas supporté d'estimer sa partenaire. N'était-il pas étrange de se promener ainsi parmi les hommes, d'obéir à leurs lois, de se mêler à leurs travaux, d'accepter leur conversation, leur amitié, leur contact, et de rapporter tous ses désirs à une morte? Il lui suffisait de fermer les yeux pour revoir Odile. En vérité, depuis quelque temps, cette image était moins précise. Odile prenait de plus en plus souvent l'expression et les tonalités grises de ses photographies. Le petit Michel, aussi, que son père avait à peine connu, lui adressait invariablement le même sourire. « Qu'est-ce que je fais en ce monde, puisque mes principales raisons de vivre ont disparu? songea Boris. Évidemment, il y a mes parents. Mon frère Serge les a quittés. Ils sont pratiquement sans nouvelles de lui, depuis qu'il s'est engagé dans la Légion étrangère. Je n'ai pas le droit de les abandonner. C'est tout! Chaque individu espère quelque chose dans l'existence... Moi, rien!... » Cette idée le frappa si vivement, qu'il faillit l'admettre sans discussion, puis, tout à coup, il se ressaisit : « Je n'espère rien, peut-être, mais je ne suis pas désespéré! » se dit-il. Comment expliquer cette expectative heureuse devant un avenir dont il n'attendait aucun bienfait pour son propre compte? Jadis, il ramenait tout à lui, le bonheur, le malheur, les victoires, les défaites, maintenant, n'ayant plus d'ambition personnelle, il se sentait lié à une multitude d'inconnus. Il était une part de leur conscience. Il baignait dans leur flot mouvant. Il vivait le temps des autres. Penché avec Paul Desmourets sur la carcasse du poste émetteur, c'était à tout le pays qu'il essayait de donner une voix. Dans la chambre voisine, Patrice fit craquer le bois du lit en se retournant avec impatience. « Il est plus seul que moi! » décida Boris. Son attention s'arrêta sur cette pensée, comme l'aiguille d'une montre à bout de course. Tout s'immobilisa en lui et hors de lui. Il s'endormit, soulagé.

3

DES semaines s'écoulèrent sans que Patrice donnât signe de vie à Élisabeth, et elle se persuada qu'il avait réellement décidé de ne plus la revoir. Cette fermeté était surprenante de la part d'un être habituellement enclin à la conciliation. Avait-il trouvé en lui-même la volonté nécessaire pour rompre, ou avait-il suivi les conseils de son ami? Élisabeth préféra s'en tenir à la première hypothèse. Ainsi, du moins, la tristesse qu'elle éprouvait de cette séparation se nuançait-elle de plaisir à l'idée que Patrice prenait du caractère avec l'âge. Elle pensait à lui d'une façon généreuse, maternelle et lointaine.

Dans toute la France, la venue des beaux jours désengourdissait, peu à peu, une population que le froid et le rationnement avaient contrainte à la vie latente pendant les longs mois d'hiver. Au soleil de mai, Paris, même occupé, avait un air de noblesse et de grâce. L'absence presque totale de voitures faisait paraître les rues plus larges, les maisons plus hautes, et révélait des perspectives architecturales que les encombrements masquaient autrefois. Partout, la pierre était reine, des échappées majestueuses s'ouvraient au croisement des avenues, les feuillages s'épanouissaient dans un air purifié des vapeurs de l'essence. Des véhicules militaires allemands et de rares autos françaises, munies d'une autorisation spéciale, circulaient bien encore dans la ville, mais la chaussée appartenait principalement au flot brillant des bicyclettes. Tous les âges, toutes les conditions sociales, enfourchaient la même selle, se penchaient sur le même guidon. La capitale retombait en enfance. De graves hommes d'affaires se propulsaient à coups de jarret vers leurs bureaux. Des livreurs à la roue rapide fendaient un peloton de vieillards essoufflés. Des bonnes sœurs roulaient, la cornette déployée, vers quelque rendez-vous charitable. Des ménagères visitaient leurs fournisseurs, un cabas vide frôlant le pare-boue. Des mères sportives chargeaient leur progéniture sur un porte-bagages. Les élégantes y mettaient leur chien. A la porte des restaurants, des cafés, des cinémas, des grands magasins, s'installaient des garages pour les vélos. On assiégeait les réparateurs de pneumatiques et les boutiques d'accessoires. Élisabeth et Arlette s'achetèrent deux bicyclettes d'occasion, qui avaient l'air neuves. Après leur travail, elles allaient se promener au bois de Boulogne. Pédalant côte à côte, dans les allées, la jupe flottante, le sac en bandoulière et les cheveux au vent, elles se donnaient l'illusion d'être en vacances, dans un pays libre et heureux. Le jeu consistait à ne pas voir les Allemands, qui flânaient, avec leurs *Gretchen* en tailleur gris, sous les ombrages. Ils se perdaient dans la verdure. En revanche, il était difficile d'ignorer leur présence au centre de Paris. Sur les grands hôtels réquisitionnés pendait le drapeau rouge à la croix noire tordue. Derrière les barrières blanches, des sentinelles, d'une fixité inhumaine, attendaient le passage d'un officier pour unir leurs talons dans un déclic foudroyant. Mais les occupants ne se cantonnaient pas dans ces bastions de la puissance militaire germanique. Touristes en uniformes, ils traînaient leurs bottes autour de Notre-Dame, se massaient à l'entrée du Louvre, levaient le nez vers la Tour Eiffel, photographiaient l'Arc de Triomphe, posaient en groupes, pour la postérité, devant l'Obélisque de la Concorde ou sur les marches du Sacré-Cœur. Les terrasses du Café de la Paix, du Wepler, du Marignan, prenaient, à l'heure de l'apéritif, une terne couleur de moisissure. Des soldats en rupture de corvée déambulaient, l'œil rond et la semelle lourde, sur les Champs-Élysées. Les boutiques de parfumerie et de lingerie féminine les attiraient comme le sucre attire les mouches. Ils achetaient n'importe quoi et à n'importe quel prix. Élisabeth continuait à recevoir leur visite et regrettait que leur goût de la bimbeloterie contribuât au succès de son affaire. Pour ne pas se singulariser parmi les autres commerçants, elle avait dû placer un portrait du maréchal Pétain en devanture. Le vieillard, à la moustache blanche et au regard paternel, trônait sur une avalanche de clips et de boucles d'oreilles, comme il veillait ailleurs sur des étalages de chaussures, de bouteilles de vin, de produits pharmaceutiques, de charcuterie, de meubles ou de soutiens-gorge. Dans le métro, des affiches, hautes en couleur, montraient un bâton de maréchal posé sur une enclume, ou le maréchal en personne serrant la main d'un ouvrier. (« Je tiens toutes les promesses, même celles des autres. ») Cependant, les quais, les couloirs des stations, étaient parsemés de tickets découpés en forme de lettre V, initiale du mot Victoire et emblème des Français de Londres. La même lettre V se retrouvait, tracée à la craie, sur les murs des maisons, dans le voisinage immédiat des administrations allemandes. On vivait sous Pétain, on espérait en de Gaulle. La politique du ventre et la politique de l'esprit se partageaient les loisirs de chacun. Malgré les proclamations des pouvoirs publics, les bouchers, les crémiers, n'avaient plus de quoi servir les maigres rations allouées aux consommateurs. Quand Élisabeth avait trop faim, elle s'adressait à sa concierge. La loge de cette personne aimable et industrieuse s'était transformée en dépôt de vivres. Des boîtes de conserve et des paquets de cigarettes s'alignaient sous le lit, des sacs de farine attendaient la visite des charançons au fond d'un placard, des saucissons à l'ail embaumaient les piles de linge dans une robuste armoire familiale aux panneaux sculptés. A la tombée du soir, des colporteurs fantomatiques, chargés de valises frappaient timidement au carreau de la maîtresse des lieux. Les cours du « marché noir » n'étaient exposés nulle part et connus de tous. L'organisation occulte et prospère des trafiquants contrôlait la nourriture, les lampes de poche, le cuir, le tabac, le papier à lettres, les boutons de culotte et les machines-outils. Les meilleures rillettes qu'Élisabeth eût jamais goûtées lui furent vendues par son coiffeur, et ce fut un plombier qui lui procura les trois mètres de tissu bleu dont elle avait besoin pour une robe. Auprès de ce ravitaillement clandestin, le ravitaillement officiel faisait pauvre figure. Pour relever le moral des familles, les gazettes du 9 mai publièrent une annonce sensationnelle : « A l'occasion de la fête des mères, les enfants recevront cent grammes de légumes secs. » Les jours suivants apportèrent aux Français d'autres raisons de se réjouir : on apprit, coup sur coup, que le chef du parti nazi, Rudolf Hess, s'était fait parachuter en Écosse pour inviter Churchill à conclure la paix avant la destruction totale de la Grande-Bretagne, que l'amiral Darlan avait convaincu Hitler de réduire l'indemnité d'occupation à trois cents millions de francs par jour, que des laissez-passer pourraient être accordés pour la zone libre en cas de décès ou de maladie grave et que les nouvelles cartes postales interzones réserveraient sept lignes au lieu de deux à la correspondance! Était-ce en échange de ces mesures magnanimes que le gouvernement de Vichy autorisait l'aviation allemande à se servir des aérodromes de Syrie contre les Anglais et promulguait un nouveau statut des Israélites? A

Paris, tous les Juifs, déjà recensés, étaient convoqués dans les commissariats. Un soir, Arlette arriva au magasin, blême d'indignation. Elle était allée faire des courses dans le quartier de Saint-Paul et avait assisté, par hasard, à une rafle.

« Des policiers poussaient les hommes dans des cars. Les femmes se cramponnaient à leurs maris. Des gosses sanglotaient. Ah! les pauvres gens! J'ai essayé de savoir où on les emmenait. Les agents m'ont très mal reçue. J'ai dû me contenter de rester sur le trottoir pour voir partir les camions... Si les Allemands s'imaginent que c'est avec des méthodes pareilles qu'ils gagneront la guerre!... »

Mlle Pologne entendit la dernière phrase et susurra :

« Je crois qu'ils ont déjà donné d'autres preuves de leur vaillance! A part Napoléon, je ne vois personne qui soit comparable à Hitler. Il a suffi que Rommel arrive en Afrique et les Anglais ont joué des jambes. Je ne suis pas de parti pris, je n'ai même aucune sympathie spéciale pour les Allemands, mais il faut reconnaître que ce sont des guerriers de race! Bientôt, la moitié de l'Europe leur appartiendra, et l'Angleterre tombera dans leurs mains, comme un fruit mûr... »

Il était difficile de la contredire sur ce point. Dès que les troupes allemandes prenaient pied sur un territoire, leurs adversaires s'effondraient. La Yougoslavie, la Grèce, venaient de l'apprendre à leurs dépens. Le drapeau à croix gammée flottait déjà à Belgrade, sur l'Acropole et dans l'île de Crète. Rommel marchait vers le canal de Suez, par le désert de Libye. Londres n'était plus qu'un tas de gravats fumants. Le président Roosevelt se contentait d'aider les Britanniques en leur vendant du matériel et en prononçant des discours. Et Staline, après un nouvel accord avec Hitler, organisait paisiblement les provinces que le Führer avait abandonnées à la voracité soviétique.

« Vous verrez, tout finira très vite! dit Mlle Pologne sur un ton guilleret. Il le faut, d'ailleurs, car, si cela continuait, nous n'aurions rien à manger l'hiver prochain! Ah! je crois qu'il est l'heure de fermer! »

Élisabeth et Arlette sortirent dans la rue, pendant que Mlle Pologne tirait la grille pliante de la devanture.

« Elle est vraiment exaspérante, par moments! dit Élisabeth.

— Ce n'est rien! dit Arlette. Je voudrais que vous entendiez mon patron! Il est devenu plus germanophile que Doriot, Déat et Philippe Henriot réunis! Il fréquente des Allemands et les traite dans les grands restaurants, au champagne. Si jamais vous avez besoin de demander quoi que ce soit à ces messieurs...

— J'en doute! dit Élisabeth. Mais, à tout hasard, je retiens le renseignement. »

Mlle Pologne prit congé des deux jeunes femmes et s'éloigna, un énorme cabas en toile cirée sous le bras et un tout petit chapeau de paille sur la tête.

Arlette proposa à Élisabeth d'aller au cinéma. Elles échouèrent dans une salle obscure, où le public se laissait engourdir par les scènes d'un film d'avant-guerre, lent, sentimental et bavard. Sur l'écran, la vedette portait un tailleur charmant, mais démodé, Paris grouillait de voitures, un monsieur pressé arrêtait un taxi en claquant des doigts, les réverbères brillaient le long des avenues. Des murmures d'envie montèrent de la foule, quand le jeune premier en smoking et sa compagne en robe du soir se retrouvèrent dans un restaurant luxueux. On ne voyait plus les acteurs. Les principaux personnages de l'histoire devenaient une boîte de caviar, un poulet, un gâteau, des fromages, une bouteille de champagne dans son seau. « Mais, oui! songeait Élisabeth. Tout cela existait autrefois. La vie était facile, libre, exaltante! » Elle glissa un regard à Arlette, qui était hypnotisée par les images de l'écran, et se sentit désenchantée, malheureuse. « C'est bête, deux femmes seules! » pensa-t-elle encore. Patrice lui manquait. Elle s'était habituée à sa gentillesse inoffensive. Pourquoi ne voulait-il pas demeurer pour elle un ami? Elle regrettait aussi de ne plus voir Boris, dont l'air rude et volontaire cachait assurément une vive sensibilité. Les défauts et les qualités de ces deux hommes se complétaient si bien, qu'il était difficile à Élisabeth de les dissocier l'un de l'autre dans son souvenir. Elle réfléchit à eux pendant toute la durée de la projection. « Je ne peux tout de même pas leur téléphoner pour prendre de leurs nouvelles! » Après un court entracte, les actualités replongèrent brutalement le public dans l'horreur d'une époque qu'il avait tenté d'oublier en regardant le grand film : troupes allemandes en marche, éclatements d'obus, colonnes de prisonniers grecs haillonneux, départs de bombardiers de la Luftwaffe pour l'Angleterre, navire britannique torpillé, s'enfonçant dans les vagues, Hitler, grimaçant du sourcil et de la moustache devant un micro, Hitler parlant à l'énorme Goering, constellé de décorations, Hitler rencontrant Mussolini, le 2 juin, sur le Brenner. La salle se taisait. Un communiqué des autorités allemandes avait annoncé que tous les cinémas parisiens seraient fermés en cas de manifestations subversives.

« Si nous partions? chuchota Arlette. J'en ai vraiment assez! Pas vous? »

Elles se retrouvèrent sur l'avenue des Champs-Élysées, silencieuse et noire. Arlette était pressée de rentrer chez elle, car sa mère, souffrant d'angoisses nocturnes, ne s'endormait jamais avant de l'avoir revue, saine et sauve, à la maison. Les deux amies se séparèrent devant le métro Marbeuf, dont une lueur bleuâtre éclairait les marches.

Quelques jours passèrent encore, marqués par les lamentables nouvelles des combats que le corps expéditionnaire anglais et les troupes françaises ralliées à de Gaulle livraient, en Syrie, aux troupes françaises demeurées fidèles à Pétain. Cette fois, il n'était plus possible de croire que le gouvernement de Vichy menait un double jeu. La collaboration, célébrée à la première page des journaux parisiens, s'affirmait tragiquement sur les champs de bataille. Un soir, comme Élisabeth écoutait le communiqué de Radio-Paris en dînant de nouilles réchauffées, le téléphone sonna. Elle décrocha l'appareil, étouffa un cri de joie et dit de son ton le plus naturel :

« Tiens ? Patrice ! Je suis ravie de t'entendre... »

Il lui expliqua qu'il avait été occupé ces derniers temps.

« Mais tu vas bien ? demanda-t-elle en insistant sur ce dernier mot.

— Très bien. »

L'accent résolu de cette réponse la rassura. Puis, une question lui monta aux lèvres.

« Et Boris ?

— Il est en pleine forme ! Est-ce que je pourrais te voir un de ces jours ? »

Ils se donnèrent rendez-vous pour le dimanche suivant, à onze heures du matin.

« Je passerai te prendre, dit-il. On ira boire un verre aux Champs-Élysées. »

Elle connaissait si bien le caractère de Patrice, qu'aux inflexions de sa voix elle devinait sa pensée. Incapable d'être heureux sans elle, il acceptait ses conditions. Leur rencontre serait amicale et douce, comme elle le souhaitait.

Il se présenta le dimanche, à l'heure dite, et, en lui ouvrant la porte, Élisabeth fut frappée par son air de mystérieuse jubilation. Sans hésiter, comme autrefois, elle lui effleura la joue d'un baiser. Il l'embrassa à son tour, la considéra fixement, tendrement, pour la remercier, et, soudain, changeant de visage, s'écria :

« Tu sais la nouvelle ? L'Allemagne vient d'attaquer la Russie ! »

Elle sursauta, mi-effrayée, mi-réjouie, par l'énormité de la révélation.

« Tu es sûr ? balbutia-t-elle enfin.

— Absolument ! Ce sont les parents de Boris qui nous ont annoncé l'événement par téléphone. Aussitôt, nous avons pris la radio, toutes les radios... Ce matin, à quatre heures trente, les premiers chars allemands ont pénétré en territoire soviétique...

— Mais pourquoi ? Les Russes étaient en très bons termes avec les Allemands !

— Tant que leurs intérêts étaient les mêmes ! Maintenant, Hitler prétend que Staline se préparait à envahir l'Allemagne pour y instaurer le communisme. Ribbentrop vient de le déclarer à la presse. Évidemment, il s'agit d'un prétexte ! Les nazis veulent conquérir toute l'Europe ! Voilà la vérité ! Mais ils sont fous, archifous ! Te rends-tu compte de l'aventure dans laquelle ils se lancent ? La Russie a des territoires immenses, des ressources incalculables, cent soixante-dix divisions sous les armes. Même si les Allemands doivent vaincre, ils finiront cette campagne dans un tel état d'épuisement, que les Alliés pourront ensuite leur porter le coup décisif ! Encore quelques mois de patience, et il n'y aura plus d'uniformes verts dans Paris !

— Boris doit être content ! dit Élisabeth. Lui qui reprochait aux Soviets leur alliance avec les nazis !...

— Tu penses ! Il ne tient plus en place ! Toutes les cinq minutes, il se précipite sur son poste de radio !

— Je le vois d'ici ! dit Élisabeth en souriant. Mais, à part ça, que devient-il ? Est-il toujours avec cette fille ?... »

Patrice hésita, puis dit évasivement :

« Je ne sais pas... oui, sans doute... »

La surprise d'Élisabeth ne se manifesta que par un rapide battement de paupières.

« Qu'est-ce que tu fais cet après-midi ? reprit-il. Veux-tu que nous déjeunions ensemble ?

— Volontiers », dit-elle, sans penser à la joie qu'elle lui procurait par cette réponse.

Puis, comme sortant d'un rêve, elle s'écria :

« L'Allemagne attaquant la Russie! C'est incroyable! Je vais tout de suite le téléphoner à Arlette!

— Fais attention à ce que tu diras! Il paraît que les Allemands ont installé des tables d'écoute. »

Selon le conseil de Patrice, Élisabeth annonça la nouvelle à son amie sur un ton désolé. Mais Arlette avait déjà entendu les informations et, acceptant le jeu, se désespérait à l'autre bout du fil :

« C'est affreux! Pourvu que les Allemands ne rencontrent pas trop de résistance! En tout cas, ils feraient bien d'en finir avant les grands froids de l'hiver!... Rappelez-vous ce qui est arrivé à Napoléon!... Il y a une coïncidence bizarre : lui aussi a attaqué la Russie le 22 juin!... »

Élisabeth se retenait de rire. L'écouteur collé à l'oreille, elle voyait Patrice qui l'observait d'un œil inquiet. Quand elle eut raccroché l'appareil, il soupira :

« Ouf! J'ai cru que tu allais l'inviter à déjeuner avec nous!

— Tu ne la trouves pas sympathique? demanda-t-elle.

— Très sympathique. Mais je préfère être seul avec toi.

— Moi aussi! » dit-elle gaiement en lui prenant le bras.

*
* *

La déception fut d'autant plus rapide que l'espoir avait été plus grand. Les troupes allemandes pénétraient en Russie aussi aisément, semblait-il, qu'elles avaient pénétré en France. Partout, les régiments soviétiques reculaient, se débandaient, surpris par la violence des premiers combats. Sous les coups répétés de la Luftwaffe, les avions à étoile rouge tombaient du ciel comme des feuilles mortes. Chaque jour apportait à Hitler des kilomètres de terres conquises, des listes de villes occupées, des moissons d'armes et de munitions, des montagnes de morts, des troupeaux de captifs. Grodno, Brest-Litovsk, Kovno, Wilno, Dvinsk, Lwow, Riga, étaient entre leurs mains. L'autostrade de Moscou à Minsk était coupée. Le haut commandement russe ordonnait la retraite. Tandis que Churchill promettait l'aide entière de la Grande-Bretagne à l'U.R.S.S., le maréchal Pétain décidait de rompre les relations diplomatiques avec ce pays et d'autoriser la création d'une Légion de volontaires français contre le Bolchevisme. La presse parisienne commentait cette nouvelle avec enthousiasme : « Allemands et Français vont verser leur sang côte à côte... Le chef de l'Allemagne victorieuse de 1940 accepte que les plus purs et les plus généreux enfants de la France, vaincus de 1940, deviennent, treize mois après la défaite de leur pays, les alliés du peuple allemand contre le poison bolchevique! » Malgré cet appel vibrant et les circulaires distribuées par la poste (« Volontaires français contre le Bolchevisme : solde de 20 francs, indemnité de combat 24 francs »), les engagements, disait-on, étaient rares. Relevant le défi du « V » britannique, les Allemands placardaient sur les murs de Paris une affiche frappée du « V » allemand : « Victoria ». Et, pour affermir la popularité du gouvernement de Vichy, les journaux organisaient un concours de la plus jolie lettre d'enfant au maréchal.

Élisabeth voyait souvent Patrice et se félicitait de l'atmosphère apaisée qui s'était rétablie entre eux. Toutefois, depuis quelque temps, il avait mauvaise mine : le teint gris, les yeux cernés, la parole rauque, fébrile. Elle ne fut pas surprise quand il lui téléphona, un matin, qu'il était au fond de son lit, avec un abcès dans la gorge :

« Je me demande comment j'ai attrapé ça! En plein mois d'août! Est-ce assez bête? »

Elle décida de lui rendre visite, après la fermeture du magasin. Ce fut Boris qui la reçut au salon. Un homme âgé se trouvait là, les épaules larges, voûtées, la moustache grise, une serviette de cuir sous le bras. Élisabeth crut que c'était le médecin. Mais Boris la détrompa :

« Mon père, madame Mazalaigue. »

Le père de Boris s'inclina et baisa la main d'Élisabeth. Il avait des yeux bruns, au regard chaud et pénétrant.

« Comment va Patrice? demanda-t-elle.

— Toujours la même chose », dit Boris d'un ton sec.

Une hostilité contenue crispait les traits de son visage. Visiblement, l'arrivée d'Élisabeth le contrariait. Pourquoi?

« J'espère que je ne vous dérange pas, dit-elle.

— Pas du tout, répliqua-t-il. Je dîne chez mes parents, ce soir.

— Oui, dit M. Danoff. Je suis venu prendre mon fils, en passant. Je crois que ma belle-sœur travaille pour vous, madame... »

Il roulait les « r » avec une puissance tranquille. Boris avait hérité de ses sourcils fortement dessinés, de son front têtu et de son menton frappé d'une fossette.

« En effet, dit Élisabeth. Et je dois dire qu'elle réussit des merveilles!

— Merveilles, c'est beaucoup! En tout cas, je sais qu'elle est très contente. Elle a tellement besoin d'être encouragée!... »

Il marqua un temps et ajouta :

« Est-ce que nous partons, Boris? »

Il prononçait : *Bariss*.

« Une seconde, papa! dit Boris. Voulez-vous me suivre, Élisabeth? Patrice vous attend. »

Élisabeth prit congé de M. Danoff et se rendit avec Boris dans la chambre. Patrice reposait, blanc et maigre, dans son lit, le pyjama boutonné jusqu'au cou :

« Oh! Élisabeth! C'est chic d'être venue! Assieds-toi près de moi... »

Boris les enveloppa tous deux d'un regard glacé et se retira. Quand il fut loin, Patrice haussa la tête, brusquement, sur son oreiller.

« Tu sais, je vais déjà mieux, murmura-t-il : 38°7, ce soir! Mais je suis gavé de Dagénan. Ça me brouille un peu les idées. Tu as vu le père de Boris? Quel homme charmant! Sans lui, nous n'aurions pas grand-chose à manger. Il tient un petit magasin de tissus, rue de Provence. Quand le ravitaillement marche mal, il fait du troc : un coupon contre de la viande! Une drôle d'époque!... »

Il s'exaltait, les lèvres luisantes, mobiles, les prunelles écarquillées. Autour de lui, se dressait un décor de murs bleu pâle, de meubles en glaces et de fauteuils aux housses de cretonne. Un seul lit. Boris devait coucher dans la chambre voisine.

« Ne parle pas trop, dit Élisabeth. Calme-toi!

— Si tu savais comme cela me fait du bien de parler!... Tu as pris les informations avant de venir? C'est effrayant! Les Russes se font battre à plate couture!... Bientôt, les Allemands seront à Leningrad, à Moscou!... Mais ils n'auront pas gagné pour cela!... Le massacre continuera!... Les hommes souffriront encore!... Et pourquoi?... Parce que des chefs d'État en ont décidé ainsi!... Des chefs d'État qui, eux, ne risquent pas leur peau dans l'aventure! Tout au plus leur situation!... Peut-être suffirait-il qu'Hitler soit supprimé pour que la tuerie s'arrête dans le monde?...

— J'ai l'impression, dit Élisabeth, que la mort d'Hitler ne changerait rien.

— C'est moche d'être un homme! soupira Patrice.

— Pourquoi dis-tu cela?

— Parce que je le pense. A quoi bon vivre? A quoi bon travailler, aimer, gagner de l'argent, se soigner, vieillir? Quel est le sens de notre passage sur la terre? Évidemment, il y a l'espoir offert par le christianisme. Je m'y suis attaché, quand j'étais un enfant. Mais c'est un rêve, une utopie. Comment peut-on croire sans preuves? La vérité est plus simple. Notre planète est une fourmilière, des millions d'êtres s'y agitent, traînent des grains de sable, creusent des galeries, se donnent de l'importance, procréent selon les lois de la nature et crèvent, laissant la place à une autre génération, qui s'estimera supérieure à la précédente, et grouillera, elle aussi, pendant un instant, avant de disparaître à son tour. Dans ces conditions, une seule chose compte : ne pas trop s'ennuyer, ne pas trop réfléchir, durant notre bref séjour ici-bas. J'envie ceux qu'une passion empêche de voir l'inutilité de tout ce qu'ils entreprennent.

— Tu n'as pas de passion? demanda Élisabeth. Et la musique?

— J'ai tenté de m'y remettre. Mais cela ne m'intéresse plus. Boris, lui, a de la chance. Quand il est plongé dans ses calculs, le reste de l'univers s'efface. Il ne pense plus à sa femme, à son enfant morts!

— Qu'en sais-tu?

— Il me l'a dit.

— Pourtant, il est plus à plaindre que toi, Patrice.

— Pourquoi?

— A cause de tout ce qu'il a perdu. Songe à son passé!

— Le mien n'est pas très brillant, dit Patrice avec un sourire amer. Quant à l'avenir, n'en parlons pas. Je voudrais découvrir un but à ma vie, un jeu qui absorbe entièrement mon esprit...

— Et l'amitié, dit-elle soudain, n'est-ce pas un jeu admirable?

— Si, bien sûr, mais un ami n'est jamais totalement à vous. Tu as ta destinée, Boris a la sienne. Moi seul je n'ai rien, je ne suis rien... Vous courez loin de moi et j'attends, le front contre un mur, que vous vous soyez cachés, pour me lancer à votre recherche. Je compte : un, deux, trois... C'est long! Toute l'existence y passe! »

Des gouttes de sueur coulaient sur ses joues.

« Tu es stupide! dit Élisabeth. La fièvre te fait divaguer.

— Non, non, elle me rend lucide. Extraordinairement lucide! Tout s'éclaire. Il faut absolument que je trouve quelque chose à faire quand je serai guéri, quelque chose qui me sorte de moi-même, qui me justifie à mes propres yeux... Tu souris... Oh! Élisabeth!... Tu souris, et c'est le bonheur!... Pourquoi te lèves-tu?... Ne pars pas encore!... Reste jusqu'au retour de Boris!... Il y a ce qu'il faut pour dîner dans le garde-manger!... Tu t'installeras sur cette petite table... Je te regarderai!... »

Elle posa la main sur le front brûlant de Patrice. Il ferma les yeux et renversa la tête en chuchotant :

« Comme c'est bon, Élisabeth! La voilà enfin, la vraie musique! »

***

« Encore un peu de café, Boris? »

Il leva les yeux sur sa mère, comme s'il n'eût pas compris ce qu'elle lui disait, sourit et tendit sa tasse. En face de lui, son père pliait sa serviette et s'appuyait, en soupirant, au dossier de sa chaise. La conversation, pendant tout le repas, avait porté sur les dernières nouvelles de la guerre. Boris parlait toujours le russe avec ses parents. En franchissant le seuil de leur appartement, il revenait à ses origines. Une icône veillait dans un coin de la pièce. Des estampes du vieux Moscou décoraient les murs. Un samovar de cuivre, acheté récemment chez un antiquaire, trônait, insolite, sur un bahut breton.

« Et toi, Michel, du café? »

Le père de Boris secoua la tête :

« Non, merci, Tania. Ce breuvage est vraiment trop mauvais! Vois-tu, Boris, plus je lis les journaux, plus j'ai l'impression que, pour nous, le moment est venu de faire des projets! »

Boris tourna vers son père un regard anxieux et dit à mi-voix, en pesant chaque mot :

« Quels projets? Je ne comprends pas que tu puisses te réjouir des succès de l'armée allemande, papa. Tu as beau détester le régime soviétique, tu dois tout de même te rendre compte que ce sont des soldats russes qui tombent par milliers pour la défense de leur pays, de ton pays...

— Je les plains et je les admire comme toi, dit Michel. J'ai honte, j'ai mal, quand je vois, aux actualités, des troupeaux de prisonniers qui défilent sur les routes. Mais nous avons tout perdu à cause de la révolution bolchevique : notre fortune, nos plus belles années et jusqu'au droit de vivre chez nous! Et voici que ceux qui nous ont dépouillés, chassés, sont sur le point de disparaître! Si l'Allemagne gagne la guerre, Staline et ses acolytes seront remplacés par un gouvernement favorable au retour des émigrés. Nous pourrons revenir en Russie...

— Pour y trouver quoi? s'écria Boris. Vous vous figurez qu'on vous rendra ce qu'on vous a pris : l'argent, les maisons, les bijoux, les terres?...

— Même si on ne nous rend rien, dit Tania, nous serons sur notre sol, sous notre ciel, parmi des gens qui parlent notre langue...

— Et vous vous y sentirez plus étrangers qu'à Paris!

— Mais non, Boris, mais non, mon petit! » chuchota-t-elle avec un sourire.

Elle emporta les assiettes vides dans la cuisine et revint s'asseoir, belle, douce et placide, entre son mari et son fils.

« Réfléchis, maman, reprit Boris, que tu le veuilles ou non, la Russie où vous rentrerez ne sera pas celle que vous avez quittée. Les mœurs ont changé en vingt ans. Une nouvelle génération s'est élevée là-bas, avec ses idées, ses goûts, ses habitudes, qui ne sont pas les vôtres. Ces hommes, ces femmes, vous considéreront comme des habitants d'une autre planète, des bêtes curieuses, des survivants inutiles de l'époque 1900. Non seulement ils ne vous comprendront pas, mais encore ils se méfieront de vous. Peut-être même serez-vous pour eux un objet de haine! »

Michel eut un haut-le-corps et l'indignation brilla dans ses yeux :

« Je me demande pourquoi!

— Parce que vous serez arrivés chez eux dans les fourgons de l'ennemi! dit Boris. Parce que votre réussite se fondera sur le malheur d'un pays saigné à blanc, brûlé jusqu'à la pierre! Vous n'avez pas songé à cela?

— Si, dit Michel. J'y ai songé. Et plus souvent que toi! Mais tu raisonnes en garçon qui n'a pas de patrie. Tu ne peux pas savoir l'attraction qu'exerce sur un homme la terre où il est né et où toute sa famille a vécu... »

Tania opina de la tête :

« Mais oui, mon petit. Tu étais trop jeune quand nous avons fui la Russie! Elle ne représente rien de précis pour toi. Quelques souvenirs d'enfant, nos récits, tes lectures... Pour nous, c'est différent... Nous avons beau être heureux, ici, en apparence, l'air natal nous manque... Resterais-tu en France s'il nous était possible de retourner en Russie? »

Boris tressaillit. Vingt fois déjà, il avait répondu, sans varier, à cette question. Pourquoi la lui posait-on encore? Pour l'éprouver? Pour le mettre dans l'embarras? Il en voulut à ses parents de leur insistance.

« Oui, dit-il. Je resterais.

— Tu aurais tort, dit Michel. Ils ont besoin de techniciens. Avec ton métier d'ingénieur, tu pourrais obtenir à Moscou une situation magnifique!

— Pour moi, c'est trop tard, papa.

— Tu n'as que trente ans!

— Trente ans, oui, dont vingt-deux de vie française, d'études françaises, d'amitiés françaises...

— En somme, tu es plus Français que Russe? » demanda Tania.

Boris se rembrunit :

« Que te répondre, maman? Tout est plus compliqué que tu ne l'imagines...

Ayant rarement l'occasion de parler russe, il cherchait ses mots pour les adapter à une pensée qu'il concevait, par habitude, en français.

« Je ne peux pas démêler en moi les apports de mon pays d'origine et de mon pays d'adoption, reprit-il. Mais, plus je vais, plus je me sens intégré à la France, plus tout ce qui est russe en moi me semble appartenir au domaine du rêve. J'aime ce rêve russe, mais je marche et je construis sur le sol français. Si je devais aller en Russie, j'y serais aussi désorienté que vous l'êtes en France... »

Il s'arrêta pour bourrer et allumer une pipe.

« Je regrette que ton frère ne soit pas auprès de nous, dit Tania. Il saurait mieux que nous te convaincre. »

Comme chaque fois que le souvenir du fils aîné des Danoff était évoqué en famille, la conversation s'éteignit : la jeunesse tumultueuse de Serge, sa fuite, son engagement dans la Légion étrangère, demeuraient un mystère pour ses parents. Peu après l'armistice, il leur avait envoyé une carte de Sidi-bel-Abbès, où il se trouvait en cantonnement, pour leur dire qu'il se portait bien et qu'il avait maintenant le grade de sergent-chef. Depuis, plus de nouvelles. Avait-il été démobilisé? Travaillait-il dans un bureau? Pensait-il revenir, un jour prochain, dans la métropole? Boris, le premier, réagit contre l'obsession dont il voyait les signes sur le front ridé de son père, dans les yeux voilés de sa mère.

« Serge, dit-il, serait certainement de mon avis.

Nous avons beau n'avoir pas le même caractère, il est de ma génération, il est porté par le même courant que moi... Si tu aimais vraiment la Russie, papa, tu devrais sacrifier tes désirs à ceux de tout un peuple, placer l'intérêt national au-dessus de ton intérêt personnel, espérer la victoire russe en oubliant la couleur du drapeau, pour ne penser qu'à la grandeur, à l'intégrité du territoire... »

Il se tut soudain, frappé par l'égoïsme inconscient de son discours. Ses parents ignoraient le travail clandestin auquel, depuis peu, il consacrait ses loisirs. Pouvait-il leur dire qu'en souhaitant le triomphe d'Hitler ils condamnaient leur fils, qui, dans une Europe asservie, n'échapperait pas aux recherches de la Gestapo? D'ailleurs, à supposer même qu'il ne fût pas inquiété, il devrait renoncer à vivre paisiblement en France, avec son père et sa mère, si la Russie ouvrait ses frontières à l'émigration blanche. Ils voudraient retourner chez eux et ne comprendraient pas son refus de les suivre. Le bonheur dont ils rêvaient s'établirait sur son malheur à lui. Aujourd'hui, en s'acharnant à les contredire, à les dépouiller de leurs illusions, il défendait sa propre cause, sa propre chance de Russe naturalisé Français. Son père le considérait avec une attention gênante. Sa mère ne souriait plus. Sur une étagère, il y avait une photographie de Serge et de Boris enfants, se tenant par la main. Elle avait été prise à Moscou, en 1916. « Plus jamais je ne parlerai à mes parents comme je l'ai fait, songea Boris. Ils sont âgés, fatigués, aveuglés par des souvenirs. Je dois respecter les erreurs même qui les font vivre... » Sa pipe s'était éteinte; il la ralluma. Le silence continuait. Enfin, Michel sortit de sa réserve.

« Ah! Boris! Boris! grommela-t-il. Tu me prêches une générosité plus facile à exprimer qu'à mettre en pratique. Peut-être viendra-t-il un jour où je penserai comme toi. Mais, en attendant, lorsque je lis dans le communiqué : Staraïa-Roussa, Riga, Smolensk, tous ces noms de villes libérées...

— Occupées, papa !

— Occupées, si tu veux... pour un temps !... Lorsque je lis tous ces noms familiers, mon sang s'échauffe !... Je me dis : qu'est-ce que nous faisons ici ? Quand pourrons-nous, à notre tour, fouler le sol de la patrie ? »

Tania prit la main de Michel sur la table. Elle craignait les discussions politiques entre son mari et son fils. Boris était devenu si nerveux depuis la mort de sa femme et de son enfant !

« Je te comprends, papa, murmura-t-il. Mais, toi aussi, essaie de me comprendre, et, peu à peu, tu me donneras raison !

— De toute façon, dit Tania, ce sont les événements qui décideront pour nous ! Prions Dieu qu'il nous conserve la vie dans cette effroyable aventure... »

Son regard se leva vers l'icône, descendit vers son fils, et elle ajouta d'un air soucieux :

« Est-ce que tu as des provisions pour demain ?

— Pas grand-chose, dit Boris.

— Quel ennui ! Je n'ai presque rien moi-même ! Il faut pourtant que vous mangiez !... Je trouve, Michel, que, depuis quelque temps, tes fournisseurs te négligent !

— C'est bien normal ! dit Michel. Je n'ai pratiquement plus de marchandise à leur donner en échange. Le commerce devient impossible ! Les usines tournent au ralenti et le peu de tissu qui en sort s'envole vers des officines du marché noir. Si cela continue, il faudra que je ferme boutique, ou que j'accepte, moi aussi, de travailler en fraude ! Tu me vois, doublant mes prix, vendant du drap en cachette, tremblant à l'idée d'une dénonciation ?

— Non ! » dit Tania en riant.

Elle se dressa, corpulente et leste, passa dans la

cuisine et revint avec un petit paquet enveloppé dans du papier journal.

« Tiens, Boris, dit-elle, un bocal de concombres salés, un paquet de pâtes et de la viande hachée. Tu sauras la préparer?

— Mais oui, maman.

— Un jour, dit Michel, tu nous inviteras pour que nous goûtions ta cuisine! »

L'orage était loin. Boris respira. Mais un malaise persistait dans sa poitrine, fait de colère contre lui-même et de pitié pour ses parents.

***

Il ouvrit la porte avec précaution, entra dans la chambre de Patrice et s'immobilisa, étonné : Élisabeth était assise au chevet du lit, dans un fauteuil, le profil éclairé par une petite lampe à l'abat-jour de parchemin jaunâtre.

« Excuse-moi, mon vieux, je te croyais seul! grogna-t-il en repoussant le battant derrière lui.

— Élisabeth a dîné près de moi, pour me tenir compagnie, dit Patrice. Tes parents vont bien?

— Très bien! » dit Boris, et, ostensiblement, il plia le bras pour lire l'heure à sa montre-bracelet.

Élisabeth remarqua son geste et se leva d'un souple mouvement de hanches :

« Je m'en vais!

— Tu ne veux pas rester encore un peu? » demanda Patrice.

Boris intervint d'une voix tranchante :

« Il est tard! »

Élisabeth renchérit avec un sourire :

« Mais oui, il est tard! Très tard même, Patrice! Il faut que tu dormes!... »

Elle déposa un baiser sur son front, tâta son pouls, hocha la tête, dit encore : « Je téléphonerai demain pour prendre de tes nouvelles », et sortit, suivie de Boris. Comme ils traversaient le salon, elle s'arrêta et fit face, si brusquement qu'il faillit se heurter à elle :

« Je suis inquiète pour Patrice! Je l'ai trouvé tourmenté, malheureux, plein d'idées extravagantes!... »

Il la regarda avec force et proféra :

« Qu'est-ce que cela peut bien vous faire? »

Cette réplique insolente surprit Élisabeth sans la fâcher. Décidément, Boris tenait à être désagréable avec elle.

« Je vous répondrais facilement, dit-elle, si vous étiez capable de me comprendre. »

Boris haussa les épaules. La conversation qu'il avait eue avec ses parents lui avait mis les nerfs à vif. Il ne pouvait supporter la fausse sollicitude de cette femme, qui accourait au chevet d'un malade et multipliait les regards langoureux, les sourires veloutés, les paroles consolantes, pour attiser en lui un désir qu'elle se refuserait à contenter par la suite.

« Je suis capable de tout comprendre, sauf la mauvaise foi », dit-il.

Elle leva les sourcils. La finesse de ses traits, la fraîcheur de sa peau, exaspéraient le ressentiment de Boris, comme s'il eût jugé doublement coupable d'unir tant de beauté à tant de perfidie.

« Ainsi, d'après vous, dit-elle, je suis de mauvaise foi?

— Parfaitement! Vous ne voyez pas qu'il est amoureux, qu'il espère, qu'il souffre? Laissez-le donc dans son coin, si vous ne voulez plus de lui! Ne vous amusez pas à le tenir en haleine, par coquetterie! »

Il eut conscience qu'il passait la mesure.

« Je n'ai rien à me reprocher envers Patrice, dit-elle.

— Vous avez été sa femme! reprit-il violemment. Et maintenant, qu'essayez-vous d'être?

— Son amie.

— C'est incroyable! Son amie! Il dépérit quand

vous n'êtes pas là, il tombe en transes quand vous apparaissez, et vous voulez être son amie?

— C'est à cette seule condition que j'ai accepté de le revoir!

— Vous saviez bien qu'il consentirait à n'importe quoi par crainte de vous perdre!

— Il est tout de même resté pendant des semaines sans me donner signe de vie! dit-elle.

— Parce que je l'en ai empêché!

— Rendez-moi cette justice que, de mon côté, je n'ai rien fait pour le ramener à moi. »

Il y eut une trêve. Boris méditait. Pendant un moment, ils entendirent leurs deux respirations dans le silence.

« C'est exact! dit-il enfin. Mais les résultats sont là. Il ne m'a pas écouté. Il vous a revue...

— Est-il plus à plaindre maintenant qu'à l'époque de notre séparation?

— Non, dit Boris. Il souffre différemment. C'est tout! »

Il s'apaisait. Plongeant son regard dans les yeux de Boris, Élisabeth y découvrit de l'ardeur, de l'arrogance, et comme l'affirmation d'une vie intérieure sans bassesse. « Il est exalté, maladroit! se dit-elle. Il casse tout, et il réfléchit ensuite. » Elle avait envie d'ouvrir la tête de ce garçon comme une boîte, pour voir ce qu'il avait dedans.

« Boris! dit-elle doucement.

— Oui?

— Pourquoi ne voulez-vous pas me faire confiance? Mon affection pour Patrice est aussi sincère, aussi désintéressée que la vôtre. Je suis persuadée qu'avec le temps j'arriverai à ce qu'il soit heureux de la simple amitié que je lui offre. Au lieu de me critiquer, de me détester...

— Je ne vous déteste pas! balbutia-t-il.

— Au lieu de me critiquer, reprit-elle avec un demi-sourire, vous devriez m'aider à le guérir de son abattement. Il a une telle tendresse pour vous! Il vous estime tant! Il me parle de vous comme d'un frère aîné!

— Moi aussi, je l'aime beaucoup! » dit Boris d'une voix enrouée.

Il se sentait stupide et ne savait comment terminer l'entretien. Déjà, devant ses parents, il avait cédé à un mouvement d'humeur impardonnable. Était-il impuissant à contrôler ses paroles, ses gestes, quand la passion de la vérité s'emparait de lui?

Élisabeth lui tendit la main :

« Au revoir, Boris. »

Il hésita un moment et dit, sans abaisser les paupières :

« Au revoir, Élisabeth... Je regrette... J'ai été un peu vif, tout à l'heure...

— Cela nous a permis de nous expliquer franchement. »

De nouveau, il consulta sa montre :

« Onze heures vingt! C'est affreux! Vous avez raté votre correspondance!

— Je suis venue à bicyclette.

— Et vous allez repartir comme ça, dans la nuit?

— Mais oui. Je serai juste rentrée pour le couvre-feu. »

Il lui adressa un regard ému, ne dit pas un mot et l'accompagna jusqu'à la porte.

4

L'AUTOMNE revint, avec son froid, ses pluies, ses queues de ménagères devant les magasins et ses mauvaises nouvelles quotidiennes. Le 23 octobre, les Allemands prétendaient se trouver à soixante-cinq kilomètres de Moscou et avoir fait trois millions de prisonniers. Mais les Russes ne s'avouaient pas vaincus, et passaient même à la contre-attaque pour dégager leur capitale. Parties pour une campagne d'été de trois mois, les troupes d'Hitler étaient surprises par la neige dans les plaines désertes. Le gel ralentissait les transports, bloquait les divisions motorisées, achevait les blessés, démoralisait et clouait sur place des régiments insuffisamment équipés, que harcelait la cavalerie soviétique. Le dimanche 7 décembre, un coup de tonnerre ébranla le monde. L'aviation japonaise avait bombardé, sans avertissement, la flotte américaine mouillée dans la rade de Pearl Harbor, base navale des îles Hawaii. Un sursaut d'indignation souleva les États-Unis, qui entrèrent immédiatement dans le conflit avec leur formidable organisation industrielle. Ce fut encore Patrice qui annonça l'événement à Élisabeth. Il avait été long à se remettre de son abcès dans la gorge, et maintenant, bien qu'il se déclarât en parfaite santé, son visage pâlissait, se creusait, à la moindre fatigue. Élisabeth, qui le voyait souvent, était navrée de sa passion pour des théories philosophiques débilitantes. Il semblait prendre un plaisir malsain à vivre sans espoir, porté, comme un bouchon de liège, sur le flot des jours. Parfois, une grande colère le secouait à la lecture des journaux. Puis, après une crise d'effervescence politique, il retombait dans son apathie.

Le début du mois de décembre fut marqué par une série d'attentats contre les membres de la Wehrmacht. A titre de représailles, le général von Stulpnagel fixa le couvre-feu à six heures du soir. Pendant plus d'une semaine, les Parisiens vécurent à demi retirés dans leur coquille. Enfin, le 14 décembre, les journaux annoncèrent la levée des mesures d'exception. Mais, en même temps, un avis des autorités allemandes d'occupation précisa que les Juifs seraient frappés d'une amende d'un milliard de francs, qu'un grand nombre d'entre eux seraient déportés et que cent otages seraient fusillés pour l'exemple. L'année s'acheva dans une atmosphère de deuil et d'angoisse, aggravée encore par les échecs des Anglais, qui capitulaient à Hong-Kong, et des Américains, qui perdaient Manille et les bases de Wake, de Guam et de Midway. Seul réconfort parmi tant de désastres : la décision d'Hitler, qui, devant la violence de la réaction militaire russe, limogeait le généralissime von Brauchitsch et prenait personnellement le commandement de la Wehrmacht.

Le 16 février, Boris fut nommé chef d'un groupe d'études aux établissements Hopkins. Pour fêter cette promotion, les deux amis invitèrent Élisabeth à dîner, le vendredi suivant. Elle arriva chez eux à huit heures, et trouva le salon éclairé, le couvert dressé sur la table de bridge et quelques roses trop ouvertes dans un vase. Le repas n'étant pas encore prêt, Boris servit des cocktails, très glacés et très secs. Il paraissait d'excellente humeur et portait une cravate à raies grises et bleues, qui modifiait la couleur de ses yeux. Élisabeth remarqua qu'il se montrait particulièrement aimable avec elle. Lui était-elle devenue sympathique, ou s'efforçait-il à la courtoisie pour épargner la susceptibilité de Patrice? Un parfum savoureux se répandait dans la pièce.

« Est-ce toujours vous qui vous occupez de la cuisine? demanda Élisabeth.

— Toujours moi! » dit Boris avec fierté.

Soudain, il prit une mine effarée, se frappa le front du plat de la main, gémit : « Mon poulet! » et disparut dans le couloir.

« Un poulet? dit Élisabeth. Où avez-vous pu vous en procurer un?

— C'est Boris qui l'a rapporté de l'usine, dit Patrice. Il connaît un ouvrier qui entretient une basse-cour dans sa chambre. Au premier coup d'œil, j'ai eu l'impression qu'il s'agissait d'une race très robuste, très musclée. Si tu nous avais vus en train de plumer cette malheureuse volaille! »

Élisabeth riait encore quand le téléphone sonna. Patrice décrocha l'appareil et ses yeux s'emplirent d'inquiétude. Il appela :

« Boris! C'est pour toi! »

Boris accourut et arracha le récepteur des mains de son ami. Élisabeth suivait la scène avec curiosité. Les traits tendus, les sourcils noués, Boris ne prononçait que des mots brefs, entrecoupés de longs silences :

« Oui... Oui... Ah!... C'est sûr?... Quand?... Je comprends, je comprends... J'arrive... Ne bougez pas... »

Il reposa le combiné sur sa fourche, se tourna vers Élisabeth et dit calmement :

« Je vous prie de m'excuser, Élisabeth : il faut que je parte. Mettez-vous à table sans moi. J'espère que je n'en aurai pas pour longtemps. »

Puis, comme elle gardait le silence, il se dirigea vers la porte. Patrice le rattrapa dans l'antichambre et l'interrogea à voix basse :

« C'est grave?

— Oui, dit Boris. Deux opérateurs du réseau ont été surpris en pleine émission. Je crois qu'ils connaissent l'adresse de notre atelier. Si les Allemands les font parler, nous sommes cuits! Je vais chez Desmourets pour l'aider à déménager le matériel...

— Veux-tu que je t'accompagne?

— Tu es fou? Reste avec Élisabeth. Tout ira bien! »

Il enfila sa grosse canadienne, fixa des pinces au bas de son pantalon et se rua dans l'escalier.

Patrice revint dans le salon, le front incliné, les jambes molles.

« Que se passe-t-il? dit Élisabeth en l'observant avec crainte.

— Rien, rien! » soupira-t-il.

Et il se laissa tomber dans un fauteuil.

« Comment, rien? Il y a bien une raison pour que Boris nous ait quittés si brusquement? Tu as l'air bouleversé! Il a reçu une mauvaise nouvelle?

— Oui.

— Ses parents?... »

Patrice balança la tête, de gauche à droite.

Elle réfléchit et demanda encore, avec moins d'assurance :

« Cette femme dont tu m'as parlé?

— Non.

— Une affaire de marché noir?

— Tu le connais mal! » grommela Patrice.

Il considérait les franges du tapis et sa figure exprimait une telle désolation qu'Élisabeth se sentit incapable de dominer plus longtemps son angoisse.

« Il ne court pas de danger, au moins? balbutia-t-elle.

— Si », répondit Patrice.

Elle tressaillit :

« Quel genre de danger? Allons! Parle! Tu sais bien que tu peux avoir confiance en moi! »

Patrice leva sur elle un regard de détresse amoureuse et ses paupières se plissèrent nerveusement. L'aveu montait à ses lèvres. Il serra ses mains l'une contre l'autre :

« Jure-moi que tout ceci restera entre nous!

— Bien sûr!

— S'il se doutait que je t'ai mise au courant...

— Il ne se doutera de rien. Je te le promets. Alors, dis-moi! »

Elle tremblait d'impatience.

« Eh bien, voilà, chuchota Patrice. Tout a commencé à l'usine... »

***

« C'est encore loin? demanda Boris.

— Cinq cents mètres environ! » dit Paul Desmourets d'une voix essoufflée.

Au bout de son bras pendait une grosse valise, et il se dandinait maladroitement pour l'empêcher de racler le sol. Boris portait le second poste émetteur dans une mallette d'aspect inoffensif, dont la poignée lui sciait le creux de la paume à travers le gant. De l'autre main, il poussait devant lui sa bicyclette à la lanterne éteinte. Heureusement, il n'y avait que deux appareils en réparation à l'atelier. Un seul voyage suffirait pour les mettre à l'abri. Mais il faudrait revenir ensuite à la maison et enlever les pièces détachées... L' « asile » le plus proche se trouvait chez un garagiste de Saint-Ouen, derrière le marché aux Puces. La nuit était froide, noire, brumeuse. Un goût de fumée et de gel entrait profondément dans la gorge de Boris. Il longeait une palissade aux affiches en lambeaux. L'autre côté de la rue était bordé par des façades basses et hermétiquement closes. Pas une silhouette humaine à l'horizon. Pas un bruit. Pas une lumière. Boris pensa aux deux opérateurs-radio qui s'étaient fait prendre cet après-midi. L'un avait été abattu par une rafale de mitraillette, alors qu'il tentait de fuir. L'autre, en ce moment même, devait être soumis à la torture par les agents de la Gestapo. Parlerait-il? Que savait-il au juste? Ni Boris, ni Paul

Desmourets ne le connaissaient. Son nom dans la clandestinité : Odilon. Ses antécédents : ancien radiotélégraphiste sur le *Colbert*.

« Vous êtes sûr qu'Odilon n'est jamais venu chez vous? dit Boris.

— Tout à fait sûr, dit Desmourets. Mais quelqu'un a pu lui causer de nous. C'est ça qui me tracasse! Remarquez que, pour le travail, on sera aussi bien chez le père Tapin que chez moi... »

Il s'arrêta et s'essuya le front avec son poignet :

« Je n'en peux plus! C'est d'un lourd! Quand est-ce qu'ils se décideront à nous envoyer des postes portatifs? J'ai l'impression qu'ils nous parachutent tout leur stock de vieux modèles!... C'est pas avec des trucs comme ça que les opérateurs se déplaceront assez rapidement pour éviter le repérage!

— Comment Odilon et son copain ont-ils été piqués? demanda Boris. Quelqu'un les a donnés aux Allemands?

— Non, grommela Desmourets. D'après ce qu'on m'a dit, c'est une voiture gonio qui a détecté leur émission. S'ils avaient placé des guetteurs dans la rue, ça ne serait pas arrivé. Mais c'est jeune, ça se croit très fort, ça ne voit pas le danger!...

— Allons! » dit Boris.

Ils reprirent leur chemin. Depuis quelque temps, la Funkabwehr avait renforcé sa surveillance autour des réseaux clandestins. Dès qu'une émission suspecte était captée par les postes d'écoute allemands, des camionnettes de radio-goniométrie, alertées par téléphone, sortaient de leur garage et se mettaient en chasse, dans le quartier indiqué. Roulant à l'allure d'un corbillard, elles se fiaient à leurs appareils de détection pour serrer de plus en plus près le point d'où partaient les messages. Si ceux-ci n'étaient pas interrompus à temps, le pâté de maisons était vite déterminé, cerné, fouillé, et les opérateurs-radio n'échappaient que par miracle aux recherches. En vérité, Boris et Paul Desmourets ne participipaient pas directement au travail de transmission. Après avoir construit un poste émetteur, ils avaient reçu l'ordre de borner leur activité à la réparation des appareils détériorés par les parachutages ou les transports. Toutes les instructions leur étaient données par un photographe de la rue Saint-André-des-Arts qui s'appelait Robert Avril. Serait-il chez Tapin, ce soir? Boris le souhaitait, car Robert Avril devait être mieux renseigné que quiconque sur les conséquences de la capture d'Odilon. De nouveau. Paul Desmourets s'arrêta, fourbu.

« Voulez-vous me passer votre valise? dit Boris. J'en prendrai une dans chaque main. Vous pousserez mon vélo.

— Oh! non, monsieur Danoff! » s'écria Paul Desmourets.

Même en dehors du travail, il ne pouvait oublier le respect que lui inspirait ce jeune ingénieur des établissements Hopkins, où lui n'était que contremaître.

« Je suis déjà assez ennuyé de vous voir trimballer votre poste! reprit-il. Si j'avais pu me débrouiller seul... »

Il laissa la phrase en suspens et s'agrippa nerveusement au bras de Boris :

« Les flics! Manquait plus que ça! »

Au bout de la rue, dans la pénombre brumeuse, apparurent deux agents cyclistes, roulant côte à côte, avec une puissante sagesse. Boris ressentit le choc de la peur comme une secousse électrique.

« On retourne en arrière? chuchota Desmourets.

— Non, dit Boris. Ce serait le meilleur moyen d'éveiller leurs soupçons. Continuons notre chemin à leur rencontre, tranquillement. Ils doivent avoir fini leur service. Ils ne nous demanderont rien... »

Il s'était ressaisi et à son abattement succédait cette excitation d'esprit, ce désir de se surpasser, de s'étonner, qu'il éprouvait toujours au moment d'affronter un grand risque. Avec décision, il se remit en marche. Docile, Paul Desmourets le suivit en gémissant :

« Eh bien, si on ne se fait pas cueillir, on aura de la veine! »

En effet, il était probable qu'à voir deux individus si lourdement chargés, les agents les prendraient pour des trafiquants du marché noir et les obligeraient à ouvrir leurs valises. Qu'adviendrait-il, alors? Boris ne voulait pas y penser. Il se fiait à l'inspiration, ou, plus exactement, à la chance, à la volonté de Dieu. Les cônes noirs des pèlerines se précisaient dans le brouillard. Boris serra les dents, banda les muscles, dans un réflexe de défense. Quand les agents furent tout près de lui, il posa sa mallette par terre et respira à pleins poumons. Paul Desmourets l'imita. Ainsi, du moins, n'avaient-ils pas l'air de se cacher. Dédaigneux, les agents les dépassèrent en pédalant avec une sérénité angélique. Lorsqu'ils se furent éloignés, Paul Desmourets cracha dans le caniveau :

« J'ai cru que je n'avais plus de jambes!... »

Boris exultait en silence.

L' « asile » n'était plus qu'à cent cinquante mètres. Ils arrivèrent, épuisés et heureux, devant le garage. Quatre coups de sonnette, savamment espacés, et un portillon s'entrebâilla dans le rideau de fer qui masquait l'entrée. Tapin attendait ses visiteurs au milieu d'un cimetière de vieilles carrosseries et de pneus pourris. Son visage était rose, joufflu, hilare, avec des yeux bleus qui semblaient découpés dans le tissu de sa salopette. Robert Avril était là également.

« Tout s'est bien passé? » demanda-t-il avec un sourire courtois.

C'était un petit homme effacé, à l'aspect provincial et aux manières précieuses.

« Très bien! dit Boris.

— Vous avez commis une imprudence en venant ensemble, reprit Robert Avril. Si le cas se représente, vous vous séparerez pour effectuer les transports. Je vous le dis dans notre intérêt à tous.

— Vous avez raison, soupira Boris. Je n'y ai même pas pensé! Sait-on quelque chose au sujet d'Odilon?

— Non. Mais il ne dira rien, parce qu'il n'est au courant de rien. Nous l'employons depuis un mois à peine... »

Tout en parlant, Robert Avril avait ouvert la valise de Boris et contemplait le poste émetteur, avec son tableau d'ébonite, ses boutons, ses manettes, ses inscriptions en anglais.

« Quand aurez-vous fini de le réparer? demanda-t-il.

— Comptez deux jours, dit Paul Desmourets.

— Et l'autre?

— Au milieu de la semaine prochaine. »

Tapin avait disposé une bouteille de vin blanc et des verres sur l'établi. Une ampoule électrique, coiffée de vieux journaux, pendait au-dessus des têtes. On trinqua. Robert Avril buvait à courtes gorgées, le petit doigt détaché, les yeux mi-clos.

« Dès que les postes seront prêts, je vous enverrai un agent de liaison pour les prendre, dit-il enfin. Cloclo, vous connaissez?

— Oui, monsieur Avril, dit Tapin.

— Et les quartz, pour les essais? demanda Boris.

— Vous les recevrez en temps voulu. Au revoir, messieurs. »

Robert Avril serra la main de chacun, boutonna son pardessus, enfila des gants de laine et se dirigea vers la porte. Boris et Paul Desmourets sortirent peu de temps après lui. Il leur restait un voyage à faire pour rapporter les pièces détachées. Cette dernière opération se déroula sans encombre.

A dix heures du soir, le déménagement terminé, Boris remonta sur sa bicyclette et s'élança vers Paris. Il n'avait rien accompli de remarquable, et, cependant, la conscience d'avoir échappé au danger lui procurait une sensation de victoire. Toutes les forces de l'avenir jouaient en sa faveur. La lourde défaite de la France n'était qu'une étape sur le chemin du triomphe final. En aidant Robert Avril, Tapin, Desmourets et tant d'obscurs camarades, il travaillait dans le sens de l'Histoire, et, sans doute, de la morale universelle. Ce n'était pas une question d'intelligence, mais de cœur. Cette pensée le gonfla de puissance et d'orgueil. Il pédalait, la joie au ventre, comme si une récompense l'eût attendu à la maison. « Pourvu qu'Élisabeth soit encore là ! » se dit-il. Ce souhait, à peine exprimé, le surprit. Il n'avait pas songé à elle depuis qu'il l'avait quittée, et, maintenant, les yeux écarquillés dans le brouillard sombre, il la voyait, assise sous la lampe, dans le salon. De quoi parlait-elle avec Patrice? Il avait hâte de les rejoindre pour se fondre dans la chaleur de leur amitié. Enfin l'esplanade des Invalides : un désert piqué de points bleus, des trottoirs aux bords badigeonnés de peinture blanche, les doigts noirs des arbres enfoncés dans le coton grisâtre de la brume. Boris se pencha sur son guidon et aborda la rue Oudinot, le dos rond, les mollets rapides, poursuivi par une meute de loups.

***

« Alors? demanda Patrice en accueillant son ami dans le vestibule.

— Tout est en ordre, mon vieux ! »

Patrice poussa un soupir de soulagement et son regard anxieux s'éteignit dans un battement de paupières.

« J'ai compté les minutes, dit-il. Je n'en pouvais plus ! »

La porte du salon était restée entrouverte. Boris jeta sa canadienne sur une chaise, plongea la main en fourche dans ses cheveux défaits et chuchota :

« Élisabeth n'est pas encore partie?

— Non.

— Que lui as-tu raconté?

— Rien de précis!... Que... que tu avais été appelé d'urgence par un copain... Elle n'a pas insisté pour en savoir davantage!...

— Parfait! » dit Boris avec entrain.

Comme il franchissait le seuil de la pièce, Élisabeth, assise au creux d'une bergère, cambra légèrement la taille et ses yeux exprimèrent une interrogation si craintive et si douce, qu'il en éprouva le choc au plus profond de lui-même, dans une région où, depuis longtemps, aucun rayon ne pénétrait.

« Je suis désolé de ce contretemps, dit-il d'une voix fausse. Un ami m'a appelé... C'était très urgent... Il se trouvait dans une boîte de nuit... Il n'avait pas assez d'argent pour payer, vous comprenez?... Je n'ai pas pu refuser... »

Élisabeth luttait contre une émotion agréable : « Comme il ment mal! »

« Vous ne m'avez pas attendu pour dîner, j'espère! poursuivit Boris. Le poulet était bon?

— Excellent, dit Élisabeth. Nous vous en avons tout de même laissé un peu. Mettez-vous vite à table.

— Je vais réchauffer les légumes, dit Patrice.

— Surtout pas! s'écria Boris. J'ai trop faim! Je ne veux pas perdre de temps! »

Élisabeth le regarda, avec une attention soutenue, dévorer son aile de poulet, boire son vin, rompre son pain. Connaissant le secret de Boris, elle ne le voyait plus sous le même jour qu'autrefois et cherchait dans ses moindres gestes la révélation de sa vraie nature. Jadis, elle le jugeait sympathique, maintenant il l'intriguait. Un monde de pensées exaltantes se cachait derrière ce front buté, que barrait une mèche rebelle. Ses prunelles pétillaient de joie. Sa bouche vorace aimait la vie. Émergeant de la nuit, du mystère, il se restaurait sur un coin de table, avec l'air paisible d'un employé qui a fini ses heures de bureau.

« Vous avez pris Londres? demanda-t-il.

— Oui, dit Patrice. Il n'y a pas grand-chose de nouveau. La Russie mobilise tous les hommes de seize à cinquante-cinq ans et toutes les femmes de seize à quarante-cinq ans...

— Tu appelles ça « pas grand-chose de nouveau »? dit Boris. Mais c'est terrible, mon vieux, terrible!... »

Il se tut et baissa la tête. Élisabeth jeta un coup d'œil sur la pendule de la cheminée : onze heures cinq!

« Il faut que je m'en aille », dit-elle.

Comme il faisait trop froid pour rouler à bicyclette, elle était venue par le métro.

« Déjà? dit Boris. Je vous aurai à peine vue, ce soir! »

Elle voulait partir seule, mais Patrice insista pour l'accompagner, comme d'habitude, jusqu'à la station Sèvres-Babylone. Dans la rue, ils parlèrent encore de Boris.

« Au fond, c'est un illuminé, dit Patrice. Il a constamment besoin de croire en quelqu'un, en quelque chose. Il craint le scepticisme comme une maladie. Nous avons de ces discussions avec lui!... »

Elle l'entraîna à marcher plus vite, puis à courir.

« Mais tu as le temps! répétait-il. Je t'assure que tu as le temps!... »

En se retrouvant seule, sur le quai de la station, elle se rappela que, dans sa hâte, elle avait oublié d'embrasser Patrice. Mais, déjà, un autre souci la préoccupait : ne pas manquer son changement de ligne. Quand elle arriva enfin à la Concorde, le couloir de correspondance était livré à la galopade éperdue des retardataires. Voyageurs épuisés traînant des valises, femmes élégantes revenant d'un souper, d'un spectacle, porteurs faméliques chargés de paquets au contenu manifestement alimentaire, acteurs n'ayant pas eu le loisir de se démaquiller dans leur loge, travailleurs de nuit aux yeux rouges, mères de famille avec un bébé ivre de sommeil entre les bras, tout ce monde trottait, se bousculait, s'essoufflait, dans l'espoir d'attraper la dernière rame en direction de la porte Maillot. Élisabeth se laissa enlever par le courant et franchit le portillon au moment précis où les wagons entraient en gare. Ils étaient bondés à bloc et, cependant, la muraille compacte des passagers se creusa pour engloutir les nouveaux venus qui montaient à l'assaut. La secousse du départ tassa les corps agglutinés, donna de l'élasticité aux membres tordus, combla les vides et rétablit les respirations. Une cargaison de têtes tressautait au rythme de la course. Quelques uniformes allemands persillaient la masse terne des vêtements civils. Coincée dans le couloir, Élisabeth humait le relent puissant et triste du peuple de Paris. Arlette lui avait fait remarquer qu'à cause du manque de savon le métro sentait plus mauvais en semaine que le dimanche. On était vendredi. Depuis cinq jours, l'odeur se corsait. Mais ici, au moins, il faisait chaud. Elle protégeait son sac à main contre la pression intermittente de la foule. Des hommes la dévisageaient avec insistance. Elle ne les voyait pas. Son esprit était resté là-bas, avec Patrice, avec Boris. Absorbée par ses réflexions, elle faillit manquer la station Marbeuf et dut se frayer un chemin, à coups de coudes, jusqu'à la porte. Une poussée furieuse l'expulsa, telle une fève hors de sa cosse. Une fois sur le quai, elle se rajusta. Comme elle se dirigeait vers la sortie, son regard rencontra, sur le mur, une de ces affiches rouges, placardées par les autorités d'occupation pour annoncer l'exécution des « espions » et des « saboteurs ». Le texte était rédigé en deux langues : « *Bekanntmachung* »... « Avis »... Quelques noms alignés. Une formule en lettres grasses : « *Zum Tode...* » « A la peine de mort... » Élisabeth réprima un frisson, alluma sa lampe de poche et gravit l'escalier vers la nuit noire, silencieuse et glacée.

5

AYANT fini de lire un grand article sur le procès de Riom (« Les responsables du désastre français de 1940 baissent la tête sous les coups de l'accusation! ») Mlle Pologne replia son journal, consulta sa montre et se leva pour fermer les grilles du magasin. A ce moment, un client franchit le seuil dans un élan si impétueux, qu'elle dut se rejeter en arrière pour ne pas recevoir la porte sur le nez. L'homme s'excusa à peine et marcha droit vers Élisabeth en disant :

« J'ai bien cru que je n'arriverais pas à temps! »

Elle regarda Boris avec étonnement. Il ne l'avait pas prévenue de sa visite.

« J'ai pu m'échapper du bureau un peu plus tôt que d'habitude, dit-il encore, et me voilà! Voulez-vous que nous allions prendre un verre ensemble? »

Elle accepta sa proposition avec joie. Ils se rendirent au bar de la rue François-Ier, où il y avait peu de monde, et s'assirent sur une banquette, dans un coin faiblement éclairé. L'absence de leur ami commun créait entre eux une atmosphère insolite. D'emblée, Élisabeth mit la conversation sur Patrice.

« Je lui ai téléphoné hier soir, dit-elle. Il n'y avait personne!...

— En effet, dit Boris, j'étais sorti, mais je pensais que Patrice se trouvait avec vous!

— Je ne l'ai pas revu depuis notre dîner. Cela fera bientôt quinze jours...

— Alors, je ne comprends pas! grommela Boris. Pourquoi ne me dit-il plus où il va, ce qu'il fait? Il est devenu si nerveux, si bizarre! »

Le garçon apporta les consommations. Quand il se fut éloigné, Boris reprit d'une voix sourde :

« Autrefois, j'étais persuadé que tout le mal venait de vous!

— Et vous ne vous êtes pas gêné pour me le dire!

— Je suis ainsi : je ne sais pas cacher mes sentiments. Eh bien, j'avais tort. Il y a en Patrice une faculté d'acceptation, une complaisance dans la tristesse, un doute perpétuel, qui décourageraient les meilleures volontés. A présent, je comprends très bien ce que vous éprouvez pour lui. Une affection immense, je dirai presque maternelle!

— Oui, dit Élisabeth.

— Mais c'est tout. Et cela par sa faute! Car il a des qualités rares, un talent qui devrait être sa raison de vivre, un pouvoir de séduction dont il ne veut pas convenir, et il laisse tout cela à l'abandon! Il ne marche que si on le pousse. Il ne crée pas son propre bonheur, il espère qu'un autre le lui apportera...

— J'ai rarement rencontré deux êtres aussi différents que vous et lui, dit Élisabeth. Et vous êtes amis!...

— Merveilleusement amis! dit Boris. Tout ce qui pourrait nous séparer nous rapproche.

— Où est-il en ce moment?

— A la maison, je pense...

— Je vais lui téléphoner de venir nous rejoindre! » dit Élisabeth en esquissant un mouvement pour se lever.

Boris la retint par le poignet :

« Non. J'aimerais rester seul avec vous. Je vous prierai même de ne pas lui dire que je vous ai vue. »

Elle se rassit. Il lui lâcha la main.

« Pourquoi? » demanda-t-elle.

Boris la contempla sérieusement, tendrement, et murmura :

« Il s'imaginerait que je cherche à plaider sa cause auprès de vous, derrière son dos, que je mendie votre compassion... »

Il réfléchit et ajouta d'un air brusque :

« Et puis, quoi? Nous avons bien le droit de nous rencontrer seule à seul, vous et moi! »

Elle le considéra un instant sans répondre, déconcertée par son changement de ton et de visage.

« Bien sûr! dit-elle enfin.

— Nous n'avons besoin de la permission de personne! Ne suis-je pas votre ami?

— Si. Il me semble même, parfois, que je vous connais aussi bien que Patrice. »

Il balança la tête :

« Vous croyez me connaître, comme moi je crois vous connaître. Mais, en fait, nous sommes encore des étrangers l'un pour l'autre.

— C'est ce qui vous trompe! »

Élisabeth avait conscience que cet échange de paroles les entraînait toujours plus loin dans une région inexplorée et tout son être se tendait vers le plaisir inquiétant de la découverte. Si seulement elle avait pu dire à Boris qu'elle était au courant de ses relations avec les milieux de la Résistance! Si elle avait pu le persuader de se confier à elle comme il se confiait, sans doute, à son ami!... Mais elle avait promis de garder le secret sur cette affaire, et, maintenant, devait feindre l'ignorance, l'insouciance, devant un homme qu'elle savait menacé. La dissimulation qu'elle s'imposait était si peu conforme à ses habitudes de franchise, qu'elle eut l'impression, soudain, de respirer par le trou d'un masque de carton.

« J'aimerais que vous me parliez de vous, dit-elle avec décision. Je ne sais rien de votre vie...

— Elle est toute simple, dit Boris. J'ai connu un grand désespoir. J'essaie de réagir.

— Comment?

— En rouvrant les yeux sur ce que je refusais de voir autrefois. Les premiers mois, après mon retour à Paris, je ne voulais m'attacher à rien, ni à personne. J'éprouvais une hostilité rageuse envers tout ce qui aurait pu me détourner de mes souvenirs. Peut-être est-ce parce que je vous trouvais charmante qu'instinctivement je me suis méfié de vous!... »

Une flamme d'admiration sauvage brilla dans ses prunelles. Tout son visage en fut éclairé. Élisabeth se troubla. Elle avait cru qu'il ferait allusion à ses activités clandestines et c'était d'elle qu'il parlait, avec une véhémence dont elle était à la fois enchantée et confuse.

« Oui, reprit-il, peu à peu, j'ai senti que la guérison venait. L'amitié de Patrice m'a beaucoup aidé dans cette renaissance. La vôtre aussi, bien sûr, mais je l'ignorais encore. Je m'en rends compte maintenant... Mon chagrin baigne dans une atmosphère apaisée. Les choses ont retrouvé leur place. Je ne suis plus environné de fantômes. Je vais de l'avant. J'espère...

— Quoi? demanda-t-elle avec une imprudence voulue.

— Je ne sais pas... La victoire de la France, ma propre victoire... Un avenir où chacun pourra se montrer à visage découvert...

— Vous êtes obligé de vous cacher?

— Oh! non! dit-il précipitamment. C'est une façon de parler, Élisabeth... »

Il se rétractait. Elle ne saurait rien de plus.

« Je suis heureuse que vous soyez devenu raisonnable », dit-elle.

Il secoua la tête :

« Je ne suis pas raisonnable. Je ne l'ai jamais été...

— Même dans votre travail d'ingénieur?

— Même là, oui!... Dans les calculs, comme dans la vie courante, l'intuition joue un rôle immense. Rien de grand ne se fait en ce monde sans passion, sans entêtement. Qui ne se dépense pas ne s'enrichit jamais. Chaque effort, chaque élan du cœur porte en soi sa récompense, puisqu'il nous prouve que nous ne sommes pas immobiles, inanimés et vains. La conscience d'exister est une source de joie inépuisable... »

Élisabeth songea qu'il y avait certainement quelque chose de russe dans ce caractère bouillonnant, capable de violence et de générosité, de tendresse et d'énergie.

« N'êtes-vous pas un peu comme moi? demanda-t-il.

— Je ne me suis jamais analysée avec autant de pénétration », dit-elle dans un sourire.

Il ne releva pas l'ironie amicale de ce propos et poursuivit d'une voix vibrante :

« En ce moment, par exemple, je suis comme poussé par une vague. Et, cependant, rien n'a changé pour moi, en apparence. Je suis sûr que vous avez aussi, par éclairs, la sensation d'un accord parfait avec vous-même. Vous êtes telle que Dieu l'a voulu. Votre destin naît du caractère qu'il vous a donné. Et c'est le bonheur! Puis, vous effectuez un faux mouvement, vous vous écartez de la voie idéale, et les doutes, les soucis, recommencent. Il faut vivre en essayant de ne jamais se tromper sur son propre compte. Que faites-vous ce soir, Élisabeth?

— Rien.

— Si nous dînions ensemble?

— Non, dit-elle doucement.

— Pourquoi?

— Pas sans Patrice! »

Il baissa la tête et soupira, sans la regarder :

« Vous avez raison. »

Elle avait mal et elle était heureuse de la décision qu'elle avait prise. Devant elle, Boris s'éteignait, se taisait. Elle tenta de ranimer la conversation. Mais il semblait que ni elle ni lui n'eussent plus rien à dire.

Il était huit heures et demie quand elle rentra dans son studio glacé. La peinture rose des murs se craquelait par endroits. Les meubles étaient morts de froid autour du radiateur électrique. Élisabeth dîna rapidement avec les restes de son déjeuner, écrivit une carte à ses parents, téléphona pour prendre des nouvelles d'Arlette, prépara une bouillotte et se glissa, frissonnante, dans son lit. Trop tôt pour dormir. Elle ouvrit un livre. Il lui tomba des mains. Toujours, sa pensée retournait à Boris. Il avait incontestablement le don d'émettre une sorte de chaleur, de susciter, sans le vouloir, la confiance, la sympathie, d'attirer, en quelques mots, les créatures les plus rétives dans son climat particulier. « Quelle naïveté! songeait-elle. N'est-ce pas de cette naïveté que lui vient sa force? Des moyens d'homme avec une âme d'enfant... » Certainement, elle lui avait fait de la peine en refusant de finir la soirée avec lui. Mais elle était sûre qu'au fond il l'approuvait. « Je les inviterai à dîner tous les deux », résolut-elle. Ses scrupules s'apaisaient, et, cependant, elle ne retrouvait pas une liberté d'esprit suffisante pour lire. Après Boris, c'était Patrice qui la préoccupait. « Pourquoi ne me téléphone-t-il plus? Avec qui sort-il? A-t-il rencontré une femme qui a su le séduire? » Elle l'espéra très sincèrement. Patrice amoureux d'une autre l'eût justifiée devant elle-même. Avait-elle donc des remords envers lui? « Non. Je n'ai rien à me reprocher. Je veux son bonheur. »

Un grondement formidable interrompit ses réflexions. Les murs tremblaient. Un bombardement! Pourtant, les sirènes n'avaient pas donné le signal de l'alerte. Elles mugirent enfin. Le fracas se rapprochait. De maigres coups de sifflet retentirent dans la rue. Le chef d'îlot, devenu fou, ordonnait aux étoiles de s'éteindre. Une galopade martela le trottoir : la course à l'abri. « Cette fois, c'est sérieux! » pensa Élisabeth. Elle n'avait pas peur. Un grand calme s'était déposé en elle. Il lui sembla qu'elle ne tenait plus à la vie. « Descendre à la cave? A quoi bon? » Elle sortit du lit, enfila sa robe de chambre, coupa l'électricité et se dirigea vers la fenêtre. La croisée ouverte révéla une nuit idéale, baignée par le clair de lune. Les toits de Paris se détachaient en ombres chinoises sur cet écran diaphane. Pas la moindre lueur dans la masse rocheuse des maisons. Là-haut, cependant, des fusées roses et orange, des projectiles phosphorescents, des rayons de brume bleue, voyageaient à travers l'espace. Le ciel attaquait la terre, la terre répondait au ciel. Élisabeth entendait le vrombissement des moteurs, mais les avions demeuraient invisibles. Ils arrivaient par vagues successives. Sur quel quartier de la ville portaient-ils leurs coups? Un long silence, et le vacarme reprenait, la maison vibrait, protestait, ébranlée jusque dans ses racines. Devant le feu d'artifice, Élisabeth perdait la notion de la réalité. Après la conversation étrange qu'elle avait eue avec Boris, elle s'étonnait à peine que la journée s'achevât par ce spectacle surnaturel. Il lui fallut un effort pour imaginer qu'en cet instant même des maisons s'écroulaient, des gens mouraient asphyxiés, bloqués dans les décombres, déchiquetés par des éclats de vitres et de ferraille. Un peu avant minuit, les sirènes hurlèrent pour annoncer la fin de l'alerte. Élisabeth ferma la fenêtre, tira les rideaux, ralluma la lampe. Le téléphone sonna.

Dès qu'elle eut appliqué l'écouteur contre son oreille, une appréhension lui serra le cœur : la voix de Boris.

« Allô! Élisabeth? »

Elle pensa : « Il est arrivé un malheur à Patrice! »

« Oui! balbutia-t-elle. Qu'y a-t-il?

— Je voulais savoir si vous n'aviez pas été trop secouée par le bombardement. »

Elle s'assit au bord du lit, les jambes faibles :

« Mais non! Pas plus que vous, sans doute...

— Vous me dites la vérité? Tout va bien?

— Tout va très bien, Boris.

— Vous êtes descendue à la cave?

— Je n'y ai même pas songé! Y êtes-vous descendu, vous?

— Moi, c'est différent!... Il faut être prudente, Élisabeth. Très prudente! Je vous en prie!... »

Ces mots simples l'émurent à un tel point, qu'elle se demanda si elle était dans son état normal.

« Patrice est auprès de vous? murmura-t-elle.

— Non. Il n'est pas encore rentré.

— C'est bizarre!

— Je suppose qu'il a été surpris au moment de l'alerte... Il ne va pas tarder...

— Quel quartier ont-ils visé, d'après vous?

— Boulogne-Billancourt... Les usines Renault... Mais ils ont dû déborder leur objectif... C'est affreux!... Vous étiez en train de dormir quand les premières bombes sont tombées?

— Non, je lisais. »

Instinctivement, elle serra les pans de sa robe de chambre sur sa poitrine.

« Moi, je pensais à vous. »

Élisabeth, la tête vide, cherchait désespérément quelque chose à dire et craignait que Boris, déçu par son silence, ne raccrochât l'appareil. Un homme respirait dans l'écouteur, contre sa joue. Elle ferma les yeux, les rouvrit. Des secondes s'écoulèrent.

« Vous êtes toujours là, Élisabeth?

— Oui.

— Qu'allez-vous faire?

— Me recoucher, reprendre mon livre.

— Quel livre? Je veux savoir... »

Elle s'apprêtait à lui répondre, mais il l'arrêta :

« J'entends une clef dans la serrure... C'est Patrice!... »

Elle éprouva l'impression ambiguë d'être coupable au-delà de ses intentions. Un souffle lui parvint encore :

« Bonsoir, Élisabeth.

— Bonsoir, Boris », dit-elle.

Un claquement sec. La communication était coupée.

Élisabeth ne tenait plus à la main qu'un objet noir, froid et sans vie.

***

Les journaux du lendemain, 4 mars, annoncèrent que les aviateurs de la R.A.F. s'étaient sauvagement acharnés sur la population de Boulogne-Billancourt. La liste des morts et des blessés était impressionnante. Une fois de plus, la Grande-Bretagne donnait au monde civilisé la preuve de sa « félonie ». Mais, d'après Radio-Londres, ce raid avait été rendu indispensable, parce que les usines Renault travaillaient à plein régime pour l'Allemagne. Arlette, qui était allée examiner les dégâts sur place, revint consternée. En dépit de sa sympathie pour les Anglais, elle disait qu'ils avaient manqué de précision dans leur attaque et que, s'ils avaient pris le risque de voler à plus basse altitude, ils auraient mieux encadré leur objectif et épargné bien des vies humaines. Élisabeth l'invita à dîner pour le samedi suivant. Elles étaient assez amies pour se contenter d'un repas frugal.

Ce jour-là, Élisabeth rentra plus tôt du magasin afin de ranger le studio et de mettre des fleurs dans les vases. A six heures, comme elle épluchait des carottes, dans la cuisine, Patrice l'appela au téléphone pour lui demander si elle pouvait le recevoir. Elle lui proposa de rester dîner avec Arlette, mais il refusa d'un ton embarrassé : il préférait la voir seule.

« Tu es un lâcheur et un ours! dit-elle. Tu ne donnes plus signe de vie, tu joues les grands frères mystérieux! Viens vite, mais je te préviens que je te tirerai les oreilles! »

Un quart d'heure plus tard, il était là.

Sur sa mine soucieuse, Élisabeth le jugea préoccupé par quelque intrigue sentimentale dont il hésitait à lui faire part. Elle l'installa dans un fauteuil et attendit ses confidences. Mais il ne se décidait pas à parler. Une cigarette au bout des doigts, le regard noyé dans la fumée, il semblait avoir oublié le but de sa visite.

« Sais-tu que je t'ai téléphoné trois fois sans te trouver à la maison? dit-elle. Tu as une vie très mondaine, maintenant! »

Il haussa les épaules :

« J'ai la vie que j'ai toujours eue. Simplement, il m'arrive parfois d'aller dans un bar, au cinéma...

— Seul? demanda-t-elle avec un sourire de tendre ironie.

— Évidemment! »

Elle était déçue. Elle insista :

« Tu es sûr que tu ne me caches pas quelque chose?

— Absolument sûr!

— Pourquoi ne sors-tu pas plutôt avec Boris?

— Chaque fois qu'il a une soirée libre, il court à Saint-Ouen, pour réparer des postes, passer des messages, est-ce que je sais? J'ai l'impression que rien d'autre ne compte plus pour lui. Il a beaucoup changé à mon égard!

— Tu es fou?

— Si! Si! Il est distant, nerveux. Pour un rien, il me contredit. Nous nous disputons bêtement. Il n'a plus d'amitié pour moi!

— Je suis persuadée du contraire! » s'écria Élisabeth.

Et elle rougit de l'ardeur qu'elle mettait dans cette affirmation. Sa situation entre les deux amis lui paraissait de plus en plus délicate. Reliée à eux par un réseau de fils ténus et embrouillés, elle éprouvait leurs moindres gestes à distance et ne pouvait bouger elle-même, sans qu'ils en fussent émus par contrecoup.

« Tout cela est absurde! reprit-elle. Je veux te revoir chez moi, avec Boris. Que dirais-tu d'un déjeuner, dimanche en huit? J'inviterais aussi Arlette...

— Ce sera charmant!

— Mais oui! Fais-moi confiance. Je crois qu'il y a

un malentendu entre toi et Boris. Il faut que vous m'aidiez tous deux à le dissiper...

— Pour moi, c'est d'accord, dit-il, mais je doute que Boris accepte. Tu lui poseras la question toi-même!

Elle le trouva stupide dans son accès de jalousie amicale, l'admonesta encore, pour se libérer de sa propre gêne, et retourna à la cuisine, avec, sur ses talons, un Patrice boudeur mais ragaillardi : « Ça sent bon ici! Qu'est-ce que tu prépares? » Comme il avait très faim, elle lui beurra une tartine. Il partit, peu avant l'arrivée d'Arlette.

***

Pendant toute la semaine, Élisabeth médita son projet comme une entreprise diplomatique et culinaire d'une haute importance. Arlette, qui n'était pas libre pour le déjeuner, lui avait néanmoins promis de venir prendre le café chez elle. Le problème consistait à trouver de quoi nourrir trois personnes. Élisabeth était à court de tickets. La concierge s'offrit à lui vendre un lapin, qu'elle avait reçu la veille, par « colis familial », de la campagne. Craignant que le lapin ne fût pas de la première fraîcheur, Élisabeth décida de le relever par une sauce épicée. Le résultat fut surprenant. Boris et Patrice se régalèrent. Assise entre les deux hommes, Élisabeth avait l'impression de jouer la comédie. Elle s'efforçait d'être aussi aimable avec l'un qu'avec l'autre, de leur distribuer équitablement ses sourires, ses regards, de ne rien dire qui pût créer un sujet de discorde. Cette tension d'esprit l'énervait à la longue.

« Quel repas, Élisabeth! dit Boris. Nous n'oserons plus vous inviter chez nous!

— D'autant plus que cela t'obligerait à passer une soirée en notre compagnie! dit Patrice avec un sourire narquois. C'est extraordinaire, Élisabeth, il faut que tu sois là pour que je puisse voir Boris! Nous logeons ensemble, et c'est tout juste si nous échangeons trois mots par jour! »

Boris lui adressa un regard vindicatif et grommela :

« Ne dis pas de bêtises, mon vieux! Tu sais bien que je suis très pris par mon travail!

— C'est ce que je te reproche. Tu en fais trop! »

Ces phrases à double sens renseignaient Élisabeth sur l'inquiétude que les agissements de Boris inspiraient à son ami. Mais elle enrageait d'avoir à simuler l'indifférence, alors qu'elle eût aimé prendre part au débat. Elle se leva pour changer les assiettes et servir une compote de pommes.

« L'autre jour, reprit Patrice, tu as quitté Élisabeth comme un fou, après l'avoir invitée à dîner. Tu as gâché sa soirée. Cela mérite réparation!

— Certainement! dit Boris. Quand voulez-vous que nous sortions ensemble, Élisabeth?

— Ah! s'écria Patrice, enfin une bonne parole! »

Élisabeth le regarda s'épanouir dans une allégresse naïve. Tout à coup, il prenait devant elle un pauvre visage de dupe. Elle se détesta, elle détesta Boris, pour le rôle que, malgré eux, ils lui imposaient. Puis, la violence même des reproches qu'elle s'adressait lui parut suspecte. De quoi s'accusait-elle, au juste? D'avoir eu avec Boris une conversation à l'insu de leur meilleur ami? « Je n'ai rien fait de mal et je me comporte en femme coupable! » Par un sursaut de volonté, elle arrêta la course de ses pensées vers l'avenir.

« Eh bien, dit Boris, choisissez. Samedi prochain?

— Non, dit-elle. Je ne peux pas... »

L'idée de se retrouver seule, une fois de plus, entre ces deux hommes lui semblait une épreuve au-dessus de ses forces. « Boris ignore que Patrice m'a révélé son secret, et Patrice ignore que Boris m'a vue en cachette. L'un comme l'autre ont de moi une opinion fausse. Nous sommes pris dans un jeu de glaces. Nous n'en sortirons jamais. » Elle était lasse, agacée.

« Un autre soir, alors? proposa Patrice.

— C'est ça... Je vous téléphonerai... »

Et elle songea : « Je voudrais qu'ils s'en aillent vite, tous les deux! » Ils mangèrent leur compote en silence. Une atmosphère de gêne pesait sur la table.

« Tout à l'heure, il faudra prendre les informations », dit Boris en posant sa cuillère.

Au même instant, un coup de sonnette retentit dans le vestibule. Élisabeth se dressa d'un bond :

« C'est Arlette! »

Elle courut vers la porte. Le sourire d'Arlette lui rendit confiance. Elle donna le bras à son amie et rentra avec elle dans le studio, où Patrice et Boris étaient redevenus des invités sans mystère.

6

DÈS les premiers beaux jours, la guerre reprit avec violence sur tous les fronts. En Russie, les Allemands gagnaient encore du terrain, malgré des contre-attaques incessantes. En Afrique, ils dévoraient des kilomètres de sable et s'arrêtaient devant Bir-Hakeim, où quatre bataillons de Français, ralliés à de Gaulle, tenaient les divisions blindées en échec pendant des semaines et ne se repliaient que sur ordre, emmenant leur matériel, leurs blessés et leurs prisonniers. Aussitôt après, Tobrouk était investi et capitulait avec sa garnison anglaise de vingt-cinq mille hommes et ses cinq généraux. Cette mauvaise nouvelle coïncida avec un renforcement de la politique de collaboration en France. Pierre Laval, nommé chef du gouvernement par le maréchal Pétain, proclamait la nécessité d'envoyer des ouvriers français « volontaires » en Allemagne et tous les Juifs de la zone occupée étaient soumis à l'obligation de coudre une étoile jaune sur leurs vêtements. Des gens que rien, naguère, ne distinguait de leurs voisins, apparurent dans la rue avec cette étiquette infamante sur la poitrine. La dernière des concierges put ainsi établir une discrimination entre ses locataires, le dernier des épiciers sut qu'il était un roi en face de certaines clientes embarrassées, dont le corsage portait l'insigne de leur race.

Quand elle apercevait dans la rue un de ces êtres, furtif, peureux, marqué comme une pièce de bétail, Élisabeth avait honte d'elle-même. Elle ne connaissait pas de Juifs. Mais elle ne doutait pas que, si elle en avait compté un parmi ses relations, elle eût mis un point d'honneur à se montrer partout avec lui. Quel serait le sort des Français, si Hitler remportait la victoire? Quotidiennement, à midi, une colonne d'infanterie allemande défilait sur les Champs-Élysées, au son des fifres et des tambours. Le lundi de la Pentecôte, un cortège de « doriotistes », chemises bleues et baudriers noirs, avait parcouru les rues en hurlant : « Mort aux Juifs ! » Peu après, le maréchal Pétain avait prononcé un discours mélancolique : « Certes, le gouvernement de ce pays n'est pas exempt d'erreurs : à l'insuffisance des denrées nécessaires à la vie, une administration trop souvent désinvolte et parfois incapable a laissé s'ajouter les inégalités et les abus... » Il disait vrai. Jamais le ravitaillement n'avait été plus difficile, ni les fonctionnaires plus tatillons. Malgré les provisions d'appoint qu'Élisabeth achetait, au prix du marché noir, chez sa concierge, elle avait maigri de quatre kilos depuis l'armistice. La plupart des hommes flottaient dans leurs vêtements. Les femmes présentaient des tailles de guêpe. Elles avaient, dans le même temps, gagné quelques centimètres en hauteur, car, le cuir manquant, toutes portaient des chaussures à socles de bois ou de liège. Élisabeth, qui se jugeait trop petite, avait accueilli cette innovation avec reconnaissance. De l'aube au couvre-feu, la ville résonnait du claquement léger de ces patins sur le trottoir. La démarche féminine devenait une musique syncopée, qui, d'après les journaux de mode, ajoutait encore au charme de la Parisienne. Dans la capitale de l'occupation, l'élégance s'affirmait comme une forme de courage civique. Les magasins avaient peu de chose à vendre, mais les commerçants soignaient la décoration de leurs vitrines. Le tissu était rare, mais les vestes s'allongeaient, les jupes prenaient de l'ampleur. Les coiffeurs se plaignaient d'être à court d'électricité pour les permanentes, mais les cheveux de leurs clientes étaient de plus en plus flous, bouclés et soyeux.

Aux premiers rayons du soleil, Élisabeth avait ressorti sa bicyclette. Depuis le déjeuner qu'elle avait organisé dans son studio, elle évitait Boris, mais voyait Patrice aussi souvent, et même plus qu'autrefois. Le dimanche, ils allaient ensemble au bois de Boulogne avec Arlette. Patrice était un compagnon de promenade agréable. Il s'était procuré un vélo et pédalait, gauchement, entre les deux jeunes femmes. Élisabeth lui demandait incidemment des nouvelles de son ami. Les réponses étaient rassurantes. Boris était toujours en rapport avec le même groupe de Résistants, mais, cantonné dans un travail technique, il ne courait pas, pour l'instant, grand danger. Cette image d'un homme secret et solitaire était devenue familière à Élisabeth. Un soir du mois de juillet, il apparut, le sourire aux lèvres, dans son magasin :

« Je viens d'une réunion d'ingénieurs dans votre quartier. Elle a fini plus tôt que je ne le supposais. J'ai voulu vous dire bonjour en passant. Il y a si longtemps que je ne vous ai vue !

— J'ai eu de vos nouvelles par Patrice », dit-elle.

Une ombre orageuse chargea les yeux de Boris et son sourire s'évanouit :

« Pourquoi acceptez-vous de rencontrer Patrice sans moi et ne voulez-vous jamais me rencontrer sans Patrice ? dit-il. Vous vous méfiez de moi ? »

Élisabeth jeta un coup d'œil vers la porte : Mlle Pologne était sortie pour toucher deux cents grammes de pruneaux secs, mais allait rentrer d'une minute à l'autre.

« Je n'ai aucune raison de me méfier de vous, Boris !

— Pourtant, vous préférez être seule avec lui ? »

Blessée dans son amour-propre, elle se rebiffa :

« Que signifie cet interrogatoire? Vous êtes venu pour me faire des reproches? »

Il posa sa serviette, son chapeau sur le comptoir, et prononça d'une voix plus douce :

« Je suis sans doute trop exigeant! Mais, après ce déjeuner chez vous, j'ai vainement attendu de vous revoir en tête à tête. Dès que l'occasion d'un pareil rendez-vous se présentait, vous dressiez Patrice entre vous et moi, comme un bouclier. Dois-je comprendre, Élisabeth, que vous avez de la sympathie pour moi uniquement parce que je suis l'ami de Patrice? Est-ce mon affection pour lui que vous appréciez en moi? Ne suis-je rien pour vous hors de sa présence? »

Incapable de répondre sans trahir son émoi, Élisabeth se taisait.

« Je vous pose ces questions, reprit-il, parce que mon sentiment est exactement inverse du vôtre. Si j'ai éprouvé quelque réticence envers vous avant de vous mieux connaître, c'est à cause de votre passé avec Patrice. J'aurais voulu que vous n'ayez pas été sa femme, que vous ne soyez pas son amie! J'aurais voulu vous découvrir par moi-même, dans un milieu ignoré de lui! J'aurais voulu vous tenir du hasard, de la chance, et non de l'amitié! J'aurais voulu vous inventer, Élisabeth! »

Attentive au son de sa voix, elle ne saisissait le sens de ses paroles que quelques secondes après les avoir entendues. Des silhouettes passaient derrière la vitre de la devanture. Elle souhaita la visite d'un client. Mais l'univers entier conspirait à la laisser seule avec Boris. Quelle attitude prendre? Protester, se fâcher contre lui? elle n'avait nulle envie de le faire. Acquiescer en silence à ses déclarations? elle risquait de céder à un entraînement qu'elle regretterait par la suite.

« Je ne vous comprends pas! balbutia-t-elle à tout hasard. Vous n'avez aucune raison d'être jaloux de mon amitié pour Patrice!

— Ce n'est pas de la jalousie!

— Et quoi donc?

— Je ne sais pas... De la colère! »

Il arrondit les yeux, et ajouta dans un souffle, effrayé, semblait-il, par ce qu'il osait dire :

« Je voudrais que Patrice n'existe pas! »

Ces mots la frappèrent si profondément, qu'elle eut l'impression de les avoir prononcés elle-même. Le regard fixé sur Boris, elle fuyait loin de lui et cependant, comme dans un cauchemar, demeurait immobile.

« Partez, Boris, chuchota-t-elle.

— Vous m'en voulez de ce que je vous ai dit!

— Non, mais partez!... Partez, je vous en supplie! Je ne veux pas que tout devienne laid entre nous!... »

Il lui saisit la main. On pouvait les voir de la rue, on pouvait entrer...

« Il n'y aura jamais rien de laid entre nous si nous savons être sincères! » s'écria-t-il.

Élisabeth se dégagea d'un mouvement brusque. Un chapeau de paille noire, à fleurs violettes, rasait la devanture. Mlle Pologne pénétra dans la boutique, le nez long et le cabas flasque.

« Il faut que j'y retourne demain, dit-elle. C'est un scandale!... »

Puis, apercevant Boris, elle porta sa main devant sa bouche, comme pour étouffer un hoquet :

« Oh! pardon!... Vous êtes occupée, madame!... »

Élisabeth s'avisa trop tard qu'elle se tenait debout, tout près d'un homme, et que son attitude pouvait prêter à confusion.

« A bientôt, Boris », dit-elle d'un ton qu'elle voulait indifférent.

Mlle Pologne se faufila dans l'arrière-boutique pour y pendre son manteau, et resta là, tapie, invisible, mais l'oreille aux aguets.

« Quand vous reverrai-je, Élisabeth? demanda Boris.

— Téléphonez-moi. »

Il secoua la tête :

« Non. Je ne vous téléphonerai pas, je ne vous importunerai pas. C'est vous qui déciderez. J'attendrai aussi longtemps qu'il le faudra!... Au revoir, Élisabeth. »

Elle le raccompagna jusqu'à la porte et le regarda disparaître dans la foule des passants.

*
* *

Les semaines passaient et Élisabeth se refusait toujours à revoir Boris. Le souvenir de la conversation qu'ils avaient eue au magasin la comblait de joie et de crainte. Elle chérissait jusqu'à cette impression de vague effroi qu'il avait laissée derrière lui, comme un sillage. D'une manière inexplicable et certaine, elle savait que leur amour, s'il progressait encore, ne leur apporterait jamais le bonheur, mais une gêne grandissante, un surcroît de remords, le sentiment d'une abdication de la volonté devant des forces obscures. La fatigue de cette lutte intérieure devait se lire dans son regard. Arlette et Patrice s'inquiétaient du changement qui s'était opéré en elle. N'était-elle pas souffrante? N'avait-elle pas un souci qu'elle cachait à son entourage? Elle protestait en riant. Mais, dix minutes plus tard, une lassitude la reprenait, elle entendait à peine ce qui se disait près d'elle. Boris — la guerre : son esprit oscillait entre ces deux problèmes. Pour l'un comme pour l'autre, il n'existait pas de solution. Tant qu'elle vivrait, Boris resterait un étranger pour elle; tant qu'il y aurait des hommes sur la terre, le massacre continuerait, et les discours patriotiques, et les maisons brûlées, et les affiches menteuses, et les fusillades d'otages, et les journaux sales, et les wagons à bestiaux pleins de Juifs déportés, et les queues de ménagères devant les étalages vides. Les Allemands s'emparaient du Kouban, occupaient le Caucase, assiégeaient Stalingrad, les Anglais contre-attaquaient en Afrique, débarquaient à Madagascar, Pierre Laval instituait le service du travail obligatoire, les mois s'effilochaient, l'automne jaunissait les feuillages. Enfoncée dans la boue jusqu'aux mâchoires, Élisabeth ne discernait aucun espoir à l'horizon. La notion de sa solitude la rongeait comme une maladie. Elle en perdait le goût de s'habiller, de se maquiller. Son studio ne lui plaisait plus. Pour se distraire, elle déplaça tous ses meubles, toutes ses estampes. Le dimanche 8 novembre, vers cinq heures de l'après-midi, comme elle s'apprêtait à prendre une douche après avoir fait le ménage, elle reçut inopinément la visite d'Arlette, le chapeau en bataille et le regard politique.

« Je reviens de chez des amis! s'écria-t-elle en embrassant Élisabeth. Mais je ne pouvais pas rentrer à la maison avant de vous avoir vue : les Anglais et les Américains ont débarqué en Algérie et au Maroc! »

Saisie d'étonnement, Élisabeth se contraignit à rester calme, malgré l'angoisse qui la gagnait :

« Qu'est-ce que cela va faire? » murmura-t-elle.

Arlette alluma une cigarette, aspira la fumée, la rejeta par les narines et dit posément :

« Un invraisemblable gâchis, sans doute! Comme par hasard, l'amiral Darlan s'est rendu à Alger, il y a quelques jours, au chevet de son fils malade. A-t-il agi sur l'ordre de Pétain? Cela paraît bizarre. A-t-il trahi le gouvernement pour tirer son épingle du jeu? Cela paraît plus bizarre encore! Le général Giraud est également là-bas! Hitler doit être fou de rage! Ces messieurs de Vichy l'entendront hurler! Ne leur demandera-t-il pas, comme preuve de leur loyalisme, de déclarer la guerre à l'Amérique, à l'Angleterre et à la Russie?

— Vous croyez que la France mobiliserait?

— Tout est possible! »

Élisabeth pensa à Boris et un grand froid descendit en elle.

« Patrice doit être inquiet! dit Arlette. Il ne vous a pas téléphoné?

— Non.

— Il ne sait peut-être pas la nouvelle!

— Je vais prendre les informations », dit Élisabeth.

Elle tourna les boutons du poste de T.S.F., entendit quelques ritournelles, puis la voix solennelle et ennuyée du speaker de Radio-Paris qui annonçait : « Le calme règne à Alger. Des détachements anglo-américains, débarqués par surprise, ont été immédiatement faits prisonniers par les forces de l'ordre. Voici le texte de la réponse du maréchal Pétain au message du président Roosevelt... » Elle éteignit l'appareil et dit :

« Ils n'ont pas l'air très alarmés.

— L'affaire est trop récente, dit Arlette. Demain, le gouvernement, la radio, les journaux, auront pris position. Il faut attendre...

— Attendre! Toujours attendre! gémit Élisabeth en s'affalant dans un fauteuil. J'en ai assez, Arlette! Arrivera-t-il un jour où il n'y aura plus de guerre, plus de tickets, plus de mensonges, plus de couvre-feu, plus de malheur!... »

Arlette lui posa une main sur l'épaule et dit doucement :

« Je vous trouve nerveuse, Élisabeth, depuis quelque temps! Que faites-vous, ce soir? Voulez-vous dîner à la maison? »

Élisabeth accepta. Elle avait peur de rester seule.

*
* *

Tout Paris avait la fièvre. Alger, Oran et plusieurs autres ports algériens et marocains étaient déjà occupés par les troupes alliées. Des détachements des forces françaises libres participaient aux opérations. A Casablanca, se livrait une dure bataille aéro-navale. Patrice vint chez Élisabeth, le 10 novembre, à sept heures, pour parler de la situation. Il exultait, il prévoyait une fin rapide de la guerre. Mais, en même temps, il craignait, comme Arlette, que le gouvernement de Vichy, obéissant aux injonctions d'Hitler, n'ordonnât la mobilisation générale : « Il y aura de la casse. On ne nous enverra pas nous battre contre les Anglais et les Américains, évidemment, mais dans l'Est, contre les Russes. Quant à la zone dite libre, cela m'étonnerait si elle le demeurait longtemps. Les Allemands vont vouloir descendre jusqu'à la côte méditerranéenne pour prévenir un débarquement. Et ce n'est pas Laval qui les en empêchera ! »

Les nouvelles du lendemain lui donnèrent raison : la Wehrmacht avait franchi la ligne de démarcation et déferlait vers le Sud. Tout le pays était occupé. Pétain allait-il accepter cette violation de l'armistice ? Certains le voyaient déjà prenant l'avion pour Alger, pour Londres, et remplaçant de Gaulle à la tête de la France combattante. Non, il restait à Vichy et désavouait Darlan, qui n'avait rien fait, selon lui, pour défendre l'Afrique du Nord contre les envahisseurs. Mais Darlan déclarait qu'il avait suivi en cela les directives du maréchal. Les journaux débordaient d'injures à l'adresse de l'amiral, qui, après avoir été le successeur désigné du chef de l'État, intriguait honteusement dans l'espoir de gagner la faveur des Américains. Pour répondre avec éclat à cette désertion, Pétain nommait Pierre Laval son dauphin et lui accordait les pleins pouvoirs. Le principe de la collaboration était sauf. Afin de calmer l'enthousiasme de certains Français anglophiles, les quotidiens de Paris publiaient la liste des produits alimentaires dont la population serait privée par suite du débarquement. Mlle Pologne se désolait à l'idée de tout le vin, de tous les agrumes et de tous les corps gras bloqués de l'autre côté de la Méditerranée. Cependant, des combats se poursuivaient pour la possession de Tunis et de Bizerte, que les Américains avaient commis la maladresse de ne pas investir par surprise en même temps que les ports algéro-marocains.

Soudain, le 27 novembre, malgré la promesse des autorités allemandes de ne pas occuper Toulon, où la flotte de guerre française était concentrée, la Wehrmacht pénétrait dans la ville, envahissait l'arsenal, se ruait aux appontements pour capturer les bateaux, et les voyait sabordés, chavirant en flammes dans la rade. La dernière richesse, la dernière fierté de la France n'était plus qu'un amas de ferrailles calcinées, qui s'enfonçaient dans l'eau. La manœuvre envisagée par le commandement germanique était manquée, mais il était désormais certain qu'aucun grand navire, battant pavillon tricolore, ne participerait à la victoire finale. La nation était plus que jamais divisée entre ceux qui voulaient vivre dans le respect du vainqueur de Verdun et ceux qui mettaient leur foi en de Gaulle. Sur les murs du métropolitain, des dessins à la craie représentant la francisque, emblème du maréchal, voisinaient avec une simple date, tracée par des partisans de la résistance : « 1918. » En zone sud, l'armée de l'armistice avait été lestement dissoute par les Allemands. Ils s'étaient répandus partout, ils contrôlaient tout, Pétain et ses ministres siégeaient sur un îlot planté d'hôtels, bruissant de sources et entouré d'une marée feldgrau.

Pourtant, il n'était pas encore question de supprimer les formalités au passage de la ligne de démarcation, ni de rétablir la liberté de la correspondance. Megève occupé! Élisabeth imaginait la consternation de ses parents. D'après leur dernière carte interzone, ils avaient déjà rouvert l'hôtel et organisaient difficilement la nouvelle saison d'hiver. Il y avait donc encore des gens pour penser au repos, aux vacances, à la neige, quand des événements terribles se préparaient? Cela paraissait incroyable à Élisabeth. Elle qui parcourait rarement un journal avant la guerre, voici qu'elle les lisait tous avec passion, tant elle redoutait que la mobilisation fût sur le point d'être décrétée. Certains éditorialistes n'hésitaient pas à réclamer cette décision comme une mesure de salut public. Le maréchal Pétain lui-même n'y semblait pas hostile. La presse parisienne publiait sa dernière lettre à Hitler : « J'ai été sensible, monsieur le chancelier, aux dispositions personnelles que vous avez bien voulu m'exprimer en ce qui concerne votre résolution de collaborer avec la France et de l'aider à reconquérir son domaine colonial. C'est en toute loyauté que, de son côté, le gouvernement français poursuivra une politique qui doit permettre d'assurer son avenir dans une Europe réorganisée. » Dans *L'Œuvre* du 15 décembre, Marcel Déat commentait ce message avec enthousiasme : « Le chef de l'État prend position, sans équivoque, en faveur d'une politique d'entière collaboration. La reconstitution qu'il envisage d'une nouvelle armée ne peut signifier que sa ferme intention de coopérer étroitement avec les forces de l'Axe pour la défense de l'Europe et la reconquête de notre empire africain. » Ce fut Patrice qui signala cet article à Élisabeth, par téléphone. L'ayant lu, elle se sentit atterrée. La menace, brusquement, se précisait devant ses yeux. Arlette lui avait dit : « Si Vichy mobilise, j'en connais beaucoup qui fileront sans laisser d'adresse ! » Certainement, ce serait le cas de Boris ! Mais où irait-il, où se cacherait-il, alors que la France était entièrement livrée aux Allemands ? Cette question poursuivit Élisabeth tout au long de la journée. En rentrant chez elle, le soir, elle était si nerveuse, que la sonnerie du téléphone, rompant le silence de l'appartement, la frappa d'une peur irréfléchie. Elle décrocha l'appareil pour entendre une mauvaise nouvelle, et la voix de Boris lui parvint :

« Je m'étais juré de ne pas vous appeler, Élisabeth, mais tout va trop mal !... Nous ne savons plus du tout ce que nous réserve l'avenir ! Et j'ai tellement besoin de vous parler !... Attendez, je ferme la porte de la cabine... Je vous téléphone d'un café... Il y a un vacarme, ici!... Allô!... Vous m'entendez?... Êtes-vous seule en ce moment?

— Oui », murmura-t-elle.

Ses poumons manquaient d'air. Elle s'assit de biais sur l'accoudoir d'un fauteuil.

« Élisabeth, reprit-il, quoi qu'il arrive, il faut que vous sachiez ceci : je vous aime... Je suis malheureux loin de vous... Mais je ne voudrais, pour rien au monde, vous déplaire par mon insistance... Dites-moi que vous ne m'aimez pas et vous ne m'entendrez plus, vous ne me verrez plus... »

Mise au pied du mur, elle voulut prendre le temps de la réflexion. Ses idées tournoyaient sans se poser.

Il répéta avec violence :

« Dites-moi que vous ne m'aimez pas!

— C'est absurde! chuchota-t-elle. Je ne peux pas vous répondre ainsi...

— Pourquoi hésitez-vous?...

— Mais, Boris...

— Vous n'êtes pas sûre de vous? Pourtant, je suis loin! Cela devrait vous donner du courage! Élisabeth, je vous en supplie!... Soyez sincère!... »

Une sensation de bonheur étourdit Élisabeth. Elle dit avec élan :

« Je vous aime, Boris... Mais c'est de la folie!... Vous le savez bien!... Il ne peut rien y avoir entre nous...

— Que dites-vous?

— Je dis que je vous aime, mais que... »

Un déclic l'avertit qu'elle restait seule en ligne. Elle crut d'abord que Boris avait coupé la communication. Puis, elle pensa que son téléphone fonctionnait mal depuis quelque temps. La veille encore, elle avait signalé son numéro, par deux fois, au service des réclamations. « Ce n'est rien, il va me rappeler », décida-t-elle en reposant l'appareil sur le support. Immobile, elle regardait avec force cette petite masse d'ébonite noire, comme pour lui ordonner de reprendre la parole. Cependant, le silence persistait et l'anxiété d'Élisabeth tournait au malaise. « Si seulement je savais où le joindre! Mais il téléphonait d'un café! C'est trop bête! » Elle se leva et fit quelques pas dans la pièce, touchant des meubles, ouvrant des tiroirs sans parvenir à calmer son impatience. Après vingt minutes d'attente, elle était prête à pleurer de dépit. « Je n'aurais jamais dû lui dire la vérité! Que va-t-il se passer maintenant? » Ce qui l'humiliait le plus, c'était d'avoir eu juste le temps de confesser son amour avant que la communication ne fût coupée. Il y avait là comme une moquerie des objets à son égard. Enfin, une sonnerie retentit. Mais ce n'était pas celle du téléphone. Élisabeth se précipita dans le vestibule et ouvrit la porte.

« Boris! »

Il entra, grand et gauche, une joie inquiète dans les yeux.

« Après ce que vous m'avez dit, je ne pouvais pas continuer à vous parler par téléphone, murmura-t-il. Il fallait que je vous voie pour me persuader que je ne m'étais pas trompé, que je ne me promenais pas dans un rêve! »

Il avançait sur elle, lentement, et elle reculait devant le bonheur en marche comme devant une menace. Arrivée dans le studio, elle se ressaisit et prononça d'une voix tremblante :

« Non, Boris. »

Mais il ne l'écoutait plus. Il allait la prendre dans ses bras. Elle s'esquiva d'un vif mouvement des épaules et répéta sur un ton ferme :

« Non!

— Pourquoi, Élisabeth?

— Vous le savez bien... Nous n'avons pas le droit...

— A cause de Patrice? » demanda-t-il.

Elle inclina la tête. Il la considéra avec un air de révolte et s'écria soudain :

« Je connais votre passé, Élisabeth! Vous n'avez pas

hésité à tromper Patrice quand il était votre mari, et, maintenant qu'il ne l'est plus, vous prétendez lui être fidèle! Que signifie cette délicatesse à retardement? »

Elle reçut le coup et demeura un instant accablée par cette logique d'homme, qui voulait réduire à des formules simples la réalité mouvante des événements et des caractères. Comment Boris pouvait-il lui reprocher d'être moins égoïste, moins légère, qu'au temps de son mariage? Le désir qu'il avait d'elle l'aveuglait-il si complètement qu'il ne se souciait pas de l'estimer pourvu qu'elle lui appartînt?

« Peut-être agirais-je autrement si Patrice n'était pas votre meilleur ami! dit-elle.

— Il le restera de toute façon, répliqua Boris. Je n'ai pas l'intention de lui mentir. Je lui expliquerai. Il comprendra! »

Elle eut un mouvement de frayeur :

« Non! Je vous le défends! Vous connaissez Patrice aussi bien que moi! Il sera désespéré! Je lui ai déjà fait tant de mal!

— Alors, Élisabeth, qu'allons-nous devenir? »

Élisabeth se laissa tomber dans un fauteuil et enfouit son visage dans ses mains. Elle avait déjà vécu cette scène avec un autre. Derrière l'écran de ses doigts unis, de ses paupières fermées, c'était Bertrand qui se tenait debout, le regard morne, attendant qu'elle se décidât. Mais elle ne pouvait ni accepter, ni renoncer. Une malédiction s'acharnait sur elle. Tout ce qu'elle entreprenait dans l'existence était voué à l'échec. Elle redressa la tête et ses yeux rencontrèrent un masque raidi dans la douleur et la méchanceté. Soudain, les traits de Boris éclatèrent :

« Décidément, je suis le roi des crétins! Tout est si simple! Vous auriez pu me le dire plus tôt! »

Elle l'observa avec stupeur :

« Vous dire quoi, Boris?

— Que vous n'étiez pas libre! Que vous aviez un amant!

— Vous êtes fou? balbutia-t-elle.

— Non. Je commence à comprendre! Je ne m'étonne plus de rien... »

Elle le sentit démonté par la colère, en proie à un instinct déchaîné, qui brouillait ses idées et embarrassait sa parole. « Il ne sait plus ce qu'il dit », songea-t-elle avec une tristesse qui se nuançait d'indulgence. La désapprobation, la souffrance qu'il lisait dans les yeux d'Élisabeth, loin de le calmer, l'excitaient à la blesser plus rudement encore :

« Soyez donc franche, pour une fois! Je ne suis pas un Patrice! Je peux tout entendre!...

— Je vous jure, Boris, que je suis seule, terriblement seule!

— Depuis quand?

— Depuis très longtemps!... Depuis que je vous connais!... Depuis que je vous aime!...

— Et vous voulez que je le croie? Avec tout ce que je sais de vous? »

C'en était trop! Renonçant à le convaincre par la douceur, elle l'attaqua à son tour :

« Vous vous figurez donc que je me sers de Patrice comme d'un prétexte pour vous cacher le vrai motif de mon refus?

— J'en suis sûr!

— Alors, pourquoi restez-vous? Je vous ai donné une explication. Puisqu'elle ne vous suffit pas, puisque vous me jugez si mal, vous n'avez plus rien à faire ici! »

Elle s'était dressée hors de son fauteuil pour lui intimer l'ordre de sortir.

« Parfait! » dit-il.

Et il se dirigea vers la porte. Mais, avant d'atteindre le seuil, il se retourna brusquement. A l'idée de perdre Élisabeth, sa raison chavirait. Il lui fallait cette femme, avec tous ses défauts. D'ailleurs, ne lui avait-elle pas juré qu'elle l'aimait, qu'elle était libre? Pourquoi s'obstinait-il à imaginer qu'elle mentait?

« Allez-vous-en! » dit-elle encore d'une voix de gorge irritée, implorante.

Il eut le sentiment que cette injonction s'adressait à un autre par-dessus son épaule, à un autre qui était déjà parti, qui ne reviendrait jamais. Lui, en revanche, pouvait se permettre n'importe quoi. L'amour qu'il avait pour Élisabeth excusait la violence, la maladresse de son comportement. Tout se passait comme s'il existait entre elle et lui un accord charnel qu'aucune parole ne saurait détruire. Il s'avança vers elle, contourna le fauteuil derrière lequel elle s'était réfugiée, et, comme elle étendait les bras pour se défendre, l'étreignit sauvagement. Dans la lutte, leurs lèvres se touchèrent et elle s'immobilisa. Penché sur elle, il éprouvait un plaisir aigu, élémentaire, un étonnement émerveillé devant la communion de leurs corps, dès le premier baiser, dès la plus simple caresse.

***

Le jour pointait derrière les rideaux quand Boris s'éveilla dans la tiédeur et le parfum d'une couche doublement habitée. Élisabeth dormait contre son flanc. Au terme d'une nuit d'amour, son visage était celui de l'innocence. Un profil d'enfant, aux paupières closes, reposait sur l'oreiller blanc tandis que le drap, la couverture, voilaient un corps de femme experte, alanguie et comblée. Elle était là, tout ensemble comme une certitude et comme un mensonge, présente dans sa forme et fuyante dans ses pensées, devant l'homme qui croyait l'avoir conquise et qui se demandait maintenant si elle le reconnaîtrait en rouvrant les yeux. Rien qu'à la contempler, il sentait renaître le besoin de l'effleurer, de la respirer, de l'écraser, de la reprendre. Et, cependant, sa joie se compliquait de scrupules. Il jeta un regard à la pendulette, sur la table de chevet : huit heures trente! Il serait en retard au bureau. Cela n'avait pas d'importance. Un autre souci le préoccupait. Ne le voyant pas rentrer à minuit, pour le couvre-feu, Patrice avait, sans doute, imaginé qu'il s'était fait arrêter par les Allemands, dans le garage de Tapin. « Il a dû passer une nuit blanche à m'attendre. Pourvu qu'il n'ait pas téléphoné à mes parents! » Tout en pensant à son ami, il ne cessait d'examiner Élisabeth, prise par le sommeil. Combien d'hommes l'avaient déjà vue dormir ainsi, après l'amour? Le doux Patrice, en tout cas, n'ignorait rien de ce corps gracile, aux seins légers, à la taille flexible, au ventre à peine renflé, aux jambes agiles et tièdes. Il avait promené ses lèvres sur l'étendue de cette peau, dont Boris, à son tour, découvrait la saveur. Subitement, il reconstitua le couple dans sa tête et la rage l'envahit. Désormais, il ne pourrait plus songer à Élisabeth sans que le fantôme de Patrice apparût derrière le lit, tel un compagnon silencieux. Un sortilège les enchaînait tous trois. Comment le rompre? Avec précaution, il se glissa hors des draps, passa son pantalon, sa chemise, prit le téléphone sur la table, et, profitant d'une grande longueur de fil, se réfugia avec l'appareil dans le couloir. Là, il forma sur le cadran le numéro de son appartement. Au premier coup de sonnette, Patrice décrocha le récepteur :

« Boris! Enfin!... Qu'est-ce qui se passe, mon vieux?...

— Rien de grave. Je n'ai pas pu rentrer avant le couvre-feu, dit-il d'une voix assourdie.

— Mais où es-tu? A Saint-Ouen?

— Oui.

— Tu aurais dû me prévenir! J'ai eu une de ces frousses! »

Le ton affectueux de ce reproche agaçait Boris comme une invitation au remords. Pour nier son malaise, il répliqua sèchement :

« Si je n'ai même plus le droit de découcher sans que tu perdes la tête...! »

Aussitôt, il regretta ces paroles blessantes.

« Mets-toi à ma place, mon vieux! soupira Patrice.

— J'espère que tu n'as pas téléphoné à mes parents! dit Boris en plaçant la main en abat-son devant sa bouche.

— Non. »

Il y eut un silence. Puis, Patrice demanda :

« Alors, à ce soir? Tu viendras dîner? »

Boris se pencha vers la porte et jeta un regard à l'intérieur de la chambre : Élisabeth dormait toujours. Il chuchota :

« Je pense que je ne rentrerai pas cette nuit non plus... »

Gardant la pose du sommeil, Élisabeth écoutait Boris attentivement et luttait contre une anxiété grandissante. Avec quelle aisance il réintégrait ses habitudes après le délire de la nuit! Comme il affrontait de sang-froid la lumière du jour, les soucis quotidiens, le bruit monotone du monde. Avait-elle reçu un invité dans son lit, dans sa vie? La voix bourdonnait toujours dans le petit couloir :

« Mais non! Pas du tout! Qu'est-ce que tu te figures?... »

Élisabeth aurait voulu se boucher les oreilles. Elle plaignait Patrice, tout en reconnaissant que ses réactions de femme adultère étaient absurdes. Elle espérait que Boris ne le mettrait pas au courant de leur aventure et entrevoyait pourtant un avenir d'orages, de tromperies, de fausses explications, de grimaces, de disputes, de réconciliations précaires.

« Au revoir, mon vieux! »

Instantanément, elle reprit le masque lisse du repos. Boris rentra dans le studio, sur la pointe des pieds, reposa l'appareil téléphonique à sa place, admira une Élisabeth assoupie, insouciante, et retourna, avec la même légèreté, dans le couloir. Au bout d'un moment, elle entendit couler l'eau dans le cabinet de toilette et imagina Boris lavant son grand corps musclé. Il faisait froid dans la pièce, malgré le radiateur électrique qui était resté allumé toute la nuit. Une lueur grise filtrait par l'entrebâillement des rideaux. Enfin, Boris reparut, habillé, chaussé, les cheveux humides. Élisabeth se contraignit à respirer paisiblement. « Pourquoi n'ai-je pas envie de rouvrir les yeux, de l'appeler, de lui parler, de me blottir contre sa poitrine? pensait-elle. Est-ce de la lâcheté, de la prudence? Vais-je le laisser partir sans lui dire un mot? » Derrière la grille de ses cils rapprochés, elle voyait se mouvoir une ombre aux contours tremblants. Boris nouait sa cravate. Puis, il se tourna vers le lit. Elle aperçut un visage inconnu, victorieux. « Pour lui, pas de problème! » se dit-elle. Et, craignant qu'il ne découvrît sa supercherie, elle abaissa complètement les paupières. Enfermée, cousue dans la nuit, elle n'en devinait pas moins les mouvements du monde extérieur. Soudain, elle réprima un frisson : deux lèvres tièdes effleuraient son front, une main remontait la couverture sur son épaule :

« Élisabeth! Élisabeth!... Ma chérie!... Tu dors?... »

Émue jusqu'au ventre, elle demeurait pourtant immobile. Elle voulait être cette noyée, qu'aucun contact humain ne pouvait ranimer. Encore un baiser, une caresse des doigts, un soupir, et ce fut le vide. Elle attendit un instant et lança un regard furtif par la fente de ses paupières. Assis devant la table. Boris écrivait. Ensuite, il inspecta le studio d'un coup d'œil rapide, jeta son manteau sur ses épaules et se dirigea vers la porte.

Quand il fut parti, Élisabeth courut vers la table et saisit la feuille de papier qu'il avait laissée là, en évidence :

« Ma chérie,

« Tu dormais si bien! Je n'ai pas voulu te réveiller en me levant. Je me suis enfui comme un voleur, avec un merveilleux butin de souvenirs dans la tête. Ils vont m'aider à vivre cette longue journée loin de toi. Mais, ce soir, je te reverrai, n'est-ce pas? Le bonheur que tu m'as donné me rend plus exigeant encore que je ne l'étais en pénétrant hier dans cette chambre. Je t'aime, Élisabeth! Je suis plein de toi! Quel que soit le moment où tu liras cette lettre, sache que ma pensée sera proche de la tienne. Ah! comme je suis impatient de te reprendre dans mes bras! Je te téléphonerai au magasin, avant midi. Maintenant, il faut que je parte. Vais-je pouvoir travailler avec ce cœur bondissant, cet esprit en déroute? A très bientôt, ma chérie. Je t'embrasse comme cette nuit, et mieux encore peut-être. BORIS. »

La joie que lui procura la lecture de cette lettre était si naïve, si juvénile, qu'elle eut quelque peine à recouvrer son calme. « Est-il sincère? se demanda-t-elle une fois de plus. Suis-je sincère moi-même? N'ai-je pas tort de croire que Patrice est le principal obstacle à notre amour? » Elle s'interrogeait, elle ne se comprenait plus, elle était prise de vertige. Ébranlées par les événements de la nuit, les assises de son monde intérieur s'écroulaient une à une; les personnages changeaient de valeur; Patrice, à présent, s'effaçait devant une figure plus énigmatique et plus redoutable : la femme de Boris. Élisabeth se rappelait le désespoir silencieux de cet homme pendant leur voyage de Tulle à Paris, les photographies de la morte dans le salon, Patrice disant : « Il ne l'oubliera jamais. S'il court un peu, à droite, à gauche, c'est pour passer le temps, pour se distraire... » Elle n'était pas sûre d'avoir retenu la phrase mot à mot, mais le sens en était indéniable. A la lumière de cette explication, son aventure devenait navrante, bête à pleurer! Elle se lava, s'habilla en hâte, avala son petit déjeuner et arriva au magasin pour entendre Mlle Pologne qui s'écriait, penchée avec sollicitude sur le téléphone :

« La voilà justement! Je vous la passe! »

Un peu essoufflée, Élisabeth écouta Boris répéter

qu'il l'aimait, qu'il rêvait constamment à elle et qu'il voulait la rejoindre, ce soir.

« Je ne peux pas, murmura-t-elle, je suis prise. »

C'était vrai : elle devait dîner chez Arlette. Boris protesta :

« Oh! mon amour! Ce n'est pas possible! Décommande-toi! »

Troublée par cette voix chaude, elle balbutia :

« Bien sûr!... Je vais essayer...

— Il le faut, tu comprends?

— Oui.

— Je voudrais passer te prendre au magasin.

— C'est entendu, mais... mais pas trop tôt! »

Elle craignait qu'il ne se heurtât à Mlle Pologne.

« Qu'appelles-tu pas trop tôt?

— Vers sept heures. La porte sur la rue sera fermée, mais vous pourrez entrer par l'immeuble... »

Elle le vouvoyait avec application, sachant que Mlle Pologne avait l'oreille fine et l'imagination vagabonde. A peine eut-il raccroché, que le téléphone sonna de nouveau. Cette fois, elle dut affronter Patrice. Lui aussi désirait la voir. Elle refusa, avec l'irritation que donne une mauvaise conscience. Son ami, son amant, étaient pour elle comme les deux aspects d'une même faute. Non point rivaux, mais étrangement alliés dans le dessein de la faire souffrir :

« Plus tard, Patrice, je te rappellerai... Oui, je vais bien... Non, je ne suis pas nerveuse... »

La conversation terminée, elle brava le regard ahuri de Mlle Pologne et téléphona à Arlette pour s'excuser. Celle-ci voulut bien croire à un empêchement imprévu, mais insista pour rencontrer Élisabeth le lendemain, en sortant du bureau.

« Venez chez moi vers six heures », proposa Élisabeth.

Et elle se dit : « J'espère que Boris ne va pas encore m'obliger à remettre ce rendez-vous! » L'idée d'être assujettie à la volonté d'un homme la blessait et lui était douce, selon qu'elle pensait à son indépendance ou à son amour.

Le soir, quand Mlle Pologne fut partie, elle se réfugia dans l'arrière-boutique, grilles fermées, rideaux de défense passive épinglés avec soin, alluma une lampe à l'abat-jour de gros papier bleu et se plongea dans l'étude de ses livres de comptes. A sept heures dix, on frappa à la petite porte du fond. Élisabeth ouvrit le verrou et tomba dans les bras de Boris. Il avait sur son visage le froid de la rue, l'odeur du brouillard.

« Mon amour, murmura-t-il. Je ne t'ai pas vue depuis un an! Qu'as-tu fait? A quoi as-tu pensé?

— Je te le raconterai à la maison, dit-elle. Viens vite! »

***

Quand Arlette se fut assise dans le meilleur fauteuil, près du radiateur électrique, Élisabeth la considéra d'un œil vif, comme si elle eût évalué la force d'un adversaire, et dit soudain :

« Arlette, j'ai décidé de quitter Paris pour quelques semaines. »

Arlette, interloquée, resta un moment interdite, le briquet à la main. Puis, elle alluma sa cigarette, s'environna d'un nuage et demanda :

« Où voulez-vous aller?

— A Megève.

— Que se passe-t-il? Vos parents sont malades?

— Non.

— Vous êtes fatiguée? Vous voulez vous reposer là-bas?

— Oui. Ne m'aviez-vous pas dit que votre patron était au mieux avec les Allemands?

— Si.

— J'aurais besoin d'un laissez-passer, très vite!... C'est absurde! Toute la France est occupée, et on n'a pas encore supprimé la ligne de démarcation! J'ai pensé que, peut-être par l'intermédiaire de ce monsieur...

— Je lui demanderai, dit Arlette. D'habitude, il obtient tous les papiers qu'il veut en quarante-huit heures. Mais pourquoi êtes-vous si pressée? »

Élisabeth s'insurgeait contre une angoisse qu'elle ne voulait à aucun prix laisser voir :

« Allons, reprit Arlette, n'avez-vous plus confiance en moi? Dites-moi tout! »

Il y eut un silence. Élisabeth sentait ses nerfs crispés se détendre, ses idées mollir, son secret lui monter aux lèvres avec un goût de larmes. Elle s'assit sur l'accoudoir du fauteuil et soupira :

« Je n'en peux plus!

— Il y a longtemps que je m'en doute, répliqua Arlette. Je vous avais bien dit que vous aviez tort de revoir Patrice!

— Ce n'est pas à cause de lui...

— Et de qui donc? » demanda Arlette en prenant les mains de son amie.

Une tiédeur inconnue enveloppa Élisabeth. Il lui sembla que personne, jamais, n'avait manifesté un tel souci de la comprendre, de l'aider. En petites phrases hachées, elle raconta son amour pour Boris, ses scrupules, sa crainte que Patrice n'apprît la vérité, son désir de les fuir tous deux pour mettre fin à une situation intolérable. Arlette écoutait, fumait, réfléchissait, plaçait un mot. Soudain, elle se leva, avec la brusquerie d'un jeune homme indiscipliné :

« Je voudrais vous poser une question, Élisabeth. Qu'y a-t-il eu, au juste, entre Boris et vous? »

La figure d'Élisabeth s'enflamma.

« Bon, conclut Arlette. Et, évidemment, il vous aime!...

— Je ne sais pas! chuchota Élisabeth. Boris me déroute!... Il est violent, changeant, jaloux!... J'ai l'impression qu'il n'acceptera jamais mon passé, qu'il ne pourra jamais m'accorder son estime, qu'il ne cessera jamais de penser à sa femme qui est morte... Vous voyez, tout nous sépare!... Nos caractères, cette femme, Patrice...

— Je ne connais pas beaucoup Boris, dit Arlette, mais je suis persuadée qu'il peut vous aimer sans trahir, pour autant, un souvenir respectable. Quant à Patrice, c'est un garçon charmant, mais vous n'allez tout de même pas lui sacrifier la chance de refaire votre vie!

— Il n'est pas question de refaire ma vie! dit Élisabeth avec confusion.

— Pourquoi? »

Élisabeth perdit tout à fait contenance, chercha une réponse plausible et marmonna évasivement :

« Parce que ni lui, ni moi, ne le voulons!

— Ça alors! grommela Arlette, je ne vous comprends plus! Autant je vous ai critiquée pour votre histoire avec Bertrand, autant, cette fois-ci, je serais tentée de vous encourager! Ce départ me paraît une folie! »

Élisabeth sourit avec tristesse :

« Vous êtes gentille, Arlette. Mais vous ne me forcerez pas à changer d'avis. Si je reste à Paris, je n'aurai jamais le courage de repousser Boris et je ferai, j'en suis convaincue, notre malheur à tous deux, sans compter celui de Patrice! Il faut que je m'en aille. Il faut que je me ressaisisse, que j'oublie... »

Arlette marchait de long en large dans le studio, le visage grave, la lèvre chargée d'un mégot grisâtre et infime. Elle en tira une dernière bouffée, le prit délicatement entre deux doigts et l'écrasa, à regret, dans un cendrier.

« Boris est-il au courant de votre projet? dit-elle.

— Non.

— Vous avez l'intention de lui en parler?

— Je ne le pourrais pas. Ce serait trop pénible pour lui, pour moi... Je lui écrirai une lettre... »

De nouveau, il y eut un silence. Les deux femmes se regardaient, chacune suivant son idée. Enfin, Arlette, redressant le buste, dit rudement :

« Après tout, peut-être ce voyage vous fera-t-il du bien? Vous verrez plus clair à votre retour. Je vous téléphonerai demain pour vous dire si mon patron peut s'occuper de votre laissez-passer.

— Je ne sais comment vous remercier! » dit Élisabeth.

Arlette se rapprocha d'elle et lui entoura les épaules de son bras en murmurant :

« C'est curieux, je suis une vieille fille et j'ai l'impression d'avoir plus vécu que vous! »

Élisabeth hocha la tête, dubitativement. Elle pensait à Megève. Elle voyait la neige. Tout se purifiait dans son esprit. Oubliant Paris, ses pluies, ses maisons sales, ses journaux pleins de guerre, ses bruits de bottes, son amour impossible, sa douloureuse amitié, elle avançait déjà dans un avenir où son ombre seule l'accompagnait sur une pente blanche.

7

PATRICE quitta son bureau plus tôt que de coutume, sous prétexte d'aller chez le dentiste. En réalité, il avait quelques courses personnelles à faire dans le quartier des Champs-Élysées. Ayant acheté une chemise et deux paires de chaussettes contre remise des points de textile correspondants, il voulut rendre visite à Élisabeth dans son magasin. Mais la plupart des devantures étaient déjà camouflées. N'arriverait-il pas après la fermeture? Il allongea le pas, dans le crépuscule d'hiver, froid, humide et parfumé d'une odeur de feuilles mortes. Depuis une semaine, Élisabeth était devenue invisible. Elle se disait très occupée. Peut-être était-ce vrai? Patrice s'ennuyait d'elle. D'autant plus que Boris, lui aussi, était pris tous les soirs. Il avait découché trois fois de suite. Cette nuit encore, il ne rentrerait pas à la maison. Il en avait prévenu son ami, d'un air embarrassé. Quand Patrice lui avait demandé s'il ne commettait pas d'imprudence en se dévouant à la cause des Résistants au point de sacrifier ses heures de sommeil pour réparer des postes émetteurs, il avait répondu sur un ton sec : « Mais non, mon vieux! Ne te tracasse pas! Je sais ce que j'ai à faire! » Patrice était contrarié de l'amertume qui, peu à peu, envenimait leurs rapports. Il en venait à croire que Boris désirait, secrètement, qu'il allât vivre ailleurs. Dans ce cas, pourquoi ne pas s'expliquer franchement? Une grande amitié ne pouvait dégénérer en froideur pour une question aussi facile à résoudre. « J'en parlerai à Élisabeth », décida Patrice. Mais, lorsqu'il s'arrêta devant la boutique, la grille était déjà tirée. Il continua son chemin vers la rue François-Ier. Avec de la chance, il surprendrait Élisabeth chez elle. Même si elle se préparait à sortir, elle ne refuserait pas de le recevoir un instant. Sur le palier du studio, un scrupule tardif lui traversa l'esprit : « J'aurais dû m'annoncer! » Puis, il sonna : une fois, deux fois, trois fois. Derrière le battant, régnait un silence absolu. Il redescendit, frappa au carreau de la concierge et demanda :

« Mme Malazaigue n'est pas encore rentrée? »

Une femme à face de bouledogue émergea de sa niche et grommela :

« Mme Malazaigue est en voyage. »

Étonné, Patrice balbutia :

« En voyage? Depuis quand?

— Elle a pris le train ce matin.

— Pour où?

— Je ne sais pas... Je crois qu'elle est allée en Savoie, chez ses parents... »

Tout en parlant, la femme avait chaussé des lunettes et fouillait dans un tas de lettres et de paquets sur sa table :

« Attendez donc! J'ai peut-être quelque chose pour vous! »

Elle approcha une enveloppe de son nez pour la lire et demanda :

« Vous êtes bien monsieur... monsieur Boris Danoff?

— Non », dit Patrice.

Un étourdissement le saisit. Il se vit dans la glace d'une armoire, au fond de la loge, debout, pâle, raide comme un mannequin.

« Alors, excusez-moi, reprit la concierge. Je me suis

trompée. Mme Malazaigue m'avait remis cette lettre en partant pour un monsieur qui devait venir tout à l'heure. C'est pour ça...

— Et... il n'y a rien pour M. Monastier? bredouilla Patrice.

— Ah ! non. Elle ne m'a pas laissé de commission à ce nom-là !

— Au revoir, madame », dit Patrice.

Il se précipita dans la rue. Sa tête bouillonnait : Élisabeth partie ! Le message pour Boris ! C'était donc avec elle qu'il avait rendez-vous, ce soir? Et tous les autres soirs, et toutes les autres nuits, peut-être, depuis près d'une semaine? Patrice n'osait croire encore à tant de duplicité chez deux êtres qui étaient ses amis les plus chers, et, cependant, mille détails qu'il avait notés ces derniers jours dans leur attitude s'ajustaient à merveille pour les confondre. Une vague d'eau sale l'éclaboussait. Il étouffait de chagrin, de mépris, de colère impuissante. Son seul espoir était que Boris infligeât un démenti éclatant à son inquiétude. Mais les faits étaient là : cette lettre, ce rendez-vous... Sans doute Boris, qui ne devait pas rentrer dîner, apparaîtrait-il vers huit heures à la maison, la mine défaite. Ce serait la preuve de son ignominie. Patrice le haïssait déjà de toute son amitié trompée. Élisabeth aussi était condamnable, mais à un moindre degré. Il n'avait aucun droit sur elle. A plusieurs reprises, elle lui avait signifié qu'elle ne l'aimait pas. Mais Boris, lui, avec sa droiture, sa générosité, comment avait-il pu se livrer à une manœuvre aussi dégradante? Suffisait-il qu'une femme traversât son champ visuel pour qu'il oubliât les devoirs sacrés de la camaraderie ! « Mensonge, tout n'est que mensonge ! » se répétait Patrice avec acharnement. Il s'aperçut qu'il n'était plus dans la rue, mais dans un wagon de métro, plein de figures figées. Un tonnerre roulait dans son crâne. Il allait devenir fou, crier. Il serra les poings.

L'appartement, quand il y pénétra, était silencieux et

vide. Un seul couvert sur la table de bridge. Les photographies d'Odile rêvaient dans des cadres, à leurs places habituelles. Patrice se sentit bizarrement lié à cette morte dans la faiblesse et l'humiliation. Il la contemplait et voyait son propre malheur. Si seulement il avait pu pleurer! Mais sa gorge était nouée, ses yeux secs. Il s'écroula dans un fauteuil : huit heures. Le moindre bruit, dans la maison, le faisait sursauter. Chaque minute qui passait augmentait son malaise. Il eut peur de n'avoir plus la force de se lever, de parler, si l'incertitude se prolongeait encore. A huit heures et demie, une clef tourna dans la serrure. Patrice perdit la respiration. Le sang se retirait de son cœur. Dans un élan surhumain, il se dressa sur ses jambes. La porte du salon s'ouvrit lentement. Boris apparut, le visage calme, et dit :

« Tiens, tu ne t'es pas mis à table?

— Non, marmonna Patrice. Je t'attendais. »

Et il pensa : « Maintenant, plus de doute! »

« Tu m'attendais? grommela Boris. Je t'avais pourtant dit que je ne dînerais pas à la maison...

— J'ai cru que tu pourrais changer d'avis. Il y avait une lettre pour toi chez la concierge d'Élisabeth. Tu l'as prise? »

Les traits de Boris se pétrifièrent.

« Oui, dit-il. Pourquoi? »

Patrice avala une bouffée d'air. Sa mâchoire, animée d'une légère vibration, n'obéissait plus à sa volonté de garder une physionomie impassible.

« Le hasard fait bien les choses, dit-il. Je suis passé là-bas avant toi... J'ai appris... j'ai appris ce que tu n'as pas eu le courage de m'avouer toi-même!... C'était elle que tu allais retrouver, ce soir!

— Oui.

— Elle est ta maîtresse?

— Oui.

— Salaud! glapit Patrice. Salaud!... »

Il se porta en avant sur des jambes molles. Les

larmes dédoublaient sa vision. Dans un bain de brumes et de rayons, Boris tirait une lettre de sa poche :

« Tiens, lis!

— Non! hurla Patrice en saisissant la lettre et en la jetant sur la table. Je devine ce qu'elle te dit!...

— Tu ne peux pas le deviner, murmura Boris. Elle est partie parce que notre amour lui paraissait impossible. Elle ne veut plus me revoir...

— Et alors? Qu'est-ce que ça change? Tu savais ce qu'elle était pour moi! Et c'est elle, précisément, que tu as choisie pour ton plaisir!... Oui, pour ton plaisir, pas pour autre chose!... Et derrière mon dos, tous les deux!... Ah! quel imbécile j'ai été!... Vous avez bien dû vous moquer de moi!... »

Boris hocha tristement la tête.

« Si nous nous étions moqués de toi, Élisabeth serait encore ici. Mais, ni elle, ni moi, ne pouvions supporter l'idée de te faire souffrir... »

Un pauvre rire lui coupa la parole :

« Quelle grandeur d'âme! Je n'étais pourtant pas encombrant! Sans cette lettre, je ne me serais douté de rien!

— J'avais l'intention de tout te dire!

— Tu attendais l'occasion?

— J'attendais d'être sûr qu'elle m'aimait autant que je l'aimais.

— ... Parce que tu prétends l'aimer, par-dessus le marché?

— Oui, Patrice. J'aurais donné n'importe quoi pour me persuader du contraire. J'ai essayé de lutter, de me raisonner...

— Tu me dégoûtes! dit Patrice entre ses dents. Je pensais que j'étais ton ami, je n'ai été que ton entremetteur! Tu t'es servi de moi pour entrer en relations avec elle! Tu m'as détourné d'elle par tes critiques, par tes conseils, pour mieux te glisser à ma place! »

Il était livide, il tremblait de tous ses membres. Boris le saisit par les épaules et articula en le regardant au fond des yeux, avec une force persuasive :

« Je te jure que tu te trompes! J'étais aussi sincère alors que je le suis maintenant!

— Je ne te croirai plus! bégaya Patrice. Je ne croirai plus personne! Demain, je quitterai cette maison! Je ne veux plus voir devant moi ta sale gueule de tricheur!... »

Il se dégagea d'une secousse et courut vers sa chambre. Une porte claqua. Boris demeurait sur place, anéanti. A la faillite de son amour succédait celle de son amitié. Cependant, il était sûr d'avoir agi loyalement à l'époque où il suppliait Patrice de résister à un entraînement que, pour sa part, il estimait néfaste et ridicule. Il ne pouvait admettre qu'au moment où il jugeait Élisabeth avec le plus de sévérité il était déjà, inconsciemment, sous son charme. Cette idée l'épouvantait, comme si elle lui eût révélé un aspect monstrueux de son âme. Pour la première fois, peut-être, il avait honte non seulement d'un acte qu'il avait commis, mais de lui-même, de son caractère, de ses impulsions, de cet ensemble de défauts et de qualités qui répondait au nom de Boris Danoff. Que signifiait son attachement à un idéal politique, sa soif de justice, de vérité, s'il se comportait comme un lâche dans sa vie privée? Avec violence, il appliqua ses deux poings contre son front. Une phrase lui martelait le crâne au rythme de son sang : « Je ne suis pas un salaud! Je ne suis pas un salaud! »

En relevant la tête, il se vit dans la glace, une mèche de cheveux défaite, les sourcils joints, la mâchoire crispée : une face de boxeur montant sur le ring. Il eût voulu arracher ce mauvais masque, changer de peau, s'emplir de principes nobles. Son cœur se gonflait d'amitié pour Patrice, mais il ne pouvait, pour autant, renoncer à Élisabeth. Il respirait par saccades. Sa femme le regardait, tellement lointaine, tellement morte, dans son cadre! A elle aussi, maintenant, il devait des comptes. Chaque objet l'accusait, dans cette maison pleine de souvenirs. Il se sentit comme chassé de chez lui par ceux qui, jadis, lui avaient fait confiance. Après un dernier coup d'œil à ce décor hostile et pourtant familier, il retourna dans le vestibule, décrocha son pardessus, son chapeau, ouvrit la porte. Il éprouvait le besoin de marcher seul dans la rue. Mais, quand il se retrouva dehors, la nuit, le froid renforcèrent son obsession.

Il ne savait où aller, il ne savait comment se justifier. L'avenue, plantée de squelettes, conduisait au dôme des Invalides. Un vélo-taxi passa, tiré par deux cyclistes vigoureux, dont une lampe bleuâtre éclairait les silhouettes penchées. Derrière eux, un couple se serrait dans une caisse montée sur roues. Puis, un convoi de camions allemands fit vibrer la chaussée luisante. Le silence retomba entre les maisons en deuil. « Pourquoi Élisabeth est-elle partie? Quand reviendra-t-elle? » Chaque interrogation qu'il lançait dans le vide le persuadait du pouvoir que cette femme avait pris sur lui. Avait-il aimé avant de la connaître? Oui, bien sûr! Mais tout son passé glissait de ses épaules comme une défroque inutile. Était-ce un bien? Était-ce un mal? Ces questions n'avaient pas de sens. Le Boris d'Odile n'existait plus. Peu à peu, il l'avait rejointe dans la mort. Celui qui déambulait à présent dans le brouillard était un homme neuf. Si Élisabeth lui était rendue, il vivrait auprès d'elle une passion qu'aucune réminiscence ne troublerait jamais. « Que faire pour qu'elle me comprenne, pour qu'elle me croie? Que faire pour qu'elle soit aussi sincère, aussi féroce que moi dans son désir d'être heureuse? » Les rares passants fumaient de la brume. Boris traversa l'esplanade déserte, s'accouda à un parapet de pierre et regarda, en contrebas, l'eau noire et lente de la Seine. Sa raison s'engourdissait. Au bout d'un long moment, il lui sembla qu'il dormait debout, ivre de fatigue et de tristesse.

***

Du fond de sa chambre, Patrice entendit le choc de la porte ouverte, refermée, une toux nerveuse dans le vestibule, un bruit de chaises dans le salon. « Il est rentré », se dit-il. Et cette constatation le soulagea. Étendu tout habillé sur le lit, une cigarette au coin des lèvres, il n'avait cessé, pendant plus d'une heure, d'évoquer la scène pénible qui avait mis fin à leur amitié. Après un sursaut de révolte, il essayait, selon son habitude, de se substituer par l'esprit à celui qui l'avait offensé, pour le juger impartialement. Sans doute, Boris avait-il raison de se défendre contre l'accusation d'avoir, depuis longtemps, prémédité son coup. A présent, il était pris, subjugué, au point que son instinct seul le guidait violemment dans la poursuite du bonheur. « Irresponsable ! » songea Patrice. Et ce mot lui parut si exact, qu'il le répéta à mi-voix. Le calme revenait en lui, un calme surnaturel, presque inquiétant, qu'il reconnaissait pour l'avoir déjà éprouvé à une autre époque, aussi tragique, de son pauvre destin. Une fois de plus, il avait le sentiment qu'il n'était pas fait pour construire son existence, mais pour subir celle qu'on lui imposait. Incapable de plier les êtres et les événements à sa volonté, dès qu'il se mêlait au monde des hommes et des femmes, il recevait des coups, il battait en retraite. Boris et Élisabeth étaient sur terre pour y chercher une félicité matérielle, avec l'entêtement, la cruauté même, que leur enseignait une nature toujours mouvante, toujours renouvelée, où le faible cédait au fort, où la mort nourrissait la vie. Ils étaient deux bêtes de la même espèce. Lui, en revanche, n'avait ni leur appétit, ni leur courage, ni leur aveuglement ! Son lot était l'acceptation, la rêverie. Il devait s'effacer, partir, les laisser seuls, enflammés, l'un en face de l'autre. Naguère encore, à l'idée de quitter Élisabeth, il croyait perdre la raison. Sa dispute avec Boris l'avait exorcisé. Il s'assit sur son lit, attentif à un phénomène interne, un peu douloureux. Quelque chose comme une réaction organique contre le malheur. Tout son corps, allégé, flottait, semblait-il, au-dessus de la couche. Existait-il un terme précis pour définir cette impression de plaisir dans le chagrin, de tendresse dans l'indifférence? Il comprenait, il pardonnait, et ses yeux s'emplissaient de larmes. Le pas de Boris retentit dans le couloir. « Viendra-t-il frapper à ma porte? » Patrice l'espérait, sûr enfin d'avoir trouvé la solution du problème. « Il entrera. Je lui expliquerai. Nous nous réconcilierons avant de nous séparer, puisque c'est nécessaire! » Mais le pas s'éloignait. Boris allait droit à sa chambre. « Comme il doit être triste! pensa Patrice. Comme je le plains pour tout ce qu'il m'a fait! » Il s'allongea de nouveau. Son regard se leva vers le plafond. Un sourire parut sur ses lèvres.

8

LE premier contact d'Élisabeth avec Megève fut décevant. Les hôtels étaient pleins de gens hâlés et insouciants, qui payaient à n'importe quel prix le droit d'ignorer la guerre. Il n'y avait jamais eu autant de jolies filles sur les pistes et dans les bars. Mille intrigues sentimentales fleurissaient au village. Certains chalets étaient réputés pour les réceptions fastueuses qui s'y donnaient la nuit. La plupart des restaurants se fournissaient au marché noir et traitaient leur clientèle comme en temps de paix. Les fermiers d'alentour gagnaient des fortunes : la roue de gruyère valait son pesant d'or, le cochon était une dot ambulante. Aucun uniforme ne venait troubler cette fête perpétuelle des cœurs et des estomacs : les Italiens, qui contrôlaient depuis peu le secteur, ne se montraient que rarement, et, d'ordinaire, en tenue civile. On disait d'eux qu'ils n'étaient pas « gênants ». Cependant, aux Deux-Chamois, Amélie et Pierre s'évertuaient encore à suivre avec honnêteté les règles du rationnement. A l'heure des repas, les convives regardaient avec consternation de maigres pelotes de macaroni, des bribes de viande, un légume honteux, portés sur un plat d'argent par une servante imperturbable. Amélie passait entre les tables pour recueillir les tickets, en s'excusant et en soupirant. Le soir, elle les collait sur de grandes feuilles de papier quadrillé. Le chef russe n'était pas revenu après l'armistice : il travaillait à Paris. C'était une femme, originaire de Lyon, qui s'occupait de la cuisine. Pierre l'aidait de son mieux. Ils avaient beau s'ingénier à varier les menus et à soigner la présentation des plats, les clients se plaignaient d'être mal nourris. Ceux qui en avaient les moyens émigraient, à la première occasion, dans un hôtel où les tarifs étaient plus élevés, les patrons moins scrupuleux et la chère plus abondante. Les autres palliaient la pauvreté de l'ordinaire en mangeant quelque saucisson clandestin dans leur chambre, ou en s'offrant, deux fois par semaine, un « gueuleton à tout casser » dans la meilleure auberge de l'endroit. Le souci le plus angoissant, pour Pierre et Amélie, était encore celui du chauffage. Le contingent de charbon qui leur était alloué pour la saison n'eût pas suffi à tenir la maison tiède pendant un mois. Ils avaient essayé la tourbe, dont le rendement calorifique était dérisoire, et avaient fini par se rabattre sur le bois, qui ne manquait pas dans le pays. Mais les bûches de sapin brûlaient vite. Pierre devait se lever trois fois par nuit pour garnir la chaudière. Dans la journée, Amélie tâtait souvent les radiateurs, appelait son mari et lui chuchotait à l'oreille : « Pierre, ça baisse! » Pâle, les traits tirés, il acquiesçait d'un mouvement de tête et plongeait dans la cave. Pendant qu'il enfournait des rondins dans la chaudière, une femme frileuse descendait de sa chambre en disant : « Je ne sais ce qui se passe, madame Mazalaigue, mais l'eau est à peine tiède! » « Elle sera chaude dans un instant! » répondait Amélie avec un sourire fatigué. Élisabeth suppliait ses parents d'imiter les autres hôteliers qui, pour garder leurs clients, se ravitaillaient ailleurs qu'au marché officiel. Mais Pierre et Amélie s'entêtaient dans une probité farouche : « Ton père et moi ne nous abaisserons jamais à de pareilles pratiques! Nous préférons gagner moins d'argent, prendre plus de peine et n'avoir rien à nous reprocher! » En tant qu'ancien combattant de 14-18, Pierre accordait une confiance émue au maréchal. A plusieurs reprises, Élisabeth s'était efforcée d'expliquer à son père que même si Pétain avait cru, de bonne foi, à l'efficacité d'une collaboration entre vainqueurs et vaincus, les événements de ces derniers mois lui donnaient tort. La persécution des Juifs, l'invasion totale de la France, le coup de main manqué contre la flotte, à Toulon, auraient dû, disait-elle, l'inciter à dénoncer la trahison allemande et à passer ouvertement dans le camp des Alliés. « Tu n'es qu'une gamine! lui répondait Pierre. Tu écoutes la radio de Londres et tes amis de Paris. Vous n'avez aucune idée de l'homme qui nous gouverne. Pour une fois que la France a un chef respectable, ce serait criminel de le chicaner sur des détails! » Amélie partageait évidemment les convictions de son mari. Jamais encore Élisabeth ne s'était sentie plus éloignée du monde où vivaient ses parents. Elle les aimait profondément et n'approuvait ni leurs méthodes de travail, ni leurs goûts, ni leurs aspirations. Entièrement absorbés par leur commerce, ils voyaient l'univers à travers un passe-plats. Leur fille même n'avait avec eux que de brèves conversations entre les heures de service. Dès qu'elle voulait aider sa mère, celle-ci l'en empêchait, disait : « Non! Non! Ce n'est pas une occupation pour toi! Ton père et moi avons nos habitudes... » Elle devinait qu'elle les agaçait un peu en se mêlant de leurs affaires et qu'ils mettaient un point d'honneur à refuser ses conseils. Amélie eût souhaité la voir sortir avec des clients, mais — était-ce elle ou eux qui avaient changé? — elle les trouvait moins sympathiques, moins amusants, que ceux d'autrefois. Leurs visages brunis, leurs voix hautes, leurs manières insolentes, l'indisposaient comme un défi à sa tristesse. Dédaignant leurs invitations, elle partait seule pour Rochebrune ou le mont d'Arbois. Les performances sportives ne l'intéressaient plus. Son plaisir était de se perdre, loin des pistes, sur quelque pente blanche, bordée de sapins noirs.

Là, glissant sur ses skis, humant l'odeur froide de la neige, s'arrêtant, clignant des yeux dans la réverbération du ciel et de la terre, elle réfléchissait à son indicible tourment. Comment Boris avait-il réagi à la lecture de sa lettre? En avait-il bien compris la tendresse et la fermeté? Ne s'était-il pas avisé de tout avouer à son meilleur ami dans un mouvement de colère? Les premiers temps de son séjour à Megève, elle avait pu croire qu'elle recevrait un message interzone de Boris. Puis, l'attente se prolongeant, elle en avait conclu qu'il se résignait facilement à une séparation indispensable. « Sans doute m'a-t-il déjà remplacée! » songeait-elle avec plus de mélancolie que de soulagement. N'était-ce pas ce qu'elle avait voulu? Patrice non plus n'écrivait pas. Elle lui avait pourtant adressé de Megève une carte de sept lignes pour lui dire qu'elle se reposait auprès de ses parents et qu'elle ne savait pas encore quand elle rentrerait. Les seules nouvelles qu'elle eût de Paris lui venaient d'Arlette, qui lui demandait, à mots couverts, si elle était toujours dans les mêmes dispositions d'esprit, et de Mlle Pologne, qui la rassurait sur la marche de son commerce. En vérité, elle n'était pas pressée de quitter ce pays de neige. Ici, elle se sentait à l'abri, protégée, engourdie. Même les échos de la guerre ne l'atteignaient qu'à travers un écran de brume. Cependant, de tous côtés, au loin, la bataille s'était rallumée. Les Russes, déclenchant une vaste offensive, repoussaient les Allemands sur le Don, dégageaient Leningrad, approchaient de Rostov, progressaient dans le Caucase, encerclaient l'armée du général Paulus à Stalingrad. Le 4 février, les journaux publièrent une nouvelle stupéfiante : après plusieurs semaines d'une lutte désespérée, les Allemands avaient capitulé dans les ruines de cette ville, qu'Hitler s'était juré de tenir à tout prix.

Un deuil national de trois jours était ordonné en Allemagne. A Megève, les clients se réjouissaient. Pierre lui-même convenait que les gaullistes avaient probablement « misé sur le bon tableau ».

« Je voudrais être contre les Allemands et pour Pétain! dit-il un soir à Élisabeth.

— C'est impossible, papa! »

Il était visiblement contrarié. L'attitude de sa fille, les propos des pensionnaires, les communiqués des journaux, tout maintenant l'incitait à croire qu'il s'était fourvoyé en supposant que, devant la puissance militaire allemande, la seule politique raisonnable était celle choisie par le gouvernement de Vichy. Quelques jours plus tard, une autre information accrut sa perplexité. Le Service du Travail obligatoire venait d'être institué en France, sur l'initiative de Pierre Laval, et tous les hommes nés entre le 1er janvier 1912 et le 31 décembre 1921 étaient tenus de se faire recenser pour justifier de leurs occupations. Le commentateur de la radio précisait que, parmi les jeunes gens oisifs, la plupart seraient employés dans des exploitations industrielles et agricoles françaises, mais il n'y avait pas de doute que cette mesure était destinée à fournir de la main-d'œuvre aux usines d'Allemagne. Ce subterfuge grossier souleva une vague d'indignation dans le pays. Élisabeth se rassurait en pensant que Boris et Patrice avaient une situation régulière et que, par conséquent, ils ne seraient pas inquiétés. A Megève, des garçons disparurent, du jour au lendemain. On chuchotait qu'ils avaient « pris le maquis », pour éviter de se soumettre à la loi. Une panique s'empara de toutes les familles israélites, qui étaient nombreuses dans la région. Deux vieux ménages juifs quittèrent brusquement l'hôtel des Deux-Chamois, sans laisser d'adresse. Vraisemblablement, ils allaient tenter de se réfugier en Suisse. Des montagnards expérimentés assuraient le passage de la frontière. Mais c'était une opération d'autant plus coûteuse qu'elle était risquée : depuis le 30 janvier, les miliciens de Joseph Darnand avaient été officiellement chargés des opérations de police contre tous les éléments hostiles au régime.

Les preuves de loyalisme du président Laval au chancelier Hitler reçurent enfin leur récompense dans la suppression de la ligne de démarcation, qui, d'ailleurs, avait perdu toute signification depuis le 11 novembre de l'année précédente. Les journaux du 22 février annoncèrent triomphalement qu'à partir du 1er mars la correspondance serait libre et les formalités de contrôle réduites à une simple vérification d'identité entre les deux zones occupées de France. N'espérant plus la moindre lettre de Boris, Élisabeth accueillit cette nouvelle indifféremment.

Un soir, elle accepta de dîner, avec des clients de l'hôtel, dans un restaurant fameux de Megève. Toutes les places étant prises, les nouveaux venus devaient se grouper au bar, en attendant leur tour de communier joyeusement sous les espèces du steak, du beurre, du fromage sans tickets et des crêpes flambées. Étourdie par le fumet des plats destinés aux autres, Élisabeth avait de la peine à suivre la conversation du jeune couple qui l'avait invitée. Enfin, le patron les avertit que leur table était libre. Des gens se levaient, rassasiés, congestionnés, et se dirigeaient, d'un pas lourd, vers la porte. Une grande femme blonde, passant devant Élisabeth, se retourna et murmura : « Bonjour », d'une voix étirée. Élisabeth reconnut l'ancienne maîtresse de Christian : Françoise Renard! Elle avait vieilli. Dans son visage trop bronzé, les rides étaient marquées comme des craquelures dans un pain d'épice.

« Que devenez-vous? reprit-elle. Il y a un siècle que je ne vous ai vue! Toujours aussi ravissante! Christian me parle souvent de vous!

— Il est ici? demanda Élisabeth sans se démonter.

— Non, à Genève, avec mon mari. Vous ne saviez

pas? Ils ont créé là-bas une grosse affaire immobilière. Moi, je fais la navette entre la France et la Suisse. Je suis de nationalité helvétique. C'est très commode, à notre époque! Avez-vous une commission pour Christian?

— Non, vraiment! » dit Élisabeth avec son sourire le plus mondain.

Françoise Renard ondula des hanches dans son pantalon de ski au pli net, agita la main et sortit. Élisabeth resta un moment étonnée par l'impudence de cette femme, qu'elle avait surprise autrefois dans le lit de Christian et qui, maintenant, s'adressait à elle sur un ton d'aimable désinvolture. En vérité, cette partie de son existence était définitivement morte dans sa mémoire. Il lui importait peu de savoir que Christian s'était réfugié en Suisse et que, sans doute, il y gagnait beaucoup d'argent. Même le souvenir de Bertrand s'était détaché d'elle, au point qu'elle ne souhaitait plus le revoir. En serait-il ainsi, dans quelques mois, dans quelques années, pour Boris? Non! Malgré la brièveté de leur liaison, Élisabeth sentait qu'elle reviendrait toujours aux rares images qu'elle en avait gardées. A peine enraciné dans son passé, Boris envahissait son avenir. Qu'avait-il donc de si extraordinaire, ce grand garçon rude, volontaire, maladroit et jaloux? Elle cherchait une faille, une faiblesse, une laideur, qui lui permît de se reprendre, de s'évader. Mais, par une secrète indulgence, tous les défauts qu'elle aurait pu trouver à cet homme se transformaient aussitôt en qualités aveuglantes. Elle appelait sa protection, ses caresses, elle entendait de nouveau sa voix : « Élisabeth! Élisabeth! » Elle tressaillit. Sa voisine lui tendait la carte :

« Je vous recommande fortement le filet de bœuf à la Régence! Ils servent ça avec une garniture de quenelles, de foie gras, de champignons et de truffes! »

Pendant tout le repas, Élisabeth affecta la bonne humeur. Ses compagnons de table riaient de ses moindres plaisanteries. A plusieurs reprises, elle se dit : « Au fait, je n'ai aucune raison d'être malheureuse. Je vis des heures très agréables. Personne au monde n'est aussi libre que moi! » Mais plus elle s'amusait en apparence, plus elle avait conscience de jouer un rôle qui ne lui convenait pas.

***

Le lendemain, après le déjeuner, Amélie eut une grande conversation, dans sa chambre, avec Élisabeth. Il s'agissait, une fois de plus, du magasin :

« Je comprends que tu t'intéresses à ce petit commerce, dit Amélie. Il ne marche pas trop mal, il t'occupe, il te rapporte de l'argent... Mais — ton père m'en parlait encore hier soir — ne crois-tu pas qu'étant donné la tournure des événements tu devrais céder ta gérance et venir vivre avec nous?

— Il n'en est pas question, maman! répliqua Élisabeth d'une voix tremblante.

— Pourquoi? Qu'est-ce qui te retient à Paris, en dehors de ton travail? »

Élisabeth imagina le vide qui l'attendait à son retour et balbutia :

« Je te l'ai déjà expliqué, maman. Je mène à Paris une existence très animée, très active. Je suis entourée d'amis. J'ai pris le goût de l'indépendance... »

Assise dans un fauteuil, les mains sur les accoudoirs, Amélie hochait tristement la tête :

« Je vois, je vois... Mais enfin, tu es seule... Le ravitaillement est difficile... Tu as tellement maigri!...

— Toi aussi, tu as maigri! Tout le monde!...

— Réfléchis bien, Élisabeth... Avec nous, tu ne manquerais de rien...

— C'est tout réfléchi, maman. Il faut même que je songe sérieusement à mon départ. Mlle Pologne est parfaite pour servir les clients, mais pas pour relancer les fournisseurs, ni pour choisir de nouveaux modèles! Dans huit jours, au plus tard...

— Déjà? s'écria Amélie.

— Maintenant que la ligne de démarcation est supprimée, je pourrai revenir souvent! »

Amélie observa sa fille avec une tendresse pénétrante et soupira :

« Espérons-le! Je te vois si rarement! Je ne sais presque plus rien de toi!... Est-ce que tu n'envisages pas de refaire ta vie? »

« Refaire sa vie! » Toujours cette phrase stupide! Amélie parlait comme Arlette. Élisabeth se raidit.

« Pour refaire sa vie, il faut être deux, dit-elle calmement. Et, dans mes pensées, il n'y a personne! Je ne le regrette pas! Si tu savais comme j'aime ma solitude! »

Ces paroles tombèrent dans un profond silence. « Je l'ai déçue! » songea Élisabeth. Elle-même était épuisée par cet assaut bref et désordonné. Mais, maintenant, tout s'était éclairci entre elle et sa mère. Leur conversation n'aurait pas de suites. C'était l'essentiel.

« Puisque tu es heureuse ainsi..., murmura Amélie.

— Mais oui, maman, très heureuse! » dit Élisabeth en l'embrassant.

Et, lançant un regard par la fenêtre, elle ajouta :

« Quel temps splendide! Je vais faire une descente! »

***

Le soir du départ, Pierre ne pouvant quitter l'hôtel, Amélie seule accompagna Élisabeth jusqu'à la gare de Sallanches. L'autocar, équipé avec un gazogène, roulait lentement sur la route de boue gelée. Derrière les vitres dentelées de givre, tressautait un paysage nocturne, noir de fumée et blanc de neige. Assises l'une contre l'autre, la mère et la fille étaient silencieuses et se tenaient par la main, les doigts entrelacés. Elles arrivèrent à Sallanches vingt minutes avant l'heure du train.

Il y avait peu de monde sur le quai. Une faible lumière bleue éclairait les rails. Des spectres chargés de bagages naviguaient dans le brouillard froid.

« Ces vacances ont passé si vite! dit Amélie. Tu m'écriras souvent?

— Oui, maman.

— De toute façon, nous irons te voir à Paris, la saison d'hiver terminée.

— J'y compte bien! »

Elles ne savaient plus que dire. Le temps ralentissait son cours. Enfin, une vibration grondante courut à ras de terre. La locomotive apparut, défonçant la nuit. Des wagons défilèrent, s'arrêtèrent, les fenêtres aveugles. Élisabeth se jeta dans les bras de sa mère. Deux baisers hâtifs, un geste d'arrachement, et Amélie voyait déjà sa fille debout sur le marchepied, manœuvrant un loquet de porte, poussant sa valise dans un couloir. Quand le train s'ébranla, une main s'agita derrière un carreau embué. Le dernier signe d'Élisabeth. « Comme elle est seule! pensa Amélie. Je n'ai su ni la retenir, ni l'aider en rien! Que va-t-elle devenir, sans nous? » Son regret tournait au remords. Il lui semblait qu'elle avait failli à son devoir de mère. Le convoi s'éloignait. Un employé traversa la voie ferrée en balançant un fanal.

9

EN franchissant le seuil de son appartement, Élisabeth avisa une lettre, qui avait été glissée sous la porte. Posant sa valise, elle ramassa l'enveloppe et la décacheta. L'écriture de Patrice courait sur deux pages. Élisabeth ouvrit la fenêtre, poussa les volets. Un jour cru envahit la pièce et réveilla les meubles. Elle huma une odeur de maison morte, parcourut son domaine d'un regard distrait, s'assit au bord du divan et lut : « 5 février 1943. » Il y avait un mois que cette missive gisait dans le vestibule, en attendant l'arrivée de la destinataire :

« Ma chère Élisabeth,

« Je t'écris ces quelques lignes parce que, demain, j'aurai quitté Paris et que, sans doute, nous ne nous reverrons plus avant très longtemps. Ma mère me réclame auprès d'elle. Mes cousins, chez qui elle habite, m'ont proposé une situation dans leur affaire de tannerie, à Bergerac. Ce serait une folie de refuser! Que faisais-je ici? Ma vie était triste, ennuyeuse, sans chaleur, sans espoir. Je perdais mon temps au bureau et ailleurs. Je me dégoûtais. J'ai réagi. T'ai-je dit que j'ai réussi à louer notre maison de Saint-Germain dans de très bonnes conditions? Je pars donc l'esprit tranquille. Mon seul regret est de n'avoir pu te parler avant de m'en aller définitivement. Mais n'est-ce pas mieux ainsi? Aurais-je eu la force de supporter ton regard? Ne réponds pas à cette lettre, Élisabeth. Oublie-moi. Je te souhaite beaucoup de bonheur. Tu n'es pas faite pour la solitude. D'autres ont dû te le dire. Mais moi, tu peux me croire, car je n'ai aucune arrière-pensée en te l'affirmant, une fois de plus, aujourd'hui. Adieu, Élisabeth. Je t'embrasse affectueusement. PATRICE. »

Elle laissa tomber la lettre sur ses genoux. Sa tristesse s'accompagnait de l'apaisement que porte en soi tout événement irréparable. Patrice prenait un tel recul, soudain, qu'elle songeait à lui comme à une image de son enfance, comme à un passé révolu et que rien ne saurait rappeler à la vie. Elle était heureuse qu'il eût trouvé le courage de partir. Un être de sa qualité méritait un destin clair. Ayant rompu avec Boris, aurait-elle pu continuer à le rencontrer, lui, sans mentir? Il la délivrait en se délivrant. Il lui rendait ce dernier service. Déjà, elle évoquait sa figure, sa voix, avec moins de souffrance. Il reposait, souriant et calme, dans sa mémoire : un ami mort et tendrement aimé. Elle relut sa lettre. Quelle dignité tranquille dans sa décision! Mais pourquoi ne faisait-il aucune allusion à Boris? Une crainte la frappa. De nouveau, elle se représenta une explication, une dispute entre les deux amis. Non, le ton affectueux de la missive prouvait à lui seul que Patrice ne savait rien. Elle se rassura. Personne dans sa vie. Demain n'avait plus de visage. C'était bien. Elle se leva, maîtresse d'un grand vide. Son cœur était lourd. Un picotement amer agaçait sa gorge. Machinalement, elle déballa sa valise, rangea ses vêtements dans les placards, restitua leur utilité aux choses familières que touchaient ses mains, que caressaient ses yeux.

Il était onze heures quand elle arriva à la boutique. Mlle Pologne, qu'elle avait prévenue de son retour, la reçut avec enthousiasme :

« Ah! on peut dire que les sports d'hiver vous ont profité! Quelle mine superbe! Vous êtes toute bronzée!... »

Le magasin était en ordre, mais il n'y avait presque plus de bijoux dans la vitrine.

« Vous ne vous êtes pas mise en rapport avec M. Kholodétsky? demanda Élisabeth.

— Je n'ai pas osé! soupira Mlle Pologne. Les articles de ce genre, c'est si spécial! J'ai préféré attendre que vous soyez là pour passer une nouvelle commande. »

Élisabeth pensa à toutes les ventes que Mlle Pologne avait ratées par manque d'initiative et regretta d'être restée si longtemps à Megève.

« En revanche, reprit Mlle Pologne, j'ai bien travaillé avec les disques. Les Allemands sont décidément un peuple très musicien! Il ne me reste plus d' « occasions » dans les grands classiques! »

Depuis le début de l'occupation, les nouveaux enregistrements étaient si rares, que le commerce des disques d'occasion avait pris une importance considérable. Les airs anglais et américains notamment étaient très cotés en raison de leur interdiction par l'autorité allemande. Élisabeth en gardait quelques spécimens dans un coin. Elle s'assit à la caisse et ouvrit le livre de comptes. Penchée sur son épaule, Mlle Pologne commentait les ventes avec volubilité :

« Pour les fêtes, j'ai eu de grandes journées... En janvier, bien sûr, ça s'est calmé... Pourtant, vous voyez, dès le 25... »

Assourdie par son bavardage, Élisabeth tournait les feuillets lentement et songeait à la lettre de Patrice. Tout à coup Mlle Pologne s'écria :

« Ah! mon Dieu! j'oubliais de vous dire! M. Danoff a téléphoné pour vous... »

Une joie fulgurante traversa Élisabeth.

« Quand? demanda-t-elle.

— Très souvent... La dernière fois avant-hier... Je

venais juste de recevoir votre mot... Je lui ai dit que vous rentriez ce matin... J'ai bien fait?...

— Mais oui », murmura Élisabeth.

Et ses muscles se relâchèrent. Que se passait-il? Elle ne voulait plus le revoir et elle était heureuse qu'il ne l'eût pas oubliée! Sans doute l'appellerait-il encore. Elle aurait besoin de toute son énergie pour le maintenir à distance. Pourtant, elle le devait, par prudence, par respect d'elle-même. Elle regarda le téléphone comme une machine infernale qui, d'une seconde à l'autre, allait éclater, brisant les murs, bouleversant son existence, remettant en question une victoire acquise au prix d'un terrible effort de volonté. Mlle Pologne la dévisageait avec un sourire chinois. Élisabeth décrocha l'appareil et, d'un doigt sec, forma le numéro d'Arlette sur le cadran :

« Allô! Arlette?... Oui, je viens de rentrer... »

***

Pas libre : Boris écouta une seconde le signal précipité, agaçant, et reposa le combiné sur sa fourche. De son bureau vitré, il entendait le bourdonnement du laboratoire d'études, où s'affairaient quelques ouvriers en blouses grises. Des schémas aux traits fins encombraient sa table. Il saisit sa règle à calculer, se pencha sur une feuille couverte de chiffres, essaya de renouer le fil de son raisonnement et, tout à coup, y renonça, l'esprit vacant, le cœur crispé d'angoisse. De nouveau, sa main rampa vers le téléphone. Il prit la ligne, en appuyant sur un bouton, sans passer par la standardiste. Cette fois, une sonnerie à cadence lente l'avertit que le numéro de son correspondant n'était plus occupé. Boris était si sûr de trouver Mlle Pologne au bout du fil, qu'il fut surpris d'entendre une autre voix demander :

« Allô? »

Élisabeth! Elle vivait dans la même ville que lui, à portée de son désir. Elle répéta :

« Allô? Allô? J'écoute... »

Cependant, Boris ne disait mot et retenait sa respiration. Il voulait simplement savoir si Élisabeth était revenue. Après la lettre de rupture qu'elle lui avait écrite, il se doutait bien que, s'il insistait pour la revoir, elle lui répondrait par la négative. Le meilleur moyen de la rencontrer était encore de se présenter chez elle, à l'improviste. Il irait ce soir, en sortant du bureau...

« Ce doit être une erreur », dit Élisabeth en parlant à la cantonade.

Et elle raccrocha l'appareil. Boris fit de même. Son silence l'avait épuisé. Il regarda d'un air absent Desmourets qui entrait pour lui apporter une pièce nouvellement façonnée.

« Posez ça là... Je vous remercie...

— Vous viendrez ce soir, chez Tapin? chuchota Desmourets.

— Je ne sais pas... Il y a beaucoup de travail?

— Non, des bricoles...

— Alors, ne comptez pas trop sur moi.

— Bien, monsieur Danoff. »

Desmourets se retira furtivement et referma la porte.

Boris avait de la peine à reprendre pied dans le monde réel. Qu'allait-il se passer quand il se retrouverait en face d'Élisabeth? Comment réagirait-elle en apprenant qu'il s'était disputé avec son ami et que celui-ci l'avait quitté, sur un coup de tête, sans laisser d'adresse. Le lendemain de leur altercation, Boris avait découvert, à son retour du bureau, un billet de Patrice l'avisant qu'il partait définitivement et une somme d'argent représentant sa contribution aux dépenses du ménage. Où habitait-il maintenant? Quelle était sa vie? Boris n'en savait rien. Il aurait pu se renseigner auprès de l'administration qui employait son ami, mais il était trop fier pour s'abaisser à une pareille manœuvre. Condamné par Patrice, il préférait subir la tristesse d'une affection perdue, plutôt que de se lancer dans d'hypothétiques recherches. Et pourtant, il se sentait malheureux, désorienté, solitaire. Il avait honte de sa faiblesse. Il regarda sa montre et pensa : « Ce soir, tout sera décidé. »

***

A sept heures et demie, Boris était devant la porte d'Élisabeth. Il savait qu'il la trouverait chez elle : de la rue, il avait aperçu un rai de lumière entre les rideaux. Il sonna. Elle apparut dans l'encadrement du chambranle, et il resta un moment étourdi, comme s'il ne se fût pas attendu à la voir. Brunie par le soleil, elle était encore plus attrayante, plus émouvante, qu'à l'époque de leur séparation. Il fut bizarrement jaloux de ce surcroît de beauté qu'elle avait acquis loin de lui. Elle le considérait avec étonnement. Il murmura :

« Pouvez-vous me recevoir, Élisabeth? »

Elle gardait un silence et une immobilité de statue.

« Évidemment, j'aurais dû vous prévenir de ma visite! reprit-il. C'est moi qui vous ai appelée ce matin. Simplement pour savoir si vous étiez là! Je ne voulais pas vous parler par téléphone. J'avais peur que vous ne refusiez... Et il fallait absolument que je vous voie!... Je ne pouvais pas rester sur votre lettre!... Laissez-moi vous expliquer... »

Elle recula dans le vestibule et dit :

« Entrez, Boris. »

Il eut un élan d'espoir et s'arrêta, décontenancé, au seuil du studio. Arlette était là, assise dans un fauteuil, la prunelle claire, le sourire aux lèvres. Venu pour défendre son bonheur, il n'était pas à l'aise dans le rôle de visiteur amical que les circonstances lui imposaient. Il se vit dans la glace, avec ses traits tirés, son œil effronté et fixe : il avait l'air d'un malfaiteur, d'un aliéné. Cependant, Élisabeth et Arlette poursuivaient une discussion banale où il était question de Megève, de pistes plus ou moins accidentées, de champions de ski, de bars à la mode... Boris ne savait pas skier. Il dévisageait les deux femmes avec rancune. La gaieté d'Élisabeth lui paraissait inquiétante. Elle avait dû s'amuser là-bas. N'arrivait-il pas trop tard? N'était-elle pas déjà éprise d'un autre? Cette supposition le glaça. Il fit un effort pour se mêler à la conversation. Que pensait-on de l'occupation, en zone sud? Le ravitaillement y était-il plus facile qu'à Paris? Il posait des questions à tort et à travers, écoutant à peine les réponses et dévorait Élisabeth d'un regard vindicatif et amoureux, dont elle ne semblait pas remarquer l'insistance. Quant à Arlette, il l'eût tuée. Elle s'évertuait à prolonger le supplice. Chaque fois qu'elle bougeait, il se figurait qu'elle allait partir. Mais elle se renfonçait dans son fauteuil, allumait une cigarette. A huit heures moins le quart, enfin, elle se leva, disant :

« Il faut vraiment que je file! »

Élisabeth voulut la retenir et Boris craignit qu'elle ne se laissât convaincre. Non, elle lui tendait la main. Il la serra avec empressement. Arlette et Élisabeth se dirigèrent vers la porte. Il les entendit parler à voix basse dans le vestibule. « Que peuvent-elles se dire encore? » Il dépérissait d'impatience. Élisabeth revint seule et s'arrêta, la main posée sur le dossier d'un fauteuil. Boris fit un pas, deux pas, sans la quitter des yeux. La prière qu'il n'osait prononcer chargeait son regard de rayons caressants. Il allait, comme précédé d'une douce lumière. La figure d'Élisabeth s'éclaira. Il était tout près d'elle, il la dominait. Elle renversa le menton. Et, tout à coup, il la reçut dans ses bras, sur sa bouche, avec une violence telle, qu'il vacilla sous l'afflux du bonheur. Elle s'écarta de lui, tremblante, les lèvres meurtries, et murmura :

« Comme je t'aime, Boris!... Comme je voudrais que tout soit simple entre nous!... Mais pourquoi Patrice est-il parti?... Lui as-tu dit quelque chose à notre sujet?... »

Boris pencha la tête, lourdement :

« Il a vu par hasard la lettre que tu m'avais laissée chez ta concierge. Il m'a interrogé. Je n'ai pas pu nier l'évidence. Nous avons eu, le soir même, une scène très pénible. Puis, il a déménagé. Je pense qu'il s'est installé à l'hôtel, en attendant d'avoir un autre logement... »

Élisabeth était consternée.

« Mais non ! s'écria-t-elle. Il a quitté Paris ! Il est en Dordogne !

— D'où le sais-tu ?

— Il m'a écrit. J'ai découvert sa lettre, sous ma porte, ce matin, en rentrant. C'est affreux, Boris ! Nous l'avons dupé, nous l'avons fait souffrir ! Il doit nous détester maintenant...

— Il ne te déteste pas, puisqu'il t'a avertie de son départ. Moi seul suis coupable à ses yeux. J'ai perdu un ami que j'aimais profondément. Mais je t'ai retrouvée, toi, et je veux oublier tout le reste pour ne penser qu'à notre bonheur. Car nous serons heureux, Élisabeth ! Tu le crois aussi, n'est-ce pas ? Tu en es sûre ? »

De seconde en seconde, elle sentait qu'il s'emparait d'elle davantage et que, réciproquement, elle prenait sur lui un pouvoir grandissant. Il répéta :

« Tu en es sûre ? Dis-moi que tu en es sûre !... »

Puis, d'un ton ferme et naïf, comme s'il eût posé une question d'ordre quotidien, il demanda :

« Élisabeth, veux-tu être ma femme ? »

Épuisée d'émotion, elle regarda le visage anxieux et volontaire qui se tendait vers elle. Était-ce là son avenir ? Comme elle continuait à se taire, Boris fronça les sourcils et reprit d'une voix hésitante :

« Qu'y a-t-il, Élisabeth ?

— Rien, balbutia-t-elle.

— Alors ? Qu'attends-tu pour me dire : oui ? »

Sans pouvoir prononcer un mot, les yeux noyés de larmes, elle s'appuya contre la poitrine de Boris.

10

C'EST parfait : ils ne sont pas encore là ! dit Boris en pénétrant dans le restaurant.

— Nous sommes très en avance? demanda Élisabeth.

— Dix minutes à peine! »

C'était Élisabeth qui avait suggéré de choisir un lieu public pour sa présentation officielle aux parents de Boris. Elle pensait qu'elle serait plus à l'aise pour les rencontrer en terrain neutre. Dans sa situation, il fallait, en effet, qu'elle se montrât très réservée avec eux, très discrète. Boris avait beau affirmer que son père comme sa mère avaient été heureux d'apprendre qu'il allait se marier avec elle, et que tous deux, ne l'ayant vue qu'une seule fois, par hasard, la trouvaient ravissante, elle attendait dans l'anxiété l'instant de la confrontation. Le maître d'hôtel les conduisit à leur table, isolée dans une petite rotonde. Élisabeth s'assit sur une banquette de velours rouge, que dominait une glace au cadre doré. Pour ce premier repas de famille, Boris avait jeté son dévolu sur un restaurant russe de la catégorie A, où il avait dîné à plusieurs reprises, avant la guerre, avec ses parents. Ce soir, ils seraient les invités de leur fils.

« J'aime bien cet endroit, dit-il en s'installant à côté

d'Élisabeth. Quand mes parents viendront, je changerai de place. Ma mère s'assiéra près de toi. Mon père et moi en face de vous... »

Il réglait la cérémonie avec une gravité naïve.

« Tu as l'air d'un fiancé de village! » dit Élisabeth en lui souriant tendrement.

Il hocha la tête :

« C'est plus fort que moi : je suis ému!

— Moi aussi », dit Élisabeth.

De nouveau, il regarda sa montre :

« Huit heures moins dix. Que c'est long! »

Élisabeth tira un poudrier de son sac à main et se contempla dans le miroir rond du couvercle. Le hâle de Megève colorait encore sa peau. Ses yeux lui parurent plus grands, plus brillants que de coutume. Elle releva d'un doigt une mèche de cheveux sur sa tempe.

« Surtout, n'y touche plus! dit Boris. Tu es charmante! »

Il tressaillit. La porte du restaurant s'était ouverte, mais pour livrer passage à des inconnus, Élisabeth essaya de se rappeler les visages qu'elle attendait. Elle revoyait avec plus de précision le père de Boris que sa mère. L'un et l'autre lui avaient semblé terriblement lointains, étrangers. Allait-elle se rapprocher d'eux? Ils n'ignoraient pas qu'elle avait été la femme du meilleur ami de leur fils. Veuf, il épousait une divorcée. Qu'elle le voulût ou non, son passé éveillait la méfiance. En outre, le souvenir d'Odile et de son enfant mort devait retenir ces vieilles gens d'accorder leur affection à une nouvelle venue. Ils se forceraient pour réaffirmer devant elle la foi en l'avenir qu'une autre leur avait jadis inspirée. Ils seraient comme des acteurs reprenant un rôle ancien avec une doublure pour partenaire. Les sentiments, les mots, auraient déjà servi. Élisabeth s'effraya de la direction qu'empruntaient ses idées. Boris la couvait des yeux amoureusement. Non loin d'elle, des convives discutaient en russe, avec des voix rudes. Elle eut l'impression qu'elle perdait ses moyens dans un univers hostile.

« Huit heures cinq ! balbutia Boris. Qu'est-ce qu'ils font ? »

Il avait l'air si impatient, qu'elle se demanda s'il ne partageait pas ses appréhensions sans oser le dire.

« As-tu annoncé à tes parents que nous allions nous marier ? murmura-t-il soudain.

— Pas encore.

— Pourquoi ?

— Je leur écrirai demain », dit-elle en posant sa main sur la main de Boris.

Leurs doigts se nouèrent. Une même chaleur coulait dans leurs veines. Tout à coup, elle pensa : « Peut-être aurai-je un enfant de lui ? » Jamais cet espoir ne s'était imposé à elle avec une pareille violence. Un élan irréfléchi, organique, lui précipita le sang au visage. Elle débordait d'allégresse, de fierté.

« S'ils ne sont pas là dans dix minutes, je vais leur téléphoner ! dit Boris.

— Les voilà ! » chuchota Élisabeth.

Et son cœur se pinça. Deux silhouettes venaient vers elle, à travers un pays de nappes blanches, de draperies rouges, d'argenterie et de cristaux. Tania, haute, lourde, les joues roses, l'œil bleu, Michel, plus sec, avec sa courte moustache grise et ses larges épaules voûtées. Boris et Élisabeth se levèrent à leur approche. Le maître d'hôtel accourait :

« Voici votre table, Michel Alexandrovitch ! Heureux de vous recevoir, Tatiana Constantinovna ! Désirez-vous commander maintenant ?

— Non, plus tard, dit Michel. Nous avons le temps, n'est-ce pas, Boris ? »

Boris souriait, comme pour inviter ses parents à admirer la femme qu'il s'était choisie. Ils embrassèrent leur fils, puis se tournèrent vers Élisabeth. Après quelques propos d'une courtoise banalité, on se mit à table.

« Que la vie est étrange! dit Tania. Pouvais-je me douter, en vous voyant chez ma sœur, que vous deviendriez un jour notre enfant? »

Les seules paroles qu'Élisabeth n'attendait pas! Cette voix douce, grave, chantante! Ce sourire de sympathie et de paix! Les parents de Boris avaient-ils tout compris d'elle avant même de la connaître? Était-ce leur passé de malheur, d'exil et de deuil qui les rendait si perméables aux sentiments d'autrui? Les craintes d'Élisabeth furent balayées par un souffle d'air pur. Elle regarda Boris à la dérobée. Il la dévisageait avec gourmandise. Ses yeux disaient : « Tu vois, Élisabeth, tout est si simple! De quoi avais-tu peur? » Michel claqua des doigts. Le maître d'hôtel apporta la carte en s'excusant :

« Vous savez, ce ne sera pas comme avant la guerre...

— Je sais », dit Michel.

Et, penché vers Élisabeth, il grommela :

« J'ai très faim, Élisabeth. Pas vous?

— Si, dit-elle, amusée par cette question insolite.

— Est-ce que j'ai bien prononcé votre prénom à la française?

— Mais oui.

— Ah! Tu entends, Tania? Tu me disais que je n'y arriverais pas! » s'écria-t-il gaiement.

Une bouffée de bonheur contracta la gorge d'Élisabeth. Elle pensa à sa mère, à son père, et regretta qu'ils ne fussent pas auprès d'elle pour participer à sa joie.

***

Le lendemain matin, dimanche, elle fut éveillée par un coup de sonnette. Il était tard. Elle se leva, courut ouvrir la porte et se trouva devant un garçon d'une quinzaine d'années, encombré d'un bouquet de roses. Une carte de visite accompagnait l'envoi : « Boris Danoff — avec son amour et son impatience! »

Attendrie, elle déballa les fleurs, les plaça dans un vase et se perdit dans leur contemplation. Puis, se rappelant la présence du livreur, elle lui donna un pourboire. Mais ce n'était pas cela qu'il attendait.

« Pourriez-vous me rendre le papier et l'épingle, madame? » dit-il.

Où avait-elle la tête? La crise des emballages transformait le papier, les épingles, en objets précieux. Elle les restitua au garçon avec un sourire d'excuse.

Boris arriva lui-même, comme elle achevait de s'habiller. Sans lui laisser le temps de placer un mot, il la saisit dans ses bras, l'étouffa de baisers et s'écria :

« Devine d'où je viens?

— De chez le fleuriste! dit-elle. Ces roses sont magnifiques. »

Il secoua la tête :

« Je viens de chez mes parents. Nous avons parlé de toi. Ils sont littéralement sous ton charme. Je suis si heureux, Élisabeth! J'étais sûr que tu leur plairais! Mais, à ce point-là, c'est inespéré!

— Eux aussi me plaisent énormément!

— Dire que je ne connais pas encore les tiens! Est-ce que ta mère te ressemble?

— Je crois que je ressemble à ma mère », dit-elle dans un sourire.

Il plissa les yeux et soupira, regardant au loin :

« Si nous étions en temps de paix, quel beau voyage nous ferions pour commencer notre nouvelle vie!

— Tu auras bien quelques jours de congé tout de même! dit-elle.

— Certainement! J'en ai déjà parlé au directeur. Ils me doivent bien ça, chez Hopkins! Je ne leur ménage pas mon temps! Quand il y a un travail urgent, il m'arrive de retourner au laboratoire, après le dîner...

— Ah! oui? dit Élisabeth, et ses soupçons s'éveillèrent.

— Oui, reprit Boris d'un ton désinvolte. Justement, je voulais t'avertir, à ce sujet. Il se pourra que, certains soirs, je sois obligé d'aller là-bas, pour une heure ou deux...

— Où, là-bas? demanda Élisabeth.

— Je te l'ai expliqué : à l'usine! »

Il y eut un silence. Puis, fixant ses yeux dans les yeux de Boris, Élisabeth dit doucement :

« Pourquoi me mens-tu?

— Je ne te mens pas! marmonna-t-il.

— Si. Patrice m'a tout raconté! »

Il plissa le front et ses sourcils se joignirent dans une expression courroucée :

« Qu'est-ce qu'il t'a raconté, celui-là?

— Que tu faisais partie d'un groupe de Résistants!

— C'est absolument faux! s'écria-t-il. Si j'étais vraiment dans la Résistance, si je risquais ma peau, dix fois par jour, comme les braves types qui sont employés dans un réseau, je t'aurais déjà prévenue! Mais, crois-moi, je suis en dehors du coup! Aucun renseignement ne me passe par les mains!...

— Tu n'as pas à te défendre devant moi! dit-elle. Ce que tu fais est très bien. Il ne me viendrait pas à l'idée de te le reprocher... »

Il la remercia d'un regard joyeux.

« Mais j'ai tellement peur pour toi! reprit-elle. Que sera notre existence?

— Une existence merveilleuse, Élisabeth, je te le promets! A cause de toi, je redoublerai de prudence. Je n'accepterai aucun travail excepté celui que je me suis engagé à faire, dès le début. Mais ne me demande pas de me désintéresser complètement d'une cause qui me tient au cœur! Sois avec moi dans cette affaire... »

Il saisit la main d'Élisabeth et la serra fortement, comme pour conclure avec elle un pacte d'assistance. Elle répondit à la pression de ses doigts. Boris l'entraînait dans un monde nouveau. Tout devenait grave et sombre autour d'elle.

11

LA première union d'Élisabeth ayant été célébrée à l'église catholique, elle aurait pu, malgré son divorce, épouser Boris à l'église orthodoxe, mais ce subterfuge leur répugnait à tous deux, et ils résolurent de s'en tenir à un mariage civil. A mesure que la date de l'événement approchait, ils sentaient monter leur impatience. Chaque jour apportait une nouvelle question à résoudre. Celle du logement d'abord. Pour des raisons sentimentales faciles à comprendre, Élisabeth ne voulait pas s'installer chez Boris. Il s'occupait donc de sous-louer son appartement pour emménager ensuite dans le studio de la rue François-Ier. Le choix des témoins ne posait pas de problèmes : Arlette et la tante de Boris étaient toutes désignées pour ces fonctions amicales. Mais où aurait lieu le repas de noces? Qui inviterait-on? Comment Élisabeth s'habillerait-elle en l'occurrence? Elle écrivait à sa mère pour l'informer de tous les préparatifs. Pierre et Amélie arrivèrent une semaine avant la cérémonie. En apprenant qu'Élisabeth allait épouser un étranger, ils avaient craint qu'elle ne se fût décidée à la légère, sans penser à la communauté d'esprit, d'éducation, qui assure la solidité des ménages. Le fait que Boris fût veuf ne pouvait qu'accroître leur défiance à son égard. Mais, dès leur première rencontre avec lui, ils furent subjugués. Pour être né en Russie, il n'en avait pas moins une façon très française de considérer leur fille avec amour. Son air doux et viril, sa haute taille, son beau profil, inclinaient Amélie à envisager l'avenir avec sérénité. Elle prit Élisabeth à part pour lui confier d'une voix émue : « Maintenant que je l'ai vu, je sais que tu seras heureuse! » Les parents de Boris la charmèrent également par leur bienveillante simplicité. Elle aurait aimé organiser un déjeuner dans un grand restaurant parisien, mais Tania et Michel s'y opposèrent : ils préféraient que la réunion se passât chez eux, dans une atmosphère plus intime : les jeunes époux, les parents, les témoins... Le cas de Clémentine souleva une vive controverse. Amélie refusait catégoriquement de l'associer à son bonheur. Pressée de questions par Élisabeth, elle avoua que les dernières lettres de Denis ne laissaient aucun doute sur la mauvaise conduite de sa femme. Profitant d'une procuration qu'il lui avait imprudemment envoyée, elle avait mis son café en gérance et, depuis, ne donnait plus signe de vie. D'après les renseignements qu'Amélie avait pu recueillir, Clémentine, indifférente aux souffrances de son prisonnier, habitait avec un agent d'assurances, de cinq ans plus jeune qu'elle, et qui lui mangeait son argent. Devant des griefs si précis et si graves, Élisabeth n'insista plus pour convier sa tante.

Les derniers jours avant le mariage passèrent rapidement en visites familiales et en courses dans les magasins. Prise par ses obligations, Élisabeth négligeait son commerce, mais Mlle Pologne était là pour accueillir la clientèle. Ayant vécu, en imagination, le roman d'amour de sa jeune patronne, elle se sentait l'âme pleine de poésie à l'idée de son prochain dénouement. « Je me doutais bien qu'il y avait anguille sous roche! » disait-elle, d'un air finaud, à qui voulait l'entendre. Soudain, Élisabeth se trouva, vêtue d'un tailleur noir tout neuf, coiffée de paille blonde, une orchidée à la boutonnière, à côté d'un Boris raide, pâle, rasé de près, qui répondait : « Oui », d'une voix enrouée, à M. le maire du VIIIe arrondissement. Ensuite, les jeunes époux, les parents, les témoins, s'engouffrèrent dans la station de métro Villiers. Tous les sièges du wagon de première classe étaient occupés par des voyageurs aux faces mornes, quotidiennes. Boris et Élisabeth se tenaient debout, serrés l'un contre l'autre, dans le couloir. Le reste de la noce avait dû se disperser autour d'eux. Arlette, appuyée au frein de secours, avait une figure d'ange gardien triomphant. Non loin d'elle, un soldat allemand lisait *Signal*. Les chapeaux d'Amélie et de Tania oscillaient dans la foule. Un contrôleur méticuleux poinçonnait les tickets roses du bonheur. Enfin, ce fut la Porte Champerret, la lumière du jour et la marche en groupe vers la maison des Danoff.

Dans la salle à manger, la table avait été dressée pour huit personnes. Une servante russe, nouvellement engagée, accueillit Élisabeth sur le seuil avec un profond salut. Des fleurs partout. Un parfum de pâte fraîche et de fenouil. La flamme rose d'une veilleuse sous les dorures d'une vieille icône. Le soleil sur la nappe blanche, chargée d'argenterie, de cristaux et de victuailles.

« Maintenant, permettez-moi de vous féliciter, mes enfants, dit Michel. Que la vie vous soit douce! »

Il embrassa Élisabeth, puis son fils, et les bénit d'un signe de croix. Tania fit de même. Un peu étonnée, Amélie se contenta d'un baiser discret sur la joue de son gendre, mais pressa tendrement sa fille sur sa poitrine. Pierre serra la main de Boris avec force et effleura des lèvres l'oreille d'Élisabeth en chuchotant : « Je suis heureux, tu sais? » Elle le remercia d'un sourire et se tourna vers la tante de Boris et vers Arlette, qui attendaient leur tour pour la complimenter.

« Si vous voulez bien vous asseoir... », dit Tania.

Malgré les restrictions, de nombreux plats de

zakouski s'alignaient sur la table entre deux bouteilles de vodka. Michel et Boris versaient à boire. Amélie observait Élisabeth, et un malaise léger se mêlait à son plaisir. Ce qui se fêtait ici n'était pas un mariage normal, pensait-elle, mais un changement d'homme. Sa fille lui avait révélé, tout récemment, de quelle façon elle avait rencontré Boris, à Tulle. Un amour né dans ces conditions avait-il une chance d'être durable? Certes, d'après Élisabeth, Patrice n'avait fait que lui présenter son futur mari et s'était effacé ensuite de leur existence à tous deux. Mais enfin, aussi bien elle que Boris arrivaient à la vie conjugale avec un passé lourd d'expérience. Pouvait-on sauter ainsi d'une passion à une autre, se renouveler d'âme et de chair, rompre le fil de ses souvenirs au point de prendre pour une découverte enivrante ce qui n'était qu'une répétition? Pour sa part, elle savait qu'elle eût été incapable d'aimer un homme après Pierre, si, par malheur, elle l'avait perdu. Comment les parents de Boris jugeaient-ils une femme telle qu'Élisabeth, dont le destin n'était pas une ligne droite? N'eussent-ils pas préféré que leur fils leur amenât par la main une vraie jeune fille, qui eût tout à apprendre de lui? Devant ces braves gens, qui, comme elle et Pierre, avaient su rester unis pendant de longues années, Amélie n'était pas fière de son enfant. Elle la trouvait belle, charmante, elle se réjouissait de la voir éprise d'un garçon estimable, mais la mémoire d'un autre repas de mariage pesait sur sa conscience. Assise à la droite de Michel, elle se forçait pour paraître gaie.

« Élisabeth nous a affirmé que vous étiez habitués à la cuisine russe, dit-il en se penchant vers Amélie. Alors, nous n'avons pas hésité! Tout sera russe aujourd'hui, sur la table! Cela ne vous ennuie pas?

— Au contraire! dit Amélie. Mon mari et moi avons été à bonne école. Notre chef était M. Balaganoff. Vous ne le connaissez pas?

— Non, dit Michel. Vous savez, il y a tellement de Russes à Paris!...

— Que pensent-ils de la guerre? » demanda Pierre en vidant un petit verre de vodka.

Amélie lança à son mari un regard vigilant. Bien que son état de santé se fût amélioré ces dernières années, le médecin lui interdisait encore de boire de l'alcool. Il fit une moue boudeuse, qui signifiait : « Oh! pour une fois!... »

« L'opinion des Russes émigrés est très divisée, dit Michel. Cela se comprend. Moi-même, au début, devant la rapidité de l'avance allemande, j'ai espéré que le régime soviétique s'écroulerait et que nous pourrions rentrer chez nous. Où êtes-vous né, monsieur Mazalaigue?

— A La Chapelle-au-Bois, en Corrèze, dit Pierre.

— Et votre femme?

— Aussi.

— Eh bien, imaginez un peu qu'exilé de La Chapelle-au-Bois vous en ayez rêvé pendant vingt-cinq ans comme d'un endroit merveilleux, mais inaccessible. Et, voilà, une chance s'offre à vous d'y retourner!... En ce qui me concerne, je suis d'Armavir. Ma femme est d'Ekaterinodar, qui s'appelle aujourd'hui Krasnodar. Au mois d'août de l'année dernière, ces deux villes ont été citées dans le communiqué allemand. Est-ce que je pouvais ne pas me réjouir à l'idée qu'il nous serait donné, dans nos vieux jours, de revoir le lieu de notre naissance?

— Oui, dit Tania, mais même à cette époque-là, nous étions malades de tristesse, mon mari et moi, devant les images de villes russes ravagées, des prisonniers russes affamés, déguenillés, que montraient les journaux et les actualités cinématographiques. Malgré tout, c'était notre pays qui souffrait!

— C'est vrai, Tania, soupira Michel. Notre pays souffrait et nous pensions à nous. Ce n'était pas juste. Mais, peu à peu, tout a changé. Lorsque les Russes se sont ressaisis, nous avons été fiers, comme si nous souhaitions leur victoire. Pas pour nous, bien sûr, mais pour ceux de là-bas. Pas pour le gouvernement, mais pour le peuple. Pas pour l'U.R.S.S., mais pour la Russie de toujours. C'est difficile d'expliquer cela à des Français qui n'ont jamais quitté la France!

— Ne croyez pas cela, dit Arlette. En ce moment, nous sommes comme des émigrés sur notre propre sol.

— Une chose est sûre, dit Michel, la guerre tire à sa fin. Les Allemands ont perdu le souffle en Russie. Quand l'Afrique du Nord sera tout à fait nettoyée, les Américains s'occuperont de la France.

— Je trouve que vous exagérez de parler politique un jour pareil! dit Nina Mayoroff. Heureusement que Boris et Élisabeth ne vous écoutent même pas! »

L'attention générale se reporta sur le jeune couple. Ils devisaient entre eux, à voix basse. Tania se tourna vers Amélie et murmura :

« Comme ils sont loin de nous! Comme ils s'aiment! La guerre gronde de tous côtés, des murs s'écroulent, et eux ils construisent!

— Oui, dit Amélie. C'est merveilleux!

— Vous avez dit le mot juste, madame, reprit Tania : merveilleux! Mon père me citait souvent un passage de la Bible. Je ne sais pas si vous connaissez : « Tant que la terre durera, les semailles et les moissons, le froid et le chaud, l'été et l'hiver, le jour et la nuit, ne cesseront point de s'entresuivre... » J'ai retenu la phrase par cœur!...

— Elle est très belle!

— N'est-ce pas? J'ignore quelle a été votre vie, mais moi, c'est dans les désordres de l'autre guerre et de la révolution que j'ai pris vraiment conscience de moi-même. Les grandes épreuves trempent les caractères et consolident les unions qui en valent la peine. Ce qui se bâtit dans la tempête a plus de chance de durer que ce qui se bâtit par beau temps.

— Puissiez-vous dire vrai! balbutia Amélie. Moi, je tremble. Comment sortirons-nous de cette guerre?

— Comme Dieu le voudra! » dit Tania avec un sourire déraisonnable.

Amélie la jugea inconsciente, mais sympathique dans son étrangeté. Pierre et Michel échangeaient maintenant leurs impressions sur la guerre de 14, l'un parlant du front français, l'autre du front russe. Ils rajeunissaient dans l'évocation de cette période misérable.

« Je n'ai presque pas connu la guerre de tranchées, disait Michel. J'étais dans les hussards. J'ai été blessé et fait prisonnier dans le secteur de Riga, en 1915...

— Moi, disait Pierre, j'ai cru que je n'en sortirais jamais... C'était en 1916... Le capitaine nous avait prévenus... »

« Parleront-ils plus tard, avec le même entrain, de l'époque affreuse que nous traversons? » se demanda Amélie. Et il lui parut que, sans leur prodigieuse faculté d'oubli, les hommes ne pourraient pas vivre. Au bout de la table, Arlette et Nina commentaient avec animation un roman de Dostoïevsky. Les voix montaient, les visages s'échauffaient. La servante apporta le plat de résistance : un chachlik! Michel saisit les brochettes et distribua les morceaux de mouton et les tomates sur les assiettes que lui passait Tania.

« Il aurait été meilleur si on l'avait cuit sur un feu de bois, disait-il, mais j'ai l'impression qu'il aura tout de même du goût!

— Quel festin! s'exclama Pierre. Je me doute du mal que vous avez eu pour l'organiser! Le ravitaillement à Paris est si difficile!... »

Le chachlik se révéla excellent, mais Élisabeth manquait d'appétit. L'animation, le bruit de la tablée, accusaient en elle un sentiment d'irréalité. Elle devait se contraindre pour croire que c'étaient bien sa mère et son père qui se trouvaient là, en conversation amicale avec les parents de Boris, que, par un jeu de signatures, elle était devenue officiellement l'épouse de cet homme grand et fort, dont elle touchait le genou sous la nappe, qu'elle s'appelait à présent Mme Danoff! La servante changea les assiettes. Élisabeth grignota un bout de fromage, défaillit devant une glace rose, décorée de fruits confits, et se ranima en entendant sauter un bouchon de champagne. Tout le monde se mit debout.

« A votre santé, mes enfants! » dit Michel.

Boris tenait une coupe à la main. La lumière du vin pétillait dans ses yeux sombres.

« Je te demande d'avoir toujours confiance en nous deux! » chuchota-t-il à Élisabeth.

On eût dit qu'il l'invitait à poser le pied sur une étroite passerelle. Élisabeth sourit et leva son verre.

QUATRIÈME PARTIE

1

ÉLISABETH débarrassait la table, après le déjeuner, quand le téléphone sonna. Boris décrocha le récepteur.

« Allô? dit-il. Qui demandez-vous?... Mme Mazalaigue? »

Son regard se posa sur sa femme, comme pour la prendre à témoin d'une incorrection.

« C'est de la part de qui? » dit-il encore.

Ayant entendu la réponse, il passa l'appareil à Élisabeth et annonça d'un ton sec :

« Monsieur Bertrand Lesaulnier. »

Étonnée, elle appliqua l'écouteur contre son oreille.

« Élisabeth!... Enfin!... C'est moi, Bertrand!... Je suis à Paris pour quelques jours... »

Boris s'était rassis et rallumait sa pipe. Mais, à travers la fumée, il observait Élisabeth avec intolérance.

« Quelle surprise! balbutia-t-elle. Comment allez-vous?

— Très bien, dit Bertrand. J'aimerais vous voir. Est-ce possible? »

Elle essaya de sourire à Boris, dont le visage se durcissait.

« Mais oui! dit-elle.

— Êtes-vous libre un soir, pour dîner?

— Non.

— Alors, en fin d'après-midi, peut-être... »

Elle demeurait perplexe.

« Je ne vous dérange pas, au moins? reprit-il. Si je suis indiscret, dites-le-moi franchement. Cet homme qui m'a répondu au téléphone...

— C'est mon mari. »

Il y eut un long silence, à croire que Bertrand avait été emporté par une vague. Boris fumait toujours, l'œil sombre, le poing fermé sur sa pipe.

« Allô? » dit Élisabeth.

Bertrand ressuscita, mais le timbre de sa voix avait changé :

« Je vous prie de m'excuser, Élisabeth.

— Il n'y a pas de quoi! dit-elle avec un rire forcé, qui sonna comme une succession de fausses notes. Vous savez, j'ai toujours votre carte grise. Je voudrais vous la remettre... »

Les sourcils de Boris se levèrent. Elle s'avisa de l'imprudence qu'elle avait commise en citant ce détail devant lui. Mais il l'examinait avec une attention trop soupçonneuse pour qu'elle n'eût pas inconsciemment envie de le braver.

« C'est vrai! dit Bertrand. Figurez-vous que mon garagiste a été d'un dévouement exemplaire. Il s'est débrouillé pour que ma Citroën échappe à la réquisition. Je ne peux évidemment pas m'en servir : je n'ai pas d'*Ausweis*. Mais, qui sait si, dans quelques mois...? De toute façon, je suis heureux que cette carte grise me permette de vous rencontrer. Que faites-vous ce soir, à six heures?

— Rien.

— Voulez-vous prendre un verre avec moi? »

Elle hésita, puis dit :

« Oui.

— Au Colisée?

— C'est entendu.

— A bientôt, Élisabeth.

— A bientôt. »

Elle reposa l'appareil d'une main légère et tourna vers Boris un visage pétri d'innocence.

« Qui est-ce? demanda-t-il brusquement.

— Un ami.

— Pourquoi as-tu sa carte grise?

— Parce qu'il m'avait prêté sa Citroën, au moment de l'exode. C'est d'ailleurs dans cette voiture que tu es revenu avec Patrice et moi à Paris. »

Boris eut un rictus de férocité joyeuse :

« De mieux en mieux! Excuse-moi, j'avais oublié l'histoire de la voiture! Évidemment, ce Bertrand Lesaulnier doit être un ami, un grand ami pour toi! Comment se fait-il que tu ne m'aies jamais parlé de cette affection exceptionnelle?

— L'occasion ne s'en est pas présentée, dit Élisabeth avec un haussement d'épaules.

— Depuis dix mois que nous sommes mariés, tu aurais pu, tout de même, une fois par hasard, prononcer son nom devant moi! Quel âge a-t-il?

— Je n'en sais rien. C'est un homme... un homme mûr », marmonna-t-elle, furieuse de la pauvre réponse qui lui montait aux lèvres.

Et elle ajouta avec défi :

« D'ailleurs, il a une femme, des enfants!

— Ah! très bien! grommela Boris.

— Il habite en zone sud!

— C'est en zone sud que tu l'as connu?

— Non. A Paris, avant la guerre.

— Nous y voilà! s'écria-t-il en tapotant sa pipe contre le bord du cendrier. Et qu'était-il pour toi, à Paris, avant la guerre?

— Je te l'ai dit, un ami! »

Il se leva, se planta, les mains dans les poches, vis-à-vis d'Élisabeth, et reprit avec violence :

« Jure-moi qu'il n'y a jamais rien eu entre toi et lui! »

Elle était outrée d'avoir à se disculper devant Boris

d'un passé qui ne le concernait pas. Avait-elle peur de lui, avait-elle honte d'elle-même, qu'elle n'osait lui annoncer la vérité en face?

« Je ne te jurerai rien, dit-elle avec un frémissement de colère. Tu m'agaces!

— Excellente réponse! Je peux donc supposer ce que je veux?

— Parfaitement!

— Et tu vas le voir, ce monsieur?

— Je le verrai, si cela me plaît!

— Même si je te le défends?

— Surtout si tu me le défends!

— C'est ce que je voulais savoir! »

Il devenait bête. Elle le détesta pour le poids de jalousie, d'incompréhension, dont il encombrait, soudain, leur existence.

« Je ne te demande pas quelles sont les femmes que tu as connues avant moi? dit-elle.

— Je pourrais te les nommer. Elles ne sont pas si nombreuses! Et, au moins, elles n'ont pas l'indélicatesse de téléphoner ici! »

De nouveau, elle eut l'impression accablante qu'une réplique entraînant l'autre, ils couraient tous deux à la catastrophe.

« Va... Va à ton bureau, dit-elle avec modération. Cela vaut mieux. Tu es déjà en retard!...

— C'est ça! gronda-t-il. Et toi, va à ton rendez-vous! Tu me raconteras... Cela nous fera un agréable sujet de conversation! »

Il lui jeta un regard noir et s'enfonça d'un pas meurtrier dans le vestibule. Allait-il partir sans l'avoir embrassée? La porte claqua furieusement. Il était loin. Elle regretta de ne l'avoir pas retenu, apaisé. Mais elle estimait qu'en renonçant à lui tenir tête elle l'eût encouragé à se montrer plus intransigeant encore dans l'avenir. Son sens masculin de la possession était maladivement développé. Il souffrait de tout ce qui, chez Élisabeth, échappait à son contrôle : les rêves, les souvenirs, les pensées intimes... Un jour, il lui avait dit qu'il eût voulu se substituer à elle, « devenir elle » pour quelques minutes, afin de mieux la chérir en retrouvant son enveloppe d'homme. Elle avait bien fait d'accepter l'invitation de Bertrand. Ce soir, en rentrant à la maison, elle raisonnerait Boris, elle l'amènerait à reconnaître ses torts, elle l'obligerait à l'aimer pour elle-même et non pour ce qu'il souhaitait qu'elle fût. Leur ménage était si heureux! Elle avait pu craindre d'abord que Boris ne fût pas entièrement libéré de son chagrin, mais, depuis qu'ils vivaient ensemble, jamais il ne lui avait parlé de son passé, jamais elle n'avait surpris un reflet de tristesse dans son regard. Cette faculté de renouvellement la rassurait et l'inquiétait à la fois. « A-t-il tout oublié parce qu'il m'aime à en perdre la mémoire, ou parce qu'il est incapable de s'attacher définitivement à un être? » La nuit précédente, dans le lit, au moment d'éteindre la lampe, il avait chuchoté à l'oreille d'Élisabeth : « Je voudrais un enfant de toi! » Cet aveu demeurait scellé en elle, profondément, comme une chose vivante et chaude. Elle était illuminée de la certitude qu'un jour ou l'autre elle comblerait les vœux de Boris. Et — après des paroles si douces — une dispute si absurde, si lamentable! « Il doit se le reprocher déjà! » songea-t-elle avec une souriante inconscience.

Elle finit de ranger la vaisselle sur l'égouttoir de l'évier. Depuis son mariage, elle avait engagé une femme de ménage qui venait chez elle tous les matins. Quelques meubles de Boris avaient émigré dans le studio. D'autres avaient été vendus, d'un commun accord et sans regret, à des brocanteurs. Il était moins facile de céder le magasin. Boris ne voulait plus que sa femme travaillât. Il gagnait, disait-il, assez d'argent pour deux. Sur ses conseils, Élisabeth avait chargé une agence immobilière de trouver un client pour sa gérance. Mais seuls des spéculateurs s'avisaient encore de racheter ce genre de contrats, en les payant d'ailleurs un prix dérisoire. La crainte d'un débarquement prochain et des combats qui s'ensuivraient avait fait tomber la valeur des fonds de commerce. Les alertes se multipliaient. Les boutiques fermaient, l'une après l'autre. Aucune des propositions qu'Élisabeth avait reçues jusqu'à présent pour la reprise de son droit au bail n'était acceptable. Elle préférait attendre des jours meilleurs, plutôt que de traiter à perte, dans la hâte et la confusion. Les hostilités ne pouvaient plus durer longtemps. L'armée soviétique marchait de victoire en victoire, les Anglais et les Américains prenaient pied en Sicile, en Italie, Mussolini démissionnait et était remplacé par le maréchal Badoglio, qui signait un armistice avec les Alliés, arrêtait le Duce et déclarait la guerre à l'Allemagne. Mais le Duce était délivré de façon rocambolesque par des parachutistes allemands et, réfugié en Lombardie, constituait un gouvernement fasciste républicain. Cependant, la Wehrmacht occupait rapidement la péninsule et contre-attaquait avec violence. Le corps expéditionnaire français entrait dans la bataille. En dépit de nouveaux débarquements alliés, le général Kesselring tenait la ligne fortifiée de Cassino. Les pluies d'hiver entravaient les opérations. Sur les murs de Paris, apparaissaient des affiches allemandes représentant « l'escargot américain », épuisé par ses vains efforts pour atteindre Rome. La radio officielle décrivait l'affaire italienne comme un échec sanglant pour les « impérialistes » anglo-saxons, mais la radio de Londres, tout en reconnaissant les obstacles rencontrés jusqu'ici par le général Alexander, promettait une triomphale recrudescence de l'activité, au printemps.

En ce mois de mars glacial, brumeux et sombre, il était difficile de croire que les beaux jours reviendraient. Plus que jamais, Paris souffrait du froid et des restrictions alimentaires. Le radiateur électrique consommant trop de courant, Élisabeth avait acheté un poêle à sciure de bois, qui tiédissait à peine la pièce et emplissait l'air d'une poussière impalpable et âcre. Chaque matin, elle lisait avec anxiété les chiffres inscrits sur ses compteurs de gaz et d'électricité. Son mariage lui avait valu une légère augmentation de « mètres cubes » et de « kilowatts-heures », mais l'administration était impitoyable : en cas de dépassement du contingent alloué, c'était « la coupure »! Cette mesure de coercition, dont elle se fût accommodée étant célibataire, lui semblait inadmissible parce qu'elle avait un mari. Obsédée par la crainte que Boris ne mangeât pas à sa faim, elle était devenue aussi compétente que Mlle Pologne en matière de ravitaillement et aurait pu réciter ses droits de consommatrice pour chaque jour du mois. Heureusement, la concierge de l'immeuble avait encore perfectionné son système d'approvisionnement clandestin. Chez elle, la viande coûtait trois cent vingt francs le kilo, le vin ordinaire cinquante francs le litre, le beurre trois cents francs la livre, un paquet de « gauloises » cent dix francs et sept francs une grosse boîte d'allumettes suédoises. Pierre et Amélie adressaient de Megève, à leur fille, des colis qui arrivaient défoncés, déchiquetés, à demi vidés, souvent, de leur contenu; les parents de Boris invitaient fréquemment leurs enfants à dîner et ne les laissaient jamais repartir sans leur avoir glissé sous le bras quelque petit paquet de victuailles.

Boris n'avait pas rompu avec ses amis de la Résistance, mais ses sorties nocturnes étaient assez rares. Parfois, vers huit heures du soir, il recevait un coup de téléphone mystérieux : « La cousine Berthe est là! » C'était la formule convenue. Alors, comme un médecin appelé d'urgence au chevet d'un malade, il embrassait sa femme et se précipitait dehors. Élisabeth vivait dans l'angoisse jusqu'à son retour. L'heure du couvre-feu le ramenait fatigué et content. Il lui racontait ce qu'il avait fait loin d'elle. Toujours la même chose : un mauvais contact, des fils à ressouder, une pièce à remplacer... Un jour, elle lui avait demandé si Paul Desmourets ne pouvait pas se charger de ces réparations. « Si, bien sûr! avait-il répondu. Dans la plupart des cas, il saurait se débrouiller seul. Mais, depuis le début, nous travaillons ensemble. Pour rien au monde, je ne le lâcherai! » Elle n'avait plus insisté, émue par cette obstination même qu'elle aurait voulu combattre. « Je l'aime trop pour souhaiter qu'il change! » se disait-elle.

Cette pensée déconcertante l'accompagna, une fois de plus, de la maison au magasin. Mlle Pologne était très alarmée : des acheteurs, envoyés par une agence, venaient de visiter la boutique et avaient paru intéressés. La vieille fille nourrissait à présent une double crainte : perdre sa situation si Élisabeth cédait sa gérance, et être dénoncée comme germanophile par des voisins malintentionnés, en cas de victoire alliée. Ne disait-on pas que certains « collaborateurs » avaient déjà reçu de petits cercueils par la poste, pour les avertir du destin tragique qui les attendait? La libraire du coin, dont le fils avait rejoint les Forces françaises libres, prétendait même qu'au moment du règlement de comptes toutes les femmes qui avaient montré de la sympathie aux Allemands seraient tondues! Sans exprimer ses appréhensions personnelles à ce sujet, Mlle Pologne déclarait en soupirant : « Dieu nous préserve des débordements de la populace! »

Ce jour-là, elle fut plus catégorique encore :

« Vraiment, madame, si les événements se précipitent, vous auriez intérêt à fermer le magasin, au lieu de le vendre. Nous laisserions passer l'orage et nous rouvririons les portes quand la sauvagerie se serait calmée et que les gens auraient retrouvé le goût de la musique, du papier à lettres et des parures d'art... »

Élisabeth la rassura : le magasin n'était pas encore vendu, quant à la libération du pays, ceux qui la désiraient le plus ardemment tenaient à ce qu'elle se déroulât dans l'ordre et la dignité.

« On verra bien à l'usage! » répliqua Mlle Pologne,

en portant instinctivement la main à son chignon, comme pour s'assurer qu'il était toujours là, malgré la convoitise criminelle des Résistants.

L'après-midi fut égayé par l'intrusion dans la boutique d'une bande de « zazous », bien connus dans le quartier. Par réaction contre les horreurs de la guerre, cette jeunesse, d'un milieu aisé, se voulait excentrique et insouciante. Les garçons avaient des crinières de lions, des faux cols hauts et des vestes longues, les filles, juchées sur des socles de bois, la jupe évasée, l'épaule en coin de table, présentaient un visage de poupée malade entre deux ruisseaux de cheveux. L'une d'elles, effrontée et jolie, avait organisé une « surprise-party » pour ce soir et se désolait d'être démunie en disques de danse. Elle habitait le même immeuble qu'Élisabeth :

« Vous ne pouvez pas refuser de nous aider, madame! Il nous faut absolument des airs du Hot Club de France! Est-ce qu'il ne vous reste pas un ou deux Django Reinhardt? Ou quelque chose du même genre? »

Élisabeth lui proposa un disque « swing » d'occasion, que la jeune fille jugea démodé, mais dont, cependant, elle se contenta. La bande repartit dans un martèlement joyeux de semelles « compensées », et Mlle Pologne grommela :

« Inconscients!... Ils sont inconscients!... Le monde est à l'agonie, et eux, ils dansent!...

— A leur âge vous en auriez fait autant, dit Élisabeth.

— Jamais! s'écria Mlle Pologne avec un regard de feu. Ah! c'est une jolie génération qui monte là! Tous pourris par le marché noir! »

Tandis qu'elle vitupérait les « J 3 » irrespectueux et les parents indulgents, Élisabeth songeait avec une pointe d'anxiété à son prochain rendez-vous.

Lorsqu'elle arriva au Colisée, à six heures, Bertrand Lesaulnier s'y trouvait déjà. Elle fut étonnée de son air vieilli, fatigué. Ses tempes avaient blanchi. Dans sa figure amaigrie, osseuse, le nez paraissait plus grand qu'autrefois, les lunettes plus importantes. Il accueillit Élisabeth avec joie et, le voyant sourire, elle le reconnut enfin. Mais ce brusque contact avec le passé la troubla moins qu'elle n'aurait pu le craindre. Elle remit la carte grise à Bertrand, l'interrogea, d'un ton amical, sur sa vie à Marseille, sur son travail, sur ses projets et, quand il la questionna à son tour, répondit simplement :

« Je n'ai rien d'intéressant à vous dire sur moi, Bertrand : je suis heureuse. »

Il baissa la tête. Espérait-il un aveu différent? Au bout d'un moment, il murmura :

« Je vous envie, Élisabeth : vous avez découvert le calme, la certitude, moi non! Quatre ans déjà! Je vous regarde et j'ai l'impression que vous commencez à vivre, alors que, pour moi, tout est fini... »

Elle protesta, gênée de le sentir bouleversé par une rupture dont, pour sa part, elle avait depuis longtemps oublié la souffrance. Bertrand parla encore de ses affaires, de l'occupation en zone sud, des dernières nouvelles du front italien, puis, subitement, comme s'il eût été incapable de supporter davantage la présence d'Élisabeth, ses traits se crispèrent et il se tut. Elle profita de ce silence pour se décider à partir. Tandis qu'elle enfilait ses gants, il murmura :

« Déjà, Élisabeth?

— Mais oui, dit-elle.

— Restez encore un peu! Cela ne vous a pas ennuyée de me revoir? »

Un vacarme de chaises renversées couvrit la fin de sa phrase. Soudain, toute la salle fut debout. Des clients couraient vers les portes vitrées et se heurtaient à des agents aux figures rogues, qui les repoussaient vers l'intérieur. Un brigadier cria :

« Ne bougez pas! Préparez vos papiers!

— Une rafle! dit Bertrand. Il ne manquait plus que ça!

— Mais que cherchent-ils? demanda Élisabeth.

— Des travailleurs pour l'Allemagne. »

La peur assomma Élisabeth. Prise de vertige, elle entendait battre à grands coups un cœur qui n'était pas le sien. Boris! Où était-il? Ne se trouvait-il pas, lui aussi, en cet instant même, dans un café cerné par la police? Avait-il bien tous ses papiers sur lui? N'allait-on pas l'arrêter, l'interroger, le torturer, apprendre qu'il était en relations avec un groupe de Résistants et l'envoyer dans un camp de concentration, en Allemagne? Elle marmonna :

« C'est affreux!... Que va-t-il se passer?

— Rassurez-vous, dit Bertrand. Ils ne ramassent, en principe, que les hommes sans situation, les jeunes gens que leur âge désigne pour le S.T.O. Que fait votre mari?

— Il est ingénieur chez Hopkins.

— Dans ces conditions, il ne risque rien. Moi non plus, d'ailleurs! »

Elle respira, mais son angoisse l'avait affaiblie.

« Et c'est la police française qui fait cette besogne de rabatteurs! reprit-elle d'une voix tremblante.

— Sous contrôle allemand, dit Bertrand. Regardez! »

Et, d'un mouvement du menton, il indiqua deux représentants de la Feldgendarmerie, casqués, bottés, une plaque de métal, en forme de bavoir, sur la poitrine, et la mitraillette au poing. Pendant que la plupart des consommateurs se rasseyaient, quelques jeunes gens, pris de panique, se précipitèrent vers les lavabos. Des coups de sifflets retentirent. Les agents se lancèrent à la poursuite des fuyards et les ramenèrent, blêmes d'épouvante, le regard traqué.

« C'est ignoble! » gronda Élisabeth.

Solidement maintenus par les gardiens de la paix, les prisonniers passaient, entre les tables, en grommelant :

« Je n'ai rien fait! Je suis en règle!

— Laissez-moi au moins donner un coup de téléphone chez moi! J'en ai pour cinq minutes! »

Les agents, pleins de leur consigne, secouaient rudement ceux qui osaient élever la voix :

« Pas d'histoires! Vous vous expliquerez quand on vous le demandera! En route!... »

Cependant, d'autres policiers circulaient, d'un pas lourd, dans l'assistance pétrifiée. Partout, les uniformes bleus avaient remplacé les vestes blanches. D'étranges garçons de café, képi sur le crâne et matraque au côté, se penchaient vers les clients pour leur demander, non plus ce qu'ils désiraient boire, mais de quel droit ils se trouvaient ici et quels étaient leurs moyens d'existence. Alors, des mains nerveuses tiraient quelques papiers d'un portefeuille. L'avenir tenait à une signature, à un cachet, à une date de naissance sur un document administratif. Parfois, les agents appréhendaient un homme dont la situation leur paraissait louche et qui allait grossir, sur le trottoir, le lamentable troupeau des proscrits. Une dizaine de femmes furent embarquées aussi, pour des motifs mystérieux, malgré leurs récriminations. Élisabeth et Bertrand durent exhiber leurs cartes d'identité devant un inspecteur en civil, à l'œil de pachyderme somnolent.

« Où emmenez-vous tous ces gens? demanda Bertrand d'une voix blanche.

— Au Vel' d'Hiv' pour commencer, dit l'homme.

— Et après?

— Je ne sais pas. »

Élisabeth observait avec anxiété cet inconnu qui l'analysait, la jugeait, en tripotant un rectangle de carton jaune dans ses gros doigts. Et si Bertrand s'était trompé? Si les Allemands avaient donné l'ordre d'arrêter pêle-mêle les hommes et les femmes, quels que fussent leur âge et leur condition sociale? Elle se vit jetée avec Bertrand dans un « panier à salade », emprisonnée, exilée, sans avoir pu avertir Boris des circonstances de sa déportation. Mais, déjà, l'inspecteur déposait les cartes d'identité sur la table.

« Ça va, dit-il. Vous pouvez partir. »

Elle se retrouvait dehors, à côté de Bertrand, elle doutait encore de sa chance. Des cars de police étaient rangés en file tout le long des Champs-Élysées. Devant chaque café, à la porte de chaque cinéma, des agents montaient la garde. Élisabeth s'approcha d'une camionnette noire, qui stationnait en face du Colisée. Une figure pâle apparut derrière le grillage d'une fenêtre. Quelqu'un chuchota :

« Madame, madame, je vous en prie!...

— Que voulez-vous? » demanda-t-elle.

Un papier, roulé en boule, tomba à ses pieds, sur le trottoir. Elle le ramassa, le déplia et lut : « Je m'appelle Jean Boissieu. Pouvez-vous prévenir mes parents : Trocadéro 18-25, qu'on m'a pris, qu'on m'emmène au Vel' d'Hiv'...? »

Un agent la regardait en souriant, sans intervenir.

« Comptez sur moi! » répondit-elle, la gorge serrée.

Bertrand la tira en arrière :

« Ne restons pas ici, Élisabeth. C'est imprudent!

— Oui, murmura-t-elle. Il faut que je rentre. Je téléphonerai de chez moi à ces pauvres gens!... »

Agitée par l'indignation, la pitié, la crainte, elle en oubliait le sens mélancolique de son entrevue avec Bertrand. Il la considérait tendrement, comme pour lui rappeler ce qu'ils avaient été jadis l'un pour l'autre, et elle ne pensait qu'à Boris, elle avait hâte de le rejoindre, de lui raconter tout.

« Au revoir, Bertrand, dit-elle en lui tendant la main.

— Au revoir, Élisabeth. »

Elle ne remarqua pas l'accent désespéré de ces paroles, sourit évasivement à un homme lointain, brumeux, et traversa la chaussée où la police avait interrompu la circulation.

Avant même d'avoir ouvert la porte du studio, elle sut, à la qualité particulière du silence, que Boris était là, qu'il l'attendait. Elle pénétra dans la pièce en coup de vent, cligna des yeux, blessée par la lumière, et s'abandonna, pantelante de joie, sur la poitrine de son mari :

« Oh ! Boris, mon chéri ! J'ai eu tellement peur !...

— Que s'est-il passé ? » demanda-t-il avec inquiétude.

Elle lui dépeignit les Champs-Élysées assaillis par la police, les protestations des jeunes gens enfournés dans les camions noirs, les pleurs des femmes, le sourire de l'agent qui l'avait vue ramasser un billet par terre.

« Oui, dit Boris, ce n'est pas la première fois qu'ils organisent des rafles de ce genre. Des méthodes de négriers !

— Je vais tout de suite téléphoner, dit Élisabeth.

— A qui ?

— Aux parents de ce garçon qui m'a remis un message. »

Elle décrocha l'appareil, forma le numéro et tomba sur une femme éplorée : la mère de Jean Boissieu. Elle savait déjà, un ami de son fils l'avait prévenue.

« Je vous remercie, madame, dit-elle en soupirant. Mon mari va entreprendre des démarches. Mais il paraît que c'est très difficile. Ah ! mon Dieu, quand je pense que nous avons fêté ses vingt et un ans avant-hier !... »

En reposant le téléphone, Élisabeth avait les larmes aux yeux. Boris la reprit dans ses bras, la berça un instant et demanda soudain :

« Que faisais-tu au Colisée ? »

Elle tressaillit, rejetée dans un malentendu ridicule, que les événements de la soirée avaient amenuisé dans sa mémoire. Boris, lui, en était resté aux derniers mots de leur dispute. Défiant son regard, elle répondit :

« Je suis allée là-bas, parce qu'il le fallait...

— Tu as vu cet homme?

— Oui, Boris. Je lui ai rendu sa carte grise. Et je m'apprêtais à rentrer, quand les agents se sont rués dans la salle. J'ai cru que je devenais folle! Je ne savais pas où tu étais!... »

Sans desserrer son étreinte, il demanda :

« Pourquoi ne m'as-tu pas dit que tu le rencontrerais ce soir?

— Tu ne m'en as pas laissé le temps! Tu es parti comme une brute, en claquant la porte! Mais tu aurais pu venir avec moi, Boris, à ce rendez-vous! Je n'ai rien à te cacher! Tout est simple! Je t'aime... »

Il ne demandait qu'à la croire. Ce visage aux lignes parfaites ne pouvait pas mentir. Tenant sa femme contre lui, à portée de son souffle, il éprouvait une exaltation paradoxale, un goût de vivre plus violent que jamais.

« J'ai tellement besoin de toi que, pour un rien, je perds la tête! dit-il. Au fond, je n'arrive pas encore à me persuader que je suis vraiment ton mari. J'ai tout le temps peur que tu ne m'échappes!... »

Il cherchait ses lèvres. Elle lui donna un baiser, puis se déroba, d'un mouvement si souple, que Boris en resta confondu d'admiration.

« Où vas-tu? demanda-t-il.

— A la cuisine, préparer le dîner. Tu n'as pas faim?

— Si », reconnut-il avec allégresse.

Pendant qu'ils étaient à table, une musique discordante éclata au-dessus de leur tête. Des pas traînaient à hauteur du plafond.

« Qu'est-ce que c'est? grommela Boris en levant les yeux.

— Il y a une « surprise-party » dans la maison, dit Élisabeth.

— C'est bien le moment! »

Élisabeth se rappela les gamins livides, ahuris, que des agents hissaient dans les cars de police. N'y avait-il pas des manquants parmi les invités de ce soir? Le saxophone ululait, la batterie toussait à un rythme rapide : « Elle était swing!... Terriblement swing!... » C'était le disque qu'Élisabeth avait vendu quelques heures auparavant.

2

L'ÉGLISE orthodoxe de la rue Daru était pleine de gens debout, qui écoutaient la messe dominicale avec recueillement. Les dorures de l'iconostase brillaient au-dessus des têtes. La voix puissante et large du chœur montait, comme le grondement de la mer, vers les voûtes peintes. Ce n'était pas la première fois qu'Élisabeth accompagnait son mari en ce lieu où tous les émigrés russes communiaient dans la pieuse nostalgie de leurs origines. Mais, aujourd'hui, le service divin avait pour Boris une signification particulière. Ses parents avaient reçu, la veille, des nouvelles de Serge, par la Croix-Rouge internationale. Légèrement blessé au cours de la campagne de Tunisie, devant Medjez-el-Bab, il avait été fait prisonnier par les Allemands et se trouvait, enfin rétabli, dans un Stalag. Il avait fallu plus d'un an pour que ces renseignements parvinssent aux intéressés. Rassurés sur le sort de leur fils aîné, les Danoff étaient arrivés très tôt à l'église, pour remercier Dieu. Tout en admirant la beauté primitive de la liturgie, l'émouvante simplicité des chants, Élisabeth se sentait gagnée par la fatigue. Ses jambes s'engourdissaient, l'odeur sucrée de l'encens lui tournait la tête. En outre, il faisait très froid dans ce vaisseau de vieilles pierres humides. Elle leva les yeux sur Boris. Il comprit son regard et chuchota :

« Viens, nous allons prendre l'air!

— Et tes parents?

— Ils sont trop loin devant nous. Je ne peux pas les prévenir. De toute façon, ils nous rejoindront à la sortie. »

Ils se frayèrent difficilement un chemin à travers la foule, descendirent les marches encombrées de fidèles qui n'avaient pu accéder à l'intérieur, et se retrouvèrent dans le petit jardin, où des gens endimanchés se promenaient, bavardaient à voix basse, pour se délasser des longueurs de l'office. Boris scrutait les visages et, de temps à autre, saluait une connaissance. Tout le monde parlait russe dans cet enclos, bordé, sur la rue, par des mendiants, des nonnes quêteuses et des vendeurs d'images saintes. Soudain, Élisabeth avisa un groupe d'uniformes feldgrau, près de la maison blanche du presbytère.

« Des Allemands! dit-elle en tirant Boris par la manche. Que font-ils là?

— Ce ne sont pas des Allemands, dit Boris, mais des Russes.

— Des Russes? Des Russes émigrés?

— Non, des prisonniers soviétiques volontaires pour combattre leur propre pays. Tu as entendu parler de l'armée Vlassoff? Capturé par les Allemands, ce général est passé au service du Reich et a recruté des troupes dans les Stalags, parmi ses compatriotes... »

Élisabeth regardait ces Russes costumés en Allemands, admirait leurs rudes faces hâlées, et s'étonnait de leur trahison.

« Comment ont-ils pu accepter cela? murmura-t-elle.

— N'y a-t-il pas des Français qui, eux aussi, ont revêtu la tenue de la Wehrmacht, par conviction ou par opportunisme? dit Boris. L'insigne des volontaires français contre le bolchevisme est l'aigle du grand Reich, portant un écusson avec ce simple mot : « France. » C'est stupéfiant, mais les faits sont là! Pour la première fois, sans doute, dans l'Histoire, on peut prétendre sincèrement défendre son pays en servant ceux qui l'attaquent ! »

Un cercle de curieux s'était formé autour des militaires. Le calot vert planté de biais sur le crâne, ces nouveaux transfuges de la Russie répondaient aux questions des vétérans de l'exil.

Cependant, la messe tirait à sa fin. Le chœur ne chantait plus. Un flot compact s'écoulait par les portes vitrées. Des paysannes, coiffées de fichus aux couleurs vives, apparurent au sommet de l'escalier. Elles aussi venaient des lointaines provinces de l'U.R.S.S. Déportées en masse par les Allemands, elles travaillaient, disait Boris, dans des ateliers de literie, à la Porte des Lilas. Un autobus les avait amenées, ce matin, à l'église. Toute l'émigration de Paris était au courant de leur aventure. Soustraites pour quelques heures à leur relégation, elles considéraient, avec une surprise naïve, les visages compatissants qui se pressaient autour d'elles. Visiblement, elles n'auraient jamais cru qu'il y eût tant de Russes ailleurs qu'en Russie. Des femmes élégantes, pomponnées, se précipitaient vers elles, les embrassaient, leur glissaient de l'argent dans la main, d'autres traversaient la chaussée pour leur acheter des provisions dans les magasins d'en face. Un vieux monsieur, au pardessus élimé et au chapeau de feutre gras, rentra dans le jardin, les bras chargés de petits paquets, et les distribua aux prisonnières, qui le remerciaient par des larmes, des soupirs et des courbettes. Les soldats de l'armée Vlassoff furent délaissés, en un clin d'œil, au profit de ces malheureuses.

« Je n'y comprends rien! dit Élisabeth. Si les émigrés ont des opinions anticommunistes, pourquoi semblent-ils plus émus par ces femmes, qui sont des citoyennes soviétiques impatientes de retourner dans leur pays, que par ces soldats, qui ont choisi justement de combattre le régime de Staline?

— Parce qu'elles manquent de tout, dit Boris, et qu'eux, matériellement, ne sont pas à plaindre. De plus, je crois que les Russes de Paris voient en elles une vérité nationale à l'état brut, dénuée de signification politique. Ils sentent confusément qu'elles sont bien de là-bas, avec leurs fichus, leurs mains calleuses et leurs regards résignés, alors que ces faux soldats allemands sont sans patrie, comme des mercenaires. Si tu pouvais saisir les mots qui s'échangent dans la cohue!... « D'où êtes-vous?... De Sébastopol? Ah! mon Dieu! Nous aussi!... Connaissez-vous les Varvaroff? Non... Et Stepan Andréïévitch Goumanoff?... Est-ce possible?... Qu'est-il devenu?... » Les questions, les réponses se croisent... Une dame de l'émigration sanglote : « Mes petites sœurs! Vous n'êtes pas seules! Nous ne vous laisserons pas! Nous vous ferons parvenir des colis!... »

Il réfléchit un moment et ajouta avec un sourire désabusé : « Songe un peu, Élisabeth, mon frère, né à Moscou, a été blessé près de Medjez-el-Bab, en combattant avec les Alliés pour une France qui n'est pas celle où nous vivons; les soldats allemands que nous avons sous les yeux sont en réalité des sujets soviétiques; les émigrés qui comblent ces prisonnières de cadeaux oublient qu'ils ont souhaité la victoire d'Hitler pour pouvoir retourner chez eux après vingt-cinq ans d'exil; et moi, avec mon nom en off, je répare des postes émetteurs qui servent aux ennemis du gouvernement français actuel! Il y a des Russes sous toutes les latitudes, sous tous les drapeaux! Ils parlent la même langue et versent leur sang pour des causes différentes! La vérité, comme toujours, appartiendra aux vainqueurs... »

Le troupeau des paysannes russes se dirigeait lentement vers la rue, où un autobus les attendait pour les ramener à l'usine. Les parents de Boris sortirent à leur tour sur le parvis. Michel donnait le bras à Tania. Ils avaient des visages calmes, heureux. Sans se presser, ils cherchaient du regard leurs enfants perdus dans la foule.

***

Jérôme s'impatientait et n'osait se montrer à la fenêtre. Il y avait plus de deux heures que la procession était partie pour la fontaine de Groujolle, et Mme Pinteau n'était pas encore de retour. Elle était furieuse qu'ayant sculpté dans le bois, sur la demande de M. le curé, l'image de la Vierge miraculeuse, il eût refusé d'assister à la consécration de cette statue. Tous les gens notables du pays, et même quelques incroyants, s'étaient dérangés pour aller à trois kilomètres de là, sur les lieux où coulait, disait-on, une eau purificatrice, et lui, le principal intéressé, restait à la maison, prétextant un rhume et des maux de tête. En vérité, son rôle dans l'affaire avait été celui d'un habile copiste. Il s'était borné à reproduire la figure qui existait déjà à Groujolle, dans une niche, mais que les intempéries avaient rongée au point de la rendre méconnaissable. Ce travail l'avait passionné en dehors de toute considération religieuse. On pouvait être athée et prendre du plaisir à tailler l'effigie de la Mère de Dieu, pleine de douceur et de réflexion, tenant l'Enfant Jésus dans ses bras. Jérôme l'avait franchement expliqué à l'abbé Pelassiez, et celui-ci avait paru le comprendre. Une fois de plus, il se répéta que sa place n'était pas là-bas, parmi les soutanes et les bannières. Une fois livré son œuvre dans les délais convenus, il n'avait pas à se soucier des manifestations étranges qui se déroulaient maintenant autour d'elle.

« C'est fini ! Elle n'est plus à moi ! Elle est partie ! Ils peuvent en faire ce qu'ils veulent !... »

Il s'aperçut qu'il parlait à mi-voix, avec colère, comme pour persuader un contradicteur obtus. Depuis midi, il était de mauvaise humeur, sans pouvoir définir la cause de son irritation. Il se versa un verre d'eau fraîche, le but d'un trait et revint à la fenêtre de la cuisine. Des silhouettes sombres surgirent au coin de la rue. Jérôme reconnut les sœurs Sabretoux, deux bigotes de la première volée, et se rejeta en arrière. Plus de doute : le pèlerinage était terminé. Toutes les âmes pieuses de La Chapelle-au-Bois regagnaient leur gîte, après avoir égrené des chapelets devant la « bonne fontaine ». Mme Pinteau elle-même n'allait pas tarder à paraître. Jérôme se mit à marcher en rond dans la pièce. Il mesurait l'espace d'une cage. Enfin, la porte s'ouvrit sur une forme opulente et digne, aux bottines poudreuses et au chef couronné d'un important chapeau, où fraternisaient le feutre anthracite, l'épingle à tête de jais, un plumage de deuil et un tortillon de voilette noire. Sous cet assemblage funèbre, le visage de Mme Pinteau était celui de la réprobation. La curiosité de Jérôme était à son comble, mais il se contraignit à la dissimuler, par amour-propre.

« Alors, dit-il d'un ton désinvolte, ça s'est bien passé?

— Très bien! répliqua Mme Pinteau. Mais tout le monde a remarqué votre absence! »

Il haussa les épaules :

« Évidemment!

— Dans les quelques mots qu'il a prononcés devant la fontaine, M. le curé a déploré que l'artiste, qui avait si bien exprimé l'infinie bonté de Notre-Dame de Groujolle, ait été empêché par un malaise de participer au pieux hommage de tous les paroissiens à son œuvre!

— C'est gentil de sa part, grommela Jérôme en réprimant un sourire.

— Ne vous y fiez pas, dit Mme Pinteau avec vivacité. Il n'est pas dupe!

— Je m'en doute!

— Personne n'est dupe!

— Tant mieux.

— Ah! ça fait bon effet, dans le pays! Notre-Dame de Groujolle sortie des mains d'un mécréant! Je ne comprends pas que l'abbé Pelassiez se soit adressé à vous pour un pareil travail!

— Il a dû penser que Notre-Dame de Groujolle n'avait rien à craindre de moi, dit Jérôme. Après tout, ce n'est pas une statue que vous priez, mais la sainte qu'elle représente. Alors, qu'est-ce que ça peut vous faire que le bois ait été façonné par moi ou par un autre? »

Ébranlée par cet argument, Mme Pinteau serra les lèvres, dressa le menton, puis, ayant réfléchi, proféra d'une voix sifflante :

« Je ne discute pas ces choses. En tout cas, l'abbé Pelassiez m'a dit qu'il vous ferait une visite, ce soir, vers six heures.

— Il sera le bienvenu.

— Vous n'avez plus besoin de moi?

— Non.

— Je rentre à la maison!

— C'est ça, dit-il. Bonne fin de dimanche. A demain. »

Elle sortit, et Jérôme se demanda ce qu'il allait faire. En se prétendant malade, il s'était condamné à la chambre. Or, le soleil brillait, un vent froid soulevait la poussière sur la place. La campagne devait être frissonnante, lustrée, comme il l'aimait. Et là-bas, Notre-Dame de Groujolle, seule dans sa niche, respirait pour la première fois l'air pur des collines. Il pensa à elle avec tendresse, comme à une personne vivante, puis, insensiblement, son esprit se tourna vers sa femme, morte depuis si longtemps! Emporté par un songe, il confondait dans son souvenir le visage de Maria et celui qu'il avait donné à Marie. Il s'avisa, tout à coup, que ces deux figures se ressemblaient. Avait-il volontairement reproduit les traits de l'être qu'il chérissait le plus au monde en sculptant l'effigie de la Sainte Vierge? Personne, en tout cas, ne lui en avait fait la remarque. Cette idée jeta le trouble dans son cerveau. Il fallait absolument qu'il revît la statue. Tant pis si des gens s'indignaient en l'apercevant dans la rue, alors que, pour continuer décemment son mensonge, il aurait dû rester chez lui jusqu'au lendemain. Avec une décision rageuse, il enfila son vieux manteau, se coiffa jusqu'à mi-front d'un chapeau de feutre aux larges bords, empoigna sa canne ferrée et poussa la porte. Toutes les fenêtres de La Chapelle-au-Bois dardèrent leurs regards sur le provocateur. Il cambra la taille et prit le chemin de la gare. Marchant d'un pas ferme, il glissait parfois un coup d'œil à droite, à gauche, saluait un passant, devinait une ombre derrière une vitre et se raffermissait dans l'intention de braver tous ceux qui ne pouvaient le comprendre.

Au-delà de la voie ferrée, les maisons s'espacèrent, et bientôt Jérôme fut seul sur la route, entre des carrés de terre fraîchement retournée et fumée. L'hiver était encore dans le ciel. Avec sa clarté froide, ses nuages fuyants, ses menaces de gelées nocturnes, mais le sol, déjà, se gonflait d'une tiédeur printanière. Une vague lumière verte émanait des prairies où de maigres vaches étaient revenues. Les branches des arbres secouaient leurs bourgeons dans le vent. Des oiseaux de voyage s'appelaient au-dessus du pays retrouvé. Jérôme souffrait de ne pouvoir accorder ses pensées à l'apaisante beauté de la nature. La guerre, qu'il eût souhaité oublier, ignorer, l'obsédait, comme s'il eût dépendu de lui qu'elle fût gagnée ou perdue. Les Allemands n'avaient fait qu'une brève apparition à La Chapelle-au-Bois, mais s'étaient installés à Tulle, à Brive, à Égletons, à Ussel. Ils ramassaient les jeunes gens pour les envoyer travailler de force, loin de chez eux, dans des usines. Ceux qui échappaient à la déportation se réfugiaient dans le maquis. Des compagnies de Résistants s'étaient formées en Corrèze, et les paysans les ravitaillaient en cachette. Il y avait, parmi ces garçons, des patriotes sincères, et d'autres qui étaient simplement de mauvais sujets. Armés de vieux fusils, ils organisaient des coups de main contre les occupants, sabotaient des voies ferrées, détruisaient des pylônes électriques... L'ennemi ripostait par des arrestations dans les milieux syndicalistes et des massacres d'otages. La semaine précédente, trois gamins de dix-huit à dix-neuf ans, originaires de La Chapelle-au-Bois, avaient été découverts sur le chemin du Veixou, allongés côte à côte, un trou dans la nuque et les mains liées derrière le dos. En dépit de ces morts, chaque jour plus nombreux, la lutte continuait dans les forêts et les landes d'une campagne qui se préparait à renaître. Jérôme avait beau détester la violence, il comprenait que, maintenant, elle était nécessaire. Pour que la France émergeât du chaos, il fallait ce sursaut de haine contre l'étranger qui, depuis quatre ans, dominait et pillait une nation vaincue. Mais, quand la tempête serait passée, que deviendraient tous ces cultivateurs, ces ouvriers, ces boutiquiers, ces comptables, ces enfants, pour qui la désobéissance aux lois, l'usage de faux, la tuerie, auraient été des actes d'héroïsme? Sauraient-ils réintégrer la vie laborieuse, après avoir savouré les troubles plaisirs de la peur et de la vengeance? Denis lui-même, qui, pourtant, n'aurait rien connu de ces affreux combats, dans quel état d'esprit rentrerait-il de son camp de prisonniers? Son commerce mis en gérance, ses économies dispersées, sa femme partie, et, derrière lui, des années d'attente morne dans un enclos de fils de fer barbelés. Combien de fois verdiraient les arbres, avant que renaquît l'amitié d'un peuple à l'autre et d'un homme à l'autre dans un même peuple? Jérôme se posait la question et se sentait vieux, fatigué, trop vieux, peut-être, pour assister à la fin de l'histoire.

Le hameau de Groujolle montra ses toits de chaume entre les troncs nus des châtaigniers. Des chiens aboyèrent. Une vieille sortit sur le pas de sa porte.

Jérôme souleva son chapeau, et, contournant un tas de fumier, suivit le sentier qui conduisait à la source. La pente était si raide, qu'il s'appuyait sur sa canne pour ne pas glisser. Enfin, dans une combe de broussailles, apparut un édicule de pierres grises. L'eau coulait d'un gros bec de métal dans une cuvette, et en débordait sur le sol. Le pilier de la fontaine était surmonté d'une niche, dont le toit d'ardoises abritait la statue. Jérôme l'avait fixée lui-même sur son socle. En la revoyant, il la reconnut à peine. A vivre loin de lui, elle avait pris de l'indépendance. Il s'approcha d'elle pour la contempler à son aise. De légères imperfections, qu'il avait remarquées naguère sans avoir su les corriger, s'étaient effacées, comme par miracle, de ce visage. Assise sur un trône, la Sainte Vierge tenait son fils dans le creux de son bras gauche et levait sa main droite en un geste de bénédiction. Une couronne coiffait ses cheveux. Son corps était emprisonné dans un voile aux plis raides. Elle ne ressemblait pas à Maria. Tout au plus, y avait-il quelque analogie dans l'ovale de la figure, dans le modelé des épaules, Jérôme eut envie de la toucher. Mais, alors que, jadis, il n'hésitait pas à fouiller ce bois dur avec le tranchant d'un couteau, à présent, il n'osait même plus le caresser du bout des doigts. Autour de lui, le sol était piétiné sur une large surface. La procession s'était arrêtée là. Les vieux racontaient que la fontaine de Groujolle guérissait de tous les maux de l'esprit et du corps les pèlerins qui buvaient son eau après avoir récité certaines litanies. Sans se complaire à cette fable, Jérôme était ému en songeant aux personnes qui avaient prié ici même, devant une image dont il était l'auteur. Comment se faisait-il qu'avec son peu d'instruction, son absence de conviction chrétienne, ses outils grossiers, il eût créé un objet aux vertus consolantes? En ces heures où l'humanité entière était à l'agonie, il était prêt à envier les habitués de la messe qui, eux au moins, trouvaient de l'espoir dans la pratique de leur religion. A sa place, ils se seraient directement adressés à la Sainte Vierge. Lui, ne le pouvait pas. Et pourtant, elle avait souvent entendu sa voix rude dans l'atelier : il jurait, grondait, soupirait dans l'effort. Elle le reconnaîtrait, peut-être, s'il lui parlait, comme au temps où elle n'était qu'un bloc de chêne, mal découpé, sur ses genoux. Cette pensée le frappa, tel un trait de folie. Vers quel abîme courait son esprit? Avait-il à ce point perdu confiance en ses semblables, qu'il éprouvait le besoin d'implorer une aide surnaturelle pour la reconstruction du monde? Oui, c'était bien cela, les hommes ne sauraient jamais venir à bout de la tâche immense qui consistait à déblayer et à rebâtir les villes détruites, à enterrer les morts, à rouvrir les routes, à ramener les populations dans leurs frontières, à donner aux affamés la nourriture, aux blessés la résignation, aux désespérés le goût de survivre, si une lumière de charité ne les éclairait dans leur entreprise. L'eau de la source jaillissait intarissablement, rapide, bavarde, régulière. Le temps coulait avec elle. Jérôme regarda sa montre : six heures dix! Et l'abbé Pelassiez qui devait lui rendre visite à six heures! Il s'en inquiéta, voulut même partir, puis le calme reflua en lui avec cette idée : « S'il savait que je suis ici, il me dirait de rester! » Alors, il s'assit sur une grosse pierre, et, l'œil vague, le dos bombé, les coudes aux genoux, poursuivit sa méditation.

3

DANS la nuit du 20 au 21 avril, Élisabeth et Boris furent éveillés en sursaut par le hurlement des sirènes et le tonnerre des bombes. Évitant d'allumer l'électricité, ils s'habillèrent à tâtons et coururent vers la fenêtre. Depuis quelques mois, les attaques aériennes étaient si fréquentes qu'aucun Parisien ne prenait plus le métro sans craindre d'être bloqué entre deux stations pendant la durée d'une alerte. Billancourt, Boulogne, Courbevoie, Saint-Denis, Ivry et d'autres points de la grande banlieue industrielle avaient déjà eu leur compte de morts, de blessés et de sans-logis. Cette fois-ci, en revanche, il semblait que l'aviation alliée eût choisi le centre de la ville pour cible. Jamais encore les vitres, les murs, les planchers de l'immeuble, n'avaient tremblé avec tant de violence. Une aurore artificielle menaçante luisait derrière les rideaux. Boris ouvrit la croisée, entrebâilla les persiennes. Élisabeth aperçut une rue déserte, blanche et noire, aux reliefs durement accusés. Les faisceaux des projecteurs balayaient les étoiles. Des fusées-parachutes répandaient autour d'elles un halo de lueur blafarde. Les obus traçants dessinaient dans la nuit des sillages rouges, jaunes et verts. Au tir assourdissant de la D.C.A. répondait, là-haut, l'angoissant ronronnement des moteurs. Puis, un chapelet de bombes s'abattait avec fracas, on ne savait où.

« Nous ferions peut-être bien de descendre à la cave, dit Boris.

— Crois-tu vraiment que nous y serions en sécurité? dit Élisabeth. Si une bombe doit tomber sur la maison, j'aime mieux mourir sur le coup, qu'asphyxiée lentement dans un sous-sol. »

Elle se serra frileusement contre son mari et ajouta :

« Seule avec toi, je n'ai pas peur! Quoi qu'il arrive, nous ne serons pas séparés!... »

Il la prit dans ses bras. Après un bref silence, une nouvelle vague de bombardiers déferla sur la ville et les canons de la D.C.A. se remirent à claquer nerveusement, dans l'illumination spasmodique des ténèbres. Tout à coup, à la lisière d'une zone puissamment éclairée, un avion apparut, vacilla, se disloqua, perdant une aile en flammes, et piqua, telle une torche, vers la ligne escarpée des maisons. Élisabeth ressentit un choc dans la poitrine. Elle pensait aux hommes qui, enfermés dans la carlingue, allaient mourir, d'une seconde à l'autre, écrasés, brûlés vifs.

« Regarde! s'écria Boris. Il y en a un qui a sauté en parachute!... »

Un point blanc se gonfla au loin, dans l'espace, et s'évanouit. Dans la rue, une vitre vola en miettes. Des éclats d'obus pleuvaient sur les toits. Boris ferma précipitamment les volets. Pendant deux heures, le monde ne fut que grondements, explosions et palpitations fulgurantes. Quand les bruits se turent enfin, quand les fusées et les projecteurs s'éteignirent, Élisabeth se demanda ce qui restait de Paris. Le silence était absolu, irréel, comme celui d'un champ de mort. Épargnée, la maison se dressait seule, telle une tour, au milieu d'une vaste étendue de ruines.

« C'est affreux! balbutia Élisabeth. Je n'ose pas regarder! Qu'est-ce qu'ils ont fait? Qu'est-ce qu'ils ont fait, mon Dieu?... »

Elle avait les jambes faibles, le cœur malade. Boris repoussa les volets contre le mur. La rue était intacte.

Mais, au nord, une lueur rougeâtre colorait la base du ciel.

***

Le lendemain matin, la femme de ménage se présenta de bonne heure, portant le pain et le journal. Elle était indignée : les Anglo-Américains avaient bombardé la gare de La Chapelle et Montmartre. C'était miracle que le Sacré-Cœur n'eût pas été touché! On parlait de six cents morts.

« Ils ne visent même plus, ils tapent dans le tas! disait la femme. Je te lâche mes bombes et je me carapate! Ce n'est pas la guerre, c'est de la boucherie!... »

Boris partit pour son bureau à bicyclette, et Élisabeth, après quelques courses dans le quartier, se rendit à son magasin. Là, elle eut à subir, comme elle s'y attendait, les commentaires aigres de Mlle Pologne sur la barbarie des aviateurs alliés. La vieille fille était galvanisée par l'esprit de vengeance. Ses prunelles tuaient. Sa salive n'était que venin.

« Je sais, je sais, vous avez raison, soupira Élisabeth, mais taisez-vous! »

Elle était à bout de nerfs. Est-ce que Boris ne serait pas appelé, ce soir, à Saint-Ouen? N'y était-il pas en ce moment même, alors qu'elle le croyait à l'usine? Pour en avoir le cœur net, elle téléphona aux établissements Hopkins. Une voix familière la rassura :

« Mais oui, je travaille au laboratoire, ma chérie!... Où voulais-tu que je sois?... Tout va bien!...Je tâcherai de rentrer plus tôt pour le déjeuner... Je t'embrasse. »

Elle raccrocha l'appareil avec l'impression de n'être pas tout à fait elle-même. Boris l'habitait si intimement qu'elle ne pouvait s'isoler de lui par la pensée. Elle se dit que sa mère éprouvait, sans doute, les mêmes sentiments à l'égard de son père, et cette idée l'émut jusqu'aux larmes. Après des années de révolte, de découvertes et de déceptions, il lui paraissait étrange de trouver son bonheur dans la voie simple où ses parents l'avaient précédée. Mais pourquoi fallait-il que sa joie fût mêlée d'angoisse? N'était-il pas abominable de songer qu'à cette époque de désordre, l'amour entre deux êtres ne suffisait pas à les garantir contre la menace d'une séparation définitive? Dans son désarroi, elle eut envie d'écrire à ses parents pour leur exprimer à la fois sa félicité et sa crainte. Mais les mots qui venaient sous sa plume étaient d'une telle fadeur, qu'elle fut bientôt découragée dans sa confession. Finalement, au lieu de parler d'elle-même, Élisabeth tourna sa lettre en questionnaire affectueux. Leur saison d'hiver terminée, Pierre et Amélie étaient partis, depuis une semaine, pour La Chapelle-au-Bois. Ils ne comptaient pas, d'ailleurs, rouvrir les Deux-Chamois en juin. Le ravitaillement était trop difficile, les tracasseries administratives trop nombreuses, pour leur permettre d'exploiter normalement leur commerce. Comme beaucoup de leurs confrères, ils avaient accepté que leur hôtel fût transformé en un centre d'accueil pour les enfants sinistrés. « Je suis sûre, maman, que vous avez eu raison de prendre cette décision, écrivait Élisabeth. Vous avez tellement besoin de repos, l'un et l'autre! Ne viendrez-vous pas à Paris, un peu plus tard? Comment va grand-père?... » Elle aligna encore une dizaine de phrases, relut sa missive, la jugea banale et l'apporta à la maison pour que Boris ajoutât quelques mots au bas de la dernière page.

Il rentra vers une heure moins le quart, essoufflé et rouge d'avoir pédalé, comme un dément, à travers Paris, pour gagner cinq minutes sur son horaire habituel. Les informations qu'il avait recueillies à l'usine semblaient alarmantes. Il était question de fermer la plupart des ateliers par suite des nouvelles restrictions d'électricité et de combustible. S'il en allait de même dans toutes les industries, la vie du pays serait paralysée en peu de temps. Élisabeth s'affola, mais Boris rayonnait d'un optimisme enfantin : « Bien sûr, ce sera difficile à supporter! Mais, quand tout est pourri, quand tout craque, c'est que la fin est proche! La belle affaire qu'il n'y ait plus d'électricité, plus de gaz, pendant quelques semaines, si cette désorganisation annonce la défaite de l'Allemagne! Je te jure que, même le ventre creux, nous regarderons partir les occupants avec joie! Les Alliés vont débarquer en France ou en Belgique, très bientôt! Tout le monde le dit!... »

Il l'avait saisie par les épaules et lui versait son enthousiasme dans les yeux. Cependant, elle demeurait fermée, réticente.

Les jours suivants confirmèrent son appréhension. Tandis que les Alliés piétinaient devant Rome, que les alertes sur Paris se multipliaient, qu'un nouveau recensement des hommes était ordonné dans les mairies et que les files d'attente s'allongeaient aux portes des magasins d'alimentation, la presse et la radio annoncèrent qu'à partir du 15 mai la population serait privée de courant électrique entre sept heures du matin et neuf heures du soir, avec une remise en circuit exceptionnelle de midi à treize heures. Le gaz, lui, ne serait plus fourni qu'aux heures approximatives de la préparation des repas. Seules les usines réquisitionnées par la Wehrmacht continueraient leur activité comme par le passé. Les autres ne tourneraient que le samedi et le dimanche, pendant trente-six heures consécutives. Les cinémas ne s'ouvriraient qu'à vingt-deux heures, pour une seule séance. De nombreuses stations de métro seraient encore supprimées. Il était d'ailleurs recommandé aux Parisiens de n'utiliser ce moyen de transport que pour des courses longues et indispensables. Aux environs du 20 mai, toutes les blanchisseries de Paris s'arrêtèrent de travailler. Plus de savon, plus d'eau chaude. A la faim succédait la crasse. Les prix du marché noir montaient en flèche. Dans une ville où les postes de radio ne parlaient plus, où les lampes étaient mortes, où les fourneaux refusaient de s'allumer, un peuple anxieux se demandait combien de temps il pourrait survivre. Ne chuchotait-on pas que le téléphone allait bientôt cesser de fonctionner, lui aussi? Les trains se raréfiaient dans les gares à demi vides. Même les vélo-taxis avaient disparu de la circulation. Boris, dont l'usine était fermée en semaine, s'y rendait néanmoins chaque jour, ponctuellement, pour achever une étude très importante sur les « courants porteurs ».

« Il y aura eu tant d'installations détruites pendant la guerre, que, dès la fin des hostilités, ce procédé prendra une extension formidable, disait-il à Élisabeth. Tu vas comprendre! Il s'agit, en somme, de faire passer plusieurs conversations simultanées par un même fil... »

Élisabeth ne le suivait pas dans ses déductions, et, cependant, elle se passionnait pour l'ensemble du problème, tant la fougue de Boris était communicative. Lorsqu'il repartait pour le bureau, elle se sentait appauvrie, désœuvrée. « Je l'aime trop! » pensait-elle. Et elle retournait, éblouie, à son magasin.

Bien qu'elle fût très démunie de marchandises, elle recevait encore des clientes, qui se jetaient sur une écharpe ou un bijou de fantaisie. Leur coquetterie persistante était un défi aux événements. Marchant dans les rues sur leurs hautes semelles de bois, ou roulant à bicyclette, la jupe ample, gonflée de vent, le mollet actif, la cuisse visible par éclairs, elles traversaient ces heures historiques avec des regards d'amazones. Élisabeth admirait leur insouciance. Ne lisaient-elles pas les journaux? Amiens, Marseille, Avignon, Lyon, Nice, Saint-Étienne étaient bombardés à outrance, Rouen n'était plus qu'un amas de ruines fumantes, les Alliés livraient des combats sanglants devant Rome, et, à la porte des salons de coiffure parisiens, privés de courant électrique, des femmes, assises sur des chaises, les épaules couvertes d'un peignoir, attendaient patiemment que le soleil séchât leurs bouclettes. Pour remettre ses casques en service, un artiste capillaire de la rue de Bassano avait même eu l'idée d'utiliser une dynamo personnelle, qu'actionnaient deux coureurs cyclistes, pédalant, à longueur de journée, dans la cave, sur des rouleaux. On se bousculait à l'entrée de cet établissement prestigieux. Chaque fois qu'Élisabeth se promenait dans le quartier, elle était frappée par la vulgarité de certaines créatures, qui se voulaient élégantes avec éclat. Enrichie par des années de marché noir, une nouvelle classe sociale montrait sa prépondérance. Le beurre, la crème, le fromage, les rognons, les bas de soie, le cuir, le roulement à billes, l'entrecôte, le charbon et le saucisson d'Arles trouvaient leur plus haute expression dans les bijoux massifs de quelques commerçantes. Obsédées par le souci du « meilleur placement », elles n'avaient pas assez de doigts pour enfiler leurs grosses bagues, pas assez de cou pour étager leurs rangs de perles, pas assez de poignets pour supporter l'assemblage cliquetant de leurs bracelets d'or. Boris affirmait à Élisabeth qu'après la guerre leur concierge serait en mesure d'acheter l'immeuble dont elle avait été longtemps l'humble et vigilante gardienne. « Je suis sûr, disait-il, qu'elle prie Dieu, tous les soirs, de retarder encore la victoire des Alliés ! »

Le 5 juin, la femme de ménage fit irruption, à huit heures et demie, dans le studio, et explosa sur place : « Ils sont à Rome ! » Le journal qu'elle tendait à Boris ne mentionnait pas encore la nouvelle. Pris de doute, il se précipita sur le poste de radio et put capter les derniers mots du communiqué : « Le Führer a décidé l'évacuation de Rome, pour éviter que les trésors irremplaçables de la capitale de la Chrétienté soient endommagés dans les combats... » Immédiatement après ces paroles, l'électricité s'éteignit. Plus de courant jusqu'à l'heure du déjeuner, à moins d'une alerte providentielle ! Boris se frottait les mains :

« A présent, Élisabeth, je crois que le dernier acte est commencé! Je fais un saut jusqu'au bureau et je reviens pour t'apporter d'autres informations. Desmourets doit avoir eu des tuyaux plus précis par ses camarades! »

Son retour fut celui d'un général victorieux. Il alla droit vers la carte de l'Europe, qu'il avait placardée au mur dès le lendemain de son mariage. Les étapes successives de la guerre s'inscrivaient en gribouillages hideux sur la grande feuille aux couleurs passées. Boris seul pouvait débrouiller la signification de ces lignes et de ces hachures. Son regard frappa l'Italie en plein cœur. D'un trait de crayon rouge, il donna Rome aux Alliés.

« Voilà qui est fait! La suite est facile à prévoir! D'ici un ou deux mois, ils débarqueront dans le Midi de la France... »

Le lendemain matin, comme il se rasait dans le cabinet de toilette, en sifflotant, le téléphone sonna et Élisabeth décrocha l'appareil. Boris rentra dans la pièce, une joue lisse, l'autre savonneuse, et demanda :

« Qu'est-ce que c'est? »

Mais la question mourut sur ses lèvres. Assise dans son lit, le récepteur à la main, Élisabeth avait un regard fixe, dilaté, des pommettes roses d'émotion, et chuchotait d'une voix joyeuse :

« Ce n'est pas possible!... Comment l'avez-vous su?... »

Puis, se tournant vers Boris, elle s'écria :

« C'est Arlette!... Ils ont débarqué!...

— Quand? balbutia-t-il.

— Aujourd'hui, à l'aube...

— Où?

— En Normandie.

— Eh bien! Eh bien, marmonna-t-il. Je vais vite prendre la radio, pendant qu'il y a encore du courant! »

L'allégresse lui donnait une face de faune grimaçant

au soleil. Il se pencha sur le poste, l'alluma, le malmena, pour lui tirer la vérité du ventre. Mais les émissions de Londres et de Sottens étaient si férocement brouillées, qu'il lui fut impossible d'en distinguer un mot. Déçu, il se rabattit sur la longueur d'onde des « Informations françaises permanentes ». Une voix sèche lui apprit que quelques navires anglo-américains se rapprochaient des côtes de Normandie et que les puissantes installations défensives allemandes étaient entrées en action. Élisabeth avait déjà raccroché le téléphone, quand il se redressa, radieux :

« Si les Allemands le reconnaissent, il n'y a plus de doute! Et moi qui prévoyais encore deux mois de préparatifs! Qu'en dis-tu, toi, la pessimiste? »

Sans laisser à Élisabeth le temps de répondre, il l'enlaça et lui couvrit le visage de baisers. Elle se débattait en riant, surprise par cette exaltation prématurée.

« Calme-toi, Boris! dit-elle enfin.

— Pourquoi? Tu n'es pas contente?

— Si, mais j'ai peur que la France ne soit transformée en champ de bataille. Ni les Alliés, ni les Allemands ne nous ménageront. Nous serons pris entre deux feux... Ce sera horrible!... »

Boris redevint sérieux.

« Je sais, dit-il. Mais, plus le choc sera rude, plus la décision interviendra rapidement. Je crois, moi, que les Allemands lâcheront pied dès qu'ils se sentiront en état d'infériorité... Ces Américains, quels types!... Je leur tire mon chapeau! Après tout, leur pays n'était pas directement menacé, et ils se sont dressés, comme un seul homme, pour défendre une idée, pour libérer l'Europe!... Je vais tout de suite appeler mes parents! »

Elle l'écouta discuter en russe, au téléphone, avec véhémence. La musique de ces mots, qu'elle ne comprenait pas, lui était à la fois agréable et irritante. Elle avait l'impression que Boris lui échappait, changeait de nationalité, de personnalité, en parlant sa langue natale. Lorsqu'il eut terminé sa conversation, elle demanda :

« Que disent-ils?

— Papa est effondré! répondit Boris. Il est persuadé qu'il y aura des émeutes, la révolution!... J'ai essayé de lui remonter le moral, mais c'est difficile!... Maman et lui ont tellement souffert du bolchevisme, qu'aux premières menaces de troubles sociaux, de grèves, de combats, ils se voient revenus aux temps les plus sombres de leur jeunesse!...

— Je me mets à leur place! dit Élisabeth.

— Oui, les gens de leur génération ne peuvent pas réagir comme nous. Mais eux aussi finiront par comprendre, par se réjouir!... Écoute, Élisabeth, je n'ai vraiment pas la tête à travailler, ce matin!... J'irai demain à mon bureau... Aujourd'hui, je veux rester avec toi... Nous sortirons ensemble, nous nous promènerons... Tout Paris doit être dans la rue!... »

La femme de ménage arriva sur ces mots et fut très déçue en constatant que monsieur et madame étaient déjà au courant de la formidable nouvelle qu'elle s'apprêtait à leur jeter au visage.

« En tout cas, dit-elle, faut vite faire des réserves d'eau. D'ici à ce qu'on soit coupés de tout, il n'y a pas loin! »

C'était la sagesse. Boris emplit au robinet toutes les bouteilles, toutes les cuvettes, tous les brocs disponibles. Puis, il aida Élisabeth à installer sur le fourneau le « tire-gaz » qu'ils avaient confectionné la veille pour pomper jusqu'au dernier soupir le fluide précieux épars dans la tuyauterie. Le café, très clair, fut vite chauffé, vite avalé, avec deux tranches de pain enduites d'une mince pellicule de beurre. Élisabeth et Boris s'élancèrent à la découverte de la ville.

La rue avait son aspect coutumier, mais les visages des passants portaient la marque de leur préoccupation nouvelle. Une inquiétude se mêlait au contentement de ceux-là même qui souhaitaient la victoire alliée. Sans doute eussent-ils préféré que le débarquement s'effectuât quelque part ailleurs, en Belgique, en Hollande... Boris commença par se rendre à la banque pour en retirer de l'argent. Les guichets étaient assaillis de clients aux mains nerveuses. Le caissier, blême de fatigue, n'arrêtait pas de feuilleter des liasses de billets. Ayant enfin touché les trois mille six cents francs qui restaient à son compte, Boris entraîna Élisabeth sur les Champs-Élysées. Du ciel gris, pluvieux, une bruine triste descendait sur les toits. Les trottoirs étaient peu animés, la chaussée vide. Un cycliste déchargeait sa livraison de *Paris-Midi* devant un kiosque. A la vue du papier fraîchement imprimé un attroupement se forma autour de la vendeuse. Boris acheta un journal et six personnes se groupèrent pour le lire par-dessus son épaule. Des titres en caractères gras couraient sur la première page : « Vers l'embouchure de la Seine, les Anglo-Américains ont lancé des parachutistes. Le Havre, Dunkerque et Calais sont violemment bombardés. Le combat est engagé avec la flotte de débarquement. » Quelqu'un murmura dans le dos de Boris :

« Ils sont à deux cents kilomètres de Paris ! Avec un peu de chance, ils pourraient être là ce soir !...

— Et le mur de l'Atlantique, dit un autre, qu'est-ce que vous en faites ? Je l'ai vu aux actualités ! C'est un ouvrage imprenable ! A mon avis, ils ne passeront pas et retourneront chez eux après avoir perdu la moitié de leurs hommes et de leurs bateaux !... »

Élisabeth serra le bras de Boris et l'interrogea d'un regard craintif. Il se pencha sur elle en souriant :

« Quel idiot, celui-là ! Si les Alliés ont lancé leur attaque, c'est qu'ils sont sûrs de la mener jusqu'au bout. Viens ! Je voudrais acheter une carte.

— Tu en as déjà une !

— De l'Europe ! Il m'en faut une autre, détaillée, de la Normandie. »

Dans la librairie où ils entrèrent, la vendeuse leva les yeux au plafond :

« Vous êtes la vingtième personne qui me demande ça, ce matin! Il ne me reste plus une *Michelin* nº 55, plus une *Taride* nº 54... J'aurais bien un atlas... »

Boris refusa avec dignité, mais, après deux essais infructueux dans d'autres librairies, il revint chercher l'atlas qu'on lui proposait dans la première. De là, Élisabeth voulut passer à son magasin pour réconforter Mlle Pologne. Les grilles de la boutique étaient à demi tirées. Derrière la glace, zébrée par des bandes de papier collant, le décor habituel de phonographes et d'articles de Paris avait disparu. Étonnés par l'aspect de cette devanture déserte, Élisabeth et Boris franchirent le seuil et découvrirent Mlle Pologne, blanche, tragique, debout à son comptoir, comme une prévenue au banc des accusés.

« Pourquoi avez-vous défait l'étalage? demanda Élisabeth.

— Et le pillage, madame, vous n'y pensez pas? dit Mlle Pologne. Dieu sait où nous allons, avec ce débarquement à nos portes! Aux heures troubles, les pires instincts se déchaînent!

— C'est absurde! dit Élisabeth. Remettez tout en place, immédiatement!

— Comme vous voudrez, madame! » dit Mlle Pologne en prenant une mine outragée.

Élisabeth et Boris l'aidèrent à disposer les objets dans la vitrine.

« Même le pick-up? reprit Mlle Pologne.

— Évidemment! s'écria Élisabeth.

— Ne vous tourmentez pas ainsi, mademoiselle! dit Boris en riant. Bientôt, tout rentrera dans l'ordre. Vous avez servi les Allemands, vous servirez les Américains... »

La vieille fille lui lança un regard en dessous. Au même instant, les sirènes glapirent. Mlle Pologne saisit son sac à main et se précipita vers la sortie. L'abri se trouvait dans l'immeuble voisin. Boris et Élisabeth préférèrent rentrer chez eux en courant : alerte signifiait électricité, et électricité signifiait radio. Réfugiés dans leur appartement, ils écoutèrent un moment les bruits du ciel : pas d'avions, pas de D.C.A. L'œil du poste de T.S.F. s'alluma, complice. L'homme des « Informations permanentes » prit la parole : « Six cuirassés et vingt destroyers essayent de se rapprocher de la côte. Ils protègent des convois de bateaux de tous genres. Les batteries allemandes tirent sans arrêt avec une précision meurtrière. De nombreux parachutistes anglais ont déjà été faits prisonniers... » Un rayon de soleil éclaira la pièce. Les sirènes sonnèrent la fin de l'alerte. L'électricité s'éteignit.

Il fallut attendre le soir pour avoir d'autres nouvelles. Ce fut d'abord un message du maréchal Pétain, adjurant les Français de ne pas aggraver leur malheur par des actes qui risqueraient d'appeler sur eux « de tragiques représailles », puis un discours de Pierre Laval, déclarant : « Ceux qui vous demandent de cesser votre travail ou vous incitent à la révolte sont des ennemis de notre patrie. Vous vous refuserez à aggraver la guerre étrangère sur notre sol par l'horreur de la guerre civile. »

Les journaux du lendemain présentèrent le débarquement comme une manœuvre manquée : toutes les têtes de pont formées par les Anglo-Américains avaient été évacuées, à l'exception de celle qui se trouvait près de Caen; les assaillants avaient déjà perdu vingt-cinq mille hommes; trente navires étaient en flammes!

Le soir, après le dîner, Boris reçut un appel téléphonique de Robert Avril, qui le convoquait d'urgence à Saint-Ouen. Cette fois, Élisabeth le regarda partir avec une réelle inquiétude. Le débarquement allié en Normandie, les sabotages opérés par des patriotes sur les moyens de communication de la Wehrmacht, devaient, pensait-elle, exaspérer la hargne des Allemands contre tous ceux qui, de près ou de loin, s'occupaient de Résistance. Assise dans la pénombre, elle se hérissait d'horreur à l'idée que, peut-être, en cet instant même, Boris, attiré dans un guet-apens, levait les bras sous la menace des mitraillettes. A neuf heures et demie, des coups discrets retentirent à la porte. Élisabeth les écouta, médusée. Qui pouvait lui rendre visite, en pleine nuit? Elle n'attendait personne. Pas de doute! Des amis de Boris venaient l'avertir qu'il était arrêté... A moins que ce ne fussent des policiers allemands... Une perquisition... Elle restait immobile. Son imagination s'emballait dans les ténèbres. Les coups reprirent, un peu plus fort. Elle alluma une bougie, marcha d'un pas flottant jusqu'au vestibule, entrebâilla la porte pour découvrir un homme casqué, le pistolet au poing, et se trouva devant la concierge :

« Je voulais vous prévenir, madame Danoff. L'eau sera coupée demain, toute la matinée.

— Je vous remercie », balbutia Élisabeth en raidissant les jambes pour demeurer debout.

Après le départ de la concierge, elle alla se rasseoir, bouleversée, un battement sourd et chaud dans la poitrine. Les minutes se traînaient. Le courant électrique ne fut rétabli qu'à dix heures vingt. A minuit, Boris n'était pas encore de retour. Élisabeth défaillait d'angoisse. Enfin, à minuit et demi, une clef tourna dans la serrure. Dressée d'un bond, Élisabeth se jeta en avant et embrassa un ressuscité au visage rugueux, aux lèvres chaudes.

« Excuse-moi, ma chérie! dit-il. Je n'ai pas pu te téléphoner pour te prévenir que je serais retardé, ce soir. Tu t'es inquiétée?

— A en être malade! chuchota-t-elle dans un sanglot.

— Mon amour! Bientôt ce sera fini. Je rapporte d'excellentes nouvelles. Radio-Paris ment, comme toujours! Sur tous les points l'initiative appartient aux Alliés. Les Allemands ne savent plus où donner de la tête! D'après Robert Avril, qui n'est pas un optimiste, j'ai peut-être bien réparé mon dernier poste émetteur ! »

***

A dater de ce jour, Boris et Élisabeth accordèrent le rythme de leur vie à celui des émissions radiophoniques. Corrigeant les communiqués allemands et anglais par les sages nouvelles de Suisse, ils suivaient sur la carte les étapes de l'invasion : prise de Bayeux, d'Isigny, combats acharnés devant Caen, Troarn et Caumont... Leurs oreilles s'habituaient à saisir les mots essentiels à travers le bourdonnement du brouillage. Même les messages mystérieux de Radio-Londres les trouvaient passionnément attentifs : « Le cyclamen est une jolie fleur. » Cette phrase poétique avait son secret. Quelque part, en France, un chef de la Résistance rassemblait ses hommes, préparait une attaque. Les Allemands réagissaient avec une violence et une cruauté stupéfiantes. La voix des « Français parlent aux Français » annonçait, coup sur coup, la pendaison d'une centaine d'otages à Tulle et l'exécution de tous les habitants d'Oradour-sur-Glane, plus de six cents personnes, les hommes étant fusillés, les femmes et les enfants brûlés vifs dans une église. Cependant, à Paris, les autorités d'occupation reportaient le couvre-feu à une heure du matin, pour permettre aux amateurs de cinéma d'assister plus commodément à l'unique séance de projection, prévue entre vingt-deux heures et minuit. « Cette mesure, disait le communiqué allemand, est prise par suite de l'attitude calme dont a fait preuve jusqu'ici la population parisienne en dépit de l'invasion. »

Profitant de cette tolérance exceptionnelle, Boris et Élisabeth se rendirent dans une salle des Champs-Élysées. Le grand film les intéressait peu. Ils voulaient voir le débarquement aux Actualités. Après quelques images d'hommes politiques en conversation autour d'une table, sur toute la largeur de l'écran apparut une mer grise, brumeuse, mouvante. A l'horizon se profilait un récif immense, fait de bateaux accolés. Un continent naissait dans les vapeurs du déluge. De brefs éclairs s'allumaient au flanc des navires. Les batteries côtières ripostaient, coup pour coup. Boris serrait la main d'Élisabeth. Blottie contre lui, elle était fascinée par cette bataille gigantesque, dont elle avait déjà lu et entendu les détails, mais qui, brusquement, devenait à ses yeux une réalité indéniable. Elle sentait le sourd tremblement de la terre sous ses pieds, elle entendait les éclatements des obus dans son dos, elle respirait l'odeur de la fumée, du fer brûlant, du vent salé balayant le sable... Pendant la projection des actualités, une faible lueur éclairait la salle, afin que les représentants de l'ordre pussent identifier sans erreur toute personne coupable de manifestation subversive. Mais les spectateurs ne bougeaient pas, oppressés de pitié et de crainte. Au vacarme succéda le silence. La caméra se détourna de la mer pour saisir au passage une maison en flammes, des débris d'avions carbonisés, un parachute accroché dans un arbre, les ruines de Lisieux, des rescapés hâves, tremblants, entassés au fond d'une caverne et ravitaillés par les roulantes du « Secours national ». Dans un décor de vieux matelas, de balluchons, de paniers, de hardes étalées, des femmes en larmes, des enfants terrifiés, dardaient leurs regards sur le public, comme pour lui demander raison de leur misère.

« C'est épouvantable! balbutia Élisabeth. Et dire que, peut-être, la même chose nous attend ici, dans quelques jours! »

Boris ne lui répondit pas, mais l'enlaça plus étroitement. Quand la lumière revint, elle constata qu'il avait un visage crispé par le désir de nier son émotion. Autour de lui, des spectateurs toussotaient, reniflaient, faisaient craquer leurs sièges.

« Vois-tu, Élisabeth, murmura-t-il, le moment est venu pour nous de ne plus réfléchir, mais de croire aveuglément à la nécessité de la libération, quel que soit le prix dont il nous faudra la payer! Si on s'interroge trop, si on essaye de démêler le bien du mal, le juste de l'injuste, si on a peur pour soi-même et pour son voisin, on perd la foi, on perd la France... »

Après l'entracte, la paix revint sur terre. Une aventure sentimentale occupa l'écran : *les Petites du Quai aux Fleurs*. Bouleversée par les images des Actualités, Élisabeth subit avec gêne le charme de ce film anachronique pour gens heureux.

En sortant du cinéma, Boris dit :

« Dépêchons-nous! Ils ne couperont le courant qu'à une heure du matin. Avec un peu de chance, nous pourrons encore prendre les informations. »

Ils arrivèrent à temps pour entendre, à Radio-Londres, que les Anglo-Américains atteignaient le centre de Cherbourg, que l'offensive d'été avait victorieusement commencé en Russie et que le moral de la nation britannique était à toute épreuve, malgré le bombardement incessant de la capitale par de nouvelles armes secrètes allemandes, sortes d'avions sans pilote, d'une terrible puissance destructrice, mais d'une utilité stratégique contestable. Depuis quelque temps, les journaux français faisaient grand cas de ces « météores », appelés aussi V-1, et promettaient que des engins plus meurtriers encore, les V-2, allaient bientôt s'abattre sur « l'orgueilleuse Albion ». Avec plus de conviction que jamais, Jean-Hérold Paquis répétait à Radio-Paris sa phrase vengeresse : « L'Angleterre, comme Carthage, sera détruite. » La voix chaude, insinuante, de Philippe Hanriot annonçait : « J'espère avoir la joie de saluer bientôt, sur le sol de France, la victoire définitive de l'Allemagne. » Le 29 juin, il était assassiné par des Résistants.

***

Les V-1 continuaient de pleuvoir sur Londres et les Alliés d'avancer en Normandie. Les troupes américaines occupaient Valognes, puis Cherbourg. Chaque jour, ou presque, de longs convois militaires allemands remontaient les Champs-Élysées pour gagner la zone des combats. Un soir, assise à la terrasse d'un café avec Arlette, Élisabeth lui confia que Boris était affilié à un groupe de Résistants. Nullement surprise par cette révélation, Arlette dit :

« J'en étais sûre ! Tel que je le connais, il ne pouvait pas rester inactif. »

Cette opinion rasséréna Élisabeth. Elle aimait à penser que la décision de son mari était dans la ligne de son caractère : indiscutable, inévitable !

« Moi-même, reprit Arlette, j'aurais voulu me rendre utile, d'une façon ou d'une autre. Mais je n'en ai pas le droit, à cause de ma mère. Elle est devenue comme une enfant ! Pour un rien, elle s'inquiète, elle se plaint de son cœur ! J'enrage, souvent, de mener auprès d'elle une petite existence calme, alors que, par tempérament, par conviction, je désirerais me lancer dans la lutte ! Surtout, n'empêchez pas Boris de suivre son idée !...

— Je ne le ferais pour rien au monde ! dit Élisabeth dans un sursaut de fierté. Je l'encouragerais même, s'il en avait besoin !

— En quoi consiste son travail ?

— Il répare des postes émetteurs, mais, depuis quelque temps, il est moins souvent appelé. C'est bon signe ! »

Elle eût voulu parler encore de Boris à son amie, mais un grondement énorme les assourdit. Une colonne de chars Tigre s'engageait dans l'avenue. Émergeant des coupoles, les tankistes, raides, le regard lointain, les écouteurs aux oreilles, ignoraient la foule parisienne, qui sirotait ses apéritifs sous des parasols aux couleurs vives.

« Je voudrais que Boris voie ça! dit Élisabeth.

— Où est-il en ce moment?

— A son bureau. Mais il ne va pas tarder à nous rejoindre. Je lui ai donné rendez-vous ici, à six heures et demie. »

Le défilé tirait à sa fin, quand Boris arriva.

« Que dites-vous de ce matériel? demanda Arlette en lui montrant un lent cortège de camions, camouflés de feuillages et bondés de soldats.

— C'est assez impressionnant! répondit-il. Mais je suppose que les Américains sont mieux équipés, mieux armés encore!

— Tout de même, la partie n'est pas gagnée! soupira Arlette. Savez-vous ce que m'a dit mon patron? D'après lui, les Allemands ont attiré les Anglo-Américains dans un piège en leur laissant prendre pied sur la côte. Quand ils auront débarqué plus d'un million d'hommes, alors, d'un seul coup, la Wehrmacht déclenchera son offensive, toutes les troupes alliées seront anéanties, et Hitler imposera ses conditions aux vaincus. Il est d'ailleurs sur le point, paraît-il, de signer une paix séparée avec la Russie... »

Boris essaya de la raisonner. Mais elle demeurait repliée sur sa crainte. Comme on était un vendredi, Élisabeth l'invita à venir chez elle, écouter l'émission de René Payot, qui, vers sept heures et demie, donnait de Suisse son avis impartial sur la situation. Ils se dépêchèrent de courir à ce rendez-vous de l'espérance. René Payot les rassura : non seulement les opérations militaires tournaient à l'avantage des Alliés, mais encore, à l'entendre, le général Eisenhower, qui dirigeait le débarquement, n'avait encore utilisé qu'un cinquième de ses effectifs en France.

La nuit, il y eut deux alertes, mais la D.C.A. resta silencieuse. Tôt, le matin, Boris partit pour son usine, qui, ce jour-là, samedi, travaillait à plein rendement.

Une nouvelle alerte l'empêcha de rentrer pour le déjeuner. Il téléphona à Élisabeth qu'il ne serait pas de retour avant sept heures. Elle passa l'après-midi au magasin et revint chez elle à six heures et demie pour trouver Boris qui l'attendait dans le studio.

« Tiens! Tu es déjà là! » dit-elle.

Il se tenait debout, au centre de la pièce, tête basse, les bras ballants. Dès le premier coup d'œil, elle fut frappée par son air grave. Il ne lui souriait pas. Il la regardait sans la voir. Touchée par l'inquiétude, elle murmura :

« Boris, mon chéri! Qu'y a-t-il? »

Les lèvres de Boris s'entrouvrirent, mais il ne répondit rien. Une expression égarée démolit son visage. Il attira Élisabeth contre sa poitrine et l'étreignit, comme pour la retenir d'être emportée par un ouragan.

« Qu'y a-t-il, Boris? reprit-elle. Parle, je t'en supplie!

— J'ai quelque chose d'affreux à t'apprendre! dit-il d'une voix sourde.

— Quoi?

— Patrice a été tué. »

Elle resta une seconde étourdie par le choc, la tête creuse, les jambes mortes, un goût dans la bouche. Enfin, elle prononça avec effort :

« Tué? Ce n'est pas possible!...

— Si, Élisabeth! dit-il en resserrant encore convulsivement la pression de ses bras.

— Quand?

— Un peu avant le débarquement... Le 3 juin... A quatre heures de l'après-midi... »

D'un mouvement brusque, elle se détacha de lui et fit un pas en arrière.

« Comment... comment a-t-il été tué? demanda-t-elle.

— Par des miliciens. Il s'était lié avec un groupe de Résistants, à Bergerac. Quelqu'un l'a dénoncé. Il a été arrêté en sortant de chez lui et embarqué dans une camionnette pour être conduit à Périgueux. En cours de route, il a voulu s'échapper, il a sauté de la voiture avec trois de ses compagnons. Les miliciens leur ont tiré dessus. Deux ont réussi à prendre le large. Patrice et un autre ont été touchés. On pense qu'ils sont morts sur le coup. »

Elle avançait dans un rêve douloureux et incohérent : Patrice couché en travers d'un chemin, le corps percé de balles, l'œil vide, les bras retournés...

« D'où le sais-tu? s'écria-t-elle avec une fureur subite.

— Par l'un des camarades de Patrice, qui se trouvait avec lui dans la camionnette et qui a pu s'enfuir. Il vient d'arriver à Paris.

— Tu l'as vu?

— Oui. Cet après-midi, au bureau. Patrice lui avait donné mon nom, l'adresse de mon usine... Pourquoi? je l'ignore... Cet homme est venu à moi comme à un frère, en qui, dans le danger, il pouvait avoir entière confiance. Il se cache. Je l'ai mis en rapport avec mes camarades. Oh! Élisabeth, si tu l'avais entendu!... Il m'a parlé d'un Patrice que nous ne connaissions pas : calme, secret, souriant, courageux!... Un Patrice qui aurait trouvé sa voie!...

— Une voie qui l'a mené où? gronda Élisabeth. A la culbute dans un fossé. Ils l'ont abattu comme un chien!... »

Elle se tut, blessée par ses propres paroles. Une souffrance intolérable lui coupait le souffle. Tous les souvenirs de Patrice refluaient en même temps dans sa tête : elle évoquait ses yeux de velours noir, tristes et attentifs, le pli de ses lèvres... Où était-elle, que faisait-elle ce 3 juin, à quatre heures, alors qu'il agonisait, sanglant, au bord de la route? Elle eût consenti à passer toute sa vie sans le revoir, mais ne pouvait supporter l'idée qu'il fût mort. Au sentiment d'une injustice démesurée se mêlait en elle, maintenant, celui, plus insidieux, du remords. N'était-elle pas indirectement responsable de cette fin? Elle s'assit sur le divan et chuchota :

« C'est atroce, Boris : il serait encore parmi nous, si vous ne vous étiez pas disputés à cause de moi!

— Peut-être, dit Boris. C'est, en effet, pour cette raison qu'il est parti, mais ce n'est pas pour cette raison qu'il a risqué sa vie.

— Et moi je suis sûre que si! Patrice a dû accumuler les imprudences parce qu'il ne tenait plus à rien, ni à personne... »

Les prunelles de Boris s'élargirent, humides, lumineuses.

« C'est faux, Élisabeth! dit-il. J'ai interrogé cet homme, qui l'a bien connu à Bergerac. Patrice était heureux. Il avait beaucoup d'amis. Ce n'est pas par chagrin, par dégoût, qu'il est mort, mais pour servir un idéal! Tu lui ferais injure en supposant le contraire! »

Il y eut un silence. Puis, Élisabeth demanda en remuant à peine les lèvres :

« Sa mère est au courant?

— Elle a été la première avertie », dit Boris.

Élisabeth écrasa son visage dans ses mains. Elle ne pleurait pas, elle étouffait. Boris s'assit à côté d'elle et la reprit dans ses bras avec tendresse. Suffoquée, aveuglée, elle se laissa aller sur une épaule vivante. Peut-être Boris avait-il raison? Mais tout ce qu'elle savait de Patrice — la délicatesse de ses sentiments, son indécision, sa nonchalance, sa mélancolie — s'accordait mal avec l'image d'un héros fusillé! Pour elle, il était encore ce garçon amoureux, timide, tapi dans la pénombre d'un bar, et qui la suppliait de redevenir sa femme. Le crépuscule envahissait la pièce. Un air de musique traversa le plafond. L'électricité avait été rétablie. Dans tout Paris, les postes de radio diffusaient leurs informations. Mais, ce soir, ni Boris, ni Élisabeth n'avaient envie de les entendre. Serrés l'un contre l'autre, immobiles, muets, ils commençaient un long voyage dans la nuit.

4

« JE vous assure, madame, que cet homme surveille le magasin, dit Mlle Pologne en s'écartant de la vitrine. Il y a dix minutes au moins qu'il est là, planté sur le trottoir d'en face. »

Élisabeth haussa les épaules. A mesure que les Alliés approchaient de Paris, les craintes de Mlle Pologne devenaient plus pressantes et plus absurdes. Elle avait été très ébranlée déjà, au mois de juillet, en apprenant qu'Hitler avait failli périr dans un attentat organisé par ses propres généraux. Depuis, la situation militaire n'avait fait que se dégrader. Aux dernières informations, les Américains avaient dépassé Châteaudun et Chartres, la division Leclerc entrait à Alençon, la Bretagne était envahie par les troupes de débarquement, des colonnes blindées allemandes refluaient en désordre vers la capitale. Mlle Pologne avait l'impression qu'elle allait se trouver bientôt en terrain découvert, sans personne pour la défendre.

« Il fait les cent pas, reprit-elle nerveusement. Il tripote quelque chose dans sa poche. Nous devrions fermer et partir !

— Mais enfin, s'écria Élisabeth, de quoi avez-vous peur ?

— Je voudrais bien vous voir à ma place, madame !

dit Mlle Pologne d'une voix sifflante. Oh! ce n'est pas à vous qu'*ils* feront du mal! Vous avez toujours été de leur bord! Mais moi... »

Elle maîtrisa sa respiration et ajouta avec un regard oblique vers la porte :

« Moi, ils me connaissent! Je suis repérée, vous pensez!

— Pourquoi? demanda Élisabeth. Vous avez livré des gens à la Gestapo? Vous avez torturé des patriotes dans votre chambre? »

Mlle Pologne eut un haut-le-corps et répliqua dignement :

« Non, madame. Mais vous vous faites des illusions si vous croyez que seuls les responsables de pareilles atrocités seront pris à partie par les Résistants. Je les sens qui rôdent autour de moi. Dans le quartier, les commerçants me regardent de travers. Quand je rentre à la maison, je suis très souvent suivie...

— Vous êtes ridicule! dit Élisabeth avec violence. Personne ne s'occupe de vous. Tenez, regardez-le, votre espion du trottoir d'en face! Il attendait une femme. Elle vient d'arriver. Ils s'en vont, bras dessus, bras dessous. Cela vous suffit?

— J'ai pu me tromper cette fois, dit Mlle Pologne d'un air pincé. Mais cela ne change rien à toutes les autres observations que j'ai faites. Ah! nous allons au-devant d'un fameux carnage!

— Vous m'agacez, mademoiselle! gronda Élisabeth. Si vous pensiez un peu moins à vous-même, vous seriez plus heureuse, en tout cas, plus raisonnable! Cessez vos lamentations ou je ne supporterai plus de vous voir ici! »

Arlette entra dans le magasin au moment où Mlle Pologne, outragée, balbutiait :

« Que dois-je comprendre, madame? Vous avez résolu de vous passer de mes services?

— Mais non! dit Élisabeth avec lassitude. Calmez-vous, c'est tout ce que je vous demande! »

Et elle s'avança vers son amie pour l'embrasser.

« Ça y est! dit Arlette. Mon patron a décidé de boucler ses bureaux jusqu'à nouvel ordre. Je crois même qu'il se prépare à quitter Paris sur les talons de l'occupant. Me voici libre comme l'air. Comment allez-vous? Comment va Boris?

— Il ne travaille plus depuis hier, dit Élisabeth. Son usine est fermée. Ce matin, il est allé chercher des pommes de terre chez ses parents.

— Ah! ce ravitaillement! soupira Arlette. Vous trouvez à vous nourrir, vous, dans votre quartier?

— A peine...

— Cela se voit. Vous avez encore maigri, Élisabeth. Faites attention de ne pas tomber malade!

— Je n'en suis pas encore là! » dit Élisabeth avec un pâle sourire.

En fait, elle éprouvait une faiblesse qui l'eût inquiétée autrefois, mais dont, maintenant, elle ne se souciait guère. La disparition de Patrice l'avait comme insensibilisée, engourdie. Elle manquait d'élan dans ses idées, de vivacité dans ses réactions. Arlette, à qui elle avait appris cette mort quelques jours auparavant, considéra son amie d'un œil perspicace, hocha la tête et demanda avec douceur :

« Que faites-vous, maintenant?

— Rien.

— Alors, venez avec moi. J'ai un tuyau extraordinaire! On m'a indiqué une concierge de la rue Duret, qui vend des conserves de bœuf à quatre cents francs la boîte. »

Élisabeth se mit à rire :

« C'est une aubaine!

— Vous avez votre vélo?

— Oui, je l'ai pris à tout hasard.

— Vous me laissez seule, madame? bredouilla Mlle Pologne en joignant les mains sous son menton.

— Soyez tranquille : il ne viendra personne! » dit Élisabeth.

Les deux jeunes femmes enfourchèrent leurs bicyclettes devant le magasin et partirent, la pédale légère. Mais, sur les Champs-Élysées, leur allure se ralentit. Sans se concerter, elles mirent pied à terre. Un tonnerre de métal roulait à leur rencontre. Les trottoirs se couvrirent instantanément de badauds. Contournant l'Arc de Triomphe, un convoi militaire déboucha dans l'avenue. Étaient-ce les mêmes engins, les mêmes hommes, qui, jadis, montaient vers la ligne de feu dans un ordre irréprochable? Camions disparates aux bâches déchirées, aux feuillages jaunis, cargaisons de soldats hébétés de fatigue, ambulances poudreuses, voitures particulières éraflées par des balles, side-cars zigzagants, fantômes verts hissés sur des vélos, charrettes tirées par des mules — une armée en déroute coulait d'un flot épais vers la place de la Concorde. Dans la foule, quelques audacieux risquaient des commentaires à voix basse :

« Ils n'ont pas bonne mine, les Fridolins!

— Pas possible! On nous les a changés!

— Finies les vacances! Bon voyage! On vous écrira! »

Un autocar passa, plein de femmes rigides, en uniformes gris. Sur le toit, s'amoncelaient des valises, des cantines, des vélos, des machines à coudre.

« Les souris déménagent! »

L'autocar suivant était bondé d'infirmières, qui ressemblaient à des bonnes d'enfants, avec leurs blouses rayées et leurs coiffes blanches. Derrière, paradoxalement, rampaient deux tanks aux coupoles froissées. Puis, s'avançaient des conduites intérieures, garnies d'officiers moroses. Chaque Parisien pouvait détailler les signes de la défaite sur le visage des revenants. On croyait que le cortège était terminé, mais, après un court intervalle, d'autres chars, d'autres camions arrivaient, pétaradant sous un ciel bleu, sec et torride. Enfin, après le passage d'un petit canon porté, la chaussée redevint calme et déserte. Élisabeth et Arlette échangèrent un regard :

« On y va ? »

Elles remontèrent sur leurs bicyclettes. Encore quelques coups de pédale, et ce fut l'avenue de la Grande-Armée. Là, une nouvelle surprise les attendait. Un immense bivouac s'étalait sous les arbres. Couchés à l'ombre du feuillage, des Allemands épuisés dormaient, pêle-mêle, dans un désordre de casques, de sacs, de bottes et de mitraillettes. La plupart avaient retiré leur veste. Les membres épars, la face cuite de soleil, la bouche ronfleuse, ils rappelaient à Élisabeth les soldats français qu'elle avait vus au lendemain de l'armistice. Toutes les défaites avaient le même visage de crasse, de lassitude et de stupidité animale. Combien de cadavres faudrait-il aligner encore pour acheter la victoire ?

« Je suis sûre que ce sera pour le 15 août ! dit Arlette. Plus que quatre jours à attendre ! Est-ce que vous avez préparé des drapeaux ?

— Non, confessa Élisabeth.

— Maman en a confectionné un de toute beauté, avec un napperon rouge, un bout de drap blanc et un tablier bleu ! Que pense Boris de la situation ? Il doit être bien renseigné !

— Il n'en sait pas plus que vous. Mais, comme vous, il est persuadé que les Allemands sont perdus ! »

Elles devisaient en roulant sans hâte, roue contre roue, quand trois cyclistes, arrivant en sens inverse, les interpellèrent :

« N'allez pas plus loin ! Il y a un barrage ! Les Chleuhs piquent tous les vélos !... »

Depuis deux jours, le bruit courait que les Allemands confisquaient des bicyclettes pour s'enfuir, mais Élisabeth avait cru qu'il s'agissait, une fois de plus, d'une fausse nouvelle. Maintenant, le doute n'était plus possible !

« Tant pis pour le bœuf en conserve! » s'écria Arlette.

Elles firent demi-tour précipitamment. D'autres cyclistes les rattrapèrent, chassés par la même menace. Penchées sur leur guidon, les cheveux au vent, la jupe dansante, elles gravirent la côte, bordée par un tapis d'uniformes verts affalés, et s'enfoncèrent dans la rue de Presbourg. Là, elles s'arrêtèrent essoufflées :

« Qu'est-ce qu'on décide? balbutia Arlette. J'ai dit à ma mère que je ne serais pas absente plus d'une heure...

— Partez vite, dit Élisabeth. Cet après-midi, je demanderai à Boris d'aller rue Duret à pied. Il nous rapportera les conserves — s'il y en a encore! — et nous partagerons. »

Elles se séparèrent et Élisabeth emprunta un itinéraire détourné pour rentrer chez elle. Au coin d'une rue, elle aperçut des ouvriers débonnaires, construisant un petit blockhaus en ciment armé. A quoi bon ces ouvrages défensifs, si la Wehrmacht, comme on le disait, s'apprêtait à évacuer Paris qui serait déclaré ville ouverte? Plus loin, elle remarqua un rassemblement devant un grand hôtel réquisitionné. Des Allemands en tenue civile étaient groupés à la porte, la face rogue, le manteau sur le bras. Parmi eux, quelques jolies femmes trop maquillées, avec d'énormes chapeaux vaporeux, emplumés, des regards lointains. Trois bagagistes empressés chargeaient les valises des clients dans un autocar. Un cercle de curieux, aux sourires narquois, entouraient ces touristes indésirables.

Arrivée à la maison, Élisabeth enchaîna sa bicyclette dans le couloir de l'immeuble et s'étonna de ne pas voir celle de Boris appuyée, comme d'habitude, contre la cloison. Parti à neuf heures du matin pour aller chez ses parents, Porte Champerret, comment se faisait-il qu'il ne fût pas de retour? Elle leur téléphona pour savoir s'il se trouvait encore avec eux. La voix paisible de sa belle-mère lui répondit :

« Mais non, Élisabeth, nous ne l'avons pas vu! Il devait venir? »

Élisabeth se raidit contre la crainte qui s'emparait d'elle. Sans doute Boris avait-il profité de cette matinée libre pour aller réparer des postes émetteurs. Mais pourquoi ne l'avait-il pas prévenue de ses intentions? Elle feignit la désinvolture :

« Excusez-moi, maman, j'ai dû me tromper!... C'est demain matin qu'il comptait passer chez vous...

— Très bien. Nous l'attendrons. Vous viendrez aussi, Élisabeth?

— Peut-être, maman... j'essaierai.

— Comment est-ce dans votre quartier? Calme?

— Oui.

— Chez nous, on entend des explosions sourdes. Papa pense que c'est le canon.

— Sûrement pas, maman! les Alliés sont encore trop loin!

— Vous ne manquez de rien?

— Non, maman... Au revoir, maman... »

Comme elle raccrochait le téléphone, Boris entra. Il avait entendu les derniers mots.

« Eh! oui, dit-il. C'est bête! J'ai voulu faire une course avant d'aller chez mes parents et j'ai mal calculé mon temps, je me suis retardé. J'irai les chercher demain, ces pommes de terre! Ce n'est pas grave!

— Non, dit Élisabeth. Mais où étais-tu? »

Il eut un geste vague de la main :

« J'avais rendez-vous avec Robert Avril.

— Je croyais que tu avais fini de travailler pour lui! »

Boris retira sa veste et la jeta sur le divan. Un sourire sans vie effleura ses lèvres.

« Je n'ai pas travaillé, dit-il. Nous avons pris un verre ensemble. Il m'a parlé de ce qui se préparait à Paris. C'est passionnant, tu sais? Tout est organisé pour un soulèvement général, si les Allemands veulent se maintenir dans la ville!

— Je m'en doutais, dit-elle tristement. Il t'a demandé de te tenir prêt, au cas où il y aurait des combats de rues!

— Et puis après? C'est normal! Tu penses bien que, dès le commencement de la bagarre, tous les hommes valides courront aux barricades. D'ailleurs, rassure-toi, je serai moins en danger à ce moment-là, perdu dans la masse, que je ne l'étais, certains soirs, dans le garage de Tapin, devant un poste émetteur en pièces détachées. Alors, la Gestapo nous recherchait. Maintenant, elle a d'autres soucis en tête!... »

Élisabeth l'observa avec colère. Elle s'était habituée à l'idée qu'il accomplissait des besognes mystérieuses, quelque part, au fond d'une bicoque de banlieue, et voici qu'il parlait de s'exposer en plein jour, dans le désordre et la fièvre des fusillades! Depuis la mort de Patrice, elle était doublement inquiète pour son mari. Ce qui était arrivé à l'un pouvait arriver à l'autre! Quelle démence les poussait tous à risquer leur vie?

« N'en as-tu pas assez fait? dit-elle. T'est-il indifférent de savoir que je serai folle d'angoisse, pendant que tu joueras au héros?

— Ne prononce pas ce mot en parlant de moi, répliqua-t-il rudement. Je connais des héros. Je n'en suis pas un. J'essaie simplement d'être un honnête homme. Comprends-moi, Élisabeth, il y a des moments où la pensée ne suffit plus, où, pour se prouver qu'on existe, il faut traduire ses convictions en actes. Tu me vois, caché dans un coin, derrière des volets fermés, pendant que d'autres se feront trouer la peau pour te sauver, pour me sauver? »

Elle écoutait ses propos avec désespoir. Un réflexe féminin réaliste, prudent, l'incitait à ramener le problème gigantesque et confus de la Libération au problème précis du couple. Laissant Boris s'exalter au milieu des idées, elle se rétractait dans la peur animale des coups, des blessures, de la mort. Pourtant, il lui semblait que, si elle avait été un homme, elle ne se fût pas comportée autrement que lui. Un silence suivit, pesant, oppressant, un silence qui faisait corps avec la chaleur et la tension électrique de l'air. Puis Boris, changeant de visage, murmura d'une voix tendre :

« Ne te tourmente pas, Élisabeth. En ce moment, nous discutons dans le vide. Mais il est fort probable qu'il ne se passera rien de ce que nous prévoyons. Paris sera déclaré ville ouverte. Les Allemands partiront sur la pointe des pieds, les Alliés entreront sans combats. Et moi, n'ayant pas à intervenir, je resterai près de toi, les mains dans les poches et la conscience tranquille!... »

Était-ce lui qui mentait mal, ou elle qui ne voulait pas être rassurée?

« Tu ne crois pas un mot de ce que tu dis! soupira-t-elle.

— Mais si, Élisabeth! »

Et, pour l'empêcher de l'interroger encore, il l'embrassa. Chaque baiser écrasait une question. A bout de souffle, les larmes aux yeux, Élisabeth se dégagea faiblement.

« Quand revois-tu Robert Avril? balbutia-t-elle.

— Demain.

— Où?

— Chez un de ses amis. »

Elle eut l'impression qu'elle était sur un pont, que l'eau fuyait sous ses pieds.

Il sourit et dit encore :

« Laisse-moi, Élisabeth. Je dois agir comme je le fais. Autrement, je ne pourrais plus jamais être heureux. »

Elle se demanda s'il n'avait pas été fortifié dans ses intentions par le chagrin que lui avait causé la fin tragique de Patrice.

***

La date fatidique approchait. Venus du front, des convois militaires allemands de plus en plus nombreux, de plus en plus endommagés, roulaient avec une lenteur grondante dans les rues, les grands hôtels réquisitionnés se vidaient de leurs occupants, des camions emportaient les machines à écrire, les dossiers, les meubles, le vent poussait sur le trottoir les rubans de papier argenté que des avions alliés laissaient pleuvoir au-dessus de la ville pour empêcher le radar de détecter leur passage, des cyclistes intrépides, attelés à de lourdes remorques, s'arrêtaient, çà et là, aux carrefours, pour vendre des fruits et des légumes qu'ils étaient allés chercher, au péril de leur vie, dans la campagne, les coupures d'électricité se multipliaient, le gaz était à bout de souffle, la pression d'eau diminuait dangereusement, les cheminots se mettaient en grève, les magasins d'alimentation n'offraient plus aux regards que des rayons vides, le gouvernement recommandait l'achat du « Réchaud 44 », spécialement conçu pour n'utiliser que des boulettes de papier comme combustible, les salles de spectacle fermaient leurs portes, sauf quelques théâtres jouant à la lumière du jour et trois cinémas désignés pour présenter, de façon permanente, un programme d'actualités, la presse proclamait encore les dogmes de l'invincibilité germanique et de la collaboration nécessaire, mais le ciel était si bleu, le soleil si vif, que les Parisiens, mal nourris, mal éclairés, mal vêtus, mal chaussés, mal renseignés, continuaient de se prélasser à la terrasse des cafés et sur les bancs des promenades publiques. Le 16 août, Élisabeth trouva une affiche placardée dans l'entrée de l'immeuble : par suite de l'arrêt définitif du gaz, chaque locataire devait se faire inscrire dans un restaurant qui distribuerait « des plats cuisinés ». Le journal du matin précisait, en outre, que la circulation du Métropolitain était suspendue, que le « courant domestique » ne serait plus rétabli qu'entre vingt-deux heures trente et vingt-quatre heures, et que le général von Choltitz, nouveau gouverneur militaire de Paris, était résolu à appliquer « les mesures de répression les plus sévères, voire les plus brutales », en cas d'émeutes. Un titre, en caractères moins importants, figurait au milieu de la page : « Des forces anglo-américaines ont été débarquées en trois points sur la côte d'Azur. » Aucune allusion aux troupes françaises du général de Lattre de Tassigny, qui, d'après Radio-Londres, participaient à l'opération. Aucune allusion, non plus, au fait que, la veille, les sergents de ville parisiens avaient décrété la grève et s'étaient barricadés dans les locaux de la Préfecture de Police. Pourtant, tout le monde connaissait déjà la nouvelle. Les commissariats étaient déserts. On ne voyait plus un seul uniforme d'agent dans les rues. En arrivant au magasin, Élisabeth y découvrit l'ombre de Mlle Pologne :

« Madame, c'en est trop : j'abandonne ! Faites ce que vous voudrez, je ne viendrai pas demain. D'ailleurs, je vous conseille aussi de rester chez vous. Paris sans gardiens de la paix ! Les cambrioleurs et les assassins vont s'en donner à cœur joie !

— Pour une fois, je suis d'accord avec vous, mademoiselle, dit Élisabeth. Nous allons fermer, provisoirement. Aidez-moi à dresser l'inventaire. »

Elle agissait ainsi sur la recommandation de Boris. Le bruit courait que deux régiments de S.S., remarquables spécialistes des combats de rues, avaient été concentrés à Paris, que les couloirs du métro étaient minés, et que les Allemands n'hésiteraient pas à faire sauter tous les ponts, sur la Seine, pour s'opposer à l'avance des Américains. Mlle Pologne seconda Élisabeth dans ses travaux de comptabilité et de rangement avec un visage aussi dénué d'expression que si elle eût creusé sa propre tombe. Mais, cette fois-ci, Élisabeth n'eut pas le courage de se révolter contre l'apathie funèbre de sa vendeuse. Elle-même était très inquiète : Boris avait encore rendez-vous, ce matin-là, avec Robert Avril. Que pouvaient-ils bien avoir à se dire? Elle pensait à son mari, se trompait dans ses calculs et priait Mlle Pologne de lui répéter les indications qu'elle avait mal entendues.

Un peu avant midi, Boris pénétra en ouragan dans la boutique. Il débordait de renseignements inouïs : les Allemands auraient reçu l'ordre de quitter Paris dans les quarante-huit heures, des éléments blindés américains approchaient de Versailles, les employés des P.T.T. se mettaient à leur tour, en grève. Immédiatement, Élisabeth songea : « C'est fini. Je n'aurai plus une lettre de mes parents. Je ne saurai rien d'eux jusqu'au dernier jour de la guerre! »

De toutes ces nouvelles, la seule qui se confirma, le lendemain, fut la fermeture des bureaux de poste. Encore n'était-elle pas annoncée dans le numéro d'*Aujourd'hui* qu'apporta la femme de ménage. En jetant un coup d'œil sur le journal, Boris poussa un hurlement de joie :

« Élisabeth! Ils avouent que c'est la fin! Georges Suarez l'écrit en toutes lettres dans son éditorial! Écoute : « A nos lecteurs... Notre journal, à dater de ce jour, cesse provisoirement de paraître... Il renaîtra peut-être demain, toujours au service de la patrie malheureuse... Ce n'est pas un adieu, c'est un au revoir!... »

Elle lut l'article en entier, penchée sur l'épaule de son mari. Autour de ce faire-part solennel, s'alignaient d'étranges informations : la Wehrmacht réussissait à décrocher brillamment d'un côté, à améliorer ses positions de l'autre, le ministre du Ravitaillement adjurait les paysans de battre leur blé au plus vite, l'aimable chroniqueur de la pêche enseignait à ses lecteurs la façon de prendre le gardon « à la petite plombée », et un placard avisait le public que le tirage de la Loterie nationale aurait lieu, ce soir, à dix-huit heures trente, au théâtre de la Gaîté-Lyrique.

« Le dernier numéro d'*Aujourd'hui!* dit Boris. C'est un document historique! »

Il le classa dans un tiroir et brandit un crayon bleu pour inscrire les avances des Russes et des Américains sur les cartes épinglées au mur. Élisabeth, en le regardant, croyait voir un élève appliqué, repassant sa leçon de géographie. Pourquoi fallait-il qu'il y eût toujours quelque chose d'enfantin dans l'enthousiasme des hommes? L'instinct du jeu les guidait jusqu'au seuil de la mort.

« A mon avis, ils doivent être devant Rambouillet! » décréta Boris après avoir étudié la topographie des combats.

La radio de Londres, qu'il put capter à la nuit tombante, lui apprit que les Américains n'étaient qu'à Dreux et à Chartres. Il se coucha, déçu.

La journée suivante fut marquée, pour Boris, par quelques coups de téléphone énigmatiques, et, pour Élisabeth, par une visite d'Arlette, qui affirmait savoir, « de source sûre », que les Américains s'apprêtaient à contourner Paris. Élisabeth garda son amie à dîner. Comme il n'y avait ni gaz, ni électricité, pour faire la cuisine, les convives mangèrent avec appétit des choux crus et des tartines de confiture non sucrée, le tout arrosé de vodka. On s'était mis à table très tôt. A huit heures et quart, Boris et les deux jeunes femmes allèrent se promener. Dans un ciel bleu et chaud, mourait un soleil aux rayons orange. Paris était en vacances. Sur les Champs-Élysées, de part et d'autre de la chaussée déserte, les terrasses des cafés alignaient, sous leurs parasols, une clientèle de citadins désœuvrés. Dans les rues adjacentes, toutes les concierges étaient assises, en brochette, sur le pas de leur porte. A l'angle de l'avenue George-V, des jeunes gens, aux mines de conspirateurs, parlaient à voix basse.

« Regarde-les! dit Boris. Je suis sûr qu'ils ont tous un brassard F.F.I. dans leur poche!

— Et toi, tu n'en as pas un? demanda Élisabeth.

— Mais non! dit-il en riant. Quelle idée! »

Ils descendirent vers la place de l'Alma. Au mur d'une maison, pendaient des affiches lacérées : « Ouvriers français et allemands, unissez-vous... » « Milice française. — Renseignements et adhésions : 44, rue Le Peletier, Paris... » Sur un immense portrait de Philippe Hanriot était collé, en plein centre, un carré de papier blanc, sommé de deux drapeaux tricolores entrecroisés : « Gouvernement provisoire de la République française. — Les Alliés sont aux portes de Paris. Formez-vous par groupes de cinq... Attendez les ordres, soit par affiches, soit par radio, pour agir. Les combats auront lieu par arrondissement... » Un autre placard, signé des « élus communistes », appelait « le peuple de Paris et de la grande banlieue à l'insurrection libératrice ». Un attroupement se formait devant ces premiers manifestes de l'autorité clandestine. Les feuilles étaient encore humides. Qui les avait posées là? Soudain, le groupe se fractionna, les curieux se disséminèrent sur le trottoir, avec des mines de promeneurs indifférents. Un side-car remontait lentement l'avenue, conduit par un jeune doriotiste en chemise bleue et baudrier noir. Son camarade, assis dans la nacelle, clamait à travers un porte-voix :

« Par ordre des autorités d'occupation, le couvre-feu est fixé à neuf heures du soir. Le commandant militaire de Paris prévient la population que les patrouilles tireront à vue, sans sommation, sur toute personne qui circulera au-delà de cette heure limite... »

Le side-car disparut dans la rue Pierre-Charron. Les passants échangeaient des sourires incrédules : où étaient-ils, ces Allemands qui prétendaient imposer leur volonté à la capitale insoumise? Les seuls uniformes qui s'aventuraient dans la ville étaient ceux d'une armée en retraite. De lourds convois grondaient du côté de la Seine. Une escadrille bourdonna dans le ciel. Étrange conjoncture : s'il s'agissait d'avions ennemis, les Parisiens n'avaient rien à craindre, s'il s'agissait d'avions amis, une tornade de fer et de feu pouvait s'abattre d'un instant à l'autre, sur les maisons. Tout le monde leva le nez en l'air :

« Ce sont des Messerschmitt », dit quelqu'un.

On respira.

« Neuf heures moins vingt! s'écria Arlette. Il faut que je vous quitte!

— Vous avez bien le temps! dit Boris. Votre mère ne vous attend qu'à dix heures.

— Et le couvre-feu?

— Ils n'ont personne pour le faire respecter!

— J'en suis moins sûre que toi, dit Élisabeth. Nous allons rentrer, nous aussi. »

Boris obéit de mauvaise grâce :

« Une si belle soirée!... »

Il était neuf heures dix quand ils regagnèrent leur appartement. La nuit envahissait le studio. L'électricité manquait. A défaut de bougie, Élisabeth alluma un petit cierge. Il lui en restait deux encore, sur la demi-douzaine qu'elle avait pu acheter à l'église russe de la rue Daru. Un silence lunaire pesait sur la ville. A dix heures vingt, les premiers coups de feu éclatèrent.

***

« Pierre, tu entends? On a tiré! chuchota Amélie.

— Oui, dit-il, ce doit être du côté de la rivière. »

Il alluma une bougie, sur la table de chevet. La flamme s'allongea au bout de la mèche, les murs se levèrent dans une clarté jaune. Adossés à leurs oreillers, Pierre et Amélie écoutèrent encore les rumeurs de La Chapelle-au-Bois. Depuis une semaine, il ne se passait pas de nuit sans qu'une fusillade éclatât dans les parages. Des F.T.P., d'obédience communiste, s'étaient établis sur les hauteurs du Veixou et descendaient, de temps à autre, pour intercepter les camions allemands qui roulaient vers Uzerche. Plus au sud, les coups de main étaient généralement l'œuvre des F.F.I. Une sourde hostilité politique opposait ces deux groupes de Résistants. Pierre craignait qu'en l'absence d'un gouvernement fort la guerre civile ne succédât à la guerre contre l'Allemagne. Il eût préféré que la libération du pays fût conduite par des régiments réguliers, avec des soldats en uniforme, des chefs galonnés, un matériel moderne, des drapeaux... Hier encore, des maquisards étaient venus à La Chapelle-au-Bois pour se ravitailler et étaient repartis en hâte, parce qu'une patrouille allemande avait été signalée près de la gare. Ils étaient armés de fusils de chasse, coiffés de casquettes et de bérets basques crasseux, vêtus de guenilles, et avaient les poches pleines de faux tickets d'alimentation. Des gamins! Étaient-ce les mêmes qui en ce moment, tiraient des coups de feu dans la nuit? Pierre s'assit au bord du lit et chercha ses pantoufles. Comme il s'approchait de la fenêtre, la pétarade s'arrêta.

« N'ouvre pas! dit Amélie. De toute façon, tu ne verrais rien! »

Malgré ce conseil, il entrebâilla les volets. En face de lui, les maisons feignaient de dormir profondément. Des étoiles brillaient au ciel. Il faisait chaud. Que se passait-il, là-bas, vers le pont? Une escarmouche? Un règlement de comptes? Des blessés, des morts peut-être, gisant dans l'herbe, près de l'eau... On le saurait demain. Il referma les volets, songeur. Son angoisse l'écœurait. Plus jeune, il eût couru aux nouvelles. Il en était incapable maintenant. Trop sceptique, trop prudent, ou simplement trop fatigué... D'autres se battaient à sa place. Il regretta d'avoir enterré son revolver dans le jardin de l'hôtel, à Megève. C'était Amélie qui l'avait forcé à le faire, par crainte des perquisitions. En cas de danger, il n'aurait même pas une arme pour se défendre.

« Si l'agitation commence déjà en province, j'imagine ce que c'est à Paris! dit Amélie.

— Tu as tort de t'inquiéter pour Paris, dit Pierre. Les Américains en sont tout près, ils y entreront demain, après-demain. Mais nous, des centaines de kilomètres nous séparent des troupes alliées. Jusqu'à ce qu'elles arrivent ici, les Boches auront eu le temps d'organiser des massacres dans la région!

— Quel malheur que nous ne puissions même pas téléphoner à Élisabeth! soupira Amélie. Elle et Boris doivent être dans un bel état! Rien à manger, la bataille à leurs portes!... »

Elle eut un frisson et remua les épaules. Était-ce une loi inéluctable que chaque génération, en France, fût soumise à l'épreuve de la guerre? La fusillade reprit, plus distante, plus amortie. Des pas retentirent dans le couloir. La voix de Jérôme demanda :

« Vous êtes réveillés?

— Oui, dit Amélie. Entre, papa. »

Il pénétra, en chemise de nuit, dans la chambre. Deux touffes de cheveux gris s'ouvraient en ailerons, de part et d'autre de son crâne.

« Ça tape dur, hein? grommela-t-il.

— Oui, dit Pierre. Il y a un sérieux accrochage, près du pont. Pourvu que les Allemands n'en profitent pas pour se venger, demain, sur la population de La Chapelle-au-Bois! C'est assez dans leur manière! »

Jérôme secoua la tête :

« Non, il n'y aura pas de représailles.

— Qu'en sais-tu, papa? » demanda Amélie.

Un sourire candide retroussa la moustache poivre et sel de Jérôme. Pouvait-il dire à sa fille qu'il s'était rendu, la veille encore, à la fontaine de Groujolle et que, là, devant sa statue, il avait éprouvé un étrange sentiment de paix?

« J'ai de bonnes raisons pour penser que nous

serons libérés bientôt! marmonna-t-il évasivement.

— Par qui? s'écria Pierre. Par les Américains? Ils sont trop loin! Par les Résistants? Ils sont trop peu nombreux! »

Jérôme chercha une réponse aussi peu compromettante que possible et grogna :

« Par la force des choses.

— Qu'est-ce que cela signifie?

— Cela signifie que, quelquefois, il est donné à des hommes faibles d'être plus forts que les forts. Je ne peux pas mieux t'expliquer... »

Il souriait, les yeux plissés sur une petite fente de lumière.

« Allez, bonne nuit! reprit-il. Ne laissez pas brûler trop longtemps la bougie. »

Et, traînant les pieds dans sa longue chemise blanche, il se dirigea vers la porte. Quand il fut parti, Amélie murmura :

« Je trouve papa bien bizarre, depuis quelque temps! Il est de plus en plus à côté de la vie! »

Ils se recouchèrent et Amélie appuya la tête contre l'épaule de son mari. Elle songeait toujours à Élisabeth, à Boris.

« Ils sont au bout du monde! balbutia-t-elle. Quand les reverrons-nous? »

Des détonations ponctuèrent ses paroles. Puis, ce fut le silence. Pierre souffla la bougie.

***

Tapis dans l'ombre, derrière leurs volets clos, Michel et Tania écoutaient le roulement continu des camions qui entraient dans Paris par la Porte Champerret. Une rafale de mitraillette, des coups de sifflet, et, de nouveau, le grondement sourd d'un convoi en marche, dans la nuit noire.

« C'est drôle qu'on n'ait pas encore d'électricité! dit Michel. Il est déjà onze heures vingt!...

— Veux-tu que nous allumions une bougie?

— Non, laisse! Il faut ménager nos réserves... »

La flamme de la veilleuse, palpitant sous l'icône, éclairait la salle à manger d'une lueur vague, qui incitait à la rêverie, à la somnolence. Une explosion ébranla les vitres. Tania tressaillit.

« Les Allemands doivent faire sauter des dépôts de munitions avant de partir », dit Michel.

Tania fléchit les épaules. Cette longue attente, dans les ténèbres, lui rappelait certaines nuits d'angoisse, en 1917, pendant les combats de rues, à Moscou. Elle se revoyait — tellement plus jeune, plus alerte! — assise dans un vaste salon aux fenêtres masquées par des boucliers de planches et de matelas. Dehors, c'étaient la même agitation meurtrière, les mêmes fusillades absurdes, le même silence soudain, traversé par un bruit de moteur : les junkers et quelques soldats, fidèles au régime, tiraient sur des bolcheviks embusqués dans un immeuble voisin. Quand le fracas de la bataille se rapprochait, Tania serrait sur son cœur ses deux enfants, Serge et Boris, si petits encore, qui s'amusaient du désordre de la maison et ne comprenaient pas que leur mère fût inquiète. Leurs têtes chaudes, légères, contre son sein, leurs questions puériles, les larmes de la vieille nounou, les protestations indignées de la gouvernante suisse, Mlle Fromont, qui voulait retourner chez elle, à Genève, les regards fielleux des domestiques, les coups de téléphone affolés des amis, les bijoux cousus dans les doublures des manteaux... Il n'y avait plus de bijoux : ils avaient tous été vendus, dès les premières années de l'émigration; plus d'amis : ils étaient morts ou étaient restés en Russie; plus d'enfants : ils avaient grandi, ils s'étaient échappés, ils se croyaient des hommes. Et, sur cette terre d'asile, où elle et son mari avaient essayé de reconstruire leur existence, voici que, de nouveau, le canon tonnait, le sang coulait, une révolution se préparait peut-être. « N'aurons-nous donc jamais de repos? » Elle se posa cette question et tourna les yeux vers la vieille icône dorée, source intarissable de sagesse et de consolation. Michel toussota nerveusement. Elle devina que, lui aussi, en ce moment, comparait le présent au passé, avec un sentiment de crainte religieuse. Quand elle songeait à toutes les épreuves qu'ils avaient subies ensemble, elle était confondue par l'abondance de leurs souvenirs et la solidité de leur union. Une si longue vie! Tant de richesse et tant de pauvreté, tant de projets et tant de défaites! Et, au bout de cette route sinueuse, deux êtres expatriés, fatigués, résignés, n'espérant plus qu'un peu de paix, l'affection de leurs enfants et une vieillesse sans maladie. « Un destin comme tant d'autres », pensa Tania. Les larmes montaient à ses yeux. Elle prit la main de Michel et l'appuya contre sa joue. Au même instant, toutes les lampes de la salle à manger s'allumèrent.

« Ah! s'écria Michel. Enfin!... »

Il se précipita vers le poste de radio qu'il avait réglé d'avance sur la longueur d'onde de la B.B.C. Hachée par le brouillage, une voix française disait :

« La retraite allemande s'accentue en direction de la Seine. Les blindés américains s'efforcent de gagner l'ennemi de vitesse pour atteindre le fleuve avant lui à Mantes et lui couper la route de la capitale. Certaines troupes alliées, qui combattent dans la région de Dreux, sont à soixante kilomètres de Paris... »

« Donne-moi la carte, Tania », dit Michel.

Les lunettes sur le nez, il cherchait Dreux, Mantes, dans le gribouillage topographique d'un pays qui n'était pas le sien et qu'il connaissait mal, bien qu'il y séjournât depuis vingt-quatre ans.

« Ah! voilà! s'écria-t-il enfin. C'est tout près!

— Es-tu sûr d'avoir bien entendu? » demanda Tania.

Non, il n'en était pas sûr! Le speaker parlait trop

vite. Michel décida de téléphoner à son fils. Tania prit l'écouteur.

« C'est exact, ils sont à Dreux, papa, dit Boris. Mais je ne pense pas qu'ils entrent à Paris demain... Nous venons de prendre la radio... Le quartier est très calme... Nous allons nous coucher... »

Boris répondait en russe à ses parents. Sa voix était tranquille, rassurante. Tania et Michel échangèrent un regard ému. Le bruit menaçant de la rue s'éloignait d'eux, comme par enchantement. Ils n'étaient plus seuls dans une ville étrangère.

5

« BORIS, où es-tu ? » balbutia Élisabeth en serrant le récepteur à deux mains.

Une voix lointaine répliqua :

« Au Quartier latin... Je te parle d'un bistrot... Ne m'attends pas pour le déjeuner, mon amour !... »

Il l'avait quittée, à huit heures du matin, sur un appel téléphonique de Robert Avril. Paris s'insurgeait. Depuis la veille, 19 août, les F.F.I. harcelaient méthodiquement les patrouilles allemandes : la Préfecture de Police, l'Hôtel de Ville, la gare des Batignolles étaient déjà, disait-on, occupés par les Résistants.

« Tu ne rentreras pas avant ce soir ? demanda-t-elle.

— Non. Ce n'est pas possible. On a besoin de moi ici.

— Où, ici ?

— Je ne peux pas te le dire.

— Pourquoi ? »

Il y eut un silence.

« Pourquoi, Boris ? reprit-elle. Que fais-tu ?

— Rien, pour l'instant.

— Tu es sur une barricade ?

— Mais non. »

La faiblesse de cette protestation confirma les craintes d'Élisabeth.

« Boris, s'écria-t-elle, où te trouves-tu exactement ? Il faut que je sache ! Boris ! Boris ! Réponds-moi... »

Il murmura :

« Calme-toi, Élisabeth, ma chérie... Je ne cours aucun danger... Je te retéléphonerai cet après-midi... Je t'aime. Je t'aime!... »

Il raccrocha l'appareil, la laissant indécise, affolée, comme s'il eût disparu, à ses yeux, dans une trappe. Incapable de réfléchir, elle contemplait avec stupeur les murs roses du studio. Et, soudain, à son abattement succéda une activité d'esprit réconfortante. « Vais-je rester ici pendant qu'il risque sa vie? Ma place est à ses côtés! Je dois le retrouver, coûte que coûte! » Le Quartier latin n'était pas si vaste qu'il fût impossible de le prospecter à bicyclette. Soulevée par une résolution intrépide, elle dégringola l'escalier, tira son vélo dans la rue, se mit en selle, arrangea sa jupe sur ses genoux et pédala en direction de la rive gauche.

Dimanche. Paris se chauffait au soleil. Des promeneurs pacifiques déambulaient sur le trottoir, de part et d'autre d'une chaussée libre, qui montrait ses empiècements de bitume. Les poubelles n'avaient pas été vidées depuis plusieurs jours. Des matelas d'ordures emplissaient les caniveaux. Quelques mères inconscientes poussaient des voitures d'enfant sous les ombrages de l'avenue Victor-Emmanuel-III. Les rubans de papier métallisé, lâchés par les avions, restaient pendus aux branches des arbres, comme des serpentins après une fête. Élisabeth traversa le pont des Invalides et longea le quai désert, sans rencontrer trace de la bataille. Pourtant, des coups de feu claquaient du côté de la Concorde. Une fumée noire, floconneuse, salissait l'horizon, à l'est de la ville. Nul bruit d'avion dans le ciel. Par mesure de prudence, Élisabeth contourna largement la Chambre des Députés et suivit un itinéraire tortueux pour approcher du boulevard Saint-Michel. Une intuition lui disait que ses recherches devaient commencer par là. Dans la rue Serpente, elle vit des camelots qui vendaient des cocardes tricolores. Cela lui sembla de bon augure.

Des ménagères conversaient d'une fenêtre à l'autre, la poitrine sciée par la barre d'appui. Une concierge lavait le pas de sa porte. Au coin de la rue Hautefeuille, deux jeunes gens sortirent du mur en ouvrant des bras d'épouvantail :

« On ne passe pas, madame!

— Pourquoi? demanda Élisabeth en mettant pied à terre.

— Zone d'opérations », dit le plus âgé d'un air important.

Il pouvait avoir dix-huit ans, crispait les mâchoires pour en paraître vingt-cinq, et tenait à la main un petit revolver de dame.

« Je vais retrouver mon mari, dit Élisabeth. Il est avec les F.F.I. du quartier.

— Dans ce cas, c'est différent! Dépêchez-vous pendant que le secteur est tranquille!...

— Il y a bien une barricade, par ici? dit-elle en se rasseyant d'un mouvement vif.

— Plusieurs, vous pensez! La plus proche est sur la place Saint-Michel, devant le pont! »

Elle s'élança. Son sac, au bout d'une courroie, battait légèrement contre sa hanche. Sa jupe, à chaque mouvement, découvrait ses genoux. Comme elle débouchait sur le boulevard Saint-Michel, une appréhension la saisit. Un camion allemand abandonné était rangé au bord de la chaussée, pare-brise en miettes, capot percé, pneus à plat. Des débris de vitres jonchaient le trottoir. La devanture d'un café était criblée de balles. Des écorchures blanches marquaient la peau grise d'une maison. Çà et là, des groupes de curieux bavardaient sous les portes cochères. Quelques visages se montraient aux fenêtres : des femmes, des enfants. On était au spectacle. Pas une voiture. Au loin, des explosions sourdes, un craquètement hargneux d'armes automatiques. Élisabeth roula doucement vers les berges de la Seine. Nul ne songeait à l'arrêter. Plus bas, elle découvrit encore un camion allemand éventré, avec des traces de sang sur les bâches, et une carcasse de voiture, retournée, les roues en l'air, les portières ouvertes.

Deux petits bastions, construits avec des sacs de sable de la Défense passive flanquaient la fontaine Saint-Michel. La rue de la Huchette était entièrement bloquée par une barricade plus solide et plus haute, où des carrosseries d'autos calcinées se perdaient dans un enchevêtrement de châlits, de grilles d'arbres, d'appareils de chauffage et de bois de charpente. En retrait, des gamins bâtissaient un mur avec des pavés arrachés à la chaussée. Quelques planches, hérissées de grands clous, étaient alignées sur la place, pour crever les pneus des véhicules qui tenteraient de franchir le barrage. Une certitude frappa Élisabeth, comme un rayon de lumière dans la nuit : Boris ne pouvait être loin! Sautant de bicyclette, elle se dirigea, au hasard, vers le blockhaus qui s'appuyait à la grille du métro, près de l'un des dragons en bronze de la fontaine. Une mitrailleuse, installée sur le trottoir, menaçait le pont. Elle était servie par un homme trapu, noiraud, coiffé d'un béret basque. Derrière lui, se dandinaient des jeunes gens en manches de chemise, le brassard des F.F.I. au biceps, le mousqueton à la main. Certains étaient nu-tête, d'autres portaient le casque des anciens « poilus », la mâchoire serrée par une jugulaire martiale. Tous avaient l'air terriblement calme. Élisabeth détailla leurs visages.

« Vous cherchez quelqu'un? demanda l'homme au béret basque.

— Oui, dit-elle. M. Danoff n'est pas avec vous?

— Ah! Non...

— Et M. Robert Avril?

— Non plus. Allez voir à côté, vous aurez peut-être plus de chance! »

Les gars du blockhaus voisin ne surent pas mieux la renseigner.

Déçue, Élisabeth traversa la place, poussant son

vélo, et se présenta devant la grande barricade : les mêmes hommes en manches de chemise, les mêmes brassards, les mêmes casques, les mêmes fusils. Mais, ici, les combattants fatigués, cuits de soleil, cassaient la croûte. On eût dit une équipe d'ouvriers au repos. Boris n'était pas parmi eux. Un gaillard grisonnant, qui paraissait être leur chef, se dressa, remonta sa ceinture et dit :

« Eh ! Jojo, t'as pas prévenu Marcel pour la bière ? »

Déjà, un gosse d'une douzaine d'années sortait du groupe des badauds en criant :

« Reste là, Jojo ! J'y vais, moi ! J'aurai fait plus vite ! »

Il partit en galopant et en jetant ses poings dans le vide, pour éborgner des ennemis imaginaires. Une femme dit dans l'assistance :

« Vous croyez pas que c'est malheureux de laisser des gosses dans la rue, un jour pareil ? »

Le chœur des commères approuva vigoureusement cette remarque. On était entre gens du quartier. Les F.F.I. eux-mêmes devaient habiter dans le voisinage. Il ne s'agissait pas de libérer Paris, mais le VIe arrondissement, et, plus exactement, la place Saint-Michel. Élisabeth s'approcha de l'homme aux cheveux gris :

« Pardon, monsieur, je cherche quelqu'un : Boris Danoff.

— Comment vous dites ?

— Boris Danoff.

— Il n'est pas ici.

— Je le vois bien. Mais peut-être est-il venu tout à l'heure ?

— On le saurait !

— Et Robert Avril ?

— Je ne connais aucun de ces noms-là... Attendez, je vais demander aux autres... Eh ! les gars, Danoff, Avril, ça vous dit quelque chose ? »

Ses compagnons balancèrent la tête négativement, sans s'interrompre de manger.

Élisabeth lança un regard circulaire et murmura pour elle-même : « Où peut-il être?... »

Une clarté aveuglante tombait du ciel. Derrière la barricade, les maçons bénévoles empilaient toujours leurs pavés entre les devantures brisées de la Taverne du Palais et du café de la Gare. Quelques femmes en cheveux faisaient la chaîne pour transporter les matériaux de construction.

« Allez voir vers le carrefour Saint-Germain, reprit l'homme. Ils sont nombreux, par là... »

Des coups de sifflet stridents lui coupèrent la parole.

« Planquez-vous! hurla-t-il. Vite! »

Lui-même disparut derrière la barricade. Dans le temps d'un clin d'œil, les badauds se dispersèrent, les volets des maisons se refermèrent en claquant. Sans comprendre ce qui se passait, Élisabeth appuya sa bicyclette contre le tronc d'un arbre et recula vers une porte cochère. Une dizaine de personnes se trouvaient déjà rassemblées sous la voûte. Avec le geste autoritaire d'un garçon d'ascenseur constatant que sa cabine est pleine, la concierge tira les lourds battants de bois. Elle les entrebâilla d'ailleurs, aussitôt après, pour suivre les opérations par la fente. En habituée de l'émeute, elle commentait les événements pour les nouveaux venus :

« On a signalé une voiture allemande, vous comprenez? Si elle avance, elle tombera entre deux feux. Les prisonniers seront conduits à la Préfecture. Quelquefois, tout se passe bien, mais quelquefois on a de la casse. Hier, j'ai dû laver par terre : il y avait du sang et même de la cervelle! Voui, madame! Trois morts!... »

Élisabeth tendit le cou et aperçut un camion allemand, couvert de feuillages, qui descendait le boulevard dans un bruit de ferraille. Les spectateurs retenaient leur souffle. Une jeune femme chuchota en serrant ses deux poings contre son menton :

« Est-ce qu'on n'aurait pas mieux fait d'attendre

l'arrivée des Américains pour taper sur les Allemands? »

Le camion approchait. Une voix glapit :

« Ne tirez pas encore! »

Soudain, une silhouette se détacha de la barricade et s'avança, seule, un fusil à la main, au milieu de la chaussée. C'était l'homme aux cheveux gris.

« Il est fou! murmura la jeune femme. Il va se faire tuer!

— Oui, il a du culot! dit la concierge avec une nuance d'estime. Ce n'est pas la première fois qu'il leur fait le truc du parlementaire : « Rendez-vous « sans combattre, on est plus nombreux que vous! » Généralement, ça réussit... »

Élisabeth pensa à Boris, et un coup de bélier retentit dans sa poitrine. Ne prenait-il pas les mêmes risques en ce moment? Elle le savait si confiant, si impulsif! Pas une once de raison dans cette tête enfiévrée! Le camion ralentissait traîtreusement. Des tireurs devaient être cachés derrière les bâches. Une rafale de mitraillette, et la voiture repartirait en trombe, laissant un corps sanglant sur le pavé. Enfin, le camion s'arrêta. Élisabeth, étonnée, vit l'homme aux cheveux gris qui discutait avec le chauffeur. Celui-ci portait une veste de cuir et un brassard tricolore. Il s'agissait vraisemblablement d'un F.F.I. qui ramenait une voiture volée aux Allemands et non encore marquée des insignes de la Résistance.

« Laissez passer! » cria l'homme aux cheveux gris en levant le bras.

Le camion s'engagea sur le quai Saint-Michel.

« Ouf! J'ai eu chaud! » dit la concierge.

Élisabeth sortit de son refuge, mais de nouveaux coups de sifflet lui percèrent le tympan et elle s'immobilisa, prise de vertige, sur le trottoir. Toutes les têtes se baissèrent, d'un même mouvement, derrière les sacs de sable. Des fusils, des pistolets, visaient le pont vide, que dominaient les deux masses grises du Palais de

Justice et de la Préfecture. Un garçon de café passa devant Élisabeth. Il apportait des canettes de bière aux combattants.

« Attention! Attention! » bredouilla la concierge.

Le garçon de café pressa le pas et les bouteilles s'entrechoquèrent dans son panier. La distribution terminée, il s'enfuit en rasant les murs. Une grosse ambulance, de couleur beige, se présenta sur le pont, venant de l'île de la Cité. Deux jeunes gens bondirent hors de leur repaire pour enlever les lattes crève-pneus. A peine avaient-ils fini leur travail, que la voiture fonçait droit devant elle, à vive allure. Des cris s'élevèrent des deux côtés du boulevard :

« Ce sont des Boches! Ils nous font le coup de la Croix-Rouge! »

Dressés derrière leurs sacs de sable, les hommes épaulaient leurs fusils, tiraient en désordre. L'ambulance ripostait par un feu nourri. Une balle siffla aux oreilles d'Élisabeth. Des vitres volèrent en éclats. Un gamin s'élança à la poursuite de la voiture. Il tenait un revolver au poing. Ses camarades hurlaient :

« Martin! Martin! Fais gaffe!... »

Il trébucha et s'aplatit, la face contre terre, les pieds en dedans. Sans réfléchir, Élisabeth se précipita vers lui. La figure qu'elle retourna était puérile, livide, maculée de poussière, avec des yeux vitreux qui regardaient le ciel. Un collégien malade. Elle s'accroupit pour mieux lui soulever la tête. Il battit des paupières. Une tache vermillon s'élargissait sur sa chemise, près de l'épaule gauche. Un spasme contracta la gorge d'Élisabeth. Elle tenait Patrice dans ses bras. Deux hommes en blouses blanches accouraient déjà sur leurs lourdes chaussures. Des faces rougeaudes sous des casques couleur de lait. Ils chargèrent le blessé sur une civière. Élisabeth les aida à l'étendre commodément. Puis elle leur emboîta le pas, comme si ce garçon eût été quelqu'un de sa connaissance, dont elle ne pouvait se séparer maintenant. Il gémissait à chaque secousse. Un filet de sang coulait le long de son poignet jusqu'à la pointe de ses doigts. Élisabeth lui prit la main et la serra doucement. Un contact chaud et visqueux emplit sa paume. Le regard du blessé se posa sur elle. Il l'interrogeait en silence, avec frayeur.

« Ce n'est rien », dit-elle.

Les brancardiers s'engagèrent dans la rue Saint-André-des-Arts, puis dans la rue de Savoie, et pénétrèrent dans une courette où se trouvait un poste de secours signalé par un drapeau de la Croix-Rouge. Un monsieur âgé, qui devait être médecin, arrêta Élisabeth :

« Vous êtes de sa famille, madame?

— Non.

— Alors, je ne peux pas vous laisser entrer! »

Le blessé disparut dans une agitation de tabliers blancs.

Accablée par le sentiment de son inutilité, Élisabeth rebroussa chemin, tête basse. La porte entrebâillée d'un bistrot l'attira. Elle entra dans une salle exiguë, bondée de brancardiers qui parlaient fort et buvaient sec, se faufila jusqu'aux toilettes, lava ses mains pleines de sang, revint vers le comptoir et, la gorge brûlée de soif, commanda un demi. La bière mousseuse, glacée, lui laissa un goût amer dans la bouche, sans la désaltérer. A côté d'elle, un « secouriste » à la blouse maculée de traînées rougeâtres mangeait voracement un sandwich. Élisabeth en eut un haut-le-cœur, se dépêcha de payer et sortit. Après l'émotion qu'elle avait éprouvée en se penchant sur le blessé, elle se livrait avec plus d'ardeur encore à son idée fixe : retrouver Boris! Déjà, un plan de campagne se dessinait dans son esprit : elle remonterait le boulevard Saint-Michel, tournerait dans le boulevard Saint-Germain, fouillerait les abords de l'Odéon, interrogerait tous les F.F.I. qu'elle verrait sur des barricades... En procédant ainsi, elle était sûre d'arriver à ses fins.

La place Saint-Michel était redevenue paisible, silencieuse, avec ses bouches de métro condamnées, sa fontaine tarie, ses sacs de sable, ses glaces rompues et ses feuillages poudreux. Les volets s'étaient rouverts, des passants circulaient de nouveau sur le trottoir, les F.F.I. avaient posé leurs armes, la concierge de l'immeuble où Élisabeth s'était réfugiée, quelques minutes auparavant, bavardait avec des voisines. Élisabeth s'approcha de l'arbre contre lequel, dans la précipitation, elle avait appuyé sa bicyclette, et, tout à coup, les forces lui manquèrent : la bicyclette avait disparu. Prise de panique, elle promena les yeux autour d'elle pour se convaincre qu'elle ne se trompait pas et s'avança rapidement vers la concierge :

« Madame, vous vous rappelez : j'avais laissé mon vélo, là ! Il n'y est plus !

— C'est bien possible ! dit la concierge. A l'heure qu'il est, un vélo, c'est tentant ! On vous l'aurait fauché que ça ne m'étonnerait pas, ma pauvre dame !

— Que je suis stupide ! gémit Élisabeth. J'aurais pourtant dû me méfier !... Mais, avec ces coups de feu, j'ai perdu la tête, je n'ai plus pensé à rien !... »

Elle interrogea les F.F.I. de la grande barricade : personnne n'avait remarqué les circonstances du vol. Élisabeth était consternée, comme si une infirmité l'eût clouée sur place. Ses projets les plus simples se compliquaient tragiquement. Qu'allait-elle devenir sans bicyclette, dans un Paris privé de moyens de transport ? Elle consulta sa montre-bracelet : deux heures dix. Des F.F.I. qui, sans doute, avaient déjeuné chez eux, regagnaient leur poste, la tête haute, le fusil en bandoulière, tels de paisibles citoyens se rendant à la chasse. Tout le quartier était aux fenêtres pour les voir passer. Un patron de bistrot les appela derrière sa vitrine à moitié démolie. Élisabeth enveloppa la place Saint-Michel d'un dernier regard, et, rassemblant son courage, se dirigea d'un pas décidé vers le boulevard Saint-Germain.

***

A cinq heures de l'après-midi, elle marchait encore, les mollets raidis de fatigue, les pieds en feu. Renvoyée d'un poste de combat à l'autre, errant de la place Saint-Sulpice au Luxembourg, et du Luxembourg à la rue de Vaugirard, elle finissait par croire qu'une fatalité s'acharnait à la conduire là où Boris ne se trouvait pas. Mille idées contradictoires se heurtaient dans son cerveau : Boris avait été blessé et transporté dans un hôpital, ou bien il avait changé de secteur et faisait le coup de feu sur la rive droite, ou bien il était mort et on ne voulait pas le dire... Une flaque de sang sur le trottoir, un arbre abattu, une auto incendiée, chaque nouvelle image de la révolte augmentait l'angoisse d'Élisabeth. Elle revint sur ses pas et s'éveilla de son hébétude en arrivant au carrefour Cluny. Sur le fronton d'un cinéma fermé, une immense affiche décolorée par le temps : Michel Simon, dans *Circonstances atténuantes*. Elle avait vu ce film, autrefois, avec Boris. Comme elle tournait l'angle du boulevard, une voiture à haut-parleur de la Préfecture de Police lui coupa la route. Élisabeth ne prit pas garde d'abord à la voix caverneuse qui sortait du véhicule. Puis, son attention s'éveilla, les brumes s'envolèrent, elle dressa la tête.

« En raison des promesses faites par le commandement allemand de ne pas attaquer les édifices publics occupés par les troupes françaises et de traiter tous les Français prisonniers conformément aux lois de la guerre, le gouvernement provisoire de la République française et le Conseil national de la Résistance vous demandent de suspendre le feu contre l'occupant jusqu'à l'évacuation promise de Paris. Le plus grand calme est recommandé à la population. On est prié de ne pas stationner dans les rues !... »

Un hurlement de joie répondit à ces paroles. De

tous côtés, des gens jaillissaient des portes, débordaient sur la chaussée, battaient des mains, se bousculaient, s'embrassaient :

« Hitler a demandé l'armistice!... C'est l'armistice!... La guerre est finie!... »

Suffoquée de bonheur, Élisabeth se laissa porter par la foule qui descendait le boulevard Saint-Michel. Après quatre années de ténèbres, ces premières minutes de paix l'étourdissaient comme un miracle. Elle avançait avec hésitation dans l'espoir, dans la liberté. Était-il possible qu'elle n'eût plus rien à craindre pour Boris? Il savait déjà; il avait dû rentrer à la maison; il attendait sa femme avec une grande impatience amoureuse. Sain et sauf! Elle en était sûre! Des voix mal accordées chantaient *La Marseillaise*. Quelques drapeaux apparaissaient aux fenêtres : vieilles étamines fanées, chiffons bleus, blancs, rouges, cousus bout à bout, raides étendards de papier peint. Des bistrots ouvraient leurs portes. Derrière Élisabeth, deux femmes surexcitées discutaient la meilleure façon de confectionner un drapeau américain :

« Moi, j'ai trouvé un moyen : vous découpez les étoiles dans du papier blanc, vous les épinglez en rang d'oignons... C'est pas la peine d'en faire quarante-huit!... Juste quelques-unes, pour donner l'idée!... »

Élisabeth se faufila dans une petite rue pour échapper au courant. Cette bicyclette volée, quelle sottise! Combien de temps fallait-il pour se rendre à pied du boulevard Saint-Michel aux Champs-Élysées? Elle maudissait sa fatigue. Des gens ivres d'allégresse la coudoyaient, l'interpellaient. Une voiture passa, avec de jeunes F.F.I., allongés en sirènes sur les ailes. Ils tenaient encore leur fusil à la main.

« Allons enfants de la Patri-i-e! »

A chaque pas, Élisabeth ressentait un ébranlement douloureux qui montait de ses talons de bois à sa nuque. Sa blouse collait à sa peau. Une soif inextinguible la tourmentait. Elle souriait à tout le monde et ne pensait qu'à Boris.

***

Elle eut de la peine à gravir les étages. Ses jambes tremblaient d'épuisement. Son cœur sautait dans sa poitrine. La porte ouverte, elle poussa un soupir de délivrance :

« Boris! »

Il était là, debout, solide, sans une égratignure; il l'observait, d'un air à la fois furieux et ravi.

« Enfin! s'écria-t-il en la saisissant dans ses bras. Il y a une heure que je t'attends! D'où viens-tu? »

Au lieu de lui répondre, elle murmura, fondue de tendresse :

« Boris!... Tu sais?... L'armistice!...

— Je sais », dit-il d'une voix mesurée.

Et il répéta :

« D'où viens-tu? »

Élisabeth secoua la tête, pour chasser un essaim de mauvais souvenirs :

« Quelle journée horrible!... Je t'ai cherché partout au Quartier latin... Je suis morte de fatigue!... On m'a volé ma bicyclette!... »

Elle parlait avec une gaieté fébrile, comme si les incidents pénibles qu'elle racontait n'eussent plus aucune importance. Boris la prit par les épaules et l'éloigna pour mieux la voir.

« Tu as fait ça? dit-il lentement.

— Oui.

— Mais tu es folle?

— Pas plus que toi!

— Tu ne te rends pas compte de ce que tu risquais en te promenant par là? Je t'avais pourtant demandé de rester à la maison!

— Pourquoi t'aurais-je obéi, alors que tu n'en faisais qu'à ta tête? » dit-elle.

Il fronça les sourcils :

« Moi, c'est différent. Je suis un homme. Et, d'ailleurs, je ne me suis pas exposé inutilement!

— J'en ai vu un, comme ça, qui ne s'était pas exposé inutilement! répliqua Élisabeth avec brusquerie. Il a été grièvement blessé, boulevard Saint-Michel. Peut-être est-il mort!... Un gamin!...

— Tu es allée jusqu'au boulevard Saint-Michel? demanda-t-il.

— Oui. Et toi, où étais-tu?

— A deux pas de là : au coin de la rue du Petit-Pont. »

Le seul endroit du quartier, peut-être, où elle ne se fût pas aventurée!

« C'est trop bête! » gémit-elle.

Boris laissa retomber ses bras et dit :

« Si seulement tu m'avais écouté!... Je t'en prie, une dernière fois, Élisabeth : ne t'occupe plus de cette affaire! N'essaie pas de me suivre! Tu t'es éreintée, tu as failli te faire tuer, tu as perdu ta bicyclette... Tout ça pour rien! »

Elle s'étonna qu'il lui fît encore des reproches, au lieu de s'abandonner à une joie sans arrière-pensée. Ne comprenait-il pas ce que signifiait cet armistice providentiel? Il n'y avait plus un coup de feu dans Paris. Des voix claires montaient de la rue pavoisée.

« Tu es bizarre! murmura-t-elle. Que se passe-t-il? On dirait que tu n'es pas heureux!...

— Mais si!

— Alors, pourquoi parler de tout cela? Que j'aie eu tort ou raison, qu'est-ce que cela change puisque, maintenant, on ne se bat plus, puisque nous sommes libres?... »

Il consentit enfin à sourire, mais ses yeux demeuraient graves. Elle revint se blottir contre lui et ouvrit la bouche avidement, pour boire le souffle qui descendait vers elle. Sa fatigue s'évanouissait au contact des lèvres chaudes qui s'appliquaient sur les siennes et les écrasaient, les goûtaient comme un fruit juteux. Des frissons irradiaient jusqu'à l'extrémité de ses nerfs. Elle reprenait possession de Boris. Il était de nouveau entièrement à elle. Les murs du studio viraient au mauve dans le crépuscule. Élisabeth, caressée, ensorcelée, devait se contraindre pour rester lucide quelques minutes encore. A travers la confusion de ses pensées, elle percevait une rumeur, qui se gonflait, telle une vague, entre les maisons. La voix d'un haut-parleur entrait dans la pièce. Boris se détacha d'Élisabeth, fit un pas en arrière et ses traits se tendirent dans une expression vigilante.

« Tu as entendu? dit-il.

— Non. Quoi? »

Sans répondre, il se précipita à la fenêtre. Élisabeth le suivit. Une Citroën noire, marquée des lettres F.F.I., remontait lentement la rue François-Ier. De toutes parts, des gens accouraient pour entendre la grosse voix qui coulait d'un cornet de métal :

« Le Comité national de la Résistance communique : les Allemands ont rompu la trêve. Les combats reprennent. Ne stationnez pas dans les rues. Retirez vos drapeaux des fenêtres!... »

Élisabeth tourna vers Boris un regard chargé d'épouvante et balbutia :

« Ce n'est pas possible!

— Si, dit-il. Nous en étions d'ailleurs à peu près certains. Comprends-tu, maintenant, pourquoi j'hésitais à me réjouir?... »

Elle baissa la tête. L'anéantissement de son espoir était si subit, si complet, qu'elle flottait, sans point d'appui, dans l'espace. La voiture funèbre s'éloigna, pour répéter plus loin son discours menaçant. Dans son sillage, renaissaient la colère, la déception, la peur... Les groupes de curieux se disloquaient. Chacun rentrait chez soi, lourd d'une désillusion sans remède.

« Cela ne finira donc jamais! » dit Élisabeth avec accablement.

Déjà, les fenêtres ouvertes sur la rue ravalaient leurs trois couleurs. Deux jeunes gens, armés de revolvers, vinrent se poster sur le trottoir et interpellèrent, d'en bas, les étages récalcitrants :

« Vous n'avez pas compris? Enlevez les drapeaux! Vous allez faire repérer la maison par les Chleuhs! Enlevez les drapeaux, ou on tire! »

Des concierges affolées les prièrent de patienter un peu :

« Je vais prévenir là-haut! Ce sera fait tout de suite! »

Le dernier drapeau à disparaître fut celui d'un collaborateur notoire, qui habitait l'immeuble d'en face, à l'entresol. Boris s'écarta de la fenêtre. Élisabeth lui lança un coup d'œil oblique. A voir ce visage fermé, agressif, ce regard absent, elle devina qu'il retournait en pensée auprès de ses camarades. De nouveau, l'idée du devoir le rendait imperméable à toute émotion normale. Il n'avait plus de femme. Elle se sentit impuissante à le retenir. Déchue, amoindrie, au point d'exister à peine! Elle n'osait l'interroger par crainte d'entendre sa réponse. Enfin, elle se décida et dit faiblement :

« Que vas-tu faire, Boris?

— Je partirai demain matin, à huit heures », dit-il.

Et il la reprit dans ses bras.

6

JEUDI, 24 août. Étendu tout habillé sur son lit, dans la pénombre, Boris essayait en vain de dormir. Quatre jours de combats intermittents l'avaient physiquement et moralement épuisé. D'habitude, il restait sur la barricade jusqu'à la tombée de la nuit, mais, cette fois-ci, Robert Avril, disposant d'un grand nombre de volontaires, l'avait renvoyé chez lui avant l'heure de la relève. La lutte recommencerait demain, violente, désespérée. Comme chaque soir, Élisabeth avait accueilli Boris avec un visage où la joie du soulagement se mêlait aux dernières traces de l'inquiétude. Il avait su la persuader que le secteur était aussi calme maintenant qu'au moment où elle y était venue, que les hommes se bornaient à monter la garde derrière des sacs de sable et qu'elle l'eût gravement contrarié en cherchant à le rejoindre sur les lieux de l'embuscade. En vérité, elle acceptait de plus en plus difficilement le supplice de l'attente. Combien de temps lui obéirait-elle encore? Dès qu'il le pouvait, il lui téléphonait d'un bistrot pour la rassurer. Cette voix brisée, implorante, à l'autre bout du fil : « Tu me jures que c'est vrai, Boris?... Tu ne manques de rien?... Je suis à la maison avec Arlette... Quand rentres-tu?... » Comme il l'aimait! Il eut envie de la saisir dans ses bras, de la couvrir de baisers pour la remercier de sa compréhension, de son calme, de sa tendresse. La fatigue nerveuse excitait son désir. Élisabeth préparait le dîner dans la cuisine. Son pas claquait sur le carrelage.

« Élisabeth ! Élisabeth ! » murmura-t-il en roulant sa tête sur l'oreiller.

Mais elle ne l'entendait pas. Des images incohérentes envahirent le cerveau de Boris. Appartenaient-elles au rêve ou à la réalité ? Un camion allemand, dont le chauffeur avait été tué à son volant, faisait une embardée, s'écrasait contre le parapet du pont et se transformait en brûlot. Les occupants sautaient hors du brasier, vacillaient, tentaient de fuir. L'un d'eux tombait, fauché par une dernière balle. D'autres levaient les bras en l'air et se laissaient prendre. Le visage d'un vieux soldat aux prunelles bleues à fleur de tête. La sueur coulait sur ses joues. Il claquait des dents. Et ce feldwebel, fusillé à bout portant, alors que, réfugié dans l'escalier de la gare Saint-Michel, il s'apprêtait à lancer une grenade. Les brancardiers emportaient les cadavres. L'essence répandue sur la chaussée s'enflammait, exhalant une chaleur suffocante. Des pompiers s'affairaient autour de l'hôtel Notre-Dame pour essayer d'éteindre l'incendie. Une voiture blindée fonçait droit sur la barricade. La mitrailleuse hoquetait de fureur. Un F.F.I. s'écroulait, le cou troué, les prunelles vides. Il voulait parler et des bulles rouges crevaient aux commissures de ses lèvres. Pendant les moments de répit, des boutiquiers, des concierges, sortaient de leurs tanières, des camelots à la voix enrouée criaient les premiers journaux de la nouvelle France : *Le Front national, Le Journal officiel des F.F.I., Le Parisien libéré, Le Populaire, L'Humanité, Ce Soir, Le Figaro*... Des titres énormes en manchettes : « Tout Paris aux barricades... Paris conquiert sa liberté... Battez-vous comme des lions !... » Dans le kiosque voisin, démantelé, s'empilaient encore des numéros du *Pilori* et de *Signal*. Un

F.F.I. accourait porteur d'un message. Robert Avril décachetait l'enveloppe. L'homme avait traversé la moitié de Paris par les galeries du métro. Les Allemands avaient incendié le Grand Palais. Des explosions sourdes ébranlaient le sol : une poudrière qui saute? une attaque de blindés contre la mairie du Ve arrondissement? Boris fermait les yeux et voyait une affiche expliquant aux patriotes la façon de préparer des bouteilles incendiaires : « Trois quarts d'essence, un quart d'acide sulfurique... » Des femmes défilaient, tondues ras, par mesures de représailles. Combien d'entre elles avaient réellement collaboré avec l'ennemi? Faces de cire jaune sous de gros crânes pâles et luisants. A certaines, on avait tracé une croix gammée sur le front, avec du rouge à lèvres. Les épaules rondes, les souliers poudreux, l'œil plein de peur et de haine, les prisonnières marchaient sous les huées. C'était ignoble! Mais comment raisonner la colère d'un peuple exacerbé par quatre années de misère et de honte? Le meilleur et le pire se confondaient. Un même élan poussait le héros et la brute vers la victoire. Quand tout cela finirait-il? Hier soir, la radio anglaise annonçait triomphalement que Paris s'était libéré et, cependant, jamais la lutte n'avait été plus indécise, plus meurtrière. A Londres, on chantait *Sambre et Meuse* et *La Marseillaise,* mais, place Saint-Michel, les F.F.I., harassés, manquaient de munitions pour se défendre contre les patrouilles de tanks. Selon les dernières informations recueillies par Robert Avril, le général Leclerc avait obtenu du général Bradley, commandant le groupe d'armées, la mission de se porter, avec sa division blindée, vers Paris. Ce seraient donc des soldats français qui entreraient les premiers dans la capitale. On disait qu'ils se trouvaient déjà à Clamart. Encore une fausse nouvelle, peut-être! Depuis plus d'une semaine, il ne se passait pas de jour sans que l'arrivée des Alliés fût promise pour le lendemain. Si les Allemands recevaient des renforts, ce serait l'écrasement de l'insurrection nationale. « Nous avons commencé trop tôt! » se dit Boris. Et il pensa, avec un serrement de cœur, à ses parents, qui, bien sûr, étaient loin d'imaginer leur fils sur une barricade. Il leur téléphonait souvent pour leur dire qu'Élisabeth et lui étaient toujours au calme, qu'ils se ravitaillaient vaille que vaille dans le quartier, que, d'après les gens les mieux informés, la libération n'était plus qu'une question d'heures... « Demain soir, je passerai chez eux avant de rentrer à la maison », décida-t-il. Ce projet le troubla. Pouvait-il disposer ainsi d'une journée où sa volonté serait moins forte que le hasard? Que deviendrait Élisabeth s'il était tué? Il s'interrogea avec franchise, et une angoisse l'étreignit. A l'atroce idée de ne plus la revoir, s'ajoutait celle, plus pénible encore, du chagrin qu'il lui infligerait, du dénuement où il la laisserait, si, par malchance, il devait disparaître. Quelle avait été la dernière pensée de Patrice? A quel moment avait-il compris qu'il n'y avait plus rien à espérer? Avec énergie, Boris souleva les paupières. Il s'attendait à découvrir le visage de son ami, et ses yeux rencontrèrent la face ronde et blanche de la pendulette : huit heures cinq. Il poussa un grand soupir et s'endormit, renversé par une lame de fond.

Élisabeth rentra dans le studio pour mettre la table. Mais, voyant Boris assoupi, elle s'installa dans un fauteuil, à son chevet, et le contempla. Le col de la chemise ouvert, le cou nu, la bouche crispée, les yeux clos, il paraissait si vulnérable, qu'elle fut saisie d'un pressentiment. Mort, il serait ainsi, couché sur le dos, grand et fort, inutile. Elle retint le cri de protestation qui montait de son ventre, et, les mains sur les genoux, se contraignit à l'immobilité. Demain, qu'il le voulût ou non, elle l'accompagnerait là-bas. Elle ne pouvait plus supporter de vivre loin de lui, l'oreille aux aguets, le regard tourné vers le téléphone, perdant et retrouvant son mari vingt fois par jour! Les lèvres de Boris esquissèrent un sourire. La paix le visitait en songe.

Insensiblement, la nuit envahissait le studio. La figure du dormeur n'était déjà plus qu'une tache pâle aux lignes estompées. Élisabeth écarquillait les yeux pour l'apercevoir, le plus longtemps possible, dans les ténèbres qui menaçaient de l'ensevelir.

***

Il s'éveilla, secoué au fond d'une barque. Élisabeth le tirait par la main. La lampe de chevet était allumée. Un regard à la pendulette : dix heures vingt. Comment se faisait-il que l'électricité fût déjà rétablie?

« Boris! Boris! Écoute! » criait Élisabeth.

Elle avait un visage de femme qui a trop bu, les yeux brillants, un rire insensé aux lèvres. Boris s'assit au bord du lit et un voile se déchira dans sa tête. Les informations! Une voix entrecoupée, sifflante, s'échappait du poste de radio :

« Ici Radiodiffusion de la Nation française... Les blindés du général Leclerc ont fait leur entrée dans Paris... Messieurs les curés sont priés de faire sonner les cloches de leurs églises... »

Il balbutia :

« Quoi! Ils sont fous!...

— Non! dit Élisabeth avec élan. Ils ont répété le communiqué trois fois de suite!... Oh! Boris! il faut absolument nous renseigner, aller voir dans la rue!... D'autres gens ont dû entendre!... »

La voix du speaker se raffermit :

« Messieurs les curés sont priés de faire sonner les cloches de leurs églises... »

Boris bondit sur ses pieds et rajusta ses vêtements avec des mains maladroites, en marmottant :

« Ça alors!... Si c'était vrai!... Je ne peux pas le croire!... Vite!... »

Une joie inquiète bouleversa sa figure. Il glissa la main en peigne dans ses cheveux ébouriffés. Déjà, Élisabeth se précipitait vers la porte. Boris la suivit. La minuterie ne fonctionnait pas. Il alluma sa lampe de poche. Tout l'immeuble semblait dormir. Élisabeth sautait d'une marche à l'autre. Ils passèrent devant la loge de la concierge, aux vitres obscures, et sortirent dans la rue : les trottoirs étaient vides, les maisons noires, aveugles, silencieuses. Élisabeth éprouva le sentiment atroce de s'être laissé prendre à une duperie. De nouveau, à peine née, sa joie hésitait, retombait. Elle murmura :

« On ne voit rien!...

— Les gens ne savent pas encore, dit Boris.

— Cela paraît invraisemblable!... Et puis, on devrait au moins entendre les cloches!...

— Nous sommes mal placés, dans cette rue...

— Tu ne crois pas que c'est encore une fausse nouvelle? »

Il ne répondit pas à sa question, réfléchit, et dit subitement :

« J'ai une idée! Montons sur le toit! »

Elle le regarda, interdite :

« Pour quoi faire?

— Tu vas comprendre. Suis-moi! »

Ils rentrèrent dans la maison, traversèrent le vestibule, franchirent une porte battante et abordèrent l'escalier de service, raide, sombre et odorant. Le halo de la lampe de poche rampait sur une muraille couverte de graffiti. Élisabeth était sûre qu'elle ne serait pas mieux renseignée au terme de cette escalade, et, cependant, son cœur se crispait d'impatience, comme si elle eût marché vers une révélation. Plus qu'un étage. Le long couloir des chambres de domestiques. Des respirations, des toux rauques, un bruit d'eau dans une cuvette. Boris et Élisabeth s'arrêtèrent devant la porte du débarras qui dépendait de leur appartement.

« Prends la lampe, dit Boris. Éclaire-moi! »

Il tira de sa poche un trousseau de clefs, en choisit une qu'il fit jouer dans la serrure, poussa le battant et pénétra le premier dans un réduit encombré de valises, de cartons et de meubles infirmes. La lucarne, découpée dans le plafond, était masquée par une couche de poussière. Élisabeth, à son tour, se faufila dans la petite pièce où régnaient une chaleur étouffante et l'odeur des tissus moisis.

« Où veux-tu en venir? » chuchota-t-elle. Il eut un rire silencieux, manœuvra une tringle de fer, et le châssis vitré se souleva en grinçant. Une bouffée d'air pur caressa le visage d'Élisabeth.

« Tu feras comme moi, dit Boris en grimpant sur une malle en osier pour se rapprocher de l'embrasure. C'est très facile!

— Tu as déjà essayé? demanda-t-elle.

— Oui, un jour j'ai voulu savoir si l'on pouvait s'enfuir par là! »

Élisabeth le vit se hisser, à la force des bras, vers l'ouverture rectangulaire. Un coup de reins, et il disparut, comme happé par un courant atmosphérique.

« A toi, Élisabeth! »

Elle s'agrippa d'un côté à la main qui se tendait vers elle, de l'autre au bord de l'encadrement, et tirant sur ses muscles, déboucha soudain en plein ciel. Un vertige lui emporta la tête. Sur le point de perdre l'équilibre, elle s'appuya légèrement contre Boris. Autour d'eux, s'étalait une vaste plate-forme, à peine inclinée, sans garde-fou. Bien que la maison ne fût pas plus haute que ses voisines, il semblait, que, de ce lieu, on dominât tout Paris. Un Paris nocturne, lugubre, menaçant. Les tranchées blêmes des rues séparaient d'énormes blocs d'immeubles, aux toits couronnés de cheminées en dents de peigne. Pas une lueur aux fenêtres. Un silence de cimetière. Au-dessus de cette ville morte, taillée dans le charbon, veillaient des constellations scintillantes. Un halo rose, vaporeux, éclairait l'horizon, vers le nord-ouest.

« Ça flambe du côté de Colombes! dit Boris.

— Et là-bas, qu'est-ce que c'est? demanda Élisabeth en tendant la main vers un autre point de l'espace où palpitait un reflet d'aurore.

— Le château de Vincennes, sans doute! Les Allemands font sauter leurs dépôts de munitions! Droit devant toi, le Grand Palais qu'ils ont incendié!

— Tout cela ne nous apprend rien de nouveau, soupira-t-elle. Mais comme Paris est beau, sous les étoiles! »

Un souvenir d'enfant adoucit momentanément sa tristesse. Elle se revit, petite fille, un soir de 14 juillet, à Montmartre. Penchée à une lucarne, elle guettait Denis et Clémentine, dansant à pas menus, sur un toit de zinc, devant la verrière du Bal de l'Élysée. Alors, Paris était pavoisé, illuminé. Des orchestres jouaient à tous les coins de rue. Ce temps reviendrait-il jamais?

« Je pense que ce sera pour demain matin », dit Boris sans conviction.

Au même instant, le rayon d'un projecteur balaya le ciel. Une grappe de fusées explosa, puis une autre. Élisabeth eut l'impression bizarre qu'en se remémorant le passé elle l'avait forcé à revivre. Comme pour un 14 juillet d'autrefois, Paris envoyait des bouquets bleus, blancs, rouges au firmament.

« Ça veut dire quoi? » balbutia-t-elle.

Un hurlement de joie déchira la poitrine de Boris :

« Ça veut dire qu'ils sont là! Que nous sommes libres, libres! »

Il étreignit Élisabeth avec une violence à lui broyer les reins. Pourtant, elle craignait qu'à cet enthousiasme ne succédât une déconvenue plus terrible encore que les précédentes :

« C'est peut-être simplement un signal?... Un signal lancé par des Résistants pour demander du renfort...

— Mais non, Élisabeth! s'écria-t-il. Ce que tu dis est absurde!

— Alors, pourquoi n'entend-on pas sonner les cloches?

— Nous les entendrions, sans doute, si nous ne parlions pas! »

Ils se turent, pressés l'un contre l'autre. Au bout d'un long moment, Élisabeth crut percevoir une vibration métallique assourdie.

« Boris! Boris! » chuchota-t-elle.

Le son s'amplifiait, se précisait. Un bourdon lointain battait au cœur de la nuit.

« Les cloches de Notre-Dame! » dit Élisabeth, frappée par un bonheur si intense, que le cœur lui manqua et que ses yeux se voilèrent de larmes.

D'autres cloches s'éveillèrent aux quatre coins de Paris. L'espace s'emplit de mille tintements, qui montaient d'une capitale engloutie dans les eaux. Élisabeth vivait une légende du Moyen Age. Était-il possible qu'au XXe siècle, en France, la victoire fût annoncée par des carillons, comme une naissance divine, comme un miracle? Dans cette musique d'allégresse, des coups de fusil éclatèrent, à une distance infinie, un roulement de tonnerre secoua des faubourgs invisibles. On se battait encore, çà et là, mais déjà la libération était un fait historique. Aux fusées tricolores s'ajoutèrent les illuminations d'un feu d'artifice, tiré entre les maisons. Certains quartiers du centre s'éclairaient d'un rayonnement fantastique, rouge, mauve, jaune d'or. Des toits de rubis, des murs d'améthyste s'incrustaient brutalement dans la nuit et s'éteignaient, lâchant une poussière d'étincelles inoffensives. « Et Patrice n'aura pas connu cela! » pensa Élisabeth avec mélancolie. Puis, reprenant peu à peu conscience de la réalité, elle dit :

« Il faut prévenir tes parents, Arlette!...

— Ils le savent déjà, sans doute! dit Boris.

— Tu crois?

— Mais oui, regarde! Ça va vite!... »

Ils s'approchèrent du bord de la terrasse. A leurs pieds, le vide. Mais, dans la rue, naguère encore sombre et muette, les fenêtres ouvertes s'allumaient, des ombres chinoises traversaient des appartements de poupées, des postes de radio beuglaient leurs informations triomphales, les sonneries des téléphones perçaient les cloisons. Tout Paris s'agitait, s'ébrouait, se frottait les yeux. D'un bout à l'autre de la ville, des parents, des amis, se communiquaient la bonne nouvelle. Jamais Élisabeth n'aurait cru qu'à la hauteur où elle se trouvait les voix humaines, venant d'en bas, fussent aussi distinctes. Des mots, des phrases entières, volaient jusqu'à elle. A l'étage des domestiques, une T.S.F. jouait des hymnes alliés. Le speaker intervint :

« Message très urgent : la mairie du XIe arrondissement est attaquée par les Allemands et ses défenseurs manquent de munitions. Que les F.F.I. qui combattent à proximité se portent au secours de leurs camarades. Nous répéterons ce message de minute en minute... Des pièces allemandes sont mises en batterie à Longchamp... Consigne de prudence aux habitants du XVe... »

Dans la maison d'en face, un jeune homme tapait *La Marseillaise* sur un piano. Quelqu'un hurla :

« Vive la France! Vive de Gaulle! »

Une bonniche riait nerveusement dans sa chambre. Des fourmis descendaient sur le trottoir. Un drapeau fleurit à une fenêtre.

« Message très urgent : la mairie du XIe... »

Une gerbe de fusées éclata encore dans le ciel. Élisabeth vit Boris, découpé dans une lumière d'orage, la face levée, des diamants dans les yeux, une coulée d'argent sur la joue. Quand la clarté se fut éteinte, il se pencha sur sa femme et l'embrassa si tendrement, que le feu d'artifice, les cloches, les cris, les chansons, se mêlèrent en elle au sentiment d'une victoire intime.

« Est-ce vraiment la fin? murmura-t-elle.

— Presque, dit Boris.

— Nous serons heureux?

— J'en suis sûr, Élisabeth! Maintenant, cela ne

dépendra plus que de nous! Veux-tu que nous descendions?

— Pas encore! » dit-elle.

Ils restèrent sur le toit, enlacés, recueillis, rêvant à l'avenir, dans la rumeur confuse d'une nuit de bataille et de fête.

L'histoire de la famille Danoff se trouve dans une autre série romanesque du même auteur : Tant que la Terre durera, le Sac et la Cendre, Étrangers sur la Terre. (La Table Ronde, Éd.)

ŒUVRES DE HENRI TROYAT

Romans isolés

FAUX JOUR (Plon)
LE VIVIER (Plon)
GRANDEUR NATURE (Plon)
L'ARAIGNE (Plon) *Prix Goncourt 1938*
LE MORT SAISIT LE VIF (Plon)
LE SIGNE DU TAUREAU (Plon)
LA TÊTE SUR LES ÉPAULES (Plon)
UNE EXTRÊME AMITIÉ (La Table Ronde)
LA NEIGE EN DEUIL (Flammarion)
LA PIERRE, LA FEUILLE ET LES CISEAUX (Flammarion)
ANNE PRÉDAILLE (Flammarion)
GRIMBOSQ (Flammarion)

Cycles romanesques

LES SEMAILLES ET LES MOISSONS (Plon)
I. Les Semailles et les moissons
II. Amélie
III. La Grive
IV. Tendre et violente Élisabeth
V. La Rencontre

LES EYGLETIÈRE (Flammarion)
I. Les Eygletière
II. La Faim des lionceaux
III. La Malandre

LA LUMIÈRE DES JUSTES (Flammarion)
I. Les Compagnons du coquelicot
II. La Barynia
III. La Gloire des vaincus
IV. Les Dames de Sibérie
V. Sophie ou la fin des combats

LES HÉRITIERS DE L'AVENIR (Flammarion)
I. Le Cahier
II. Cent un coups de canon
III. L'Éléphant blanc

TANT QUE LA TERRE DURERA... (La Table Ronde)
I. Tant que la terre durera...
II. Le Sac et la cendre
III. Étrangers sur la terre

LE MOSCOVITE (Flammarion)
I. Le Moscovite
II. Les Désordres secrets
III. Les Feux du matin

Nouvelles

LA CLEF DE VOÛTE (Plon)
LA FOSSE COMMUNE (Plon)
DU PHILANTHROPE À LA ROUQUINE (Flammarion)
LE JUGEMENT DE DIEU (Plon)
LE GESTE D'ÈVE (Flammarion)
LES AILES DU DIABLE (Flammarion)

Biographies

DOSTOÏEVSKI (Fayard)
POUCHKINE (Plon)
L'ÉTRANGE DESTIN DE LERMONTOV (Plon)
TOLSTOÏ (Fayard)
GOGOL (Flammarion)

Essais, voyages, divers

LA CASE DE L'ONCLE SAM (La Table Ronde)
DE GRATTE-CIEL EN COCOTIER (Plon)
SAINTE-RUSSIE, *réflexions et souvenirs* (Grasset)
LES PONTS DE PARIS, *illustré d'aquarelles* (Flammarion)
NAISSANCE D'UNE DAUPHINE (Gallimard)
LA VIE QUOTIDIENNE EN RUSSIE AU TEMPS DU DERNIER TSAR (Hachette)
LES VIVANTS, *théâtre* (André Bonne)

Achevé d'imprimer sur les presses de

BUSSIÈRE

GROUPE CPI

à Saint-Amand-Montrond (Cher)
en mars 2006

POCKET - 12, avenue d'Italie - 75627 Paris Cedex 13
Tél. : 01-44-16-05-00

— N° d'imp. : 60573. —
Dépôt légal : 2e trimestre 1976.
Suite du premier tirage : mars 2006.

Imprimé en France